DE REGEN KWAM...

LOUIS BROMFIELD

DE REGEN KWAM...

NEDERLANDSE BOEKENCLUB – 'S-GRAVENHAGE

Oorspronkelijke Amerikaanse tite
THE RAINS CAME

Vertaald door:
WILLY CORSARI

Bandontwerp:
ALICE HORODISCH - GARMAN

Van dezelfde schrijver is eveneens in de NBC-selectie verschenen:
NACHTEN IN BOMBAY - SL 83

Aan
Al mijn Indische vrienden — de prinsen, de leraren, de politici, de jagers, de schuitevoerders, de straatvegers, en voor G. H., zonder wie ik nooit het wonder en de schoonheid van Indië zou hebben gekend, noch de droom van Indië hebben begrepen.

Twee mannen zaten in een bar. De een zei tot de ander: „Hou jij van de Amerikanen?"

De andere man antwoordde met nadruk: „Nee."

„Hou je van de Fransen?" vroeg de eerste.

„Nee," klonk het antwoord, met evenveel nadruk.

„De Engelsen?"

„Nee."

„De Duitsers?"

„Nee."

Er was even een stilte en toen vroeg de eerste man, zijn glas opheffend: „Van wie hou je dan wel?"

Zonder aarzeling antwoordde de tweede man: „Ik hou van mijn vrienden."

Deze anekdote dankt de auteur aan zijn vriend Erich Maria Remarque.

MENSEN IN RANCHIPUR

Between two worlds, one dead
One powerless to be born.
Matthew Arnold

EERSTE DEEL

D it was het uur van de dag dat Ransome het liefst was en hij zat op de voorgalerij, cognac drinkend en toeziend hoe, één luisterrijk ogenblik lang, het gouden licht over al de waringins, het geelgrijze huis en de scharlaken kruipplanten vloeide, eer de zon achter de horizon zonk en het hele landschap in duisternis achterliet. Het was een betoverend schouwspel, dat voor hem, gewend als hij was aan de lange, stille schemeruren van Noord-Engeland, nooit iets van zijn vreemdheid inboette – alsof, één seconde lang, de hele wereld stilstond en dan plotseling in een afgrond van duisternis gleed. Voor Ransome lag er altijd een afschaduwing van primitieve verschrikking in een Indische zonsondergang.

En hier in Ranchipur bestonden nog andere dingen dan de schoonheid van het gulden licht. Dit was het uur waarop de atmosfeer stil werd en bezwangerd van een zware geur, samengesteld uit de rook van brandend hout en koemest, jasmijn- en goudsbloemgeuren en het gele stof, opgewaaid door de paarden die naar huis werden gedreven van het verschroeide veld van de renbaan aan de andere zijde van de weg; het uur ook, waarop men van ver het zachte dreunen van de trommels hoorde bij de gloeiende brandstapels, beneden bij de rivier, voorbij de dierentuin van de maharadja; het uur dat het gillen van de jakhalzen begon, als ze naar de rand van het oerwoud slopen, wachtend tot de plotselinge duisternis genoeg moed in hun laffe, gele lijven bracht om eropuit te gaan en op de vlakten te zoeken, naar wat gedurende de dag was gestorven. Tegen de morgenschemering zouden hen de gulzige gieren opvolgen, te voorschijn komend uit holen en met mest overdekte doornstruiken, voor de beesten die gedurende de nacht waren gestorven. En altijd klonk ook op dit uur een dunne klankdraad, de fluit van Johannes de Doper, als hij hurkte bij het hek en de avondkoelte verwelkomde.

Johannes de Doper zat daar nu, onder de grote, gulzige waringinboom, die elk jaar takken omlaagzond die zich in de aarde invraten, wortel schoten en weer een vierkante yard méér van de tuin opeisten. Naar het noorden toe, bij Peshawar, bevond zich een enorme waringin die grote stukken land bedekte, een heel bos, gevormd uit één enkele boom. „Als de wereld lang genoeg blijft bestaan," dacht Ransome, „zou die boom haar volkomen kunnen overmeesteren, zoals het kwaad en de domheid van de mens – langzaam, onweerhoudbaar, tak na tak neerwerpend, met al de gulzigheid en taaie kracht van de Indische natuur."

Zelfs de jakhalzen en de gieren moesten, als ze in leven wilden blijven, er vroeg opuit trekken om zich te storten op de doden, mens of aap, heilige koe of pariahond. Als je vroeg in de morgen opstond om de stad uit te rijden, het open veld in, kon je hier en daar over de hele bruine vlakte verspreid, kleine, wriemelende, vechtende massa's zien van iets levends, dat bezig was de doden te verslinden. Dat waren gieren. Als je een half uur later vertrok, zouden ze verdwenen zijn en in hun plaats zou je niets vinden dan kleine hoopjes witte beenderen, volkomen schoongepikt – alles wat was overgelaten van een koe, een aap of soms een mens.

Door de doolhof van zijn lome gedachten heen hoorde hij de simpele melodie van Johannes de Doper. Het was een improvisatie die eindeloos doorging en voor Ransomes westerse oren altijd hetzelfde leek te blijven. Voor zover hij kon ontdekken, was het de enige wijze van ontspanning voor de geest van Johannes – muziek en het verzorgen van de goudsbloemen en blauwe lelietjes, alles wat was overgebleven van de tuin, zo laat in het jaar. Johannes had geen meisje, of als hij er een bezat, ontmoette hij haar op een heimelijke, twijfelachtige manier. Zijn hele leven was dat van zijn heer: diens thee als hij ontwaakte, diens ontbijt, lunch en diner, hemden en sokken, jodhpurs en shorts, brandy en sigaren. Hij was christen, een katholiek uit Pondicherry, die vloeiender Frans sprak dan Hindoestani of het Gujarati-dialect van Ranchipur – een eigenaardig Frans waarvan hij, door het te verzachten en af te ronden, een soort Indische taal vormde, ongeschikt voor het gebruik in salons, kleermakerszaken of de diplomatie. Zijn werkelijke naam was Jean Batiste, maar voor Ransome was hij altijd Johannes de Doper. De profeet, dacht hij soms, met zijn knokige lichaam dat gevoed werd met sprinkhanen en honing, moest hebben geleken op deze benige miniatuur van een bediende.

In het verschemerende licht hurkten om Johannes heen drie of vier van zijn vrienden, van wie een hem met Maleise indolentie begeleidde door op een trommel te slaan. Allen waren bedienden van een of andere heer, waarschijnlijk die van de kolonel en meneer Bannerjee en majoor Safka en een of twee misschien uit het gastenpaviljoen van de maharadja.

Het was heel lastig hen van elkaar te onderscheiden. Ze zouden een tijdlang trommelen en fluit spelen en dan zou de muziek ophouden, maar Ransome op de voorgalerij wist dat ze niet stil waren, ze zaten eenvoudig te kletsen. Ze wisten alles wat er omging in Ranchipur. Niet een van hen kon werkelijk lezen en geen van hen droomde er ooit van een krant in te kijken, maar ze waren van alles op de hoogte, niet slechts wat dingen betrof zoals oorlogen, aardbevingen en rampen die in verafgelegen delen van de wereld gebeurden, maar ook over diefstallen, echtbreuken, bedriegerijen en nog veel meer dat in Ranchipur geschiedde en dat nooit doordrong tot de kranten van Bombay, Delhi of Calcutta of zelfs tot de oren van hen in wier dienst ze waren.

Johannes de Doper was bij hem geweest van de tijd af dat hij naar Ranchipur kwam; hij kènde zijn meester en placht soms op bescheiden wijze met een of ander stukje verbluffend nieuws te komen aandragen om het tijdens een maaltijd ter tafel te brengen, alsof hij thee opdiende of een schaal rijst neerzette. Mevrouw Talmadges geruchtmakende ontvluchting met kapitein Sergeant bijvoorbeeld; Johannes de Doper had die voorspeld en daardoor wist Ransome het feit al drie dagen voor het gebeurde. Hij zou Talmadge hebben kunnen waarschuwen en alles voorkomen, als het de moeite had geloond tussenbeide te komen.

De groep onder de waringin hield nu geheel op met spelen en Ransome zag, silhouetterend tegen het verdwijnende licht, hun hoofden dicht bijeen. Toen brak in de boom boven hen een angstwekkend rumoer los – een woeste kakofonie van gebabbel en gekrijs en langs de stoffige toppen van de grote mangobomen rende een hele processie van apen, de heilige apen van Ranchipur – rumoerig, grijszwart en mooi, onbeschaamd, komisch en vertrouwend op hun eeuwenoude bewustzijn dat niemand zou wagen een van hen te doden, noch onder de Indiërs, omdat ze lang geleden hadden meegevochten in een veldslag aan de zijde van Rama, noch onder de Europeanen, wegens de ontzettende herrie die het vermoorden van één enkele aap zou veroorzaken.

Ransome haatte ze en werd door hen vermaakt terzelfder tijd. Hij haatte ze nu omdat ze de stilte van de avond verscheurden met hun heidens kabaal en hij haatte ze omdat ze de bloemen van de planten in de tuin afrukten en op geregelde tijden de dakpannen van de schuur haalden. Johannes de Doper en zijn vrienden, verdiept in hun kwaadsprekerijen, wierpen zelfs geen blik naar de takken boven hen. Nu de betovering was verbroken door het lawaaien van de apen, dronk Ransome zijn restant cognac, legde zijn waaier neer en stond op van zijn stoel om naar de achterkant van het huis te gaan en te zien hoe het stond met het weer.

De tuin was een grote, vierkante ruimte, omringd door hoge muren, vervaardigd van gele klei en twijgen, wat hun een week, dooraderd uiterlijk gaf op alle plaatsen waar ze niet overdekt werden door de ranken van klimmende bougainvillea en bignoniacea. Hij was nu droog, de aarde zelf was diep ingevreten door de brandende hitte van een zon die maar doorstraalde, dag na dag, nooit verzacht door een wolk. Hier en daar stond nog een vermoeide goudsbloem of een vertwijfelende stokroos – waarvan de wortels door de tuinman waren gedrenkt met water, aangedragen uit de grote, bodemloze put in de hoek – in elkaar gekronkeld, verwrongen en uitgeput door de gloed. Sinds dagen, sinds weken had de hele streek – de landbouwers, de winkeliers, het leger, de bestuursambtenaren – zitten wachten of het weer niet wou omslaan en de regen zou beginnen, de weelderig neerstromende regen die binnen één nacht de tuinen, de velden, het oerwoud van een verdroogde en brandende woestijn in een massa van groen zou veranderen, dat kronkelend en levend de muren en bomen en huizen leek te verslinden.

Zelfs de oude maharadja had gewacht, gedurende lange weken van gloeiende hitte, onwillig Ranchipur te verlaten voor de zegeningen van Parijs en Mariënbad, tot hij wist dat de regen was gekomen en zijn volk veilig zou zijn voor hongersnood.

En met elke week die voorbijging, nam de spanning toe. Het was niet alleen de verschrikkelijke hitte die de zenuwen uitputte, maar ook angst – de angst voor honger en ziekte en de ontzetting van die laaiende zon, die de zenuwen niet langer konden verdragen. Want niemand durfde uit te spreken dat zelfs de goede maharadja, met al zijn graandepots en voedselvoorraden, twaalf miljoen mensen niet van ellende en dood zou kunnen redden, als Rama en Wisnjoe en Krisjna geen regen verkozen te zenden. De doodsangst verbreidde zich onder het hele volk; men merkte die zelfs op in de schaduwrijke tuinen van de rijke kooplieden en op de voorgalerijen van de bevoorrechte Europeanen, die de wijk konden nemen naar de buitenverblijven op de heuvels. Het was als een besmetting die men onbewust kreeg van een buurman. Zelfs Ransome, die toch niet in Ranchipur hoefde te blijven, werd erdoor aangetast. Sinds weken was de angst nu al een levende tegenwoordigheid. Je kon hem overal om je heen voelen. Bijwijlen leek het haast of je hem zou kunnen aanraken.

De fluit en de trommel hervatten weer een klaaglijk en bijna droefgeestig geluid, dat van het hek, tussen de bomen door, de tuin kwam indrijven. Het huis was groot en eenvoudig, lang geleden gebouwd als verblijf voor een of andere Britse officiële persoonlijkheid, in de dagen van de slechte maharadja, toen er twee hele regimenten in Ranchipur lagen – een huis dat veel te groot was voor Ransome, met geweldige, hoge vertrekken onder een dak, gedekt met dakpannen en een dikke laag riet en gras om de hitte tegen te houden. In dat dak rumoerden de hele nacht mongo's, hagedissen en muizen en verstoorden zelfs hele partijen door hun gepiep en geritsel. Er was iets fantastisch in zo'n groot, vierkant huis uit de tijd van koning George, met een rieten dak erop dat een hele menagerie van kleine dieren herbergde. Van buiten zag het eruit als het eerste het beste gewone huis in Belgravia en van binnen was het vol mongo's en hagedissen. Ransome hield van beide evenveel – van de schuwe, zenuwachtige mongo's om henzelf en van de hagedissen omdat ze muskieten vraten. Je kon ze als je aan tafel zat achter de ene Mongoolse miniatuur vandaan naar de andere zien trippelen, onderweg hier en daar snel een paar muskieten happend.

Toen zonk plotseling de zon en het donker sloot zich over de tuin, alsof een gordijn neerdaalde, en de sterren verschenen alle tegelijk. Rustig wandelde Ransome verder het tuinpad af, voorbij de put die omheind was met bamboe, dat nu ritselde in de lichte wind die altijd even opstak als de zon onderging. Een mongo glipte over een paadje verder weg – niet veel meer dan een schaduw – op zijn jacht naar muizen, slangen en slangeëieren. Ransome haatte slangen en nu begon het jaargetijde ervan. Johannes de Doper had in het park van de maharadja al een cobra gedood, vlak achter het hek. Met de eerste neerspattende regendruppels zouden ze te voorschijn zwermen, uit oude wortels en spleten in de muur – de cobra's, de felle, kleine *kraits*, de reusachtige pythons. De tuin was wel ommuurd, maar op geheimzinnige wijze speelden ze het altijd klaar erbinnen te dringen. Elk seizoen doodden de bedienden er een half dozijn. Het vorig jaar was Togo, het getemde wilde zwijn, gestorven door de beet van een krait van nauwelijks tien centimeter.

Achter de vensters van het huis verscheen een licht en Ransome wist dat Johannes de Doper zijn fluit weggelegd en zijn gesprek beëindigd had en bezig was het avondeten klaar te maken. Ransome kon hem zo stil als een geest heen en weer zien lopen, slechts bekleed met een lendendoek. Hij was klein, haast een miniatuurmens, maar niet zoals een dwerg, doch volledig en volmaakt gevormd, als een bronzen beeldje van een atleet, onder de maat en schraal, de magerheid van een man die als kind hard heeft gewerkt, zonder ooit genoeg te eten te hebben gehad. Tijdens de hitteperiode gaf Ransome hem verlof in huis naakt te lopen om zijn werk te doen. Het was wel zo verstandig en veel zindelijker, want Johannes de Doper naakt was zindelijk; zodra hij witte, Europese kleren aantrok, werd hij smerig. Binnen vijf minuten was het smetteloze wit bezoedeld door vegen van as en stof, door vlekken van soep of koffie. Hij had geen aanleg om Europese kleren te dragen. Naakt was hij zindelijk, want ergens uit zijn hindoese verleden en afstamming was de gewoonte overgebleven elke dag te baden. Hij ging iedere dag naar de put, aan het einde van de tuin, en waste zich in de hete zon van het hoofd tot de voeten. Het was vreemd, overpeinsde Ransome, dat de meeste Indiërs uit de lagere kasten, van het moment af dat ze katholiek werden, onzindelijk werden en vergaten zich te baden. De protestanten waren zindelijker. Dat, dacht Ransome, was het voornaamste verschil tussen de katholieke en de protestantse missies. De protestanten onderwezen hygiëne.

Hij gebruikte slechts een deel van het grote huis – de eetkamer, een kleine zitkamer en een slaapkamer gelijkvloers. De salon, een groot, leeg vertrek, op het noorden gelegen voor de koelte, gebruikte hij als atelier. Hier liefhebberde hij een beetje in schilderen. De rest was gesloten en leeg, behalve dan de hagedissen en muizen.

Toen hij zich had verkleed, kwam hij uit zijn eigen kamer in de eetkamer. In de hoeken van het vertrek waren elektrische ventilatoren die de lucht in beweging hielden, wel niet zo schilderachtig als de ouderwetse *punkahs,* maar praktischer. Ransome dankte God dat Ranchipur een vooruitstrevende plaats was met een elektrische installatie, weliswaar een onbetrouwbare en excentrieke, maar beter dan helemaal niets. Na de waterwerken was dat het eerste wat men aan de bezoekers vertoonde. Daarop volgde de smalspoorbaan, het ziekenhuis, de dierentuin en het krankzinnigengesticht.

Op de onbedekte tafel stond een enorme schotel, hoog opgestapeld met vruchten: granaatappelen, meloenen, mango's, guava's en papaja's. Het stond niet alleen decoratief, maar zag er heerlijk en koel uit en beviel de schilder in Ransome.

De jakhalzen hadden nu opgehouden met gillen. In het duister waren ze zwijgend op hun zenuwachtige jacht naar lijken gegaan. Het windje ging plotseling liggen en de nacht was weer stil en doorsprenkeld van sterren. Vlak voor de regenmoesson leken ze zeer nabij te komen. Zelfs de ventilatoren konden geen illusie van koelte verschaffen. Toen Johannes de Doper verscheen met een koude ,,consommé", was hij niet langer naakt, maar gekleed in een pak van wit linnen, fris van de *dhobi,* maar reeds was er een veeg bij de elleboog en een vlek ,,consommé" aan de voorkant van het jasje. Hij zette de soep neer en wachtte, en na een ogenblik begon Ransome te spreken.

,,Wat voor nieuws heb je vanavond gehoord, Johannes?"

De bediende treuzelde even met antwoorden, voldaan dat zijn meester zich nieuwsgierig toonde. Praatjes onthouden, zijn heer dingen vertellen die deze niet wist, gaf hem het gevoel belangrijk te zijn en waardevol en zeker van zijn betrekking. Hij zei: ,,Niet veel, sahib. Alleen over juffrouw Mac-Daid.'

Ze hielden er een zonderlinge wijze van gesprekken voeren op na. Ransome sprak de bediende in het Engels aan en deze antwoordde in zijn vreemd, zacht Pondicherry-Frans. Zij verstonden de taal van elkaar, maar elk verkoos zijn eigen te spreken.

,,Wat is er met juffrouw MacDaid?"

,,Anthony beweert dat ze van majoor Safka houdt."

,,Zo! Hoè houdt?"

,,Te veel," zei Johannes, met een verlegen grijns.

,,O. En wat nog meer?"

,,Een grote sahib komt Zijne Hoogheid bezoeken. En zijn vrouw komt met hem mee."

,,Wie is dat?"

,,Hij heet lord Heston." Johannes de Doper sprak het uit als ,,Eston", maar Ransome wist wie hij bedoelde. ,,Anthony zei dat ze heel mooi is. Hij heeft haar in Delhi gezien. Maar hij zegt dat ze een duivel is, sahib, een duivelin . . . een sorcière."

Ransome at zijn consommé en Johannes de Doper bracht de schotel weg, zonder nog een woord te spreken. Hij zei nooit iets, tenzij hij werd aangesproken, en gaf nooit inlichtingen waar niet om werd gevraagd, dus ging hij niet door op het onderwerp lord Heston en de duivelin en liet Ransome achter, die zich afvroeg waarom een Engelse peiress, en rijk bovendien, naar Ranchipur kwam, juist in het jaargetijde dat iedereen die maar kon ontkomen, naar de bergen vluchtte. Hij wist wie lord Heston was en fronste bij de gedachte dat hij de vrede te Ranchipur kwam verstoren, het voorhoofd. De naam lady Heston wekte iets in zijn herinnering, maar hij kon zich niet nauwkeurig te binnen brengen wie zij was en hij vond het te benauwend heet om zich in het minst in te spannen. Het nieuwtje over juffrouw MacDaid trof hem dieper, omdat het zo onwaarschijnlijk leek en, op een komische wijze, zo tragisch.

Hij had kunnen weggaan. Hij was niet gebonden door plichtsbesef, zoals de oude maharadja, evenmin, zoals majoor Safka en juffrouw MacDaid, omdat de gezondheid van twaalf miljoen mensen aan hen was toevertrouwd, noch zoals de Smileys, van wie de kinderen der paria's en lagere kasten afhankelijk waren, of als meneer Bannerjee, wiens knappe vrouw verkoos te blijven, omdat ze een Indische en vurig nationaliste was en niet hield van de buitenverblijven in de bergen. Men zou haast kunnen zeggen dat Ransome bleef uit perversiteit. Hij had geld in overvloed en kind noch kraai en toch bleef hij maar steeds hier, in deze brandende hitte, wachtend op de dag, zo die ooit nog kwam, dat de hemelsluizen zich zouden openen om stromen water te doen neerdalen en dat de velden en het oerwoud zouden stomen en wringen en groeien, in een onbeschrijflijke, vochtige hitte, erger dan de hete, stoffige droogte van het winterseizoen. Iets in het schouwspel van de dode, verbrande aarde, die in een ongelooflijke orgie van levenskracht uitbarstte, beroerde hem zo diep als geen ander natuurverschijnsel ooit had gedaan. Tegelijk met het begin van de regenmoesson zou een hartstochtelijke opwelling van energie hem aangrijpen. Dag aan dag, zolang het licht was, zou hij schilderen, naakt en druipend van de vochtige hitte, soms in de grote, lege salon, soms op de galerij, waar insekten hem kwelden. Zo zou hij de tuin schilderen, die voor zijn ogen levend leek te worden, in een poging de verborgen geest van dit wonder weer te geven, tot hij tenslotte ging beseffen dat hij had gefaald en al zijn werk weer zou vernietigen, om terug te keren naar zijn cognac. Niets lokte hem tot vertrekken, want hij voelde geen enkele behoefte om naar Simla of Darjeeling of Octamund te gaan, om daar te zitten tussen kleine mensen met hun eerzuchtjes: militairen en burgerlijke ambtenaren met hun vrouwen en spruiten, hun ingebeeldheid en poenigheid, hun clubs en burgerlijke manieren. Hij had dat tweemaal geprobeerd en vastgesteld dat het veel onverdraaglijker was dan de moesson.

Toen hij zijn avondmaal genuttigd en zijn koffie – goed koud – had gedronken (goddank dat de maharadja een ijsfabriek bezat), stak hij zijn pijp op, nam een stok en ging een avondwandeling maken. Tegen dat hij zijn eigen poort doorging, was Johannes de Doper teruggekeerd naar zijn vrienden onder de waringin en speelde fluit. Toen Ransome voorbijging, stonden Johannes en de drie andere musici-kletskousen op, maakten in de dichte duisternis een salam en mompelden: „Goedenavond, sahib."

Hij ging in de richting van de stad, langs de weg die van de renbaan naar het oude, houten paleis liep. Het was hier, onder de mangobomen, wat koeler, want de watersprenkelaars waren juist voorbijgegaan tegen zonsondergang en de weg was nog vochtig. Hij kwam langs het huis van Raschid Ali Khan, hoofd van de politie, die hij als een vriend beschouwde, en toen langs dat van Bannerjee. Het was nu donker en het eeuwige spelletje badminton, dat meneer Bannerjee zo deftig vond staan, was afgelopen. Er brandde licht in de salon, maar er viel geen mens in huis te ontdekken. Gedachteloos stond hij even stil bij de poort, in de overigens slechts flauwe hoop, een glimp van mevrouw Bannerjee op te vangen, maar er was geen spoor van haar te zien. Ze fascineerde hem, niet zozeer als vrouw, dan wel als een soort kunstwerk: koud, klassiek, afwerend – een figuur uit een of andere fresco van Ajunta.

Het karakter van Bannerjee wekte in Ransome een merkwaardige mengeling van gevoelens: genegenheid, amusement, medelijden en minachting. Bannerjee was als een zwak riet, geslingerd en heen en weer gezwaaid door de stormen die dan weer uit het oosten, dan weer uit het westen bliezen. Hij wendde zich af van de poort en ging verder de helling af, naar de brug over de rivier. Die lag nu in de hitte als een lome, slapende slang aan de voet van het indrukwekkende, ijzeren standbeeld van koningin Victoria, dat een twijfelachtige versiering vormde boven op de middelste pijler. Er was geen verkeer meer op de rivier, maar het was altijd nog een lang, groen kanaal vol algen, dat de glans van de sterren placht te weerspiegelen. In de regentijd zou het een gele stroom worden, die midden door de stad vloeide, tussen tempels en bazaars door, de grote trappen met vlakke treden verbergende, die nu naakt en stoffig leidden van de tempel van Krisjna tot aan het stilstaande water.

Aan de andere oever sloeg hij linksaf en ging de stoffige weg af, die de rivier volgde, door de dierentuin en voorbij de gloeiende *ghats**. Het was hier op het zwakke licht van de sterren na volkomen donker en het onverlichte pad leidde weg van elke woning, maar Ransome voelde geen onrust, gedeeltelijk omdat er in Ranchipur, in tegenstelling tot de meeste Indische staten, zeer weinig gevaar bestond en ook omdat hij sterk was, groot en lenig, zodat hij, behalve tijdens de oorlog, nooit reden had gekend voor lichamelijke vrees. Bovendien was hij niet werkelijk bang voor de dood. Sinds lang was het hem onverschillig geworden of hij leefde dan wel stierf.

---

* Brandstapels.

16

Wat verder, aan de andere zijde van het donkere pad, ontdekte hij een vaag schijnsel op de vlakke grond, juist onder hem. Toen hij dichterbij kwam, onderscheidde hij de gloeiende as van drie vuren, waarvan twee bijna waren uitgeblust, maar het derde, iets verder weg, nog vlamde. Dit was wat de mangobomen verlichtte en de spiegel van het stilstaande water kleurde met fosforiserende gloed. Men kon de silhouetten van drie mannen onderscheiden, dicht eromheen gezeten en in deze hitte naakt, op hun lendendoeken na. Hij stond even stil bij de omheining en sloeg hen gade. Een van de mannen, de naaste bloedverwant van het lijk, pookte nu en dan in de stapel brandend hout en sloeg er ongeduldig op. Het lijk, slechts halfverteerd, had nog niet zijn vorm verloren, maar het was duidelijk dat alle drie rouwdragenden er genoeg van kregen en naar huis verlangden. Geamuseerd leunde Ransome tegen de omheining. Een van de mannen merkte hem op en kwam naar hem toe. Hij was schraal en van middelbare leeftijd. Met een grijns sprak hij Ransome aan en nodigde hem binnen de omheining. Ransome bedankte en zei in het Hindoestani dat er voor hem niets nieuws was in het schouwspel, waarop de man vertelde dat ze bezig waren hun grootmoeder te verbranden en dat ze er onredelijk veel tijd voor nam. Hij lachte en maakte een grapje, toen Ransome zich afwendde en het pad naar de stad opliep.

Hij liep tegen het vallen van de nacht dikwijls deze paden af naar de brandstapels. Er lag een zekere macabere bekoring in de plaats, en in het schouwspel van de crematie zelf waren een geloof en een zekerheid verborgen die een vredige en aangename gewaarwording in hem opwekten. Het kwam hem voor dat ze hier, juist door dit verbranden, de belangrijkheid van het lichaam loochenden. Het was alsof ze zeiden: Wat dood is, is dood, en zich haastten het lichaam zo snel mogelijk, nog voor zonsondergang, weer te doen overgaan tot stof, eenvoudigweg, zonder veel vertoon, zonder barbaarsheid, zonder lange toespraken. Hoogstens werkten ze een vastgesteld ceremonie van smart af, soms oprecht gemeend, gewoonlijk slechts een uiterlijke vorm, zoals de archaïsche dansen van Tanjore. Van het ogenblik af dat het lichaam dood was, restte er voor hen niets meer van de essence, die ze hadden bemind of wellicht gehaat. Het lichaam was niet meer dan een machine, die hun soms genoegen verschafte en minstens even vaak smart.

Tenslotte kwam hij aan het plein. Het was enorm groot. Aan de ene zijde werd het begrensd door de voorkant van het oude, houten paleis, dat daar sinds lang verlaten en troosteloos stond; een gebouw met talloze balkons en getraliede vensters, waarachter zich herinneringen verborgen aan duistere, sinistere verhalen over dood door vergif, door wurging, door een dolk. In de dagen van de muiterij hadden de maharadja's daar geleefd, maar nu was het sinds vijftig jaar een dood gebouw, verlaten en vol spookgestalten, dat bewaard bleef als een soort leeg, stoffig en eeuwig gesloten museum.

Het gebouw fascineerde hem altijd als een monument van de duisternis en het kwaad, die in Ranchipur hadden geheerst vóór de oude maharadja hier kwam, gezonden door de goden en de Engelsen, om dit alles te veranderen. Er brandde geen licht in het verlaten, oude paleis, maar de voorgevel werd beschenen door de weerglans van lichten uit een bioscoop ertegenover, waar ze een oude, dwaze klucht van Chaplin gaven. Om deze tijd begon de voorstelling en een doordringende, elektrische gong schalde voortdurend boven het geraas van de menigte uit en overstemde de kreten van verkopers van gebakjes, *pan* en smerig gekleurde zoetigheden.

Nu en dan herkende een of andere voorbijganger hem en maakte een salam. Hij vond het prettig dat ze hem tenslotte waren gaan beschouwen als behorend bij Ranchipur. Aan het verste eind van het plein lag het reservoir: een grote, rechthoekige watervlakte, omringd door treden. Sinds tweeduizend jaren was dit het middelpunt van het leven geweest in deze stoffige wereld, die acht maanden van het jaar werd verschroeid door de zon. Hier kwamen de armen zich wassen, de *dhobies* en wasvrouwen hun kleren reinigen, de oude vrouwen babbelen en de kinderen spelen. Eens plachten de heilige koeien en waterbuffels de brede, holle treden te besmeuren met mest, maar sinds lang was het hun niet meer veroorloofd halfverhongerd rond te lopen. Het behoorde tot de taak van de politie hen weg te houden van het plein en het centrum van de stad.

Op dit uur van de avond weerkaatste het hele oppervlak van het reservoir de lichtschijn van het plein: de lampen van de opzichtige bioscoop, de vuren van de verkopers die rijstkoekjes bereidden en de petroleumlampen in de winkels van de zilversmeden, die gezeten op hun gekruiste benen met kleine hamertjes het metaal in vormen klopten. Toen Ransome het plein overstak, verzwakte het rumoer van de bioscoop en de verkopers en hij merkte een ander geluid op, even verward en doordringend. Dat was het lawaai van de muziekschool die aan het verste eind van het reservoir stond, een groot, monsterlijk gebouw van baksteen, in een soort Bombayse Albert-memorial-gotiek-stijl. Er brandden lichten achter alle ramen en in elk vertrek was een klas aan het werk. Hij wist hoe iedere kamer eruitzag, met zijn rijen kale, houten banken, waarop mannen van alle leeftijden zaten, van tien- of twaalfjarige jongetjes af tot mannen van negentig toe, allen ernstig en vol toewijding bezig muziek te leren, omdat iets in hun zielen het verlangde en zonder dat niet voldaan kon zijn. Hij ging telkens opnieuw naar de muziekschool, gedeeltelijk omdat de muziek en de leerlingen hem fascineerden en gedeeltelijk ter wille van de schoonheid van het schouwspel zelf.

Lange tijd stond hij, met zijn rug naar het onbeschrijflijke rumoer gekeerd, te kijken naar de lichten van het plein, aan de andere kant van het reservoir. Duizenden vleermuizen, groot als valken, werden aangetrokken door de lichten van de bioscoop en zwierden weg over het gepolijste oppervlak van het water, alleen om daarna verblind en verward terug te keren naar hun doelloze, eindeloze cirkelgang boven het reservoir.

Tenslotte klopte Ransome de as uit zijn pijp, keerde zich om en ging de muziekschool binnen. Tegelijkertijd merkte hij op dat de hele kraamafdeling van het ziekenhuis, daar vlak achter, was verlicht. Zonder twijfel kwam daarbinnen weer een Indiër ter wereld of misschien waren het er twee of drie, die de last van hun bestaan zouden gaan voegen bij die van driehonderd zeventig miljoen mensen, verspreid over de uitgestrekte woestijnklomp, het oerwoud en de stad. Juffrouw MacDaid zou daar wel zijn en misschien, als het een zwaar geval betrof, ook majoor Safka. Hij herinnerde zich opeens het nieuwtje van Johannes de Doper en nu verwierp hij het bijna onmiddellijk. Juffrouw MacDaid was nuchter, eenvoudig, praktisch, taai – meer een man dan een vrouw – en Safka was zeker tien jaar jonger dan zij en kon elke vrouw krijgen die hij maar begeerde. Nee, het was een belachelijk en onmogelijk praatje. Maar terwijl hij dat dacht, wist hij tegelijkertijd dat Johannes de Doper en zijn vrienden het nooit bij het verkeerde eind hadden.

In de muziekschool ging hij naar het kantoor van zijn vriend, de directeur Das. Die was juist bezig een groot boek na te kijken, waarin hij op Europese wijze allerlei berekeningen maakte, zodat hij ten eeuwigen dage in hopeloze verwarring verkeerde wat zijn uitgaven en kasboek betrof. Hij was een bedeesde, gevoelige, kleine man met grijs haar en veel rimpels, die er onbeduidend zou hebben uitgezien als niet nu en dan een vuur in hem was opgevlamd dat zijn grote, donkere ogen deed stralen. Hij kende maar één hartstocht in het leven en dat was Indische muziek en niemand ter wereld wist daarvan meer dan hij. Van de gestileerde, onwereldse, oude muziek van de tempels in het zuiden; van de muziek der Rajputs en Bengali's, zelfs van die der mohammedaanse afstammelingen van Akbar, die hij een beetje minachtte als zijnde modern en stijlloos, bedorven door de westerse jazz, en veranderlijk. Behalve de weinige uren waarin hij sliep, leefde Das in een voortdurend rumoer, aangezien aan de school van 's morgens vroeg tot middernacht les werd gegeven. Het onderwijs was kosteloos, want de maharani hield van muziek en de maharadja trachtte, zoals Akbar, zijn volk alles te schenken wat het genoegen en een aangenamer bestaan kon verschaffen. Men onderwees in de school alle soorten van muziek. Er waren musici uit elk deel van Indië. Als men door de brede gangen liep, hoorde men muziek van iedere denkbare kaste en volksstam: mohammedanen, Bengalen, Rajputs, Mahratta's en Singalezen en zelfs die van het donkere, oude volk uit het zuiden en van de vreemde, wilde Bhils, met hun geiten levend tussen de heuvels achter de berg Abana, die door panters onveilig worden gemaakt.

Toen hij Ransome zag, sprong Das op en liep de kamer door om hem een hand te geven. Hij mocht Ransome, omdat deze van muziek hield en de enige Europeaan in de hele staat was, die genoeg belangstelling voor de school voelde om er meer dan één keer te komen. Dat streelde de ijdelheid van Das, wiens voornaamste levensdrift bestond in een voortdurend teleurgesteld verlangen om te behagen. Hij toonde geen verwondering over de aanwezigheid van Ransome in Ranchipur, zo laat in het seizoen, en hij wist dat Ransome was gekomen om muziek te horen.

„Wat zou u vanavond willen horen?" vroeg hij, met bepaald angstige spanning.

Ransome antwoordde dat hij graag de zanger van Rajput zou horen.

„O, Jemnaz Singh!" Met veel opmerkingen over de hitte en het weer en het uitblijven van de regenmoesson, klapte hij in de handen om een bediende te roepen, die Jemnaz Singh moest halen en toen ging hij voor, de grote kale gang door naar de kleine gehoorzaal. Maar toen hij over het weer sprak, kreeg zelfs de stem van Das, altijd zo geheel vervuld van zijn school, een vage klank van angst. De regen had al een maand geleden moeten komen. Het was een oeroude vrees, geboren uit tienduizend jaren van droogte en hongersnood, die opwelde in zijn ziel.

De kleine gehoorzaal was gedecoreerd in de stijl van een Engels provinciestation, maar in het midden, op het kleine podium, was reeds een miniatuur gevormd van bijzondere schoonheid, waardoor het oog dadelijk werd geboeid en dat als een verblindend licht de Victoriaanse smakeloosheid van het vertrek zelf in het niet deed verzinken. In het midden daarvan zat Jemnaz Singh zelf, met gekruiste benen, zijn luit in de handen en aan iedere kant van hem zat een jongen, de ene met een grote trommel tussen de knieën en de andere met een fluit in de handen. De zanger was een kleine man met een tenger lichaam en een baardeloos gezicht van ongemene schoonheid. Hij droeg een enorme, Rajputse tulband in nuances van groen, paars en lichtrood en een *atchcan* van geborduurde zijde, waarin dezelfde kleuren vermengd waren met zilver en een dieper paars, in een patroon van merkwaardige bloemen. Hij was rachitisch en onder de bleek-gouden huid van de kaakbeenderen brandden dofrode plekken. Toen hij Ransome zag, boog hij het hoofd en glimlachte en toen Ransome was gaan zitten en Das was teruggekeerd naar zijn kasboek, begon de zanger. Zijn lange, bleke vingers, waarvan de nagels gekleurd, gepolijst en gelakt waren, zochten tastend hun weg over de snaren van de luit, al speurend, want Jemnaz Singh zocht inspiratie en een muzikaal motief. De jongens aan zijn beide zijden wachtten en volgden met hun grote, donkere ogen de bewegingen van zijn mooie handen. Het ene motief na het andere werd geprobeerd en weer verworpen, tot de zanger tenslotte het thema vond dat hij zocht en het zingend begon uit te werken. De jongens wachtten nog steeds, luisterend en toeziend. Het was een zuiver, lieflijk motief, dat hij had gevonden, een geordend filigraan van klanken. Eén keer zong hij het helemaal en daarna opnieuw, met een kleine variatie. Toen hadden de jongens het begrepen en begonnen te spelen; de ene op zijn trommel en de andere op zijn fluit, elk een begeleiding improviserend. Zo ging het door en steeds weer opnieuw, als een thema van Bach met variaties, wonderlijk rein en toch ingewikkeld en kunstig verweven, gelijkend op het beeldsnijwerk van de witte, marmeren tempels van de berg Abu.

Ransome sloot verrukt de ogen, want Jemnaz Singh was een groot musicus. Slechts nu en dan opende hij ze en dan alleen omdat de schoonheid van het schouwspel even groot was als die van de muziek; het lichaam, het gezicht, de houding van de zanger vormden een schilderij, even verfijnd mooi als de melodie. Voor Ransome verzonken de wereld, de hele zinloosheid van zijn eigen verleden en de doffe doelloosheid van zijn toekomst in een extase van bewondering. Diep in zijn vermoeide ziel voelde hij zich gelukkig.

Hij had geen begrip meer van tijd, maar plotseling werd hij zich bewust van een enorme donderslag die hem deed opschrikken en de schoonheid van de muziek te pletter sloeg. De zanger ging door, tot hij de laatste van zijn variaties had ten einde gebracht, toen legde hij zijn luit neer en sprak een dankgebed uit tot Kali. Eindelijk viel de regen!

Het onweer, dat begeleid werd door een plotseling uitbarstende westenwind uit de richting van de Arabische Golf, kwam snel op en verduisterde al de sterren die op de diamanten van de maharani hadden geleken, alsof een dik gordijn ervoor werd getrokken en de donder en wilde bliksemstralen dreven de reusachtige vleermuizen aan tot een hernieuwd en nog wilder gefladder boven de reservoirs. Tegen dat Ransome het plein was omgelopen, begonnen grote druppels in het dikke stof te spatten. De lichten van de bioscoop gingen plotseling uit en met geraas en geschreeuw begonnen de verkopers van rijstkoekjes en gebakjes hun waren bij elkaar te zoeken en gingen ervandoor in alle richtingen, als opgejaagde kippen. De wind nam toe en de bomen zwiepten en zwaaiden. Er was geen ander middel voor Ransome om naar huis te komen dan te voet, want zelfs de aardige, kleine *tonga's* die gewoonlijk bij het oude paleis stonden te wachten, waren verdwenen. Hij nam de kortste weg over de brug en voorbij de renbaan, maar hij haastte zich niet, want de schoonheid van de muziek en de plotselinge wildheid van de storm hadden hem in verrukking gebracht.

De ene bliksemstraal volgende op de andere, fel en wit, zodat zijn weg geheel verlicht werd als door reusachtige vuurflikkeringen. Toen werden de eerste, zware druppels sneller en sneller gevolgd door andere, tot de hele hemel water leek uit te gieten in een enorme stortvloed.

Tegen de tijd dat hij bij Bannerjee's huis kwam, was hij zo nat, alsof hij met al zijn kleren aan in de rivier had gezwommen. Wat verderop onderscheidde hij, in een plotselinge bliksemflits, een kleine gestalte op een fiets, die met gebogen hoofd recht tegen de storm in trapte. Bij een twee-

21

de bliksemstraal herkende hij de gestalte als die van zijn vriend Smiley van de Amerikaanse missie. Aan het stuur van de fiets hing een grote mand fruit. Uit het duister riep Ransome een groet naar de sjofele, kleine gedaante, maar het geluid van zijn woorden ging verloren in de storm. Hij vroeg zich af, waarheen hij wel mocht gaan op dit uur van de avond. Het moest ten minste nog drie mijl zijn tot aan de missiepost.

Tegen dat hij zijn eigen poort doorging, kleefden de linnen kleren aan hem alsof ze om zijn slanke lichaam waren gemodelleerd. Eenmaal binnen, liep hij door de lange gang naar de veranda die aan de tuin lag. Daar trok hij zijn kleren uit en stond naakt te kijken naar het geweld van de storm. De takken van de mangoboom zwiepten zwart tegen de wilde gloed van de bliksem en het water viel in stromen neer op de verdroogde, dorstige aarde. Morgen zou alles weer groen zijn, wonderlijk groen; het mirakel van de regenmoesson. Tenslotte liep hij de treden af naar de tuin en stond daar, terwijl de warme regen tegen zijn naakte huid striemde.

Het was als een wedergeboorte. Alle vermoeidheid verdween plotseling uit zijn ziel.

In de kraamafdeling van het ziekenhuis jachtte juffrouw MacDaid voortdurend heen en weer tussen de twee afdelingen. Ze was een grote vrouw, niet dik maar wel zwaar. In de drukkende, brandende hitte was ze langzamerhand zo doordrenkt van zweet, dat ze eruitzag alsof ze juist uit het noodweer was gekomen. Vergeefs probeerde ze een ogenblik tijd te vinden om naar het kleine kantoor te gaan en zich te verkleden, zodat ze zich opnieuw, zoal niet koel, dan toch fris zou voelen, zoals een goede verpleegster betaamt. Het zou gemakkelijker zijn geweest als de vrouwen allen in dezelfde afdeling hadden gelegen, maar aangezien de ene een schoonmaakster, de tweede echtgenote van een koopmannetje uit Bunya en de derde die van een metselaar was, moesten ze worden gescheiden. De maharadja was gewoonlijk onverzettelijk in zijn houding ten gunste van de paria's, maar wat deze kraamafdeling betrof, had hij een concessie gedaan en liet de paria's gescheiden van de anderen.

Het waren de vrouw uit Bunya en de metselaarsvrouw die zoveel last veroorzaakten, want bij de paria verliep alles vlug en gemakkelijk, als bij een gezond dier. De Bunyase kreunde, schreeuwde en jammerde alsof ze meende dat verplicht te zijn aan de superioriteit van haar kaste, en met de metselaarsvrouw was het een moeilijk geval, daar ze een misvormd bekken had en de weeën maar steeds aanhielden, zonder veel ander resultaat dan toenemende uitputting. Ze berustte met de hopende gelatenheid der allerarmsten. Juffrouw MacDaid wist dat ze hoorde tot de miljoenen die in Indië worden geboren en sterven, zonder ooit voldoende eten te krijgen. Het bekken was misvormd door Engelse ziekte, waaraan de vrouw als kind had geleden. Ze was pas zestien en het was haar eerste bevalling, maar door een soort dierlijk instinct besefte ze dat er iets niet goed ging. Ze schreeuwde niet hard, maar lag asgrauw en doodsbang achterover, haar grote, donkere ogen diep weggezonken in de kassen.

Juffrouw MacDaid had haar twee assistenten best de paria kunnen toevertrouwen, wier geval gemakkelijk en natuurlijk verliep. De twee verpleegsters waren bekwaam genoeg. Een van hen, een zesentwintigjarige vrouw, was een nicht van de maharadja. Ze was gehuwd geweest en had sinds vijf jaar zij aan zij met juffrouw MacDaid gewerkt. De andere vrouw, mevrouw Gupta, was weduwe, zuster van een aide de camp van de maharani. Beiden waren bezield door een neiging tot fatalisme en toewijding, eigenschappen die juffrouw MacDaid lang geleden al ontdekt had in vele Indiërs. Ze waren geduldig, intelligent en nauwkeurig, maar het was juist de neiging tot fatalisme die juffrouw MacDaid wantrouwen inboezemde. In haar, kind van de Schotse kerk, restten weinig sporen meer van een geloof in predestinatie. Ze was eerder geneigd te vechten tot het uiterste en niets onbeproefd te laten. Als dan het noodlot haar Schotse hardnekkigheid toch de baas werd, behaalde het een zware overwinning.

De twee verpleegsters deden alles wat ze hun toestond te doen en niets meer; zoals alle zelfstandige mensen overheerste ze degenen die in haar nabijheid leefden en vernietigde hun eigen initiatief. Ze was oorzaak dat allen die met haar werkten als het ware verroestten, behalve majoor Safka, de enige aan wiens autoriteit en intelligentie ze gehoorzaamde. Als de dingen haar boven het hoofd groeiden, stuurde ze om majoor Safka.

Toen werd in de paria-afdeling de baby geboren en juffrouw MacDaid ging erheen om op te letten dat alles tot het einde toe goed verliep. De vrouw lag achterover in haar smalle, ijzeren bed, opgelucht en rustig, en keek haar aan met ogen die straalden van dankbaarheid. Nu de weeën hadden opgehouden, leek ze op een wilde gazelle die men heeft gevangen en die zich heeft neergelegd bij haar gevangenschap. Als altijd werd juffrouw MacDaid sterk getroffen door de wilde, dierlijke schoonheid, eigen aan de paria's. Hun ras verschilde van de andere, hun oorsprong ging verloren in een donker, onbekend verleden. In Ranchipur hadden ze het tamelijk goed. De oude scheidsmuren waren, behalve bij de streng orthodoxe hindoe's, bijna verdwenen. Juffrouw MacDaid mocht hen liever dan de meeste anderen die naar het ziekenhuis kwamen. Het lag in haar Schotse natuur te houden van hun taaiheid, hun weerstandsvermogen en durf. Ze hadden genoeg te eten; het gebeurde zelden dat ze honger leden, zoals de mensen uit arme kasten. Sinds vijfduizend jaren waren ze eenvoudige straatvegers geweest, niet beklemd in de riten, ceremoniën en taboes van een in verval gerakende godsdienst en daardoor werden ze nooit uitgehongerd en misvormd, zoals de vrouw van de metselaar of zelfs de Bunyase, die een uiterst streng dieet moest houden. De vrouwen van de paria's aten vlees en men kon dat merken aan de glans van hun ogen en de taaie kracht van hun lichamen.

De baby was nu gebaad en lag naast de moeder; een klein, rood-zwart, aapjesachtig schepseltje, gerimpeld, maar mollig. Het brulde met zo'n wellust, dat het er zelfs in slaagde het waanzinnige rumoer van de muziekschool in de verte te overstemmen. De prinses, de nicht van de maharadja, had de pariababy gebaad. Dit was iets wat juffrouw MacDaid steeds opnieuw als iets ongelooflijks ondervond: dat in één generatie de jonge vrouwen uit de trotse kaste der krijgers kalmweg al de vooroordelen van vijfduizend jaren opzij hadden gezet en rustig gingen werken onder de paria's.

Ze glimlachte de prinses toe, van wie ze oprecht hield en zei: ,,Het is een mooie baby." Daarna sprak ze tegen de moeder, in Gujerati, woorden van bewondering over haar kind. En een flits van Gallische intuïtie ging als een visioen door haar heen. Ze zag deze nicht van een maharadja-krijgsman en de pasgeboren, kleine aap van een paria als symbolen van het hele, reusachtige Indië in de toekomst. Van hen zouden hulp en redding komen. Uit hen ontsproot het vreemde schijnsel van hoop, geloof en vertrouwen, dat ze om zich heen voelde in het land dat ze liefhad en dat op een of andere wijze haar vaderland was geworden. Het was uit de geest en de verdraagzaamheid van deze jonge verpleegster en uit de kracht van het paria-kind, dat een groot volk weer zou kunnen herrijzen, dat een hele beschaving kon worden herboren.

Zij *wist* dat, niet met haar verstand, maar met het merkwaardige instinct van haar ras, wist het wellicht beter dan filosofen, economisten en historici, die in hun studeerkamers aan de andere kant van de wereld theorieën zaten uit te spinnen.

Maar de kreten van de Buyase riepen haar weg en ze ging terug naar de andere afdeling, waar mevrouw Gupta, de zuster van de aide de camp, haar vertelde dat het kind elk ogenblik geboren kon worden. Juffrouw MacDaid duwde haar vastberaden opzij om te zien of alles goed verliep. Er deden zich hier geen complicaties voor, maar het gesteun uit het ijzeren bed waarin de metselaarsvrouw lag, verried haar dat daar het hoogtepunt was bereikt. Er bestond geen hoop dat het kind normaal ter wereld kon komen en de vrouw ging zienderogen achteruit. Het vreselijke gebeurde, waarvoor juffrouw MacDaid altijd bang was bij de hindoese patiënten; de vrouw had de strijd opgegeven en lag nu gelaten en tot geen enkele inspanning meer bereid. Ze wilde sterven. Maar juffrouw MacDaid wou dat ze bleef leven, in weerwil van haarzelf. Ze wendde zich naar de verpleegsters en zei: ,,Een van jullie beiden moet majoor Safka gaan halen. De ander kan de operatiekamer in orde brengen. Degene die gaat, moet een van de bedienden meenemen. Je kunt niet alleen gaan."

De nicht van de maharadja bood zich vrijwillig aan, omdat ze haar fiets in het ziekenhuis had staan en omdat ze minder had te vrezen van de kwaadaardige, oude maharani. Bovendien kende ze het grote, ingewikkelde paleis, zodat ze zonder oponthoud de weg naar de maharani kon vinden. Dus deed ze een mantel aan en riep de portier en die twee vertrokken op hun fietsen. Het was op hetzelfde ogenblik dat de enorme donderslag de fijne draad van muziek verpletterde, die de zanger van Rajput had gesponnen voor Ransome.

Juffrouw MacDaid had gewacht met om de majoor te sturen tot ze geen hoop meer kon koesteren, want ze probeerde altijd deze ene avond in de week, waarop hij uitrustte van een taak die drie mannen voldoende werk had kunnen verschaffen, voor hem vrij te houden. Hij bracht die avond bijna altijd door in het paleis. Dat was een soort heilig verbond, een koninklijke order. Vrijdagsavonds speelde hij poker met de maharani. Hij deed het niet uit plichtsbesef of zelfs uit eerbied voor de wil van de arrogante, knappe, oude dame, maar omdat hij, net als zij, van niets ter wereld zoveel hield als van spelen.

Begeleid door de portier, trapte de verpleegster door de eerste, neerspattende regendruppels tot aan de Technische Hogeschool en toen begon het noodweer in ernst. Ze gingen, binnen enkele minuten doorweekt tot op de huid en verblind door de watervloed en de wilde bliksemflitsen, de poort aan de zijkant van het park door en reden onder de zwiepende bomen de kronkelende oprijlaan in, tot aan het paleis met zijn vele torens, spiralen en balkons, die donker afstaken tegen de hemel. Ze richtte zich naar een achteringang, want zij was wel meer vrijdagsavonds hier geweest om de chirurg te roepen en wist hoe ze het moest aanleggen.

De oude maharani speelde heimelijk poker, zonder dat de maharadja het wist. Hij had er geen bezwaar tegen dat ze speelde in Monte Carlo of Deauville of Baden Baden, maar thuis, hier in haar eigen paleis en te midden van haar eigen volk, verbood hij het. Maar hij had haar veel dingen verboden tijdens hun lange samenleven en altijd had ze toch haar wil doorgezet.

Op dat ogenblik zat ze in haar eigen zitkamer aan de mahoniehouten tafel, tussen majoor Safka, twee neven, een aide de camp en generaal-majoor Agate. De neven hadden in Cambridge poker geleerd, ze speelden tamelijk flegmatiek en conservatief. Generaal Agate speelde zoals zijn temperament was: heftig. Dus verloor hij altijd. Deze verliezen zette hij op zijn onkostenrekening, want hij rangschikte dit bezoek onder de diplomatieke bezoeken. Het was geen officieus bezoek en daardoor des te belangrijker en waardevoller. Hij had zijn reis naar Pooma eenvoudig afgebroken door enige dagen hier te blijven om zijn oude vrienden, de regeerders van Ranchipur, te bezoeken.

Hij was een gezet man van omstreeks zestig jaar, met een gezicht, zo rood als een kalkoense haan en een grote, witte knevel. Hij had zijn halve leven in Indië doorgebracht en in zekere zin was hij een van die gevallen waarin de natuur de kunst nabootst, want hij was een volmaakte Kiplinggeneraal, niet slechts in verschijning, maar ook in geaardheid. Hij torste op zijn stevige schouders de last van alle donkere rassen en van het rijk wist hij meer dan de eerste de beste. Hij speelde een soort spel met de regeerders van Ranchipur, veel belangrijker en moeilijker dan poker, dat hem irriteerde, omdat zijn hersens traag werkten en hij een cholerisch temperament had. Onder zijn opvliegendheid bleef hij in de rustige, zelfgenoegzame overtuiging dat hij het Britse imperium diende volgens een grote traditie, dat is te zeggen: niet slechts door kracht van wapens (zoals zijn talloze medailles bewezen), maar eveneens door al het vernuft van een diplomaat.

Deze Indiërs waren belangrijk om hun rijkdom en hun macht en omdat ze even goed op de hoogte waren van de Europese politiek als van de Indische. Dit was niet een obscuur staatje, door een of andere stomme, gedegenereerde prins bestuurd. Zelfs de generaal was bij machte in te zien dat Ranchipur belangrijk was, en dat niet alleen, maar ook gevaarlijk, omdat het de hele theorie omtrent de taak van de blanke had teniet gedaan. In de vijftig regeringsjaren van de oude heer, die op dit ogenblik lag te slapen in een ander deel van het paleis, had het zichzelf opgewerkt uit de Maleise apathie en het bijgeloof van het oude Indië tot de positie van een moderne staat met een bewonderenswaardige leiding en administratie. Het had bewezen dat Indiërs goede administrateurs konden zijn en goede economisten en zulke ingewikkelde problemen als dat van de onderdrukte klassen konden oplossen. Deze staat was geciviliseerder en vooruitstrevender dan menig deel van Europa en Amerika, bijvoorbeeld de Midlands of Pittsburgh (hoewel voor de generaal niets, wat Amerika betrof, ertoe deed of zelfs maar bestond). Hij zou hebben verkozen Ranchipur binnen te trekken op een olifant, aan het hoofd van een colonne, terwijl de bevolking plat op het gezicht lag aan beide zijden van de weg, van het oude paleis tot aan de renbaan toe. Zo behoorde een Britse generaal ergens zijn intrede te doen en niet zoals de eerste de beste burgerlijke ambtenaar in een trein, om dan neerbuigend te worden ontvangen (iets waarvan hij nooit zeker was, zodat het hem onrustig maakte) door een Rolls-Royce en een neef van de maharadja, die verklaarde dat zijn oom zich zeer liet verontschuldigen, maar hij was verhinderd door jicht (hoe kwam een maharadja aan jicht, dat was een ziekte voor gepensioneerde generaals). Als hij iets te zeggen had gehad, zou hij heel Indië anders hebben behandeld. Als hij iets te zeggen had gehad, zou er geen Indisch probleem bestaan. Hij zou dat wel gauw in orde hebben gebracht. Maar het ministerie van koloniën zat hem altijd dwars. De civiele idioten daar in Whitehall dachten dat ze meer van de situatie af wisten dan hij, generaal-majoor Agate, die zijn halve leven had doorgebracht aan de noordwestelijke grens.

Hij verbeeldde zich een diplomaat te zijn en was overtuigd dat de knappe, oude dame met de zwarte ogen geloofde dat hij als een lam was en haar meesttoegewijde vriend. Hij had er geen vermoeden van dat zij precies wist wat er in hem omging en in hoeverre hij haar vriend was. In haar ogen was hij gewoon een tamelijk vervelende, oude opschepper die zij van haar kant moest bezighouden, omdat het allemaal een soort spel was, een eindeloos spel-van-wachten, dat moest worden doorgespeeld met een pokergezicht, tot Europa zichzelf vernietigde of in verval raakte. Het was gemakkelijker hem bezig te houden door poker te spelen dan door te luisteren naar zijn gepraat over de noodzakelijkheid de Britse vrouwen en moeders aan de noordwestelijke grens achter beschuttend prikkeldraad te zetten, om ze te beschermen tegen verkrachting door de wilde, knappe mohammedaanse stamhoofden.

Het vertrek was een moderne kopie van een kamer die de maharani te Malmaison had gezien, compleet tot in de kleinste bijzonderheden. Het tapijt uit Aubusson was nu bedekt door wit katoen, dat elke morgen werd opgenomen vóór Hare Hoogheid opstond en vervangen door pas gewassen katoen. Onder de tafel bevond zich geen ander schoeisel dan de laarzen van de generaal. De neven, de aide de camp en majoor Safka droegen alleen sokken, en de maharani en haar gezellen bedekten hun gelakte nagels en tenen slechts met sieraden van smaragden, diamanten en robijnen.

Op haar zevenenzestigste jaar was ze knap, want ze bezat de soort onverwoestbare schoonheid die schuilt in de beenderen van het gelaat en niet in het vlees of de kleuren. De grote, fel zwarte ogen waren geplaatst in een volstrekt rimpelloos gezicht, dat een zachte tint van café-au-lait had. Haar lippen waren donkerrood geverfd, evenals het kleine teken van haar koninklijk bloed, dat ze vlak boven de trotse boog van haar scherpe, grimmig gebeeldhouwde neus droeg. Het was een levendig, beweeglijk gezicht, niet alleen mooi, maar ook merkwaardig. Het gezicht van een vrouw die op haar dertiende jaar een half wilde prinses van de heuvels was geweest die niet kon lezen of schrijven. Ransome dacht altijd aan haar als „de laatste der koninginnen".

Op het moment dat haar nicht, de verpleegster, door een donkere gang het paleis binnenging en over de slapende wachten stapte, had de maharani vijf kaarten opgenomen. Vier daarvan waren schoppen: de twee, drie, vijf en zes. Toen ze die zag, veranderde niets in haar gezicht. Majoor Safka, de chirurg, had gegeven. Hij zat daar, groot, knap en innemend, met een sigaar in de hoek van zijn mond. De generaal nam zijn kaarten op en zag drie azen. De neven ontdekten niets en majoor Safka twee paren: koningen en achten.

Wat de maharani in haar hand had, was juist iets voor haar. Met haar wilde natuur hield ze niet van zo iets tams als een driekaart of zelfs een flush, zo gekregen, klaar om uit te spelen. Het lag in haar aard te houden van moeilijkheden.

De twee neven pasten en hun tante opende, met een gezicht, zo uitdrukkingloos als een masker. De generaal verhoogde, een beetje snuivend en hoogrood, en werd op zijn beurt verhoogd door majoor Safka. Hare Hoogheid vergenoegde zich met één kaart te kopen. De generaal nam er twee en majoor Safka één. Vóór ze hun kaart inkeken wierpen zowel de maharani als de generaal een blik naar de majoor, de eerste nog steeds met een gezicht als van steen, de tweede opgewonden en strijdlustig. De generaal keek het eerst in zijn kaarten en toen hij daar de vierde aas ontdekte, werd hij zichtbaar roder. Toen de maharani keek, zag zij, netjes op zijn plaats, als gestuurd door het noodlot, de schoppenvier. Eén ogenblik lichtten de zwarte ogen, maar niet lang genoeg voor de generaal om iets te merken. Maar majoor Safka zag het, zoals hij bijna alles placht te zien. Zij hield ervan met de majoor te spelen, omdat hij tegen haar op kon. De generaal was een te gemakkelijke tegenpartij.

Zo begon het bieden, eerst aarzelend, terwijl Safka tweemaal meedeed om te ontdekken of de anderen bluften. Toen hij zeker wist dat ze het niet deden, paste hij en wachtte op de strijd, met een sprankeling in zijn blauwe ogen. Ze verhoogden elkaar telkens weer en de majoor wist dat het hier niet alleen erom ging een partijtje poker te winnen. Het ging veel dieper. Het was een Indische maharani, de hoogmoedigste en mooiste van allen, die het opnam tegen het hele Engelse leger. Onder het bieden liep een elektrische stroom van haat, van trots, die het hoofd bood aan arrogantie. De gelaatsuitdrukking van de oude dame veranderde in het geheel niet, behalve dat de zwarte ogen wat harder werden. Het was de generaal met zijn vier azen, die de eerste tekenen van zwakheid gaf. Bij de vierde maal bieden werd zijn gezicht nog donkerder rood, bij de vijfde werd het purper en hij deed zichzelf de schande aan even te aarzelen. Toen dreef een spottende blik van de maharani hem verder. Weer verhoogden ze beiden en toen zei ze, vol gratie en met iets neerbuigends: ,,Generaal, ik wil u niet ruïneren. Ik heb een straight flush." Ze legde haar kaarten op tafel.

Het ogenblik was zo bitter, alsof de generaal op een slagveld was verslagen en een onterende nederlaag had geleden tegen een veel zwakkere vijand. Nijdig wierp hij zijn kaarten neer. Een ogenblik stond hij op het punt te doen wat zij wenste: zijn zelfbeheersing verliezen en zich een slecht verliezer tonen. Maar nog bijtijds herinnerde hij zich de cricketvelden van Eton en wist zichzelf het ergste te besparen. Maar het gebaar waarmee hij zijn kaarten neergooide, was voldoende. Ze verlangde niets meer. Ze was tevreden. En ze wist dat zijn onkostenrekening deze maand enorm hoog zou zijn.

Op dat ogenblik verscheen haar nicht in de deuropening, wie het water uit de kleren droop op het schone, witte katoen. Het was majoor Safka, de chirurg, die haar het eerst opmerkte en die opstond van zijn stoel. Toen keek de maharani om, waarbij haar juwelen fonkelden tegen het zwart en

zilver van haar sari*. Het meisje boog voor haar en sprak snel, eerst in het Mahratti tot de maharani en toen in het Hindoestani tegen de majoor. „Verontschuldig me, Uwe Hoogheid," zei hij in het Engels. „Ik zal terugkomen."
Hij boog voor de generaal en ging met de prinses mee.
Op het ogenblik dat de druipende verpleegster op de drempel verscheen, ging de opwinding van de generaal zeer te pas over van de ene oorzaak naar de andere. Het is niet onmogelijk dat haar komst er hem voor behoedde zich dwaas aan te stellen en zodoende de triomf van de vorstelijke oude dame bedierf. Nu was hij plotseling niet langer geërgerd door de nederlaag van zijn vier azen, maar door de onderbreking van het spel. Hij zei tegen de maharani: „Waarom moest hij weg?" Hij zei niet „majoor Safka", maar eenvoudig „hij", want op die manier ving hij twee vliegen in één klap: hij vermeed het de titel „majoor" te gebruiken, die niet door het Britse gouvernement was verleend maar door de maharadja, en hij speelde het klaar duidelijk als zijn gevoelen te laten blijken, dat een man als de chirurg volmaakt onbelangrijk was. De maharani begreep hem.
Met een onverstoorbaar gezicht antwoordde ze: „Hij is weggegaan om een operatie uit te voeren. Een paria-vrouw in het ziekenhuis moet bevallen en het gaat niet goed."
De generaal gromde wat en zei: „Nu, wie geeft? Laten we doorgaan!"

In weerwil van de drukte die ze maakte, kreeg de Bunyase haar kind zonder dat zich complicaties voordeden. Het was een jongen, mager en ondervoed, een rimpelig, klein ding. Terwijl de verpleegster het baadde, keek juffrouw MacDaid gemelijk toe.
„Weer een echte hindoe," zei ze, „die zal opgroeien en trouwen en opnieuw een heel stel andere, magere kinderen voortbrengen, die ook nooit genoeg te eten zullen krijgen."
Niets schaadde Indië erger dan deze „Hindoese ziekte". Ze wist dat het kind niet mager en zwak was omdat de moeder het geen behoorlijk voedsel kon geven. De vrouw was een Bunyase en haar man, als alle kooplieden, was erin geslaagd voldoende geld bij elkaar te schrapen, op fatsoenlijke of waarschijnlijk niet-fatsoenlijke manier, om zijn gezin behoorlijk te kunnen voeden. Hun ongeluk was hun godsdienst, de priesters en hun dwaze bijgeloof. Ze had kinderen en zelfs volwassenen gezien die, als ze gered en behoorlijk gevoed werden, van rachitische schepsels met spillebenen en gezwollen buiken veranderden in gezonde mensen vol levenskracht. Er waren ogenblikken waarin juffrouw MacDaid in razernij alle priesters zou hebben willen doodslaan en hun geloof in het lijden vernietigen, alsof het een ontstoken orgaan was dat moest worden verwijderd. Tegen de verpleeg-

* Indisch gewaad.

sters zei ze: „Je ziet nooit zulke ziekelijke mohammedaanse paria-kinderen. Deze hindoes uit een goede kaste krijgen geen behoorlijke kans. Dat is de kwestie met Ghandhi . . . behalve dat hij van afkomst een Gujerati is en een Bunya door zijn kaste. Hij is mager en zit vol streken."

Maar zoals altijd was ze niet in de gelegenheid rustig over iets te spreken. Ze had over te veel andere dingen te denken, zoals over de metselaars-vrouw, die halfbewusteloos in haar bed lag. Zou majoor Safka op tijd komen en zowel moeder als kind redden? Ze wist dat het waarschijnlijk voor de echtgenoot niet veel zou betekenen als de moeder stierf, maar als het kind een zoon was en verloren ging, zou er een hysterisch gejammer ontstaan. Alleen de straatvegersvrouw was rustig ingeslapen in haar eigen afdeling, met haar kind naast zich.

Buiten raasde nog steeds de storm en de regen kwam neer in stromen. Het rumoer van de muziekschool was nu verzonken. Met het losbreken van de storm leek het, op onnatuurlijke wijze, eerder heter dan koeler te zijn geworden. Een zware, heet stomende damp omhulde heel Ranchipur.

Diep in de ziel van de keurige, flinke juffrouw MacDaid heerste een andere storm, niet zoveel minder heftig dan die buiten. Want ze zou Safka zien, een gelukje waarop ze vrijdagsavonds niet mocht rekenen. Daarvoor moest ze het misvormde bekken van de metselaarsvrouw danken.

Het was als een ziekte. Ze wist niet wanneer het was begonnen. Het was onmerkbaar gekomen, zonder uiterlijke symptomen, tenzij je het een symptoom kon noemen dat ze van het begin af met elkaar geschertst hadden. In zekere zin was het gebeurd van het eerste ogenblik af dat ze hem zag, vier jaar geleden, toen hij regelrecht van een Londens ziekenhuis hierheen was gekomen om directeur-geneesheer te worden van Ranchipur. Ze herinnerde zich hoe hij aankwam bij het hospitaal in de Rolls-Royce van Zijne Hoogheid zelf, met Zijne Hoogheid naast zich, die eruitzag alsof hij zich in zijn eenvoud erover verheugde zo'n verstandige, intelligente en flinke jongeman gevonden te hebben. Juffrouw MacDaid zag in gedachten de majoor altijd zoals hij toen uit de auto was gestapt en de stoep op kwam om haar met een vriendelijke glimlach te begroeten. Hij was geheel in het wit gekleed geweest, lang, gespierd, met een blanke huid en blauwe ogen. „Hij moet een Poena-brahmaan zijn," dacht ze, en was buitengewoon in haar schik toen ze ontdekte dat ze gelijk had. Het ergerde haar altijd als Europeanen beweerden dat Indiërs allen op elkaar leken, want hun gelijkenis was veel minder sterk dan die van Europeanen; ze waren veel minder gemengd. Zo'n opmerking was altijd een bewijs van stommiteit. Hoe kan men ooit beweren dat de uitdagende mannelijkheid van iemand, stammend van de noordwestelijke grens, maar in het minst zou lijken op de verfijnde, gebeeldbouwde schoonheid van een man uit Rajputana of dat de wufte, vaag mongoolse Bengalen er juist zo uitzagen als een krijgshaftige Mahrat-

30

ta, taai en gespierd als een kleine terriër. Van het begin, van de eerste blik af, werd juffrouw MacDaid verliefd, niet op de man zelf, maar op wat zij in hem zag. Toen hij uit de Rolls van de maharadja stapte dacht zij, zonder het bepaald in woorden te brengen: „Zo zou Indië kunnen zijn . . ." Háár Indië, dat een deel was van haar eigen ziel.

Na enige weken had ze ontdekt dat hij inderdaad zo'n uitstekende geneesheer was als de maharadja had beweerd; dat zijn grote, gespierde handen even fijn waren als die van een vrouw en in hun werk even zeker als de bewegingen van een kat. Beetje bij beetje, gewoonlijk in de ogenblikken als ze 's avonds in het ziekenhuis vlug samen wat aten en ze thee zette, terwijl ze vertrouwelijk praatten, ervoer ze nog andere dingen over hem: dat zijn moeder de leidster van een beweging was geweest die het hindoese geloof wilde bevrijden van zijn bijgelovigheden, degeneratie en defaitisme, om het terug te brengen tot zijn oorspronkelijke zuiverheid; dat hij in Cambridge had gestudeerd en er zijn school vertegenwoordigde op roeiwedstrijden en een beroemd cricketspeler was. Brieven uit Engeland bevestigden wat de oude maharadja had gezegd. Hij was een uitstekend geneesheer, hetgeen ze al wist. Hoewel hij Indiër was, had hij een grote carrière kunnen maken, maar hij had verkozen terug te keren naar hier, naar Ranchipur, omdat hier zijn vaderland was en deze mensen zijn landgenoten waren en hij in Ranchipur van de oude maharadja gedaan kon krijgen wat hij wilde, om hen te helpen.

In het begin had ze hem in haar gedachten beschouwd als een jongen, hoewel hij al drieëndertig was op de dag dat hij aankwam in de Rolls. Als vrouw had ze nooit aan enige man gedacht, omdat haar leven zo overvuld was geweest, dat er nooit uren genoeg in een dag waren en omdat ze op haar wijze een grote vrouw was en daardoor zelden mannen had ontmoet tegenover wie ze zich niet superieur had gevoeld, niet slechts als vrouw, maar soms zelfs als van man tot man.

In de eerste tijd was hij voor haar meer een, zij het zonder twijfel aantrekkelijke, belichaming van een idee, van iets waaraan zijzelf haar hele leven en haar enorme energie wijdde.

Haar eigen geschiedenis was lang geleden begonnen als kind van een zonderlinge Schotse arts, die het verkozen had zich te Soerabaja te vestigen, waar hij praktijk uitoefende als iemand hem nodig had, maar veel meer belangstelling koesterde voor zijn laboratorium, voor tropische koortsen en merkwaardige ziektegevallen. Hij had verre reizen gemaakt en een diep inzicht gekregen in het leven en de psyche van het hele, zwermende Oosten, want hij had in zich de vreemde drang, die eigen is aan sommige Schotten, te gaan zwerven, zich ergens op een verafgelegen plaats te vestigen, te koloniseren, een nieuwe wereld voor zich te scheppen, liever dan de oude met zich mee te slepen, zoals de Engelsman placht te doen. Iets in het Oosten nam bezit van zijn ziel en hij ging nooit terug naar Europa. Tenslotte stierf hij aan een van de vreemde ziekten die hij altijd had trachten te doorgronden. Zodoende was zijn dochter grootgebracht in het Oosten, maar niet zoals het kind van een koopman of ambtenaar, dat opgroeit in een gemengde of buitenlandse nederzetting en naar Engeland wordt gestuurd om naar school te gaan. Bijtijden had ze haast geleefd als een inboorlinge. Ze kende de zoons en dochters van de kooplieden in de omtrek en de halfbloed-kinderen van de Hollandse planters. Ze sprak perfect Nederlands en Maleis tegen dat ze tien was en tegen haar dertigste jaar had ze ook Hindoestani en Gujerati geleerd. Toen ze twintig was, ging ze naar Engeland.

Het was de eerste maal van haar leven dat ze weg was uit het Oosten, en hoewel ze hield van de mistige schoonheid der Schotse heuvels en van het rustige groen der Engelse tuinen, bleven ze haar altijd vreemd. Alles wat zij te zien kreeg, leek haar klein en tamelijk vaal, want in haar hart en geest leefden de wildheid, de pracht en de vuilheid van het Oosten. Zelfs het klimaat van Engeland en Schotland kwam haar eentonig voor en de mistige kou deed haar oneindig onbehaaglijker aan dan de brandende hitte van het Oosten. In Engeland waren geen schitterende zonsondergangen, was geen grootse levensbloei: er was niets van de wilde pracht die de hele wereld waarin ze haar leven tot nu toe had doorgebracht, vervulde. Het vuil dat ze tijdens haar opleidingsjaren tot verpleegster te zien kreeg in de Midlands en in de voorsteden van Londen, was niet geringer, niet minder afschuwelijk dan het vuil dat ze had leren kennen gedurende haar zwerftochten door het Oosten, met die excentrieke man, dokter MacDaid. De vuilheid van Soerabaja kon er niet mee vergeleken worden. De oosterse vuilheid leek haar minder erg, omdat die niet werd opgesloten binnen vochtige, overvolle huizen in donkere, smalle straten, maar naar buiten vloeide in lucht en licht. Ze stond ook onthutst over de vooroordelen die ze ontmoette bij de mensen met wie ze in aanraking kwam, zelfs bij intelligente doktoren, wat betrof ras en gelaatskleur en door hun geloof in eigen fysieke en economische superioriteit. Zij kende innerlijk, tengevolge van haar eigenaardige leven, geen vooroordelen. Juffrouw MacDaid was een der gezegenden voor wie menselijke schepsels niets zijn dan menselijke schepsels, onverschillig tot welke nationaliteit, afkomst, kleur of ras ze behoren. Daardoor bezat haar leven een rijkdom die vele anderen nooit leren kennen.

Na vier jaren was ze zonder spijt teruggekeerd naar het Oosten, waar ze zich thuis voelde, gelukkig in de grootheid, wildheid en kleur die Europa niet kent.

Ze kwam naar Bombay en toen ze daar een jaartje was, deed zich een kans voor die wel bij machte moest zijn het hart van een vrouw als juffrouw MacDaid te verwarmen. In heel Bombay was geen vrouw die er zelfs maar over zou hebben gedacht, maar juffrouw MacDaid zei onmiddellijk ja, op een namiddag in het laatst van december, toen ze zich in het kantoor van de directeur van het ziekenhuis bevond en praatte met de tamelijk dikke, kleine Indiër in Europese kleren, die de grote maharadja van Ranchipur was.

Hij koesterde de wens een ziekenhuis te stichten en een opleidingsschool voor verpleegsters. Hij wilde zijn onderdanen leren hoe ze hun kinderen moesten verzorgen. Hij wou de pest en de cholera uitroeien en de vreselijke malaria, die de krachten van zijn volk uitputten. Er bestond wel een soort hulpziekenhuis, maar hij wou een van de beste en modernste stichten, zoals hij er in Duitsland had gezien. Als hij een verpleegster kon vinden die bereid was een bestaan te aanvaarden dat voorlopig zeer zwaar zou zijn en waarbij ze zou worden gehinderd en soms tegengewerkt door de intriges van ambtenaren en officiële regeringspersoonlijkheden, een bestaan waarin ze zou moeten strijden tegen onwetendheid en vooroordeel, niet slechts van Indiërs, maar ook van de Europeanen te Ranchipur en tegen vuil en ziekte, dan zou hij ervoor zorg dragen dat ze het nodige geld kreeg, half uit de staatskas, en half uit zijn eigen middelen.

Een ogenblik was ze volkomen overweldigd door de buitengewone kans die haar werd geboden en zo verward, dat ze helemaal niet kon spreken. Bevelen te mogen uitdelen in plaats van ze te moeten opvolgen; ontsnappen aan de achterklap, kletserij en vooroordelen van het enge wereldje waarin ze zich nu bevond, een stukje provinciaals Europa, opgeslokt door het Oosten; zoveel macht en autoriteit te bezitten! In staat te zijn tot werken, bouwen, organiseren, scheppen! Er was in haar iets van David Livingstone en Mungo Park, zoals in duizenden Schotse kolonisten over de hele wereld: een passie voor avontuur en een streng calvinistische drang om het arme menselijke ras te helpen. Terwijl ze stond te luisteren naar de gezette, kleine Indiër ging alles wat Gallisch en Schots in haar was naar hem uit. Zij zag dat hij eenvoudig en goed was, omdat het stond geschreven op zijn gezicht. Ze wist dat hij sprookjesachtig rijk was, een van de rijkste mannen ter wereld, maar van de rest wist zij niets. Ze wist toen nog niet dat hij tot de grote mannen van het Oosten behoorde, tot de grote mannen van zijn tijd (hoewel ze zijn eenvoud en goedheid reeds doorgrond had), want hij bezat niet de gave om de aandacht te trekken en de grote dingen die hij volbracht, bleven door toeval of met opzet verscholen, omsluierd en onbekend. Wat hij deed was gevaarlijk. Hij vocht om een overwonnen volk weer zelfbewustzijn en waardigheid te schenken. Hij was een van de duizenden die juist begonnen te ontwaken in heel Indië, in de hele Oriënt, bezield door vertrouwen, trots en moed.

Ze keken elkaar een volle minuut aan – de gedrongen, kleine maharadja en de onbekoorlijke, flinke jonge vrouw, en in dat ogenblik ontstond in hen een wederzijds begrijpen, een sympathie die van toen af nooit werd verbroken, noch door intriges, noch door vooroordelen of vertwijfeling.

De Schotse zei eenvoudig: „Ja, Uwe Hoogheid, ik zal gaan."

De maharadja zei: „Het zal niet gemakkelijk zijn, weet u."
„Ik heb mijn hele leven in het Oosten doorgebracht, Uwe Hoogheid. Ik ken de moeilijkheden. Alles wat ik vraag, is een kans."
„Ik zou graag willen dat u nog een andere verpleegster ertoe bewoog om met u mee te gaan."
„Ik zal het proberen. Misschien kan ik juffrouw Eldridge overhalen."
Ze bracht juffrouw Eldridge ertoe, de dochter van een importeur in Madras, een bleek, lang en tenger meisje, dat juffrouw MacDaid aanbad en overal heen zou hebben gevolgd.
Zo vertrokken die beiden naar Ranchipur. Dat was in april, kort voor de regenmoesson.
In die dagen bevond zich het werk van de maharadja nog slechts in een beginstadium en de stad bood een vreemd, chaotisch schouwspel, niet slechts letterlijk doordat wegen en straten werden aangelegd, nieuwe gebouwen verrezen en oude werden afgebroken, maar ook op diepgaander wijze, door de geestelijke en psychologische verwarring waarin een heel volk verkeerde dat tot een nieuw leven werd geleid door zijn beheerser en een handvol van diens ontwikkelde onderdanen. Men had parasiterende priesters gedwongen te werken of de staat te verlaten, zodat er nog slechts voldoende priesters waren overgebleven om behoorlijk de tempeldiensten te leiden. De maharani had juist haar boek geschreven waarin ze de vrouwen drong uit de gedwongen afzondering te komen, te leren lezen, schrijven en een beroep uit te oefenen. Haar hogereburgerschool voor jonge meisjes was juist geopend en de dochters van ministers, prinsen en brahmanen hadden order ontvangen het onderwijs bij te wonen, of ze wilden of niet, zij aan zij met het eerste het beste paria-meisje dat wilde studeren. Het was pas een jaar geleden dat de maharadja een banket en feest had gegeven voor de paria's van de stad Ranchipur, waarbij hijzelf mee aanzat om het voorbeeld te geven aan andere hindoes. Zijn eigen bedienden in het grote paleis waren paria's. In Ranchipur veroorzaakten al deze dingen opstootjes en moorden, intriges en complotten.
Te midden van dit alles verschenen juffrouw MacDaid en haar bleke satelliet, juffrouw Eldridge, en vonden een hospitaal met aarden vloeren, een lekkend dak en een inlandse farmacopea, onder leiding van een weinig ontwikkelde geneesheer die zich drukker maakte over de snit van zijn Europese kleren dan over het welzijn van zijn patiënten, en met een stel doktoren wier geestelijke uitrusting bestond in een wonderlijke mengeling van bijgeloof, een oude baker waardig, en verouderde, medische kennis.
Er heersten kraamvrouwenkoortsen en periodiek terugkerende tyfus; verder als altijd pokken en malaria, terwijl er nog sporen van een pestepidemie waren. Er was geen andere hulp dan enkele vrouwelijke dienstboden uit de lage kasten. Juffrouw MacDaid pakte met eigen handen het werk aan en hanteerde groene zeep en carbol tot aan het einde van de eerste week

34

zelfs háár taaie lichaam en geest ontmoedigd waren. Maar iets in haar was onoverwinbaar; zo was het altijd geweest en zou het altijd zijn, tot het einde toe, en dus ging ze door. Maar erger dan het vuil, de onwetendheid en ongeoefendheid die haar hier wachtten, was de stille, hardnekkige tegenstand van de halve bevolking van Ranchipur, de leugens en intriges van de orthodoxe hindoes, de wrok van de ambtenaren over de aanwezigheid van een Europese en het gezag dat haar was verleend. De maharadja stond aan haar zijde, met al zijn rijkdom en macht, maar er waren tijden waarin het onmogelijk was hem te hulp te roepen, tijden waarin een verzoek hem niet bereikte dan misvormd en waardeloos gemaakt door oosterse leugens en intriges. Er waren ogenblikken waarin zij zich afvroeg wat deze duivels toch ertoe aandreef te liegen, te intrigeren, elke poging te belemmeren die werd gedaan om het volk kennis, gezondheid en betamelijkheid bij te brengen en altijd was het antwoord: godsdienst, of bijgeloof dat doorging voor godsdienst. De ergste vijanden die de maharadja en zij hadden, waren altijd de gelovigsten. Hij had geduld met hen. De heftige, mooie maharani echter had geen geduld. Ze liet staatsbeambten ontslaan. Ze gaf mannen bevel in huis te blijven, alsof ze gevangenen waren. Tenslotte werd door de invloed van de maharani en juffrouw MacDaid de dewan zelf ontslagen, die een orthodoxe hindoe met vlechten en een vrouw in het diepste purdah*, en nieuwe moeilijkheden begonnen, want de dewan, een bekwaam man, al was hij bijgelovig, deed een beroep op de onderkoning en er werd een onderzoek ingesteld naar al de geruchten omtrent onregelmatigheden in Ranchipur, die sinds lang de rust van het gouvernement van Calcutta hadden verstoord.

Het leek allemaal tamelijk veel op een klucht en er gebeurde weinig, aangezien Ranchipur een rijke en machtige staat was en de onderkoning de zaak maar liefst op zijn beloop liet. Doch desniettegenstaande had deze uitbarsting twee dingen ten gevolge. Ten eerste werd de trotse maharani erdoor vernederd en voorgoed tot een vijandin van de Britse ambtenaren gemaakt, en ten tweede maakte het juffrouw MacDaids verhouding tot de Engelsen te Ranchipur eens en voor altijd duidelijk. Van dat ogenblik af wendde zij zich nooit meer om hulp of begrip tot het volk waartoe zij door geboorte hoorde. Gedurende het onderzoek begon ze te vermoeden dat het gouvernement en de hele uitgebreide machinerie die ermee in verband stond, afkerig waren van de zending waaraan zij haar hele leven wijdde. Ze verdacht er hen van geenszins te wensen dat de maharadja of zijzelf zouden slagen, en zelfs afkeurend te staan tegenover haar samenwerking met Indiërs, in deze beweging ten bate van verlichting en hervorming.

Tot de maharadja aan de macht kwam, met zijn hartstochtelijk verlangen om zijn volk waardigheid en zelfbewustzijn te schenken, was Ranchipur een

---

* Afzondering waarin de vrouwen gehouden werden.

vredige staat geweest, in vuil en onwetendheid verzonken, en een uitstekende markt voor wol uit Manchester en ijzerwaren uit Leeds en Hull. Maar nu was er sprake van dat de maharadja in zijn eigen staat fabrieken zou oprichten waarin het volk zelf zijn kleren kon vervaardigen. Bovendien leek Ranchipur alle radicalen, hervormers en agitatoren aan te trekken. Als hun het leven elders te zwaar werd gemaakt, vluchtten ze naar Ranchipur.

Deze zwakke poging van het Oosten om te ontwaken en geloof en hoop te vinden in de toekomst werd zeer lastig en onaangenaam gevonden.

Gedurende het onderzoek hadden een paar van de regeringsklerken juffrouw MacDaid behandeld alsof ze een soort mengeling van een werkster en verraadster was en een of ander impotent mannetje uit Clapham, dat onbeschoft was tegen de maharani, zag zich voor zijn moeite beloond door ontslag uit de civiele dienst, omdat hij ,,een incident" had veroorzaakt. Toen juffrouw MacDaid naar Ranchipur terugkeerde, na tien kostbare dagen te hebben zien verloren gaan voor haar werk, had ze geleerd wat het betekent zich een paria te voelen te midden van zijn eigen volk. Sindsdien ging zij alleen haar weg, vechtend, vastbesloten en onoverwinbaar. Ze had er haar zinnen op gezet haar opdracht te doen slagen. Ze twijfelde niet langer daaraan. Deze taak was haar toegewezen. Toen ze terugkwam, brak de tyfus weer uit en juffrouw Eldridge werd een van de eerste slachtoffers. Ze probeerde niet opnieuw een nieuwe metgezellin te vinden om haar te vervangen.

Het ene jaar na het andere, zonder zelfs vakanties te nemen, de hete, stoffige winters en de regenmoesson door, werkte ze verder, te midden van hongersnood en pest, intriges en wanhoop en als door een wonder begon het ziekenhuis langzaam werkelijkheid te worden. Het ene gebouw na het andere verrees, uit baksteen, keurig, helder en hygiënisch. Ze slaagde erin van de dienstboden verpleegsters te maken die het allernodigste kenden. De geneesheer en chirurgen werden een voor een ontslagen en nieuwe mannen namen hun plaatsen in, geen experts of genieën, maar beter dan hun voorgangers.

De dagen waarop zij een paar uren voor zichzelf kon vinden die ze niet nodig had om te slapen, waren zeldzaam. Toen begon een beter slag vrouwen zich te laten opleiden tot verpleegsters, aangespoord door de enkele meer ontwikkelden: weduwen en vrouwen die uit eigen wil of toeval ongehuwd waren gebleven. Het ziekenhuis genas niet slechts gehavende lichamen, maar ook gekneusde en verwonde zielen. Dat was het wat ook de prinses en de dochter van de aide de camp tot haar had gebracht. Tegen de tijd dat de jonge majoor Safka kwam, was het ziekenhuis werkelijkheid geworden, en een mooie werkelijkheid. Juffrouw MacDaid wist dat het beter was dan het merendeel van de Europese ziekenhuizen. Alleen, met geen andere hulp dan die van Indiërs, had zij het geschapen, maar ze had ervoor betaald en op haar negenenveertigste jaar was haar taaie lichaam versleten door de lange strijd tegen hitte, bijgeloof en intrige. Haar haren waren dun, bros en droog, en het lelijke, goede gezicht met de als gelooide huid, was doorgroefd. Maar ze had gewonnen en in haar hart droeg ze een geheim dat weinigen in het Westen zelfs maar vermoedden: dat haar Indië, met zijn pracht, wildheid en vitaliteit, niet verpletterd en dood was, verslagen door westerse winkeliers. Het had slechts gesluimerd.

Ze wachtte op de majoor in de kleine hal die op de tuin uitzag, en na een tijdje zag ze door een regenvloed zijn Ford het hek doorrijden. Terwijl ze stond te kijken hoe de autolampen over de rijweg gleden en de hibiscusstruiken verlichtten, die diezelfde namiddag nog door een zwervende troep apen van alle bloemen waren beroofd, dacht zij: „Als ik maar jong en knap was. Als alles maar niet verkeerd was."

Een ogenblik lang had ze er een vermoeden van hoe het gevoel moest zijn, roekeloos alles op te offeren voor een mens die men liefhad.

Toen hield de auto stil en hij sprong eruit, gevolgd door de nicht van de maharadja en de portier. Achter hem kwam een doordrenkte, jammerlijke gestalte, in wie zij Smiley herkende, de Amerikaanse missionaris. Hij sleepte een grote mand meloenen en pisangs achter zich aan.

„Is ze zover?" vroeg de majoor.

„Ja, majoor. Uw jas en handschoenen liggen klaar."

Majoor Safka vergat Smiley en haastte zich naar de operatiezaal, terwijl juffrouw MacDaid en de prinses zich met een roltafel naar de zaal begaven om de metselaarsvrouw te halen. Alles verliep prompt, praktisch en goed, en binnen twaalf minuten was de eerste zoon van de metselaar geboren op dezelfde wijze waarop Caesar, naar men zegt, ter wereld kwam. Een half uur later was de moeder uit bewusteloosheid in slaap overgegaan en de baby gebaad, waarna majoor Safka, juffrouw MacDaid en Smiley zich om een tafel in juffrouw MacDaids kantoor verzamelden om thee met wat biscuits te gebruiken. De majoor had reeds een van de uitgebreide diners van de maharani genuttigd en een of twee van de sandwiches die altijd naast de pokertafel werden klaargezet, maar hij beweerde honger te hebben en bleef om wat te eten, omdat hij wist dat juffrouw MacDaid gekwetst en teleurgesteld zou zijn als hij dadelijk weer wegging.

Smiley was een kleine man en droeg een zeer grote bril, wat hem nog kleiner en magerder deed lijken. Hij was pas tweeënveertig, maar hij zag eruit als een tien jaar oudere, vermoeide man. Het was de zon die dit had veroorzaakt, de zon en de hitte en aanvallen van malaria en zijn eigen toewijding aan dezelfde zaak waaraan ook de majoor en juffrouw MacDaid zich gaven. Hij verliet Ranchipur uiterst zelden, zelfs tijdens de regenmoesson. 's Morgens gaf hij tot één uur les in zijn school voor paria's en jongens uit

de lage kasten, midden in de stad, en 's middags gaf hij onderwijs in het meisjesweeshuis dicht bij de missie. Maar daarmee was zijn dagtaak niet geëindigd, want hij had een uitgebreide en ingewikkelde boekhouding bij zich houden, teneinde het bestuur van de staatsmissie van Iowa tevreden te stellen. Hij kende de familieleden van alle jongens die zijn school bezochten en met hen was altijd iets gaande, sterfgevallen of geboorten, ziekten of moeilijkheden met de politie, zodat hij eeuwig bezoeken had af te leggen, bij nacht en ontij. Nu en dan moest hij ook juffrouw MacDaid helpen, omdat sommigen van de paria's in hun onwetendheid bang waren voor het hospitaal en zich niet wilden laten behandelen voordat hij hen had gerustgesteld. Bovendien had hij nog moeilijkheden met de predikant Burgess Simon, die de geestelijke leiding over de missie had en klaagde dat meneer Smiley niet voldoende streng in de leer was en zich niet vurig genoeg inspande om zijn leerlingen te bekeren tot de doopsgezinde variatie van het christendom. Het was waar dat Smiley er in zijn hart geen steek om gaf of zijn leerlingen christenen, hindoes, mohammedanen of doodgewoon heidenen waren, zoals de wilde Bhils, die tussen de rotsige heuvels leefden. Evenmin deerde het de hem dat dominee Simon van afkomst een evangelist was en uit snobisme een imitator van de anglicaanse missies. Simon dacht slechts aan de zielen, terwijl Smiley meer belangstelling koesterde voor hygiëne, mathematica, de geschiedenis van Indië en begrippen omtrent het fatsoenlijk handelen van een mens tegenover zijn naaste. Evenals juffrouw MacDaid en de majoor wist hij dat noch Indië, noch het Indische volk gered kon worden door bekering tot het christendom of welke andere godsdienst ook, naar slechts door ontwikkeling en het genezen van de vreselijke veten die land en volk verscheurden. Maar Smiley had al sinds lang geleerd te huichelen, omdat het de enige manier was waarop hij iets goeds kon uitrichten voor dit volk, waar hij van hield. Dus was hij ter wille van het bestuur der missie en de eerwaarde heer Simon, die, naar hij had gemerkt, achter zijn rug vrome en lasterlijke berichten over hem naar Amerika stuurde, hypocritisch geworden en nam de schijn aan een vroom doopsgezinde te zijn.
Maar daarover had hij nooit met iemand anders gesproken dan met zijn vrouw, die het met hem eens was, en met juffrouw MacDaid en de majoor. Het was alsof zij samen een komplot hadden gevormd om te proberen iets goeds uit te richten, in weerwil van de bijgelovigheden van de hindoereligie in Indië. Als Smiley de waarheid had moeten bekennen omtrent zijn geloof, zou hij waarschijnlijk hebben gezegd dat hij, als hij al iets was, waarschijnlijk een goede mohammedaan was. Nu bevond Smiley zich hier in het ziekenhuis met een mand vol fruit en een paar potjes koude gelei voor de pariavrouw. Ze was de moeder van een van zijn leerlingen, een jongen van zestien jaar, voor wie hij veel belangstelling koesterde. Als de jongen goed bleef leren op school, zou de maharadja hem waarschijnlijk helemaal

naar Amerika zenden, naar de universiteit van Columbia. Mevrouw Smiley had de gelei zelf gemaakt.

„Drie in één nacht," merkte Smiley op. „Dat kan ermee door. Het is bijna een record."

„O nee," zei juffrouw MacDaid, „we hebben er weleens zeven gehad. Herinnert u het zich, majoor?"

De majoor herinnerde het zich. Geen van beiden hadden ze die nacht een oog dichtgedaan. Ze waren weggeroepen tijdens een van meneer Bannerjees deftige diners. Juffrouw MacDaid dacht, terwijl ze toekeek hoe Smiley zijn thee dronk: „Hij lijkt wel een muis. Ik begrijp niet waar hij de vitaliteit vandaan haalt," waarbij ze er geen moment aan dacht dat hij net als zij een innerlijke kracht bezat.

Terwijl de Bunyase haar kind ter wereld bracht, had Smiley zijn druipende kleren verwisseld voor een van de ziekenhuispakken van de majoor, waarin hij helemaal verzonk. De kleren, waarin de majoor er zo correct uitzag, hingen om Smiley als een tent, de mouwen en broekspijpen waren opgerold, het jasje stond open. Ze maakten er grapjes over toen haalde juffrouw MacDaid een pot verse thee, in de veronderstelling dat ze daarmee de majoor wat langer zou kunnen vasthouden.

Toen ze terugkwam, was hij net bezig te vertellen van de nederlaag die de generaal bij het pokerspel had geleden tegen de maharani. 'De oude heer barstte zowat," zei hij. „Ik wou dat je hem had kunnen zien. Poker is geen spel voor een Engelsman. Die is altijd te eenvoudig als het om zulke dingen gaat." Toen keek hij op zijn horloge en juffrouw MacDaid voelde haar hart zinken.

„Ik moet er weer heen," zei hij. „Hare Hoogheid zal uit haar humeur raken als ik langer wegblijf dan zij nodig vindt voor een bevalling. Waarschijnlijk zit ze nu al op de klok te kijken en de generaal bij het spelen voor het lapje te houden." Hij wendde zich tot de missionaris. „Wat denk jij te doen, Smiley? Je bent toch zeker niet van plan in deze zondvloed terug te fietsen?"

„Ik zou met plezier naar huis zwemmen," zei Smiley, „als de regenvloed maar aanhoudt. Ik heb geen zin om nog eens zo'n mager jaar te beleven als we elf jaar geleden hebben gehad."

„Dat was nog niets," zei juffrouw MacDaid, „u had hier vijfentwintig jaar geleden moeten zijn. Toen hebben we pas echte hongersnood gehad, met nog wat pest erbij op de koop toe. Nu is de spoorweg er en kan dat nooit meer gebeuren. U had moeten zien hoe ze in lange rijen op de grond lagen te sterven aan de cholera, als vliegen. Het was hetzelfde jaar dat juffrouw Eldridge stierf."

„Nu, ik denk niet dat zulke jaren ooit zullen terugkeren." De majoor bewoog zich en opnieuw zonk juffrouw MacDaids hart. Hij wou iets zeggen, maar een felle donderslag onderbrak hem en hij wachtte tot die voorbij zou zijn. Toen stond hij op. Hij zag er heel knap uit in zijn witte *jodh-purs* met de zwarte *atchcan,* die met diamanten knoopjes was dichtge-maakt en met de nette, elegante, rode Ranchipurse tulband. Voor een man als hij was het de mooiste klederdracht die kon bestaan. Hij deed de schou-ders uitkomen, die breed waren als van een worstelaar, de smalle heupen, de spieren op zijn armen. Juffrouw MacDaid dacht als vaak tevoren: ,,In-diërs zijn het mooiste ras dat bestaat". Er was iets fijns aan hen. Als men lang tussen hen had geleefd, leek zelfs het mooiste westerse gezicht een bleke, slappe pudding.

,,Ik zal jou en je fiets naar huis brengen, Smiley," zei hij, ,,en dan terug-gaan naar het paleis." Smiley maakte beleefde tegenwerpingen, maar de majoor zei: ,,Het is maar een omweg van drie of vier mijl. Ik zou nog geen hond uitsturen in zulk weer als vannacht."

Wat juffrouw MacDaid ook deed, ze gingen weg. Ze vergezelde hen tot aan de deur en daar keerde Smiley, zijn kleine gestalte in het wijde, lin-nen pak van de dokter gehuld, zich om, hief de armen op en wuifde. De mouwen hingen aan zijn magere armen als de vleugels van een vreemde vogel.

,,Ik moest eigenlijk zo op bezoek gaan bij Simon," zei hij, ,,dan had hij weer wat anders om naar Amerika te schrijven."

Toen klommen ze in de auto, wuifden haar toe en verdwenen in een muur van water. Ze waren vrienden, deze drie, de Schotse, die te Soerabaja was geboren, Smiley, de zoon van een predikant in een kleine stad in Iowa en majoor Safka, die afstamde van de hoogmoedigste van alle brahmanen. Toen ze waren weggegaan, bekeek juffrouw MacDaid zichzelf in de spie-gel van de waskamer, maar het beeld dat zij te zien kreeg was, in weerwil van de rouge die ze meende dat niemand opmerkte en het middeltje tegen haar grijze haren, niet erg bemoedigend. Ze zei halfluid: ,,Ik ben gek. Ik ben een vrouw van middelbare leeftijd en moest wijzer zijn. Maar ik kan het niet helpen." Heimelijk was ze er toch blij mee, omdat het haar in-nerlijk warm deed voelen en zelfs jong. Ze keerde zich af, nam de mand van Smiley op, deed de gelei in een ijskast en zette het fruit daar waar de dochter van de aide de camp het kon vinden, zodat de pariavrouw morgen bij haar ontwaken meloen zou hebben.

De majoor zette Smiley af bij de grote barak van een huis, waar hij met zijn vrouw woonde, tegenover dominee Simon, diens vrouw en hun doch-ters Fern en Hazel. Toen reed hij terug naar het paleis en stapte over de li-chamen van de wachten heen, die in hun roodgouden uniformen lagen te slapen in de hal aan de achterzijde, en ging naar de zitkamer van de ma-harani. Haar hofdame, de oude prinses van Bewanagar, sliep vast, rechtop zittend in haar juwelen, maar het spel ging nog heftiger door, hoewel het al twee uur in de nacht was. Het werd morgen eer de maharani opstond en hen liet gaan, zevenhonderd en tachtig rupees rijker dan toen ze was gaan zitten. Precies zeshonderd daarvan waren van de generaal afkomstig.

De eerste regenvloed, die de droogteperiode in Ranchipur onderbrak, kwam niet zover oostelijk als Delhi en Agra. In weerwil van zijn kracht en van de stromen water die erbij vielen, in weerwil van het feit dat hij een oppervlakte besloeg zo groot als Frankrijk en dat Nederland en België erin hadden kunnen verdrinken, ging hij verloren in de uitgestrektheid van Indië en eindigde met wat druppels, die in het rode stof spatten, ergens aan de grenzen van Udaipur. Zodoende kreeg de Bombayse mailtrein zelfs niet de flauwe, geestelijke opluchting in de droge, brandende hitte die wordt veroorzaakt door het zien en horen van water.

In hun privé-rijtuig lagen lord en lady Heston, in verschillende compartimenten, slapeloos, want men kon evengoed proberen te slapen in een oven. Zelfs de brokken ijs, die in handdoeken gewikkeld voor elke elektrische ventilator lagen, brachten daarin geen verandering en soms leek de vochtige sfeer, die door het smeltende ijs werd veroorzaakt, het nog maar erger te maken. Als men metaal aanraakte, was het gloeiend, zelfs midden in de nacht. Het geelrode stof vloog onder en over de trein en woei er in verblindende wolken omheen. Het kroop zelfs door de speciale, fijne, koperen dakbedekking, die lord Heston zelf voor de wagen had besteld. Het lag over alles, veranderde de in handdoeken gewikkelde ijsblokken in modderkoeken en bedekte de grond met een fijne laag, die telkens opwoei als de luchtstroom van de ventilatoren ze beroerde.

In zijn compartiment rookte lord Heston sigaren, dronk whisky en belde om zijn bediende, nu eens om een venster te openen, dan weer om het te sluiten, de ventilator te verzetten of een nieuw brok ijs te brengen. Hij trachtte vergeefs, nu hij toch slapeloos bleef, te werken, telegrammen samen te stellen of orde te brengen in de chaos van cijfers op een stuk papier dat voor hem lag.

Hij was een grote man van achtenveertig jaar, breed van gestalte en zwaarlijvig, in weerwil van paardrijden, massage en lichaamsbeweging. Hij had een breed, tamelijk rond en dik gezicht, met onregelmatige, ongunstige trekken. Het kwam door de vorm van de kaak en de bijna liploze mond dat het zo was, want die gaven hem iets ruws en meedogenloos. Op zijn neus en jukbeenderen was een netwerk van fijne, purperen aderen, want lord Heston was een zware drinker en sinds lang werkte zijn brein alleen nog als hij zich volgoot met cognac of whisky.

Dat drinken was lang geleden in het Oosten begonnen, toen hij, destijds nog gewoon als Albert Simpson, handelde in messen uit Leeds en Hull en dronk om de hitte uit te kunnen houden. Later, toen hij terug was in Engeland, had hij gedronken om de vochtige koude te kunnen verdragen en zijn brein voort te drijven als het vermoeid en verward raakte en toen hij tenslotte rijk werd en zijn toekomst zich compliceerde, dronk hij omdat dit het enige was waardoor hij zichzelf kon bevrijden van het gevoel, dat hij verpletterd werd door het monster Succes dat hij zelf had geschapen. Zo was alcohol een deel van zijn bloed geworden; hij was er zo aan gewend, dat zijn brein er nu door werd gescherpt in plaats van beneveld. Hij kon niet zonder alcohol werken. Het was niet de whisky, die zijn hersens nu verwarde, maar de verstikkende hitte.

Hij was een der grootste mannen van het Westen, niet een groot heerser, zoals Akbar of Napoleon was geweest, evenmin een groot filosoof zoals Plato of Mohammed, maar eenvoudig een winkelier met al de sluwheid en behendigheid van de kleine winkelier, duizendmaal vergroot. In plaats van erwten, noten of meel te verkopen, hield hij er rubberplantages op na in Indië, juteplantages in Voor-Indië, wol in Egypte, kranten in Londen en Midden-Engeland, scheepvaartlijnen die Oost en West verbonden, staalwerken (op het ogenblik niet erg winstgevend) in Engeland, petroleum (waarover op het moment moeilijkheden waren ontstaan) in Perzië en Afghanistan en fabrieken, misschien de beste belegging van alles, die kanonnen en granaten produceerden. Lang geleden had hij de wol in Engeland verkocht, omdat het daarmee voorgoed was gedaan. Die hadden de Japanners en Indiërs in handen door hun satanse, lage levensstandaard! Dat alles had iets te maken met de verwarde hoop cijfers waaruit hij in deze hitte niet wijs kon worden. De basis van dit alles had hij lang geleden gelegd als de doodgewone meneer Simpson, zoon van een aannemer te Liverpool, want hij was geen erfelijk pair; hij had zijn adel handig weten te kopen op een tijdstip, niet zoveel jaren geleden, toen zo iets goedkoop was en gemakkelijk ging via een cynische en demagogische eerste minister.

Hij haatte de warmte, want die verhoogde zijn bloeddruk en gaf hem een sensatie in zijn hoofd alsof het zou barsten, en hoewel hij niet veel anders had kunnen doen, vervloekte hij zijn idee om naar dit helse land te gaan. Toen iemand hem had gewaarschuwd dat het waanzin was om in april naar Indië te gaan, had hij gelachen en geantwoord: „Hoor eens, beste kerel, Heston is in Somaliland en op Java en Nieuw-Guinea geweest. Hitte is niets nieuws voor me."

Maar de man die naar Somaliland was gegaan, was een jonge kerel van even in de twintig, Albert Simpson genaamd, sterk als een os en met de zenuwen van een atleet, niet de grote lord Heston, een logge, vroeg verouderde man, die vernield werd door het gecompliceerde en wisselvallige fortuin dat hij op sluwe en niet altijd zeer fatsoenlijke wijze had opgebouwd.

Hij was naar Indië gekomen omdat het gouvernement dat wenste en hij het moeilijk kon weigeren, als hij nog meer eerbewijzen en erkenning van bewezen diensten verlangde (hetgeen hij inderdaad deed). Maar de reis viel samen met zijn eigen behoeften en plannen, want het was waar dat hij de kwestie van de jute moest bestuderen aan de bron zelf en hij wist dat er in Bombay een kans was, zelfs een heel grote kans, Indiërs wolfabrieken afhandig te maken voor zogoed als niets. In Engeland was het gedaan met de wol, maar in Indië was er nog een kans, zelfs tegen de Japanners. In zijn hart gaf hij niets om de begrippen Oost of West, Europa of Engeland. Hij gaf alleen om lord Heston en de macht die sluwheid en geld hem verschaften – en misschien een beetje om zijn vrouw en om paarden.

Als het Indische gouvernement ertoe bewogen kon worden de invoerrechten hoog genoeg te maken om de Japanse goederen uit het land te houden, zou er weer geld zitten in wolfabrieken, niet in Engeland, maar in Indië zelf. Hij wist dat het nu het ogenblik was om te kopen.

Hij had de duur van zijn werkzaamheden nauwkeurig uitgestippeld. Een week in Ranchipur, waar het tenminste wat koeler zou zijn dan in Bombay; vierentwintig uur in Bombay, alles tevoren geregeld per telegram, zodat er geen tijd verloren ging; dan de Lloyd- Trestino-boot naar Genua en tien dagen of twee weken met zijn jacht op de Middellandse Zee, als hij niet regelrecht naar Londen moest wegens de herrie die de vervloekte bolsjewieken maakten over de petroleum. Hij reisde niet met de scheepvaartlijn waarbij hij belangen had, omdat die er langer over deed dan de Italiaanse boten, want lord Heston had een manie voor snelheid. De verwenste *dago's* hadden hem dwars gezeten in zaken de laatste tijd! Hij was heimelijk van oordeel dat het gouvernement het aan hem verschuldigd was, de Italianen door controle van de havenprivileges te dwingen hun boten langzamer te laten varen. Hij vond dat er geen fut meer zat in het gouvernement sinds die Labour-partijlui er iets in te zeggen hadden. Het wilde geen andere naties meer bedreigen en onderworpen volkeren verdrukken. Er waren ogenblikken waarin de grote lord Heston het betreurde niet vijftig jaar eerder te zijn geboren, toen het keizerrijk werkelijk een keizerrijk wàs. Dat zou zijn loopbaan in veel opzichten vergemakkelijkt hebben. Tijdens een van zijn eeuwige spelletjes met cijfers berekende hij dat het Britse kapitaal in de achttiende en negentiende eeuw vijfhonderdduizend pond rente had getrokken uit elk pond dat het in Indië stak. Kolossaal! Een man als hij zou de wereld hebben opgekocht in zo'n tijdperk!

Het was zijn vreemde hartstocht voor paarden, die hem naar Ranchipur bracht. Toen hij in Simla na tafel zat te praten met een paar cavalerieofficieren, vertelden ze het een en ander over een ras waarvan hij weleens had gehoord, maar dat hij nooit had gezien – de taaie, kleine Kathiwarse paarden, die op het droge, wilde schiereiland aan de kust van de Indische Oceaan werden gefokt. Men vertelde hem dat ze leken op de Arabische paarden, maar zwaarder gebouwd en steviger. Ze waren niet alleen snel, maar konden lasten dragen (iets waarmee hij altijd rekening moest houden). Ze waren altijd de lievelingspaarden geweest van de krijgshaftige Mahratta's en Rajputs. Zodra hij van hen had gehoord, moest hij ze absoluut hebben en niet de gewone soort, maar de allerbeste. Volgens de cavalerieofficieren waren de beste te vinden in de beroemde stallen van de maharadja van Ranchipur. Dus maakte de onderkoning het in orde. Hij zou naar Ranchipur gaan en door de maharadja worden ontvangen; men zou hem niet in het gastenhuis onderbrengen, maar in een van de kleinere paleizen, zoals voor een grote heer uit het Westen betaamde. Terzelfder tijd kon hij dan spreken met de slimme oude dewan van Ranchipur en hem misschien overhalen of omkopen om hem te helpen in de kwestie van de Bombayse fabrieken. De oude dewan was een belangrijk persoon in de Indische politiek. Op deze wijze zou hij twee vliegen in één klap slaan en dat was een kolfje naar zijn hand.

De onderkoning was er zeker van dat zijn vriend, de maharadja, hem een hengst en een half dozijn merries zou verkopen, die hij dan kon verschepen naar Engeland. Dat was voor hem het enige lichtpuntje in de toekomst, want zelfs het vooruitzicht, met de Khoja's en Parsees te Bombay een uiterst gunstige overeenkomst te kunnen sluiten, wond hem niet erg op. Als hij een man was geweest, geneigd zichzelf te bestuderen, zou hij dit hebben herkend als het eerste teken van verval. Plotseling kreeg hij het weer erg heet en luidde de bel, die zich naast zijn bed bevond. Er kwam niemand en hij belde nijdig nog eens en toen een derde maal, woedend. Eindelijk ging de deur open en Bates, zijn bediende, kwam binnen, met een slaperig gezicht en bleek van de hitte.

Lord Heston kwam zwaar overeind op een elleboog en schreeuwde: „Wel alle duivels! Wat voer jij uit? Ik heb al tien minuten gebeld!" De bediende was een magere, koude man, maar terughoudend en bijzonder bekwaam, de soort man die Heston graag om zich heen had. Bates vroeg nooit een gunst en gaf nooit enig uiterlijk teken van genegenheid of toewijding. Hij toonde ook nu geen vrees. Hij zei eenvoudig: „Het spijt me, sir. Ik moet in slaap zijn gevallen."

Dit leek lord Heston nog woedender te maken.

„Ik zie niet in waarom jij voor de duivel zou slapen als ik het niet kan. Zeg tegen dat zwarte varken dat hij me nog wat ijs brengt. Er is niets meer over van wat er was."

„Zeer goed, sir," en Bates verdween, uiterlijk nog steeds onbewogen. Trouwens, ook innerlijk was hij niet bijzonder bewogen. Hij was dit nu sinds twaalf jaar gewend en het raakte hem niet diep. De enige aandoening die lord Heston in hem opwekte, was een koude, hartstochtloze haat die nooit veranderde. Maar het was een goede baan, met uitstekend loon en die hem een zeker prestige verschafte, met veel vrije tijd en allerlei bijverdiensten waarvan lord Heston merendeels niets af wist. Zodra hij vond dat hij genoeg op de bank had staan, zou hij gewoon zijn ontslag nemen, plotseling, op een of andere avond. Hij wist dat die tijd niet ver meer lag en dan kon lord Heston naar de duivel lopen. Dan zou hij zich terugtrekken op een halve villa in zijn geboortestad Manchester, voorgoed lid worden van de communistische partij en daaraan al zijn opgedane ervaringen ten dienste stellen omtrent de onredelijkheden, de verraderlijkheden en onbarmhartigheden van Heston en anderen van zijn slag.

Het merkwaardige van de zaak was, dat Bates geslaagd was waar talrijke, meer intelligente en succesvolle, schitterende mannen hadden gefaald. Juist door zijn onverschilligheid had hij het klaargespeeld sinds twaalf jaar een prachtige baan te behouden en in dat tijdsverloop had hij compagnons, secretarissen en klerken, chauffeurs en butlers zien komen en gaan, soms ontslagen, soms verdreven omdat hun het leven ondraaglijk werd gemaakt, maar altijd gebroken en vernederd. Bates wist dat er maar twee mensen bestonden die lord Heston nooit had kunnen breken of zelfs vernederen. De ene was hijzelf en de andere was lady Heston. Daardoor waren ze beiden nog bij hem. Als er ooit een dag kwam waarop een van hen beiden tekenen van zwakheid vertoonde, zouden ze dezelfde weg als alle anderen gaan.

In het aangrenzende compartiment hoorde lady Heston het geschreeuw van haar man. Het geluid van zijn stem, dat zelfs boven het monotone gedender van de wielen uit klonk, schrikte haar uit de versuftheid waarin ze was gevallen en ze dacht: ,,Als hij niet kan slapen, komt hij hier naar toe om mij te vervelen," maar bijna tegelijkertijd wist ze dat het haar niet werkelijk kon schelen. Daar was ze allemaal sinds lang aan gewend geraakt. Een keer meer of minder deed er niet veel toe. Ze zou aan iets anders denken. Dat zou tenminste opwindend zijn. In elk geval kon ze toch niet ellendiger worden dan ze al was. Ze kwam loom overeind en hield haar rode crêpe-de-chine kussen over de rand van het bed, om er de laag gele stof te schudden. Dat vervloekte stof zat in haar mond, in haar haren. Ze draaide het licht op en keek naar zichzelf in de spiegel. Haar gezicht was geel van het stof en bij de slapen had het zweet zich ermee vermengd en het tot modder gemaakt, waarvan een straaltje afliep langs de beroemde teint, die haar zoveel gekost had aan schoonheidsspecialisten. Ze slaakte een kreetje van afschuw en ging toen weer loom achteroverliggen tussen de kant en zijde, terwijl ze bepeinsde dat de ellende pas goed was begonnen. Om vier uur in de nacht zouden ze moeten opstaan en zich aankleden en op een perron staan wachten om over te stappen in de smalspoortrein naar Ranchipur. Voor zover zij had kunnen nagaan, schenen Indische treinen nooit te vertrekken of aan te komen op enig ander uur dan tussen middernacht en zonsopgang. Het kwam haar voor of ze nu al sinds weken niets anders had gedaan dan opblijven om een trein te nemen die om twee uur in de nacht vertrok, of opstaan om over te stappen om vier uur 's nachts. De privé-wagen was uitstekend op de hoofdlijnen, maar van geen enkel nut op de smalspoorbaan. Ze nam nog wat slaapmiddelen in en dacht: ,,Dan merk ik het niet zo erg," en was bijna weer in haar versuftheid teruggezonken, toen de deur openging en lord Heston binnenkwam.

Toen Johannes de Doper de volgende morgen Ransome zijn thee bracht, was het onweer voorbij en de zon scheen opnieuw alsof geen regen de droogte had onderbroken. Ransome wist dat dit een heel slecht teken was. Als de regenmoesson op deze koketterende wijze begon, betekende het soms dat de regenbuien heftig, maar slechts in vlagen en onvoldoende zouden vallen, juist genoeg om de hele aarde te doen uitbotten in teer en fris groen, dat dan bijna onmiddellijk zou worden bruingebakken door de boosaardige, hatelijke zon. Haar stralen werden met onrust gadegeslagen door alle ogen die die morgen in Ranchipur opengingen, maar Ransomes onbehaaglijkheid was de bijzondere sensatie van iemand die het grootste deel van zijn leven heeft doorgebracht in het vochtige, groene Engeland en het vruchtbare, golvend groene landschap van de Middenamerikaanse westkust. Zijn lichaam, zijn hele ziel, hunkerden naar de regen, niet omdat die voedsel betekende, maar omdat er dan een einde zou komen aan de verschrikkelijke droogte. Voor hem had het schouwspel van een verbrand, stoffig land altijd iets onwezenlijks.

Toen hij zijn thee had gedronken en een douche van lauw water genomen, ging hij op de veranda zijn fruit en zijn eerste glas van die dag gebruiken. De tuin was door de regen omgetoverd. In enkele uren waren die nacht frisse loten ontsproten aan de verschrompelde planten en de klimranken die de oude muren bedekten. Daaronder was de aarde niet meer verbrand en stoffig, maar had ze een rijke, donkere tint; hij wist echter dat ze tegen de avond opnieuw geel zou zijn, hardgebakken door de zon.

Niettegenstaande dat, ging hij toen hij zijn glas had leeggedronken de tuin in, haalde een schoffel uit het tuinhuis en ging aan het werk om de grond te bewerken. Dat zou de aarde tenminste helpen het vocht nog enkele uren langer vast te houden als er geen regen meer kwam.

Aan het verste eind van de tuin, bij de put, zette hij zich aan het werk met zijn schoffel, maar hij was nog niet lang bezig, toen hij zijn hond hoorde blaffen en ontdekte dat het andere eind van de tuin, dicht bij het huis, was overrompeld door apen. Hij riep de hond weg, trok zich terug in de schaduw van de bomen en sloeg het schouwspel gade. Hij kende de hele troep, want die leefde in de bomen van de paleistuin aan de andere oever van de rivier. Gewoonlijk plachten ze daar te blijven en zich te voeden met de bananen en mango's en wat voedsel dat de paleisbedienden 's avonds voor hen buiten zetten. Maar soms gingen ze zwerven, niet op zoek naar voedsel, maar uit zucht naar kattekwaad, avontuur en vernieling. Gewoonlijk voerde Ransome een meedogenloze strijd tegen hen en als hij uitging gaf hij order aan Johannes de Doper ze te verdrijven als ze in zijn afwezigheid mochten komen. Johannes, die bekeerd was tot het christendom, had geen gemoedsbezwaren om de heilige apen uit te roeien. Een paar maal waren ze onverwacht gekomen, toen er niemand in huis was dan Ransomes hindoese bedienden en alsof ze Ransomes vijandigheid vermoedden, hadden ze de hele tuin van elke bloem beroofd. Systematisch gingen ze van

46

plant tot plant, van rank naar rank en rukten elk helgekleurd voorwerp dat hun aandacht trok af. Ze aten de bloesems niet op, maar wierpen ze in het stof en keken nu en dan over hun schouder, om zeker te zijn dat er geen wreker in aantocht was. Ransome dacht weleens dat ze net een vijandig leger in oorlogstijd waren, dat een land binnenviel. Het troosteloze schouwspel dat ze achterlieten, herinnerde hem aan hele dorpen die hij in de oorlog had gezien, waar van elk huis de ramen en deuren waren opengebroken en de halve inboedel in de modder op de weg gegooid.

Ditmaal waren ze zo onbeschaamd niet te letten op zijn aanwezigheid. Ze klommen op de veranda en klauterden tegen de waterpijp op. Er moesten er wel dertig of veertig zijn, allemaal wijfjes, behalve de grote mannetjesaap, die plechtig boven op de hoge muur zat uit te kijken of er geen gevaar dreigde. Ook was er een dozijn aapjes van allerlei grootten, van halfvolwassen tot pasgeboren toe, die zich nog vastklemden aan hun moeders hals. Eentje, die misschien vijf of zes dagen oud was, leerde lopen. Zijn moeder zat op haar hurken, terwijl een andere apin, misschien een tante, enige meters verder hurkte en haar armen uitstrekte. De moeder schudde het kind van zich af en gaf het een stootje. Het keerde dadelijk bij haar terug en ze gaf het voor de tweede maal een duw. Nogmaals kwam het bij haar terug en ditmaal gaf ze het geërgerd een flinke klap. Het gilde en slaagde erin enkele passen te doen. Weer gaf ze het een klap en weer slaagde het erin verder te waggelen tot het dichter bij zijn tante was dan bij zijn moeder. Toen stond het kleintje stil en keek van de een naar de ander met een grappige, angstige uitdrukking op zijn snuitje. Vervolgens nam hij wellicht voor de eerste maal in zijn leven een besluit, merkte dat de tante het dichtst bij was van de twee en wankelde onzeker naar haar toe. Tegen haar borst mocht hij even uitrusten en toen zette ook zij hem vastberaden op zijn voeten en gaf hem een stootje. Toen hij zich omkeerde om gerustgesteld te worden, gaf ook zij hem een klap en zo werd hij gedwongen naar zijn moeder te gaan, waarna deze hem met liefkozingen overlaadde en een stroom van gebabbel in apetaal over hem uitstortte.

Uit de schaduw sloeg Ransome de les stilzwijgend gade, terwijl zijn hele gezicht verhelderd werd door een onbewuste glimlach, maar na het derde avontuur hoorde hij rumoer op de galerij boven het apekind en zich omkerend ontdekte hij dat daar een ware orgie werd gehouden. Zijn ontbijttafel was overdekt met apen, die luidkeels babbelend zijn brood en mango's opaten. Een van hen hield zijn theekopje vast en keerde het zoekend om en om, als wilde hij ontdekken waartoe het moest dienen. Een moeder met een baby, die zich aan haar vastklemde, zat op de vensterbank en bekeek de stof van de gordijnen. Het schouwspel maakte hem aan het lachen, maar terzelfder tijd voelde hij dat het ogenblik van handelen was gekomen en hij haalde een katapult uit zijn zak, die was gemaakt van de vork van een mangoboom en repen van een oude fietsband.

Voorzichtig raapte hij een ronde steen op, stopte die in de zak van de slinger en mikte zorgvuldig. Het was de enige manier om heilige apen in toom te houden. Ze weg te jagen had geen nut, want dan kwamen ze alleen maar terug zodra je hun je rug toekeerde en slingerden dakpannen naar je. Hij wist dat hij er nu langzamerhand in was geslaagd in hun slimme hersens het bewustzijn te wekken van een bijzonder gevaar dat hen bedreigde binnen de muren van zijn tuin – een plotselinge, brandende sensatie van pijn in het achterste, veroorzaakt door iets dat zeer geheimzinnig uit de lucht zelf te voorschijn kwam. Tenslotte liet hij de steen vliegen. Die raakte een van de wijfjes uit het groepje bij de tafel van achteren. Ze slaakte een wilde kreet en viel op haar naaste buurvrouw aan, krabbend en bijtend als een furie. Toen brak de hel los. Het voedsel werd over de hele galerij verspreid, het theekopje viel aan scherven. Plotseling vluchtte een stroom van apinnen tegen de jasmijnranken op, om op de muur te komen en vandaar langs de laagste takken van de mangoboom. De laatste sleepte een helkleurig, katoenen servet mee, dat in haar smaak was gevallen. Alleen de grote mannetjesaap hield boven op de muur krijsend en razend stand. Nogmaals zocht Ransome een steen uit, maar hij was niet vlug genoeg. Het oude mannetje was niet dom en vóór Ransome hem had kunnen treffen was hij, nog altijd schreeuwend, in de bomen verdwenen. Het laatste wat hij van hen zag, was een wilde processie langs de toppen van de mango's, toen ze met veel snaterende opwinding terugkeerden naar de veiligheid van het park van de maharadja.

„Ik denk," overlegde hij, „dat Jehova zich soms net moet voelen als ik nu."
Hij werkte nog een tijdje verder, maar vanmorgen wilde zijn geest niet zoals anders, zich geheel verdiepen en oplossen in de aarde zelf, fantaseren over nieuwe wonderen van bloemen en planten die elke streek van zijn schoffel zou doen ontspringen, maar dwaalde langs vreemde wegen. Hij vroeg zich af waarom Amerika, een nieuw, jong en rijk land, net zo in verval was geraakt als Europa en hoe het kwam dat er geen grote mannen genoeg meer waren om de weg aan te geven, geen leiders, maar alleen middelmatigheden en politieke opportunisten en dictators, die regeerden door middel van ruw geweld en hysterie.

„Misschien," peinsde hij, „zijn de tijden, de economie, de hartstochten van de mensheid zelf boven de macht gegroeid van de westerse mens. Misschien is het wankele gebouw zo groot geworden, zo gecompliceerd en zo onbestuurbaar, dat geen man groot genoeg kan zijn om het zelfs maar voor een deel te beheersen. Misschien gebeurde hetzelfde toen de Romeinse wereld wankelde en ineenstortte. Misschien geschiedt dit volgens een universele wet, die zo nauwkeurig, zo onveranderlijk werkt als de theorie van Mendel. Misschien wordt het de mens veroorloofd te bouwen, steeds door te bouwen, tot hij tenslotte in zijn hoogmoed wordt verpletterd juist door datgene, wat hij zelf heeft opgebouwd."

Die gedachte deed plotseling een vernederend besef van onbelangrijkheid in hem ontstaan en terzelfder tijd een gevoel van minachting en medelijden voor de verwaandheid van de mensen die zo aanmatigend waren te menen dat enkelen van hen ziekte en pest konden overwinnen en beheersen, terwijl enkele anderen, zoals Heston en zijn soort, een hele slachting konden veroorzaken, waarin niet de kiemen van pest de mensen bij miljoenen vermoordden, maar de mensen zelf.

De natuur scheen zich niet te laten misleiden. Ze vond eenvoudig, met behulp van de mens zelf, nieuwe middelen om hem te doden en hem opnieuw te overwinnen. Zoals zij lang geleden had gedaan met Egypte, met Rome, met dezelfde Indiërs die om hem heen leefden, neergestort van hun grootse staat tot die van een onderworpen volk, ten buit aan onwetendheid, defaitisme, bijgeloof en ziekte.

Het leek hem of hij zijn eigen wereld nooit duidelijk had gezien voordat hij naar Indië kwam. Nu doorzag hij die ten volle. Toen dacht hij opnieuw aan Heston en vroeg zich af wat hij in Ranchipur kwam doen, waar hij de rust zou verstoren met zijn luidruchtige, onbarmhartige, ruwe tegenwoordigheid. Hij herinnerde zich hem vaag uit de dagen kort na de oorlog, toen hij zijn weg had gekruist in Whitehall en hij voelde noch sympathie, noch bewondering voor de man, zomin als voor zijn sluwheid, zijn slecht bestede energie of zijn gepraat over het keizerrijk. Als Heston naar Ranchipur kwam, betekende dat niets goeds voor wie ook hier, het minst van al voor de oude maharadja, die in zijn goedheid en eenvoud een gemakkelijk slachtoffer zou zijn. De gedachte aan lady Heston hinderde hem, omdat de naam hem zo bekend voorkwam en toch door zijn geheugen verloren was. Sinds lange tijd, bijna vijftien jaren, was hij weg uit het grote, mondaine leven van Londen. De naam was voor hem verloren gegaan als zoveel andere schitterende, belangrijke namen, die niet langer iets voor hem betekenden, ook al zag hij die soms onder foto's van gezichten gedrukt in de *Sketch*, de *Tatler* en de *Bystander*.

Hij wist dat niet hij alleen beu van alles was; dat niet alleen hij uitkomst en vrede zocht. Er waren miljoenen anderen zoals hij, in fabrieken, kantoren en scholen, maar die niet konden ontsnappen omdat hùn grootvaders niet een groot fortuin hadden verkregen in de bergen van Nevada. Terwijl hij steeds krachtiger de grond omspitte, trof hem de gedachte dat het slechts in de aarde was, dat de mens vrede en hoop kon vinden in deze tijden.

Want er was weinig vrede te vinden in de wereld die de mens had geschapen; een wereld die hem in zijn weerzin voorkwam eentonig, vermoeid en apathisch te zijn, van het ene hulpmiddel naar het andere dwalend, van het ene compromis naar het andere, om tenslotte bij hetzelfde oude kwaad aan te landen dat volkeren, naties en beschavingen had vernietigd sinds onheuglijke tijden.

49

In het Oosten had hij niets gevonden, behalve misschien de rust die men verkrijgt door een bedwelmend middel, en dat was hij er niet komen zoeken, want hij wist dat juist in die rust de kiem van de dood verborgen zat. Hij bedacht dat hij was weggevlucht van het schouwspel van zijn eigen wereld, die trouweloos en hopeloos, langzaam en vermoeid zichzelf vernietigde.

Al schoffelend en peinzend werd hij zo opgewonden, dat hij de tijd en zelfs de gloeiende hitte vergat, tot Johannes de Doper verscheen, die er verontrust en komiek uitzag met zijn lendendoek, en vroeg of hij vandaag eigenlijk thuis zou lunchen. Het was één uur en het was zaterdag, zodat hij al lang op weg had behoren te zijn naar de missie, om de lunchen met de Smileys. Hij gooide zijn schoffel neer en haastte zich naar huis om te baden en zich te verkleden. Toen ging hij naar de schuur om er zijn auto uit te halen, een van de zeven auto's van Ranchipur, de met Rolls en Packards gevulde garage van de maharadja niet meegerekend. Hij gebruikte zijn auto zelden, behalve gedurende de regenmoesson, want er waren slechts twee wegen buiten de stad Ranchipur, een naar het grote, kunstmatig aangelegde meer boven de stad, dat als reservoir diende, en een andere, driehonderd jaar geleden aangelegd door de Mongolen, naar de ruïne van de stad El-Kautara aan de voet van de berg Abana. Hij vond de oude Buick in de schuur onbedekt en blootgesteld aan de brandende zon, want de apen waren hem voor geweest, misschien vroeg in de morgen, vóór ze hem opzochten in de achtertuin. Ze hadden zich vermaakt met al de dakpannen van het dak af te halen en op de grond te gooien. Hij grinnikte toen hij eraan dacht dat de apen het tenslotte toch hadden gewonnen.

De Amerikaanse missie was ondergebracht in twee grote huizen die op barakken leken, een paar mijl van de renbaan af. In het begin, lang geleden, kort na de opstand, hadden ze dienst gedaan als onderdak voor de officieren van de Britse troepen die te Ranchipur lagen. Het waren vierkante, lelijke gebouwen, maar de tijd had ze een eigen karakter gegeven en een zekere schoonheid verleend in de vorm van wingerdranken, kruipplanten, clematis, bignonia en bougainvilleas. Ze stonden in de schaduw van mango-, eucalyptus- en peperbomen, een eindje van de stoffige weg af. In het ene woonde Zijn Eerwaarde Burgess Simon, met zijn vrouw en twee dochters Fern en Hazel. In het andere Smiley met zijn vrouw en mevrouw Smileys oudtante Phoebe.

Uit de wijze waarop de twee tuinen werden onderhouden en eruitzagen, kon men het verschil in geaardheid van de twee gezinnen opmaken. In Simons tuin waren helemaal geen bloemen, behalve die van de geharde struiken en ranken, die in Indië geen verzorging nodig hebben en door geen erge droogte, regenvloed of meeldauw zijn te doden. Alleenstaand zou hij er hebben uitgezien als een tamelijk goed gevulde en verzorgde tuin, maar naast het huis van Smiley zag alles er kaal en nogal ruig uit, want Smileys tuin was vol bloemen, die zelfs gedurende het droge seizoen meer weerstand leken te hebben dan welke bloemen ook in Ranchipur. Er waren salvia's, petunia's, geraniums, goudsbloemen en zinnia's, voor het merendeel stevige, ouderwetse bloemen, zoals tante Phoebe ze had gekweekt in haar tuin in Jowa, vijftig jaar geleden. Begonia's en viooltjes stonden in potten langs de rand van de galerij en aan de laagste takken van de bomen hingen hier en daar geïmproviseerde hangbakken; tinnen, groen geverfde kannen, gebarsten schalen, door draden bij elkaar gehouden bamboemandjes. Ook die waren het werk van tante Phoebe, die uit heimwee de takken van de mangobomen in Ranchipur op precies dezelfde manier had versierd als de takken van Iowa's wolbomen, ten tijde dat ze een landbouwersvrouw was, een halve eeuw geleden. Die hangende potten bevatten varens en petunia's en lelies, maar tante Phoebes grootste trots waren haar orchideeën, die in bamboebakken groeiden. Ze waren een geschenk, aangeboden door de pariajongens van Smileys school. Ze brachten haar die uit het oerwoud en maakten in hun werkplaats de kleine bamboemanden waarin ze groeiden. Het was een van de redenen (zoals ze aan haar familie in Iowa schreef), waarom ze van Indië hield. Je kon het hele jaar door orchideeën in je voortuintje hebben. De inspanning, die zich bij de Smileys gericht had op deze tuin, was door hun buren, de Simons, gewijd aan een dubbele tennisbaan en een groot prieel met klimpranken, dat aan de ene kant daarvan stond. Dat was het werk van mevrouw Simon, een imposante, knappe en hardnekkige vrouw die naar de middelbare leeftijd liep. Als men haar zag, zou men haar macht niet hebben vermoed. Ze was eenenveertig, klein en gezet, met krullend, blond haar, dat nog slechts een beetje verkleurd was. Op haar twintigste jaar had ze Simon ontmoet op de doopsgezinde universiteit van Cordova in Indiana en huwde hem terwijl ze nog leed onder een jeugdervaring, in de misplaatste overtuiging dat haar gevoelens voor Simon geestelijk waren en niets uitstaande hadden met het lichaam. Later erkende ze, omdat ze in weerwil van alles een bijdehante vrouw was, het verschil, doch alleen tegenover zichzelf. Tegen die tijd waren Fern en Hazel geboren, en hoewel ze wist dat ze een slechte koop had gesloten, wist ze ook dat ze er voor de rest van haar leven het beste van moest maken en dat deed ze dan ook. Soms was dat „het beste ervan maken" nogal vermoeiend voor Zijn Eerwaarde en haar dochters Fern en Hazel. De fout lag bij haar opvoeding en afkomst, want ze stamde uit een doopsgezinde familie in een klein stadje in Mississippi en haar ideeën omtrent het leven in de grote wereld waren van het begin af wat vals en krom geweest. Op haar twintigste was ze bezield door geloof en beschouwde het leven als een missionarisvrouw met enthousiasme. Het was slechts langzamerhand, nadat ze voor altijd de achtergrond van haar familie in Mississippi en de hysterische atmosfeer van de kleine, sektarische universiteit had verlaten, dat ze het leven begon te zien op de wijze die in haar ware aard lag. Toen besefte ze dat ze, in weerwil dat God haar zo vaak had opgeroepen, niet bestemd was tot missionarisvrouw, maar tot grotere dingen. Maar het was te laat en ze moest zich schikken. Innerlijk was ze van de aanvang af een eerzuchtige zuidelijke *belle* geweest, met een ijzeren wil, verborgen onder een bedeesd, Victoriaans uiterlijk.

Zonder het zelfs te vermoeden toonde mevrouw Simon zich bijtijden heldhaftig en – zoals veel Amerikaanse vrouwen – onoverwinbaar, doordat de wereld om haar heen, haar echtgenoot, haar twee dochters, meneer en mevrouw Smiley en tante Phoebe, ja zelfs de maharadja en de maharani slechts bestonden in verband met haar eigen ego. Haar hele bestaan was gericht op de strijd tegen de wereld waarin ze zich bevond, die ze op een of andere manier op hoger plan wilde brengen, veranderen, vervormen tot iets volkomen anders. Ze was vastbesloten een persoon van gewicht en invloed te worden, hoog verheven boven een gewone missionarisvrouw. Om dat te volbrengen zag ze zich gedwongen haar echtgenoot en haar dochters te overheersen, vreemde vriendschappen aan te knopen, het hele kleine inkomen dat ze had geërfd van het hotelblok ginds in het stadje in Mississippi, zowel als het schrale salaris van haar man, te verspillen. Er waren ogenblikken waarin ze slaagde, momenten van triomf, als de een of andere bekende of nieuwe vriendin, die ze in de zomermaanden in Poona had opgedaan, zei: „Ik zou nooit hebben gedacht dat u de vrouw van een missionaris was!"

Ze had aan bijna iedereen een hekel – vooral aan de Smileys, omdat die altijd voor haar neus waren, precies aan de overkant, als een levend verwijt, een onaangename prikkel voor haar geweten; omdat ze in Ranchipur bleven gedurende de maanden van de vreselijke droogte, terwijl zij genoot van de koele, hoge lucht van Poona; omdat ze dag en nacht werkten en hun geld niet besteedden aan auto's en tennisbanen, maar aan het volk dat ze waren komen helpen. Ze zaten daar altijd om haar te herinneren aan de nu verafgelegen dromen uit de korte periode toen ze een flauw vermoeden had gehad van de vreugden der zelfopoffering.

In ogenblikken van heftige opwinding zei ze soms tegen haar man: „Ze brengen al die offers niet omdat ze zo goed zijn. Ze doen dat om jou en mij te ergeren en te zorgen dat we ons ellendig voelen."

Simon antwoordde dan: „Nee, lieve. Je moet niet overdrijven. Het zijn beste, hardwerkende mensen, al zijn ze wat ouderwets." Want Simon bezat de grote gave van hen die zichzelf willen bedriegen: hij slaagde erin zijn zwakheden en zelfs zijn kleine zonden om te zetten in deugden. Hij overtuigde er zichzelf van dat hij met zijn auto en zijn tennisbaan een „moderne" missionaris was en beter geschikt om het werk van de Heer te doen als hij zich niet vermoeide door te fietsen en te zorgen dat hij gezond bleef door regelmatige lichaamsbeweging te nemen met tennissen. Hij was de enige mens ter wereld tegenover wie mevrouw Simon zich niet groot hield en het schouwspel van haar naakte ziel ontstelde hem soms. De wereldse aard van zijn vrouw vormde het enige wat hij niet helemaal kon wegredeneren, noch tegenover zichzelf, noch tegenover de Heer.

Hij was eigenlijk geen kwade man, dom en aantrekkelijk van uiterlijk. (Er waren soms ogenblikken dat mevrouw Simon daarin troost vond, te zamen met het feit dat de tennisbanen en het regime van goed voedsel en vakanties hem jong en sterk hielden, in weerwil van het klimaat.) Zijn gepolijst knap uiterlijk was dat van een man die enigszins een kleine jongen was gebleven, onbewust van rampen en leed, en wiens motto was: ,,Alles zal wel ten goede uitkomen." Zelfs als hij naar Amerika schreef om zich te beklagen over zijn medewerker, was hij zelf daarvoor niet verantwoordelijk; het was mevrouw Simon die hem daartoe dwong. In het begin had hij klaagbrieven geschreven en verzuimd ze te posten, maar toen er van het bestuur der missie geen antwoord kwam, had zijn vrouw de reden vermoed en daarna postte zij de brieven zelf. Wat ze hoopte te bereiken, was dat de Smileys werden teruggeroepen, zodat ze in het huis aan de overkant van de weg een paar kon krijgen dat zich zou laten imponeren door haar, haar kleren en haar theepartijtjes, door de provinciaalse Engelsen die ze in Poona opdiepte, en bovenal door de Engelse lagere officieren in Ranchipur, die ze met moeite wist te strikken door middel van de tennisbanen en lekkernijen, die ze nergens dan in haar huis te genieten kregen. Ook wenste ze in het huis aan de overkant iemand die er haar niet voortdurend aan zou herinneren dat ze tenslotte toch maar een missionarisvrouw was.

Ze had plannen. Ze was niet van zins toe te staan dat haar dochters Fern en Hazel haar leven verdeden als missionarisvrouwen. In romantische momenten zag ze beiden, of tenminste Fern, getrouwd in een familie van landedelen en in Engeland levend in een atmosfeer en met een achtergrond waarover ze placht te lezen in romannetjes, maar die ze nooit had leren kennen. Er waren ogenblikken dat ze het oog had op Ransome, die de zoon was van een hertog en kleinzoon van de oude ,,tien procent" MacPherson, de miljonair. Zelfs waren er ogenblikken waarin ze, achter afgesloten deuren, overvallen werd door een hernieuwing van geloof en op haar knieën bad: ,,O God, help me om meneer Ransome op de thee te krijgen. O God, laat hem op de thee komen, al is het maar één keer!" In haar hart dacht ze aan hem met ergernis en bij tijden zelfs met haat, maar ze liet die gevoelens nooit in de weg komen van haar plannen. Ze haatte hem omdat hij zo onverschillig was voor haar verwelkende knapheid en haar theepartijtjes. Hij had een manier om, terzelfder tijd volmaakt hoffelijk blijvend, haar plotseling ontstellend te doen voelen dat ze met haar schouders draaide, haar hoofd schuin hield en haar ogen liet rollen als een bastaardteef. Ze haatte hem omdat hij niet de minste moeite hoefde te doen om prestige te bezitten, maar die bezat om wat hij was, terwijl zij er zo hard haar best voor moest doen, zonder zelfs te slagen. Ze haatte hem omdat iedereen in Ranchipur hem eeuwig en altijd te lunchen of te dineren vroeg of op de thee nodigde en omdat ze wist dat er maar twee huizen bestonden waar hij nooit weigerde te komen: het paleis en de Smileys. Ze haatte hem ook omdat hij thee ging drinken en dineren bij Bannerjee, een Indiër, en zich een groot vriend toonde van Raschid Ali Khan, die niet alleen een Indiër, doch ook mohammedaan was. Ergens diep in haar verwarde, verdraaide hersens had mevrouw Simon twee diepe vooroordelen: één tegen mensen met een donkerder huid dan zijzelf en de overtuiging dat alle mohammedanen duivels waren die er grote harems op nahielden, bewaakt door eunuchen, waar voortdurend de wellustigste orgiën werden gevierd. In haar onwetendheid omtrent geschiedenis, volkenkunde, geografie en elke cultuur, gooide ze Indiërs en negers door elkaar tot één groot offer aan haar vooroordelen van „witgezicht".

Ze haatte de maharadja en de maharani omdat ze, in weerwil van hun donkere huid, te Ranchipur aan de top stonden en van groter belang waren, ondanks alle argumenten die ze kon aanvoeren in haar veelvuldige innerlijke dialogen, dan wie ook, zelfs Ruby Hogget-Clapton en de resident zelf. Ze haatte hen ook omdat zij en haar man maar ééns in het jaar in het paleis werden genodigd om er in glorie te dineren met de Smileys en enige onbetekenende, lagere ambtenaren. Dan klaagde ze tegen haar man: „Ik zie niet in waarom we precies zo behandeld moeten worden als die achterlijken van de overkant. We zijn niet gelijk."

„Lieve kind, voor Zijne Hoogheid zijn we gelijk. We zijn vreemdelingen en missionarissen."

„Je moest die oude man het verschil uitleggen."

„Hij zou het niet begrijpen. Je moet bedenken dat hij een Indiër is, een oosterling."

„Het is vernederend."

„Alles zal ten goede uitkomen."

„Het maakt mij ziek, dat altijd te horen."

„Wat wou je dan dat ik deed?"

„Dat je Zijne Hoogheid leerde waarderen wat je allemaal voor hem doet. Vraag een audiëntie aan."

Dan slaagde Simon erin haar af te schepen door te zeggen: „We zullen erover nadenken. We zullen een of andere uitweg vinden." „Als jij niet gaat, doe ik het zelf. Je hoorde het te doen ter wille van Fern en Hazel. Het is vernederend voor ons te worden behandeld alsof we net hetzelfde zijn als de Smileys." Waarom Simon in wanhoop placht te zeggen: „We zijn hetzelfde in de ogen van de Heer" en mevrouw Simon uitriep: „Wàt ogen van de Heer – nonsens!"

Maar er gebeurde niets, hoewel mevrouw Simon haar man in een voortdurende staat van doodsangst hield, dat ze haar dreigement nog eens waar zou maken en een schandaal veroorzaken in het paleis. Hij wist dat als ze maar genoeg buiten zichzelf raakte, ze er best toe in staat was de hekken van het paleis te bestormen en na de Sikhs te hebben neergeslagen zich een weg te banen naar de vorst.

Hij werd tegelijk verzwakt en gesterkt door het besef dat veel van wat ze zei waar was, en aangezien hij een man zonder ruggegraat was, wie meer lag aan vrede en de goedgezindheid van anderen dan aan daden of helder inzicht, bleef hij in een voortdurende staat van lafheid en ongelukkige verwarring. De natuur had hem eigenlijk bestemd om een goede burgerman te worden met een kleine winkel in een stadje van westelijk Midden-Amerika, waar hij lid kon zijn van een der ontelbare loges en een leidende geest van de rotaryclub. In plaats daarvan bevond hij zich, verwilderd en vaak gekwetst, midden in de Oost, waar de goede eigenschappen van zijn eenvoudige natuur volkomen teloorgingen. Tegen de intriges van de omgeving der maharadja, die uitsluitend ontstonden uit lust tot intrigeren, niet uit een bepaalde neiging tegen Simon zelf; tegen het snobisme van de kleine Engelse kolonie en de ongemanierdheid van de officiertjes die op de tea's van zijn vrouw plachten te komen, kon hij niets beginnen. Zowel zijn vrouw als de Smileys waren sterker dan hij; zijn vrouw omdat ze met haar energie en eenzijdig op één doel afgaan eenvoudig over dat alles heen stapte, en de Smileys omdat voor hen zulke dingen in het geheel niet bestonden; ze merkten die eenvoudig niet op.

Hij wist hoeveel de missie had gedaan voor Ranchipur, niet slechts door de onderdanen van de maharadja tot het koninkrijk der hemelen te brengen, maar op veel minder hemelse, doch wel wezenlijker manier. Innerlijk wist hij heel goed dat de bekeringen niets te betekenen hadden in geestelijke zin, aangezien de hindoese godsdienst – hoe, dat lag boven zijn bevattingsvermogen – met vernietigende onverschilligheid erin slaagde op mysterieuze wijze met al zijn goden, profeten en heiligen het christendom te verzwelgen. In Jaipur had hij een vrome man zijn rozenkrans horen bidden, waarbij hij de naam der hindoese godheden aanriep en ratelde: „Krisjna, Wisnjoe, Rama, Jesu Krist." En op de binnenplaats van de grote tempel van Ranchipur stond een uit ijzer gegoten beeld van de Heilige Maria. Hoewel hij er altijd anders over praatte, wist hij dat het hele probleem van de bekering hopeloos was. De werkelijke voordelen die missionarissen Ranchipur verschaften, waren niet hemels, maar materieel. De intelligente paria's wierpen zich in het christendom omdat zij, eenmaal bekeerd, ophielden paria's te zijn in de ware zin van het woord, doch hun toestand verwisselden voor de godslasterlijke en lage staat die alle Europeanen, zelfs de onderkoning en de keizer van Indië, innamen in de ogen van de orthodoxe hindoes. Desondanks bracht de bekering haar voordelen mee, en al waren de paria's onverschillig voor de hemelse beloningen, ze waardeerden die van een nieuwe economische en sociale staat en de gelegenheid, als bekeerde christenen te gaan waar ze wensten en hun brood te verdienen op de wijze die ze verkozen. Bekering betekende voor de wilde stammen van nomaden in de heuvels, dat ze niet alleen het christendom omhelsden dat ze onmiddellijk vervormden tot een soort tovenaars-bijgeloof – maar dat ze landbouw en weven leerden en zich in dorpen vestigden, waardoor ze ophielden verwarring en moeilijkheden te stichten, zoals ze voortdurend hadden gedaan in hun primitieve zwerverstijden. O, het was allemaal erg verwarrend en ontmoedigend, en als Simon niet een buitengewoon makkelijk levend, gezond man was geweest, wiens klieren uitstekend werkten, zou dit alles hem in een staat van nog diepere zelfbegoocheling hebben gestort of in een staat van tot zelfmoord drijvende zwaarmoedigheid. Nu vond hij tenslotte zijn leven zo kwaad nog niet, ondanks de eerzuchtige neigingen die zijn vrouw koesterde en het vraagstuk van Ferns en Hazels toekomst. Eén ding verlamde elk halfgenomen besluit: het bewustzijn dat hijzelf en mevrouw Simon inderdaad van weinig waarde waren voor de maharadja of Indië, aangezien hun missiewerk geheel gewijd was aan de geestelijke verovering. Het waren de Smileys die in scholen en werkplaatsen al het werk verrichtten en het blijvend goede tot stand brachten, en hij was zich zeer wel bewust dat de maharadja dat wist.

Op de zaterdag dat Ransome bij de Smileys zou komen lunchen, kreeg mevrouw Simon een van haar vrome opwellingen. Naast haar bed neerknielend, in de afgesloten kamer, smeekte ze God Ransome aan te sporen om op de thee te komen. Daar ze de zaak niet geheel aan de Heer durfde overlaten, hield ze ogen en oren goed open, teneinde Ransome persoonlijk te bestoken als hij bij de Smileys kwam. Ze wist zogoed als zeker dat hij daar zou komen, aangezien hij zaterdags bijna altijd aanwezig was op wat mevrouw Simon in een van haar driftige buien „verraderslunchen" had genoemd, omdat de mensen die daar kwamen zich allen voor Indië interesseerden. Die „zwarte verraders" dokter Ansari en mevrouw Naidu waren daar beiden geweest ter gelegenheid van hun bezoek aan Ranchipur, en Raschid Ali Khan en Jobnekar, die beiden te Ranchipur woonden, kwamen er bijna elke zaterdag. Mevrouw Simon wou Ransome speciaal graag deze zaterdag hebben, omdat het een soort afscheidspartij was, voor ze met Fern en Hazel naar de bergen ging.

Toen hij dus zijn gehavende Buick voor de deur stopte, kwam mevrouw Simon, nog vóór hij een voet op de nog stomend hete aarde had gezet, het huis uit en over haar slordige grasveld naar hem toe, met pasgekrulde haren en een kraakschone zijden japon, die nog niet vochtig was van transpiratie. Hij wist waarvoor ze kwam en na een eerste opwelling van tegenzin (tenslotte was hij helemaal naar Ranchipur gekomen om mensen als zij te ontkomen), dacht hij: „Duivels nog toe, vooruit dan maar." Hij wist dat ze binnenkort zouden vertrekkken en dat er een tussenpoos van ten minste

56

drie maanden zou zijn waarin hij niet op mevrouw Simons tennispartijtjes zou worden genodigd. Bovendien was ergens diep in hem sinds enige tijd een verlangen opgekomen weer eens zonder onderscheid te maken mensen te zien en te spreken om zich over hen te amuseren.

Mevrouw Simon stak hem de hand toe en ordende haar pasgekrulde lokken. Hij erkende vaaglijk dat ze een knappe vrouw was van rijpere leeftijd en vond het jammer dat ze het niet daarbij liet. Ze drong haar knapheid nog steeds aan je op, alsof je die anders misschien niet zou zien. Haar ogen verrieden haar ook voortdurend. Verzonken in hun blauwe diepte was iets, zo hard en koud als marmer.

„Ik dacht net vanmorgen aan u," zei ze. „We geven een afscheidspartijtje en ik zei tegen mijn man: we moeten meneer Ransome vragen. Hij was van plan bij u langs te gaan om u uit te nodigen. Is hij bij u geweest?" Dit verhaal over het bij hem langsgaan was een puur verzinsel. Ransome wist dat, en plotseling bevond hij zich in een positie waarin veel personen zichzelf dikwijls plachten te bevinden als ze met mevrouw Simon te doen kregen. Hij besefte dat hij haar moest helpen liegen. Hij aanvaardde het spel. Waarom wist hij niet, behalve dat hij het gevoel had haar absoluut te moeten bewaren voor de schande van ontmaskering.

„Ik denk dat hij in de stad is opgehouden. Ik kom net van huis. Ik kan hem niet zijn misgelopen."

Mevrouw Simon giechelde: „Nu, hoe dan ook, ik heb u te pakken gekregen. U komt toch, hoop ik?" Ze wierp hem een van haar overredende blikken toe, een blik die – ze zou dat hebben beseft als ze wat sofistischer was aangelegd – maar één ding kon betekenen.

Ransome voelde een neiging tot lachen, ten eerste om zoveel verspilling van sex-appeal voor zo'n onbelangrijk geval, en ten tweede omdat ze zich zoveel moeite gaf terwijl ze het spel al had gewonnen zonder het te weten. Plotseling hoorde hij midden door dit alles, uit Smileys huis, de verontwaardigde stem van Raschid Ali Khan donderend en heftig een of andere halve zin zeggen.

„ . . . krijg alleen nog tweedehands lui . . . die niet naar Indië komen om er carrière te maken, maar alleen om de tijd te doden."

Iets in dit naast elkaar stellen van mevrouw Simon en Raschid Ali Khan trof hem als niet alleen fantastisch, maar dwaas grappig.

„Natuurlijk kom ik," zei hij.

„O, dat doet me plezier! Erg veel plezier! Het kost altijd zo'n moeite om u eens te doen komen."

Hij glimlachte en zette zijn tropenhelm weer op het dikke, zwarte haar. De zon was als een oven.

„Wilt u meneer Simon van me groeten?"

„Hij zal verrukt zijn. Ik begrijp niet hoe hij u kon missen." Ze leek het onderhoud te willen rekken en hij begon dat oude gevoel van onbehagen te krijgen dat hem altijd bekroop na een paar minuten in haar nabijheid te hebben doorgebracht. Het was een mengeling van onrust en uitputting. Wat moest je praten met een vrouw die gesprekken hield waarin geen spoor van oprechtheid was te vinden? Elke keer dat ze hem te pakken kreeg, begon zijn geest af te dwalen, zodat hij verkeerde antwoorden gaf. Hij werd zich bewust dat haar zuidelijk accent als ze met hèm sprak tweemaal zo erg werd, zodat hij soms moeite had haar te verstaan. Tegenover hem praatte ze altijd veel over plantages en oude „mammies", hetgeen voor zijn gevoel niet alleen wat te dik erop gelegd was, maar beledigend voor zijn ervaring en doorzicht. „Blijft u liever niet staan in deze zon. Het is verschrikkelijk."

„Nu, goededag dan," zei ze. „Ik zie u dus vanmiddag. Het is geen grote partij. Er komen maar enkele jongens aanlopen." Ze sprak altijd over de luitenantjes als „de jongens".

Toen hij het pad opliep, onder tante Phoebes orchideeën en petunia's door, hoorde hij Raschid Ali Khan weer donderen, ditmaal uit de keuken: „Het ongeluk is dat ze weten dat ze hier maar tijdelijk komen. Daarom maken ze maar wat van hun baantje, zo tussen de bedrijven door, in afwachting van de dag dat ze met verlof kunnen gaan. Als ze wat geld hebben bijeengekregen, gaan ze met de Italiaanse lijn om er vlug te zijn. Zo niet, dan gaan ze met de P.O.*. Ze hebben niet de minste belangstelling voor Indië of Indiërs."

Toen Ransome het huis binnenging, hoorde hij Raschid zeggen: „Engeland heeft Indië verloren omdat mannen als zij niet een kop thee willen drinken met een Indiër." Toen wist hij dat Raschid sprak over burgerlijke ambtenaren.

Er was niemand in de zitkamer, dus ging hij door de gang naar de grote, koele keuken, waar hij wist dat hij ze zou vinden.

Midden in het vertrek liep de grote mohammedaan heen en weer, luid pratend in zijn opwinding en gebaren makend met de lange radijs, die hij in een van zijn handen hield. Bij het fornuis stond mevrouw Smiley, met een schone boezelaar voor, iets te roeren in een pan. In een hoek zat Jobnekar, de leider van de onderdrukte klassen, en in de andere, leunend in een authentieke Amerikaanse schommelstoel, tante Phoebe, die zichzelf koelte toewuifde met een groot palmblad, waarop in grote, zwarte letters geschreven stond: „Ga naar Freundlich, de kleermaker, als u goede waar verlangt. 19 Main Street, Cedar Falls, Iowa." Ze was een kleine, tengere dame van tachtig jaar, wier lichaam gebogen en versleten was door vijftig jaren leven als landbouwersvrouw, maar in de blauwe ogen achter de brilleglazen met stalen randen straalde de glans van de jeugd. Ze had

---

* Paninsulair and Oriental Shipping Company.

plezier. Ze hield van grote, knappe, mannelijke kerels, en Raschid Ali Khan was op zijn best. Hij was, zoals veel mohammedaanse Indiërs, meer dan zes voet lang en had een groot, gespierd lichaam, waardoor bloed vloeide dat een mengeling was van Arabisch en Turks, Afghaans en Perzisch, met wellicht enkele druppels Hongaars en een zweempje Tartaars. Er was werkelijk niets van een hindoese Indiër aan hem. Naast een man als majoor Safka, hoe groot en knap hij ook was, zag men onmiddellijk het verschil. In de mohammedaan kwamen wildheid en heftigheid, in de brahmaan minzaamheid en goedaardigheid naar voren. In Raschid waren een openhartigheid en zekerheid die in de hindoe werden vervangen door tact en een neiging tot intrigeren. De mohammedaan voelde slechts voor daden. Hij was romantisch en visionair, de hindoe passief en mystiek. ,,Misschien,'' dacht Ransome, ,,is dat de reden waarom enkele miljoenen mohammedanen stand konden houden tegenover driehonderd miljoen hindoes.'' Was zijn haar blond geweest, dan zou Raschid een geheel licht uiterlijk hebben gehad, want hij had een blanke huid en blauwgrijze ogen, maar blauwzwart, krullend haar. Het scherpe Arabische profiel gaf hem een trots, uitdagend uiterlijk. ,,De ruiters van Baber moeten er hebben uitgezien als Raschid,'' dacht Ransome.

In zijn uiterlijk kon men niets terugvinden van de enkele druppels Engels bloed die door zijn aderen vloeiden. Het was waar, hoewel Raschid er nooit over sprak, dat zijn overgrootmoeder een Engelse was geweest, de dochter van een Oostindische koopman in Calcutta, lang voor de muiterij. Raschid herinnerde zich haar in het geheel niet, hoewel ze bijna honderd jaar was geworden, en hij op zijn minst veel over haar had horen praten door zijn vader en grootvader. Hij sprak nooit over haar en Ransome merkte eens dat hij niet graag had dat men hem naar haar vroeg. Het was alsof hij de druppels bloed, afkomstig van degenen die het rottende Mongoolse keizerrijk hadden vernietigd, probeerde te vergeten. Ransome trachtte zich haar voor te stellen; een jonge Engelse van goede burgerfamilie in het wereldje van Calcutta, die ervandoor ging met de jonge eerste minister van een obscure mohammedaanse staat. Ze moest, dacht hij, een van die vreemde uitzonderlijke wezens zijn geweest die het Engeland der burgerlijke fatsoenlijkheid nu en dan voortbracht en die fantastischer waren dan de excentrieken uit andere volkeren; mensen als Byron, lady Hester Stanhope, Doughty, Lawrence, Gertrude Bell en honderden anderen, die minder bekend waren geworden en die verlossing en geestelijke vrede hadden gevonden te midden van rassen, zover van hun eigen ras verwijderd als de nacht van de dag. Er bestond een portret van haar, dat in Raschids bezit was, maar daarop viel niets te ontdekken. Het was gemaakt in de moedwillig decadente stijl van een Perzisch miniatuur aan het einde van de achttiende eeuw, gestileerd en gekunsteld.

Ze zat met gekruiste benen, als een mohammedaanse, op een kussen. Door de gewelfde boog achter haar zag men een prachtig blauwe lucht, bezaaid met grote sterren. Van het portret vermoedde hij dat ze donker was, maar het belangrijkste feit was dat zij, een mohammedaanse, was geschilderd en dat ze geen sluier droeg. Toen hij daarover met Raschid sprak, antwoordde zijn vriend een beetje geprikkeld: „Nee, ze is nooit in de purdah geweest, evenmin als mijn grootmoeder en mijn moeder of mijn vrouw. Mohammed heeft niets verklaard omtrent de purdah. Mijn overgrootmoeder ontving altijd de vrienden van haar echtgenoot en liep vrij rond. Ze regeerde niet alleen over hem, maar ook over zijn volk. Ze wist alles af van zijn zaken en gaf hem soms goede raad. De zuivere islambelijders erkennen de purdah niet. Het is een verbastering, die in de oorlog is ontstaan."

Ze moest inderdaad een merkwaardige oude dame zijn geweest. Op zijn oude dag was haar echtgenoot in de adelstand verheven voor de diensten die hij na de muiterij had bewezen bij het bevestigen van de vrede in Indië, zodat ze ten slotte stierf, geëerd door haar eigen volk, dat ze nauwelijks had weergezien sinds ze een meisje van twintig was. Haar romantische bloed scheen noch Brits evenwicht, noch winkeliers-berekening te hebben overgebracht in het bloed van haar kinderen. Het was alsof God altijd de bedoeling had gehad, een mohammedaanse prinses van haar te maken en zij ten slotte haar plaats had gevonden.

Raschid was een vroom mohammedaan, minder uit traditie dan uit overtuiging, omdat dit geloof in zijn reinste vorm hem het eerlijkste en meest praktische van alle religieuze systemen toescheen die voor de mensheid waren verzonnen. De islam telde Christus onder zijn profeten, evenals Mozes en Jesaja, maar Raschid vond dat Christus te onpraktisch, te visionair was geweest en alles wat Hij had onderwezen, zoals de islam oorspronkelijk de eenvoud zelf, sindsdien door priesters en de kerk was verbasterd. Hij ontkende niet dat er corruptie en ketterse sekten in de islam bestonden, maar hij vond die minder boosaardig en onheilbrengend dan de gelijksoortige, gecompliceerde corrupties van het christendom. De priesters hadden in de islam nooit dezelfde macht bezeten, evenmin als dezelfde wereldsheid of huichelachtigheid.

Hij kende de geschiedenis van het christendom grondiger en gedetailleerder dan Ransome of wie ook, die Ransome ooit had ontmoet, de geschiedenis van de islam kende. „Geen van beide," placht Raschid te zeggen, „is iets anders dan een jammerlijk schouwspel. Misschien hebben de Russen gelijk, dat ze een godsdienst scheppen uit de staat en de broederschap der mensen."

Maar in de islam was in zekere mate de idee der broederschap van de mensen bewaard gebleven. Raschid zelf beschouwde, zoals een goed mohammedaan betaamt, de zwartste Marokkaan en de geelste Maleier als zijn broeder in de islam. Daarin, verklaarde hij, had het christendom gefaald, toen de mensen zich verdeelden in groepen volgens rassen en naties; dat, placht

hij te zeggen, was de ondergang van het Westen: „Dat zal uiteindelijk het Westen vernietigen. Terwijl de islam nog steeds intact is, van de pilaren van Hercules tot de Chinese Zee toe, zal het christendom een duistere wildernis zijn, opnieuw ten prooi aan plunderende benden."
Dergelijke verklaringen placht hij te uiten met donderende stem, terwijl zijn blauwe ogen fonkelden – deze en andere zoals: „De islam verbiedt iedere goede mohammedaan geldwisselaar te zijn of geld te lenen tegen interest. Heeft Christus daar ooit over gesproken?"
Hij sprak uitstekend Engels, op een poëtische en soms plechtige wijze, want hij was Aziatisch genoeg om te houden van lange, gezwollen zinnen en Europees genoeg om een uitstekend polemist te zijn. Soms, als hij goed op dreef kwam, kon zelfs zijn vitaliteit niet beletten dat hij vervelend werd. Met zijn knappe uiterlijk en zijn zware, donderende stem zou hij in het Westen een uitstekend politicus zijn geweest, maar zijn grote fout als politicus en als leider in Indië was zijn oprechtheid. Niet alleen verlamde de tactloosheid, die somtijds samengaat met oprechtheid, zijn eigen pogingen, maar verpletterde tegelijkertijd de intriges van het Westen en het Oosten, zodat beide elementen weigerden met hem samen te gaan, omdat hij door elke intrige heen regelrecht naar de kern der dringen drong. Hij zou een leider zijn geweest in oorlogstijd of tijdens een revolutie, maar in tijden van onderhandelingen en compromissen had hij voor geen van de partijen waarde. Het was zijn tragedie dat hij zijn hoogtepunt te laat of te vroeg had bereikt en dat hij in zijn hart zich daarvan bewust was.
Nu, op zijn veertigste jaar, was hij hoofd van de politie te Ranchipur, een mohammedaanse politiedeskundige in een hindoese staat. De situatie was minder onmogelijk dan ze op het eerste gezicht leek, want er waren in de staat Ranchipur al sinds vijfentwintig jaar geen godsdiensttwisten geweest. Die vredige toestand, vrijwel onbekend in de rest van Indië, was tot stand gebracht door het werk en de wil en de absolute macht van de oude maharadja. In Ranchipur werd de godsdienst binnen de tempel en de moskee gehouden. Fanatici en agitatoren werden niet geduld – noch mohammedaanse, noch hindoese – en evenmin degenen die soms op geheimzinnige wijze uit de buitenwereld vandaan kwamen, gewapend met meer politieke dan theologische ketterijen. Raschid was bovendien de rechtvaardigheid zelf. Niemand, zelfs niet de meest orthodoxe hindoe, had hem ooit beschuldigd van partijdigheid tegenover zijn medegelovigen in de islam. Hoe diep zijn eigen geloof ook mocht zijn, zodra hij de rol van hoofd van politie op zich had genomen, werd hij een fanaticus van het recht.
Over zijn voorhoofd, tot diep in het dikke, blauwzwarte haar, liep een litteken dat hij te danken had aan bandieten midden in de Arabische woestijn, lang geleden, een jaar na de grote oorlog van de christenheid. Alleen, met slechts één metgezel, mohammedaan zoals hij, had hij per kameel de tocht door de bloedhete woestijn afgelegd van Haifa tot Mekka, om verslag uit

te brengen omtrent de schade die in de christenoorlog was toegebracht aan de heilige stad van de islam. Het was een lang, romantisch verhaal, die tocht door stof en brandende hitte en kou. Hij had die volbracht, niet omdat hij geloofde dat er een bijzondere heiligheid verbonden was aan de stad of zelfs aan het heiligdom, maar omdat hij wist dat dit een symbool was dat de islam samenhield van Marokko tot Makassar en als de grote dag kwam, zou de islam zulk een symbool nodig hebben. Het zou het bewustzijn van zijn broederschap nodig hebben. Hij was loyaal tegenover twee dingen: de islam en Indië, maar soms waren ze moeilijk met elkaar te verzoenen.

Zaterdagsmiddags stuurde mevrouw Smiley haar kok naar de stad om zich daar te vermaken en deed zelf het werk in de keuken. Het was de enige halve dag van de week die ze voor zichzelf had en zelfs die werd haar soms afgenomen als er ziekte was of ongeluk in de families van de meisjes aan wie ze de hele week door onderwijs gaf. Ze hield van koken en deed het uitstekend. Er waren tijden waarin ze genoeg kreeg van de Indische keuken. Die was uitstekend, maar altijd te gepeperd als de kok Indische gerechten maakte en wonderlijk flauw, pasteiachtig en monotoon als hij de Europese gerechten bereidde die ze hem had leren maken. Als ze het koken overnam, kon ze gerechten bereiden waar zij en Smiley en tante Phoebe van hielden: dingen zoals gekonfijte wortels (die in Ranchipur in overvloed groeiden), citroentaart en geraspte beschuit. Zaterdagmiddag was een galadag en aangezien het de enige gelegenheid was dat de Smileys hun vrienden konden ontvangen, was hun keuken sinds lang op die dag een soort van lunchclub. Onder de leden bevonden zich Raschid Ali Khan, tante Phoebe, de Smileys, Ransome, juffrouw MacDaid als ze weg kon uit het hospitaal, Jobnekar als hij niet op reis was en soms majoor Safka. Na enige keren kon Raschid, die van lekker eten hield en een uitstekende kok was, de verleiding niet weerstaan en hielp een handje mee, zodat sindsdien de zaterdagse lunchen een mengeling van mohammedaanse en Iowase kokerij werden. Raschid bereidde gerechten waarvan pannekoek het voornaamste ingrediënt uitmaakte, *hodies* en croquetten van vis en vlees. Mevrouw Smiley nam de desserts en de voornaamste schotels voor haar rekening. Bij die merkwaardige verzameling stoorde men zich weinig aan dieet, want de christenen hadden geen verbodsbepalingen, evenmin als Jobnekar, de paria; en majoor Safka, de brahmaan, had sinds lang vergeten dat de koe nog steeds heilig is voor miljoenen Indiërs. Slechts Raschid, de mohammedaan, trok ergens een grens en dat was voor het varken. Hij geloofde dat het varken een smerig beest was en dat varkensvlees in elk geval onmogelijk was in zo'n hete streek als Ranchipur.
Mevrouw Smiley was een kleine vrouw met een tenger lichaam en een gezicht dat nooit mooi was geweest, maar dat toch aantrekkelijk was en waarover een glans lag die straalt op de gezichten van goede, eenvoudige men-

sen. Zowel haar lichaam als haar gezicht, versleten door de hitte en het harde werk gedurende de vijfentwintig jaren die ze in Ranchipur had doorgebracht, uitgezonderd één jaar verlof in Cedar Falls, waren die van een tien jaar oudere vrouw. Doch dit deed er weinig toe, even weinig als haar gebrek aan belangstelling voor kleren. Iets anders kon men in mevrouw Smiley vinden, iets dat dieper lag dan schoonheid en moderne japonnen, iets dat men niet goed kon definiëren, maar waardoor men op haar opmerkzaam werd, enkele ogenblikken nadat ze een kamer was binnengekomen – en dan dacht: „Dat is geen gewone vrouw." Mevrouw Smiley was zich niet bewust van de indruk die ze maakte; er was nooit tijd voor zulke dingen, zomin als er tijd was voor schoonheidsmiddelen en kleren. Er waren nooit uren genoeg in de dag voor alles wat ze had te doen, voor alles wat ze moest volbrengen eer ze zo oud was als tante Phoebe en tenslotte in haar graf zou liggen, na nooit tijd te hebben gehad om een ogenblik aan zichzelf te denken gedurende haar hele leven.

De vriendschap tussen Ransome en de Smileys was een onderwerp van veel verwarde veronderstellingen, niet slechts in de geest van mevrouw Simon, maar in de gesprekken van de hele Engelse kolonie, die niet kon begrijpen wat „een man als hij" kon zien in „die sjofele kleine vrouw" en haar man. Wat hij in haar zag was veel eenvoudiger dan alles wat zij veronderstelden. Hij hield van haar gezond verstand, haar eenvoud, haar levensliefde. Hij hield van haar taaiheid die, meer door de geest dan door het lichaam, de brandende hitte vijfentwintig jaren had weerstaan, zowel als aanvallen van malaria en eens een aanval van tyfus. Hij hield van haar pretentieloosheid en absolute onkreukbaarheid – en omdat ze op die zaterdagmiddag heel Indië van zich af liet glijden en gedurende enkele uren weer werd wat ze innerlijk altijd was geweest: een goede huisvrouw uit Iowa. Hij hield van haar omdat ze onoverwinnaar was, omdat in haar geest een diepe en sterke filosofie leefde die haar niet toestond, zelfs in Indië, ooit cynisch te worden. Zij veerde uit boven de ontgoochelingen, de desillusies, het bedrog, de kleinzieligheid die overal om haar heen bestonden in dit grote land, in de staat, in haar eigen kerk, tussen de pariajongens en meisjes zelf aan wie ze haar leven wijdde. Ze placht met humor te zeggen: „Zo is het nu eenmaal," een frase die ze gebruikte zowel voor een aangebrande pannekoek als voor de intriges van Simon en zijn vrouw.

Ze was geen beroepsmatige verschafster van opgewektheid, zoals Zijn Eerwaarde Simon, en toch kon men door haar aanwezigheid nieuwe kracht vergaren. Dat was de reden waarom ze op zaterdagmiddag allen kwamen zitten in haar grote keuken – Jobnekar, Ransome, juffrouw MacDaid, zelfs de grote dynamo van vitaliteit Raschid Ali Khan – allen die soms terneergeslagen werden en angstig en ontmoedigd. Het is zeker dat ze nooit vermoedde waarom ze kwamen. Ze verheugde zich alleen over hun aanwezigheid.

Voor Raschid Ali Khan was mevrouw Smiley altijd enigszins een mysterie, maar Jobnekar, de paria, die op een stoel in een hoek zat te luisteren, begreep haar een beetje omdat hij in Amerika was geweest. Hij was een kleine, donkere man, gespierd en gedrongen als een tijger, met de taaie, smeulende levenskracht in zich die aan de paria's eigen is. „Het is mijn theorie," placht Jobnekar te zeggen, met zijn eigenaardig, zwaar accent, „dat de paria's een bijzonder ras zijn dat sinds onheuglijke tijden in Indië leefde en tot slavernij werd gebracht toen het door vijandelijke indringers werd overwonnen. Vandaar dat de paria's een groter weerstandsvermogen bezitten. De anderen zijn later gekomen. Wij zijn hier altijd geweest. We zijn immuun voor de meeste kwalen van Indië omdat we hier thuishoren."

Integenstelling tot Raschid, die in Oxford, Berlijn en Parijs had gestudeerd, sprak Jobnekar een zonderling en moeizaam Engels. Hij had het geleerd op de missiescholen van de voorganger van Smiley en hoewel vier jaren in Amerika hem hadden geholpen, verschaften hem die toch geen vloeiende uitspraak. Het was de maharadja zelf, die de opvoeding van Jobnekar in Amerika had bekostigd en nu was Jobnekar de leider van de onderdrukte klassen en de enige organisator die ze bezaten in de hele chaos van mensen, rassen en godsdiensten die Indië heeft. Hij reisde van het ene eind van Indië naar het andere op en neer, naar de grote steden van Brits-Indië en duistere, barbaarse staatjes, waar een hindoe het recht had ongestraft een paria te doden als hij zich verdedigde door te beweren dat hij was verontreinigd door de aanraking met diens schaduw. Hij kende ze allen, van zijn eigen volk, dat in de betrekkelijke rust en vrijheid van Ranchipur leefde, tot hen die als gieren leefden van afval en van de ezels, koeien en geiten die elke nacht van honger en ouderdom stierven in de straten, lanen en zijstegen van de steden.

Het was nog niet zo lang geleden dat dit ook zo was geweest in Ranchipur. Jobnekar, die veertig was, kon zich herinneren hoe hij had gespeeld naast een grote hoop dieren, gestorven door honger of ziekte, die altijd de smerige, kleine straat in het midden van de pariawijk ontsierde. In tijden van hongersnood leden de paria's minder dan de andere arme bewoners, want dan waren er altijd beesten die elke nacht neervielen en die men kon pakken vóór de gieren ze kregen. Er waren nog steeds veel van zulke plaatsen over heel Indië.

Jobnekar was geduldig en bekwaam. Hij was intelligent en ontwikkeld en een uitstekend spreker, in weerwil van zijn vreemde accent. In zekere zin was Jobnekar een soort symbool: de ontwaakte paria! De maharadja was zo trots op hem als een vader zou zijn op een begaafde zoon. Voor Jobnekar kwam, had er geen leider bestaan, zodat zijn volk een voetbal voor politici en sentimentalisten was geweest. Maar daar kwam nu verandering in en het was Jobnekar, hartstochtelijk en vervuld van de gevoelens van een kruisvaarder, die zich uitputte om een verandering teweeg te brengen. Tante Phoebe hield enorm van de kleine Jobnekar. Hij herinnerde haar altijd aan Job Simmons toen hij, ginds in Wesaukee Souhthy, een jongeman was.

Op haar zeventigste jaar had tante Phoebe Indië ontdekt en op haar eenentachtigste was ze nog steeds bezig het te ontdekken, daar ze elke dag iets nieuws, boeiends en ongelooflijks opmerkte. Ze was naar Ranchipur gekomen toen de Smileys terugkeerden van het enige verlof dat ze ooit hadden genomen, toen twaalf maanden in Iowa hun vervelend en onbelangrijk voorkwamen na de eerste ontvangst en na de eerste gesprekken in Cedar Falls. Mevrouw Smiley legde Ransome uit: ,,Ziet u, we waren jaren weg geweest en we hadden wortel geschoten in Indië, alsof dit het land was waar we altijd hadden thuisgehoord. In Cedar Falls hadden we niets te doen behalve vrienden en familieleden opzoeken en ze vonden het niet prettig dat we zoveel van Indië hielden. Nadat ze hun nieuwsgierigheid hadden bevredigd, werden ze boos omdat ze dachten, ziet u, dat Amerika en Cedar Falls de mooiste plaatsen ter wereld waren en ze wilden niet geloven dat er ergens anders nog iets prachtigs en belangrijks kon zijn. Toen we Indië verlieten en naar huis gingen, dachten we dat het heerlijk zou zijn terug te komen in Iowa en iedereen en alles terug te zien, maar het was niet zo. Na enkele weken wensten we beiden dat we hier maar weer terug waren en we maakten ons zorgen over de school en de mensen die we hadden achtergelaten. Het is merkwaardig – toen we hier pas kwamen, hadden we er beiden een hekel aan, om het vuil en de stof en de hitte en zelfs de mensen – maar langzamerhand gingen we ervan houden. Ik geloof niet dat ik nog ooit ergens anders zou willen leven. Ik miste het, toen we naar huis gingen. Het leven daarginds leek te gemakkelijk en Cedar Falls scheen op een of andere manier ineengekrompen te zijn. De huizen, de straten en zelfs de rivier waren allemaal zoveel kleiner dan we in onze herinnering hadden. Ze schenen ook eentonig en vaal.''

Toen hun tijd naderde om terug te keren naar Indië en ze bezig waren hun koffers te pakken, kwam tante Phoebe aanrijden van de farm, in haar beste kleren. Ze hing de hele middag wat rond en na veel omwegen kwam ze eindelijk op wat ze wenste. Ze zei: ,,Weet je, Bertha, ik zou wel zin hebben om met je mee te gaan naar Indië.''

,,Ik sloeg bijna om van verbazing,'' vertelde mevrouw Smiley aan Ransome, ,,ze was negenenzestig, maar ze was sterk en vol leven en ze voerde allerlei argumenten aan.''

,,Het is hier eentonig,'' zei de oude dame, ,,en ik kan de farm overlaten aan de jongens. Ik geloof dat ze het wel prettig zouden vinden als ik uit de weg was en me er niet meer mee bemoeide of raad gaf. Ik zal toch op een of andere dag doodgaan en kan net zogoed in Indië sterven. Ik zou graag eens wat beleven eer ik doodga. Ik heb nooit eens wat opwindends gehad, zoals pa, toen hij hier voor het eerst kwam en een stuk land nam en het hier een wild land vol Indianen was. Zolang ik leef was Iowa altijd nogal tam. Ik ben nooit verder weg geweest dan Chicago. Ik ben gezond en sterk en heb wat geld opzij gelegd. Ik kan wat helpen in de huishouding. Ik ben nog zo stevig als wat en kan opwerken tegen elke vrouw van middelbare leeftijd. Het zou een soort rust en ontspanning voor me zijn."

Toen haar nicht vertelde van de hitte en het stof en de ziekten, maakte het geen indruk op haar. Ze zei: „Ik geloof dat ik wel tegen de hitte zal kunnen. Ik denk dat Indië wel niet heter zal zijn dan Iowa als het goed korenweer is. Oude mensen zijn niet zo bevattelijk voor ziekten als jonge. Wat het stof betreft, daar ben ik niet bang voor. Ik zal al mijn kosten betalen en je niet tot last zijn. Misschien zal ik zelfs kunnen helpen."

Niemand was in staat haar tegen te houden, noch haar zusters, noch haar zoons, noch de predikant van de congregatie. Ze had het idee in haar hoofd gekregen en niets kon haar van gedachten doen veranderen.

„Het zal zijn alsof ik een nieuw leven begin," zei ze.

Zo was het ook. Ze weerstond alle hitte, vuil, ziekte. In plaats van er verouderd of verzwakt door te raken, scheen ze een nieuw houvast aan het leven te krijgen. Ze was leeftijdloos omdat ze van de mensen hield en vol belangstelling was en zo kon ze, zoals ze had gezegd, het leven „opnieuw beginnen in een nieuw land met veel nieuwe mensen". Ze zorgde voor het huishouden terwijl de Smileys in de missieschool waren. Ze leerde zelfs genoeg Hindoestani om te praten met Indiërs en genoeg Gujerati om bevelen te geven aan de bedienden. Ze had zelfs meer over te zeggen dan haar nicht, omdat ze haar eerbiedigden wegens haar hoge leeftijd en onvernietigbaarheid.

Aanvankelijk wantrouwden ze haar menselijkheid en eenvoud, zoals ze dat in het begin deden met de Smileys. Alle bedienden waren christenen en men had hun het christelijke begrip van naastenliefde en broederschap bijgebracht, maar geen van hen had ooit iets daarvan ondervonden, het minst van de zijde der blanke mensen uit het Westen. Langzamerhand echter verdween hun wantrouwen en ze begonnen te begrijpen dat de Smileys en tante Phoebe niet van plan waren hen uit te buiten.

Wat ze nooit helemaal leerden begrijpen, was tante Phoebe zelf en de achtergrond van haar persoonlijkheid, die haar karakter en overtuigingen had bepaald, en haar merkwaardig on-Europese gedrag. Alleen Jobnekar, die intelligent was en in Amerika was geweest en daar veel had gereisd, vermoedde soms iets ervan, maar zelfs voor hem gingen die vermoedens nooit verder dan een reeks van vage, bewogen indrukken die hij niet nader kon verklaren, omdat hij altijd enigszins in de war werd gebracht door een leven dat zo verschillend was van alles wat hij kende. Hij was zich bewust dat de eenvoud, oprechtheid en vriendelijkheid van tante Phoebe voorkwamen in Midden-Amerika, omdat hij twee zomers lang, gedeeltelijk om geld te verdienen en gedeeltelijk om Amerika beter te leren kennen, daar in oogsttijd had gewerkt op de velden van Iowa en Kansas en er die eigenschappen ontdekte. Hij wist ook dat men zo nooit in de oostelijke staten kon vinden. Die waren, vond Jobnekar, een soort onecht Europa. Hij wist niet, zoals tante Phoebe meer door instinct dan redenering besefte, dat wat achter tante Phoebe lag iets was dat langzamerhand verdween. Zij wist dat. Het was een van de redenen die haar hadden doen wensen naar Indië te gaan. Ze kon het heimelijk niet verdragen in Iowa te blijven en gade te slaan hoe het oude leven, dat ze had liefgehad, achteruitging en stierf.

Zo kwam het dat ze nu, op haar eenentachtigste jaar, hier in de keuken van een grote, koele barak van een huis in Ranchipur zat, omringd door een geheel nieuwe wereld, door een geheel nieuwe kring van vrienden, die ze na haar zeventigste jaar gemaakt had: Raschid Ali Khan, afstammeling van Babers overwinnaars, en Jobnekar, de paria, en Ransome, die half Engels en half Amerikaans was, en juffrouw MacDaid, een Schotse, geboren te Soerabaja. Hier zat ze te schommelen, zich koelte toe te wuiven en in zichzelf te lachen bij het schouwspel van Raschid, die heen en weer stapte en een donderende politieke redevoering afstak, terwijl hij zijn pannekoeken omkeerde.

Eens viel ze hem midden in een grote stortvloed van welsprekendheid in de rede om te zeggen: ,,Maak de gehaktballen niet zo heet, meneer Raschid. Vorige week hebben ze mijn hele maag verbrand. Jullie mohammedanen hebben bepaald magen van leer."

Ze was volkomen gelukkig. Er viel maar één schaduw op dat geluk en dat was Simon. Ze dacht dat Zijn Eerwaarde Simon een waardeloze bluffer was en ze haatte het snobisme en de arrogantie van mevrouw Simon.

Ze gingen nu allen zitten om te lunchen aan de ene kant van de grote keuken, die uitzag op het ingesloten deel van de tuin, waar de Smileys hun kleine menagerie hielden. Ze hadden geen kinderen en daarom hielden ze allerlei dieren. Binnen de omheining bevonden zich twee varkens, een gazelle en een hyena die zo tam was als een schoothondje en niet stonk.

De dieren, met uitzondering van twee mongo's die voortdurend heen en weer renden in hun nieuwsgierigheid en opwinding over de zaterdagse lunch, lagen nu alle in de schaduw van de mangobomen, uit de gloeiend hete zon.

Aan tafel waren twee lege plaatsen. Smiley merkte op: ,,Ik denk dat juffrouw MacDaid is opgehouden in het hospitaal. We zullen haar stoel niet wegnemen, maar ik kan me niet voorstellen wat er met majoor Safka is gebeurd."

Daarna begonnen ze allemaal te praten over het weer en of er meer regen zou komen. Jobnekar stelde hen gerust. Hij *wist*. In hem leefden duizend jaren Indië. Naast hem waren Raschid en zelfs majoor Safka maar nieuwelingen.

„Kijk naar de wind," zei hij. „Kijk naar de bomen. De bladeren krullen naar buiten. Kijk hoe het stof opdwarrelt. De wind zal sterker worden. Jullie zullen het zien. We zullen volop regen krijgen, nog voor middernacht."

De wind werd sterker, maar bracht geen opluchting. In plaats daarvan voerde het stof de hitte tot binnen in het koele, dik ommuurde huis.

Mevrouw Smiley stond op om haar citroentaart uit de Indische oven te nemen. De taart was volmaakt; de geklopte eieren vormden een bruinig laagje erbovenop.

„Die ouderwetse ovens zijn beter dan al die moderne," zei tante Phoebe. „Je kunt er zelfs gelijkmatige hitte in krijgen. Ik heb nooit een beter brood gemaakt dan toen we het in mijn meisjestijd in een oven buitenshuis bakten."

Buiten stopte een auto onder de bomen en daaruit stapten juffrouw Mac-Daid en de majoor. Zij zag er zelfs in de hitte fris en koel uit, maar ze had te veel rouge op haar vervallen gezicht. De majoor was zeer opgewekt.

„Ik kan niet blijven," zei hij. „Ik moet naar Bannerjees vader gaan kijken. De oude heer heeft een aanval van angina. Ik kom terug."

„Het is een schande," zei juffrouw MacDaid. „Hij heeft nooit een ogenblik voor zichzelf."

Ze keek hem na toen hij in de auto stapte en wegreed. Ransome keek van het andere eind van de tafel naar haar en herinnerde zich opeens wat Johannes de Doper hem had verteld.

„Het is verschrikkelijk zoveel werk als de majoor heeft," zei juffrouw MacDaid. „Hij moest een paar assistenten hebben die verstand hadden van angina en zulke dingen. Ik probeer hem uit handen te nemen wat ik kan, maar dat is niet veel. O, citroentaart! Ik was vergeten dat het vandaag de dag voor citroentaart was. We krijgen vannacht regen. De portier zegt het en die vergist zich nooit. Ik heb gehoord dat mevrouw Simon vanmiddag een van haar partijtjes geeft."

Ransome dacht: „Als ze maar ophield met praten. Ze probeert het te verbergen en het lukt haar niet. Het is vreselijk."

„Er waren drie choleragevallen in de benedenstad," zei ze. „We moesten er vanmorgen naar toe. Twee van de patiënten zijn gestorven en de derde werd naar het hospitaal gebracht."

„Ik hoop dat het zich niet zal verspreiden," zei tante Phoebe.

„Tegenwoordig gebeurt dat niet, tenminste niet onder normale omstandigheden. We hebben alles aardig in de hand."

„Ik zal nooit het jaar negentien-twaalf vergeten," zei Smiley. „De toestand is nu niet meer hetzelfde. Het zijn de luizen die tyfus verspreiden en Ranchipur is nu vijfentachtig procent zindelijker dan destijds."

„De droge moesson is een slechte tijd ervoor," zei Raschid. „De pest sterft dan weg, maar de tyfus begint."

„Nu, daarover hoeven we ons niet erg ongerust te maken. Ranchipur is een aardig moderne staat. Mannen als de majoor slagen er heel goed in zulke ziekten de baas te blijven. De mens is niet meer zo'n weerloos slachtoffer als hij placht te zijn."

Ze ging door met spreken, van het ene onderwerp naar het andere overspringend eer het vorige uitgeput was, en al die tijd dacht ze aan de majoor en zag veel duidelijker dan ze een van hen om haar heen zag, hoe hij op dit ogenblik waarschijnlijk gebogen stond over het hart van die oude aansteller, Banneerjees vader. Ze praatte maar steeds eindeloos door, omdat ze innerlijk wist dat haar liefde voor hem belachelijk was en altijd werd vervolgd door vrees dat iemand, bovenal hijzelf, er ooit iets van zou ontdekken. Ze wist niet, hoewel ze dat had kunnen begrijpen door haar lange ervaring van het Oosten, dat het geheim al lang geraden was, zelfs door de kleine, zwarte pariajongen die haar boodschappen deed.

Nu zouden één voor één ook de Europeanen het ontdekken. Ransome, die haar over de tafel gadesloeg, wist dat Johannes de Doper waarheid had gesproken en even was hij ontsteld en verschrikt bij de gedachte hoe blind en wreed de natuur kon zijn. Een ogenblik voelde hij voor de eerste maal sinds de oorlog een prop in zijn keel.

Aan de overkant van de weg deed mevrouw Simon na de lunch een dutje en voelde zich bij het opstaan bezweet, ontmoedigd en terneergeslagen. Er waren ogenblikken in haar leven, zeldzaam weliswaar, maar beangstigend, waarin ze zich plotseling afvroeg: „Waarom span ik me zo in? Waar dient het allemaal toe? Waarom geef ik het niet eenvoudig op en word lui en tevreden?" Maar ze kon niet lui zijn, al deed ze er nog zo haar best toe. Iets dreef haar voort, zodat ze bijtijden even hard werkte en even weinig slaap kreeg als de Smileys.

Terwijl ze op bed lag, druipend van transpiratie, tobde ze over de koekjes en de thee, over de japonnen van Fern en Hazel en over het weer. Precies als Jobnekar wist ook zij dat het ging regenen, maar zij wist het om een andere reden. Haar eksteroog vertelde het haar. Halfluid zei ze: „O Heer, laat het niet gaan regenen eer al de gasten naar huis zijn gegaan!" Als het vóór die tijd regende, zou ze haar partijtje binnenshuis moeten geven en dan kwam het erop neer dat het een mislukking werd. Op het grasveld, waar ruimschoots plaats was en tennis of badminton gespeeld kon worden, leek alles vanzelf te gaan, maar binnenshuis werd ze een zenuwachtige, opgejaagde gastvrouw die besefte dat haar gasten zich verveelden en wanhopig onmachtig was om daar iets tegen te doen. Ze hoopte ook dat tante Phoebe niet in de voorgalerij zou gaan zitten toekijken. Ze had de Smileys niet uitgenodigd. Sinds lang had ze opgehouden hen uit te nodigen, zichzelf wijs makend dat ze het deed omdat ze zich altijd zenuwachtig en slecht op hun gemak voelden tussen de gedistingeerde mensen die bij haar over huis kwamen. Voor de Smileys was hun verbanning uit de opperste kring van Ranchipur een herademing geweest, want nu hoefden ze niet langer hun beste kleren aan te trekken en rond te hangen terwijl ze deden alsof ze zich vermaakten. In hun eenvoud hadden ze zich altijd erg ingespannen om naar de partijtjes van mevrouw Simon te gaan, in de mening dat ze gekwetst zou zijn als ze niet verschenen.

Terwijl ze op bed lag, dankte mevrouw Simon God dat ze een paar jaar geleden de stier bij de horens had gepakt en haar man had aangekondigd dat ze niet meer van plan was de Smileys uit te nodigen. ,,Ik wil ze niet langer hebben rondhangen," zei ze, ,,zo stijf als een bezemsteel en met dat vreselijke accent van hen. Ze hebben er trouwens een hekel aan. Ze zullen blij zijn als ze niet hoeven te komen. Het was altijd net alsof ze daar stonden om ons eraan te herinneren dat we missionarissen zijn."

,,Nu, dat zijn we ook, is het niet zo?" wierp Simon op.

,,Zeker, dat zijn we, maar niet van hetzelfde soort als zij. Wij zijn moderne missionarissen."

Dus waren de Smileys hun niet meer tot last geweest. Alleen tante Phoebe hinderde haar nu. Tante Phoebe deed dat op een manier die tegelijkertijd heel subtiel en demonstratief was. Zodra de luitenantjes en kleine ambtenaren en mevrouw Hogget-Clapton verschenen, placht ze haar Amerikaanse schommelstoel op de voorgalerij te slepen en daar te gaan zitten, schommelend en limonade drinkend en zich koelte toewuivend met een palmblad. Ze groette zelden een van Simons gasten, want ze kende slechts weinigen van hen, maar ze zat daar, grimmig en grotesk, en herinnerde hen allen eraan dat ze naar een partijtje van een missionaris gingen. Het was alsof ze zich kleedde voor haar rol, door haar slonzigste, katoenen japon te dragen en de vulgairste attributen erbij te pas te brengen: de limonade, de schommelstoel en het palmblad uit Cedar Falls, Iowa. Mevrouw Simon kon haar niet van haar eigen voorgalerij afjagen, maar verdacht er haar van dat ze zo deed uit boosaardigheid. Uitgeput door de hitte, begon mevrouw Simon te denken over de geruchten omtrent een bezoek van lord en lady Heston en vroeg zich af of Ransome hen kende en hoelang ze zouden blijven en of zij ze ooit zou ontmoeten. Ze wist in haar hart heel goed dat het laatste zeer onwaarschijnlijk was, tenzij ze er Ransome toe kon bewegen een ontmoeting in orde te maken. Ze kende Ranchipur goed genoeg om te weten dat er weinig kans bestond dat iemand van haar gasten, behalve Ransome, ooit de Hestons anders zou te zien krijgen dan wanneer ze majesteitelijk in een der Rolls-Roycen van de maharadja door de straten reden. Ze zouden in het oude zomerpaleis logeren en met niemand anders in aanraking komen dan met de ministers en de generaal, Ransome en enige belangrijke Indiërs. Zelfs mevrouw Hogget-Clapton of Burrage, de spoorwegdirecteur, zouden niet worden uitgenodigd. Al de werkelijk gedistingeerde mensen, zei ze bij zichzelf, zouden genegeerd worden. In Brits-

Indië zou dat heel anders toegaan, dacht ze, en begon bijna onmiddellijk er weer over te peinzen hoe ze Simon ertoe zou kunnen bewegen overplaatsing te vragen naar een meer geciviliseerde omgeving. Met civilisatie bedoelde mevrouw Simon niet: cultuur, fijngevoeligheid, kunst, architectuur of wetenschap. Ze had zeer uitgesproken opvattingen over dat onderwerp; ze bedoelde een wereld waarin de burgerlijke society van de middenstand oppervlakkig heerste.

De hete wind werd sterker en deed de blinden voor de vensters klapperen. Kreunend kwam ze overeind om ze op te trekken en naar de lucht te kijken. Die was nog steeds wolkeloos, met dezelfde laaiende zon daarboven. „Tot nu toe gaat alles goed," dacht ze, maar ze wist dat de brandende zon en de wolkeloze hemel niets te beduiden hadden. Gedurende dit jaargetijde kon binnen twee minuten een heftig onweer losbarsten.

Ze sloeg een sjaal om, liep de kamer door en riep toen ze de deur opendeed: „Fern! Hazel!" Een stem antwoordde van het andere eind van de brede gang van deze oude barak. Het was natuurlijk Hazels stem. Ze wist dat Fern niet de moeite zou nemen te antwoorden.

„Doe jullie oude tennisjurken aan en ga naar beneden om te kijken of alles klaar is ... niet de nieuwe japonnen, anders zijn jullie helemaal bezweet tegen dat de jongens komen."

Haar dochters waren tegelijkertijd mevrouw Simons trots en kruis. Geen van beiden was volmaakt en geen van beiden was het geschikte instrument om haar eerzuchtige plannen te helpen uitvoeren. Fern, bijna eenentwintig, was de knapste van beiden. Ze leek tamelijk veel op haar moeder en bezat veel van mevrouw Simons koppigheid en een nog heel wat prikkelbaarder humeur dan haar moeder ooit had bezeten. In weerwil van haar opvoeding, in weerwil van het feit dat ze bijna haar hele leven in Indië had doorgebracht, in weerwil van de eerzuchtige plannen die haar moeder voor haar koesterde, bleef ze hardnekkig wat ze was: een buitengewoon knap, kleinsteeds Amerikaans meisje. Door God bestemd om in een hangmat te liggen en op een oekelele te tokkelen, hadden de omstandigheden haar midden in Indië geplaatst, in een Indische staat waar de jongelieden die ze ooit ontmoette Engelsen uit de middenstand waren met slechte manieren.

Haar gelukkigste ogenblikken bracht ze door in haar eigen, grote kamer met de geïllustreerde filmbladen die een nicht uit Amerika haar geregeld stuurde, in ruil voor exotische cadeautjes: goedkope sjaals en stukken brokaat voor pantoffels. Als ze niet bezig was de „Geheimen van de sterren" te lezen, maakte ze grootse, vage plannen tot ontsnapping. Waarheen ze zou ontsnappen, was haarzelf nog niet erg duidelijk, maar Hollywood leek wel de geschiktste plaats. Uit de fimmagazines en de goedkope romannetjes die ze las, had ze een levensfilosofie gevormd die ze niemand toevertrouwde, het minst van al haar moeder. Ze wist dat ze knap was en ze wist dat alles beter voor haar zou zijn dan Ranchipur. Wat ze wenste waren bontmantels, juwelen, aanbidders en comfort. In de eenzaamheid van haar eigen kamer had ze langzamerhand een ver uitgesponnen droomleven ontwikkeld, waarin ze op zijn minst de helft van de dag leefde. Dat begon voor haarzelf langzamerhand werkelijkheid te schijnen, maar haar moeder noemde het eenvoudigweg „humeurigheid".

Haar zuster Hazel, met wie ze absoluut niets gemeen had, was plomp, had een beetje een vollemaansgezicht en zoals haar vader het tamelijk goedhartige, welgedane, dat veel Amerikanen uit het Midden-Westen eigen is. In tegenstelling tot haar zuster was ze volgzaam, beklaagde zich nooit en had nooit last van „humeurigheid", maar helaas, zolang Fern in de buurt was, schenen „de jongens" niet bij machte haar meer huisvrouwelijke deugden te beseffen.

Mevrouw Simon dacht weleens: „O, als Fern maar het karakter van Hazel had of als Hazel eruitzag zoals Fern." Ze liet geen van de twee meisjes ooit met rust. Op Fern mopperde ze voortdurend om haar slechte humeur en haar arrogante houding tegenover de jonge mannen van Ranchipur, die in aanmerking kwamen als echtgenoot. Hazel was ze voortdurend aan het opporren en vermanen, dat ze rechtop moest staan en niet zoveel giechelen en dat ze niet zoveel mocht eten omdat haar figuur al zo plomp was. Ze verbood haar zelfs te transpireren. Met die methode slaagde ze erin het beetje zelfvertrouwen dat de arme Hazel had bezeten geheel te vernietigen. Beiden hield ze eeuwig en altijd het vooruitzicht van een huwelijk voor als het enige doel van haar bestaan.

Toen ze naar beneden kwam, gekleed in een gebloemde zijden japon en nog steeds glurend naar het weer, was het na vijven en alle voorbereidselen voor het partijtje waren gemaakt. Ze trof Fern alleen in de zitkamer en zei terloops: „Meneer Ransome komt op de thee." Waarop Fern landerig antwoordde: „Zo?"

„Ik hoop dat je aardig tegen hem zult zijn."

„Hij zal me waarschijnlijk niet eens aankijken."

„Hoe kom je erop om dat te zeggen?"

„Ik beteken niets voor hem. Hij kijkt nooit naar me als ik hem op straat ontmoet."

„Je hebt hem nooit werkelijk goed gekend. Je moest vriendelijker tegen hem zijn."

Fern zweeg een ogenblik, bezig haar gezicht te poederen. In de hitte leek de poeder weg te smelten. Haar moeder vroeg zich af, terwijl ze haar gadesloeg, hoe ze haar naar haar hand zou kunnen zetten en Fern wist intussen heel goed wat ze van plan was.

Ze zei: „Als u denkt dat ik met hem wil trouwen, hebt u misgerekend."

„Waarom niet? Hij is rijk en stamt uit een van de beste families van Engeland."

„Dat is juist de reden waarom hij geen notitie van me zou willen nemen."

„Jij hebt hem ook veel aan te bieden."

„In elk geval is hij niet de soort echtgenoot die ik wens."

„Welke soort wens je dan?"

„Ik wil zelf iets worden. Ik wil niet iemands echtgenote zijn."

„Dat is toch het beste voor een vrouw."

„Tegenwoordig niet meer. Niet in Amerika. Degene die met mij trouwt zal mijn echtgenoot zijn."

Innerlijk was ze voortdurend bezig interviews te geven die eens in de filmmagazines zouden verschijnen: „Blythe Summerfield. Aanbeden door echtgenoot." „Blythe Summerfield. Kwijnend kind van het Oosten" – „Blythe Summerfield, best geklede filmster." Want ze had haar artiestennaam al verzonnen.

„Nu, tracht in elk geval beleefd tegen hem te zijn. Probeer nu eens één keer wat aardig te zijn zoals Hazel."

„Als ik eruitzag zoals Hazel, zou ik wel aardig moeten zijn."

„Je moest je schamen."

„Ik doe het toch niet en ik begrijp in elk geval niet waarom u die afschuwelijke partijtjes moet geven. Ik zou veel liever boven in mijn kamer blijven zitten. Ik haat iedereen hier in Ranchipur."

„Kom nu, Fern. Wind je niet op."

Mevrouw Simon zag door de open deur de eerste gasten aankomen. Het waren mevrouw Hogget-Clapton en een van de „jongens". Mevrouw Hogget-Clapton was tengevolge van verschillende omstandigheden, doch het meest door haar eigen overtuiging omtrent haar belangrijkheid, de leidster van de enige society te Ranchipur die mevrouw Simon erkende. De „jongen" was Harry Loder, van wie mevrouw Simon wist dat hij verliefd was op Fern, in weerwil van haar onaangenaam karakter. Hij was drieëndertig en had weinig van een jongen, zowel wat jaren als uiterlijk betreft, maar mevrouw Simon gooide hem in één zak met de anderen. Hij was tamelijk knap, op een vlezige manier, en had een zekere mannelijkheid die na aan ruwheid grensde en nooit naliet een lichte opwinding in mevrouw Simon te wekken.

Toen ze hem zag, voelde ze die bekende opwinding en zei tot Fern: „Daar zijn mevrouw Hogget-Clapton en Harry. Probeer nu eens vriendelijk te kijken."

„Laat mevrouw Hogget-Clapton naar de hel lopen!" riep Fern. „Voor mijn part kan alles en iedereen naar de hel lopen!" Ze barstte eensklaps in tranen uit en rende de trap op, terwijl ze bij zichzelf zei dat haar ouders niet het recht hadden haar naar een plaats als Ranchipur te brengen, waar je niemand en niets had. „Ik heb niet gevraagd om te worden geboren," snikte ze. „Ik heb niet gevraagd om te worden geboren!"

Ze gooide zichzelf op bed en schreide lange tijd. Toen stond ze op, bette haar gezicht met water dat lauw was van de hitte, maakte haar lippen weer rood en ging naar beneden.

Ze liep langzaam, een van haar smalle handen steunend op de trapleuning, en ging toen tussen de kleine groep vrouwen in de zitkamer door en naar buiten, naar de tennisbanen en het prieel, dat bedekt was met de schitterende bloemen van de Indische begonia. Tegen dat ze onder aan de trap was gekomen, had ze zich weer hersteld en gleed in de geestelijke toestand die haar moeders partijtjes draaglijk plachten te maken. Het was niet Fern Simon die ,,de jongens" begroette, maar Blythe Summerfield, ,,kwijnende dochter van het Oosten".

Ransome vond de mensen op mevrouw Simons partijtjes altijd erg veel lijken op de domme kudden schapen waartussen hij een tijdje geleefd had in de hoge bergen van Nevada. Lang gelegen dacht hij eens, toen hij de kudden gadesloeg bij het verschijnen van een coyote: ,,Schapen zijn middenstandsdieren. Ze moesten in voorsteden wonen, altijd behoren tot de conservatieve partij en voortdurend worden opgelicht door effectenmakelaars." Bij het eerste teken van gevaar of bedreiging, zelfs van enige verandering, plachten de schapen in een kringetje te gaan ronddraaien, allemaal duwend en wringend om de beschutting van het midden van de kudde te bereiken. De mensen op mevrouw Simons partijen hadden, net als schapen, geen originaliteit en geen eigen initiatief. Als hij hen gadesloeg, begon hij zich altijd beschaamd te voelen over het menselijke ras en eindigde met zich te schamen over zichzelf, dat hij zich zo vervloekt superieur voelde. Dat was een van de redenen waarom hij negen van de tien keer de uitnodigingen afsloeg. Net als schapen zochten ze slechts veiligheid en genoeg te grazen om in leven te blijven. De wereld van de ideeën zowel als die van de daden beangstigden hen. Het stond hem tegen dat hij zijn leven lang had moeten aanhoren dat deze klasse, deze hele maatschappij, in niet veel meer dan een eeuw ontstaan uit industrie, technische uitvindingen, koopmanschap en geldhandel, het hoogtepunt van menselijke eerzucht en volmaking uitmaakte. Bij momenten kwam het hem voor dat de middenstand, en alleen de middenstand, met zijn pluimstrijkerij, sentimentaliteit, nationalisme en zijn geestelijke stompheid, verantwoordelijk was voor de ziekte en het verval die het Westen hadden aangetast.

Hier in mevrouw Simons stoffige, kale tuin, als een kleine kolonie geïsoleerd in de onverstoorbare en beangstigende grootheid van het Oosten, leken ze op hun ergst, als een bacillencultuur, apart gezet voor microscopisch onderzoek.

Als bij voorbaat diep verveeld bij het vooruitzicht van de partij stak Ransome even na zessen de weg over, van Smileys huis vandaan. De hitte was nog steeds verstikkend en de zon stond aan de hemel als gloeiend koper, maar de wind had langzamerhand de vorm van een echte westmoessonwind aangenomen, ergens ver weg in de Arabische Golf of aan de Indische Oceaan ontstaan.

Op het grasveld van Simon vond hij precies wat hij verwachtte er te zullen vinden. Er waren geen Indiërs. In groepjes om de tafel en in het met kamperfoelie overdekte prieel vond hij helemaal dezelfde wereld die hij zou hebben aangetroffen op een dergelijk partijtje in Engeland of Amerika, behalve dat hier, tegen deze hete oosterse achtergrond, al de eigenschappen, zowel van de klasse als het individu, tot in het fantastische vergroot leken. De stemmen waren nog wat hoger en schriller, het snobisme was nog iets verder doorgedreven en de accenten, een zonderlinge mengeling van cockney en Middenwestelijk dialect en iets dat men in ernst voor een Oxford-accent aanzag, te zamen met mevrouw Simons „mammy"-taaltje, maakten de gesprekken soms bijna onverstaanbaar en elk contact, in het bijzonder voor Ransome, die niet genoeg met deze lieden had omgegaan om hun verschillende tongvallen te kennen, haast onmogelijk. In deze afgelegen, eenzame wereld waren geen hertogen of hertoginnen, geen miljonair-bankiers, geen eerste ministers, geen presidenten van de Kamer van Koophandel, en zodoende trachtte nu ieder, niet in toom gehouden door de gestage aanwezigheid van een dezer fenomenen, zich op te blazen en de plaatsen van die ontbrekende reuzen en reuzinnen te vullen.

Mevrouw Hogget-Clapton, een zware, bloeiende vrouw, die er een eigen, zelfgeschapen accent op na hield, trad op in de rol van hertogin en duidde voortdurend haar familieleden aan als landedelen uit Shropshire (hier in Ranchipur kon ze gemakkelijk zo over hen spreken, want niemand kon met enige mogelijkheid ontdekken dat ze doodeenvoudig brave boeren waren). Burrage, die iets te maken had met de staatsspoorweg, werd de lokale lord Heston en Hoskins, die een soort hoofdaccountant was aan de Bank van Ranchipur, werd iets als een mengeling van kanselier of een schatkistbewaarder en het hoofd van de Bank van Engeland. De „jongens" met hun polo en hun wilde-zwijnenjacht werden lord Lomsdales en lord Derby's. Verloren en verborgen in een machtige Indische staat, ver van de pracht, het goudgalon en de rococoschittering van Delhi, wendden zij zich slechte manieren aan in de mening dat onbeschoftheid een bewijs van goede afkomst betekende, hadden geen idee van civilisatie en vormden in hun geest een middenstandsidee omtrent wat aristocratisch was.

Slechts voor mevrouw Simon, echtgenote van een missionaris, bleef er geen grote rol te spelen over. De enige missionaris die ze kon verzinnen die ooit beroemd was geworden, was Livingstone, en er zat niets deftigs en mondains in te doen alsof je mevrouw Livingstone bent.

Terwijl hij zich tussen hen in bewoog en hen gadesloeg, verbaasde Ransome zich er altijd over dat deze enge, kleine wereld dag na dag kon blijven bestaan, volkomen onwetend omtrent de geweldige wereld waarin ze geheel werd verzwolgen en zonder zich bewust te zijn van de schoonheid, de pracht en tragiek, noch van de vuilheid der andere wereld. Wel echter voelden allen, zoals de schapen, het beangstigende ervan. De angst was hen altijd nabij. Angst te worden verzwolgen en vergeten. Om zichzelf moed in te spreken werden ze arrogant en komiek. Onder elkaar noemden ze dat „op de tanden bijten". Als schapen drongen ze in hun angst op elkaar, allen behalve juffrouw MacDaid, de Smileys en tante Phoebe en die twee vreemde oude vrijsters, juffrouw Dirks en juffrouw Hodge, die de hogereburgerschool voor meisjes van de maharani bestuurden en die nooit iemand te zien kreeg. Daardoor waren die allen verschoppelingen in de kudde, zwarte schapen die alleen hun weg gingen. Ransome wist voor zichzelf wel dat het schouwspel van dit partijtje meer zielig dan vervelend was. Het geblaat, de arrogantie, de zonderlinge, geaffecteerde toontjes leken op het fluiten van een kleine, bange jongen in het donker. Maar er waren enkele vergoedingen. Hier in Ranchipur genoten al deze mensen een zeker prestige en gewichtigheid; als ze naar het vaderland teruggingen, zouden ze ongemerkt teloorgaan in een groot moeras van burgerlijke middelmatigheid. Ransome was zich zeer goed bewust dat hij niet populair was onder hen, maar ook dat ieder van hen, behalve misschien een paar van de meest eigenwijze luitenants, door hem werd geïmponeerd. Toen men hem het grasveld zag overlopen, ontstond er een plotselinge stremming in het partijtje. De mannen keerden zich om en keken, de vrouwen werden levendiger en mevrouw Simon kwam snel naar voren om hem te begroeten, met één hand haar schilderachtige hoed vasthoudend, die bij elke ruk van de moessonwind van haar hoofd opwoei. Hij dacht: „Als ik gewoon mijzelf was, een man die ze niet kenden, arm en zonder relaties-met-titels, zouden ze me niet aankijken."

Er was een tennismatch aan de gang tussen Zijn Eerwaarde Simon, wiens breed, vriendelijk gezicht droop van zweet en rood zag, en mevrouw Burrage aan de ene zijde, tegen Hazel, gewillig, onhandig en ondanks haar moeders verbod heftig transpirerend, met een pittige, kleine luitenant die Hallet heette. Aan het ene einde van de tuin zaten de meeste anderen in het prieel om mevrouw Hoggett-Clapton heen, die in een grote rieten stoel met gratie de rol speelde van de hertogin die zojuist een bazar heeft geopend. Ze was een grote vrouw, niet dik, maar met een breed, blank boerenmeisjeslichaam dat niet verwelkt was, maar eenvoudig in de breedte scheen te zijn uitgedijd. Dertig jaar geleden was ze een schoonheid geweest en ze kleedde zich nog volgens de traditie van het tijdperk koning Eduard, in soepele chiffon en met een enorme hoed op, waarmee de wind allerlei grapjes probeerde uit te halen.

Ze leefde al sinds bijna dertig jaar in Indië als vrouw van een beambte van de Keizerlijke Bank en in die dertig jaren had ze zich een taaltje aangewend dat bestond uit een zonderling jargon van Engels, Hindoestani en een slang dat ten oosten van Suez wordt gesproken. Een whiskysoda heette bij haar maaltijd altijd een *chota peg;* een brief was altijd een *chit;* rapees waren *chips.* Over haar echtgenoot sprak ze altijd als de *burra sahib* en de mensen werden in haar beperkte geest eenvoudig verdeeld in *pukka* of niet *pukka.* Niemand in Ranchipur, zelfs Ransome niet, kon zoveel alcohol verdragen. Haar man kreeg haar zelden te zien: een groot deel van de tijd was hij bezet door zaken in Calcutta, Madras of Bombay en als hij in Ranchipur was, vielen zijn eigen afspraken zelden samen met de hare. Ze had geen kinderen en absoluut geen ander tijdverdrijf dan kalmpjes te drinken en te koketteren met „de jongens". Ransome, juffrouw MacDaid en de majoor noemden haar altijd „Pukka Lil".

Na een zeker moment begon op mevrouw Simons partijtjes onder de mannen altijd een geest van onrust te ontstaan, omdat er niets hartiger werd gepresenteerd dan limonade en gemberbier en na een paar uren van steeds dezelfde spelletjes en hetzelfde gepraat, begon de stemming te zakken. Innerlijk vond mevrouw Simon dat het beneden haar stand was alleen limonade en gemberbier aan te bieden, maar de schaduw van het bestuur der buitenlandse missie was er om haar te dwingen – evenals tante Phoebe – eraan te denken dat ze maar de vrouw van een missionaris was. Ze was een zenuwachtige gastvrouw, die de dingen maar niet op hun beloop wou laten en telkens groepjes verstoorde, en mensen die juist met elkaar begonnen op te schieten, van elkaar haalde om andere en ongewenste combinaties te maken. Ze leed diep en het enige genoegen dat ze uit deze gelegenheden putte was de illusie, als iedereen naar huis was gegaan, dat ze het toch wel ver had gebracht na Unity Point, Mississippi. Nu liep ze maar om Ransome heen als een herdershond en leidde hem van het ene groepje naar het andere, alsof ze, nu ze hem hier had weten te krijgen, zijn gunsten gelijkelijk moest verdelen. Intussen lette ze op de storm en ook op de voorgalerij van de Smileys en deed een schietgebedje dat tante Phoebe één keer eens niet zou verschijnen met haar limonade, haar waaier en haar schommelstoel om daar toe te kijken als een engel van het laatste oordeel. Toen Ransome tenslotte werd gebracht bij het groepje rondom mevrouw Hogget-Clapton, waren ze allen aan het praten over de Hestons, en mevrouw Hogget-Clapton, als stammend uit het tijdperk van koning Eduard, gaf uitleggingen omtrent lady Heston.

„Ze was vroeger Edwina Doncaster," zei ze, „de dochter van Ronald Doncaster, u herinnert zich wel. Hij was een boezemvriend van de koning. Van koning Eduard dan natuurlijk. Haar familie komt uit mijn geboortestreek, uit Shropshire. Meneer Ransome zal haar zeker wel kennen." Bevallig stak ze een lange, zachte, beverige witte hand uit, als om hem letterlijk in de kring te trekken. Een beetje onthutst zei hij: „Nee, ik ben bang van niet."
Hij loog, gedeeltelijk uit verlangen om zich in veiligheid te stellen, gedeel-

telijk omdat hij onthutst was door de onthulling van lady Hestons identiteit, die hij zeer goed wist. Zodra mevrouw Hogget-Clapton de wijsheid verkondigde die ze uit *Hof en Society* putte en de naam „Edwina" noemde, begreep hij het meteen. Al die tijd had hij het ergens in zijn onderbewustzijn geweten, maar door alles wat sinds vijftien jaar met hem was gebeurd, was hij het vergeten. Toen hij lang geleden mensen als Edwina de rug had toegekeerd, speelde hij het klaar te vergeten wat van de meesten was geworden. Nu zag hij haar plotseling weer, niet op mevrouw Simons tennispartijtje, maar tegen de achtergrond van het naoorlogse Londen, omringd door een menigte elegant geklede lieden, terwijl ergens een jazzband speelde: jong, mooi, elegant, in goed gekozen kleren die waarschijnlijk niet waren betaald en met een al enigszins gehavende reputatie.

Eens had hij zich verbeeld verliefd op haar te zijn en de herinnering aan haar wekte plotseling een stroom van warmte en sympathie in hem, omdat hij had behoord tot haar wereld en in zekere zin de kwaal waaraan zij leed, ook de zijne was. Een kwaal die journalisten plachten toe te schrijven aan een bepaalde generatie en een bepaalde kleine groep. Maar die kwaal was veel verder verspreid en veel dieper gedrongen; Edwina en hij waren slechts zeer uitgesproken gevallen. De ouderen, die leefden in de illusie van een zekerheid die voor altijd was vergaan, konden die noch begrijpen, noch aanvoelen en de jongeren, die erin geboren waren, aanvaardden dit als een normale gang van zaken.

Met een beleefd glimlachje vastgevroren op zijn gezicht ontsnapte hij aan het gesprek van mevrouw Hogget-Clapton en haar vrienden om te denken aan Edwina en zich af te vragen hoe ze nu zou zijn.

Hij wist bijna zeker hoe; ze zou zich wel hebben gevormd volgens het patroon van vrouwen in haar stand en tijd.

Toen liet mevrouw Simon hem alleen om zich te bemoeien met de verfrissingen, en plotseling, hij wist niet waarvandaan gekomen, zag hij haar dochter Fern voor zich staan.

Ze zei: „Meneer, zou ik u even mogen spreken?"

Hij had nooit aandacht aan haar geschonken en zag nu dat ze zeer knap was en dat haar bekoorlijkheid nog werd verhoogd door haar blos en verlegenheid. Zijn gedachten, die nog met Edwina bezig waren, vergeleken die beiden; Edwina was nooit fris en jong geweest, zoals dit meisje. Er was nooit iets koortsachtigs en opgewondens aan haar en hij vroeg zich af of ze ooit in haar leven had gebloosd.

Hij bracht eruit: „Natuurlijk. Wanneer u maar wilt."

Aarzelend en blozend zei ze: „Vindt u het vervelend om mee te komen naar de veranda? Wat ik u zeggen wou . . . is nogal vertrouwelijk."

Toen ze het verschroeide, kale grasveld overstaken, werd de wind plotseling sterker en waaiden kleine wolken op van het stof dat zich al had gevormd sinds de regenval van de vorige avond.

Toen ze voorbij de woning van de Smileys kwamen, merkte hij dat tante Phoebe haar plaats op de veranda had ingenomen en naar het partijtje staarde en dat Jobnekar hem toewuifde toen hij op zijn fiets het tuinpad opreed, midden door het partijtje heen. Van de richting van de tennisbanen ontving Jobnekar geen enkele groet en zelfs werd er van zijn aanwezigheid geen notitie genomen, noch als paria, noch als leider van miljoenen mensen.

Aan het einde van de galerij was een hoekje, verborgen onder de ranken van maanbloemen, waar een schommelbank was aangebracht, en daar leidde Fern hem heen.

Hij merkte dat ze moeizaam sprak toen ze zei: „Ik weet natuurlijk wel dat ik niets voor u beteken. U weet niet eens dat ik besta."

Hij viel haar in de rede om te verzekeren dat hij heus wist dat ze bestond en dat altijd had geweten sinds hij in Ranchipur was gekomen. Hij kon niet zeggen dat ze in zijn ogen altijd een kind was geweest; tot op dit moment had hij inderdaad nooit aan haar gedacht als aan een vrouw.

„Misschien zult u denken dat ik gek ben," zei ze, „maar er is niemand anders waar ik mee kan spreken. Als ik er maar de minste toespeling op zou maken tegen een van die mensen hier, zou een half uur later heel Ranchipur het weten." Toen verzamelde ze plotseling moed: „Ziet u, ik moet zien weg te komen uit Ranchipur. Ik word gek." Ze was nu niet Blythe Summerfield, parel van het Oosten. Ze was niets dan Fern Simon, een verveeld, ongelukkig, rusteloos meisje dat innerlijk nooit haar eigen land had verlaten. „Ik zou overal liever zijn dan hier. Ik kan deze vreselijke mensen niet verdragen. Er is niets te doen en je kunt nergens heen. Ik moet weg zien te komen."

Ransome sperde zijn ogen een beetje wijder open en overwoog: „Misschien is ze meer waard dan ik dacht." Daar hij niet wist wat te antwoorden, wachtte hij af en merkte dat hij zich door haar enthousiasme en rampzaligheid ontzettend oud ging voelen. „Ik ben pas achtendertig," dacht hij, „zowat twintig jaar ouder dan zij is." Maar hij wist dat het verschil veel groter was dan twintig jaar.

Ze zei: „Ik wil weten hoe het zit met de boten en zo. Ik heb wat geld gespaard en wil een boot nemen van Bombay af en tegen dat ze het dan ontdekken, zal het te laat zijn om me tegen te houden."

„Waar wilt u naar toe?"

Een ogenblik aarzelde ze en antwoordde toen: „Hollywood."

Hij kon niet nalaten te lachen en toen, een beetje beschaamd daarover, zei hij ernstig: „Dat is niet zo gemakkelijk."

„Als je iets heel sterk wilt, kun je het altijd wel doordrijven. Ik ben nog jong en knapper dan de meesten van hen."

Hij gaf haar in stilte gelijk. Het was waar dat ze knapper was dan de meesten van hen. Misschien, als ze een kans kreeg... wie zou het zeggen?

Hij werd zich bewust dat hij zich vaag ellendig voelde, want naarmate hij ouder werd, kreeg hij er méér een hekel aan door anderen in vertrouwen te worden genomen. Hij had een hekel aan de verantwoordelijkheid voor het nemen van een besluit, die ze altijd op hem schoven, zonder dat hij wist waarom. Mogelijk was er iets aan hem dat hijzelf niet kende en dat hen aanmoedigde. Nu betrapte hij er zich op dat hij haar probeerde te ontmoedigen en wist evenmin waarom, want hij was ertegen zich in het leven van anderen te mengen. Terwijl hij sprak, dacht hij voortdurend: „Ik begin zeker oud en braaf te worden. Eens zou ik haar hebben aangemoedigd om weg te lopen en zoveel avontuur te zoeken als ze maar kon halen uit het leven, dat al veel te kort is."

In plaats van zich door hem te laten overtuigen, begon ze eensklaps te schreien, niet stil, maar met diepe, hartstochtelijke snikken en stortte al haar moeilijkheden door de vervolgingen van haar moeder uit: „Ze is vastbesloten om me met een van die nietsnutten te laten trouwen. Ze ziet niet in dat die nare, kleine snobs me niet eens zullen vragen. Ik kan ze niet langer verdragen. Ik kan niet! U moet me helpen. Er is niemand anders in Ranchipur."

„Word eerst kalm en vertel me dan wat je van plan bent te doen. Mevrouw Hoggett-Clapton zou heerlijk wat te kletsen hebben als ze hier kwam en ons zo vond."

Ze slikte en zei toen: „Ik wou graag dat u me wat geld leende. Ik heb nog maar vijftig pond nodig."

Hij lachte. „Nu, dat is de moeite waard. Maar het geld kan me niet schelen."

„Ik zal het u terugbetalen. Ik beloof dat ik het zal doen."

„Dat is het niet, mijn kind. Zie je het dan niet in? Het is de positie waarin je me plaatst."

Ze keek hem even scherp en recht in de ogen. „Ik dacht niet dat u ook braaf zou doen, zoals al die anderen," en ze begon weer te schreien, nog luider dan tevoren. „Ik wil niet naar Poona met haar! Ik wil al die vreselijke mensen niet weer ontmoeten!"

Ondanks zijn pogingen zich te beheersen, moest hij zó lachen, dat hij schudde door de inspanning die vrolijkheid te onderdrukken. Hij besefte dat er vlug iets moest worden gedaan. De wind stak steeds meer op en de hemel was plotseling zwart van wolken. Elk ogenblik kon de hele partij gedwongen worden naar binnen te gaan.

Hij zei: „Als je kalm wilt zijn, naar boven gaan en je gezicht afwassen, beloof ik dat ik je zal helpen. Ik zal doen wat ik kan."

Haar snikken hield onmiddellijk op en weer wierp ze hem uit haar heldere, blauwe ogen een scherpe, welwillende blik toe.

„Belooft u dat?"

„Ik beloof het. Als je dan nu braaf bent en naar boven gaat."

„Ik zal het niet vergeten." En hij dacht: „Nee, dat zal ze niet," en begon weer te lachen nu hij zichzelf zag – een man die toch wel op eigen benen kon staan in de wereld – kalmweg gechanteerd door Fern Simon, die hem niet in het minst interesseerde.

Toen bemerkte hij dat er bij de tennisbanen een of andere ramp was losgebroken over het partijtje. De meeste vrouwen renden, met hun handen aan de hoeden, naar het huis toe. Twee of drie waren op tafeltjes opzij van de tennisbaan geklommen en op een of andere manier was mevrouw Hoggett-Clapton erin geslaagd moeizaam tegen een kant van het prieel op te klauteren. De jongens, gewapend met stoelen en tennisrackets, hadden een kring gevormd, om de vlucht van de vrouwen te dekken tegen een bedreiging die Ransome nog niet kon waarnemen. Hij verliet Fern, rende naar het einde van de veranda en ontdekte toen de oorzaak van de paniek. Daar, midden op het grasveld, opgewekt naar het partijtje toestappend op zoek naar een koekje, bevond zich de tamme hyena van de Smileys.

Innerlijk schuddend van de lach en vreemde, gesmoorde geluiden makend, sprong hij over de leuning van de veranda te hulp. Het grote beest herkende hem en rende dadelijk in zijn richting, kleine vriendelijke geluiden uitstotend. Hij greep de hyena bij het nekvel en leidde het dier weg van de partij, de weg over naar de Smileys toe. Slikkend en grinnikend slaagde hij erin over zijn schouder te roepen: „Hij doet geen kwaad. Hij zou geen kind aanvallen." Toen besefte hij opeens dat het tegenover „de jongens", die gewapend met stoelen en tennisrackets nog steeds in een kring opgesteld stonden en mevrouw Hogget-Clapton, die zich in haar Eduardse tooi nog aan het ondereinde van het prieel klampte, tactloos was geweest. „Net schapen," dacht hij grinnikend. „Precies schapen."

Toen hij langs de voorgalerij van de Smileys kwam, leunde tante Phoebe voorover in haar schommelstoel en zei bits: „Ik zou wel zelf zijn gegaan om hem te halen, maar ik was niet uitgenodigd voor het partijtje."

Haar aankijkend ontdekte Ransome een verborgen tinteling in haar heldere, blauwe ogen en toen begreep hij het. Tante Phoebe had met opzet het hek van de omheinde ruimte opengelaten, opdat de beminnelijke hyena zou ontsnappen en naar het partijtje gaan. Opeens wist hij waarom ze hem altijd bekend was voorgekomen, al van hun eerste ontmoeting af. Ze leek veel op zijn grootmoeder, MacPherson, die „Tien procent" MacPherson met een pistool in de hand had gedwongen haar te trouwen.

Terwijl hij de hyena terugbracht binnen de omheining en het hek vastmaakte, begon de regen weer te vallen met grote, spattende druppels. Het kwam hem voor alsof iedere druppel wel een theekopje water bevatte. De tennisbanen van Simon waren nu leeg en de pariabedienden draafden rond om de verversingen te redden, terwijl mevrouw Simon, die de strijd met de moessonwind om het bezit van haar schilderachtige hoed had opgegeven, orders stond te gillen tegen het huilen van de opkomende storm in.

De regen overviel Jobnekar toen hij van de Smileys naar huis reed en Ransome vond hem onder een mangoboom bij de alcoholdistilleerderij staan. Nadat hij hem en zijn fiets in zijn auto had genomen, vertelde hij hem de geschiedenis van de hyena en zijn verdenking omtrent tante Phoebes schuld.

„Dat vind ik iets voor tante Phoebe," zei Jobnekar. „Dat is het waarom ze anders is. Ze haalt goedige grappen uit. Ze houdt van de mensen, maar ze kan het niet verdragen dat ze zich belachelijk aanstellen. Ik heb zulke oude mannen en vrouwen weleens ontmoet in het westen van Amerika. Ik kon er altijd zeker van zijn dat ze goed en vriendelijk voor me zouden zijn. De meesten van hen hadden nog nooit een Indiër gezien – behalve dan een Indiaan – maar dat deed er niets toe."

Ze reden over de brug bij de dierentuin, voorbij het standbeeld van koningin Victoria, dat een door Disraeli ontworpen inscriptie droeg, en toen door de stadswijk waar de meeste paria's nog woonden. De wijk bestond uit een onregelmatig net van straten en lanen, zonder vaststaand plan ontstaan in een periode van duizend jaren en alle uitlopend op een plein waar het reservoir en de bronnen van de paria's zich bevonden. Eens, nog niet zoveel jaren geleden, was dit een smerige plek geweest, met een grote hoop dode dieren – de aalmoes en het gezamenlijk bezit voor de hele wijk – aan één kant. Maar dat was allemaal veranderd en de wijk was nu schoon en goed geregeld, zelfs schoner dan de wijken die de meesten van de gegoede hindoes bewoonden. Voor een deel, legde Jobnekar uit, was de maharadja verantwoordelijk voor die verandering, maar een groot deel kwam door de energie en de lessen van de Smileys.

Toen ze over het plein gingen naar Jobnekars huis, stroomde de stomende regen als een waterval de treden van het reservoir af.

Jobnekar zei sentimenteel: „Kijk daar eens naar. Wat is mooier dan water? Het voedsel der aarde!"

Het huis van Jobnekar leek veel op de andere huizen die het plein omringden, behalve dat het een tweede verdieping had en helrood was geverfd, welke kleur al door vochtplekken was aangetast. Voor de vensters hingen goedkope kanten gordijnen die, samen met de rode verf, het huis een wonderlijke, opgetuigde gelijkenis gaven met een villaatje van een kleine winkelier te Nice of Toulon. Bij het huis ernaast was een oude vrouw, doorweekt van de regen, bezig haastig plakken koemest van de huismuur te halen voor die nat werden en ongeschikt voor gebruik als mest.

Jobnekar weigerde Ransome te laten weggaan eer hij een kop thee had gedronken en dus stapten ze uit, liepen een smalle gang door en een trap op naar de voornaamste kamer van het huis. Daar vonden ze mevrouw Jobnekar, die juffrouw Dirks en juffrouw Hodge op bezoek had, de leraressen van de hogereburgerschool voor meisjes.

Mevrouw Jobnekar kwam uit de schaduwen van het uiterste eind van de kamer om hen welkom te heten. Ze was een tere vrouw met enorme, zwarte ogen en een koperkleurige huid, gekleed in een *sari* van lichtblauwe wollen stof. Hoewel ze Indië nooit had verlaten, was haar Engels bijna volmaakt en daarvoor had ze de nauwkeurigheid en toewijding te danken van de twee oude vrijsters die nu op rechte stoelen aan het andere eind van de kamer zaten. Achter Jobnekar kwamen drie kleine kinderen aan, van vier, drie en twee jaar. Het zou lastig zijn geweest hun leeftijden precies te raden, want er was iets miniatuurachtigs en leeftijdloos aan hen, zoals bij Perzische poppen of dwergjes van buitengewone schoonheid en welgevormdheid. De thee was al onderweg en juffrouw Dirks en juffrouw Hodge dronken de hunne, als twee vreemde vogels bij de naaimachine gezeten. In dit huis, waar iedereen de gewoonte had op de grond te zitten en waarin geen tafels stonden, was er niet slechts iets grotesks in het schouwspel van de twee oude juffrouwen, maar ook aan dat van de zeer goedkope stoelen waarop ze zaten.

Jobnekar zei tegen Ransome: ,,Ik zal dadelijk een stoel voor u halen. We houden ze beneden, behalve als we bezoekers hebben," waarna Ransome naar de twee leraressen ging om met hen te spreken. Hij kende ze nauwelijks, want in al de jaren dat hij in Ranchipur woonde, had hij ze maar tweemaal gezien en dan nog alleen bij gelegenheid dat hij de school bezocht. Ze leefden geheel apart, zonder enig contact te houden met de Indiërs, zomin als met de Europeanen. Ze ontvingen nooit iemand en gingen alleen uit bij gelegenheden als deze, als hun plicht tegenover de school dat scheen te eisen. Men zag hen nooit in het paleis of in mevrouw Simons kring, noch bij Bannerjee, zelfs niet bij de Smileys. Ze woonden in een aardig huisje tegenover de grote ingangspoort van het paleis, op de Technische-Hogeschoolweg.

Toen hij hen zag, dacht Ransome: ,,Ze horen te wonen in een of ander dorp in het noorden van Engeland, in een granieten huis, waar de zon maar tien keer per jaar binnenschijnt." En nu leefden ze hier in Indië, waar de zon dag na dag gloeide, van de morgen tot de nacht, van oktober tot juni.

Juffrouw Dirks was lang en mager, met staalgrijs haar. Ze droeg een helmhoed waarvan een sluier aan de achterzijde afhing en een wit linnen kostuum, even praktisch en streng als een van majoor Safkas operatiepakken. Haar gelaat, met de als gelooide huid, was gerimpeld, vol lijnen en bijzonder lelijk op de mooie ogen na, waarin een donkere uitdrukking van leed lag. Juffrouw Hodge zag er niet zo stroef uit. Ze versmaadde helmhoed, sluier en het grimmige, praktische kostuum van juffrouw Dirks en droeg een hoed van wit vilt met een enkele kunstroos versierd en een japon van roze gingang, met kleine strookjes aan hals en polsen. Maar haar gezicht was even lelijk als dat van haar vriendin. Het enige verschil lag hierin, dat het niet gehakt leek uit graniet, maar plomp geboetseerd uit klei. Dat paar maakte Ransome, die toch geen verlegen man was, schuw. Toen hij juffrouw Dirks

een hand gaf, voelde hij zich een beetje als een vriendelijke hond, die uit
beleefdheid wordt aangehaald door een vrouw die overtuigd is dat alle honden onaangename en onwelriekende dieren zijn.

Op Jobnekar hadden ze hetzelfde effect, maar in plaats van hem in onhandig stilzwijgen te doen verzinken, dwong dat gevoel hem, als oosterse gastheer, tot een overdreven vertoon van vriendelijkheid en gastvrijheid, dat des te onechter leek naarmate hij er zich meer moeite voor gaf. Toen Jobnekar terugkwam met de stoelen, viel er plotseling een stilte in de kamer en de arme Jobnekar verdubbelde zijn inspanning om de conversatie gaande te houden. Mevrouw Jobnekar ging nog wat thee halen en enige ogenblikken praatten ze allemaal over het weer, de school, de tyfus- en choleragevallen die op beangstigende wijze waren uitgebroken in de armenwijken – een stijf, opgeschroefd gesprek, waarbij Ransome ontdekte dat juffrouw Dirks iedere aanleg tot contact met medemensen scheen te hebben verloren. Maar juffrouw Hodge, hoewel ze stijf en verlegen was, had ogenblikken waarin de woorden uit haar mond stroomden als een bron in de lente, die dan plotseling weer opdroogde. Dicht onder de bleke huid verscheen dan iets als de geest van een blos.

Het gesprek duurde niet langer dan tien of vijftien minuten en al die tijd merkte Ransome dat de grimmige juffrouw Dirks ernaar zat te hunkeren om weg te gaan.

Het leek wel of zowel hij als Jobnekar de pest had. Hij dacht: ,,We hebben hun bezoek bedorven." En met de bedoeling een vriendelijkheid te bewijzen, zei hij: ,,Ik zal u beiden thuisbrengen. U kunt onmogelijk lopen met deze stortvloed." .

Juffrouw Dirks antwoordde bits: ,,Dank u zeer, maar we houden ervan te lopen. We hebben er ons op gekleed. We heben overschoenen, paraplu's en regenmantels beneden."

Ransome lachte. ,,Al die dingen zijn niets waard tegen een regenmoesson," en toen kreeg hij spijt, omdat ze hem scherp aankeek en hij vermoedde dat ze hem ervan verdacht haar voor de gek te houden.

Juffrouw Hodge wilde iets zeggen en toen bedacht ze zich opeens, met haar mond al open, en zweeg. Mevrouw Jobnekar bracht guirlandes van jasmijn en goudsbloemen, die ze met rozewater had besprenkeld, boven de hoofden van de oude juffrouwen, toen ze opstonden om weg te gaan. Toen gaf ze hun elk een stuk kokosnoot en een lapje saristof van brokaat. Juffrouw Dirks en juffrouw Hodge brachten hun handen naar elkaar in een Indische groet, waarna juffrouw Hodge, na een buiging voor de twee heren te hebben gemaakt, achter juffrouw Dirks de kamer uitging. Maar in de deuropening keerde zij zich om en zei, met plotselinge koenheid dwars door de hele kamer tegen Ransome: ,,Dank u wel voor uw aanbod, meneer Ransome. Misschien een andere keer. We hadden ons al voorbereid op een wandeling, ziet u. We krijgen zo weinig beweging." Ze aarzelde nog een ogenblik, verlegen, onhandig en onzeker, tot de stem van juffrouw Dirks uit de trechter van de trap vroeg: „Elisabeth, wat doe je?"

„Ik kom, ik kom," riep juffrouw Hodge en haastte zich de trap af. Ransome had het gevoel, toen hij haar gadesloeg, dat ze graag achter was gebleven.

Voor het venster, dat uitzicht gaf op het overstroomde plein, zag hij hoe ze zich een weg zochten tussen de plassen water om het reservoir heen en de straat ingingen die leidde naar het oude verlaten paleis tegenover de bioscoop. Juffrouw Dirks liep voorop, alsof ze een gids van de trappers was, stijf rechtop, terwijl het einde van haar sluier van de helmhoed afhing als de staart van een wasbeer en juffrouw Hodge achter haar aanschuifelde. Ze droegen de guirlandes over hun regenmantels en elk hield het stuk kokosnoot en het lapje brokaat in haar vrije hand.

Er was iets triestigs in het schouwspel van de twee eenzame vrouwen dat in Ransome eensklaps het verlangen wekte iets te doen dat hun leven zou opvrolijken, maar wat hij zou kunnen doen en hoe, daarvan had hij geen flauw idee. Toen hij lang geleden eens over die twee sprak met juffrouw MacDaid, had ze nogal plechtig het hoofd geschud en gezegd: „Daar is niets aan te doen. Ze zijn nu eenmaal zo, zie je. Ze konden evengoed in Birmingham zijn als in Ranchipur. Ze doen hun plicht. Ze zouden overal hetzelfde leven leiden. Ik heb geprobeerd vriendelijk voor ze te zijn, maar het was nutteloos. Het maakte ze alleen maar wantrouwend tegen me. Ze keuren het af, geloof ik, dat ik me even goed thuis voel met Indiërs als met ieder ander. Zij doen hun plicht, zie je, maar ze voelen zich hier nooit thuis."

Aan het venster staand, keek Ransome over de twee vale gestalten heen naar de achtergrond, vanwaar ze waren gekomen. Hij wist wat het was, aangezien er niets bijzonders of ongewoons in lag. Het Westen was vol met net zulke kleine wereldjes: eng, afgescheiden, fatsoenlijk, met net genoeg geld om hen het ene jaar na het andere in leven te houden; wereldjes waarin nooit enige kleur of wat vuur kwam, wereldjes waarin de vader om acht uur 's morgens naar een kantoor ging en om acht uur 's avonds terugkeerde, een hard werkend, braaf man. Toegewijd aan zijn chef, die hem en zijn gezin voortdurend net genoeg eten bezorgde. Opeens wist hij alles van de tragedie der twee vrouwen. Ze hadden nooit geleefd. Ze hadden nauwelijks geademd zelfs. Ook Indië betekende niets voor hen. Tegen dat ze oud genoeg waren geweest om een man lief te krijgen, waren liefde en mannen lelijk en zondig gemaakt door de kleine wereld waaruit ze kwamen. Achter hem was mevrouw Jobnekar bezig, terwijl de kinderen aan haar sari hingen, nog een kopje thee voor hem in te schenken. Hij keerde zich naar haar toe en dacht erover hoe aardig ze eruitzag en hoe goed de lichtblauwe sari paste bij haar koperkleurige huid. Achter haar, gezien door het venster, strekte het open veld zich uit, de mangoboomgaard en de brandende ghats en dan de maïs- en gerstvelden, tot aan de fabelachtige berg Abana toe, die uit de dode vlakte oprees en welks top bekroond werd door een wolk van witte Jaintempels.

„Ze zijn erg vreemd," zei hij, doelend op juffrouw Dirks en juffrouw Hodge.

„Maar ze zijn heel goedhartig," zei mevrouw Jobnekar. „Als je moeilijkheden hebt, zou juffrouw Dirks alles voor je doen en het onprettig vinden als je iets vertelde over haar vriendelijkheid. Ze zijn zoals veel Engelse vrouwen. Ze kunnen niet tonen wat ze voelen. Geloof me," voegde ze eraan toe terwijl ze hem zijn theekopje reikte, „ik weet hoe goed ze zijn."

Mevrouw Jobnekar glimlachte en hij vroeg zich af hoe zij, die nooit was weg geweest uit Indië, de zielen van twee vrouwen kon begrijpen die in hun hart nooit hun eigen land hadden verlaten. Het idee: juffrouw Dirks en juffrouw Hodge, theedrinkend in het huis van een paria, leek te absurd om te geloven. Nog lange tijd zag hij hen in gedachten, op platvoeten door de regenstroom plassend, in hun regenmantels, versierd met guirlandes van jasmijn en goudsbloemen die met rozewater waren besprenkeld.

Steeds zwijgend, met juffrouw Dirks voorop, staken de beide schooljuffrouwen het plein voor het oude paleis over, waarin zoveel kwaads was gebeurd; gingen verder voorbij het reservoir en de muziekschool, die rumoerig begon te worden nu het dagwerk ten einde liep en de studenten een voor een begonnen te komen; voorbij de grote toegangspoort van het paleis, waarachter de militaire kapel van de maharadja zijn avondconcert gaf, totdat ze tenslotte bij de poort van hun kleine huisje kwamen. Toen haalde juffrouw Dirks een sleutel te voorschijn en hield de deur open om juffrouw Hodge te laten binnengaan. Het huisje was niet nieuw meer en de vage architectuur ging volkomen teloor onder de klimop en de ranken van passiebloemen, die het in de regentijd vochtig maakten, wat slecht was voor juffrouw Dirks' reumatiek. Het was speciaal voor de twee leraressen gebouwd, toen ze vijfentwintig jaar geleden naar Ranchipur kwamen, door een Indische aannemer die dweepte met de voorstad-architectuur van Liverpool. Het was niet erg geschikt voor zo'n warm klimaat als dat van Ranchipur en als de ranken die het bedekten ampelopsis en wilde wingerd waren geweest in plaats van kamperfoelie en passiebloemen, had het zoals het was overgeplaatst kunnen worden naar een of andere Engelse voorstad met een naam als „Eigen Hoekje", zonder daar iemand te verwonderen. Vanbinnen was het in de loop der tijden een volmaakte schulp geworden voor de twee vrouwen. Als de wormen van kokerjuffers hadden ze zich in die jaren gaandeweg omringd met allerlei stukjes en beetjes, tot de binnenzijde van hun kleine huis tenslotte leek op een weldadigheidsbazar. Er waren ontelbare kussens en kanten kleedjes, die juffrouw Hodge in lege ogenblikken op stille, warme avonden maakte. Verder was er Indisch borduurwerk en goedkoop koperwerk uit Benares en een grote hoeveelheid melancholiek omlijste foto's van plaatsen als Grampians, Cheddar Gorge en Windermere. Toen ze eenmaal binnen waren, zetten de twee dames hun paraplu's neer en schudden het water van hun regenmantels, waarna ze die zorgvuldig ophingen aan de vergulde kapstok in de gang, waar ze, of hun voorgangers, sinds vijfentwintig jaar plachten te hangen. Ondanks de paraplu's en regenmantels waren ze beiden volkomen doorweekt, gedeeltelijk door de regen zelf en gedeeltelijk door de regenmantels, die bestemd waren voor het kille klimaat van Schotland, en in een Indische regenmoesson eenvoudig wandelende stoombaden werden.

Juffrouw Dirks zei, terwijl ze haar mantel uitschudde: „Ga dadelijk een bad nemen, Elisabeth. Ik zal wel voor het avondeten zorgen."

Maar juffrouw Hodge protesteerde. „Nee, dat zal ik doen. Neem jij maar eerst een bad."

„Doe alsjeblieft wat ik zeg, Elisabeth."

Daarmee begon een van die eindeloze redetwisten die dag na dag tussen hen werden gehouden en die van een verfijnd egoïsme waren, omdat elk van hen de eer van het martelaarschap voor zich opeiste. Eens, lang geleden, waren die redetwisten, destijds nog niet zoveel voorkomend, oprecht geweest en aan beide zijden vol eerlijke toewijding, maar met het voorbijgaan der jaren waren ze op een of andere wijze ontaard en verwrongen tot een parodie van oprechtheid. Het was of elk van hen beiden zichzelf tot slachtoffer wilde maken, alleen om de ander te kwetsen door haar littekens uit te stallen en daarmee stilzwijgend te zeggen: „Kijk eens hoe ik voor jou lijd. Kijk eens hoe dikwijls ik al heb toegegeven."

Ze kibbelden twintig minuten lang over de kwestie van het bad en tenslotte was het juffrouw Dirks, de grimmigste en sterkste van de twee, die won.

Uit de grote Perzische toegangspoort aan de andere zijde van de weg dreef de muziek van de Indische kapel door de geopende vensters binnen – wild, barbaars, doordringend en monotoon voor de westerse oren van de twee schooljuffrouwen, soms aanzwellend, soms wegstervend, een kakofonisch rumoer waaraan juffrouw Dirks nooit had kunnen wennen. Als ze uitgeput was door hitte en damp, werden die geweldige geluiden haast ondraaglijk, in het bijzonder als haar hart heimwee had naar een goed strandconcert op de pier van Bournemouth.

Nu barstte ze plotseling uit: „Ik kan die muziek niet langer verdragen! Ik word er gek van! Ik ga een ander huis aanvragen."

„We zouden er 's zomers aan kunnen ontkomen," zei juffrouw Hodge. „Het is nog niet te laat om een PO-boot te nemen en twee maanden naar Engeland te gaan. We hebben geld genoeg gespaard."

„Ik wil niet terug! Ik wil nooit terug! Dat heb ik je al duizendmaal gezegd."

Die uitbarsting bracht juffrouw Hodge even tot zwijgen, en toen zei ze weemoedig: „Ik geloof dat je ongelijk hebt, Sarah. De verandering zou je goeddoen. We zijn beiden al zo lang weg."

Toen werd juffrouw Dirks beangstigend bleek en keek de ander met felle ogen aan. „Voel jij er dan voor daar weer naar terug te keren, na wat er is gebeurd? Je moet wel gek zijn! Ik wil Engeland nooit meer zien." Tranen van woede sprongen in haar ogen en juffrouw Hodge was opeens bevreesd, niet alleen voor de plotselinge opwelling van gevoel bij haar metgezellin, maar voor de oude herinnering aan onrecht, aan schande, aan leugen, aan misleiding, die nog, na vijfentwintig jaar, de macht hadden haar bang en verward te maken. Op zachte, verzoenende toon zei ze: „Dat was vijfentwintig jaar geleden."

„Het kan me niet schelen, al was het honderd jaar geleden. Ik ga nooit terug." Waarna ze zich omwendde en de kamer uitliep, de deur achter zich dichtslaand, en zich opsloot in haar eigen kamer met haar eenzaamheid en heimwee, om uit haar geest het beeld te verjagen van een zachtgroen land met mooie tuinen, zonder slangen, regenmoesson of aardbevingen en zonder wilde, verschrikkelijke, barbaarse muziek.

Juffrouw Hodge gaf zich niet de moeite haar te volgen en ging nu haar bad nemen.

Sinds geruime tijd was zij zich al bewust geworden van een vreemde rusteloosheid die haar versleten, verouderend lichaam had aangegrepen en die een zonderlinge, onoverkombare scheidsmuur oprichtte tussen haar en Sarah. Het was een gevoel dat haar tegelijkertijd een sensatie van kracht en ellende gaf, en het vreemde was dat ze het soms prettig vond. De minst heftige uiting van dat gevoel was een neiging om Sarah tegen te spreken, haar te ergeren door het over alles met haar oneens te zijn en het kleinste voorval te veranderen in een scène. De heftigste uiting was een wilde hunkering naar iets opwindends, naar een avontuur dat de enge eentonigheid van haar bestaan zou onderbreken; een fel verlangen naar bevrijding uit het ingewikkelde web van gewoonte en plicht en toewijding dat om haar heen gegroeid was, en dat van jaar tot jaar bindender en bitterder te dragen werd. Op zulke ogenblikken was het alsof ze een ander mens werd, die de kameradschap tussen haar en Sarah vergat en ook vergat dat zij niets dan elkaar hadden op de wereld. Het gevoel overviel haar somtijds als een meeslepende golfstroom, waartegen ze machteloos was. Na iedere golf werd ze overweldigd door berouw omdat ze Sarah had gekwetst en was ze vol verlangen om het goed te maken. Ze probeerde dan zich te verontschuldigen tegenover Sarah, zonder het bepaald in woorden te doen; uit te leggen zonder erover te spreken. Alleen door de klank van haar stem, als ze spraken over eenvoudige dingen als het weer of het avondmaal, door kleine blijken van toewijding en attentie. Maar iedere keer dat ze was meegesleept door zo'n golf van dat gevoel, merkte ze, als het voorbij was zoals een golf stukslaat tegen het strand, dat zij weer iets meer van Sarah verwijderd werd

88

achtergelaten. Nooit was ze meer geheel in staat precies hetzelfde oude gevoel van gehechtheid en begrip terug te vinden. Elke keer ging wat verloren en elk van hen werd nog wat eenzamer. De laatste tijd was ze zich hoe langer hoe ellendiger, verwarder en ontdaner erdoor gaan voelen, totdat er momenten van doodsangst waren, waarin ze dacht dat ze gek begon te worden. Terwijl ze nu in haar bad lag en luisterde naar de wilde muziek, sloeg een van de grote golven over haar heen. Nu Sarah zich in haar kamer had opgesloten om te schreien, leek het of ze een grote overwinning had behaald, die haar een gevoel van onafhankelijkheid en kracht schonk. Het was alsof ze op een of andere wijze een wraak genoot, hoe en waarover zou ze niet hebben kunnen zeggen, omdat ze gedurende zulke aanvallen niet de moeite nam – het zou haar trouwens onmogelijk zijn geweest – logisch te denken. In al hun gezamenlijke jaren had ze Sarah nooit zien schreien, maar ze wist dat het soms voorkwam dat Sarah huilde, omdat ze de snikken had gehoord achter een gesloten deur. Naarmate de muziek, die tegen zonsondergang werd gespeeld, Sarahs zenuwen sterker had aangetast, was ze ertoe gekomen dit steeds aangenamer te vinden. Nu gaf het haar een bijna wilde sensatie, zodat ze er werkelijk genot in vond te weten dat Sarah oud en ziek begon te worden, terwijl zijzelf nog sterk was. Het bracht haar een vreemde opwinding, waarin ze zich allerlei dingen voorstelde die hadden kunnen gebeuren als haar leven anders was verlopen. Er waren momenten in dat uur, als het scheidende daglicht nog even aarzelde en dan snel verdween, dat zij, al luisterend naar die wilde muziek, leek te ontsnappen aan haar lelijke, tamelijk plompe lichaam en naar romantische hoogten vloog en een vrouw werd als een van de heldinnen uit een romannetje. Toen ze uit het bad kwam en zich afdroogde, bekeek ze lange tijd haar gezicht in de spiegel, alle lijnen en bultjes bestuderend, probeerde haar haren anders op te maken, soms zo, dan weer zo, en zich voor te stellen hoe ze er als meisje zou hebben uitgezien als ze zich wat vlotter had gekleed en niet een neus had gehad die van boven te stomp en te vlezig was, en als haar kin flink was geweest in plaats van week en haar huid mooi en blank in plaats van puisterig en vettig. Toen ze zich daarna aankleedde, liet ze haar geest afdwalen naar meneer Ransome en peinsde erover dat hij knap was en dat ze graag nog wat bij de Jobnekars was gebleven om met hem te praten. Ze hield van zijn Schotse, donkere haarkleur en blauwe ogen, van zijn smalle gezicht en goede manieren. Het feit dat hij de naam had lichtzinnig en losbandig te leven, maakte hem alleen nog aantrekkelijker en opende een opwindend vergezicht op geheimzinnige dingen die ze zich niet eens voor kon stellen.

Daarna trachtte ze zich in te denken hoe alles zou zijn geweest als ze Sarah nooit had ontmoet en misschien was getrouwd met een aardige, onbelangrijke, bescheiden kantoorbediende (op iets beters zou ze niet hebben mogen hopen), een gezin had gekregen en een villaatje met een achtertuintje in Birmingham. Sarah ontnam haar iedere kans daarop; ze had haar ver-wikkeld in een web van genegenheid en bescherming en had haar niets in ruil geschonken, niets van wat de denkbeeldige kantoorbediende haar had kunnen geven. Toen hield plotseling de muziek aan de overkant van de weg op. Buiten werd het snel donker en de golf van onafhankelijkheid, roman-tiek en bitterheid verliet haar, alsof ze een kinderballonnetje was waarin met een speld geprikt werd. Het was te laat, te laat! Er viel niets anders te doen dan steeds maar verder te gaan met Sarah, tot het einde toe. Ze zou sterven en worden begraven in dit vreselijke land, waar de aarde nooit koel en vochtig was, zoals thuis, maar altijd heet en stoffig. Berouw greep haar aan en opeens begon ze zich te haasten met kleden om het avondeten klaar te kunnen hebben en op tafel eer Sarah ernaar zou omzien.

Toen ze gekleed was, ging ze de keuken in om op de twee pariameisjes te letten, die voor haar werkten na de schooluren, en toen ze met veel druk-te zich vergewist had dat elk gerecht zo aantrekkelijk mogelijk was toebe-reid, deed ze haar regenmantel aan en ging de tuin in om enkele takken bougainvillea te plukken. Toen keerde ze terug en haalde uit het buffet het beste kanten tafelkleed dat ze had gemaakt en dat anders maar éénmaal per jaar werd gebruikt, als de maharani en haar hofdames kwamen thee drinken. Toen ze de tafel opnieuw had gedekt, ging ze naar de deur van juffrouw Dirks en klopte om haar te laten weten dat het avondeten klaar was. Toen juffrouw Dirks tenslotte te voorschijn kwam, waren haar ogen gezwollen en zag ze er vermoeid en oud uit, en een ogenblik werd juf-frouw Hodges wankelmoedige hart door doodsangst aangegrepen. Nog kort tevoren, in de badkamer, had haar geest, die ze niet beheerste, ge-dwaald rond de gedachte aan Sarahs dood en de vrijheid die zij daardoor ver-krijgen zou, en nu kon zij vol schrik slechts denken: „Wat zou ik begin-nen als er iets met Sarah gebeurde? Wat zou er van me moeten worden?"

Het schouwspel van de dames Dirks en Hodge en het nadenken over alles wat hun tragedie moest hebben veroorzaakt, wierp Ransome in een van zijn perioden van melancholische overpeinzingen die hem van tijd tot tijd over-vielen als een ziekte. Bovendien was hij beroerd gemaakt door wat Jobne-kar vertelde over zijn werk te midden van zijn volk. De kleine man had, uit beleefdheid tegenover de Europese gast ongemakkelijk zittend op een stijve stoel, toen de twee schooljuffrouwen weg waren, lang en welsprekend zitten vertellen, terwijl zijn zwarte ogen voortdurend schitterden van op-winding en hoop. Hij had in Bombay een nieuwe man ontdekt, een chris-ten, zoals de meeste paria's. Iedere keer dat hij een nieuwe medewerker ontdekte was het, zo zei hij, alsof je wakker werd op een heldere, koele morgen, als de zon schitterend scheen. De nieuwe man heette Bikaru en kwam uit de Verenigde Provincies. „Het verspreidt zich," zei Jobnekar opgewonden, „het verspreidt zich over heel Indië, veel vlugger dan iemand

90

durfde hopen. We beginnen iets te bereiken! We zijn nu georganiseerd, zie je. Dat is één van de dingen die we van het Westen hebbben geleerd: organisatie, bankwezen; zelfs dingen zoals machinebouwkunde. We zullen binnenkort onze eigen ingenieurs hebben om ijzer, wolfabrieken en dammen voor ons te bouwen. De Engelsen hebben ons veel geleerd en de laatste tijd hebben we geleerd van de Amerikanen. We ontwaken! Indië heeft een enorm lichaam en het duurt lang voor het is gewekt."

„Leer niet te veel," zou Ransome hebben willen zeggen, „of jullie zullen jezelf alleen maar vernietigen, zoals de Japanners dat doen," maar tegenover Jobnekars vertrouwen en geestdrift hield hij zijn mond. Hij benijdde mannen als Jobnekar en Raschid hun overtuiging. Zij geloofden in iets, in een prachtige en haast mystieke toekomst, waarvoor ze hun ziel en lichaam mochten geven. Waarvoor viel er te werken in Engeland of Frankrijk of Amerika? Waarheen moest men gaan? Je kon leven en wereldlijke eer behalen, maar dat was niet het werkelijke leven. Je kon niet leven zonder geloof. Dan vegeteerde je slechts op een doodse, gore wijze.

Plotseling nam hij zijn pijp uit de mond en viel Jonekar in de rede: „Dat willen de vijanden van Rusland nooit inzien. Geloof! Ze willen niet begrijpen, of misschien gaat het boven hun bevattingsvermogen, dat geloof opwindender is dan zijden kousen en de massaproduktie van spelden . . . dat geloof het opwindendste ding ter wereld is, het enige wat het leven de moeite van het leven waard maakt."

Welke man, welk volk in Europa had vertrouwen? Wie was er die iets anders begeerde dan burgerlijke veiligheid en een kans om geld te verdienen? Nee, het Westen was vermoeid. Er was geen man, geen volk sterk en jong genoeg om een poging te wagen. Hij voelde hoe de oude neerslachtigheid hem besloop, stond op en zei: „Ik moet nu gaan." Want als hij zich zó voelde, was hij niet alleen onmogelijk als gezelschap, maar vond alles, behalve eenzaamheid, onverdraaglijk.

Mevrouw Jobnekar kwam binnen met een krans van goudsbloemen en jasmijn en hield die boven zijn hoofd. Dat gebaar ontroerde hem, omdat hij wist dat hij een onverwachte gast was geweest en dat er van tevoren geen krans was klaargemaakt. Het beviel hem ook dat mevrouw Jobnekar en haar zusters niet probeerden imitatie-Europeanen te worden. In haar was de integriteit, die het geloof moest vergezellen.

Ransome wist precies op welk moment hij zich voor het eerst bewust was geworden van zijn kwaal. Het gevoel had hem overvallen op een avond in Vlaanderen, kort na zijn twintigste verjaardag en twee dagen voor hij voor de tweede maal werd gewond. Het was avond geweest, een stille, blauwe zomeravond, met langzaam wegstervend schemerlicht, zo verschillend van het snelle vallen van de nacht in Ranchipur. Hij had op de grond gezeten met zijn rug tegen de muur van een huis dat de nacht tevoren was beschoten en luisterde halfbewust, zoals men altijd deed, naar het verwijderend rumoer en gekraak van de Duitse granaten, die met systematische volledigheid de dorpen en de lage heuvels bij Boschaepe tot puin schoten. Hij zat vol Vlaams bier en kaas en zijn hele lichaam was ontspannen en vredig in het bewustzijn dat hij nog een nacht ver zou zijn van de loopgraven, want sinds lang had het opgehouden opwindend te zijn. Zelfs voor een jongen van twintig was het nog slechts een doffe ontzetting.

Hij had zitten denken aan het rustige, groene dorp in Nolham, wat zijn vader en moeder nu zouden doen en zich afgevraagd of hij, als de oorlog voorbij was, zo dat ooit gebeurde, daarheen zou terugkeren en een van de boerderijen gaan besturen, of een tijd naar Oxford zou gaan, of eenvoudig verdwijnen naar Canada of Zuid-Afrika, om een nieuwe wereld te ontdekken, waar hij een eigen leven kon opbouwen, vrij van alle dingen waar hij een hekel aan had in zijn eigen land. Langzaam drong door zijn dromerij het bewustzijn van een schril pijpen, een parmantig, zwierig geluid, en toen hij zijn hoofd omkeerde, zag hij uit de richting van Yperen een dozijn compagnieën soldaten de straat afkomen van het Midland-regiment, dat was aangevoerd om de Belgische loopgraven over te nemen. Ze waren daar al een dag of tien en er was niets vreemds aan hen; hij had hen al herhaaldelijk gezien. Maar ditmaal leek hij hen te zien in een soort helderziendheid, niet als mannen, maar als apen, als een heel regiment apen, maar tragisch, zonder het groteske en grappige van apen. Ze marcheerden in zijn richting en gingen hem toen voorbij, een half regiment van mannen, geen van hen veel groter dan vijf voet, knoestige, harde, dappere kleine kerels, maar allen wrak, verdraaid en misvormd. Ze gingen aan hem voorbij, voortstappend op het geluid van de fluit, rij na rij. Toen werd hij zich bewust van een diep gevoel van medelijden en genegenheid voor hen. Het leek hem of hij kon zien onder de smoezelige, slecht zittende uniformen, zelfs onder de verweerde huid van die verdraaide, ondervoede kleine lichamen, door jaren mijn- en fabriekswerk opgebruikt, tot in de harten en zelfs verder: in de schoot der tijden, en daar kon zien wat dit hele regiment van gnomen had doen ontstaan. Hij zag hen geboren worden uit de rook en het smeer van de fabrieken, uit vocht en duisternis van de mijnen, uit honger en ellende en stakingen, uit de hebzucht van de mensheid en de zwarte, geheiligde huichelarij van de negentiende eeuw. Geen van hen had ooit een kans gehad in het leven, evenmin als hun vaders en moeders, van generatie tot generatie daarvoor, tot zij ten laatste uit de schoot der tijden te voorschijn waren gekomen, hele regimenten van mannen, klein en ellendig en misvormd. In zijn halfdromende toestand kwam het hem voor of hun aantal vaag werd vermenigvuldigd tot duizenden en miljoenen, die niet slechts uit de donkere Midlands kwamen, maar uit Frankrijk, Duitsland, Amerika en Italië, uit de hele westerse wereld, steeds door marcherend, een wolk van mannen. Een ogenblik lang leek als in een visioen het hele trieste Vlaamse landschap, de lage heuvels in de verte, zelfs de hemel, vervuld van marcherende mannen.

Toen het geluid van de fluit wegstierf, kwam hij tot zichzelf. Hij voelde zich ellendig en terneergeslagen en dacht: „Ik begin mal te worden," maar vreemd genoeg wist hij innerlijk dat hij de waarheid had gedroomd. Die hele nacht lang – die enige kostbare nacht van rust – had hij helemaal niet geslapen en de volgende morgen keerde hij terug naar de loopgraven, vervuld van een gevoel van stompheid en wanhoop, waarin de ongemakken, het gevaar en de ellende er niet langer op aan leken te komen. Twee dagen later had hij, aan het hoofd van zijn mannen, een uitval gedaan, een vertwijfelde poging, en kreeg een kogel in de dij. Daarvoor gaven ze hem maanden later een decoratie, niet wetend dat hij niet was uitgevallen omdat hij zo flink en dapper was en vertrouwen had in zijn poging, maar omdat hij had gehoopt dat hij zou worden gedood, zodat hij niet langer zou hoeven te lijden onder het gevoel van schaamte een man te zijn, een biljoenste deel van wat men „het geciviliseerde Westen" pleegt te noemen.

Gedurende zijn genezing bleef dat gevoel van neerslachtigheid hem bij en toen zijn vader hem opzocht en voorstelde zich naar een „veilige post" te laten overplaatsen, waarop hij recht had als een man die tweemaal was gewond en de V.C. kreeg, verbaasde hij iedereen door dit te aanvaarden. Hij had genoeg van het blindweg mensen doden. Hij wist toen dat hij, als hij ooit weer iemand doodde, de man die hij doodde, zou kennen en een reden zou hebben om het te doen.

Toen de oorlog voorbij was, ging die neurastenie niet over. Die bleef en werd bij iedere aanval sterker, zodat er geen mogelijkheid voor hem was om terug te keren naar een normaal leven en een plaats te zoeken in de civilisatie die Engeland heette. Hij probeerde een dozijn dingen, maar telkens gaf hij ze weer op: zaken, een kans om op Buitenlandse Zaken te komen, een boerderij in Sussex. Telkens weer was het dezelfde geschiedenis: er kwam een ogenblik waarin hij werd overweldigd door apathie en tegenzin, een ogenblik waarin het hem niet langer mogelijk was zich moeite te geven of zelfs nog maar enige belangstelling te koesteren in wat hij had ondernomen. Altijd was hij zich bewust van de wereld om hem heen, van de kwaal die niet slechts de zijne was, maar de kwaal van een heel volk en een hele beschaving. Dan stortte hij zich in lichtzinnigheid en liederlijkheid, alsof hij door dat te doen er weer schoon en fris uit te voorschijn kon komen. Een tijdje hielp het, maar toen kreeg hij de naam verdorven en onafhankelijk te zijn, een losbol en verkwister, en op een dag, toen hij ontwaakte uit een roes van drank en vrouwen, ging hij naar Amerika, vanwaar zijn moeder was gekomen. Sindsdien had hij Engeland niet weergezien.

Wat hij in Amerika zocht was iets vaags, dat hem pas duidelijk werd nadat hij was getrouwd en er jaren had doorgebracht. Hij dacht dat het iets was dat hem in het bloed zat, een erfenis van zijn grootouders. Hij was uit Engeland gevlucht, voor een deel omdat Europa onverdraaglijk was geworden en ook omdat hij had gehoopt in Amerika een land en een volk te vinden, die minder vermoeid waren. Vaag was hij zich bewust van een aandrang tot terugkeren naar de bron van iets dat hij eens zeer goed had gekend en dat terugging tot in zijn jeugd. Altijd was wat hij zocht in zijn geest verbonden met de kleine, energieke gestalte van zijn grootmoeder, niet de gravin van Nolham, maar mevrouw ,,Tien procent MacPherson''; zo kwam hij tenslotte naar Grand River, de enige stad die hij in Amerika werkelijk kende.

Ze had Grand River verlaten als meisje van zeventien, om haar vader te vergezellen naar Californië, waar hij goud ging zoeken, en ze was teruggekeerd naar Grand River nadat ze MacPherson had gehuwd en fabelachtig rijk was geworden, om daar voor zichzelf een kolossaal huis met vele torentjes te bouwen, dat uitzag op de Ohio. Daar waren Ransomes moeder en haar broer geboren, daarheen was zijn grootmoeder altijd teruggekeerd, onverschillig welke schitterende avonturen of welke vooraanstaande lieden ze in New-York, Londen of Parijs ook had leren kennen. Daarheen keerde ze terug nadat haar man gezant was geweest aan het hof van St. James, want van Grand River en het enorme huis met de torens hield ze meer dan van welke andere plek ter wereld ook.
Na haar dood dacht Ransome dikwijls aan haar en zag haar zo duidelijk, als hij nooit had gedaan gedurende haar leven, want ze stierf op de dag dat hij in Vlaanderen voor de tweede keer werd gewond en nog maar een jongen van twintig was. Naarmate hij ouder werd en meer leed, begon hij haar beter te begrijpen. Hij begreep dat in haar eenvoud en eerlijkheid waren geweest, zoals hij in geen ander mens ooit had gevonden. Het was die eerlijkheid die haar altijd dwong terug te keren naar Grand River, waar ze iedereen kende. Dat was haar land. De mensen van Grand River waren de mensen die ze kende, begreep en liefhad. Dat was de wereld waarin ze zich thuis voelde, waar ze kon afpingelen bij de kooplui en de helft van de bevolking bij de voornaam noemde; waar ze, als haar dat in de zin kwam, haar beroemde parels kon afleggen, in haar eigen grote keuken gaan en een koek of pannekoeken bakken die lekkerder waren dan de duurste kok kon bereiden.
Van al haar kleinkinderen was hij haar lieveling geweest en daar hij de jongste zoon was, verzetten zijn ouders er zich niet tegen dat hij de ene zomer na de andere doorbracht bij haar in het huis met de torens in Grand River; zomers die een mengeling van verrukking en ellende waren, omdat hij daar een vrijheid genoot die hij in Engeland nooit had gekend, maar in de aanvang voor de gek werd gehouden door de andere jongens, om zijn keurige en elegante Eton-accent. Veel later begon hij pas te begrijpen dat

94

hij een merkwaardige jeugd had gehad, verdeeld als die was tussen een Engelse kostschool en een opkomende stad in het Midden-Westen. Er waren ogenblikken waarin het hem voorkwam (bij zijn bitter, wetenschappelijk koud zelfonderzoek) dat deze ervaring de wortel van al zijn latere ellende, defaitisme en neurastenie was. Het was in zekere zin de ene schok en verandering na de andere, een soort voortdurend zich aanpassen, dat te veel was voor het evenwicht van een kind. Het was als een kindertijd die verdeeld zou zijn geweest tussen een Mantsjoefamilie en een Schots presbyteriaans huishouden.

Omdat ze van hem hield, verwende ze hem en toen de oude MacPherson stierf, nam ze hem tot zich als haar eigen kind en praatte soms met hem alsof hij een volwassen man was. Ze deed hem vertrouwelijke mededelingen, vertelde hem 's avonds, als ze samen aten in de enorm lelijke, gelambrizeerde eetzaal, allerlei gebeurtenissen uit haar merkwaardige leven. Soms waren het verhalen uit de mijnstad in Nevada, waar ze een kosthuis voor mijnwerkers had gehouden op haar twintigste jaar en altijd met een revolver onder haar kussen sliep, en soms waren het verhalen over de koning of over gezanten en eerste ministers. Ze was tweeëntachtig toen ze stierf en in de laatste zomer die hij bij haar doorbracht, hetzelfde jaar dat de oorlog begon, vertelde ze hem dingen die ze nooit tevoren had verteld; dingen die ze misschien nooit aan iemand had gezegd. Het was alsof ze voelde dat ze ging sterven en het nodig vond hem veel toe te vertrouwen wat anders verloren zou gaan. Daaronder was de geschiedenis van haar huwelijk.

Toen ze negentien was, kwam ze zonder een cent alleen te staan in een klein mijnwerkerskamp in Nevada, daar haar vader bij een ongeluk om het leven was gekomen. Dus opende ze, daar ze goed kon koken, een kosthuis voor mijnwerkers en maakte dat rendabel. Onder die mijnwerkers was een jonge kerel van Schotse afstamming uit Pennsylvania, een grote, gespierde, knappe jongeman, die verliefd op haar werd. Ook zij werd op hem verliefd, zó overweldigend, dat er nooit een andere man meer in haar leven kwam. „Het was een klein plaatsje," zei ze, „niet meer dan vijftig of zestig hutten aan een kant van de rotsachtige bergkloof. Er waren maar zeven andere vrouwen in het kamp en geen van allen veel bijzonders. Als je geluk hebt, mijn jongen, zul je op dezelfde manier verliefd worden op een meisje dat even gelukkig zal zijn als het haar overkomt, maar het gebeurt niet dikwijls ... niet één keer op de duizend, dus hoop er maar niet te veel op. Er was geen kerk in het plaatsje en zelfs geen priester dichterbij dan in Sacramento en dat was een goede driehonderd mijl ver, dus wachtten we niet op de priester. Dat zou dwaas zijn geweest. Jij hebt je grootvader nooit gekend als een jonge man, maar geen normale vrouw zou zijn gaan zitten wachten. Ze zou idioot zijn geweest als ze dat had gedaan ..."

Toen ontdekte ze dat ze een kind moest krijgen en stelde voor, een maand lang de mijn te verlaten en naar Sacramento te gaan om te trouwen.

„Hij had niet veel zin om te gaan," zei ze, „want hij had het eigenaardig idee dat hij op een rijke ader zou stoten als hij doorging met graven. Ik geloof dat hij al die tijd in zijn botten voelde dat daar goud zat. Hij scheepte me steeds af met te zeggen dat we volgende week zouden gaan of de week daarop, maar ik was vastbesloten te trouwen voor de baby was geboren. Hij was altijd zo. Als hij iets groots in de zin had, liet hij al het andere wachten tot hij dat had gedaan. Dat is de reden waarom hij succes had met alles wat hij ondernam. Hij hield niet op voor hij het voor elkaar had. Op die wijze maakte hij me ook het hof. Nu, er ging een maand voorbij, een tweede maand, een derde, en toen vond ik dat de tijd was gekomen om op te treden. Op een morgen pakte ik alles in, nam mijn pistool en ging naar de mijn. Hij was daar aan het werk en had goudsporen gevonden. Hij was opgewonden, want hij wist dat er meer moest zijn, daar waar ze vandaan kwamen. Dus richtte ik het pistool op hem en zei: ‚Jamie MacPherson, we gaan naar Sacramento om te trouwen!' Eerst keek hij me aan alsof hij zijn ogen niet kon geloven en toen ging hij zitten en begon te lachen. Ik heb nog nooit een man zó zien lachen. Hij schudde en schudde en ging door met lachen tot ik zei: ‚Maak voort, schiet op en kom naar beneden om te pakken.' Toen kwam hij, nog altijd lachend, pakte zijn boeltje en we vertrokken op twee muilezels naar Sacramento. Het kostte ons zowat twee weken om daar te komen, want het was een vreselijke weg. Er wàs nauwelijks een weg. Al die tijd hield ik het pistool bij me en bijna al die tijd lachte hij. Later vertelde hij me dat hij me nooit méér had liefgehad dan toen ik daar stond en dat pistool op hem richtte. Hij was nooit van plan geweest niet met me te trouwen en dat wist ik ook wel, maar ik kende zijn manier om de dingen uit te stellen.

Nu, we trouwden en keerden terug naar de mijn en kort daarna had ik een zoon, jouw oom Eduard. Hij was altijd nogal taai en hardnekkig. Dat moest wel, denk ik, als hij al dat geschud op de tocht naar Sacramento en terug kon doorstaan. Twee dagen nadat hij geboren werd, stootte je grootvader op een ader en je had hem moeten zien, met een zoon en een goudmijn van een miljoen dollar. Ik dacht dagenlang dat hij uit elkaar zou barsten.

Ik geloof niet dat je grootvader ooit berouw heeft gehad over het huwelijk. Het bracht hem geluk en soms, als hij in moeilijkheden zat, was ik in staat hem eruit te helpen. In elk geval heb ik hem mijn hele leven liefgehad, evenveel als in het begin, en ik doe het nog. Soms word ik 's nachts wakker, denk aan hem en mij en aan de dagen van weleer en dat is bijna net zo goed als ze opnieuw doorleven."

Toen Ransome ouder werd, stond haar beeld het scherpst getekend in zijn herinnering, veel duidelijker dan dat van zijn eigen moeder, haar dochter. Want met de generatie van haar dochter was het proces van verwekeling al begonnen. Ransomes moeder hield meer van Europa dan van Grand River. Ze trouwde tegen de wens van haar moeder met een Engelsman, verloor gaandeweg het beetje persoonlijkheid dat ze had bezeten en werd tot niets meer dan de belichaming van allerlei tradities. Ze was nu dood en soms viel het Ransome moeilijk zich haar duidelijk voor de geest te halen: een bleke vrouw, die elke jaar melancholieker werd, verloren en wortelloos. Tegen het einde, kort voor haar dood, was ze heimelijk aan de drank. In zekere zin ging hij na de oorlog terug naar Amerika, en naar Grand River, om zijn grootmoeder daar te vinden, tenminste dat wat ze geweest was en wat ze had belichaamd, maar hij vond er haar niet, noch een van de dingen die bij haar hoorden. Hij ontdekte dat zij zeer sterk het stempel van haar karakter op de stad had gedrukt; zijn indruk van de stad was altijd in wezen een indruk van de oude dame zelf geweest. Toen hij terugkwam, vond hij noch haar eenvoud, noch haar zin voor gelijkheid, zomin als haar integriteit en openhartigheid. In plaats daarvan vond hij een stad die imitatie-Europees was, een stad waarin geen eenvoud meer was en waarin de mensen niet werden geschat naar hun waarde als mens of hun uitzonderlijkheid, zoals in haar tijd, maar naar hun geld.

Hij ontdekte dezelfde kwaal die hij in Europa had ontdekt, dezelfde vermoeidheid en roekeloosheid, dezelfde vertwijfeling, die door drank werd gesmoord, dezelfde ellende onder de arbeidende bevolking. In een stad die iets meer dan honderd jaar oud was, vond hij de kwalen van steden die sinds duizenden jaren hadden bestaan. In zekere zin kwam hem dat erger voor dan in de oude steden, want het was seniliteit die de jeugd had overvallen en daardoor werd het grotesk, tot het uiterste opgedreven en soms afschrikwekkend. Ook hier vond hij geen ander geloof dan in de autofabrieken en de beurs.

Toen trouwde hij, als een dwaas.

Nu, in Ranchipur, vele jaren later, waren er momenten waarin het hem voorkwam of zijn huwelijk nooit had plaatsgehad, zo vaag en onbetekenend was het geworden. Maar hij wist dat hij was getrouwd; gedeeltelijk omdat Mary Castairs hem een tijdje had aangetrokken en ook omdat hij zich wou vestigen in Grand River en er de verloren wereld van zijn grootmoeder weer wilde ontdekken.

Hij trok met zijn vrouw in het oude huis met de torens, dat gesloten en leeg had gestaan sinds de dood van de oude mevrouw MacPherson. Hij deed zijn best, maar het lukte niet. Hij wist later dat dit ook onmogelijk was geweest en de schuld bij hem lag, omdat hij altijd een verdwaalde en buitenstaander bleef in de kringen waartoe zijn vrouw behoorde. Toen hij eenmaal lichamelijk genoeg van haar kreeg, zag hij haar scherp, in al haar onechtheid, haar culturele holheid, haar snobisme, haar triviale eerzucht, haar niets ontziende barbaarsheid.

Hij had zichzelf een tijdlang om de tuin geleid, maar die misleiding kon niet lang duren en zij vond hem tenslotte een vervelende kwast, die haar niet naar Engeland wou meenemen, naar de wereld waartoe hij rechtens behoorde en die zij, op deze grote afstand, zo schitterend vond. Dus was hij op een dag kalm weggegaan en ze liet zich van hem scheiden. Het leek of dat alles nooit was gebeurd. Kort daarop trouwde ze met de zoon van de autofabrikant en woonde nu niet in het oude huis met de torens, dat was afgebroken, doch in een imitatie Frans *château,* ingericht door binnenhuisarchitecten uit New York.

Van Grand River was hij naar het verre Westen gegaan, naar de streek waar zijn grootouders waren getrouwd. Hij verwachtte er een nieuw land te vinden, maar hij ontdekte dat het al oud was en niet veel verschilde van dat waaraan hij was ontvlucht. De mensen gebruikten er grote woorden over grenzen en democratie, maar hij ontdekte dat die dingen in werkelijkheid niet bestonden. Binnen twee of drie generaties waren de dingen waarop ze zo prat gingen, voorgoed verdwenen, àls ze al ooit hadden bestaan. Een eindje van de stad af, waar zijn grootmoeder een kosthuis had gehouden, vond hij kolenmijnen waar honger lijdende mijnwerkers en hun vrouwen en kinderen werden neergeschoten door gangsters, geïmporteerd uit het Oosten en betaald door een vrome doopsgezinde meneer die vele miljoenen bezat en die royaal wegschonk. Niet aan de hongerende mijnwerkers, die fatsoenlijk werk verrichtten, maar aan liefdadigheidsinrichtingen die een mooi schijntje moesten geven aan de hebzucht, de huichelachtigheid en oneerlijkheid waarop zijn geweldig fortuin was gegrondvest.

Nu en dan, hier of daar, vond Ransome een oude man of oude vrouw die de verdwenen wereld had gekend die slechts zo kort had bestaan, nooit in Europa, doch alleen in het westen van Amerika. Maar hun opvattingen, hun manieren zelfs, werden als verouderd, excentriek en zelfs komiek beschouwd. Hem kwam het voor alsof uit de eenvoud die hij in hen vond iets prachtigs en heerlijks had kunnen groeien. Dat was de reden waarom hij van tante Phoebe hield van het ogenblik af dat hij haar in Ranchipur ontmoette, en ook omdat ze hem herinnerde aan zijn grootmoeder.

Innerlijk wist hij dat hij meer Amerikaan dan Engelsman was en dat hij, in weerwil van alles, altijd een vreemdeling was gebleven in Engeland, opstandig tegen de strenge levensvormen, de economische ongelijkheid en het kastensysteem, dat hem bijtijden even erg leek als het systeem dat hij in Indië leerde kennen. Hij was in het geheel geen Europeaan, maar evenmin een goed Amerikaan die het Amerikaanse geloof in panacees aanvaardde of zichzelf iets wijs maakte, zoals de Amerikanen plachten te doen. Evenmin aanvaardde hij hun eerbied en verering voor rijkdom.

Hij was noch het een, noch het ander, doch slechts, zoals hij vol bitterheid erkende, een verouderde en nutteloze liberaal, in een zieke wereld, die geweld, meedogenloosheid en revolutie nodig had om weer in orde te worden gebracht: een ontgoochelde idealist, eenzaam en bitter tegenover zijn medemensen, omdat ze hebzuchtig, huichelachtig en roofzuchtig waren. Het bitterste van alles was, dat hij tenslotte langzaam en met tegenzin tot het inzicht was gekomen dat hij zelf nutteloos was, verlamd door zijn eigen duister pessimisme, ja, zo nutteloos als de heilige *sadus,* die naakt op de trappen van Benares placht te zitten.

In Ranchipur had hij korte tijd vrede gevonden. In Ranchipur was hij er gevaarlijk na aan toe geweest de dood bij levenden lijve te aanvaarden, die de hindoes aanboden, maar de verleiding ging tijdig voorbij en nu was het gevaar geweken. Hij wist dat hij was gered, omdat hij uit eigen verbittering en wanhoop had opgemerkt wat het betekende te haten; daaruit kon, zo wist hij, kracht voortspruiten, want in deze tijd waren haat en geweld de enige middelen waarmee de grote kwaal kon worden genezen.

Het was de macht tot haten in Raschid, die Ransome aanvankelijk had aangetrokken, want de grote mohammedaan kwam voort uit een ras en een geloof die nooit veel vertrouwen hadden gehad in zachtmoedigheid en berusting. Hun haat en hervormingsijver waren nooit gedegenereerd. Raschid, met zijn mohammedaans geloof, beschouwde hebzucht, huichelachtigheid en schurkerij als grote zonden. Raschid bezat geloof en macht. Hij was de nieuwe islam en toch was hij zo oud als Mohammed. Hij zelf bezat echter geen geloof. Maar hij begon de haat te kennen en door de haat zou hij wellicht worden gered.

Op weg naar huis ging hij langs de muziekschool. Als hij Das eenmaal kwijt was, zou hij alleen naar de muziek kunnen luisteren, want de zangers spraken hem nooit aan. Het waren Jemnaz Singh en zijn twee leerlingen, die opnieuw voor hem speelden en zongen, en ditmaal was er geen bliksem en donder. Buiten viel de regen met een zwak, regelmatig aanhoudend geluid, dat tenslotte zelfs het geweld van de wind overstemde, en op de begeleiding van de regen zong Jemnaz Singh, gezeten op zijn gekruiste benen, verfijnd en mooi, met zijn prachtige Rajputische tulband en *atchcan,* een lied van dank tot Krisjna, voor de redding van droogte en hongersnood. Het was een oud lied, duizenden jaren oud, waarvan Ransome nauwelijks een woord verstond, aangezien Jemnaz Singh in de tongval van de Rajputische krijgers zong, maar terwijl hij luisterde, begon nogmaals vrede in zijn geest te dalen, want er was iets eeuwigs in dat lied, dat hem zei: ,,Volkeren komen en gaan. Koningen worden verheven en vallen. Miljonairs worden groot en worden vernietigd in een enkele nacht, maar wij, de aarde en het volk, leven voort in eeuwigheid.''

Het was donker toen hij de muziekschool verliet, terwijl hij nog de krans van goudsbloemen en jasmijn droeg. Het viel hem in het geheel niet in iets belachelijks te zien aan een Europeaan die met een bloemenkrans om een vijf jaar oude Buick door de regenmoesson reed. Als het eerste nieuwtje eraf was, als je ophield slechts toerist te zijn, was er niets belachelijks in heel

Indië. Het was zo oud, zo uitgestrekt, het herbergde morrend zoveel volkeren, godsdiensten en gebruiken, dat alle vermengd werden en op ondefini-
eerbare wijze verzwolgen, zoals het hindoese geloof rustig Jezus, Mohammed en Boeddha had opgeslokt.

Bij de kleinere brug, dicht bij de dierentuin, moest hij stoppen om te wachten terwijl een van de grote Rolls-Royces van de maharadja, bespat met
rode modder, zwaar eroverheen reed. Daarin zaten, als een paar wassen
poppen onder het bovenlicht, twee personen: een mooie, blonde vrouw, die
leeftijdloos was, en een zware, blonde man met een purperen gezicht. De
vrouw staarde naar de oude Buick toen ze voorbijgingen, zonder dat iets
veranderde in de uitdrukking van haar gezicht. De man lette er niet op,
maar ging door met aantekeningen maken op een opgevouwen stuk papier.
Ransome dacht: „Het zijn de Hestons. Men heeft hun de waterwerken getoond."

Hij zou haar niet hebben herkend als hij niet had geweten dat het niemand
anders kon zijn. Niet, dat zij zo sterk was veranderd, maar het gelaat
dat hij zag was een dood gelaat, als een masker dat met grote, realistische
kunstvaardigheid was vervaardigd. Het volmaakt gekapte haar leek een
pruik en de japon van witte zijde was te perfect en te smetteloos om door
enige vrouw te worden gedragen midden in een Indische regenmoesson.
Daar ze niet wist dat hij in Ranchipur was, kon ze hem nauwelijks hebben herkend in de man die een door de zon verschoten oude Buick bestuurde, met een krans van goudsbloemen om de hals. Misschien zou ze zich hem
niet eens herinneren. Er was veel gebeurd met hen beiden sinds ze elkaar
het laatst hadden gezien.

„Ze is precies zoals ik verwachtte dat ze zou zijn," dacht hij. Terwijl hij
aan haar dacht, liet hij de motor van de oude auto afslaan toen hij probeerde weg te rijden en toen hij eenmaal stilstond, trachtte hij niet meer de motor op gang te krijgen, maar bleef lange tijd staan naast het ijzeren standbeeld van koningin Victoria, met haar paraplu en reticule. De rivier was
niet langer een stil, groen kanaal, dat een mozaïek van sterren weerkaatste. Ze vloeide nu geel en onstuimig hoger en hoger tegen de lage, vlakke
treden, die van het water naar de juwelen heiligenschrijn van Krisjna leidden
en dit wilde opleven fascineerde hem zoals altijd. Nu zou het water tree voor
tree klimmen tot op de hoogte van de weg en Krisjna's tempel, tot je het
kon horen bruisen door de vochtig hete nachten. Er ging een verhaal dat
eens, lang geleden, toen de boze maharadja regeerde, de rivier niet was
blijven staan ter hoogte van de weg, maar was gezwollen, tot de tempel van
Krisjna verdronk en het brullende water, bomen, dode dieren en mensen
meedragend, de hele stad Ranchipur had overstroomd. Het moest een prachtig, wild schouwspel zijn geweest, dacht hij: dat van de toornige natuur,
die vernietigde wat zwakke mensenhanden hadden opgebouwd. Later was
er hongersnood gevolgd, pest en dood. Hij keek naar de gedrongen gestal-

te van de koningin en dacht: „Als dat nog eens gebeurde, zou de goede koningin, de huishoudster van een heel keizerrijk, net zo verzinken als de tempel van Krisjna."

Maar het kon niet meer gebeuren, want de maharadja, uit vrees voor zo'n ramp, had de wildste en meest kronkelende bochten van de rivier afgenomen, zodat ze nu rustig vloeide door het centrum van de stad als een cobra die over een tuinpad glipt. Dromerig begon hij na te denken over Edwina en hemzelf, zoals ze geweest waren, lang geleden, kort na de oorlog, en de herinnering aan wat ze toen waren, wekte in hem opeens een gevoel van weemoed en ontzaglijk oud-zijn.

Hij had haar altijd graag gemogen, was een tijdlang verliefd op haar geweest en nu hij van zo grote afstand terugkeek, kwam het hem voor dat als hun levens, hun voorgeschiedenis en de tijd waarin ze leefden, anders waren geweest, ze elkaar zeer diep hadden kunnen liefhebben, trouwen en het evenwicht vinden dat geen van beiden ooit had gevonden. Maar hij wist dat hij met zijn vreemde buien van melancholie en uitspattingen een zeer slecht echtgenoot zou zijn geweest en dat zij, met haar opvoeding, lichtzinnigheid en gebrek aan enig moreel gevoel, voor elke man een vreselijke echtgenote zou zijn geworden. Hoe zouden ze elkaar trouw hebben kunnen zijn, als er niets in het leven was waarin ze geloofden? Ze hadden wat genot gezocht gedurende twee weekends, zonder scrupules of berouw, en toen had het hun plotseling verveeld. Alles was afgelopen geweest en ze werden uitstekende vrienden die zo weinig belangstelling koesterden voor dat avontuur, dat ze, voor zover hij het zich kon herinneren, er nooit meer over hadden gesproken. Ze hadden zich altijd tussen de mensenmenigte begeven, alsof ze bang waren voor het alleen zijn. Het waren Edwina en haar soort — zijn eigen soort trouwens — die hem tenslotte uit Engeland hadden verdreven en uit Europa. De zieken ... maar niet zieker dan heel de rest, de miljonairs, de politici, de bankiers ...

„We waren de vrolijke jongeren," dacht hij. „We waren de eerstelingen van de moderne jeugd. Kijk nu eens wat ervan terecht is gekomen."

Gaandeweg leken het geluid en het schouwspel van het gele, voortstromende water in de vochtige schemer hem te hypnotiseren, en hij dacht eraan dat het heel gemakkelijk zou zijn om van de brug in de wilde stroom te vallen en nooit meer te worden gezien. Niemand zou ooit je lichaam vinden; daar zouden de krokodillen voor zorgdragen. Dit was het juiste ogenblik om het te doen; over een paar dagen zou het water vol kadavers zijn van dieren die aan de roofdieren en jakhalzen waren ontsnapt, alleen om door de krokodillen te worden opgevreten. Het was voor de eerste maal sinds maanden dat de gedacht aan zelfmoord, die hem eens voortdurend vervulde, terugkeerde. Het zou gemakkelijk zijn en eigenlijk prachtig om over de rand te glippen en te verdwijnen. Niemand zou hem bepaald missen, noch Mary, veilig in de beslotenheid van haar Franse château in Grand

River, noch zijn broers of vader. Misschien hier Raschid en de Smileys en Jobnekar, misschien zelfs de maharadja. Maar na een paar weken zou zijn dood zelfs voor hen weinig verschil maken, want hij vormde volstrekt geen deel van hun leven; hij was in geen enkel opzicht nodig voor hen, zoals Raschid en Jobnekar nodig waren voor de toekomst van Indië en de Smileys, wier dood de helft van de armen en ellendigen van Ranchipur zou beroven en verlaten maken. Nee, er was geen enkele logische reden waarom hij zichzelf niet zou vernietigen, behalve dat hij er niet langer lust toe voelde.

Door de mist van zijn gedachten en het bruisen van de rivier heen merkte hij het geluid van zilveren belletjes en het geklepper van paardehoeven op. Een *tonga* reed voorbij en een hartelijke stem riep hem een groet toe. Nog steeds in galop, ratelde de *tonga* door het toenemende duister en de regen over de brug, maar hij kon bij de lampen ervan onderscheiden dat het een vrolijke, kleine *tonga* was, helrood geverfd en versierd met stukjes spiegelglas. De stem en de grote gestalte die onder het lage dak gedoken zat, herkende hij als die van Raschid; Raschid, de Saraceen, de krijgsman, te laat en te vroeg geboren, van zijn kantoor naar huis rijdend naar zijn vrouw en zijn zeven knappe kinderen. Hij drukte zijn voet op de starter en reed weg, langs koningin Victoria, zich plotseling weer opgewekt voelend. Thuis zag hij dat Johannes de Doper en zijn vrienden de dakpannen, die de apen van het dak van de schuur hadden geworpen en die binnen opgestapeld hadden gelegen, weer op hun plaats hadden gebracht.

Binnenshuis vond hij twee briefjes. Het ene was van Bannerjee met een uitnodiging om dinsdag te komen dineren en lord en lady Heston te ontmoeten. Het andere droeg de tulband, ster en het kromzwaard van de maharadja en hield een uitnodiging in voor een diner ten paleize, met dezelfde luisterrijke bezoekers. Tegen dat hij ze beide had gelezen, kwam buiten het duister eensklaps als een gordijn over de tuin vallen.

Toen hij het licht opstak, merkte hij dat zich al meeldauw had gevormd op de muur van de eetkamer. Een ogenblik verbeeldde hij zich dat de rivier al was begonnen te brullen en dat hij haar kon horen. Tegen dat vage geluid klonk de dunne klankdraad van Johannes' fluit. Lange tijd stond hij doodstil, luisterend, als om nog een ander geluid op te vangen, zwakker dan het andere, zó zwak, dat het bijna niet anders bestond dan in zijn verbeelding. Het geluid van dingen die groeiden, van wortels die hun weg zochten, van knoppen die openbarstten, van ranken die vol levenskracht omhoogkronkelden: het geluid van een heel uitgestrekt continent, tot leven komend in de regen.

Het was het laatste ceremoniële diner ten paleize, tot de regenmoesson over was en de belangrijke mensen opnieuw in stoffige treinen heen en weer begonnen te trekken door de verschroeide rode vlakten van Indië.

Niet nederige lieden als de Smileys, tante Phoebe en de dames Dirks en Hodge, of zelfs mensen als Jobnekar en Raschid Ali Khan, want die gingen nooit naar de bergstreken, waar het koel was, hoog boven de wolken die over de vlakten dreven, maar onderkoningen, miljonairs, generaals, maharadja's en lieden zoals lord en lady Heston. Zo laat in het jaar zou er nooit een ceremonieel diner zijn gegeven zonder het ontijdige bezoek van de Hestons en het verzoek van de vriend van Zijne Hoogheid de onderkoning, hen met luister te onthalen.

Niemand verwachtte zich er zeer op te zullen vermaken, noch de maharadja, noch Ransome, noch Heston, zelfs Raschid niet, wiens eigen levenskunst bijna alles tot een genoegen maakte, maar het minst van al de oude maharani en lady Heston. Voor Hare Hoogheid betekende het dat ze de hele avond schitterend, een beetje pompeus en beleefd moest zijn en sinds lang had ze in zulke dingen geen plezier meer. Voor lady Heston betekende het helemaal niets, want zelfs haar aanvankelijke, zwakke nieuwsgierigheid, opgewekt door de bizarre pracht van Indië, was nu bevredigd. Degene die het meeste genoegen eraan beleefde, was helemaal niet uitgenodigd.

Dat was juffrouw Hodge. Om halfacht zat ze al op de veranda van het huisje tegenover de grote toegangspoort van het paleis, met een gezicht dat een beetje rood zag van opwinding, bordurend en in afwachting dat de eerste voertuigen zouden komen. Wat vroeger in de avond was ze opnieuw overstuur geraakt door het horen van de forse militaire muziek en er was weer een zinloze scène ontstaan met juffrouw Dirks over het openlaten van de poort van de voortuin, zodat ze de gasten zou kunnen zien aankomen. Het was absoluut waar wat juffrouw Dirks had betoogd, namelijk dat het te donker zou zijn om een van de gasten te kunnen herkennen, maar dit argument maakte geen indruk op juffrouw Hodge. Ze kende elk voertuig, van de *tonga,* die Jobnekar per maand huurde, tot de rode Rolls-Royce, die door voorname gasten als de Hestons werd gebruikt en ze kon zich de mensen erin voorstellen. Ditmaal was de zonderlinge, onaangename twist zonder climax geëindigd, zonder tranen of verzoening, een gevoel achterlatend van onvoldaanheid en ellende.

Terwijl ze op de veranda zat, nam juffrouw Hodge een superieure houding aan en probeerde het allemaal te vergeten, maar ze kon het niet en in haar hart was een gevoel van beschaamde triomf. Opnieuw had ze een overwinning behaald: de tuinpoort was open, zodat ze een duidelijk uitzicht had op de oprijlaan van het paleis. Ze bleef in zichzelf redeneren over juffrouw Dirks, niet hoorbaar, want de ander zat vlak achter het venster, maar met zoveel overtuiging, dat haar lippen bewogen om woorden te vormen, zonder dat ze het zich bewust was. Ze herhaalde steeds tegen zichzelf dat het belachelijk was van Sarah om de poort gesloten te willen houden, zodat voorbijgangers niet de tuin in konden kijken. Het was een overdreven, neurastenisch idee. Het leek wel of je haar niet eenvoudig verzocht

103

de poort open te laten, maar naakt over het grote plein bij de bioscoop te lopen!

„Het was volmaakt belachelijk," zei juffrouw Hodge in zichzelf, „ziekelijk en zonder enig begrip voor proporties." Als er enig logisch bezwaar had bestaan, zou ze zonder meer hebben toegegeven. Sarah wist best dat ze het haast nooit oneens met haar was. Maar ditmaal was ze beslist in haar recht. Daarom was ze na hun twist eenvoudigweg het huis uitgelopen, het pad afgegaan en had de poort geopend. Sarah had naar buiten kunnen komen om die weer te sluiten, maar dan zou ze die weer hebben opengemaakt. Ze kon zichzelf niet voor eeuwig door Sarah op de kop laten zitten. Nu en dan moest ze zich laten gelden.

Doch Sarah had de poort niet gesloten. Ze had Elisabeth alleen aangekeken toen ze weer in huis kwam en toen zonder een woord een boek opgenomen. Nu nam ze wraak door vermoeid en waardig te doen, absoluut beleefd, maar koud, zodat elk gesprek dat Elisabeth mocht willen beginnen, bijna dadelijk verstijven en bevriezen zou door de klank van Sarahs stem. Toch was juffrouw Hodge blij dat ze op haar stuk had gestaan. Het gaf haar een sensatie van popelende opwinding. Van het moment af dat ze het pad was afgelopen en de poort had geopend, sloeg haar hart vlugger en haar wangen waren rood. Tegenover haar, achter de toegangspoort, rees het grote gevaarte van het paleis op, nu stralend van licht, roze-zwart tegen de stormachtige hemel. Een ogenblik was de regen opgehouden en de wind gaan liggen en men kon hier en daar kleine, met sterren bezaaide plekjes zien tussen de uiteengedreven, jagende wolken. Onder de overdekte poort zaten twee leden van de lijfwacht van de maharadja, met tulbanden op, gekleed in rood en goud, zwijgend en roerloos op zwarte paarden, terwijl hun lansen, die de purperen en gouden wimpels van Zijne Hoogheid droegen, recht omhoogstaken, even roerloos als de mannen zelf. Het waren Sikhs, krijgslieden van beroep, die zich nooit schoren en nu ze dienst deden hun lange, zwarte baarden netjes opgevouwen in netten onder de kin droegen. Sinds vijfentwintig jaar had juffrouw Hodge hen daar gezien, dag in, dag uit, en nooit was ze helemaal gewend aan hun slanke, rechte lichamen, hun trotse gezichten met de smalle neus, hun mooie tunieken van rood en goud. Ze waren mannen, wild en gebaard, die hun leven doorbrachten te paard en dat was te veel voor de romantische natuur van juffrouw Hodge. Ze had geen idee waarom ze haar fascineerden en aangezien ze wat beschaamd was over de stormachtige gevoelens die ze in haar ontketenden, deed ze nooit moeite de reden ervan te ontdekken. Het was een gemengde ontroering, gedeeltelijk literair en gedeeltelijk niets dan een reactie van de klieren. Soms, als juffrouw Dirks de kamer uit was, ging ze naar het raam boven, schoof de gordijnen opzij en keek naar de Sikhs. Telkens als ze erheen gluurde, voelde ze zich vaag opgewonden; haar hart ging vlugger kloppen en ze werd opgewekt. Het was net als een bedwelmend middel dat je innam en zoals het nemen van zulke middelen werd dat gluren een gewoonte en noodzakelijkheid. Langzamerhand was ze zover gekomen, dat ze de Sikhs uit elkaar kon houden, hoewel ze allen hetzelfde type hadden, slank, met een havikegezicht en groot. Zij had zelfs nooit hun namen gehoord, maar in de loop der tijden verzon ze die zelf; eenvoudige Engelse namen, omdat ze nooit namen van Sikhs had gehoord. Ze hield er gunstelingen op na. Die heetten John, Geoffrey, William, Herbert en Cecil. Sommigen van hen had ze van jongens zien opgroeien tot mannen van middelbare leeftijd. Soms verscheen er een niet meer en liet zich nooit meer zien. Af en toe waren er nieuwelingen, die ze telkens zorgvuldig bestudeerde als ze hun dienst deden, hun elk een eerlijke kans gevend, tot ze hen had verworpen of onder de uitverkorenen ingedeeld. Cecil was de geliefdste van haar gunstelingen geweest en toen hij het regiment verliet om terug te keren naar het noorden, kreeg ze nog weken later een gevoel van neerslachtigheid, iedere keer dat ze naar de poort keek. Ze bleef hopen dat hij ziek was of vakantie had en zou terugkeren, maar hij deed het nooit. Ze had zelfs geen enkel middel om te weten te komen wat er van hem was geworden.

Terwijl ze de twee mannen te paard die onder grote koperen lantarens stonden, gadesloeg, begonnen de gasten te komen. Ze herkende de grote gestalte van Raschid Ali Khan in de vrolijke, kleine, met stukjes spiegelglas versierde *tonga* en zijn vrouw, geheel in het wit, naast hem gezeten; en ze kende de ouderwetse Franse auto van de dewan; Ransomes vijf jaar oude Buick, die vroeger aan monsieur Descans, de Zwitserse ingenieurs, had toebehoord; majoor Safka's met modder bespatte Ford; de Packard die naar ze meende de generaal moest bevatten; de baby-Austin, door Bannerjee bestuurd, met zijn knappe vrouw aan zijn zij gezeten, en tenslotte, met plotselinge opgewondenheid, de zware, rode Rolls-Royce met lord en lady Heston erin. Het licht in de wagen was op en zodoende kreeg ze een glimp te zien van de fabelachtige miljonair en peer en zijn elegante vrouw. Ze wist alles van hen. Ze wist dat lady Heston geboren Edwina Doncaster, een van de ,,moderne jongelieden" en op een zeker moment een grote vriendin van de Prins van Wales was, want ze bleef op de hoogte met het nieuws over hof en society. Ze wist alles over geboorten en dood, vermeld in de Morning Post, die in Ranchipur een maand of twee nadat het blad was gedrukt aankwam, in een wereld die ze nooit had gezien en te midden van mensen die ze nooit zou kennen. Het laatste kwamen de Jobnekars aanratelen in hun gehuurde *tonga*. Na lange tijd te hebben gewacht, keerde ze zich om en zei: ,,Ze schijnen er allemaal te zijn, Sarah: de Hestons, meneer Ransome, de Raschids, de Bannerjees en de Jobnekars."

Er kwam geen antwoord van juffrouw Dirks en juffrouw Hodge dacht: ,,O zo, wil ze niet met me praten? Nu drijft ze de zaak toch wel wat te ver."

Toen ze zich omkeerde om te kijken, zag ze dat juffrouw Dirks met gesloten ogen zat. Het boek over nieuwe methoden om algebra te onderwijzen was van haar schoot gevallen en een van haar dunne handen was tegen haar maag gedrukt.

Juffrouw Hodge sprong verschrikt op en riep luid: „Sarah! Sarah!" Juffrouw Dirks opende haar ogen en scheen van ver weg terug te keren.

„Ja, Elisabeth? Neem me niet kwalijk, ik dacht aan iets."

„Voel je je niet goed?"

„O zeker, ik ben best in orde. Alleen wat vermoeid, dat is alles." Ze ging rechter zitten en raapte haar boek op.

„Ik zal een kop thee voor je zetten," zei juffrouw Hodge.

„Doe geen moeite."

„O ja, ik doe het. Je zult me er niet van afhouden." Ze ging naar de keuken om water te koken, bevend en vol berouw, beschaamd over haar kleinzielige overwinning met de open poort en vol verlangen iets goed te maken, zich te verontschuldigen, iets terug te vinden van wat tussen hen verloren was gegaan. Juffrouw Dirks had niet geslapen. Ze zat te denken, met gesloten ogen, en vechtend tegen pijn. Die was de laatste tijd erger geworden en nu wist ze sinds lang dat het nutteloos was ertegen te strijden door wilskracht of door te doen alsof ze niet bestond. De pijn was er voortdurend, nu en dan wat minderend, dan weer wild uitbrekend. Ze geloofde niet langer, zelfs niet in de ogenblikken als de pijn verminderde, dat het nu voorgoed zou overgaan en ze weer gezond en sterk zou worden. Ze wist nu al weken heel goed dat ze sinds lang naar een dokter had horen te gaan, maar in heel Ranchipur was geen dokter die iets van zulke dingen af wist, behalve majoor Safka, maar ze kon het niet over zich verkrijgen de beproeving te doorstaan van zich te ontkleden voor en te laten betasten door een dokter die niet alleen man was, maar een Indiër en jong en knap. Ze had naar Bombay kunnen gaan, maar in Bombay waren alleen mannelijke doktoren en tenslotte was er in de hele Oost geen betere chirurg dan de majoor. Maar ze kon er niet toe komen. De gedachte alleen al maakte haar onwel. Liever wou ze sterven.

De pijn was erg genoeg, maar die had ze alleen wel kunnen dragen, zoals ze veel dingen in haar leven had gedragen die erger waren geweest, maar ze was ook vermoeid, verward en bevreesd en er was niemand naar wie ze kon gaan, die ze er iets van kon vertellen; het laatst van allen Elisabeth, die dwaas en hysterisch zou gaan doen en het allemaal nog erger zou maken door zich op te winden en allerlei ongewenste, kleine attenties over haar uitstorten, zodat ze nooit meer bij machte zou zijn de pijn te vergeten, zelfs als die korte tijd wegbleef. Na een tijdje kwam juffrouw Hodge terug met de thee. Die hielp wel niet de vreselijke, knagende pijn verzachten, maar maakte juffrouw Dirks toch wat gelukkiger, omdat deze kleine daad haar beschaming over de kinderachtigheid van haar vriendin uitwiste.

Het paleis was een enorm gebouw, lang geleden midden in een uitgestrekt park neergezet, in een poging om de donkere en berekende wanorde van een groot Engels buiten na te bootsen. Torens, koepels en spitsen verrezen zonder maat of harmonie uit een grote massa galerijen, bogen en balkons in een stijl waarin iets van Noord-Afrika, Perzië en Indië dooreen was gemengd. Als men het voor de eerste maal in het daglicht zag, trof het een Europeaan als een soort architecturale nachtmerrie; als men het 's avonds zag, met de sterren erboven aan de blauwe, Indische hemel en al de lichten bij honderden schitterend achter de vensters, was het een fabelachtig en betoverend bouwwerk uit de *Duizend-en-één-nacht*. Als alle hardheid van brik en steen was weggedoezeld door schaduwen, rees het geweldige gebouw in maanlichte nachten boven de bomen uit als de toverstad in *Het verhaal van de visser*. Het park zelf, waarin banaan-, mango- en eucalyptusbomen en palmen de plaats van de olmen, eiken en ceders van een Engels park innamen, was niet minder fantastisch dan het paleis. In het begin had de Schotse tuinman, die bij de maharani in dienst was, hardnekkig en dapper geprobeerd Engelse planten, loten en bomen te laten groeien in de roodachtige, zware aarde, maar tenslotte wou Indië niets daarvan weten, verschrompelden ze en stierven onder de brandende zon.

Zelfs de kleine vijver had een cementen bodem, zodat het kostbare water gedurende het droge seizoen niet kon wegsijpelen. Hij hief tot de bronzen hemel niet het koele, doorschijnende oppervlak van een Engelse vijver, omzoomd met zegge en lisdodden, maar een gelaat dat bleek, dood en groen was en licht gestreept door de olie die erover werd verspreid om de malaria overbrengende muskieten te weren. In een jaar als dit, als de regens laat begonnen en het water kostbaarder werd dan wijn, liet men de kleine vijver geheel verdampen, zodat er niets overbleef dan een schelp van cement, een lelijke parodie van een vijver, waarop links en rechts bonte, kleine plezierbootjes waren gestrand onder de vlammende zon.

Ransome had zich nooit verzoend met het park, waarin de indruk van een parodie nog werd verhoogd door de aanwezigheid van rondrennende troepen heilige apen, maar langzamerhand begon hij, toen hij ophield een toerist te zijn en Indië een weinig kènde, te begrijpen dat dit fantastische paleis niet alleen volkomen juist was, maar een triomf van architectuur. Het had niets van dat mistroostige, vereenzaamde en kale dat zijn eigen huis in Belgrave Square had gemaakt, tot hij erin slaagde de klassieke façade te verbergen onder een netwerk van boeiende loten en ranken. Evenmin maakte het een effect als dat van de gouvernementsgebouwen te Delhi, die waren geconstrueerd in de hoop Indië te imponeren, maar er slechts in slaagden eruit te zien alsof Regent Street midden tussen de prachtige ruïnes van het Mongoolse keizerrijk was neergezet. Het paleis hoorde hier thuis, in Indië met al zijn fantasie, onmatigheid en wanorde, alsof Indië het zelf ter wereld had gebracht in een uitbarsting van levenskracht. Het was zo volkomen wat het zijn moest, alsof het, net als de mango- en banaanbomen die de dode eiken en olmen vervingen, uit de aarde van het land zelf was gegroeid. Als men wat zaad waaruit Indische paleizen groeien, in de rood-achtige, zware aarde had gezaaid, zou zeker dit fantastische bouwwerk zijn opgeschoten, een reus onder de paleizen. Tenslotte ontdekte Ransome dat het niet alleen goed was: het was prachtig.

Het was gebouwd om te beschutten tegen hitte en dus waren de deuren en vensters enorm, de zolderingen hoog en over het middendeel verspreid bevonden zich zeven grote binnenplaatsen, waarin planten en bomen groei-den en dag en nacht water uit fonteinen druppelde. Afrikaanse palmen rezen te midden van orchideeën en hangende ranken naar het licht, dat van boven uit de open, marmeren galerijen viel en midden in elke binnenplaats was een marmeren bassin, waarin goudvissen zwommen over bloemen die uit jade en chrysopas en andere halfedelstenen waren vervaardigd naar ont-werpen, ontleend aan de oude Mongoolse paleizen te Agra en Fatepur-Sikri. In vergulde kooien, hoog tussen de betelpalmen hangend, zaten ontelbare vogels, de felkleurige vogels van Indië. Daarboven, van de marmeren dak-randen hangend, waren grote nesten Indische bijen, voortdurend in een reusachtige zwerm krioelend en over elkaar kruipend, tot ze een voor een stierven en werden vervangen door degenen die in het midden van de zwerm waren uitgebroed. In heel Ranchipur was geen toevluchtsoord zo koel als deze vochtige, beschaduwde tuinen des nachts onder de open hemel, waarin de gloeiende zon nooit binnendrong.

Rondom de open binnenplaats lagen de vertrekken van het paleis: op de tweede en derde verdieping de apartementen van de koninklijke familie en hun entourage, onder de trappen grote vertrekken die nutteloos en verla-ten waren, behalve dat er zich een zonderlinge opeenstapeling van meubels en kunstvoorwerpen bevond. Ze leken grote pakhuizen, waarin de meubels planloos en zonder onderscheidingsvermogen waren weggezet, en zo be-vonden zich daar commodes, borduurwerken en vazen van zeldzame en be-koorlijke kunstvaardigheid, lang geleden uit het oude, verlaten paleis van de slechte maharadja overgebracht, naast afschuwelijke produkten van de mo-derne kunst. Schilderijen uit de Münchense school hingen boven on-schatbare schalen en vazen van jade, agaat en rode kwarts, door de maha-rani verzameld; Perzische tapijten uit de tijd van Akbar tooiden de muren tegenover vensters, behangen met kant van Nottingham.

Sommige van de monsterlijkheden had de maharani lang geleden zelf ge-kocht, toen ze voor de eerste maal naar Europa ging, naar de grote ten-toonstellingen die worden gehouden om de monsters, die de machines le-verden, te exploiteren. De gecompliceerde zakelijkheid van de voorwer-pen had indruk op haar gemaakt, maar toen ze later gewend raakte aan Europa en haar eigen smaak zich deed gelden, wist ze dat bijna elk ding dat ze had gekocht afschuwelijk was en daarom had ze alles lukraak weggestopt, te zamen met de overvloed van paleisschatten, in deze grote, verlaten vertrekken, waar nooit iemand kwam. Sommige waren haar door bezoekers uit de tijd van Eduard geschonken en door Indische verenigingen, voor wier belangen zij of de maharadja eens was opgekomen.

Aan het uiterste einde van de lange gang, die langs de hele lengte van het paleis liep, was een kamer waar de heren die te dineren kwamen, hun hoeden plachten te laten en in een hoek daarvan bevond zich een groepje voorwerpen dat nooit naliet Ransomes vrolijkheid op te wekken. Het bevatte een schilderij van twee bloedhonden en een terriër, een prachtige Chinese god van brons, een fijn afgewerkt modern beeld van Psyche in albast, waarschijnlijk van een of andere koopman in de straten van Napels gekocht en een Mongools gebedskleed, prachtig van tekening en kleur.

Een voor een kwamen de gasten binnen en gingen langs de grote trap van wit marmer naar de kamer, die geheel in blauw was, de kleur van de Indische nacht, en waarvan de muren ingezet waren met de befaamde collectie Mongoolse schilderijen van de maharani, te midden van zilveren sterren. Het was een hoog vertrek met vensters die uitkeken op het park, en uitzicht gaven op de berg Abana in de verte. Over de grote vensters waren netten van wit koord gehangen om de reuzenvleermuizen buiten te houden en de kamer tegen de nieuwsgierigheid van de heilige apen te beschermen. In het midden van het vertrek hing een grote kroonluchter van kristal, stralend van licht, en gevuld met duizenden bijen. Vlak daaronder stonden de regeerders van Ranchipur om hun gasten te ontvangen.

De maharani droeg een witte sari, geborduurd met zilver, naar de mode van Mahratta, met een reusachtige sleep, die tussen haar kleine voeten doorviel en achter haar aan golfde als ze liep. Ze droeg geen andere juwelen dan smaragden: smaragden in haar oren en om haar hals, aan haar polsen en vingers en zelfs aan haar tenen; smaragden, de hele wereld door verzameld om haar passie voor juwelen te verzadigen, van Fifth Avenue en Bond Street en Place Vendôme, van Moskou en Jaipur en Peking. Vanavond was ze niet de bijdehante oude dame die poker speelde als een beroepsspeler in een mijnkamp: sluw, intelligent, boosaardig en soms rabelaisiaans, maar een intelligente en in de diepste grond altijd nog halfwilde vrouw, die een grote koningin was. Ze was een klein persoontje, gevormd met de verfijndheid van een tanagra, maar toch gaf ze nu de illusie statig en majesteitelijk te zijn. Ze stond hoog opgericht, met de zekerheid en bevalligheid van een vrouw die nooit de wankelende hakken van moderne Parijse schoenmakers heeft gekend.

Toen Ransome in de deuropening naar haar keek, zoals ze daar stond in de lichtschijn van de met bijen gevulde kroonluchter, dacht hij weer: „De laatste der koninginnen". In het Westen was het mode voor de koninginnen om zoveel mogelijk te lijken op middenstandshuisvrouwen.

Daarin lag hun laatste zekerheid.

De oude dewan was er al, Raschid en zijn donkere, bescheiden vrouw, Bannerjee en de koude en mooie mevrouw Bannerjee en de maharadja zelf, die er oud, vermoeid en vol waardigheid uitzag, geheel in het wit, met een enkele grote diamant, omringd door smaragden, stralend in zijn rode Ranchipurse tulband. Dan waren er stafofficieren en aides de camps en de twee oude prinsessen van Bewanagar, intieme vriendinnen van de maharani. In die hele troep was het mevrouw Bannerjee, die zijn aandacht trok. Ze stond tegen de muur, opzij van een der grote vensters die met netten beschermd werden tegen de vleermuizen, zeer rustig, afzijdig en mooi, als een vrouw uit een van de miniaturen die de muur versierden. Ze was groot voor een Indische en zeer blank, en er waren een zekere onbeschaamdheid en minachting aan haar die tegelijkertijd uitdagend en irriterend waren, en ook een rust en onverschilligheid die haar in staat stelden in ieder vertrek te domineren.

Sinds lange tijd boeide zij Ransome sterker dan enige andere vrouw die hij in Indië had ontmoet en dat was gebeurd zonder dat ze er zich de minste moeite voor had gegeven.

Het was niet slechts haar schoonheid, die zijn vermoeide ziel aantrok; haar teruggetrokkenheid, haar afgetrokken air, alsof ze het leven verdroeg zonder er in het minst van te genieten, prikkelden zijn nieuwsgierigheid. Het was alsof ze altijd nèt buiten zijn bereik bleef en hem bespotte; een nieuw avontuur, iets dat hij nooit tevoren had beleefd. Er was geen sprake van dat hij verliefd op haar kon worden, want ze waren elkaar te vreemd en hij wist dat ze dat altijd zouden blijven, onverschillig welke diepe en lichamelijke intimiteit ze ooit met elkaar mochten doorleven. Men kon evengoed hopen verliefd te worden op een prachtig beeldhouwwerk, maar toch wond het hem altijd op haar te zien en zij deed een soort perverse begeerte in hem opwellen om haar te veroveren, te vernederen en haar hoogmoed ten val te brengen. Hij wist zeer goed dat dit iets opwindends zou zijn, maar hij had geen flauw idee hoe hij dat ooit zou kunnen verwezenlijken. Ontelbare malen had hij getracht een of andere manier te ontdekken waardoor hij de ijzige hoogte kon bereiken waarop ze scheen te leven. Hij had gesproken over de Swadeshi-beweging, waarvoor zij zich interesseerde; hij had het geprobeerd met praten over filosofie, liefde en dieren – de pekinees, de papegaaien, de ibissen, de kraanvogels en de honingbeer, die ze in haar tuin hield, zoekend naar iets wat deze kinderloze, mooie vrouw kon interesseren. Maar het leidde nooit tot iets anders dan beleefde, tamelijk verstrooide antwoorden, die hem de overtuiging schonken dat er in gedachten, gevoelens, achtergrond of emoties geen weg te vinden was waarlangs hij haar kon bereiken. Soms dacht hij: ,,Ze is Indië. Als eens op een dag Indië wordt herboren, zal ze tot leven komen." Maar dit ontwaken, hij wist het, zouden ze geen van beiden ooit zien, omdat ze beiden dood zouden zijn vóór het gebeurde. Soms, als hij alleen was en had gedronken, dacht hij: „Ze is eigenlijk niets. Ze is alleen mooi, lui en dom."

Ze sprak nooit anders dan om een vraag te beantwoorden en werd nooit onrustig door een lang stilzwijgen, zoals westerse vrouwen dat hebben. Ze placht te zitten toezien en luisteren om weg te drijven in een of ander dromenrijk dat buiten het bevattingsvermogen van anderen lag; onverschillig, uiterlijk verveeld en toch weer volkomener dan iemand anders in het vertrek. Er waren ogenblikken waarop de vaste, gelijkmatige uitdrukking in haar zwarte ogen verwarrend werkte, alsof zij, door haar tegenwoordigheid alleen, de macht bezat een gesprek te verlammen en zelfs het contact tussen mensen om haar heen triviaal en idioot te doen schijnen.

Toen ze deze avond merkte dat Ransome strak naar haar keek, zag ze hem even aan vanonder haar lange wimpers, boog het hoofd in een arrogante groet, ging op een divan zitten, nam een netjes opgerolde *pan* van lijm en betelblad uit een doosje van jade en begon daarop te kauwen. Ransome vond altijd dat de meeste Indische vrouwen iets van een koe kregen door die voorkeur voor *pan,* maar bij mevrouw Bannerjee was dat iets heel anders. Terwijl hij haar gadesloeg, merkte hij weer de oude opwinding, die hem heet maakte en ademloos. Hij dacht: „Ze haat me omdat ik geen Indiër ben." Toen zag hij, de kamer doorkijkend, tussen al de schitterende kleren door, de Hestons binnentreden. *His Lordship,* stikkend in een geklede jas, zag er suf en rood uit en had iets van een gemelijke stier. Naast hem leek zijn vrouw ongelooflijk teer en bleek. Toen zag Ransome haar voor het eerst sinds vijftien jaar werkelijk. Ze was gekleed zoals de maharani, geheel in het wit, doch in plaats van smaragden, droeg zij op dat wit een mengeling van diamanten, smaragden en robijnen, bijna even schitterend als de juwelen van de Indische koningin.

Tegen het diepblauw van de muur, onder de gloed van het schitterende, weinig flatterende licht van de kristallen luchter, was ze geheel wit en goudglanzend, even mooi als mevrouw Bannerjee, maar op een volkomen andere wijze. Bij de Indische vrouwen kreeg men een vermoeden van vuur dat ergens onder het ijs smeulde, maar bij Edwina Heston vermoedde men bijna dadelijk dat, zo er ooit enig vuur was geweest, dit nu voor altijd was uitgeblust. Men werd bijna onmiddellijk getroffen door haar verveeldheid: een soort verstorven reactievermogen tegenover alles en iedereen om haar heen, als had ze te veel beleefd, zodat niets, behalve wellicht juwelen en kleren, nog enige macht bezat om haar te treffen. Toen ze tegen de maharani glimlachte, was het een vermoeide glimlach vol weemoed, doch zonder enig zelfmedelijden. Het was een glimlach zo oud als de tijd.

„Uwe Hoogheid is zo vriendelijk voor ons geweest," zei ze. „Ik weet niet wat we anders hadden moeten beginnen." Haar stem was vermoeid en vlak. De maharani lachte, een volle, keelachtige lach: „Het betekent niets. Het is ons een genoegen iets te doen voor een vriend van de onderkoning."

Er was vuur in haar donkere ogen en vitaliteit in haar stem, en Ransome dacht: „Ze is tweemaal zo oud als Edwina, maar ze is de jongste van beiden." Zelfs als Edwina sprak, was het alsof ze het werktuiglijk deed, met volmaakte beminnelijkheid en beleefdheid en zelfs met een charme die wat dun en versleten was na zoveel gebruik gedurende zoveel eeuwen. Er waren momenten waarin die vermoeidheid bijna beledigend werd.

Toen keerde ze zich om, bemerkte Ransome, keek hem een ogenblik uitdrukkingloos aan en daarna met groeiende belangstelling toen ze langzamerhand begon te begrijpen dat dit een gezicht uit het verleden was, dat ze heel goed had gekend. Een ogenblik werd ze bijna levend.

„Ben jij het, Tom? Iemand heeft me verteld dat er een zekere Ransome in Ranchipur woonde, maar ik dacht geen ogenblik dat jij het kon zijn."

„Ik had me al afgevraagd of je je mij zou herinneren."

„Het is lang geleden – zeven of acht jaar."

„Heel wat meer dan tien."

Ze lachte. „Nu zijn we op middelbare leeftijd."

„Nog niet, maar bijna."

Een ogenblik lang scheen ze op te leven, alsof het zien van iemand uit haar oude wereld haar hart sneller had doen kloppen. Het was een kleine en intieme wereld geweest, vrolijk en wild en soms vertwijfeld, maar tenminste klein en goedgezind, zonder die horden van vreemde, vervelende en gewichtige lieden die ze sinds ze met Heston was getrouwd, dag na dag gedurende enkele ogenblikken had te zien gekregen en daarna nooit meer.

„Wat voer je hier uit?"

Een ogenblik aarzelde hij. Niemand had hem die vraag ooit tevoren gesteld en nu viel het hem opeens moeilijk die te beantwoorden. Hij zei: „Niets bijzonders. Wat schilderen, drinken en rondhangen."

„Dat klinkt niet erg opwindend."

„Dat is het ook niet."

„Je moet kennis maken met Albert."

„Ik heb hem lang geleden een- of tweemaal ontmoet, toen ik in de waan verkeerde dat ik een groot zakenman zou worden. Hij zal zich mij waarschijnlijk niet meer herinneren."

Lord Heston herinnerde zich hem niet, maar het was dan ook zijn gewoonte zich alleen *die* mensen te herinneren, van wie hij gebruik zou kunnen maken of die hem voordeel konden opleveren; een kleine groep die elk jaar inkromp, tot ze nu slechts een handvol bankiers, de koninklijke familie, een tamelijk groot aantal gewetenloze politici en twee of drie mannen bevatte, machtiger dan hijzelf, voor wie hij respect voelde omdat ze grotere vermogens hadden vergaard dan hij. Buiten deze enkelingen nam hij tegenover niemand meer de moeite zelfs maar beleefd te zijn. Behoorde men niet tot hen, dan voelde men dat het hem zelfs ergerde en verveelde om de tijd te nemen en „Aangenaam" te zeggen.

Toen kwam de generaal aan, voor zijn waardigheid en rust te dicht op de hielen gevolgd door de Jobnekars, de paria's, die er een beetje uitzagen als een paar muizen met vrolijke oogjes. Hij had lord Heston wel eerder ontmoet en ze waren niet op elkaar gesteld, daar geen van beiden de ander iets toegaf in ijdelheid en egoïsme.

„Ze zijn beiden onzinnig," dacht Ransome. „Maar de een is boosaardig en gevaarlijk. De generaal is een beetje net als de Grote Auk. Het keizerrijk is opgebouwd. Ze hebben hem niet meer nodig en nu laten ze het aan Heston over het te verwoesten."

De „kleine" witte eetkamer, waarin de gasten werden geleid, was een enorme zaal met grote, gewelfde vensters aan beide zijden, evenals het venster van het blauwe vertrek bedekt met netten waarin nu en dan een grote vleermuis verward raakte en dan worstelde en piepte tot een van de bedienden het dier bevrijdde. Aan één kant keken de vensters uit op een van de binnenplaatsen, vanwaar het geluid van neerspetterend water opsteeg tussen de betelpalmen. Door het andere venster keek men in het park en verder weg op het grote reservoir, het plein met de bioscoop aan de ene en het sinistere oude paleis aan de andere kant. De regen had enige tijd opgehouden en de lichten van het plein zwommen in het reservoir.

Het diner was Indisch, omdat Heston dat had verzocht, een diner dat Ranchipur typeerde, met de beroemde kerrie van rivierkreeft, gesuikerde guava's en palmharten. In de verte, op het dak van een andere vleugel van het paleis, speelde een orkest dat door de maharani was samengesteld, tegen de traditie in die musici slechts toestond te spelen in groepen van twee of drie. Er waren dertig musici die gitaar, trommel, Indische violen en fluit speelden en zelfs klanken ontlokten aan bollen van zeepsteen, door het water hoger of lager erin te doen stijgen en de nederige melodeon, die lang geleden naar Indië was gekomen met de missionarissen, om het zingen van hymnen te begeleiden en sindsdien al lang het traditionele instrument was geworden voor de dansmeisjes en om hymnen aan Siwa en Krisjna bij te zingen. Het geluid van de muziek dreef van ver over de eindeloze daken van het paleis met de vele torens tot in de wit marmeren eetzaal.

Ransome was tussen mevrouw Bannerjee en mevrouw Jobnekar geplaatst, zodat hij schuin tegenover Edwina Heston en de oude maharadja zat. De nabijheid van mevrouw Bannerjee wond hem enigszins op, maar hij had niet meer succes bij haar dan anders. Ze was zwijgzaam, at elegant en met goede eetlust, zonder notitie te nemen van het gezelschap, terwijl ze haar bekoorlijke handen nu eens in de rijst, dan weer in de saus van de gepeperde rivierkreeft of in een zoet gerecht van kokosnoten doopte. Mevrouw Jobnekar was aardig en spraakzaam, maar met mevrouw Bannerjee naast hem en Edwina aan de andere kant van de tafel, voelde hij zijn gedachten van haar wegdwalen, zodat hij soms, als ze hem een vraag stelde, zichzelf met geweld tot de werkelijkheid moest terugbrengen om een verstandig antwoord te geven. Ongeveer halverwege het diner merkte hij dat Edwina hem nu en dan heimelijk en onderzoekend gadesloeg, maar als hij in haar richting keek, haar blik dadelijk naar de maharadja wendde.

Hij haalde zeer oude herinneringen op en zag haar steeds voor zich zoals ze was geweest toen ze naar de boerderij in Sussex was gekomen. Destijds had ze dezelfde porseleinen, bleek gouden schoonheid bezeten, maar toen was ze levend; een wild, hysterisch soort levendigheid, als voelde ze dat er geen tijd genoeg was om al die opwinding, al het avontuur en de liefde die men kan krijgen, te omvatten. Weer dacht hij: „Ze is net zoals ik me voorstelde dat ze zou zijn." Dat was haar tragedie en de zijne: dat ze zich beiden te lang hadden verspild. Nu, aan de rand van de middelbare leeftijd, hadden ze niets meer te geven.

Ze waren gulzig naar ervaring en koelbloedig geweest en terzelfder tijd (een vreemde combinatie) ontgoocheld en dwaas. Er was nooit iets van romantiek geweest in wat ze ook deden en hij begreep, nu het veel te laat was, dat ze geen van beiden ooit hadden geweten wat liefde is. Want zonder romantiek, zonder gevoel, kon iets als liefde niet bestaan, maar slechts nieuwsgierigheid en zinnelijke begeerte, die te snel werden verzadigd. Om lief te hebben, om liefde te doen duren, moest men een weinig bedwelmd zijn door iets dat misschien in werkelijkheid niet bestond. Je nam dat bedwelmingsmiddel van nature graag, òf je gebruikte het met opzet, jezelf hypnotiserend, zoals je je op een avond als deze in een staat van opwinding zou kunnen brengen met die wilde, barbaarse muziek in de verte en het geluid van neerklaterend water tussen de betelpalmen en het piepen van de vleermuizen die in de netten verward raakten. „We hebben geen geluk gehad, Edwina en ik," dacht hij bitter. „Alle romantiek en elk gevoel was uit ons gehaald door die hel, eer we nog goed en wel begonnen."

Hij had daar nooit eerder over gedacht, maar nu zag hij zichzelf op verre afstand, zoals hij was teruggekomen uit de oorlog en avonturen, alsof hij, het koste wat het wilde, moest inhalen wat hij gedurende de drie beste romantische jaren van zijn leven had verzuimd. Niemand kon je dat teruggeven; niemand kon je er een verwijt van maken als je probeerde terug te winnen wat je toebehoorde en genoegens en ervaringen greep waar je ze maar kon krijgen, in welke vorm dan ook, met altijd diep in je dat vanouds bekende hysterische gevoel alsof het leven te kort was en je misschien nog maar een paar uur had te leven. De ouderen hadden nooit geweten wat het was en de jongeren zouden het nooit weten. Maar hij en Edwina wisten het. De wonden in zijn dij en zijn rug betekenden niets; vlees groeide weer aan en genas zichzelf. Maar de geest was verschillend; ergens in een of ander boek had hij lang geleden iets gelezen dat hem nu in gedachten kwam:

„Dans la damnation est la moindre chose; le supplice propre au damné est la progrès infini dans le vice et dans le crime. L'âme s'endurcissant, se dépravant toujours, s'enfonçant nécessairement dans le mal de minute en minute en progression géométrique vers l'éternité."

Zo was het. Dit was de kwestie met Edwina en hem.

Plotseling hoorde hij de stem van Heston boven het murmelen van de gesprekken, het geluid van de verre muziek en zelfs boven het beminnelijk babbelen van de kleine mevrouw Jobnekar uit, naar wie hij slechts met een half oor luisterde. Heston brulde tegen de maharani en de gedachte kwam bij Ransome op, dat ze hem misschien had opgehitst, zoals ze het de generaal placht te doen.

„Het is een vervloekte belediging!" blafte Heston, en Ransome dacht, toen hij een sprankeling in de zwarte ogen der oude dame opmerkte: „Het zal hem niet lukken om haar door ruwheid te imponeren." De methoden die hij in het Westen placht toe te passen, zouden hier op niets uitlopen, behalve dat ze Hare Hoogheid zouden vermaken.

Hestons gezicht zag er gezwollen uit en Ransome dacht: „Hij is ziek. Er mankeert hem iets. Een man die niet ziek is, zou niet zo schreeuwen." In de uitpuilende blauwe ogen was een doffe uitdrukking, alsof ze bedekt waren door een vlies.

Hij vroeg zich af of Heston ook zulke scènes maakte tegen Edwina. Toen was het diner opeens ten einde en de maharani, in haar wit gewaad van smaragden, ging de gasten voor, het vertrek uit, terwijl de lange sleep van de bahratta-sari ver achter haar aan golfde tussen de kleine voetjes, bedekt met smaragden die uit alle windstreken van de aarde waren gekomen.

In de zaal met de blauwe muren was men reeds begonnen met vermakelijkheden voor de gasten. Op een kleine estrade zat, met haar rug naar een van de grote, gewelfde vensters, Lakshmi Bai, een van de grote zangeressen van Indië. Ze zat met gekruiste benen en droeg een blauw-en-zilverkleurige sari. Ze was noch een mooie, noch een lelijke vrouw en niet meer jong, maar noch haar leeftijd, noch haar uiterlijk was bij haar optreden van enig belang. Het was niet een vrouw naar wie men keek en luisterde, maar een kunstvoorwerp waarin het kleinste detail meewerkte om het geheel te vormen ... de vuurrode lippen, de gelakte nagels, de glinstering van een met juwelen versierde voet onder de blauw-en-zilverkleurige sari uit en de verfijnde wijze waarop de prachtige handen – fijnere en gevoeliger handen dan enig Europeaan ooit bezat – de snaren van de luit bespeelden. Het waren de handen, die Ransome fascineerden en het kwam hem voor dat zelfs Edwina, die nu naast hem zat, voor het eerst belangstelling voelde voor iets; voor een schepping die in vele opzichten zeer aan haar gelijk was en dezelfde halfdecadente volmaaktheid bezat.

Zij waren in het vertrek de enigen die stil waren, keken en luisterden, want de Indiërs, die de muziek uitsluitend als achtergrond voor gesprekken beschouwden, praatten onder elkaar, en de generaal en Heston koesterden geen belangstelling voor zulke dingen. Nu hij naast haar zat, merkte Ransome zeer sterk haar volmaaktheid op, in type en houding, kleren, juwelen, kapsel, bevallige manieren en in de wijze waarop ze zat, een beetje achterovergeleund, luisterend en toeziend. Het kwam hem plotseling voor alsof hij de essence zelf van haar bestaan had ontdekt. Hij dacht: „Ze is het laatste verschijnsel van iets dat weldra uit de wereld zal verdwijnen, omdat er geen tijd en geen plaats meer voor is." Ze was niet, zoals Heston, een soort grove zwam, opeens te voorschijn geschoten uit de verwarde vuiligheid van zijn tijd; ze was het produkt van honderden jaren nietsdoen, voorrechten en verantwoordelijkheid, veroverd en voortgedragen door het ene geslacht na het andere. Nu was de beschaving, het tijdperk waartoe ze behoorde, haast ten einde en er was niet langer plaats voor haar, evenmin trouwens als voor hem. Beiden waren ze aangetast door het verval van iets dat te oud was en waarvoor zelfs zijn grootmoeder in het enorme huis met de torens in Grand River niet in staat was geweest hem te behoeden. Hij wist dat ze beiden verrot waren tot op het gebeente en plotseling kwam de gedachte in hem op dat het Heston en zijn grove goden waren, die bezig waren hen te vernietigen.

Lakshmi Bai had opgehouden te zingen en toen ze de zaal verliet, kwam een klein orkest binnen en plaatste zich voor de estrade, waarna twee dansmeisjes verschenen. Evenals de zangeres waren ze niet jong, zelfs was een van beiden absoluut oud. Het waren moeder en dochter, die lang geleden van de tempels van Tanjore in dienst van de oude maharadja waren getreden, maar noch hun leeftijd, noch hun dikte had iets te maken met de schoonheid van hun dansen. Als ze jong en mooi waren geweest, overpeinsde Ransome, zou die schoonheid je aandacht van de dans hebben afgeleid; je zou meer hebben gelet op lichamen dan op de archaïsche patronen, duizenden jaren oud en nu verfijnd tot aan het decadente toe, die hun lichamen vormden onder het dansen. Ook nu lette niemand, behalve Ransome en Edwina, in het minst op het dansen en na een tijdje ontdekte eerst de ene en toen de andere van de twee hun belangstelling en legden een zeker vuur in hun dansen. Ze dansten de legenden van Krisjna en de Gopis en de geschiedenis van Rama en Sita, maar er was geen enkel realisme meer in de dans, want elk incident, elke gebeurtenis was duizenden jaren geleden tot een patroon geworden, een filigraan, op zichzelf uiterst verfijnd en in geen enkel verband tot iets staand. Het was onvervalste kunst, die door niets kon worden gevolgd dan door decadentie, vernietiging en een nieuw begin. Toen de danseressen klaar waren en zich hadden verwijderd met het kleine orkest, leunde Edwina een ogenblik met gesloten ogen achterover tot Ransome vroeg: „Wanneer ga je weer weg?"

„Eind van de week. We nemen de ‚Victoria' van Bombay af."

„Het is jammer, als je elkaar weer eens ontmoet, dan bijna dadelijk weer te moeten scheiden."

Ze stootte een lachje uit dat tegelijkertijd een zucht was: „Zo gaat het tegenwoordig in de wereld."

Ze vertelde hem het een en ander over haar bezoek aan Indië, hoe ze naar Ranchipur waren gekomen voor de Kathiawarpaarden, over de hitte, het stof, de ellende en de verveling van lange, officiële diners.

„Ik begrijp niet hoe jij uit dat alles te voorschijn kunt komen met een uiterlijk alsof je uit je eigen huis in Londen komt, midden in het seizoen."

Weer lachte ze: „Het is eenvoudig genoeg. Het is niets dan een kwestie van geld. Ik heb twee kameniers bij me en een van hen is een uitstekend kapster. Dat is een verschil met de oude tijd, toen ik mijn eigen haar verzorgde en maar eens in de drie weken een kapper kon betalen."

„Toen zag je er even goed uit."

„Toen was ik jonger. Het kwam er niet zo erg op aan."

„Het komt er ook nu niet op aan."

Ze keek hem van terzijde aan en lachte toen: „Hoe dan ook, ik vind dit prettiger. Ik ben luxueus van nature. Ik hou van alles wat geld kan verschaffen."

Hij had willen vragen: „Van alles?", maar had er de moed niet voor. Ze hadden nog niet genoeg van de oude vertrouwelijkheid teruggevonden om zo'n intieme vraag te stellen. Toch wist hij dat ze tegen niemand in de zaal zou praten. Er bestond tenslotte toch een soort band tussen hen, een zonderling besef dat ze behoorden tot een kleine en stervende wereld die ze beiden tot het uiterste zouden verdedigen, al zou er geen ander einde zijn dan nederlaag en verval. De anderen in dit vertrek konden niet weten wat het betekende. Langzamerhand wond het hem op, haar terug te zien, iemand naast zich te hebben tegen wie men niet hoefde uitleggen, analyseren, vernietigen, iemand die absoluut begreep hoe vertwijfeld je was, hoe nutteloos, hoe verrot.

„Je moet eens bij me komen thee drinken op een middag," zei hij. „Ik woon in een vochtig oud huis, stijl koning George, en scharrel daar wat met verf. Het is er erg slordig, maar misschien zou het je amuseren."

„Waarom ben je hier gebleven gedurende de regenmoesson?"

Hij grinnikte: „Ik weet het niet. Ik heb evengoed recht hier te zijn als ieder ander."

„Ik zal proberen te komen. Ik zal het ergens tussen zien te schuiven. Er is zoveel voor ons gearrangeerd," en ze keek hem aan, bijna alsof ze hem schatte en dacht: „Zou het de moeite waard voor ons zijn om alles opnieuw te beginnen? Zouden we ooit kunnen terugwinnen wat verloren is gegaan?"

Hij zei niet: „Breng je man mee," aangezien hij geen zin had Heston erbij te hebben, die, ongeduldig en verveeld, dit gevoel tussen hen zou vernielen.

„Laten we donderdag afspreken," zei hij.

„Donderdag." Ze stak een sigaret aan. „Ga je bijgeval naar het diner van meneer Bannerjee?"

„Overmorgen? Ja," en met een gevoel van genoegen zag hij dat het haar plezier deed.

„Hoe is hij, die Bannerjee?" vroeg ze. „Ik bedoel vanbinnen. Vanbuiten zie ik een tamelijk druk, klein mannetje dat op een Chinees lijkt."

„Je zou een heel boek nodig hebben om hem te beschrijven. Een soort symbolisch boek. Hij is een van de Indiërs die tussen Oost en West ronddwalen." Ze zweeg even en zei toen: „Wie is die man daarginds? Degene die eruitziet als een lichtkoperen Apollo?"

Hij wist zonder te kijken wie ze bedoelde, want de beschrijving was zeer goed getroffen. Het was de majoor. Hij stond te praten met de maharani, op bevel, begreep Ransome, opdat ze zich niet zou vervelen.

Hij vertelde haar het een en ander over de chirurg en ze luisterde verstrooid, bijna alsof ze mevrouw Bannerjee was, zonder haar blik van de majoor af te wenden. Hij prees de kwaliteiten van de majoor, maar na een ogenblik merkte hij dat ze zich niet interesseerde voor wat hij zei. Hij begreep dat het niet de deugden van de majoor waren, die haar belang inboezemden. Haar blauwe ogen hadden een starre uitdrukking, alsof ze overlegde en de heldere, knappe jonge brahmaanse dokter schatte. Ransome voelde zich opeens boos en jaloers, omdat ze op een of andere wijze van hem was weggeglipt en dacht: „Ik wist niet dat het zo erg met haar was."

„Hij ziet er zeer romantisch uit," zei ze.

„Dat is hij anders helemaal niet. Hij is chirurg en man van de wetenschap. Ik ken geen man die zo koel is." Toen werd hij cru en voegde eraan toe: „Liefde is voor hem niets dan paring – iets dat je met wetenschappelijke objectiviteit moet bestuderen." Bijna tegelijkertijd wist hij dat hij precies het verkeerde had gezegd om haar belangstelling voor de majoor te doden, en dacht: „Slet!"

Hij verstond haar antwoord niet, want haar woorden verdronken eensklaps in het rumoer van stromend water. Het was alsof een reusachtige waterval op het paleis neerstortte. De regens waren opnieuw begonnen. Ze lachte en verhief haar stem, om over het bruisen heen te komen: „Dat lijkt niet erg op de goede, oude Engelse motregen. Kunnen we niet naar een ander vertrek gaan? Ik heb er een hekel aan om hier te zitten schreeuwen terwijl iedereen je kan horen."

„We zouden een kijkje kunnen nemen in enige van de ander vertrekken. Misschien amuseert je dat. Het zal Hare Hoogheid niet kunnen schelen. Ik zal haar verlof ertoe vragen."

De maharani sprak op dit ogenblik met de dewan over de nieuwe vleugel die aan de meisjesschool gebouwd zou worden, en toen Ransome haar verlof vroeg, lady Heston door de benedenvertrekken rond te leiden, lachte ze even: „Natuurlijk. Ga waar u wilt," en toen hij zich afwendde, zei ze: „Veel geluk," en keerde terug tot haar gesprek met de dewan. Hij raakte plotseling in de war door die opmerking. Het was alsof ze had gezegd: „Ik ken dat soort Engelse vrouwen van jullie: zinnelijk, decadent, koud, stuurloos." Het hinderde hem als een belediging voor Edwina en toen viel hem in dat de oude dame gelijk had en het aangenaam zou zijn als gebeurde, waar de oude maharani op zinspeelde, niet alleen aangenaam, maar noodzakelijk. Het móést gebeuren. Dus zei hij tegen de aide de camp, dat hij de weg wel wist en dat hij hen niet hoefde te vergezellen.

Ze liepen van het ene verlaten, lege vertrek beneden in het andere naar de grote Durbarhal, geheel van bladgoud en sandelhout, naar de binnenplaatsen, die nu doorweekt waren van de regenstroom, en tenslotte naar de kleinere kamers, waar de schatten en monstruositeiten zij aan zij stonden. In het begin voelde hij zich nerveus en opgewonden, alsof hij in plaats van ervaren en blasé, weer een jongen was die voor het eerst begeerte leerde kennen, verlegen en onwetend. Daarna begonnen ze steeds minder te praten over de dingen om hen heen, alsof dat gesprek te kunstmatig was en te veel inspanning vergde in de hitte, terwijl ze moesten spreken tegen het rumoer van de regen in. Na een tijdje liepen ze zwijgend, behalve als hij verstrooid en zonder belangstelling of overtuiging iets zei om de een of andere bijzondere schat aan te duiden of een ongelooflijk monster. Tenslotte kwamen ze in een kleine kamer aan het verste eind van de ene paleisvleugel, juist onder het vertrek waar kort tevoren het orkest van de maharani had gespeeld.

Edwina zei: „Laten we hier even gaan zitten en een sigaret roken. Ik ben uitgeput door de hitte."

Ze gingen op de divan zitten en nadat de sigaretten waren aangestoken, vervielen ze beiden in stilzwijgen, tot de stilte tenslotte ondraaglijk werd en Ransome vroeg: „Denk je hetzelfde als ik?"

Ze lachte. „Natuurlijk doe ik dat, dwaas!"

Voor de eerste maal sinds vele jaren voelde hij iets romantisch. Hij zei: „Je ziet er zo mooi uit; mooier dan je destijds was."

„De boerderij van Tipton ligt ver weg. We zijn beiden sindsdien een lange weg gegaan."

„Het is alsof dit bepaald was, weet je, dat wij beiden elkaar zouden weerzien in het paleis van de maharadja. Er is iets in deze hele avond: de muziek, de danseressen, de regen . . . Het heeft me opgewonden."

Ze lachte. „Het is allemaal erg Elinor Glyn-achtig."

„Doe niet zo."

„Tot het tijgervel toe," zei ze, en schopte met de punt van haar voet tegen het vel op de grond. Maar in hem steeg de opwinding steeds meer.

Ze lachte weer: „Midden in de regenmoesson met die hitte en regen. Het is allemaal erg prikkelend en wild."

Hij stond op en sloot de deur af.

In een van de kleinere kamers boven was Heston aan het onderhandelen met de oude maharadja over een Kathiawarhengst en drie merries, maar de handel vlotte niet erg.

Zijn passie voor paarden was lang geleden begonnen, toen hij als jongen nooit een wedren van de Grand National verzuimde. Als jongen had hij in de menigte gestaan en de rijken, de machtigen, de lieden uit de grote wereld gadegeslagen. Als jongen fietste hij, als hij een vrije dag had, mijlen langs de buitenwegen, alleen om in de verte een glimp op te vangen van rode jasjes die over een heg vlogen. Later, als jongeman, toen hij ijzerwaren en wol verhandelde in het verre Westen, werd hij altijd aangedreven door het besef dat hij op een dag paarden moest hebben, omdat paarden een soort etiket waren, een etiket dat door geen Simpson was gedragen sinds het geslacht van de Simpsons bestond. Hij was vastbesloten dat de dag zou komen waarop hij een renstal zou bezitten, een half dozijn jachtpaarden en de mooiste en voornaamste vrouw van Engeland tot echtgenote. Om zulke dingen te verkrijgen, moest men over een groot fortuin kunnen beschikken. Nu bezat hij ze, zijn paarden en een echtgenote die boven elke vrouw in het Britse koninkrijk uitstak wat positie, sportiviteit en elegance betrof. Hij had het ver gebracht, Albert Simpson van Liverpool. Hij had zijn paarden, zijn renstal, zijn vrouw en zijn titel en nu wenste hij de vier mooiste Kathiawarpaarden te kopen die bestonden. Maar de oude maharadja scheen geen verstand te hebben van zakendoen, tenminste niet van de manier van zakendoen die lord Heston had aangeleerd toen hij lang geleden ijzerwaren verkocht aan Chinese kooplieden in de Maleise staten. Hij was bereid Heston drie merries en een hengst te verkopen van de Kathiawars, maar niet de paarden die de grote lord, na drie of vier bezoeken aan de stallen, had uitgezocht. Hij had er een goede kijk op en had de mooiste hengst en drie van de beste merries gekozen die in de wereld bestonden. Nu was hij boos omdat hij zijn zin niet kon krijgen, en verbluft en woedend omdat hij nu eens zijn zinnen op iets had gezet dat hij niet eenvoudigweg kon kopen door meer geld aan te bieden, en terwijl hij met de maharadja sprak, steeg zijn ergernis, aangevuurd door de ene ontdekking na de andere.

Het was altijd vernederend voor hem iemand te ontmoeten die rijker was dan hij, en dubbel vernederend als hij gedwongen werd met zo iemand zaken te doen. Hij wist heel goed dat de vriendelijke oude man die tegenover hem zat, hem had kunnen opkopen met al zijn jute, rubber, munitie, kranten en stoomvaartlijnen en contant betalen en dan nog een groot fortuin over zou houden. Het was ook ergerlijk, dat de rijkdom van de oude heer in concrete vorm bestond, in werkelijkheid en niet in krediet en papieren, volgens zo'n ingewikkeld en verward systeem, dat zelfs Heston er bijtijden niet meer wijs uit werd. Zijn eigen rijkdom kon de ene dag toenemen met een miljoen pond en de volgende met een miljoen pond verminderen, zonder veel regelmaat of zin. Maar de oude heer tegenover hem werd niet verontrust door depressies, rampen en financiële flaters, want hij was volmaakt onafhankelijk van dat reusachtige, plompe, onbetrouwbare bouwwerk dat het Westen „groothandel" noemt. Het was alsof je zaken deed met een taaie oude boer, die zijn land werkelijk bezàt en een kous vol geld onder zijn matras had zitten. Net als de boer was de maharadja iemand die spijkers met koppen sloeg.

Het besef daarvan gaf Heston een onzeker en wankelend gevoel. Hij was een man die niet met waardigheid een gevoel van inferioriteit kon aanvaarden en hij was ziek. Zijne Hoogheid sloeg niet op tafel en schreeuwde niet. Hij werd niet boos en sprak evenmin over zijn paarden alsof ze viermaal zoveel waard waren als in werkelijkheid het geval was. Hij verloor zijn zelfbeheersing niet. Hij bleef effen, glimlachend en waardig. Hij sprak zelfs helemaal niet over de waarde van zijn paarden, omdat ze in zijn ogen onbetaalbaar waren.

„Ik kan u de hengst en de merries niet verkopen," zei hij, „omdat ik erg aan ze ben gehecht. Ik heb ze zelf gefokt. Als ik ze u verkocht, zou ik het produkt van vijftig jaar werk en selectie weggooien. Het zijn de mooiste Kathiawarse paarden, misschien de mooiste paarden ter wereld. Dat zijn ze voor mij en mijn vriend Mohammed Begg, die sinds dertig jaar mijn stallen heeft verzorgd. Als ik ze liet weggaan, zou het zijn hart breken."

Heston drukte met een nijdige beweging zijn sigaar uit alsof hij zei: „Loop naar de duivel!" Hardop zei hij: „Ik zal u betalen wàt u wilt. Ik zal een school voor u laten bouwen of een heel spoorwegnet. Ik zal uw hongerende armen voeden."

„We hebben geen hongerende armen, ziet u."

„Ik zal betalen wat u wilt." Het was alsof zijn hartstocht voor paarden langzamerhand zich uitsluitend geconcentreerd had op de mooie hengst Asoka en de merries, alsof hij niet kon leven als hij die niet kreeg.

„Het is geen kwestie van geld. U, lord Heston, die een stal hebt, moest begrijpen wat ik bedoel."

„Ik heb geen zin een koppel tweedehands paarden naar Engeland mee te nemen."

De maharadja verloor zijn geduld niet: „Er is geen tweedehands koppel in mijn stallen. Daarvoor hoeft u niet bang te zijn. Als u de paarden die ik u wil verkopen, naar Engeland meeneemt, zullen ze niet afsteken bij de beste paarden van Engeland."

Heston was op het punt een boos antwoord te geven, maar bedacht zich, want tegenover deze oude man voelde hij zich wonderlijk onzeker. Met zijn gewone sluwheid wist hij dat de maharadja hem doorzag en langzamerhand kreeg hij het gevoel dat de oude heer alles van hem wist, alles wat er te weten viel, misschien meer dan Edwina of hijzelf, dingen die hij liever verborgen had gehouden.

Hij zei: „Dan zal ik de merries en hengst moeten nemen die Uwe Hoogheid mij wil verkopen en me daarmee tevredenstellen."

„Ik ben absoluut zeker dat u tevreden over hen zult zijn. U zult ze heerlijke en prachtige dieren vinden – intelligent en in staat elke inspanning te verdragen. Het zou interessant zijn hen te kruisen met uw beste soort. Laat u me weten wanneer en hoe u ze wenst te laten inschepen, dan zal Mohammed daarvoor zorg dragen. Ik verzoek u alleen hen niet nu in te schepen gedurende de hitte. Dat zou zeer slecht voor ze zijn."

„Dus er valt verder niet over te praten?"

„Nee, ik zou u graag een genoegen doen. Het spijt me, wat Asoka betreft, maar ik kan Mohammeds hart niet breken." Toen voegde hij er zeer rustig aan toe: „Laat me u de andere hengst en de merries mogen aanbieden als geschenk. Dat zou mij zeer veel genoegen doen."

Het bloed vloog naar Hestons gezicht en hij voelde een wilde, waanzinnige lust te schreeuwen: „Hou je paarden en loop naar de duivel! Ik neem geen geschenken aan van de eerste de beste vervloekte Indiër!" Maar hij wist niet zeker of de Maharadja had gesproken uit oprechte edelmoedigheid of met de bedoeling te beledigen, met het neerbuigende gebaar van een koning tot een koopmannetje. Zijn woede, verward en onmachtig, werd niet slechts door de bewogenheid van de oude maharadja aangewakkerd, maar ook door de herinnering aan een man die nu al vele jaren dood was. Edwina's vader, een bankroet man, had hem altijd zo behandeld, beleefd en neerbuigend en soms behandelde Edwina hem op dezelfde manier – Edwina, die alles aan hem had te danken en wier schulden hij had betaald toen hij met haar trouwde.

„Dank u," zei hij, „dat kan ik niet aannemen. U bent reeds al te vriendelijk geweest."

„Zoals u wenst," zei de maharadja vriendelijk. „Maar ik meende het aanbod in ernst."

Toen voelde Heston plotseling, door de houding van de maharadja en de klank van zijn stem, dat hij door zijn weigering de indruk maakte een lomperd te zijn. Deze kleine scène had hem op een of andere geheimzinnige wijze in de positie geplaatst van een klein winkeliertje of een woekeraar die alles in het leven schatte in shillings en pennies. En hij kwam zichzelf voor als een onhandige, verwaande jongen.

Wat zijn andere zending betrof, had Heston al evenmin succes. De dewan was een oneindig oud man, met een lange, mooie witte baard, altijd in het wit gekleed en leek vaag op een van de fabelachtige patriarchen uit het Oude Testament. Niemand wist precies zijn leeftijd, maar hij was belangrijk en machtig geweest in het Indische politieke leven sinds vijftig jaren en altijd nog bijdehand en krachtig. Sinds vierentwintig jaar, sinds de maharadja de Brahmin dewan had verjaagd en een schandaal had ontketend, was hij eerste minister van de maharadja van Ranchipur geweest, en had hem geholpen nieuwe wetten te maken en zijn volk vrede, orde en voorspoed te verschaffen. De oude maharadja bereikte veel door eenvoud en recht door zee gaan, maar de dewan was machiavellistisch. In de overtuiging dat het doel de middelen heiligde, slaagde hij door sluwheid en intriges waar de maharadja in zijn eenvoud dikwijls faalde. In zijn trots als Indiër wenste hij hetzelfde werk te verrichten als zijn meester, maar het ontbrak hem aan zijn meesters geloof in de goedheid van de mensen. Hij koesterde een ondeugend vermaak in intriges om der wille van het intrigeren zelf en zodoende had hij al vijftig jaar lang, terwijl hij grote dingen volbracht, plezier kunnen beleven.

Wat geloof betrof, was hij een vrome hindoe, niet wat men een orthodoxe hindoe kon noemen, maar een purist, want hij ging voor zijn godsdienst terug tot de oorsprong ervan, toen het geloof eenvoudig, sterk en goed was geweest, nog niet bedorven door bijgeloof, defaitisme en ontelbare goden, van Wisnjoe af tot het fallische symbool dat op kruiswegen in een lemen schrijn was opgesteld.

Hij at geen vlees en leidde een sober bestaan, zijn dag net als de Grieken verdelend in perioden van activiteit en rust, van geestelijke en lichamelijke oefening. Men had het van hem beleefd, dat hij was opgestaan en een politieke samenkomst had verlaten omdat iedereen te lang sprak en het uur was aangebroken waarop hij alleen behoorde te zijn en in gepeinzen verzonken. Zodoende was hij, welke uitermate hoge ouderdom hij ook mocht hebben bereikt, nog taai, monter en schitterend.

Voor hem was Heston eenvoudig een nieuw spel. Zodra de Engelsman sprak over de Bombayse fabrieken wist hij wat hij verlangde. Maar hij hield zich alsof hij niets begreep, daardoor Heston dwingend alle voorzichtigheid terzijde te stellen en zijn kaarten open te leggen. De oude dewan wist alles van de fabrieken, zelfs meer dan Heston had ontdekt met al zijn onderzoekingen, maar hij gaf voor er niets van te weten en was verbaasd toen hij hoorde dat de Japanse concurrentie de markt bedierf. Hij dwong Heston zich bloot te geven en te zeggen dat hij graag zou willen dat hij zijn invloed gebruikte om de Khoja's en Parsees in Bombay ertoe te brengen aannemelijker eisen te stellen.

De oude patriarch luisterde kalm naar hem, met een vriendelijke glimlach, terwijl hij uitlegde dat de fabrieken, als hij ze overnam, de nieuwste arbeidsmethoden toepaste en reorganiseerde, rendabel zouden worden.

„Dat zou werk betekenen voor duizenden hongerende Indische fabrieksarbeiders," zei Heston. „Maar ik kan het niet ondernemen, tenzij ik de fabrieken voor een draaglijke prijs kan krijgen."

Hij viel al Hestons argumenten bij, zelfs zijn bedreigingen, maar bond zich tot niets en gaf hem niet de minste aanmoediging, tot Heston tenslotte, na veel heen en weer gepraat, zei: „Misschien zou u geneigd zijn met me samen te werken. Ik zou ervoor zorgen dat u er geen nadeel bij had."

„Hoe?" vroeg de dewan.

„Misschien een aandeel in de winst van de fabrieken of zo iets."

Nu had de oude heer wat hij verlangde. Hij had die machtige miljonair uit het Westen ertoe gebracht een poging tot omkopen te doen, als een sjofele koopman in een bazaar. Met een sprankeling in zijn zwarte ogen zei hij: „Nee, het is in mijn positie onmogelijk om zich met zaken in te laten, weet u." Daarbij leek zijn glimlach te zeggen: „Het zou me niet kunnen schelen om me in zaken te mengen, maar wat u voorstelt is onzuiver. Ik weet duizend betere beleggingen."

„Dus u wilt me niet helpen?"

„Als de gelegenheid zich voordoet dat ik iets te uwen gunste kan zeggen, zal ik die niet verzuimen."

Maar Heston besefte dat hij absoluut niets had bereikt, niet meer dan met de oude maharadja. Voor de tweede maal was hij niet bij machte geweest te kopen wat hij verlangde. Hij was naar Ranchipur gekomen om er te stikken, vijfhonderd mijl had hij afgelegd door hitte en stof, en het had niets opgeleverd. Hij was in een woedend humeur toen hij naar de blauwe zaal terugkeerde en daar zag dat de maharani afscheid nam van haar gasten. Edwina en Ransome kwamen bijna op hetzelfde moment binnen, en toen hij hen opmerkte, dacht hij: „Zo, ze heeft er een van haar eigen soort ontdekt. Nu zal het weer gezellig worden! Dagenlang zal ze zich weer opblazen."

Hij liep naar haar toe en zei, zonder een woord tot Ransome: „We gaan nu naar huis."

Voor ze weggingen slaagde Ransome erin tegen haar te zeggen: „Je komt donderdag bij me thee drinken?"

Ze glimlachte. „Als ik het kan klaarspelen. Het zal lastig gaan." Ze was effen en sereen, weer volkomen wit en goud porselein, alsof er niets was gebeurd.

Plotseling schaamde hij zich over zichzelf, want iets in haar blik gaf hem de sensatie dat hij laag-bij-de-gronds en clownesk was. Voor haar betekende dat, wat beneden was gebeurd, iets moppigs, iets als een goedkope, gemene grap.

Toen de gasten waren vertrokken, stuurde Hare Hoogheid als de aides de camps weg, de hofdames en haar vriendinnen, de twee oude prinsessen van Bewanagar en bleef een ogenblik alleen met haar man. Het was een van de zeldzame ogenblikken waarop ze samen waren en niet langer koning en koningin hoefden te zijn, maar eenvoudigweg man en vrouw werden, gewone mensen die in de pariawijk hadden kunnen wonen. De trotse oude dame leek al de majesteit, al de hoogmoed van zich af te werpen, die ze even tevoren nog had getoond. In plaats van Engels of Frans of Hindoestani te spreken, spraken ze samen Mahrattisch, de taal die ze beiden als kind hadden gesproken, lang geleden in de stoffige, hete dorpen van Deccan.

„Hoe gaat het met je jicht?" vroeg ze.

„Een beetje beter vanavond." Maar hij ging toch zitten om de pijn in zijn knieën en voeten te verlichten.

„We moeten aan het eind van de volgende week naar Karlsbad gaan. Je moest niet langer hier in de hitte blijven."

„Als de regens aanhouden kunnen we gaan."

„Je hebt hem toch niet toegegeven, wat de paarden betreft?"

„Nee. Ik heb niet toegegeven."

„Hij is ertoe verplicht. Hij kan er niets aan doen."

„De onderkoning stuurt ons soms mooie cadeautjes."

„Die Heston is de ergste die we sinds lang hebben gehad."

De oude man zweeg even, nadenkend en zei toen: „Hij is geen erg gelukkig man."

De maharani giechelde: „En terwijl hij met je aan het handelen was als een Bunya, vond zijn vrouw het geen bezwaar zich beneden te misdragen."

De maharadja keek geamuseerd. „Met wie?" vroeg hij.

„Met Ransome."

„Ransome! Dat is evenmin een gelukkig man. Als hij er gelukkig door werd . . ."

De maharani giechelde weer. „Dat werd hij niet."

Ze gingen uiteen, ieder naar zijn eigen appartement, en de blauwe zaal bleef leeg achter en was stil, behalve het woeste geluid van de regen en het zoemen van de wilde bijen in de grote luchter, tot een pariajongen, die binnenkwam om een reuzenvleermuis te bevrijden die in het net verward zat, de lichten uitdraaide.

Buiten in de hal wachtte Bauer, de verpleger van de oude man, met de rolstoel. Bauer was een grote, blonde man van omstreeks vierendertig of vijfendertig jaar, die bij de maharadja was sinds de dag, vijf jaar terug, toen Zijne Hoogheid hem bezig zag mensen zwemonderricht te geven aan het strand van Ouchy. Zijne Hoogheid had de Indische genegenheid voor schoonheid en hij verkoos het een verpleger in zijn nabijheid te hebben, die aantrekkelijk en knap was, boven een die vervelend en scharminkelig zou zijn. Bauer was bedaard, nauwgezet en beminnelijk en bezat dezelfde schoonheid als Asoka, de hengst. In het begin was alles uitstekend gegaan, maar soms was de maharadja bang dat zijn verpleger zich zou gaan vervelen in Ranchipur, want hij kon geen enkel middel bedenken waardoor Bauer een plaats in het gezelschapsleven hier had kunnen verkrijgen.

125

Te zamen – terwijl Bauer de stoel voortduwde – gingen ze de ene gang na de andere door, tot ze tenslotte in de paleisvleugel kwamen vanwaar men een uitzicht had over de stad. In de antichambre wachtten hier majoor Safka en Raschid Ali Khan, de mohammedaan en de brahmaan, naast elkaar gezeten, terwijl ze sigaren rookten en elkaar anekdotes vertelden.

Zijne Hoogheid begroette hen en zei: ,,Heren, als u een ogenblik wilt wachten, zal meneer Bauer me naar bed brengen en dan kan ik met u spreken. Ik ben wat moe, ziet u."

Het zilveren bed was dicht bij een van de vensters geplaatst, vanwaar de maharadja over het park en de stad kon kijken. Toen de Zwitser hem erin had gelegd en de netten voor de vensters en over het bed in orde had gebracht, vroeg hij: ,,Is alles in orde, Uwe Hoogheid?"

,,Ja, Bauer. Wil je de dokter zeggen dat hij nu binnen kan komen."

,,Goedenacht, Uwe Hoogheid."

,,Goedenacht."

Even later kwam dokter Safka binnen: ,,Nu, Uwe Hoogheid, de jicht schijnt vanavond beter te gaan," begon hij.

,,Ja, mijn knieën zijn beter."

,,U had niet de hele avond moeten blijven staan."

,,Ik stond alleen als het noodzakelijk was. Men moet zekere beleefdheden in acht nemen."

,,Zeker. Maar Uwe Hoogheid kan doen wat hij verkiest."

De oude heer lachte: ,,Zo gemakkelijk is het niet. Dat zou u gauw genoeg ontdekken, dokter, als u ooit met me zou willen ruilen . . ." Hij maakte een klein gebaar: ,,Maar dat zou niet gaan. U zou mijn werk kunnen doen, maar ik nooit het uwe."

,,Wat Uwe Hoogheid nodig heeft is een verandering. U moest naar Karlsbad gaan."

,,Ik zal het doen zodra ik kan."

Toen de majoor hem had onderzocht en had vastgesteld dat de medicijnen op het laktafeltje naast hem stonden opgesteld, boog hij en wilde gaan.

,,Wacht even, dokter!"

,,Ja, sir."

,,Ga zitten. Ik wou even met u spreken."

,,Ja, Uwe Hoogheid."

,,Waarom bent u nooit gehuwd, dokter?"

Majoor Safka grinnikte: ,,Ik weet het niet." Hij scheen even na te denken, alsof hij er nooit eerder over gedacht had: ,,Toen ik in Engeland vertoefde, was er niemand die in aanmerking kwam en toen ik hier arriveerde, kreeg ik het eerst zo druk, dat het nooit bij me opkwam. Nu ben ik eraan gewend geraakt ongetrouwd te zijn."

,,Maar hoe doet u dat? Steek een sigaar op, dan voelt u zich meer op uw gemak."

Majoor Safka grinnikte weer: „Dank u, sir." Hij stak de sigaar op en zei toen: „Nu, in het begin was het moeilijk, maar ik heb het nu sinds lang in orde gebracht. Eerst hinderde het me bij mijn werk, maar toen heb ik een meisje ontdekt. Dat was drie jaar geleden. Sindsdien is alles heel goed gegaan."

Zijne Hoogheid wachtte en majoor Safka vermoedde dat hij zeer nieuwsgierig was. „Het is Natara Devi," zei hij, „een van de danseressen van de school. Uwe Hoogheid weet wel, die kleine uit het noorden, met blauwe ogen en zeer zwart haar."

De maharadja glimlachte: „Heel knap ook, maar danseressen zijn duur. Ze moeten geld opzij leggen voor hun oude dag."

Majoor Safka grinnikte opnieuw, een beetje schaapachtig. „Ze vraagt niet veel – nu en dan een sieraad. Ik geloof dat ze verliefd op me is, sir."

„Bent u verliefd op haar?"

De majoor dacht even na: „Daarover heb ik nog nooit gedacht. Nee – ik geloof het niet. Ze is een lief, klein ding. Nee, ze is niet noodzakelijk... niet Natara Devi zelf. Iedere aardige, vriendelijke vrouw zou even goed zijn."

„Dus als ik een geschikte vrouw voor u vond, zou u geen bezwaar hebben om te trouwen?"

„Nee . . . niet als ik haar graag mocht. Maar het is moeilijk, ziet u. Ik ben een brahmaan en niet orthodox. Ik ben helemaal niet gelovig. Mijn moeder heeft me weleens aangeraden te trouwen, maar ze heeft nooit iemand kunnen vinden. Er was altijd iets niet in orde. Ik zou niet goed kunnen opschieten met een orthodoxe vrouw, ziet u, en zou niet van haar willen verlangen te proberen of ze met mij kon opschieten. Ik hou er een boel ideeën op na die veel Indische vrouwen en hun familieleden niet zouden kunnen aanvaarden."

„Ja, dat is waar," zei de maharadja. „Maar ik ken een meisje dat misschien geschikt is. Haar vader is een vriend van me. Hij is een groot geleerde in Bombay en haar moeder is een Amerikaanse uit San Francisco. Ze hebbem elkaar leren kennen toen hij daar in het museum werkte. Het is moeilijk voor het meisje om een geschikte man te vinden, omdat ze noch het een, noch het ander is."

„Is ze knap?" vroeg de majoor.

„Heel knap. Ze zou precies de geschikte vrouw zijn."

„Goed, sir. Ik zie geen bezwaar, tenzij ze een hekel aan me zou krijgen. Ik ben gemakkelijk tevreden te stellen."

„Dan zal ik haar vader schrijven. In de herfst, als ik terugkeer, zal ik hen uitnodigen om me te bezoeken."

„Zeer goed, sir." Majoor Safka stond op van zijn stoel. „U kunt op mij rekenen."

„Begrijpt u waarom ik me daarvoor interesseer?"

„Ik geloof van wel, Uwe Hoogheid."

„Het is omdat we meer Indiërs nodig hebben zoals u. Ik hoop dat u veel kinderen zult krijgen."

De majoor grinnikte. „Dat hoop ik ook, sir."

„Wilt u Raschid vragen binnen te komen? Goedenacht, dokter, en ik dank u voor alles wat u voor me hebt gedaan."

Het gezicht van de majoor werd voor het eerst ernstig. „Dat is mijn plicht, sir. Het is het belangrijkste van alles, te zorgen dat u gezond blijft ter wille van ons allen, ter wille van Ranchipur . . . ter wille van Indië."

„Goedenacht. Ik weet dat u niet rijk bent en het meisje waarover ik sprak evenmin, maar daarvoor zal ik zorgen."

Daarna ging majoor Safka heen en toen hij de eindeloze gangen afliep, was het vreemd genoeg niet Natara Devi aan wie hij dacht, maar aan de lelijke oudere juffrouw MacDaid. Als hij haar trouwde, zou het haar kwetsen en hij hield van haar. Ze wist van Natara Devi af en scheen zich dat niet aan te trekken, misschien omdat ze het Oosten zo goed kende en het begreep. Maar als hij trouwde zou het wat anders zijn. Het arme, oude meisje zou jaloers en geërgerd worden en haar best doen het niet te tonen, maar het zou hun samenwerking steeds lastiger maken. Hun werk was belangrijker dan wat ook, goed of kwaad, dat een van hen beiden kon overkomen. Toen kwam een vreemde gedachte in hem op, bijna zonder dat hij die dacht: dat hij al sinds lang de mogelijkheid van een huwelijk terzijde had gesteld ter wille van juffrouw MacDaid. Misschien zou het haar, als ze begreep dat hij alleen huwde om kinderen te hebben, veel kinderen, om hun plannen te helpen verwezenlijken, niet kunnen schelen. En toen hij wegreed door de regen, besloot hij dat hij het haar allemaal uit zou leggen als het goede ogenblik was gekomen.

In zijn huisje vond hij Natara Devi al op hem wachten, klein en tenger, met een tint van bleke café au lait en een lichaam als een lieflijk gedicht. Een paar uur lang vergat de majoor Indië en juffrouw MacDaid, de maharadja en de paria's. Die paar uren behoorden hem toe; niet majoor Safka, de chirurg of de politieke leider, maar de man die jong en sterk van het leven hield en van al de zinnelijke vreugden die hij uit de enkele jaren van het leven kon putten. Een man die dacht dat de mens voor al de pijn die hij door zijn lichaam lijdt, in ruil recht heeft op een grote hoeveelheid genot. In Natara Devi verloor hij zichzelf, zoals hij niet bij machte was zich te verliezen, zelfs in de slaap.

Met het morgenlicht ging ze door de regen in een kleine, rode tonga, die met verfomfaaide veren en kleine stukjes spiegelglas was versierd, terug naar haar huis in de buurt van het oude, houten paleis.

Lange tijd spraken de maharadja en zijn hoofdcommissaris van politie in het Hindoestani over staatszaken, over veranderingen die moesten worden aangebracht aan de gevangenisboerderij, over plannen om de wilde stammen van de heuvels staatsgrond te geven om zich te vestigen, omdat de oude heer sinds lang geleerd had te vertrouwen op de rechtschapenheid van Raschid Ali Khan en zijn raad te vragen, die soms heftig koppig was, maar altijd intelligent. Hij wist dat Raschid – doordat hij een Arabier was, Afghaan en Turk – nooit zou begrijpen dat men in Indië langzaam voorwaarts moet gaan, soms in gek makend langzaam tempo. Maar waar de hindoese raadgevers, hoe verlicht ze ook waren, soms de vooruitgang vertraagden, juist door het ingewikkelde van hun plannen, zag Raschid altijd kans een hervorming op doeltreffende, energieke wijze door te voeren. Het was dit evenwicht tussen mohammedaanse onstuimigheid en hindoese ingewikkeldheid, dat de maharadja al die vijftig jaren van zijn regering steeds had nagestreefd. Het was geen nieuwe formule. Akbar, die Indië verstandig en goed had geregeerd, ontdekte die al driehonderd jaar eerder.

Terwijl Raschid daar zat, groot, krachtig en zwaar op een zwak, verguld stoeltje en zijn plannen voor de stammen uit de heuvels uitlegde, kwam de maharadja rechtstreeks tot de zaak. „Ziet u," zei hij, „ik ben heel ziek, veel zieker dan iemand weet, behalve de majoor, en tenzij het beter gaat, moet ik plannen maken ingeval ik mocht komen te sterven."

„Nee, Uwe Hoogheid, daarvoor bestaat geen gevaar."

„Toch wel, Raschid. Men moet aan deze dingen denken en er is niemand om mij op te volgen dan een jongen van vijftien. Daarover wou ik met u spreken. Hare Hoogheid zal regentes zijn. Ik neem aan dat ze nog lang zal leven. Ze is gelukkiger dan ik. Ze heeft altijd de kunst verstaan zich te vermaken. In sommige opzichten is ze nog net even jong als toen ik met haar trouwde. Ik ben van plan haar de staatszaken toe te vertrouwen. Ze heeft sinds vijftig jaar met mij gewerkt. Ze weet beter dan wie ook wat ik heb geprobeerd te doen en ze wenst hetzelfde. Maar die taak is te zwaar voor haar alleen, al is ze ook nog zo sterk. Ze zal iemand nodig hebben om haar te helpen en dat heb ik zo geschikt met twee mensen. De ene is de dewan . . ."

Zijne Hoogheid zag over het eerlijke gezicht van de grote mohammedaan de schaduw van een afkerige uitdrukking glijden. Hij en de dewan mochten elkaar niet. Dat wist de oude man wel en in die antipathie zag hij de mogelijkheid van een fijn evenwicht tussen inzicht, energie en methode. Hare Hoogheid kon met hen beiden omspringen. Hij was van plan haar voldoende macht te verlenen om weerstand te kunnnen bieden aan hen en aan hun antipathieën en twisten, aan de dewan en zijn intriges en Raschids heftige, tactloze rechtschapenheid.

„. . . de ander bent u," vervolgde hij. „Onder u drieën zal Ranchipur veilig zijn en goed worden bestuurd. Denkt u dat u die taak op u kunt nemen?" Raschid Ali Khan fronste zijn voorhoofd. „Ik hou niet van de methoden van de dewan," zei hij.

De maharadja glimlachte. „Hare Hoogheid evenmin. Wat dat betreft, zal ze aan uw zijde staan."

„En Hare Hoogheid is zeer driftig."

„Net als u, Raschid. De dewan kan olie op de golven gooien."

„Natuurlijk neem ik het aan, Uwe Hoogheid, maar ik moet aan de moeilijkheden denken."

De oude man lachte. „Er zullen veel moeilijkheden ontstaan. Mijn kleinzoon zal niet lastig zijn. Ik geloof dat hij voor Ranchipur al hetzelfde wenst als Hare Hoogheid en ik altijd wensten. Ik veronderstel dat hij op zijn eenentwintigste jaar aan de regering zal komen en voor het zover is, wil ik dat hij wat rondkijkt in de wereld, om het leven te leren kennen. Ik wil dat hij gevoel krijgt voor proporties en beseft hoe onbelangrijk Ranchipur is en hoe belangrijk. Ook wil ik dat hij allerlei soorten, kleuren en rassen van mensen leert kennen. Misschien zou u hem willen vergezellen?"

„Als Uwe Hoogheid dat wenst."

De maharadja zweeg een ogenblik, vechtend tegen de pijn in zijn benen. Toen zei hij: „Heel goed. We zullen dit later in bijzonderheden bespreken, misschien morgen . . . laten we zeggen om drie uur, als u dan vrij bent."

„Ik zal vrij zijn, Uwe hoogheid."

Moeizaam richtte de oude man zich op in bed. Toen zei hij: „Kom hier en geef me je hand." En toen Raschid Ali Khan naar het bed kwam en het muskietennet optilde, nam de maharadja zijn hand en zei: „Ik dank je, Raschid, voor wat je voor Ranchipur hebt gedaan." Het was geen hindoes gebaar. In de eenvoud van zijn hart had de oude man geen gedachte over voor kaste, afkomst of ras. Hij en Raschid werkten voor hetzelfde en dus was Raschid zijn broeder. Het deed er voor hem niet toe of deze een jood, boeddhist of wilde was.

In de grote hal beneden vond Raschid Ali Khan zijn vrouw rechtop in een grote imitatie-renaissancestoel op hem zitten wachten. Ze was een stil vrouwtje, verlegen en altijd wat onthutst over het feit dat ze de vrouw was van zo'n belangrijk en machtig man als haar echtgenoot. Hij was voor haar God, de mensheid en alles in de wereld, behalve haar zeven kinderen. Toen ze door de stromende regen naar huis reden, vertelde hij haar dat Zijne Hoogheid van plan was hem mederegent te maken met de maharani en de dewan en toen hij was uitgesproken, zei ze: „Je zult toch nog een groot man worden, Raschid." Daarna begonnen ze te praten over het feest en de Hestons, die ze beiden niet goed begrepen, en toen ze het hek van hun eigen huis inreden, zei mevrouw Raschid: „Terwijl ik zat te wachten, zag ik die Russische kamenier van Hare Hoogheid door alle benedenkamers lopen. Ze wist niet dat ik er was. Ze liep van kamer tot kamer, alsof ze iets zocht. Wat zou dat kunnen betekenen?"

Raschid lachte. „Ik weet het niet. Met de oude dame kan het van alles zijn."

130

De maharadja sliep niet toen hij alleen was gelaten. Rechtop zittend in bed, gesteund door kussens, worstelde hij tegen de pijn, tot tenslotte de morfine zijn geest bevrijdde, die echter vermoeid en wat verward was. Alleen in de grote slaapkamer, was hij niet onrustig bij het vooruitzicht van de dood. In zijn uitputting verwelkomde hij die bijna, zoals een vermoeid man de slaap verwelkomt. Als hij zijn hart en geest onderzocht, vond hij daar weinig dat hij zich te verwijten had. Hij was een goed, eenvoudig man en in zijn eenvoud zag hij zichzelf precies zoals hij was, zonder schittering, zonder buitengewone gaven: een man die zolang hij zich kon herinneren getracht had te doen wat het beste was voor zijn volk. Terwijl hij daar lag, wist hij zeer goed dat zijn hele, grote rijkdom, zijn absolute macht en zijn prestige hem lang geleden eenvoudigweg door de omstandigheden waren geschonken en niet door eigen verdienste. Zonder dat alles zou hij nu wellicht een eenvoudige en weldadig oude dorpeling zijn, ergens in de uitgestrekte, stoffige vlakten van de Deccan. Maar van alle rijkdom, macht en prestige die hem gegeven werden, had hij nooit misbruik gemaakt. Zijn rijkdom had hij gebruikt om Ranchipur scholen, bibliotheken en hospitalen te schenken, voorgoed een einde te maken aan overstromingen en hongersnood, en fabrieken en werkplaatsen op te richten die zijn volk welvaart konden brengen. Zijn macht had hij gebruikt om te vechten tegen de oude vooroordelen, die als zwerende plekken waren op het geweldige lichaam van Indië, priesters en parasiterende brahmanen te verbannen en de paria's te bevrijden uit het smerige kwartier, waar bijgeloof hen gevangenhield. Nooit was hij bigot geweest, tiranniek of verdorven, hoewel het noodlot hem alle gelegenheid had gegeven voor de streken van tirannie, bigotterie en verdorvenheid. En dat alles had hij gedaan, niet als een vriend, maar als een vijand van godsdiensten, daar hem lang geleden door een Engelsman was geleerd de kleinzieligheid, corruptie en bijgelovigheden, die elke sekte aankleven, van zich af te werpen voor een hoger geloof, dat niet gezocht moest worden in afgoden of een onzichtbare, ongeloofwaardige god, maar zoals dat van de grote Akbar, in de mensheid zelf. Hij had trouwe vrienden gehad en veel fijne en nobele mensen leren kennen. Daar waren Raschid, juffrouw MacDaid, de jonge dokter Safka, de Smileys en Jobnekar, die allen zijn geloof en vertrouwen vele malen beloond hadden. Daar waren ook de twee Engelse vrouwen, juffrouw Dirks en juffrouw Hodge, die hij nooit in staat was geweest te begrijpen, zo koud toegewijd aan hun plichten, zo eenzaam, verloren en onvrouwelijk, die hun hele leven hadden geschonken in wonderlijke eenzijdigheid, om hem en de vrouwen van Ranchipur te helpen.
Hoewel hij slechts enkele woorden met hen had gesproken in al die vijfentwintig jaren dat ze in Ranchipur waren, hadden ze toch op een of andere wijze zijn plannen begrepen en hem ermee geholpen.
Dan was er ook altijd Hare Hoogheid, die, zoals hij van het begin af had geweten, schitterender en begaafder was dan hijzelf, maar ook had hij ge-

weten dat ze hartstochtelijker en ongeduriger was en dat onder al haar minzaamheid, waardigheid en schoonheid, een deel van haar altijd wild en ongetemd was gebleven. Ze hadden ontelbare malen getwist, want ze was wild
en koppig, maar nooit hadden ze het zonder elkaar kunnen stellen. Bijna
vijftig jaren waren ze samen geweest, bij de dood van hun zonen, de een na
de ander, tragisch ontredderd en bedorven door hun opvoeding in het
Westen. Altijd hadden ze gewerkt voor hetzelfde, met vreemde eensgezind-
heid in hun concentratie op één doel, hij omdat lang geleden John Lawrence
hem had geleerd een goede regeerder te zijn, zij omdat zij in haar aanma-
tiging en de hoogmoed van haar ras wilde dat Indië zou ontwaken en opnieuw leven, zoals het in de tijden van Asoka en Akbar had geleefd. Daarom had ze gevochten om de vrouwen van Ranchipur te bevrijden van onwetendheid en bijgelovigheid. Daarvoor had ze, hoewel ze een vrome vrouw
was, haar geloof terzijde gesteld om de paria's te bevrijden. Hij wist dat
zij nu, als oude vrouw, een geloof had gevonden dat groter was dan het geloof in goden, ritueel en bijgelovigheden. Als hij nu terugzag op de vijftig
jaren, kwamen haar hele leven en karakter hem ongelooflijk voor. Hij zag
haar weer voor zich zoals ze was geweest op haar dertiende jaar, toen ze
van de heuvels naar beneden kwam om hem te trouwen: een kind nog, dat
alleen Mahratta's kon spreken en zelfs niet lezen of schrijven kon, hoogmoedig, heftig, schuw en wild als een panterjong. Er waren altijd nog tijden
dat ze zich hoogmoedig en wild toonde, maar nu was er geen schuwheid
meer in haar. Hij had haar nu lief, niet om haar schoonheid en evenmin
om haar grootheid, maar om haar menselijkheid, omdat ze zo vol nieuwsgierigheid, ondeugendheid en spot zat, dat ze hem soms deed grinniken op
ogenblikken dat het hem anders onmogelijk zou zijn geweest te glimlachen,
omdat ze eeuwig jong bleef. Hij was blij dat hij vóór haar zou sterven, omdat zonder haar geen bekoring meer in het leven zou zijn.

Terwijl hij in het donker lag en luisterde naar de regen, die vruchtbaarheid
en redding bracht aan Ranchipur, keerde het ene gelaat na het andere uit
het verleden tot hem terug, zonder samenhang en onderscheid, duidelijker
nu dan hij ze ooit had gezien sinds zijn jongenstijd: gezichten van mannen
die hem gediend hadden, goede en boze, domme en verstandige, betrouw-
bare en verraderlijke; het gelaat van de maharani, die de weduwe van de
slechte maharadja was geweest, die hij was opgevolgd, een vreemde, intelligente vrouw, beroofd van een macht en rijkdom die ze wellicht beter had
kunnen gebruiken dan hij; van zijn dode zoons, zo wild en schitterend, verslagen door de westerse beschaving.

Maar het duidelijkst van allen zag hij het gelaat van zijn oude leraar John
Lawrence, die lang geleden door de Engelsen naar hem toe was gezonden,
toen hij een jongen van twaalf was, lezen noch schrijven kon en slechts het
dialect van de oorlogszuchtige Mahratta's sprak.

Het was een lang, beminnelijk gezicht met zeer heldere, blauwe ogen en een grote, ruige, blonde knevel, een gezicht dat hem vertrouwen had ingeboezemd toen hij het voor de eerste maal zag als een kind dat zo uit de bergen kwam, waar hij koeien had gehoed. Nu, op zijn oude dag, herinnerde hij zich nauwkeurig zijn sensaties, hoe schuw en ontzet en wantrouwend hij was geweest toen zijn kapotte koeherderskleren werden vervangen door de prachtigste gewaden van zijde en brokaat en zijn kamer met de lemen muren verwisseld werd voor de pracht van het oude houten paleis, dat nu verlaten tegenover de bioscoop op het plein stond.

Onder zijn schuwheid en wantrouwen had hij gedacht: „Ik ben een krijger, stammend van een krijgersvolk. Ik moet me goed houden tegenover deze bleekhuidige mannen van over de zee." Want destijds had hij nog nooit gehoord van Europa en hij wist slechts vaag dat buiten de grenzen van Indië een grote zee bestond, zo uitgestrekt dat men het zich niet kon voorstellen. Hij was ook gemelijk geweest en achterdochtig en had de blanke mannen gadegeslagen, hoe ze aten en spraken, ja, zelfs hoe ze wandelden, en had gedacht: „Ik ben een koning en krijger. Ik moet me niet door hen laten beschamen." Dan waren er ook ogenblikken van doffe ellende, waarin hij wenste dat hij terug was in de kale, stoffige heuvels, om op koeien en geiten te passen. Het was John Lawrence die hem redde van bitterheid, achterdocht en boosheid, want hij besefte nu dat hij zonder Lawrence misschien een van die slechte prinsen was geworden, ontaard, extravagant, tiranniek en waanzinnig, van wie er al te veel waren in Indië. Toen het gelaat van John Lawrence was verschenen tussen al de andere vreemde gezichten die hem omringden, had die jongen van twaalf jaar onmiddellijk geweten dat hij hem voor altijd kon vertrouwen.

Het was John Lawrence die hem had leren lezen en schrijven, niet alleen in het Engels en Hindoestani, maar ook in het Frans. Het was John Lawrence die hem de hele wereld had geopenbaard, niet slechts die van het Oosten, maar ook die van het Westen. Hij wist dat de Engelsman de wereld objectief en zonder hartstocht beschouwde, niet als Engelsman of iets anders bepaalds, maar als een man die de Indische jongen, wiens wereld was begonnen en geëindigd met de grenzen van het halfwilde Deccan, aantoonde wat de deugden en gebreken van regeringen, grote keizerrijken en volkeren waren, zodat het duidelijk werd en voor hem gemakkelijk te bevatten wat rechtvaardig en goed was. Het was John Lawrence die hem leerde dat hij eenvoudig een mens was als andere mensen, wie het noodlot een grote verantwoordelijkheid had opgelegd. Van zijn eigen verstand en goedheid uitgaand, had John Lawrence goedheid en menselijkheid gezaaid in de jongen die eens de absolute heerser over twaalf miljoen mensen zou worden. Het was John Lawrence die hem deed inzien dat godsdienst grotendeels wordt gevormd uit bijgeloof, geboren uit een algemene menselijke impuls, gewekt door de vreesachtigheid van de mensen en hun hulpeloosheid, en het was John Lawrence die de grote Akbar, de mohammedaan, als voor-

133

beeld ter navolging had gekozen voor de jongen; een heerser die wijs en rechtvaardig was en voor zijn onderdanen droomde van dingen die voor altijd buiten hun bereik lagen, omdat zij ze niet waardig waren.

Hij kon nu zijn leraar zeer duidelijk voor zich zien, achter de grote tafel gezeten, in een kamer in het oude, houten paleis of in de tuin van het huis waar Ransome nu woonde en waar John Lawrence had gewoond met zijn dikke vrouw en hun acht kinderen. Het kwam hem voor dat er geen mannen als John Lawrence meer uit het Westen voortkwamen. Nu waren ze allen zoals Heston, inhalig, meedogenloos en boosaardig, of zoals Ransome, verwrongen, leeg en vermoeid. Hij wist het, Ransome was een ziek man en zijn ziekte was die van Europa. Heston was slecht en leed aan een andere kwaal, doch ook die kwam uit het Westen.

Hij zag nu in dat Lawrence dezelfde droom had gedroomd als juffrouw MacDaid, Jobnekar, majoor Safka en de Smileys: een droom die de leraar op hem had overgedragen. Want John Lawrence had Indië liefgehad. Hij was weer naar Engeland gegaan, maar net zoals het met juffrouw MacDaid ging, was zijn hart in het Oosten gebleven en tenslotte was hij teruggekeerd om te sterven in het huis waar Ransome nu woonde. De oude man zag het nu alles helder in. John Lawrence had de halfwilde jongen van twaalf jaar beschouwd als een instrument en had hem gevormd en gescherpt, om wille van zijn liefde voor Indië, tot een man en een heerser die de droom zou liefhebben en een eind verder dragen langs de weg naar de vervulling. Een ogenblik voelde hij neiging tot lachen. De Engelsen, die zich net als Heston alleen voor Indië interesseerden om er voordeel uit te halen, hadden een vergissing begaan door hem een leraar als John Lawrence te sturen.

Met een zucht overpeinsde hij dat de Engelsen niet langer mannen als John Lawrence naar Indië stuurden, maar misschien, overlegde hij, bestonden zulke mannen niet meer. Als er maar meer zulke waren geweest, had zoveel bitterheid, zoveel kwaad, hadden zoveel conflicten vermeden kunnen worden. Dan had Indië, op de dag van het ontwaken, Engelands grootste vriend kunnen zijn. Maar dat deel van de droom was nu voor altijd verloren gegaan door de kleinzieligheid van de mensen.

De morfine beving hem langzaam en vulde hem met slaap. Hij had maar één reden om te willen leven, en dat was om Indië te zien, verenigd en trots, bevrijd van armoede, bijgeloof en onwetendheid: een grote natie. Maar daarvoor zou hij vele mensenleeftijden moeten leven en hij was oud, mat en soms ontmoedigd.

Half in slaap stak hij zijn hand uit om de bel te luiden voor Bauer. Even later opende deze, om drie uur 's nachts nog geheel gekleed, zachtjes de deur om te zien of alles in orde was met de oude heer, en ging toen weg.

„Die Russische", die mevrouw Raschid door de benedenvertrekken van het

134

paleis had zien lopen, was de dochter van een professor uit Moskou en nam bij de maharani een onofficiële positie in van vertrouwde, gezelschapsdame, nieuwtjesbrengster, behoedster van de fabelachtige juwelen en uitgebreide garderobe, tolk en tussenpersoon. De maharani ontdekte haar kort na de revolutie in het Kurhauspark van Karlsbad, waar ze zonder een cent moedeloos ronddobberde. Het waren de nieuwsgierigheid en menselijkheid van de oude dame, die hen bijeenbrachten. Hare Hoogheid wou een ooggetuigeverslag hebben over de revolutie en het leven onder het Sovjetregime. Dus had Maria Lishinskaja haar, in ruil voor een verrukkelijk diner en een fles champagne, verslag uitgebracht, een beetje opgesierd, want dat was Maria's natuur, en zeer bitter omdat ze in de debâcle alles had verloren: vader, verloofde, thuis en geld. Maar de verbittering was niet blijvend. Lang voor het diner ten einde liep, zag Maria de kans die haar werd geboden en de bitterheid ging over in een charme en vrolijkheid die, daar Maria Russin was, vreemd genoeg echt waren. Het was haar vrolijkheid waarom de maharani haar tenslotte graag mocht – haar vrolijkheid en haar filosofie der onverschilligheid (als ze vandaag niet te eten had, zou ze morgen wel een maal krijgen, en die filosofie kwam altijd uit), haar onafhankelijkheid en haar cynische humor. Ze had ook begrip. Zo nodig sprak ze, in bijzijn van anderen, op de kruiperigste manier tot Hare Hoogheid, zodoende een schijn van minderwaardigheid op zich nemend, maar zodra ze samen alleen waren, werd ze gewoon een vriendin, vol humor en inzicht in het leven, met smaak voor intriges en spotachtig cynisme. Hare Hoogheid ontdekte dat hier eindelijk een Europese was die ze kon begrijpen.

Maria Lishinskaja had niet domweg, zoals de meeste Europeanen, één of twee afgemeten eigenschappen. Ze vertegenwoordigde niet alleen eerzucht, wellust, sentimentaliteit, trouw, of zelfs een combinatie van twee of drie van deze eigenschappen, ze was een mengeling van alle en nog zeer veel meer en zodoende was ze veranderlijk en inconsequent en amuseerde ze Hare Hoogheid. Ze kon het ene ogenblik een wilde zijn en het andere overbeschaafd, bijtijden recht door zee en ook weer zeer slinks, nu eens betrouwbaar en dan weer absoluut vals, nu eens cynisch grappig, dan sentimenteel en romantisch melancholiek, want ze was in wezen Aziatisch en helemaal niet Europees. Daardoor begreep Hare Hoogheid haar en vond in haar de gezellin die ze al dertig jaren had gezocht om haar naar theaters, casino's en nachtclubs te vergezellen als ze in het Westen was, en haar schitterende eenzaamheid te delen als ze in het enorme paleis van Ranchipur leefde. Als ze in het Oosten was, had ze nu iemand om mee te babbelen in het vorstelijk slaapvertrek, iemand die tegelijk de overgevoeligheden van Indiërs en Europeanen begreep. In het Westen had ze iemand die haar kon uitleggen waarom Europeanen soms zo handelden als ze deden en iemand om voor haar af te dingen in hotels, bij juweliers en modistes. Maria Lishinskaja begreep het oosterse genoegen dat in afdingen gevonden kan worden en wierp zich met ijver op het spel. Hoewel ze wist dat de maharani de beste hotels, waarin ze nu en dan enkele weken doorbracht, had kunnen kopen zonder het geld te missen, wist ze ook dat het Hare Hoogheid veel meer genoegen verschafte af te dingen op de prijs van de kamers of een vergissing in de rekening te ontdekken. In een juwelierszaak van de Place Vendôme placht de maharani het krijgsplan op te maken en Maria Lishinskaja voerde het uit, soms schitterende vondsten van haarzelf eraan toevoegend, zodat de juwelier, met die beiden tegenover zich – Maria Lishinskaja, gesteund door Hare Hoogheid – voordat hij goed wist wat er met hem gebeurde, bezig was de mooiste juwelen aan een van de rijkste vrouwen ter wereld voor extra-lage prijzen te verkopen. In Maria was ook de ongelooflijke, smeulende levenskracht van het Oosten verborgen. Net als de maharani kon ze tot de morgen toe blijven spelen in het casino en dan 's middags boodschappen gaan doen zonder het minste teken van sufheid of vermoeienis.

Bijtijden was het ook gemakkelijk voor de oude dame om Maria Lishinskaja bij de hand te hebben als ze overspannen was en de behoefte voelde iemand te martelen.

Toen de maharani naar haar eigen vertrekken terugkeerde, lag Maria Lishinskaja op een chaise-longue een roman van Mauriac te lezen. Ze was een vrouw van misschien vijfendertig, lelijk noch mooi, maar met een welgevormd, wellustig lichaam en groenachtige ogen, die op Tartaarse wijze een beetje schuin stonden.

Op sommige momenten dacht de maharani weleens dat ze veel leek op Raschid Ali Khan en dat die gelijkenis niet slechts fysiek was, maar ook wat betrof de onvermoeibare vitaliteit. De maharina zei soms: „Je voorouders zijn bepaald de ene zijde van de Himalaya afgedaald naar Rusland, toen die van Raschid de andere zijde afdaalden naar Indië."

Maar daar hield de gelijkenis mee op, want Maria Lishinskaja bezat niets van Raschids geloof en levensroeping. Ze geloofde in niets. Ze was opportuniste zonder geloof, zelfs zonder vaderland meer.

Toen de maharani binnenkwam, legde de Russin haar boek neer, stond op, geeuwde en vroeg: „Nu?"

„Het was vreselijk . . .," zei Hare Hoogheid in het Frans.

„En de Hestons?"

„Vreselijk . . . Vreselijk."

De pariameisjes begonnen de maharani te ontkleden, masseerden haar gelaat en wreven olie in haar mooie, zwarte haren. De oude dame opende een kleine gouden doos en begon betelnoten te eten. Maria Lishinskaja hielp haar de zware smaragden af te leggen en borg ze in hun dozen.

„Hoe bedoelt u, vreselijk?" vroeg ze.

„Hij is een grote geldkoning, een domkop en een bruut en zij is . . . een van het soort voorname Engelse lichtekooien. Ze verdween met Ransome. Ze

136

waren het grootste deel van de avond weg. Ze zeiden dat ze kamers beneden gingen bekijken."

„Ja?" vroeg Maria aanmoedigend. „En wat gebeurde er?"

„Wat zou je denken?" vroeg de maharani.

„Ik had het idee dat meneer Ransome niet om vrouwen gaf," zei Maria.

„Wat bedoel je daarmee?" De maharani keek haar scherp aan. Ze hield van Ransome en Maria Lishinskaja was jaloers op hem, zoals ze op iedereen jaloers was aan wie Hare Hoogheid voorkeur toonde.

„O niets... niets." Begrijpend dat de voelhorens die ze had uitgestoken niet in de smaak waren gevallen, werd ze zwijgzaam. Dat was een soort spelletje van hun beiden, als ze samen kletspraatjes hielden.

„Hij is vermoeid," zei de maharani.

„Dat bedoelde ik," zei Maria opgewekt. „Hij heeft van alles geprobeerd."

„Misschien."

De oude dame merkte zeer sluw op, dat dit gesprek Maria had opgewonden en dat de geest van de Russische nu opgejaagd, zoekend heen en weer fladderde, dingen verzon en genoot.

„Mag je Ransome?" vroeg ze.

„Ik weet het niet," antwoordde Maria. „Ik ken hem haast niet. Hij ziet er toch wel goed uit. Weet Uwe Hoogheid zeker dat het gebeurde?"

„Hoe kan ik dat zéker weten? Niets is moeilijker dan van zulke dingen zekerheid te hebben."

„Maar kon u niets aan hen merken toen ze terugkwamen?"

„Aan Engelsen niet. Dat kun je het moment erna al evenmin als je kunt merken of een man een glas water heeft gedronken. Waarom ga je zelf niet eens kijken? Als het gebeurd is, was het in een van de benedenvertrekken."

„O nee, dat kan ik toch niet doen!"

Maar Hare Hoogheid wist dat Maria Lishinskaja waarschijnlijk, zodra ze in bed lag, van kamer tot kamer zou lopen om te proberen of ze het kon ontdekken. Opeens zag de oude dame in dat Maria net zo was als de twee anderen, als lady Heston en Ransome. Vermoeid, zonder geloof in iets, verveeld, sceptisch, was ze zoals zij aan de allerlaatste toevlucht gekomen: lichaam. Als al het andere iemand in de steek liet, bleven altijd nog lust en zinnelijkheid. „Wat zou ze doen als Bauer wegging?" dacht ze.

Maria vroeg tegelijk: „Weet Uwe Hoogheid wanneer we naar Karlsbad zullen vertrekken?"

De oude dame wist dat ze waarschijnlijk tegen het einde van de week zouden weggaan, maar ze had geen zin om Maria Lishinskaja plezier te doen met die wetenschap. De schaduw van de Hestons hing nog over haar en wekte een merkwaardig gevoel van geprikkeldheid in haar, zodat ze zei: „Dat hangt van de regens af. Als ze zo doorgaan, zullen we binnenkort kunnen weggaan. Zijne Hoogheid wil niet vertrekken voor hij weet dat de regens voorgoed zijn begonnen."

Maria dacht onderwijl: „Als ik Harry eenmaal in Europa heb, kan ik hem ertoe brengen met me te trouwen. Dan kan hij niet ontkomen en onze toekomst zal geborgen zijn met Hare Hoogheid. Ze zullen voor ons zorgen voor het hele leven."

Want er waren ogenblikken waarin ze moe werd van haar eigen wortelloosheid en de onzekerheid van haar toekomst. Hardop vroeg ze: „Ik veronderstel dat Uwe Hoogheid vanavond vroeg wil gaan slapen?"

„Ik ben niet vermoeid," zei de maharani. Terzelfder tijd dacht ze: „Ze heeft zeker een afspraak met Bauer." Ze kwam in verleiding Maria Lishinskaja, rusteloos en begerig, bij zich te houden om haar voor te lezen. „Lees me maar een tijdje voor." Ze zag teleurstelling op Maria's gezicht en haar hart verzachtte een beetje. Ze dacht: „Ik zal haar vragen om te lezen en dan na een tijdje zal ik beweren dat ik slaap heb en haar weg laten gaan." Dus zei ze: „Lees maar wat uit het Franse boek – dat klassieke."

„Les Liaisons Dangereuses?"

„Ja, dat is het. Ik interesseer me er altijd voor te weten hoe de Fransen zulke dingen behandelen. Ze lijken veel op de Chinezen, die Fransen. Daar heb ik al eens over gedacht. Ze vinden een vorm en houding voor alles."

Dus toen de maharani in bed lag, met al haar crèmes en oliën goed aangebracht, ging Maria Lishinskaja naast haar zitten en begon voor te lezen uit *Les Liaisons Dangereuses*, tegen het doffe rumoer van de regen in. Ze las maar steeds voort, bladzijde na bladzijde, liefde en begeerte analyserend, intriges, jaloezie en verzoeningen beschrijvend, alle met minutieuze kunstvaardigheid beschreven, elk woord als een afrodisiacum, een prikkeling der begeerte. Onder haar oogwimpers keek de maharani toe, voldaan en vermaakt. Ze merkte op dat Maria Linshinskaja moeilijk begon te ademen. Ze stotterde nu en dan, alsof de woorden voor haar ogen dansten. Kleine zweetdruppels verschenen op het brede, olijfkleurige voorhoofd. Ze wist dat Maria nauwelijks begreep wat ze voorlas. Het was allemaal verward met haar hartstocht voor het blanke atletenlichaam van Bauer. Hij zag er goed uit, dacht de maharani, en had een prachtig lichaam, maar hij was dom. Nauwelijks luisterend naar de woorden die Maria martelden, vroeg ze zich af hoe het mogelijk was, zo'n domme en onderdanige man als minnaar te hebben, al was hij dan nog zo mooi. Een tijdlang peinsde ze erover hoe ontzettend het moest zijn, slaaf van je eigen lichaam te wezen, waardoor je leed zoals Maria Lishinskaja nu leed door haar begeerte naar de Zwitserse zwemleraar. Ze sloeg haar gade met nieuwsgierige verstrooidheid en voldoening. Er waren ogenblikken dat uit de bittere ervaring van haar leven, uit al de ergernis, vernedering en verwarring, een behoefte aan wreedheid in haar opsteeg, die haar stormachtige ziel tot bedaren bracht. Eens, lang geleden, kon een koningin als zij een slaaf of misdadiger laten halen om te martelen, tot haar overspannen zenuwen bedaarden, maar dat was niet meer mogelijk en dus moest ze ingewikkelde omwegen verzinnen.

138

Ze wist dat ze, als ze Maria niet zo had kunnen kwellen, zelf niet zou hebben kunnen slapen. Nu Maria echter een uur of nog langer had voorgelezen, voelde ze de slaap over zich komen en haar kussen omdraaiend, zei ze: „Dat is genoeg, Maria. Alleen nog één ding."

„Ja, Uwe Hoogheid." Haar stem was nu zwak en uitgeput en terwijl ze sprak, veegde ze met een zakdoek over haar gezicht.

„Ga naar beneden en kijk of het werkelijk is gebeurd."

„Ja, Uwe Hoogheid."

„Kom dan terug om het me te vertellen. Als ik al slaap, moet je me maar niet wakker maken."

„Ja, Uwe Hoogheid."

Met halfgesloten ogen keek de maharani haar na toen ze de kamer verliet. Op de arme, stuurloze Maria Lishinskaja had ze een beetje, een heel klein deeltje, van de wraak genomen die haar hoogmoed en geest eisten van Europa, voor de vernederingen die ze bijna een halve eeuw lang had moeten verduren.

Duizelig en halfbewusteloos strompelde Maria Lishinskaja de trappen af en de gang door en liep van de ene kamer naar de andere, zonder iets in wanorde te vinden. Ze herhaalde voortdurend in zichzelf: „Het zal de volgende kamer zijn en dan ga ik naar Harry, O, God, laat het de volgende zijn, zodat ik naar hem toe kan gaan!"

Toen ze alle kamers vergeefs had afgelopen, werd ze koud van angst bij de gedachte dat hij, als ze niet gauw terugkeerde, genoeg van het wachten kon krijgen en teruggaan naar zijn kamer naast de maharadja, waar ze hem niet durfde volgen. „O, God, laat hem blijven!" herhaalde ze hardop. „Vervloekte, lege, nutteloze kamers. O, God, laat hem daar blijven tot ik naar hem toe kan gaan." Tenslotte kwam ze in dè kamer. Ze bleef er niet lang, want een enkele blik was voldoende: de divan verfrommeld en wanordelijk, het pantervel dat opzij was geschopt, de sigarettepeukjes, haastig op de grond uitgetrapt. Ze zag het alles in een enkele, vluchtige blik, en dacht: „De slet. De bastaard! Mij al die last te bezorgen! Ze hebben niet eens de moeite genomen de kamer op te ruimen!"

Ze rende al de kamers weer door en de eindeloze gang af, langs mevrouw Raschid, zonder haar zelfs te zien, tot ze de appartementen van de maharani bereikte. Toen ze veilig en wel de slaapkamer opende, hoorde ze de oude dame rustig ademen en sloot de deur weer, in de mening dat ze sliep. Achter haar donkere wimpers vandaan sloeg de maharani haar gade, en toen de deur werd gesloten, viel ze, innerlijk tot rust gekomen, in slaap.

Bauer wachtte nog steeds, boos en ongeduldig en slecht geluimd, maar goddank, hij wachtte. Ze merkte echter zijn boosheid niet op en toen ze tot rust kwam, vergat ze zichzelf zozeer, dat ze weer begon te zeuren over trouwen. Naast hem uitgestrekt, verzekerde ze hem dat ze zich van kant zou maken als hij haar niet tot zijn vrouw maakte, maar Bauer, nu ook tot rust gekomen en niet meer boos, maar alleen snakkend naar slaap, gaapte en liet zich door haar bedreigingen niet bang maken.

Hij was volstrekt niet van plan met haar te trouwen, want de laatste die hij tot vrouw begeerde, was een hysterische Russin die eeuwig dreigde met zelfmoord en klaagde dat ze niet genoeg aan hem had. Hij koesterde andere voornemens. Als hij dit jaar naar Europa terugkeerde, was hij van plan Lina Storrel te trouwen. Zij was van de goede soort, solide, betrouwbaar en zuinig. Terwijl hij in Europa was, zou hij zorgen voor hun eerste kind en dan naar Indië terugkeren met Zijne Hoogheid. Nog een jaar, en hij zou genoeg geld hebben om de wijngaard boven Montreux te kopen. Nu hij weer bevredigd was, voelde hij minachting voor Maria Lishinskaja. Waarom kon ze niet begrijpen dat dit nu en dan goed was voor beider gezondheid, vooral in een heet klimaat als dit? Waarom probeerde ze steeds het in iets anders te veranderen: romance, huwelijk, enzovoort? Bauer wist wat hij wou. Hij was een boer en primitief. Aan hem was niets ziek en zeer weinig geciviliseerd.

Terwijl hij zich aankleedde, bleef Maria Lishinskaja maar snikken en herhalen dat ze uit het raam zou springen, maar hij lette niet op haar en ging door met bedaard zijn kleren aan te trekken, want hij wist heel goed dat ze niets zou doen wat een schandaal zou veroorzaken en haar het makkelijke baantje zou doen verliezen, waar ze door blind geluk in was beland. Hij wist ook dat ze altijd voor hem klaar zou staan, wachtend tot hij haar weer zou roepen.

Toen hij langzaam van het paleis wegreed, de kronkelende laan af, verdwaalde Ransome voortdurend in de verblindende regen. De lichten van de oude Buick waren tot niets nut, behalve als ze nu en dan vlak voor hem de stam van een boom of een verwilderd bed van door de regen platgeslagen bloemen onthulden. Bij de brug ontsnapte hij op het kantje af aan het gevaar in het kleine meer met de betonnen bodem te rijden. Het vulde zich nu langzamerhand met water en de vergulde miniatuur-plezierbootjes, met baldakijnen en versierselen, lagen niet meer op hun zijkanten, maar begonnen te bewegen, te drijven en tot leven te komen.

De regen was als een dikke muur, waartegen hij de auto kon voelen dringen om vooruit te komen.

Je kwam langzaam voorwaarts en tot hij er de slag van beet had, kreeg hij geen tijd aan iets anders te denken dan of hij het volgend ogenblik tegen iets zou aanrijden of in het meer slippen. Het leek weer op het autorijden zonder lichten aan het front. Toen echter langzamerhand zijn lenige handen de slag beetkregen, werd hij zich bewust van een diepe neerslachtigheid, een gevoel zoals hij placht te hebben als hij zijn krachten had ver-

140

bruikt en dagen achtereen niet had geslapen. Het was een verloren gevoel, zwaar door een bewustzijn van nutteloosheid en wanhoop; niet alleen zijn lichaam was vermoeid, maar zijn geest evenzeer.

Hij voelde geen schaamte, behalve over zijn eigen dwaasheid dat hij kon geloven, door Edwina te omhelzen, voor enkele korte ogenblikken – en zij te zamen met hem eveneens – iets te kunnen terugvinden van de gevoelens die ze lang geleden hadden gekoesterd. Hij wist nu dat zulke verrukkingen voor altijd buiten hun bereik lagen, omdat ze beiden te oud waren en te ervaren en geen van beiden enig vuur of roekeloosheid meer in zich had. Het was geen roekeloosheid als je niets waagde; als dat wat je deed niets te betekenen had, zelfs niet voor jezelf. De enige opwinding die ze bij de gebeurtenis hadden gevoeld, was in die enkele, kostbare ogenblikken van bijna dierlijke opwinding gelegen, die vermengd was met verwachting. De rest was alledaags, eentonig en routine. Hij kon er zelfs geen voldoening in vinden te bedenken dat hij zijn afkeer van Heston had voldaan door Hestons vrouw te nemen. Dat kon hem geen voldoening geven, tenzij Heston het ontdekte, maar hij was zeker dat Edwina wel zou zorgen dat hij dat nooit deed. Toen hij verder doordacht, twijfelde hij er plotseling aan of het Heston iets zou kunnen schelen, want de vluchtige, kille verdorvenheid van haar omhelzing en het gemak, de schaamteloosheid van haar hele manier van doen, duidden op ontelbare van zulke vluchtige affaires; „liefde" die hier en daar haastig werd gegrepen – in hoeken, op een jacht, aan het strand, in auto's. Hij had van het moment af dat ze het vertrek binnenkwam, in de schijn van de met bijen doorspookte kroonluchter, geweten dat ze „dood" was, maar hij had nooit gedacht zó dood. Heston moest haar al sinds lang hebben doorzien.

Alleen in de regen rijdend, kreeg hij een gevoel van afkeer en tegenzin, alsof Edwina schuldiger was dan hij aan wat een triviale en gemene dwaasheid was geweest, maar hij dacht: „Dat is inbeelding. Dat is de oude, dubbele moraal die weer boven komt." Maar hij was niet bij machte het gevoel weg te praten, want zijn instinct was waarachtiger en dieper dan welk argument ook dat hij ertegenin kon brengen. Wat was gebeurd, was erger van haar dan van hem. Het hoorde niet zo te zijn en toch was het zo, omdat hij wist dat zij, vroeger of later, zo het al niet was gebeurd, het slachtoffer van haar eigen verdorvenheid zou worden. Er was iets ontstellends in de blik die hij een ogenblik in die afgrond had geworpen. Hij zag nu in dat in hetgeen ze hadden gedaan geen spoor van gevoel was, misschien niets anders dan nieuwsgierigheid, misschien niets dan een dierlijke opwelling. De gestalte van de maharani trad uit dit avontuur duidelijker naar voren dan Edwina. Toen hij nadacht over haar, kwam het hem voor dat ze altijd alles wist over iedereen, niet slechts de praatjes en de intriges, die haar op natuurlijke wijze langs ontelbaar verschillende, ondergrondse wegen bereikten, maar verborgen dingen in de karakters en gedachten zelf van mensen.

Er was een maharani die hij kende aan de pokertafel en een maharani die een grote koningin was en haar plicht op schitterende wijze vervulde; die twee begreep hij, maar daarachter verborgen was er een die hij nooit te zien kreeg, een die tegelijkertijd gecompliceerd en gesloten, wild en overbeschaafd was en een verbazingwekkende intuïtie bezat. Er waren ogenblikken geweest waarin hij haar voor zijn ogen, terwijl hij met haar praatte, had zien veranderen van een vrouw die volkomen Europees en begrijpelijk was, in een wilde prinses van de heuvels, onpeilbaar en tot de uiterste wreedheid en gewetenloosheid in staat. Op zulke momenten fascineerde en verontrustte ze hem tegelijkertijd en op dit moment was hij bang voor haar, hij wist niet recht waarom. Zij alleen wist wat beneden was gebeurd. Waarschijnlijk praatte ze er op ditzelfde ogenblik over met die vervelende, arrogante Russin. Het kon hem niet schelen wie het ontdekte en hij wist dat het Edwina waarschijnlijk nog minder kon schelen, en toch maakte de gedachte dat de maharani het wist, hem onrustig en wekte een dof gevoel van vrees en schaamte in hem op. Het was een dwaas gevoel, als van een kind dat bang en beschaamd is, omdat het is betrapt op iets ondeugends.

Weer dacht hij: „Misschien ben ik ziek. Misschien verlang ik te veel van elke ervaring, te veel van elk mens . . . meer dan iemand bij machte is te geven."

Door het geluid van de stroom wist hij dat hij dicht bij de brug was en het volgende ogenblik onthulden de lichten van de oude Buick eensklaps de gedrongen gestalte van koningin Victoria, die nog altijd rechtop stond op haar voetstuk, haar paraplu en reticule stevig in haar dikke ijzeren handen geklemd, solide, onverstoorbaar te midden van de wilde storm. Toen kwam hij voorbij Bannerjees huis en ving een glimp licht op in Raschids huis. Tenslotte bereikte hij de poort van zijn eigen tuin en bedacht hoe triestig het was om alleen thuis te komen in dit vochtige, lege mausoleum. Als zijn huwelijk goed was gegaan, zou hij nu niet alleen thuiskomen, in een leeg huis in Ranchipur; dan zou hij trouwens helemaal niet ergens in Ranchipur thuiskomen, maar in het grote kasteel met de torens van zijn grootmoeder in Grand River.

Hij reed de oude auto onder de luifel en toen merkte hij voor het eerst dat er, hoewel hij Johannes de Doper strenge orders had gegeven het huis donker te houden, met het oog op de muskieten, licht brandde in zijn slaapkamer en in plaats de deur in te gaan die op de inrijlaan uitkwam, liep hij in het donker de veranda af, tot hij het venster van zijn eigen kamer bereikte. Daar zag hij, in zijn eigen gemakkelijke leunstoel, de gestalte van een vrouw die een goedkope regenmantel droeg en een doorweekte vormloze hoed. Ze zat met haar rug naar het venster, want toen ze het geluid van de auto had gehoord, had ze de *Tatler*, die ze bezig was te lezen, neergelegd en keek naar de deur.

Bij het oude zomerpaleis stapten lord en lady Heston uit de rode Rolls-

Royce en liepen zwijgend over de rode loper, die de marmeren trap bedekte. Boven gingen ze uit elkaar, om elk naar zijn eigen kamer te gaan, waarbij lady Heston zich achteloos naar hem toewendde en zei: „Goedenavond", eraan toevoegend: „Ben je in orde? Voel je je niet ziek?"

Hij antwoordde: „Alles in orde. Mij scheelt niets dan die vervloekte hitte en die vervloekte Indiërs. Ik wil hier morgen vandaan zien te komen. Bombay zal wel niet erger zijn dan dit. Het zal tenminste een beetje meer op Europa lijken. Hier heb je een gevoel of je in een gekkenhuis leeft."

„Wanneer je maar wilt," zei ze. „Ik heb genoeg van Indië. Ik hoop het nooit meer te zien."

Het was waar dat ze genoeg had van Indië. Terwijl ze zich ontkleedde, dacht ze indolent erover na, terwijl ze haar geest stuurloos liet dwalen, en kwam tenslotte tot de conclusie dat ze evengoed nooit hierheen had kunnen komen. De enige herinneringen die ze mee terug zou nemen, waren onaangename herinneringen aan hitte, stof en stank, aan vervelende officiële diners, aan vervelende beleefde ambtenaren en hun nog vervelender vrouwen en lelijke dochters. Ze dacht dat er een Indië moest bestaan dat bij machte was zelfs haar kwijnende belangstelling op te wekken, maar waar dat was, wist ze niet. Er moest iets in Indië zijn, als het in staat was een intelligent en rusteloos man als Tom Ransome bijna vijf jaar vast te houden. Nu en dan had ze even vaag iets ontwaard van zo'n Indië, maar zodra ze het probeerde te naderen, leek het van haar weg te glijden. Als ze met Indiërs sprak – iets wat ze altijd zoveel mogelijk had vermeden, omdat het zo'n inspanning was – waren het altijd Indiërs die in Oxford waren geweest en die alles wat Indisch was voor haar schenen te verbergen. Ze werden eenvoudigweg Europees en praatten over cricket, nachtclubs en paarden, zo Europees als welke man ook die ze op een diner in Londen zou hebben ontmoet. Toen kwam het voor de eerste maal in haar leven in haar op dat niet alleen Indië, maar bijna elk ding in het leven altijd voor haar verborgen was gebleven. Het was alsof ze altijd beschermd was geworden, beschut en omheind door luxe, door conventie, door manieren, door het voorrecht dat verbonden was aan het feit Edwina Heston te zijn en daarvóór Edwina Doncaster. Ondanks het feit dat ze haar halve leven geen cent had bezeten, was ze juist door haar positie beroofd van de ervaring arm te zijn, omdat er altijd lieden waren die haar krediet gaven, dingen voor haar in orde brachten en haar zelfs van geld voorzagen, zonder te verwachten dat het ooit zou worden terugbetaald.

Een ogenblik lang benijdde ze de eentonige levens van al de kleine lieden die het bestuur van Indië mee hielpen dragen, zelfs benijdde ze het bestaan van de gezinnen van kantoorbedienden, zoals ze over de hele wereld waren verspreid in buitenwijken van steden. Hun leven kon nauwelijks eentoniger zijn dan het hare, maar het was in elk geval een andere eentonigheid. Ze werd eensklaps bevangen door een merkwaardig gevoel van eenzaamheid, alsof ze een soort geest was, levend in de wereld, maar zonder enig contact ermee, een schaduw zonder substantie of wezenlijkheid. Het enige werkelijke, dat zag zij opeens, was haar lichaam en het genoegen dat ze erin vond het te tooien en het jong te houden.

Toen begon ze onwillekeurig weer over Tom Ransome te denken, die ze bewonderde omdat hij lang geleden het leven waarvoor hij geboren was en waar hij midden in stond, de rug had toegekeerd en geprobeerd had iets anders te vinden. Wat hij gevonden had, òf hij iets gevonden had, wist ze niet, maar hij had het tenminste geprobeerd en dat was iets waard.

Het was voor haar nu te laat om een poging tot ontsnappen te doen, zelfs als dat verlangen zou duren tot de volgende morgen. Ze had geen illusies over zichzelf; ze zou liever doorgaan met Heston te verdragen dan zich de inspanning te getroosten die nodig was voor een ontvluchting. Toen herinnerde ze zich iets wat Tom tegen haar had gezegd in de kamer beneden, iets in Amerikaans slang, dat ze eerst niet begreep, zodat hij het haar had moeten uitleggen.

„Mijn God," had hij opgemerkt, „je bent *cold turkey.*"

Toen ze haar peignoir aan had, gaf ze al haar armbanden aan haar kamenier en zei: „Goedenacht, Parker. Het is goed."

„Mylady ziet er vermoeid uit."

„Dat ben ik ook een beetje. Het komt van de hitte en de vochtigheid. Ik zal blij zijn als ik naar Cannes ga."

Toen Parker was weggegaan, werd zij plotseling, zonder enige reden, overvallen door een sensatie van verlatenheid en doodsangst. Ze was bevreesd voor Indië, voor de uitgestrektheid ervan, de heftigheid, de hitte, het stof en de miljoenen mensen en beesten, de jakhalzen en de gieren en de vijandigheid die ze om zich heen voelde, een vijandigheid die gedeeld werd door de beesten, de mensen, het klimaat, de natuur zelf. Ze was bang voor het geluid van de ongelooflijke regenstroom, die op het dak van het oude paleis sloeg en in watervallen uit de overstroomde dakgoten bruiste. Stel, dat er iets gebeurde waardoor ze niet hier vandaan kon? Stel, dat ze hier voor altijd zou moeten blijven, in dit boosaardige, afschuwelijke land? Een ogenblik dacht ze dat haar zenuwen het niet langer konden uithouden. Ze had lust te schreeuwen, te gillen, zich op de grond te gooien. Ze had lust het paleis uit te rennen en naar Bombay te gaan, vannacht nog, naar een stad die wat meer op Europa zou lijken, een vermoeid en vervelend Europa, maar dat tenminste niet leek op het boosaardige Indië, dat haar angst inboezemde.

Toen beet ze de tanden op elkaar en beheerste zich met geweld, terwijl ze dacht: „Ik moet volkomen overspannen zijn. Zo ben ik nog nooit geweest. Het moet door de hitte komen." Ze ging naar haar reiskoffer, opende die en nam er een slaapmiddel uit. Toen ze het dubbele van de gewone dosis had ingenomen en in bed lag, met het muskietennet dichtgetrokken, voelde ze zich kalmer en tenslotte maakte de medicijn haar slaperig en wellustig en ze had niet langer zin om de volgende dag weg te gaan. Ze wilde ten minste tot het einde van de week bijven, zoals het plan was geweest, zodat ze donderdag thee kon gaan drinken met Tom. Achterover in bed liggend, begon ze wellustige gedachten om hem heen te spinnen.

Ze hield van zijn slanke lichaam, zijn sterke, donkere haar en de smalle rimpels achter in zijn nek. Ze hield van zijn volle lippen en ze dacht: „Hij heeft intelligentie en tegelijkertijd een mooi lichaam. Hoe komt het dat de meeste atleten zo stom zijn en de meeste intelligente mannen buikjes hebben?" Maar toen ze erover trachtte na te denken hoe Tom innerlijk was, wist ze het niet; ze had er niet het flauwste idee van. De Tom Ransome die ze vanavond had gezien, was gewoon de Tom die ze lang geleden in Londen had gekend. Het weinige wat ze met elkaar hadden gesproken, was geweest over de oude tijd en wat er was geworden van de mensen die ze toen hadden gekend. Als hij even aangenaam, even vriendelijk, even charmant was als hij scheen, kon het de moeite waard zijn om met deze affaire door te gaan, want tenslotte zou ze dan misschien in hem datgene ontdekken waarvan ze, ondanks alles, geloofde dat het moest bestaan, hoewel ze het nooit had gevonden of het zelfs op het spoor was geweest.

„Misschien is het mijn fout," dacht ze. „Misschien heb ik het nooit gevonden omdat ik nooit bij machte ben geweest onder de oppervlakte te komen."

Ze dacht niet: „Misschien zou ik gelukkig kunnen zijn met Tom," omdat de kwestie van gelukkig of ongelukkig zijn sinds vele jaren niet in haar was opgekomen, behalve in een fysieke betekenis. Ze hield zichzelf niet voor de gek. Als er ooit geluk voor haar bestond, was het op ogenblikken als ze vanavond had doorleefd, toen ze naar het paleis was gegaan in de verwachting weer een van die verschrikkelijke officiële diners te zullen doormaken en toen Tom Ransome daar vond en het haastige avontuur beleefde in de kleine kamer beneden. In zekere zin was de enige opwinding die nog voor haar bestond in zulke avonturen gelegen, in het verrassende, een aardige man te ontmoeten, in het perverse genot dat ze er telkens opnieuw in vond om Heston te bedriegen. Ze dacht koud: „Ik ben een verdwaasde, verdorven slet! Wat geeft het! Ik kan er niets aan doen!" Het gebeurde zelden dat ze na zo'n avontuur de man verlangde terug te zien, en als ze hem weer ontmoette, slaagde ze er gewoonlijk in de geringste pogingen om hun intimiteit voort te zetten te doen bevriezen. Het was blind geluk als de man aantrekkelijk genoeg was om de begeerte in haar te wekken om het avontuur voort te zetten. Nu verlangde ze ernaar Tom terug te zien, niet alleen voor het genot dat ze erdoor kreeg of omdat hij een goede minnaar was, maar omdat ze was achtergebleven met een sensatie van onvolkomenheid. Ze wist niet hoe zijn gevoelens tegenover haar waren. Op ditzelfde moment dacht hij misschien aan haar met afkeer, als aan een slet;

want ze wist dat hij gecompliceerd was en aanvallen had van deugd en berouw, en dat vond ze aantrekkelijk. Ze voelde zelfs vaag iets als schaamte, wat haar verbaasde, en een verlangen hem weer te ontmoeten om zichzelf op een of andere manier te rechtvaardigen, of tenminste hem door
haar charme van zijn slechte opinie af te brengen. Toen merkte ze dat
de deur die naar Hestons appartement leidde, was geopend en dat het licht
naar binnen scheen. Heston zelf kwam de kamer in, gekleed in de kamerjas waaraan ze een hekel had. Ze had hem die vier jaar geleden met Kerst-
mis gegeven, in de mening dat het ding hem wel zou bevallen en ze was
maar al te goed geslaagd. De jas was ontelbare malen gestoomd, versleten en oud, maar hij wou er geen afstand van doen. Zodra ze voorstelde
hem weg te gooien, vertelde hij haar altijd dat het ding hem geluk bracht.
Het was bedekt met tekeningen van paarden: rennende paarden, paarden
die over heggen en sloten sprongen, steigerende paarden, paarden die in
volle draf het einddoel bereikten.
Zonder te spreken kwam hij naar het bed toe, lichtte het muskietennet op
en ging op de rand zitten. Ze was op het punt te zeggen: „Ga weg, alsjeblieft,
ga vanavond weg," maar het volgend ogenblik zag ze dat hij niet van plan
was te blijven. Hij zag er ziek en suf uit. Opzij van zijn zware kaken waren
kleine knopen van harde spieren, die er altijd verschenen als hij van plan
was een scène te maken.
„Edwina, wie is die Ransome?" vroeg hij.
„Je kent hem heel goed. Hij is een broer van Nolham. Je hebt hem jaren
geleden zelfs ontmoet."
Het kwam geen ogenblik in haar op dat hij de hele waarheid zou kunnen
vermoeden, want hij maakte altijd dergelijke scènes, bijna steeds over mannen zoals Ransome, die hem een gevoel van inferioriteit gaven. Als ze met
sportlieden bevriend was, kon het hem niet schelen. Het was dat eeuwige,
verwrongen snobisme van hem, die haat tegen iedereen die was geboren
met de dingen die hij nooit had verkregen en nooit bij machte zou zijn te
verkrijgen. „Dat," dacht ze, „is de manier waarop het kastensysteem thuis
werkt."
„Je schijnt erg bevriend met hem te zijn."
„Ik heb hem vroeger goed gekend. We zijn vrienden geweest in Londen, vlak
na de oorlog. Ik had hem in bijna vijftien jaar niet gezien."
Zijn kaak werd nog verbetener. „Waar is hij dan sindsdien geweest?"
„Dat weet ik niet. Wat gezworven, de wereld door. Hij woont nu hier."
„Uit vrije verkiezing?"
„Uit lust erin."
„Dan moet hij krankzinnig zijn."
„Dat geloof ik niet. Hij probeert met zichzelf in het reine te komen."
„Wat is er met hem? Waarover moet hij in het reine komen?"
„Dat is geen interessant verhaal. Het zou je vervelen."

Hij haalde een sigaar te voorschijn en stak die op. Ze had lust te zeggen: „Rook hier alsjeblieft niet," maar weer dacht ze: „Als ik hem laat begaan, zal hij des te eerder weggaan." Ze voelde zich opeens erg slaperig.

„Waarschijnlijk is het een van die vervloekte radicalen."

„Zo zou je het kunnen noemen."

„Hij hoorde in zijn eigen land te zijn om de regering te helpen. Waarom zoek je altijd zulke ezelskoppen uit?"

Ze lachte, en dat was een heimelijke bespotting van zijn domheid. Ze had geen enkele bijzondere neiging voor radicalen, intellectuelen of iets anders. Ze werd niet door mannen aangetrokken om hun ideeën of hersens. Het was zoveel eenvoudiger dan dat. „Het is komiek," dacht ze, „dat een echtgenoot altijd de laatste is die de waarheid begrijpt." Ze was vermoeid, niet fysiek, maar geestelijk, omdat ze zulke scènes al zo dikwijls had beleefd. Ze wist van tevoren alle vragen en antwoorden en in zulke dingen was zij van hen beiden het meeste ad rem.

Hij sprak door, bitter en grof, en daar ze dat alles al zo dikwijls had gehoord, nam ze niet de moeite naar hem te luisteren, maar volgde haar eigen gedachtengang: „Als ik eens een Indiër nam? Dat zou hij helemaal niet te boven komen!" En terwijl hij praatte, begon ze te peinzen over de Indiërs die ze had ontmoet en degene die ze zich het duidelijkst herinnerde, was die majoor Hoe-heette-hij-ook-weer, van wie Ransome haar had verteld dat hij de beste chirurg in Ranchipur was. Ze begon hem heel duidelijk voor zich te zien, met zijn brede schouders, blanke huid en blauwe ogen. Ja, dat zou grappig zijn. Ze begon zich af te vragen hoe de liefde met een Indiër wel zou zijn, en toen merkte ze Heston weer op en zag dat zijn brede gezicht de tint van een kreeft had gekregen en dat over zijn ogen een waas scheen te komen. Een ogenblik dacht ze dat hij misschien meer gedronken had dan gewoonlijk, maar bijna tegelijk besefte ze dat hij er nooit zo uitzag als hij dronken was. Op sommige momenten scheen hij zich geweldig in te spannen om te spreken. Toen merkte ze de verafschuwde kamerjas weer op en in haar verveling kwam het haar voor of de paarden levend waren geworden. Ze waren alle vaag in beweging; springend, rennend, steigerend, zodat ze er razend van werd.

Omdat het geen enkel nut had, maakte ze zich nooit driftig en antwoordde anders nooit gedurende een jaloerse scène, maar nu was het niet Heston die haar boos maakte, maar de kamerjas en de vreselijke, rennende en steigerende paarden. Ze hoorde zichzelf zeggen: „Waarom ga je altijd tekeer tegen mannen zoals Tom Ransome? Is het omdat je een hekel hebt aan iedere echte gentleman? Omdat je weet dat ze meer waard zijn dan jij?"

Een ogenblik staarde hij haar aan, zijn dikke mond halfopen, zo verbaasd, dat hij niet in staat scheen te zijn woorden te vinden om te spreken. Toen vroeg hij: „Wat bedoel je daarmee?"

„Niets bijzonders."

„Zeg, haal je geen gekke ideeën in je hoofd. Ik ben er trots op dat ik Albert Simpson ben. Ik ben er trots op dat ik mezelf omhoog heb gewerkt. Ik ben trots op alles wat ik heb opgebouwd. Dat is meer dan een van die ziekelijke, slappe heren zou kunnen."

Weer verbaasde ze hem door te zeggen: „Ja, dat is volkomen waar als je daar de meeste waarde aan hecht." En voor hij kon spreken voegde ze eraan toe: „Wat wil je van me, Albert? Als je niet wilt dat er één man tegen mij spreekt, had je een lelijke, degelijke vrouw uit de middenstand moeten trouwen en niet mij. Soms geloof ik dat je me om niets anders trouwde dan omdat ik Edwina Doncaster was en ben wat ik ben. Je wou de mensen laten zien dat je van deze wereld alles kon krijgen wat je maar wilde hebben. Ik was een soort prijs, waarvoor nogal goedkope reclame was gemaakt in geïllustreerde weekbladen en jij wou met me pronken. Je had mij niet werkelijk nodig. Er heeft tussen ons nooit het minste begrip of sympathie geheerst. Je wou niets anders dan wat jij in me zag. Een gentleman zou mij, in de tijd dat jij met me trouwde, voor geen geld hebben gewild."

Een tijdlang keek hij naar de punt van zijn sigaar, zonder te spreken. Ze wist wat hij deed. Hij probeerde zich te beheersen en telde tot tien, voor hij sprak, zodat hij niets zou zeggen wat hij ooit weer moest herroepen. Hij was weer de slimme zakenman. Ze had hem daar soms op betrapt als hij met andere zakenlieden sprak. Maar in werkelijkheid was het dat, maar ook nog veel meer, want opeens drong tot zijn vermoeide, verwarde hersens door dat hij voor de eerste maal sinds hij haar had getrouwd een kans kreeg om de waarheid te horen en hij was bevreesd. Een ogenblik aarzelde hij, zich afvragend of het niet beter was door te gaan in onwetendheid en twijfel, en toen zette hij zijn tanden op elkaar, zoals een man die aarzelt eer hij in ijskoud water springt, en nam een besluit: „Waarom heb je me getrouwd?" vroeg hij.

„Omdat vader en ik vastzaten en een boel schulden hadden. Omdat je me een grote toelage beloofde, omdat ik dacht dat het prettig zou zijn om kolossaal rijk te worden en omdat het me niet erg veel kon schelen met wie ik trouwde." Een ogenblik zweeg ze, nadenkend, en toen voegde ze eraan toe: „Ik denk dat de toelage de doorslag gaf. Die betekende dat ik, wat er ook ooit gebeurde, onafhankelijk zou zijn."

Hij keek haar even aan, voor het eerst iets begrijpend van de bodemloze hardheid van de vrouw die hij had gehuwd. Toen stond hij zwijgend op en drukte het eindje van zijn halfopgerookte sigaar uit op de marmeren plaat van de ouderwetse Victoriaanse toilettafel. Het was een geconcentreerde, ruwe beweging, en zij dacht: „Zo zou hij met mij willen doen, maar hij is bang. Hij is nu niet de grote, donderende lord Heston. Hij is een arme, verwaande, onhandige Albert Simpson, die bang is voor iemand van adel."

Hij begon te spreken, maar zei toen alleen: „Goedenacht", en verliet de kamer, de deur achter zich sluitend en haar achterlatend in het bewustzijn dat zij hem, die ze voor onkwetsbaar had gehouden, had gekwetst. Ze had de gevoelige plek in de grote lord Heston, geboren Albert Simpson, gevonden, en ze had er geen spijt van! Het wreekte veel dingen: zijn ruwheid en arrogantie, zijn vulgariteit en gebrek aan fijngevoeligheid, zijn ruwe, kille manieren op seksueel gebied, waarbij hij haar gebruikte alsof ze een glas brandewijn was dat men in één teug naar binnen giet, zonder finesse, techniek of begrip. Nu zou hij haar misschien voorgoed met rust laten. Hoe het zij, met haar jaargeld zou ze altijd geld genoeg hebben.

Het effect van het slaapmiddel was nu uitgewerkt. Ze draaide het licht op en probeerde een tijdje wat te lezen in een boek, dat getiteld was *India Distraught* en dat, volgens hetgeen op het omslag stond, Indië volkomen begrijpelijk maakte. Maar haar werd niets begrijpelijk en het verveelde haar zo, dat ze op een gegeven moment merkte hele bladzijden te hebben gelezen zonder het geringste idee van wat ze las, en door de gedrukte woorden heen zag ze voortdurend de grote gestalte van de Indische chirurg, met zijn blauwe ogen en volmaakte, witte tanden, een volkomen mooie en aantrekkelijke man. Dat zou Albert niet te boven komen!

Tenslotte gaf ze het op, kwam uit bed, nam nog wat slaapmiddelen, stak een laatste sigaret op en toen ze weer in bed ging, werd er op de deur geklopt. Ze riep: ,,Wie is daar?"

Een stem antwoordde: ,,Ik ben het, mylady, Bates."

,,Kom binnen."

In de hitte leek de vochtige huid van de bediende nog bleker dan gewoonlijk. Hij kwam binnen, respectvol en met iets lijkachtigs over zich. Het klimaat begon hem ook te pakken te krijgen.

,,Wat is er?" vroeg ze.

,,Het spijt me dat ik Uw Ladyschap moet storen, maar ik geloof dat er iets niet in orde is met Zijn Lordschap. Hij is niet wel."

,Wat scheelt hem, Bates?"

,,Ik heb er geen idee van, mylady, maar hij heeft beslist koorts. Ik wou zijn temperatuur opnemen, maar hij wou er niets van weten. U weet hoe hij is. Hij wil het nooit toegeven als hij zich niet goed voelt."

,,Als we eens een dokter lieten komen?"

,,Daar wou hij ook niets van horen. Hij zei dat er toch geen goede doktoren zouden zijn onder die Indiërs." De schaduw van een glimlach gleed over het gezicht van Bates toen hij eraan toevoegde: ,,Hij gebruikte een krachtiger term, maar dit bedoelde hij."

Dit was iets waaraan ze een hekel had bij Bates. Het was alsof dat grijnslachje zei: ,,U en ik kennen de oude schoelje," en dat was geen eerlijk spel. Ze mochten dan beiden Heston haten, maar zolang ze bij hem waren, behoorde geen van hen beiden daarvan iets te laten blijken aan de ander.

Een ogenblik zweeg ze, terwijl ze aan allerlei dacht. Toen zei ze: ,,Dank je, Bates. Als hij morgenochtend niet beter is, zal ik wel een dokter opzoeken.

Ik zal hem wel kunnen overhalen, denk ik."
"Dank u, mylady. Goedenacht."
"Goedenacht, Bates."

Toen hij was weggegaan en ze nadacht over Bates, kwam ze tot de conclusie dat hij een slechte bediende was, niet omdat hij niet goed berekend zou zijn voor zijn werk, of dom, maar omdat hij minder belangstelling koesterde voor het welvaren van hem die hij diende dan voor zichzelf. "In het geheim is hij waarschijnlijk communist," dacht ze. "Hij is van het slag bedienden dat voorkomt in detective-verhalen en gewikkeld raakt in moordzaken." Hij maakte een beroepsmatige indruk van discretie, maar haar instinct verried haar dat ze hem geen ogenblik kon vertrouwen. Het gesprek liet een merkwaardig gevoel van afkeer bij haar achter, alsof Bates op een of andere wijze erin was geslaagd haar tot zijn medeplichtige te maken. Hij had zichzelf op geen enkele manier, door blik noch woord, zelfs niet door de intonatie van zijn stem verraden, maar ze wist dat hij had gedacht aan de mogelijkheid van Hestons dood en blij was met die gedachte, en dat hij wist dat ook zij daaraan dacht.

Ze wenste niet dat hij zou sterven. Ze wènste het niet, maar toch kon ze zichzelf niet beletten te bedenken hoeveel eenvoudiger het leven zou zijn als hij dood was en hoe aangenaam de vrijheid zou zijn, met al het geld dat hij haar zeker zou nalaten buiten de toelage, wat ze ook tegen hem had gezegd en hoe ze hem ook had behandeld.

Tenslotte deed ze het licht weer uit, maar ook toen kon ze nog lange tijd niet in slaap komen. Het geluid van de neerstromende regen en het zoemen van de insekten, waarvan het witte muskietennet zwart zag, hinderde haar, en even werd zij, terwijl ze tussen dromen en waken lag, een tweede maal aangegrepen door een hysterische angst voor Indië. Daarna had ze weer, toen ze in slaap viel, een zonderlinge droom, waarin ze vertwijfeld naar iets zocht, maar wat het was, wist ze niet. Ze was zich bewust van een vreselijke onrust en dat ze door uitgestrekte, stoffige velden en stinkende straten liep en tenslotte door een oerwoud, waarin het haar leek of ze de planten, de bomen, de varens, de ranken, die overal om haar heen groeiden, hóórde naderen om haar te omsingelen. En juist toen ze wist dat ze achter de volgende heuvel zou vinden waarnaar ze zocht, ontwaakte ze met een schreeuw.

Toen Ransome daar op de veranda door het venster stond te kijken, ging een hele processie van vrouwen door zijn geest, vrouwen van allerlei soort en gedaante, uit een vertwijfeld en roekeloos verleden, toen hij zonder onderscheid te maken links en rechts liefdesavonturen had gehad, gebruik makend van elke gelegenheid die zich voordeed, de halve Oriënt door. Welke daarvan, vroeg hij zich af, was helemaal naar Ranchipur gekomen, midden in de regenmoesson, om hem te pakken te krijgen? Welke had hem dat waard gevonden? Vol onrust dacht hij aan de plantersvrouw in Malakka, die een hysterische scène had gemaakt toen hij wegging, de aardige Russische slet in Sjanghai, die had beweerd dat ze hem nooit zou verlaten, het Engelse meisje in Colombo, dat misschien had gehoord dat hij niet meer rondzwierf, maar zich had gevestigd in Ranchipur. Het kon een van hen zijn of van een half dozijn anderen, misschien zelfs een van degenen die hij zich niet zonder inspanning meer kon herinneren. Hij kon zich niet voorstellen wat hij met een van hen zou aanvangen in een besloten wereldje als Ranchipur, behalve haar trouwen, iets wat hij geenszins van plan was. Het gebeurde alles in een seconde: het nadenken, de stroom van herinneringen, zelfs de zekerheid dat hij van hen allen alleen de Russische wel zou willen terugzien, maar niet hier, niet in Ranchipur. Toen ging hij naar binnen, en bij het geluid van zijn voetstappen keerde de vrouw het hoofd om en hij zag, met plotselinge opluchting, dat het Fern Simon maar was.

Ze was druipnat. De oude tennisjapon kleefde haar aan het lijf en voor de eerste maal besefte hij dat Fern niet alleen een mooi gezichtje had, maar ook een bijzonder bekoorlijk lichaam. Ze keek hem met een beschaamde glimlach aan en zei: „Hallo," zeer achteloos, als een vrouw van de wereld, alsof ze naar een rendez-vous met hem was gekomen, maar haar stem was wat onzeker, zoals van een actrice die haar rol niet goed kent en doodsbang is te blijven steken.

„Hallo," zei hij, „wat doe jij hier?"

„Ik ben van huis weggelopen. Ik ga nooit meer terug."

Hij grinnikte en dacht: „Mooie toestand," en toen zei hij: „Dat kun je niet doen."

„Waarom niet?"

„Omdat ik de verantwoording niet op me kan nemen." Toen merkte hij dat het beven van haar stem en de onzekerheid van haar manieren te wijten waren aan het feit dat zij, ondanks de vochtige hitte, zat te rillen en moeite had te zorgen dat haar tanden niet op elkaar klapperden. De oude angst voor koorts greep hem aan, niet voor hemzelf, maar voor haar.

„Je gaat direct naar huis," zei hij, „ik zal je dadelijk wegbrengen." Maar ze verroerde zich niet. Zelfs plantte ze haar voeten iets steviger neer, een beetje van elkaar, alsof ze van plan was hem lichamelijk weerstand te bieden ingeval dat nodig mocht blijken. Haar uitdagendheid en vastbeslotenheid amuseerden hem en even kwam het in hem op dat ze misschien niet zo'n dwaas schepseltje was als hij dacht. Toen hij haar aankeek, begreep hij dat ze, in de stemming waarin ze verkeerde, als hij mocht proberen haar met geweld hier weg te halen, zichzelf misschien op de grond zou gooien en gillen en huilen als een kind en dat was zeer ongewenst.

„Het is beter dat je eerst droge kleren aantrekt," zei hij. „Je kunt zo niet langer blijven zitten. Je rilt."

„Wat kan ik aandoen?"

„Het zal iets van mij moeten zijn. Ik heb hier geen vrouwenkleren."
Ze wierp niets tegen, want haar verlegenheid smolt nu wat weg. Ze voelde zich prettig in de rol van Blythe Summerfield, Parel van het Oosten. Als ze van kleren verwisselde, kreeg ze tijd om haar zelfbeheersing te herwinnen. Het was een prachtig idee voor een scenario: dat ze de kleren zou aantrekken van de man die ze liefhad en op het volgende beeld als een jongen zou verschijnen. Ze wachtte tot Ransome haar een handdoek, shorts en een shirt bracht. Toen zei hij, alsof hij praatte tegen een kind: „Ga nu naar de badkamer, maak jezelf goed droog – hard wrijven – trek deze dingen aan en dan zal ik je naar huis brengen." Hij keek haar oplettend aan: „Je hebt nog nooit malaria gehad, wel? Je hebt nu toch geen koorts?"
„Nee . . . ik weet niet waarom ik zo ril. Ik heb het eigenlijk niet koud." Hij dacht: „Grote genade, zo'n kind kan toch niet om enige andere reden rillen?"
Toen ze was weggegaan, haalde hij een fles brandewijn en twee glazen en hing de oude regenmantel en de verfomfaaide hoed op, die ze had achtergelaten. Al die tijd lachte hij innerlijk om deze komedie van de roué en de maagd en voelde opeens een perverse behoefte Edwina te laten weten wat er gebeurde. Het zou haar amuseren; ze zou er het grappige van inzien. Toen dacht hij aan Johannes de Doper en vond het plotseling niet grappig meer. Als Johannes de Doper wist dat ze hier was, zou hij dat nieuwtje zeker niet bij zich houden. Zijn kletsende, fluit spelende vrienden zouden het op hun beurt aan hun vrienden vertellen en vroeg of laat zou heel Ranchipur het horen.
Hij zette de fles en de glazen neer en ging naar de veranda om te kijken naar het tuinhuis, waar Johannes de Doper sliep. Er was geen teken van leven in de duisternis en hij dacht: „Hij slaapt als een os. Hij weet van niets." Een ogenblik dacht hij erover in de regen de tuin door te lopen, om zeker van zijn zaak te zijn, maar hij wist dat hij zelfs rennend die kleine afstand niet kon afleggen zonder doornat te worden. Hij gaf dus het idee op, keerde terug in het huis, en dacht: „Wat kan het mij ook bommen!"
Toen ze uit de badkamer kwam, rilde ze niet meer. Het tennisshirt was haar te groot, maar de shorts pasten haar goed omdat hij een dun middel had. In dat kostuum had ze iets elegants gekregen, iets pittigs, dat ze niet bezat in haar eigen, slordige kleren. Ze was niet meer de nogal slonzige dochter van een missionaris, uit een burgerlijk milieu. Hij zag dat er mogelijkheden in haar schuilden; even dacht hij in zijn enthousiasme: „Bijna onbegrensde." Toen vermaande hij zichzelf: „Kalm aan... Kalm aan." Hardop zei hij: „Hier, neem deze pillen in, drink dit en neem als je thuiskomt er nog twee en morgenochtend ook. Stop dat doosje in de zak van je shirt."
Ze nam het glas brandewijn met water en zei weer: „Er scheelt me niets. Ik heb een hekel aan de smaak van kinine."

„Doe toch maar wat ik je zeg." Ze keek hem even aan, met een uitdrukking van verbazing in haar ogen. Toen slikte ze, als een gehoorzaam kind, de twee pillen in, spoelde ze weg met brandewijn en water en trok een lelijk gezicht.

„Ik ben geen kind," zei ze.

„Niemand beweert dat, maar je moet oppassen voor koorts."

„Ik heb geen koorts. Ik rilde van opwinding, dat is alles."

Hij nam de regenmantel en de hoed en zei: „En nu ga je naar huis." Maar ze ging plotseling zitten en herhaalde: „Ik ga niet naar huis. Ik kan niet . . . Ik ga nooit naar huis terug."

„Waarom niet?"

„Omdat ik een brief heb achtergelaten waarin staat dat ik voor altijd ben weggegaan. Nu kan ik niet naar huis gaan. Ik kan mijn moeder hierna niet onder de ogen komen."

Hij grinnikte en zei: „Je moet nooit briefjes achterlaten, voor het geval je van gedachten verandert."

„Hou me niet voor de gek."

„Dat doe ik niet. Hoe dan ook, dat briefje maakt geen verschil. Niemand zal dat vinden voor morgenochtend. Je kunt het verscheuren voordat iemand het ziet."

Opeens begon ze te huilen, net zoals ze op de middag van de tennispartij had gedaan. „Ik kan niet," snikte ze, „ik kan niet teruggaan. Ik heb genoeg van dat afschuwelijke leven."

Het geluid van haar snikken maakte hem onrustig, tot hij besefte dat Johannes de Doper door de regen heen sliep. Huilende vrouwen maakten hem altijd hulpeloos en wekten een neiging tot vluchten in hem. Hij was wel meer gevlucht, telkens opnieuw, als vrouwen begonnen te huilen en de grenzen die hij wenste te trekken, niet wilden accepteren. Maar ditmaal was hij onschuldig; hij gaf niets anders dan misschien raad. Hij had geen lust om Ranchipur te ontvluchten. Hij voelde er niets voor te worden weggedreven door een meisje dat hem niets kon schelen.

„Mijn moeder zegt dat ik met Harry Loder moet trouwen," snikte ze, „en ik wil niet!"

Ransome zocht vaag in zijn geest wie van „de jongens" Harry Loder was en toen verscheen diens beeld voor hem. Harry Loder was de grote, vlezige man die hij, in de zeldzame momenten dat hij weleens over „de jongens" dacht, de onsympathiekste vond. Hij was een bruut en dronk te veel. Dus Harry Loder wou met haar trouwen? Het nieuwtje verbaasde hem — dat Harry Loder, met zijn gepolijst, militair snobisme bereid was de dochter van een missionaris te trouwen. Toen meende hij te begrijpen hoe dat zat. Ze was het mooiste Europese meisje in heel Ranchipur, een van de mooiste van Indië, en Harry Loder begeerde haar en had waarschijnlijk ontdekt dat dit de enige manier was om haar te krijgen. Zodra hij genoeg van haar had, zou hij haar verwaarlozen en met de eerste de beste vrouw die hij krijgen kon, bedriegen en al die tijd zou hij nooit vergeten, en zorgen dat zij het niet vergat, dat hij haar een grote gunst had bewezen door te trouwen met haar, de dochter van een missionaris. Dat spelletje had hij in Indië wel meer zien spelen. Nee, ze kon niet trouwen met Harry Loder. Dat was uitgesloten. Toen ontwaakte voor het eerst sinds lang de ridderlijkheid uit zijn jeugd weer in hem. Eens was die overdreven en fantastisch geweest en bracht hem in allerlei moeilijkheden, maar sinds lang was hij ertegen op zijn hoede, omdat zijn gezonde verstand er altijd door aan banden werd gelegd, zodat hij dwaasheden beging. Er was in de wereld geen plaats meer voor ridderlijkheid. Je werd er maar belachelijk door.

„Nee," zei hij, „het spreekt vanzelf dat je niet kunt trouwen met Harry Loder. Heeft hij je gevraagd . . .? Ik bedoel officieel?"

„Ja, hij heeft me gevraagd en heeft het mijn moeder ook gezegd. Daardoor weet ze het. Nu zal alles nog erger worden."

Wat voorzichtiger zei hij: „Ik kan er niets aan doen. Het gaat mij niet aan."

Ze hield op met huilen en keek hem aan met de vastberaden uitdrukking die hem vroeger al eens had getroffen. „Jawel," zei ze en wendde toen haar blik van hem af, „als u maar groot genoeg was. Ik dacht dat u het was, toen ik hier kwam."

Hij had lust te lachen, maar hij vroeg alleen: „Wat bedoel je daarmee?"

„Als u me vannacht hier liet blijven . . . als ze me morgen hier vonden, zodat iedereen het wist, zou Harry Loder me niet meer willen trouwen en mijn moeder zou gedwongen zijn om me weg te sturen uit Ranchipur, wegens de praatjes. Begrijpt u niet? Dan zou ik in staat zijn om weg te komen en mijn eigen leven te gaan leven. Ik zou nooit terugkomen."

Na een ogenblik voegde ze eraan toe: „Het kan me niet schelen wat de mensen hier van me zeggen."

Het was duidelijk dat ze wist wat ze wou. Zijn lust tot lachen veranderde in een plotselinge bewondering voor haar wilskracht.

„En hoe moet het met mij?" vroeg hij.

Ze antwoordde hem zo vlug, dat hij dadelijk begreep dat ze al de vragen en antwoorden had overdacht. „Voor u zou het er niets toe doen," zei ze. „U hebt geleefd. U hebt zoveel doorgemaakt. Het zou uw reputatie niet schaden. Ik zie niet in waarom het u zou kunnen schelen."

Wat ze zei en de prompte manier waarop de woorden eruit kwamen, deed hem eensklaps in een vleug van intuïtie beseffen hoe het wereldje dat hij minachtte, hem beschouwde. Onder hun snobisme en pluimstrijkerij vonden ze hem in hun hart een roué, een verkwister, een schoelje, een kolonist die leefde van geld dat werd gestuurd, iemand die tot elke laagheid in staat was. Blijkbaar spraken ze zo over hem en soms in tegenwoordigheid van Fern. Toch waren ze bereid hem te accepteren, hem na te lopen zodra hij maar een vinger uitstak. Hij werd plotseling woedend, niet op

154

het meisje, maar op de wereld waaruit ze kwam: „Die vervloekte krui-
pers!" dacht hij. „Zij moeten nodig de staf breken over mij!"
„Waarom denk je dat?" vroeg hij. „Wie bracht je op zulke ideeën?"
Haar antwoord was verbluffend, zodat zijn woede plotseling wegslonk: „Nu,
ik dacht dat u niets gaf om zulke nare dingen als degelijkheid. Het kan u
niet schelen wat de mensen over u denken of zeggen. U bent niet zoals zij.
Ziet u niet in dat u een edele daad zou begaan?"
„Heb je dat allemaal ergens gelezen?"
„Nee, ik heb het bedacht." Opeens vergat ze in haar gretigheid haar tranen. „Ziet u niet dat ik het begrijp? Ik weet hoe u bent, in werkelijkheid
bent. U hebt een hekel aan het leven dat zij leiden, net als ik. Ik wil mezelf
zijn. Ik wil alles hebben wat het leven me kan geven. Het kan me niets
schelen of ik fatsoenlijk ben of een van die andere dingen."
Dus zo dacht ze over hem. Ja, eens was hij zo geweest, lang geleden, en
plotseling schaamde hij zich dat hij nu vermoeid en blasé was.
„Dat is alles goed en wel," zei hij, „maar het is niet gemakkelijk. Je moet
sterk zijn ... sterker dan ik, om zo iets klaar te spelen. Misschien is niemand
daarvoor sterk genoeg."
„Ik hou niet van makkelijke dingen."
„Waarom kwam je naar mij toe? Als dat het is wat je wilt, had je naar zowat
iedereen kunnen gaan ... naar een van de ,jongens', niet?"
Ze boog zich voorover, nam een sigaret van de tafel en stak die op. De luci-
fer was vochtig; ze deed onhandig en kreeg de sigaret niet aan. Haar
gezicht werd rood van verlegenheid. Maar ze hield vol en de tweede maal
slaagde ze en begon te trekken op een onhandige manier, als een oude vrijster die voor het eerst rookt. Terwijl hij wachtte tot ze zou antwoorden,
sloeg hij haar gade, wat geroerd en bekoord, omdat ze zo jong was.
„U bent de enige naar wie ik toe kon gaan, omdat u de enige bent die het
kan begrijpen en geen misbruik ervan zal maken."
Toen, na een stilte: „En omdat ik u graag mag. Soms geloof ik dat u in de
hele stad de enige bent aan wie ik geen hekel heb." Toen wist hij dat ze
de sigaret had genomen om het gevoel te hebben werelds te zijn en zich
moed in te gieten.
„Maar je kent me niet."
„O ja, dat doe ik wel."
Hij grinnikte. „De sterke, zwijgzame man ... geheimzinnig en koud, en
verschillend van anderen."
„Plaag me niet. Doe niet alsof ik een kind ben. Ik ben geen kind en ik wil
het niet zijn! Ik wil een vrouw zijn."
Een ogenblik voelde hij zich wankelen. Hij zei: „Je hebt me nooit laten merken dat je me graag mocht. Je hebt nauwelijks tegen me gesproken." Toen
bedacht hij zich, beseffend in welke richting er gevaar dreigde.
Haar haren waren nu aan het drogen en stonden in blonde krullen uit over

haar hele, kleine hoofd. Wat hij ook deed om het te vermijden, het was hem onmogelijk niet op haar lichaam te letten, op haar maagdelijke tengerheid, lange, slanke benen en dunne enkels. De kleren stonden haar beslist goed. Maar de situatie begon grotesk te lijken. Dat hij, juist een man als hij, zoveel liefheid, zoveel frisheid, zou weerstaan, terwijl hij die maar voor het nemen had. Hij schonk zichzelf nog eens in en voelde zich plotseling duizelig. „Misschien," dacht hij, „is dat wat met Edwina is gebeurd een geluk geweest. Misschien heeft het me ervoor bewaard dwaasheden te begaan met dit meisje. Grappig zoals de dingen kunnen lopen." Hij zei tot zichzelf dat hij haar zou dwingen dadelijk weg te gaan, maar hij was niet sterk genoeg. De verleiding, ook al was hij besloten er niet voor te bezwijken, was aangenaam en opwindend. Hij voelde zich zoals hij zich sinds lang niet had gevoeld, jong en geïnteresseerd in iets dat buiten directe sensuele bevrediging lag.

Toen merkte hij dat ze het hele glas brandewijn met water, dat hij haar had gegeven, al had opgedronken en dacht: „Ik had haar niet zoveel moeten geven. Misschien is het voor het eerst dat ze alcohol drinkt."

Ze zei intussen: „Ik mag u al een hele tijd. Ik heb dikwijls naar u gekeken op straat. Zondags wachtte ik bij het venster als u naar de Smileys ging, om u te zien. Ik hield altijd van u, maar u hebt me altijd behandeld als een kind. U nam zelfs nooit de moeite om tegen me te spreken."

„Nee," dacht hij, „ze is geen kind. Ze weet wat ze wil en niets zal haar tegenhouden." Toen hij het tweede glas op had, dacht hij: „Waarom niet? Welk verschil zou het maken? Het leven is kort en verrot."

Maar hardop zei hij: „Nu ga je naar huis, voor het te laat is." Hij had tegen de tafel geleund, stond nu plotseling rechtop, en zette het glas neer om zijn woorden kracht bij te zetten.

„Stuur me niet weg. Laat me alstublieft blijven."

Hij leunde weer tegen de tafel. „Als je bleef, wat zou je dan daarna doen? Ik zal nooit met je trouwen."

„Dat zou ik ook niet verlangen. Ik wil zelf niet gebonden zijn."

„Hoe denk je dan dat het ooit iets kan helpen?"

Weer had ze met verrassende snelheid haar antwoord klaar: „Ik ga weg uit Ranchipur, of mijn moeder wil of niet. Ik ga naar Amerika, waar ik wel een kans krijg. Ik zou naar Hollywood kunnen gaan. Ik weet zeker dat ik zal slagen."

„Dat is niet makkelijk. Het valt zwaar om daar naar boven te komen."

„Ik zal er alles voor over hebben."

Hij keek haar scherp aan, zonder te spreken, en terwijl zij zijn ogen ontweek, ging ze door: „Ja, alles. Ik bedoel àlles. Wat geeft dat, als het je vrij maakt . . . als je dan kunt doen wat je graag wilt? Zulke dingen komen er niet op aan. Het is over in een minuut. Hoe dan ook, het lichaam doet er niets toe. Dat is niet je werkelijke ik,"

Weer voelde hij zich opeens duizelig en dacht: „Het is onmogelijk. Ik hoor dat niet allemaal werkelijk zeggen. Gek, dat ik er vroeger ook eens zo over heb gedacht."

„Het kan vreselijk zijn," zei hij. „Je hebt er geen idee van hoe verschrikkelijk mannen kunnen zijn."

„Daarom ben ik hier gekomen." Ze aarzelde alsof ze moed verzamelde, en zei toen ik één adem: „Daarom wou ik dat u de eerste was. Ik weet dat u niet zo zou zijn en ik wou graag dat het de eerste maal met iemand was die ik graag mocht. Begrijpt u niet? Wat er later gebeurde, zou er niet zoveel op aankomen. Ik vraag u niet zoveel."

Hij dacht, een beetje bevend: „Grote genade, er zijn dingen waar de Heilige Antonius nooit van droomde!" Hardop zei hij: „Ja, ik begrijp het maar al te goed. Daarom ga je nu naar huis. Als je het niet doet, zal ik moeten gaan en je moeder halen." Hij ging naar haar toe en hield haar de vochtige regenmantel voor. „Kom," zei hij.

Maar ze bewoog zich niet. Ze begon alleen weer te huilen.

„Nee, alstublieft, hou me hier. Laat me niet naar huis gaan."

Toen werd hij eensklaps moe. Hij voelde zich wegglijden in zijn oude matheid. Hij wist dat hij nu weldra zou beginnen toe te geven, uit te stellen, beloften te doen die hij niet van plan was te houden. Datzelfde had hij gedaan op de veranda, die dag van de tennispartij, en het had hem nog maar meer in moeilijkheid gebracht. „Je moet me tijd laten om over zo iets na te denken." Toen hij zichzelf dat hoorde zeggen, begon hij te lachen.

„Ik kan nu niet teruggaan; mijn moeder zou wakker worden en vragen waar ik was geweest. Ze zou de auto horen."

Maar daarop was hij voorbereid: „Nee, we zullen niet zo dicht bij het huis komen dat dit kan gebeuren. Ik zal de auto aan het einde van de weg stoppen en je naar de Smileys brengen. Daar kun je vannacht blijven en morgen heel vroeg de weg overglippen naar je eigen huis. Dan kun je dat briefje verscheuren voor ze het vinden."

„Ik wil niet naar de Smileys. Mevrouw Smiley heeft een hekel aan me."

„Je kent mevrouw Smiley niet. Ze heeft aan niemand een hekel. Daar heeft ze geen tijd voor."

Ze was opgestaan uit de stoel, en terwijl zij nog steeds huilde, zei ze: „Stuur me niet weg! Ik wil niet weggaan! Ik ga niet, tenzij u me belooft dat ik u mag terugzien en dat u dan vriendelijk tegen me zult zijn."

„Dat beloof ik."

„U moet me helpen."

„Ik zal je helpen."

„Want het was niet waar wat ik heb gezegd. Het is niet alleen dat ik u wel mag. Het is meer." Ze begon de regenmantel aan te trekken. „Ik geloof dat ik u liefheb. Als ik dat niet deed, zou ik nu niet naar huis gaan."

„O, mijn God!"

Het water stroomde over de hele weg naar de greppels en op één plaats had zich een klein meer gevormd, waarin de oude Buick, waarvan de lichten werden versluierd door de regen, hals over kop neerdook, zodat ze beiden helemaal vol gespat werden. Ze zaten zwijgend naast elkaar, want van het moment af dat ze haar bekentenis had gedaan, was een vreemde scheidsmuur tussen hen opgerezen, gedeeltelijk uit verlegenheid en gedeeltelijk een soort verlamming die spreken onmogelijk maakte. Het was niet meer grappig; het was niet langer een klucht waarin hij de rol van de brave jongeling vervulde, en hij merkte dat Fern niet meer acteerde, maar nu doodernstig was. Hij wist niet welke rol ze had gespeeld, omdat hij niets wist van Blythe Summerfield, Parel van het Oosten, maar hij begreep dat ze uit de rol was gevallen die ze waarschijnlijk voor zichzelf had bedacht, voor ze naar zijn huis kwam.

Een tijdje probeerde hij in ernst iets te bedenken dat hij kon zeggen, omdat hij meende dat hij door een oppervlakkig gesprek hun verhouding weer kon terugtrekken binnen de grenzen van het gezonde verstand, maar hij kon absoluut niets verzinnen wat niet banaal en belachelijk zou klinken en zijn bedoeling zou verraden, want hij begreep nu dat het meisje niet dom was. Er was iets in haar openhartigheid, dat gewone praatjes op dit moment absoluut onmogelijk maakte. Ze zat een eindje van hem af, gelaten weggezakt op haar plaats, en hoewel hij niet naar haar keek, voelde hij haar nabijheid en wist precies hoe ze eruitzag in zijn oude tennisshirt en shorts: fleurig, aantrekkelijk en een beetje wild. Het was merkwaardig, zo duidelijk als haar beeld nu voor hem stond, terwijl hij enige uren geleden niet zou hebben kunnen vertellen hoe ze eruitzag, als iemand het hem had gevraagd.

Even voorbij de distilleerderij stopte hij en zei: „We kunnen vanhier af beter lopen, dan zal het geluid van de auto niemand wakker maken."

„Ik kan wel alleen gaan," zei ze, „u zult helemaal nat worden."

„Dat geeft niet. Ik ga straks regelrecht naar huis. Hoe is het met de kou?"

„Het was geen kou. Er scheelde me niets."

„Dus ze *is* zo," dacht hij. „Misschien ben ik een gek."

Toen hij naast haar voortplaste door de regen, kreeg hij even een duidelijk inzicht, alsof iemand een licht op hem had gericht, en hij was een beetje onthutst toen hij begreep dat gedurende de uren die ze samen hadden doorgebracht, een deel van hem bezig was geweest haar in koelen bloede, beetje voor beetje, te schatten: haar hals, haar borsten, haar dijen, haar blonde haren – en had overlegd hoe het wel zou kunnen zijn, dit avontuur. „Ik ben seniel," dacht hij, „een kapotte, oude snoeper," omdat hij, terwijl hij haar zo schatte, helemaal niet had bedacht hoe ze innerlijk was. „Ik moest niet zo zijn. Ik ben pas achtendertig. Misschien is dat het enige wat me nog wakker kan maken."

Het huis van de Smileys lag in het donker, maar ze hadden geen moeite om de deur te vinden en binnen te komen, behalve dat hij een flinke stoot opzij van zijn hoofd opliep van een van tante Phoebes hangende petunia's. De deur werd nooit op slot gedaan, de vensters waren nooit dicht. Dag en nacht kon men zo maar het huis inlopen. In het begin was er twee- of driemaal ingeslopen, maar na een tijdje werd bekend dat de Smileys niets bezaten dat waard was om te stelen, en daarna waren er geen moeilijkheden meer geweest.

Ransome kende de weg in het donker. Hij liet Fern in een hoek van de hal staan en zocht zijn weg door de gang met behulp van zijn sigarettenaansteker, tot hij bij de deur van Smileys slaapkamer kwam. Daar klopte hij aan. Hij hoefde niet bang te zijn de Smileys aan het schrikken te maken, daar ze eraan gewend waren op alle uren van de nacht te worden gewekt voor plotselinge ziekte of sterfgevallen onder de paria's en lieden uit de lage kasten. Hij klopte tweemaal en toen riep de slaperige stem van Smiley: „Hallo! Wat is er?"

„Hier is Ransome," zei hij. „Kan ik u even spreken?"

Toen antwoordde de stem, wakker en levendig: „Zeker! Een ogenblik."

Toen de deur werd geopend, kwam Smiley te voorschijn in een katoenen kamerjas, terwijl zijn vrouw volgde in een kimono, haar haren in een knoet boven op het hoofd gestoken.

Mevrouw Smiley draaide het licht op en Ransome zei glimlachend: „Het spijt me dat ik u moet storen, maar de omstandigheden zijn nogal eigenaardig."

Toen legde hij hun uit dat Fern van huis was weggelopen en waarom ze niet wou terugkeren, maar bereid was de nacht in het huis van de Smileys door te brengen. Hij vertelde genoeg om het verhaal geloofwaardig te doen klinken, maar in plaats van te zeggen dat hij haar in zijn slaapkamer had gevonden, vertelde hij dat het was geweest toen ze langs de weg liep door de regen. De Smileys schenen niet verwonderd te zijn. Zelfs toen ze zich omkeerden en Fern schaapachtig aan het eind van de hal zagen staan, gekleed in Ransomes kleren, gaven ze geen teken van verbazing.

Mevrouw Smiley zei: „O, hallo Fern!" alsof ze de beste vrienden waren, en ging naar haar toe om haar te begroeten. Het was niet gemakkelijk voor Fern, die altijd een hekel aan de Smileys had gehad, omdat ze „vrome, hardwerkende dwazen" waren, maar mevrouw Smiley, die misschien nooit iets had gemerkt van Ferns uit de hoogte doen, wist alles natuurlijk en gemakkelijk te maken, alsof Fern alleen maar even de weg was overgelopen om een theelepeltje bakpoeder te lenen.

„Ik zal je in de kamer naast ons stoppen," zei ze. „Dan hoef je niet bang te zijn."

„Ik ben niet bang," zei Fern, en toen zag Ransome opeens dat ze toch nog een kind was.

De Smileys drongen aan dat hij zou blijven en iets eten. Hij voelde zich alsof hij een vreemdeling was, overvallen door een noodweer, die in het huis van de Smileys een toevlucht vond. Ze toonden geen verbazing, stelden geen vragen en waren een en al gastvrijheid. Toen ging een deur verderop in de hal open en het hoofd van tante Phoebe verscheen. „Wat gebeurt er?" vroeg ze. „Kan ik helpen met iets?" „Nee," zei mevrouw Smiley, „het is niets."

Maar tante Phoebe had een glimp van Ransome opgevangen en van de dochter van de verwaande mevrouw Simon met mannenkleren aan en ze kwam de kamer uit zoals ze was, in een nachtpon met een hoge kraag en lange mouwen, haar dunne, witte haren allemaal in papillotten, om te zien wat er gebeurde. Daarop sloeg Ransome, die wist dat zij niet zou aarzelen om op de man af vragen te stellen, op de vlucht. Maar voor hij wegging, wenste hij Fern goedenacht. Ze keek hem recht aan, zo rechtuit, dat hij zich even onzeker voelde, en zei: „Dank u." Maar hij vermoedde dat ze probeerde hem te doen voelen dat alles tussen hen niet afgelopen was en dat het geen nut had haar af te schepen met beloften.

Toen hij, doorweekt en ellendig, de auto onder de luifel liet staan, drong het voor de eerste maal volkomen duidelijk tot hem door hoe na hij eraan toe was geweest iets te doen wat hem voorgoed onmogelijk zou hebben gemaakt in Ranchipur. Toen hij zichzelf had drooggewreven en het restant uit de brandewijnfles had opgedronken, zag hij alles zelfs nog duidelijker en wist op welke ogenblikken hij zich roekeloos en duizelig had gevoeld en had gedacht: „Naar de duivel ook! Het is het enige wat nog de moeite waard is in het leven. Als ik het niet doe, zal ik er op een dag, als ik een oude kerel ben, spijt van hebben." Hij wist al dat bijna de enige spijt die hij in zijn leven placht te voelen, was om dingen, zowel goede als kwade, die hij *nièt* had gedaan; die waren in het weefsel van zijn bestaan als gaten die een slordige wever erin had gelaten, waardoor het mooie effect van de stof werd bedorven. Men kon nooit terugkeren en de gaten herstellen. Als men iets had gedaan, hàd men het gedaan. Het ellendige was, dat alle elementen die nu zo belangrijk leken – eer, vrees voor praatjes, verantwoordelijkheid – eens geen enkel gewicht meer in de schaal zouden leggen. „Misschien," dacht hij, „is een werkelijk sterk man iemand die dat allemaal weet en toch roekeloos durft handelen." Want hij had niet het gevoel dat hij sterk was, of dat hij kort tevoren sterk was geweest toen Fern, lokkend en gretig, tegenover hem zat. Dit alles zou op een dag uitgewist zijn en niets in hem nalaten dan een dof gevoel van spijt, dat hij had afgezien van een avontuur dat misschien stralend en prachtig had kunnen zijn. Die gedachte bracht hem scherp de filosofie van majoor Safka te binnen: het lichaam, dat zoveel pijn veroorzaakte, hoorde in ruil zijn schuld te betalen in zinnelijke genoegens.

„Vervloekt," dacht hij, halfdronken, „altijd zijn het de moralist en de gentleman in mij, die me verlammen en alles bederven." Zelfs de moedwillig gezochte, koelbloedige liederlijkheid, waarin hij zichzelf telkens weer had gestort, was niet bij machte geweest dat in hem te doden. Het was er nog altijd, lange tijden slapend, om dan plotseling te ontwaken als hij dat het minst begeerde en hem, ondanks alles, een rol op te dringen die hij lang geleden vol afkeer, welbewust en door grote wilsinspanning, had verworpen. Toen hij het licht had uitgedaan en in bed klom onder het muskietengaas, dacht hij: „Ik heb nog nooit, zoals de meeste mannen, van de seksuele daad eenvoudigweg, ruw en direct, genoten. Ik heb nooit opgehouden te denken. Ik stond altijd een beetje terzijde ervan, sloeg mijzelf erbij gade en merkte op dat ik nietig was, beschamend en belachelijk." Misschien zou er eens een dag komen waarop hij eindelijk al die dingen had overwonnen en dat directe zou krijgen, maar hij wist, zelfs in zijn dronkenschap, dat die dag niet alleen de bevrijding van zijn lichaam zou betekenen, maar de dood van alles wat hij wezenlijk was.

Terwijl hij slapeloos en rusteloos in de hitte lag, gehinderd door het zoemen van de duizenden insekten die werden aangetrokken door het licht, had hij niet eens de troost zich nobel te voelen en die zijn scherpe spijt kon verzachten. Want als hij eerlijk was, moest hij erkennen dat niet hij, maar Edwina de oorzaak was van het feit dat Fern was weggegaan, nog steeds in de rol van ongerepte maagd. Was dat met Edwina niet gebeurd, dan zouden verveling en de eisen van zijn eigen lichaam hem misschien ertoe hebben gedreven te doen wat dat vreemde meisje wenste. Ja, ze was wat vreemd en zelfs fascinerend. Er was iets, diep in haar, onder al haar naïviteit, nonsens en opstandigheid tegen haar ouders en hun wereld, dat de moeite van het onthulllen waard was.

„Grappig," dacht hij weer, „dat het Edwina moest zijn – koelbloedige, giftige Edwina – die Fern redde, zonder het zelfs te weten." „Redde van wat?" echode het in zijn gedachten. – „Van iets dat zeker op een dag, over niet al te lange tijd, met haar zou gebeuren, van iets dat haar wellicht had bevrijd. En ik zou het tenminste prettig hebben kunnen maken voor haar," dacht hij.

Toen merkte hij dat iemand op de veranda liep, buiten het venster. In werkelijkheid zag hij zomin de donkere gestalte als hij de voetstap van de naakte voeten hoorde. In de hitte en rusteloosheid vóélde hij een nabijheid. Hij sprong uit bed, greep zijn zaklantaarn en strompelde naar de veranda. Het licht viel op de muur van regen en werd verzwakt en gebroken door de waterstralen, maar toch was het nog sterk genoeg om hem een vage, bruine gestalte te laten onderscheiden, die als een geest, volkomen naakt, door de tuin rende, het tuinhuis in.

Hij stootte hardop een verwensing uit. Toen hij naar bed terugkeerde, lachte hij en dacht: „Ik had het evengoed wèl kunnen doen. Nu zal ik er vroeg of laat toch van beschuldigd worden."

Het had geen nut om Johannes de Doper te bedreigen of te proberen hem om te kopen, want beloning noch straf, dat wist hij heel goed, zou er iets toe doen als zo'n smakelijk hapje nieuws in de kring van Johannes' kletsende, musicerende vrienden kon worden geworpen. Het verhaal zou groeien en groeien, iedere keer dat het werd herhaald, zoals de rimpels die een steen maakt in een rustige vijver, tot het tenslotte, van bediende tot bediende, de oren van iemand als mevrouw Hogget-Clapton zou bereiken en dan brak het lieve leven los. Hij kende Ranchipur. Tegen dat het de oren van „Pukka Lil" bereikte, had hij Fern dronken gevoerd en verkracht. „Ik had het net zogoed kunnen doen. Dat bewijst weer dat . . ." Maar wat het bewees, kon hij niet meer bedenken, aangezien hij zich erg verward, vermoeid en dronken begon te voelen. Het kwam hem voor of deze nacht, die was begonnen met het binnenkomen van Edwina in de zaal van het paleis, zo wit en koel, zo bleek en goudglanzend, oneindig lang was doorgegaan. Vlak voor hij insliep, hief hij het hoofd even op en luisterde een ogenblik. Ditmaal was het niet zijn verbeelding; het was onmiskenbaar. Hij kon het zelfs horen boven het geluid van de regenstortvloed uit. De rivier was begonnen te brullen. Toen herinnerde hij zich Edwina opnieuw en dacht: „Ja, ik denk dat daarom sommige mensen zich verkopen."

Bij de Smileys bleef Fern schaapachtig staan wachten, terwijl mevrouw Smiley en tante Phoebe beddelakens en een katoenen nachtjapon haalden en alles voor haar in orde brachten. Ze spraken over de regen en over de moeilijkheid om beddelakens droog te houden in zulk weer, maar absoluut niet over Ransome of over de manier waarop Fern was gekleed of hoe ze ertoe kwam na middernacht buiten in de regen rond te lopen. Tante Phoebe keek een paar maal naar haar met een doordringende blik die vreemd genoeg noch vijandig, noch afkeurend was, maar alleen nieuwsgierig en tamelijk waarderend. Er lag iets van bewondering in, een beetje verbazing en heel veel nieuwsgierigheid. Het was alsof de oude dame wilde zeggen: „Ik had nooit gedacht dat jij zoveel fut in je had."
Geen raad wetend met haar houding en verlamd door verwarring en verlegenheid keek het meisje toe, terwijl de twee oudere vrouwen bezig waren voor haar te zorgen. Tante Phoebe haalde een fles water en zette die op de tafel naast het bed. Mevrouw Smiley schikte het muskietennet over het bedstel, terwijl ze aan één stuk door babbelde over de manier waarop die netten wegrotten, bijna nog voor je ze goed en wel had genaaid, waarna ze tante Phoebe wegstuurde om een draad en naald te halen, om enkele gaten te stoppen die te voorschijn waren gekomen sinds ze de klamboe het laatst had gebruikt. Nu en dan zei Fern: „O, dank u wel, mevrouw Smiley!" of: „Het is in orde zo, doet u geen moeite," of: „Ik kan dat wel zelf doen. Laat u mij dat doen!" Intussen begon ze te beseffen wie mevrouw Smiley was.

162

Voor de eerste maal hield mevrouw Smiley op in haar gedachten te bestaan als een slonzig soort schaduw – eenvoudig een symbool van alle vervelende missionarissen – die als een voortdurende bedreiging in het huis aan de overkant woonde, het eeuwig bewijs dat zij, welke dromen ze ook mocht koesteren, slechts het kind van zendelingen was, veroordeeld om voorgoed in een „missionarissensfeer" te leven. Opeens zag ze nu mevrouw Smiley als een levend en werkelijk wezen, dat misschien dezelfde hartstochten, zwakheden en vertwijfeling had gevoeld als zijzelf. Vaag vermoedde ze, zonder het helemaal te begrijpen, omdat ze zo jong en onervaren was, dat in mevrouw Smiley de hartstochten en ontgoochelingen lang geleden al waren onderdrukt en tot orde gebracht. Ook besefte ze vaag dat mevrouw Smiley op de een of andere wijze de verwildering van het leven had ontward en de duisternis verhelderd. „Het moet prettig zijn," dacht het meisje, „zo gemakkelijk en zeker te leven." Want je hoefde mevrouw Smiley niet te kènnen om de kalmte en zekerheid die in haar waren te ontdekken; die bleken uit de manier waarop ze zich bewoog en tegen je glimlachte, uit de opgewekte, praktische wijze waarop ze de lakens op het bed legde, het gemak en de handigheid waarmee ze de gaten in het muskietennet stopte. Iets in de nabijheid van mevrouw Smiley, juist op dit moment, nu de zinnen van het meisje gespannen en gescherpt waren, maakte het haar duidelijk wat haar van huis had gedreven, naar Ransomes slaapkamer. Ze was niet gegaan omdat ze slecht of verdorven was, en ook niet gedreven door nieuwsgierigheid of omdat ze werkelijk verliefd was op Ransome – behalve in het rijk van haar romantische verbeelding – maar omdat ze moest ontkomen uit die verwarde, valse wereld die haar moeder en vader hadden geschapen en om haar heen in stand hielden, waarin ze haar opsloten en ellendig maakten. Ze had een einde aan dat alles willen maken en er scheen maar één uitweg mogelijk: weg te lopen en Ransome ertoe te brengen voor haar te doen wat voor iedere vrouw moest worden gedaan voor ze bij machte was de volle diepte en rijkdom van het leven te begrijpen.

Toen mevrouw Smiley en tante Phoebe waren weggegaan, lag ze in het donker in een van mevrouw Smileys katoenen nachthemden, maar viel niet in slaap. De brandewijn en de opwinding scherpten haar hersens als nooit tevoren en tenslotte begon ze, terwijl ze nadacht over dit alles, te begrijpen dat ze naar Ransome was gegaan, gedreven door allerlei redenen behalve door liefde voor hem, en dat wat slechts een romantisch idee was geweest, nu opeens werkelijkheid werd. Ze ging overeind zitten in bed en dacht: „Ik ben verliefd. Zo is dat gevoel dus." Het was helemaal niet zoals de dingen die je placht te lezen in geïllustreerde maandbladen of die je zag in de bisocoop.

Ze wist dat ze verliefd was, omdat ze „anders" voelde! Niet alleen tegenover hem, maar ook tegenover zichzelf. Ze zag in dat hij niet, zoals ze had geloofd, een romantische held was, zwijgzaam, melancholiek en mysterieus, die fraaie dingen verkondigde, zoals mannen in romans en in films. Hij had heel gewoon tegen haar gesproken, volmaakt eerlijk, en zich heel anders gedragen, veel gemakkelijker en veel „liever" dan ze zich van hem had voorgesteld in de scènes die ze verzon terwijl ze door de regen naar zijn huis liep. Ze zag nu in dat niemand ooit zo tegen haar had gesproken, alsof ze volwassen en een echt mens was. Ze kon niemand in de wereld verzinnen die ooit zo had gepraat, omdat al de anderen zich steeds anders gedroegen dan ze waren, zodat alles wat ze zeiden of deden vals was, gecompliceerd en irriterend. Het kwam haar nu voor dat de anderen steeds bang waren voor allerlei dingen: armoede, kwaadsprekerij, fatsoen, snobisme, een miljoen dingen, zodat alles wat ze deden of dachten krampachtig, verdraaid en ongezond werd. Ze zag ook in dat zijzelf, in de rol van Blythe Summerfield, een wereld had verzonnen die even onwaar was als haar moeders wereld, die van haar vader, mevrouw Hogget-Clapton of van „de jongens". Ze had zelfs een rol voor Ransome geschreven waarin ze hem hard, geheimzinnig, cynisch en heftig had gemaakt en ook dat was niet waar. Nu, alleen in het donker, voelde ze zichzelf blozen om de dingen die ze had gedaan en gezegd toen ze met hem samen was, omdat zoveel ervan vals en belachelijk was. Opeens begreep ze hoe aardig hij voor haar was geweest. Ze wist ook dat, zelfs als was gebeurd wat ze wenste, ze nu geen verdriet, berouw of zondig gevoel zou hebben, omdat het góéd zou zijn geweest op een manier die ze niet helemaal voor zichzelf kon verklaren. „Ik heb hem lief," dacht ze steeds, „zo is het, als je dat voelt." Het was zoveel prettiger, zoveel warmer, zoveel opwindender dan een van de dwaze dingen die ze had gefantaseerd.

Hij bestond nu niet meer voor haar als een vaag mysterie, omdat hij kwam uit een wereld en een leven waarvan ze niets af wist, maar als een werkelijkheid. Ze was niet bang voor hem. Ze kènde hem. Zonder het tot op dit moment te beseffen, had ze allerlei dingen aan hem ontdekt: de manier waarop het dikke, donkere haar boven zijn door de zon verbrande voorhoofd groeide; het matte, bijna trieste glimlachje, dat soms midden in een gesprek over zijn gezicht gleed; de klank van zijn stem, zoals die precies was – een prettige, aardige, vleiende soort stem, die ze nu volkomen duidelijk kon horen terwijl ze alleen in de eenzame duisternis van een vreemd huis lag – en de vorm van zijn handen, die mooi waren, en de manier waarop ze wat beefden als hij zijn glas opnam.

Even keerde Blythe Summerfield terug. Ze betrapte er zich op halfluid te zeggen: „Zijn handen, zijn lieve handen", en toen bloosde ze opnieuw in het donker en schaamde zich over zichzelf, omdat ze haar pas ontdekte waarheid had verloochend. Maar bovenal – dat wat bovenal maakte dat ze hem liefhad – was het besef waarvan ze tevoren nooit gedroomd had, dat hij even ongelukkig was als zijzelf.

Ze begreep nu hoe het kwam dat hij zo bevriend was met de Smileys, zo dikwijls bij hen in huis kwam en zo zelden in dat van haar moeder verscheen. Ze wist ook dat hij, zelfs als hij naar haar moeders huis kwam, daar helemaal niet werkelijk zelf was. Hij stuurde eenvoudig iemand anders in zijn plaats, die vriendelijk was en beleefd deed, alsof hij geloofde in de malle wereld die daar bestond. Ze dacht: „Hij en mevrouw Smiley weten iets dat wij niet weten, aan de andere kant van de weg," en eensklaps kreeg ze een vermoeden van een ander soort wereld, van een, zoals ze vaag begreep, waarin zij behoorde: een wereld waarin rijkdom was, waarin leed diepte bezat, eerzucht grootheid en waarin vreugde iets wezenlijks was. Ze was niet langer een klein meisje. Toen ze tenslotte in slaap viel, leek het haar of de nacht, die was begonnen met haar wegsluipen uit huis in de regen, oneindig lang was doorgegaan. Voor de eerste maal ontdekte ze dat het leven niet gewoon iets is dat de klok in seconden, minuten en uren wegtikt. Soms bewoog het dagenlang niet, misschien jarenlang, en dan opeens kon men vijf jaar doorleven in een paar uren. Het was een grappig idee . . .

Toen mevrouw Smiley terugging naar haar eigen kamer, brandde daar nog het licht, maar meneer Smiley sluimerde al in zijn deel van het tweepersoons bed, waarin ze winter en zomer sliepen, en ze maakte hem niet wakker, want ze wist dat hij elke minuut slaap die hij kreeg nodig had.
Behoedzaam kroop ze onder het muskietengaas, opdat de oude veren niet zouden kraken en hem opschrikken. Ze was niet erg verlangend hem te wekken en met hem te spreken over Fern, omdat ze heel goed begreep wat er met haar gaande was en er zeker van was dat Smiley het ook wist. Het was verloren tijd en moeite om dat hele geval nog eens te herkauwen, in kleine stukjes te hakken en allerlei vermoedens op te werpen of dingen te verzinnen. Ze wist veel te goed dat Fern ongelukkig was en ook waarom; ze had dat sinds lang geweten. Ze begreep ook waarom Fern van alle mensen in Ranchipur juist naar Ransome was gegaan en ze wist ook dat er niets was gebeurd, omdat Ransome zo was, al mocht hij nog zo'n geringe mening over zichzelf koesteren.
Ze wist al deze dingen, omdat ze, alhoewel er zelden iets opwindends met haarzelf was gebeurd, zich zulke dingen kon voorstellen en op vreemde wijze een aangeboren begrip bezat voor menselijke dwaasheden en smarten. Wellicht kwam dat, omdat mevrouw Smiley geen eigen ik bezat. Ze had geen gedachte over voor zichzelf en wist nauwelijks hoe ze eruitzag, aangezien ze nooit tijd had gehad om haar uiterlijk te bestuderen. Ze gebruikte een spiegel juist lang genoeg om 's morgens haar haren te kappen, zodat ze niet los zouden raken, en zelfs terwijl ze die spiegel gebruikte, zag ze niet haar eigen gezicht, maar enkel haar handen en haren, alsof die haren iets waren, los van haarzelf, als een taart of een stuk brood. Ze had nooit een eigen ik bezeten, zelfs niet als kind, want ze scheen te zijn geboren met

een soort aangeboren nederigheid, die eerder bewaard dan bedorven werd door het feit dat ze uit een gezin van negen kinderen stamde. Het kwam nooit in haar op dat ze door iemand verwaarloosd, slecht behandeld of beledigd zou zijn. Als jong meisje, ginds in Cedar Falls, was ze er volmaakt tevreden mee geweest dat zij in de schaduw werd gesteld door knappere, intelligentere of meer zelfbewuste meisjes. Ze vond er zelfs een soort genoegen en bevrediging in om toe te kijken en te luisteren, en voelde zichzelf gelukkiger als anderen zich amuseerden. Zodoende werd ze onvermijdelijk de vertrouwde van iedereen die in haar nabijheid kwam, en toen ze nog heel jong was, had ze al opgehouden ooit verontwaardigd of verbaasd te zijn door wat ook. Op het laatst bezat ze meer levenswijsheid dan de meeste mensen die hartstochtelijk en heftig leefden en steeds opnieuw dezelfde zonden, dezelfde domheden, dezelfde vergissingen begingen. En hoewel ze zelden aanbidders had, kreeg ze daarom toch nooit medelijden met zichzelf, omdat ze altijd zo druk bezig was en zoveel belangstelling koesterde in het gadeslaan van anderen. Er waren werkelijk ogenblikken waarin ze eerlijk medelijden voelde voor mensen die veel schitterender en aantrekkelijker waren dan zij, omdat het haar voorkwam dat al hun schoonheid en gaven hun alleen maar ongeluk en leed brachten. Rustig als een muisje in haar hoekje had ze nooit naijver, jaloezie, bitterheid of ontgoocheling gekend en voelde zich daardoor gelukkiger dan anderen.

Toen kwam Smiley in haar leven: eenvoudig, nederig en door haar familie scheef aangekeken omdat hij maar een doopsgezinde was en het waagde het hof te maken aan de dochter uit een congregationalistisch gezin; Smiley, met zijn argeloosheid, netheid en zijn schuwe hartelijkheid de enige die mensen en dingen zo zag als zij. Maar ze trouwde met hem in weerwil van alles en iedereen, werd doopsgezind en missionaris en ging met hem naar Indië, niet uit vroomheid, hysterie of dweepzucht, maar omdat het voor hen beiden iets heel natuurlijks was dit te doen en omdat deze roeping volmaakt bij haar paste.

Ze leefde altijd in anderen, niet in zichzelf, zonder enig bezit dat het stelen waard was, trots die kon worden gekwetst, aanspraken die overwonnen konden worden of eerzucht die kon falen. Dat was het geheim dat Ransome langzamerhand had ontdekt. Sinds Smiley kwam, was ze nooit meer eenzaam geweest, evenmin als hij. Ze maakte zichzelf nooit wijs dat ze waren getrouwd uit hartstochtelijke liefde en ze wist dat geen van beiden aanleg had voor dergelijke extase. Ze waren getrouwd omdat ze beiden nederig waren, elkaar begrepen, de mensen op dezelfde manier beschouwden en omdat beiden er hun diepste geluk in vonden anderen te dienen. Ze wist niets omtrent vleselijke genietingen en nam niet de moeite zich die voor te stellen, maar ze vond bij Smiley hartelijkheid en warme bescherming. Een tijdlang lag ze wakker, terwijl ze zich afvroeg hoe ze Fern Simon zou kunnen helpen. Sinds lang had ze geweten dat het meisje eenzaam en ongelukkig was, maar ze had tevens beseft dat het geen nut zou hebben naar haar toe te gaan. Nu Fern naar haar was toe gekomen, of beter, door Ransome bij haar was afgeleverd, zou het wellicht gemakkelijker gaan.

Ze viel tenslotte in slaap, maar werd kort na zonsopgang gewekt door geklop en vond buiten de deur een van de jongens uit Smileys klassen. Hij behoorde tot de pottenbakkerskaste en kwam haar vertellen dat zijn moeder en broer beiden tyfus hadden gekregen. Er waren vier andere nieuwe gevallen in het stadskwartier van de pottenbakkers.

Ze kleedde zich aan en ging met hem mee, terwijl ze wat vermoeid dacht: „Ze beginnen weer af te zakken. Waar tyfus is, moeten luizen zijn." Zij en Smiley zouden weer een van hun campagnes moeten houden en ze hadden het al zoveel malen gedaan, dat ze een ogenblik in de verleiding kwam te denken dat het allemaal hopeloos was, al hun werk en inspanning. Ook maakte ze zich zorgen. Vier nieuwe gevallen, in één buurt en één enkele nacht, was te veel.

Voor ze ging, wekte ze Fern en stuurde haar naar de overkant van de weg, naar haar eigen huis.

Snel en wonderbaarlijk had de regen het hele landschap en het hele leven in Ranchipur veranderd. Binnen enkele uren ontsproten aan de ranken in Ransomes tuin lange, tere loten, groen als sla, die overal heen kropen met een kracht en volharding buiten iedere verhouding tot hun tere uiterlijk. In de spleten van de stenen en lemen muren, in regenpijpen en zelfs door open vensters zochten zij zich een weg. Om pilaren en tuinstoelen en de oude banaanbomen heen en zelfs om de pomp, die bij de oude put werd gebruikt, kringelden en kronkelden ze, zich in een soort plantaardige extase en wellust vastklampend aan alles wat binnen hun bereik kwam. Uit de perken en midden in de kale paden ontsproten kleine plantjes, slechts gevoed door de stroom van warme regen. Zelfs de vermoeide en stoffige goudsbloemen en stokrozen werden weer jong, kregen bladeren en knoppen die niet langer door de zon werden verbrand voor ze goed en wel opengingen. En nu verschenen de machtige mango- en de oude banaanbomen in de volle waardigheid en pracht van hun diepe groen, want het stof was weggewassen en de bladeren werden niet meer geel en slap in de brandende zon. In de paleistuin vulde zich het stoffige, kleine meer met water, en de lichtzinnige, kleine plezierbootjes, niet langer vastgelopen op een zee van cement, kwamen op de waterspiegel tot leven en schommelden zachtjes in al hun rode en gouden fleurigheid. De grote perken met bloemen, een week geleden nog stoffig en verwelkt, werden plotseling wonderbaarlijker en levenskrachtiger dan welke bloemen ook in iedere vochtige, Engelse tuin. Uit de vensters van Jobnekar zag men nu de uitgestrekte, vlakke maïs- en gerstvelden veranderd van goudbruin tot smaragdgroen, alsof een enorm kleed over het landschap was geworpen, van de rand van het pariakwartier tot helemaal aan de magische berg van Abana en de dode stad El-Kautara. In de tuin van de Amerikaanse missie begonnen tante Phoebes petunia's, geraniums en orchideeën, die onder de druipende bomen in hun oude tinnen kannen en bamboekistjes hingen, te groeien en te bloeien met zo'n overmatige kracht, dat de oude dame, beschut door een regenmantel, de moesson trotseerde om met een centimeter de groei binnen vierentwintig uur te meten, om deze statistiek te kunnen opnemen in haar jaarlijkse beschrijving van de regenmoesson, als ze naar Cedar Falls schreef, waaraan ze elk jaar placht toe te voegen: ,,Ik overdrijf niet. Ik heb de groei zelf gemeten. Vier inches in vierentwintig uur," hetgeen altijd twee of drie inches meer was dan de waarheid. De klimplanten van het huisje waarin juffrouw Dirks en juffrouw Hodge woonden, tegenover de poort van het paleis, groeiden verzadigd door regen over de ramen heen, zodat het binnenvallende licht een groenige tint kreeg en de twee oude juffrouwen onder water leken te eten, te slapen, te borduren en schoolwerk te corrigeren, als een paar maagdelijke zeemeerminnen van middelbare leeftijd.

Ook de slangen kwamen te voorschijn: de pythons en de cobra's, de kraits en allerlei andere serpenten, eerst loom en toen met steeds toenemende eetlust, zwermend in velden en tuinen en langs de rivieroever. In het hospitaal werd de taak van juffrouw MacDaid nog verzwaard door gevallen van slangebeten, die behandeld werden door het vlees weg te snijden en seruminjecties toe te dienen. Men kon hen die door cobra's en andere serpenten waren gebeten, redden als ze een sterk hart hadden, maar aan hen die door de venijnige, kleine krait waren gebeten, was niets te doen.

In de huizen en in het grote paleis begonnen op de muren uitgestrekte plekken meeldauw te verschijnen en de hele dag door werden er vuren gebrand om de lakens te drogen, die gedurende de nacht zwaar van vocht werden. De insekten vermenigvuldigden zich bij biljoenen, zodat er ogenblikken waren dat, als je 's nachts wakker werd en het licht opstak, het net om het bed zwart zag van hun lichamen, alsof het een stijf gewaad van donkere stof was die over het bed was geworpen en waardoor je geheel werd afgesloten van de buitenwereld. Overdag zaten ze met hele wolken weggekropen achter schilderijen, onder kussens en meubels, waar zij een feestmaal vormden voor de piepende hagedisjes, die onder het met riet gevulde dak leefden. In de bazaar en op het plein van het oude, houten paleis verdwenen de verkopers van zoetigheden en koekjes tegelijk met de menigte. Er werden niet langer zaken gedaan in de openlucht, onder de gloeiende zon, maar in kleine, donkere kamers, vochtig als kelders. De treden van het grote reservoir waren leeg, behalve wanneer soms een paar uur lang de regens ophielden en het plein plotseling vol was van een hele troep *dhobies*, die naar het reservoir kwamen om hun kleren te wassen.

De regens waren gekomen met een kracht en overmaat, die in vier of vijf dagen de rivier deden zwellen en de reservoirs deden overvloeien. De oudste inwoner van Ranchipur kon zich geen regens als deze herinneren. Ze waren zo heftig dat de mensen, toen hun eerste, opgewonden vreugde over hun komst was bedaard, zich vaag verontrust begonnen te voelen en praatten over de legendarische, grote overstroming die in de dagen van de slechte maharadja was voorgekomen. Maar het kanaliseren van de rivier bleek doeltreffend en de stroom bleef, onstuimig en onbelemmerd, midden door de stad stromen en langs de groene heuvels naar de heuvels achter de berg Abana. De treden onder de tempel van Krisjna verdwenen onder de gele vloed en de bodem van de tempel zelf was bedekt met afgebroken boomtakken, kadavers van beesten en allerlei afval, zodat Raschid Ali Khan, die de chaos opmerkte toen hij van zijn werk naar huis reed, daar een veger posteerde, die dag en nacht met een lange stok het afval moest wegduwen. Het was zonderling, dat het de hindoes zelf niet kon schelen, maar voor Raschids mohammedaanse geest leek het onbehoorlijk dat de stoeptreden van een tempel bedekt zouden zijn met afval, rommel en kadavers. Een voor een gingen hele gezinnen van deftige lieden weg naar de plaatsjes op de heuvels, waar geen meeldauw, slangen of insekten waren: de generaal, de commandant en zijn gezin, meneer Burgess van de bank met mevrouw Burgess, haar tante en haar zuster, de dewan met zijn hele patriarchale huishouden, dat ook zijn zuster en zijn twee neven bevatte, zijn twee zonen en vier kleinzonen en hun vrouwen en zeven achterkleinkinderen. In het paleis overlegden Maria Lishinskaja en de maharani welke juwelen en sari's Hare Hoogheid in Karlsbad, Londen en Parijs nodig zou hebben en de maharadja zelf gaf tenslotte bevel tot het vertrek met de „Victoria", die de zaterdag daarna vanuit Bombay vertrok. Hij had echter geen belangstelling voor de reis, want hij voelde geen lust om weg te gaan. Hij was vermoeid en ziek en koesterde de wens in Ranchipur te sterven, te midden van zijn eigen volk. Het waren de maharani en de majoor, die hem overhaalden. Ze hielden aan en lachten toen hij zei dat in zijn horoscoop stond dat hij dit jaar niet zou overleven. Ze lachten . . . maar hij wist.

In het vochtige, oude huis bleef Ransome uit eigen beweging achter, vol van de opwinding die het schouwspel van de regenmoesson altijd in hem opwekte. Op de dag na het diner in het paleis voelde hij zich bij het ontwaken ziek en terneergeslagen en het duurde lang voor hij alles wat de vorige avond was gebeurd, had gereconstrueerd. Hij wist dat hij niemand wenste te zien – noch Edwina, noch Fern, zelfs Johannes de Doper niet. Toen de bediende hem zijn thee bracht, gaf hij geen enkel teken dat hij wist wat de vorige avond was gebeurd. Hij was zwijgzaam als gewoonlijk en Ransome stelde hem geen vragen, in de mening dat het beter was de zaak als iets onbelangrijks te beschouwen. Hij hoopte dat Johannes de Doper het geval niet uitzonderlijk zou vinden en zou geloven dat alle Europese vrouwen zich gedroegen zoals Fern Simon.

Nadat hij zijn thee had gedronken en zich geschoren en gekleed had, nam hij een besluit over de wijze waarop hij de dag zou doorbrengen. Hij zou alleen een eind naar buiten rijden, naar de dode stad El-Kautara. Hij wist dat dit de enige manier was om aan gezelschap te ontkomen, want ondanks zijn kluizenaarsgewoonten bestond er in Ranchipur niet zo iets als een privé-leven. De mensen kwamen en gingen doorlopend. Het was op straat onmogelijk vrienden en bekenden te vermijden. Deuren en vensters waren altijd geopend. Er bestond geen middel om gedurende de regenmoesson zichzelf op te sluiten en alleen te blijven.

Lord Heston kon zijn bedreiging, de volgende morgen Ranchipur te zullen verlaten, niet uitvoeren, want toen die volgende morgen kwam, was hij veel te ziek.

Om acht uur werd zijn vrouw met moeite wakker gemaakt door Bates, die haar vertelde dat er nu geen vergissing mogelijk was en dat Zijn Lordschap zo ziek was, dat hij niet langer kon voorgeven dat die ziekte niets had te betekenen.

Ze luisterde vermoeid naar hem, want haar hoofd was suf van de vele slaapmiddelen die ze de vorige avond had ingenomen, en trachtte zich te realiseren dat ze in Ranchipur was en niet in een huis in Hill Street.

Zijn Lordschap, vertelde Bates, was niet normaal wakker geworden. Hij scheen te verkeren in wat Bates een „flauwte" noemde en nu hij niet langer kon tegenstribbelen, had Bates het klaargespeeld zijn temperatuur op te nemen en vastgesteld dat die zeven graden boven normaal was.

„Ik ben bang, mylady," zei Bates, „dat hij een van die oosterse koortsen heeft."

Ze had lust te antwoorden: „Je bent helemaal niet bang. Je hoopt dat het zo is." Maar ze beheerste zich met grote inspanning en zei: „Ik denk dat we maar om een dokter moeten sturen, maar ik weet niet wie ik zal roepen en waarheen."

„Als mylady misschien een briefje schreef aan Hare Hoogheid, zou ik het kunnen laten wegbrengen door een van de bedienden."

„Ik zal eerst naar hem gaan kijken en dan een briefje schrijven. Ga maar, Bates. Ik kom direct."

Toen ze haar gezicht had opgemaakt, haar haren in orde gebracht en een peignoir had aangedaan voelde ze zich wat beter, hoewel ze een sensatie in haar hersenen had alsof ze in watten waren gepakt, en als ze haar hand oplichtte, leek die loodzwaar en vreemd, iets dat niet bij haar hoorde. Het was de eerste maal dat ze in zijn kamer kwam en even maakte het schouwspel van Heston in die grote, met rood tapijt belegde Victoriaanse slaapkamer, haar bijna aan het lachen. Hij lag grotesk in een bed van djatihout, met paarlemoer ingelegd, en toen ze hem zag, welde plotseling een gevoel van schrik en schaamte in haar op. Het was alsof ze hem nooit eerder werkelijk had gezien, in al zijn grofheid en logheid, want nu hij daar halfbewusteloos

170

lag, waren de vitaliteit en de energie verdwenen, die altijd de zware massa hadden verlevendigd en dikheid in forsheid hadden veranderd. Hij leek suf, krachteloos en zwaar. De harde lijn was van zijn kaak verdwenen en de spieren in zijn brede gezicht waren alle verslapt. Hij was plotseling niets anders meer dan een afstotende vleesmassa.

Toen herinnerde zij zich tamelijk vaag wat er de vorige avond in het paleis was gebeurd en de ruzie in haar slaapkamer, en plotseling werd ze vervuld door schaamte en afkeer tegen zichzelf, niet om Ransome of zelfs omdat ze zo verdorven was – ze schaamde zich over geen van de avonturen die ze buiten haar huwelijk had gekend – maar omdat ze al bijna tien jaar met deze grove vleesklomp, die daar nu in het bed van djatihout en paarlemoer lag, had geleefd en zichzelf ontelbare malen onverschillig aan hem had gegeven. Al de andere mannen – allen zonder uitzondering – waren tenminste op een of andere wijze aantrekkelijk geweest en ze dacht dadelijk aan Ransome en hoe anders zijn lichaam was, zo slank en gehard, ondanks zijn drinken en uitspattingen. Terwijl ze stond neer te zien op Heston, dacht ze: ,,Onverschillig of hij blijft leven of sterft, ik ga nooit meer met hem naar bed.'' Ze wenste zonder enige schaamte zijn dood, want ze wist dat ze, als hij mocht blijven leven, hem altijd zo voor zich zou zien, verraden door zijn ziekte: log, grof, met een purperen gezicht en openhangende mond. Elke keer dat ze hem zo zag, zou ze zich herinneren dat ze ontelbare malen haar mooie, slanke lichaam aan hem had geprostitueerd. Met al de anderen was het genot geweest en soms zelfs liefde. Heston alleen had haar altijd betaald.

Terwijl ze zich over het bed boog, wist ze dat Bates haar gadesloeg, nieuwsgierig hoe ze zich zou gedragen, en ze besefte dat ze komedie moest spelen, al zou ze er hem waarschijnlijk niet mee om de tuin leiden, zodat hij in elk geval geloofde aan haar goede bedoelingen. Ze was zich bewust dat hij, een bediende, al te veel van haar wist. Dus riep ze, alsof ze een toegewijde echtgenote was: ,,Albert! Albert! Hier is Edwina.'' De doffe, lichtblauwe ogen gingen wat open, maar ze staarden in het niet door haar heen, zonder zich ergens op te richten. Hij stootte een zwak, kreunend geluid uit en de ogen sloten zich weer. Een tweede maal probeerde ze het, maar met even weinig succes, en toen zei ze: ,,Ik zal een briefje schrijven, Bates. Het is beter dat we het maar dadelijk versturen. Blijf jij hier om op te passen.''

In haar eigen kamer haalde ze haar schrijfmap te voorschijn, en een reukflesje, en begon te schrijven, maar ze kwam niet verder dan: ,,Uwe Hoogheid'', want toen begreep ze dat ze niet naar de maharani, maar naar Ransome moest schrijven. Ze voelde zich opeens bevreesd voor de oude dame – waarom, dat zou ze niet hebben kunnen zeggen – maar er was iets aan haar, iets in haar aanwezigheid, haar manieren, haar waardigheid, ja, en ook in haar slimheid, dat haar onzeker maakte en een beetje beschaamd. Ze zag haar weer voor zich zoals ze haar de vorige avond had gezien, staande onder de stralende, met bijen gevulde kroonluchter, met een spottende uitdrukking in haar ogen. „Ze wist wat we van plan waren," dacht Edwina. Ze voelde ook, alsof de oude dame het had gezegd zonder het in woorden uit te drukken, haar verontwaardiging: „Je bent geboren voor een hoge positie en verantwoordelijkheid. Je hebt een plaats in het leven, die je moest hoog houden, zelfs een stukje beschaving dat je voorvaders hielpen scheppen, en je faalt daarin voortdurend. Je faalt tegenover jezelf en de anderen om je heen. Je hebt een roeping en je verknoeit die."

Ze begreep nu opeens hoe de maharani over haar dacht, een Engelse, afstammend van een ras van overwinnaars en kooplieden. Nee, ze kon niet naar de maharani schrijven en haar vragen haar de aantrekkelijke majoor hoe-heette-hij te sturen. Hare Hoogheid zou het doorzien. Ze zou glimlachen terwijl ze het briefje las en over lady Heston denken als over het stof onder haar voeten. Maar Ransome kon ze schrijven en hem alles vragen wat ze wou. Ook hij zou haar doorzien, maar bij hem kwam het er niet op aan, omdat hij juist als zij in alle opzichten had gefaald en dus zou begrijpen. En hij was geen Indiër.

Ze had geen bewust vooroordeel tegenover Indiërs, omdat ze even intelligent als zedeloos was, maar zij leken haar altijd vreemd en volmaakt onbegrijpelijk. Als ze een enkele maal weleens erover nadacht, meende ze dat dit gevoel een laatste spoor moest zijn van de legende der Engelse superioriteit, die Heston haar altijd probeerde in te pompen. Het was alles wat er nog was overgebleven, zo iets als de gewrichten en botten in de vinnen van een walvis. „Misschien," dacht ze, „zullen eens alle Engelsen net zo zijn als ik, met vinnen in plaats van armen en benen, vingers en geledingen", en in een poging zichzelf te rechtvaardigen, dacht ze: „Misschien zou ik, via die majoor hoe-heet-hij, Indië kunnen gaan begrijpen. Misschien zou hij in staat zijn dat laatste restje vooroordeel in mij te vernietigen."

Aan Ransome schreef ze:

Beste Tom,

Albert is vanmorgen werkelijk ziek en heeft een goede dokter nodig. Ik weet niet wat hem scheelt. Er was een aantrekkelijke man, gisteren in het paleis, een majoor dit of dat, van wie me gezegd is, (ze moest het heel achteloos doen) dat hij een uitstekende dokter is. Zou jij hem misschien een briefje willen sturen en vragen of hij hier wil komen?

Het is een vervloekt vervelende geschiedenis, nu we net van plan waren vandaag naar Bombay te vertrekken. Ik vergat dat jij dat niet wist. Ik heb niet tegen je gelogen gisteravond. We besloten er pas toe toen we thuiskwamen. Nu zullen we hierdoor de „Victoria" missen en God weet wanneer we dan weg kunnen komen.

Als je even tijd hebt, loop dan eens bij me aan. Ik heb wel wat opvrolijking nodig. Je zult me waarschijnlijk in bed vinden. Bij zulk weer is dat het enige wat je eigenlijk kunt doen en ik heb nu de waterwerken, de gevangenis, het gekkenhuis, enzovoort, gezien. Of nog beter, kom met me lunchen. De kok is niet kwaad. In elk geval zie ik je morgenavond op het diner van meneer Bannerjee. Ik ben van plan te gaan, tenzij Albert te ziek is. Het is beter dan hier boeken over Indië te zitten lezen. Hoe dan ook, nu kan ik tenminste donderdag bij je komen.

Edwina.

Toen ze de brief had geschreven, deed ze die, zonder hem over te lezen, in een envelop en zegelde die met bijzondere zorg, niet alleen wegens de loerende ogen van Bates, maar ook omdat ze zich herinnerde in Simla sinistere geschiedenissen te hebben gehoord over de nieuwsgierige ogen van welke Indiër ook, in wiens bezit de brief mocht komen.

Een paleisbediende bracht het briefje juist toen Ransome in de auto stapte om naar El-Kautara te gaan, en toen hij het had doorgelezen, gaf hij de bediende een fooi en zond hem weg met de boodschap dat hij dadelijk zou komen. Maar hij voelde er niets voor zijn plan te veranderen; hij zou Edwina niet opzoeken en zeker niet met haar lunchen. De vorige avond was haar aanwezigheid hem welkom geweest en toen was hij bereidwillig teruggegleden in het gevoel uit zijn jeugd, maar nu was dit het laatste wat hij begeerde. De brandewijn die hij de vorige avond had gedronken, maakte hem nu fysiek onwel en er bleef in hem nog steeds een verward gevoel achter, gevormd uit evenveel spijt als voldoening in verband met de manier waarop hij zich tegenover Fern had gedragen. Hij voelde dat dit allemaal binnen de grenzen van het gezonde verstand moest worden teruggebracht voordat hij tot rust kon komen. Iets in het avontuur met Fern maakte in zijn ogen ook Edwina minder begerenswaardig, iets alsof ze een oud verhaal was, dat hij al te dikwijls had horen vertellen. Zoals Edwina wel vermoedde, doorzag hij onmiddellijk de brief, de achteloze opmerking omtrent majoor Safka en de wenk over het kènnen van Indië in plaats van erover lezen. Het briefje maakte hem opeens boos, niet over haar schaamteloosheid, want die liet hem even onverschillig alsof ze een machine was geweest in plaats van een vrouw, maar omdat hij niet wilde dat ze het leven van de majoor in de war stuurde. Hij had het volste vertrouwen in zijn vriend, maar hij kon niet vergeten dat een Indiër soms volkomen het hoofd verloor als een Europese vrouw hem aanmoedigde, in het bijzonder een mooie vrouw als Edwina, die ervandoor zou gaan zodra ze er genoeg van had. Ook dacht hij aan de arme juffrouw MacDaid. Als de majoor op Edwina's avances inging, zou het niet alleen zijn werk in de war sturen, maar de arme juffrouw MacDaid tot vertwijfeling brengen. Toen

173

herinnerde hij zich de apen in de tuin en dacht: „Nee! Niet mee bemoeien! Ik moet niet Jehova gaan spelen met een katapult."
In elk geval kon hij toch niets doen. In heel Ranchipur, in heel Indië, was geen betere dokter dan de majoor, en hij wist dat het absoluut onmogelijk zou zijn hem weg te houden bij zo'n gewichtig persoon als Heston. Je kon de gezondheid van een grootindustrieel als Heston niet toevertrouwen aan een mannetje als de assistent van de majoor, dokter Pundar. Terwijl hij de brief verscheurde dacht hij: „Ze had nooit naar Indië moeten komen. Ze past hier niet. Ze stoort maar, niets anders. Het zal eindigen met een of ander schandaal. Het is net alsof je de verkeerde chemicaliën met elkaar zou verbinden."
Noch de majoor, noch juffrouw MacDaid was in het hospitaal. Ze waren naar de oude barakken bij de gevangenis gegaan, om die in orde te brengen voor het ontvangen van de cholera- en tyfusgevallen. Hij vond hen op de tweede verdieping. Ze liepen in de gang, waarin alle geluiden weergalmden, terwijl ze orders uitdeelden aan een stoet bedienden die achter hen aan kwamen, bezig schoon te maken, te desinfecteren en bedden te installeren. Hij merkte dadelijk dat ze allebei heel goed gestemd waren en hij vermoedde de reden. Ze waren opgewonden door het vooruitzicht op een taak die hen dag en nacht in touw zou houden; zo iets was sinds jaren niet voorgekomen. En juffrouw MacDaid wist dat de majoor, zolang de epidemie duurde, alleen haar zou toebehoren, in het hospitaal kwam slapen en zelfs Natari Devi zou vergeten. De majoor had een grote sigaar in de mond, lachte en sprak luid. Toen hij die twee bezig zag, voelde Ransome opeens een steek van jaloezie. Toen hij hem zijn boodschap had overgebracht, zei de majoor: „Ik kom direct. Juffrouw MacDaid kan het hier verder wel in orde brengen. We kunnen zo'n gewichtig heerschap als Heston hier niet ziek laten worden en doodgaan in Ranchipur. Zijne Hoogheid en de onderkoning zouden het ons nooit vergeven, om niet eens te spreken van de aandeelhouders."
„Ik wist niet dat de epidemie zo erg was," zei Ransome.
„In werkelijkheid is het niet zo erg," zei juffrouw MacDaid, „maar er waren elf nieuwe gevallen vanmorgen en de enige manier om er een eind aan te maken, is het flink aan te pakken." Ze wendde zich tot de majoor: „Ik denk dat hij wel een verpleegster nodig zal hebben."
„Hij zal er wel twee of drie willen hebben."
Juffrouw MacDaid fronste haar voorhoofd. „In deze omstandigheden zal hij het met één moeten stellen. Het beste zal wel zijn, dat u juffrouw de Souza stuurt. Zij spreekt het beste Engels."
„Ik zal haar zeggen dat ze wat inpakt en erheen gaat."
„Hoe dan ook," zei juffrouw MacDaid, „het is een last. We hebben al werk genoeg. Waarom is hij niet naar Bombay gegaan om ziek te worden."

174

In het oude zomerpaleis liet de majoor zich door Bates aandienen en Ransome wachtte in de hal, op een paardeharen sofa gezeten tegenover een verschrikkelijk, door meeldauw vernield portret van de maharadja, geschilderd door een leerling van de kunstacademie te Bombay. Hij voelde er niets voor Edwina te zien en te spreken, want hij wist heel goed dat ze geen behoefte had aan steun of troost, behalve misschien voor het feit dat ze nu zonder twijfel haar boot naar Europa zou missen. Twintig minuten, een half uur gingen voorbij, en hij dacht: „Nu, ze moet goed opschieten met haar dokter!" Toen begon het portret aan de overzijde op zijn zenuwen te werken. Het was een belachelijk voortbrengsel, waarin het Indische instinct voor stijl op allervreemdste wijze was vermengd met wat de kunstenaar voor westerse, moderne schilderkunst aanzag. Onder de meeldauw bezat het portret geen enkele goede eigenschap, behalve die eigenaardigheid, want de verbintenis van de twee stijlen was erin geslaagd een tegelijkertijd grotesk en kinderachtig effect te vormen. Dat portret, dacht hij, was net als meneer Bannerjee, niet zeker van wat het zelf geloofde of waartoe het behoorde.

Hij was nog bezig het te bestuderen, toen de deur openging en Edwina te voorschijn kwam, die er koel en bekoorlijk uitzag in een grasgroene peignoir. „Waarom ben je niet binnengekomen?" vroeg ze. „Ik heb pas ontdekt dat je er was."

„Ik vond dat ik er niets bij te maken had. Is hij erg ziek?"

„Ja. Majoor Safka weet niet wat het is."

Dus ze had zijn naam al ontdekt? Een vooruitgang! Hij was nu niet langer majoor-hoe-heet-hij. De duivelin!

Na een ogenblik zei hij: „Nu, dat is een mooie geschiedenis. Ik denk dat je nu wel niet zult kunnen weggaan."

„Niet voor over twee of drie weken op zijn best."

Hij grinnikte. „Dan zul je in ernst leren wat een regenmoesson is."

„Blijf je met me lunchen?"

„Nee."

„Waarom niet?"

„Ik ben er niet voor in de stemming." (Waarom had ze voorlopig niet genoeg aan de majoor?)

„Het zou me zo helpen. Ik zou ervan opvrolijken."

„Nee. Ik kan niet."

„Is er een bepaalde reden voor? Ik beloof je dat ik me netjes zal gedragen."

Waarom kon ze hem in godsnaam niet met rust laten? Waarom bleef ze hem ophitsen en het verleden weer tot leven roepen? Waarom voor de duivel was ze ooit naar Ranchipur gekomen?

„Nee, er is geen andere reden dan dat ik een vervloekte neurasthenicus ben en alleen moet zijn. Ik voel me ellendig!"

„Ik kan je een borrel geven."

Hij keek haar met een plotseling opkomende woede aan. „Versta je niet wat ik heb gezegd? Ik ben ziek. Ik ben een vervloekte, nutteloze idioot en moet alleen zijn. Ik begrijp niet waarom je ooit hier bent gekomen."
„Ik weet het ook niet. Ik had er helemaal geen zin in. Maar ik zal je niet vervelen. Als je in een beter humeur bent en denkt dat je me weer kunt verdragen, laat het me dan weten. Ik zal me ontzaglijk gaan vervelen."
Hij had bijna gezegd: „O, je zult je niet zo erg vervelen als zo'n knap soort kerel als majoor Safka elke dag hier in en uit loopt. Ik weet best wat je van plan bent." Maar hij hield zijn mond, stak een sigaret op en zei: „Ik zal het je laten weten. Morgen zal ik waarschijnlijk wel weer in orde zijn."
„Heb je boeken waar ik iets van kan lenen?"
„Stuur iemand en neem wat je wilt."
„Dank je."
Weg was ze, hem achterlatend om te peinzen over dit merkwaardige gesprek, dat grotendeels uit hiaten scheen te bestaan. Wat ze hadden gezegd betekende niets. Het ging om wat ze niet hadden gezegd. „Wij begrijpen elkaar te vervloekt goed. We begrijpen elkaar, omdat we alle twee zwijnen zijn."
Even nadat ze was verdwenen, kwam de majoor en Ransome keek hem scherp aan, als een soort voyeur, om er zo mogelijk achter te komen of ze was opgeschoten.
Maar er was aan de majoor niets te merken.
„Nu?" vroeg Ransome.
„Ik weet niet wat het is. Het is nog te vroeg om dat vast te stellen. Het kan een van drie of vier verschillende dingen zijn."
„Ernstig?"
„Nu, lelijk . . . malaria, tyfeuze koorts, tyfus of zelfs pest."
„Hoe kan hij aan die dingen zijn gekomen?"
De majoor grinnikte. „Zelfs grote, Engelse lords worden weleens door vlooien gebeten." Hij haalde een nieuwe sigaar te voorschijn en zei: „Weet je iets over hem?"
„Nee, niets."
„Ik heb de indruk dat hij alcoholist is. Dat zal de zaak niet beter maken."

De regen had even opgehouden en toen hij over het plein bij de bioscoop reed, kwam alles om hem heen opeens tot leven, want allerlei lieden haastten zich uit winkels of huizen, om gebruik te maken van dit korte respijt: bedienden die boodschappen deden, vrouwen die naar de bazaar wilden, kooplieden die ruilhandel dreven, wasvrouwen die zich naar het grote reservoir haastten. Van het plein sloeg hij, langs de muziekschool, de Technische Hogeschoolweg in. Eigenlijk heette die de Beaconsfield Avenue, maar niemand gebruikte die naam ooit. En toen, alsof er aan de ketting van een enorme douche was getrokken, begon de regen opeens weer in een stortvloed en vlak voor hem uit, aan de rechterkant, onderscheidde hij de gestalte van juffrouw Dirks, die in een regenmantel en met een vilten mannenhoed op moeizaam voortstapte.

Hij dacht: „Ik zal stoppen en dat arme, oude schepsel vragen of ze wil meerijden. Als ze weigert, zal ik haar nooit meer hoeven te vragen."

Ze was waarschijnlijk ver weg geweest met haar gedachten terwijl ze voortstrompelde door de regen, want toen hij naast haar stopte en haar toeriep, keek ze hem verschrikt aan, bijna alsof ze hem niet herkende en alsof ze terugkeerde van verre afstand.

„Wilt u meerijden?" vroeg hij.

Ze glimlachte niet. Ze zei: „Goedemorgen. Nee, dank u. Ik hou van lopen. Ik krijg zo weinig beweging."

„Ook goed, loop dan! Ik mag verdoemd zijn als ik je ooit weer vraag!" dacht hij.

Terwijl ze sprak, bloosde haar gezicht opeens zo merkwaardig, dat Ransome zich afvroeg of spreken met een man haar altijd op die manier aangreep. Hij had zijn voet op de koppeling om zijn weg naar El-Kautara te vervolgen, toen ze weer sprak.

„Het is eigenaardig," zei ze, „ik dacht net aan u." Toen kuchte ze en vervolgde: „Zou ik vanmiddag bij u kunnen komen om met u te spreken over iets?"

Zijn eerste opwelling was een uitvlucht te verzinnen, maar uit medelijden met haar en nieuwsgierigheid bedacht hij zich. Iets aan haar gaf hem opeens een erg Engels gevoel. Hij was zich bewust, hoe na zijn bloed was aan dat van de strenge, oude vrijster en hij voelde opeens hun beider verlatenheid in deze van regen doordrenkte stad, waar alles in werkelijkheid anders was dan het scheen. Hij zag in dat ze beiden in zekere zin verbannen waren van alles wat bij hen hoorde.

„Natuurlijk," antwoordde hij. „Maar ik kan u de moeite besparen. Ik kan naar u toe komen."

Maar ze wierp snel tegen: „Nee. Het is beter bij u thuis. Bij mij zouden we niet alleen zijn . . ." Weer kuchte ze. „Het is iets dat nogal persoonlijk is, weet u."

„Ook goed . . . zoals u wilt. Hoe laat? Wilt u komen theedrinken?"

„Ja. Dat zou mooi gaan. Ik kan voor die tijd niet van school weg."

„Ik zal u tegen vijven verwachten."

De kleur verdween eensklaps uit haar gezicht, dat vervolgens dodelijk bleek werd. Ze zei: „Het is heel vriendelijk van u. Goedendag," waarop ze zich onhandig omkeerde en haar weg vervolgde.

De weg naar de berg Abana was dik bemodderd en onder de nieuwe bruggen, die de Zwitserse ingenieur had gebouwd, vloeide het gele water voorbij met maar een paar centimeter speling. Hij dacht: „Ze hadden met hogere pijlers gebouwd moeten worden. Als er ooit een overstroming komt, zullen ze alleen als dam dienen voor het water."

Terwijl hij langzaam vorderde, begon de grote berg allengs uit de regen te voorschijn te komen en op te rijzen boven de vlakte als een gigantische piramide. Nu de regens waren begonnen, kwamen er weinig pelgrims meer en de grote trap, die van de vlakte tot aan de met tempels gekroonde top liep, was niet langer overdekt met aanbiddende jains, uit elk deel van Indië, die omhoog en omlaag gingen in een eindeloze kleurenpracht. Boven op de berg leefden de priesters in dit jaargetijde een nat en verlaten bestaan – een goed bestaan, dacht Ransome, als er geen andere priesters bij waren geweest.

Hij was gedwongen langzaam te rijden in verband met de dikke modder en het slipgevaar, maar na twee uur bereikte hij de grote, vernielde poort van El-Kautara. Die was vervaardigd van rode zandsteen en het kunstig bewerkte Mongoolse snijwerk erop was halfverborgen onder een net van klimmende ranken en kleine, tussen de stenen groeiende planten. Deze dode, stille stad stond aan de voet van de berg en de dikke muren waren omringd door een brede, vernielde gracht, die volgelopen was met water, zodat hij een ogenblik een voorstelling kreeg hoe de stad moest zijn geweest in de dagen toen pleinen en moskeeën vol waren met kooplieden, soldaten en dansmeisjes, paarden en olifanten. Maar dat visioen ging snel voorbij. Nu was het een dode en vernielde stad, die de aarde alweer begon op te eisen.

Tussen de ruïnes van de straten en pleinen was een pad aangelegd, juist breed genoeg voor een auto om over te rijden en daarlangs reed Ransome langzaam voort, de diepe plassen vermijdend die zich hier en daar hadden gevormd. Op binnenplaatsen en soms binnen de muren van paleizen en huizen hadden wilde vijgebomen en bananen wortel geschoten en braken en duwden de dakpannen opzij, die lang geleden uit het noorden van Delhi, Agra en Lahore hierheen waren gebracht.

Volgens de Indische geschiedenis was het geen stad uit de oudheid; het kon niet meer dan honderd vijftig jaar geleden zijn, sinds de laatste Mongoolse onderdaan voor de laatste maal omkeek naar haar verlaten muren. Maar ze was verloren, verzwolgen door de geschiedenis. Niemand wist waarom men de stad had verlaten en aan verval ten prooi had gelaten. Zo was Indië, dacht Ransome. Het verzwolg alles, menselijke eerzucht en geloof, steden en overwinnaars, roem en glorie. Slechts Akbar bleef voortbestaan, met zijn opvolgers die, voor een Indische tijdrekening, pas gisteren hadden geleefd. Asoka, de grote Alexander en de rest waren al legendarisch geworden, half mensen, half goden, zoals Rama en Krisjna. Op de verlaten binnenplaatsen hingen de bomen vol vleermuizen die op het vallen van de nacht wachtten om in grote zwermen over de vlakten naar Ranchipur te vliegen. Telkens als er ergens een stuk dak was blijven staan, ving hij een vluchtige en sinistere glimp op van een wild gelaat, omringd door lange, vettig zwarte haren, dat naar hem loerde achter een vervallen pijler vandaan en tenslotte kreeg hij, terwijl hij door de lege straten reed, de sensatie dat hij werd gadegeslagen. Het waren de Bhils, de wilde, oorspronkelijke bevolking van de heuvels achter Abana, die, als de regens kwamen, in de ruïnes van moskeeën en tempels voor hun kinderen en geiten een schuilplaats zochten.

Tenslotte stopte hij op een groot plein, voor een enorme, tot puin vervallen moskee en bleef daar lange tijd zitten, eindelijk vervuld door een sensatie van vrede, terwijl het ziekelijke gevoel uit hem wegvloeide. In deze verlatenheid waren bitterheid en een soort sinister genoegen, want het schouwspel sprak tot hem: ,,Zie! Hier was eens een rijke en machtige stad. Die is nu gegaan waar al de andere, die volgden, ook moeten gaan.'' Het scheen tot de hele wereld te spreken – tot dictators, politici, bankiers, tot de ,,grote mannen'' van de wereld – ,,Zie! Daartoe zult ge komen door uw hebzucht, dwaasheid en boosaardigheid! Op een dag zal alles wat gij hebt opgebouwd, ineenstorten en de ruïnes zullen verzamelplaatsen worden van vleermuizen, panters en wilden.''

Toen ze zich had gekleed en iedereen was weggegaan, zelfs Bates, ging Edwina in Hestons kamer en zat daar lange tijd, wakend en denkend. Ze zat niet naast het bed, maar in een stoel aan het andere eind van de kamer, vanwaar zij hem objectief kon bezien, vrij van enige band van welke aard ook. Hij bewoog niet toen ze binnenkwam en verried door geen enkel teken dat hij zich haar nabijheid bewust was. Hij lag daar maar, dik en zwaar, met een gezicht, nog meer opgezwollen en rood dan drie uur geleden. Majoor Safka had haar geraden, de kamer niet in te gaan voordat de diagnose van Hestons ziekte vaststond. Als het pest was, zou het gevaarlijk voor haar zijn. Maar ze voelde geen gevaar, omdat diep in haar een bewustzijn was, gelijkend op het geloof dat sommige soldaten hebben als ze in de strijd gaan, dat haar niets kon overkomen. Ze was trouwens van nature een speelster. Als ze de pest moest krijgen, zou ze die toch krijgen.

Ze was ertoe gedreven naar de kamer terug te keren door een soort vreselijke aantrekkingskracht, die Heston, nu hij ziek en bewusteloos was, op haar scheen uit te oefenen èn omdat het haar een pervers genoegen verschafte naar hem te kijken, zoals hij daar nu lag, hulpeloos, neergeworpen, voor de eerste maal verslagen. Terwijl ze daar zat, dacht ze: ,,Daar lig je nu – niet de grote, drukte makende lord Heston, met zijn opschepperij en bruutheid, die kon kopen wat hij wilde, maar doodgewoon, doodordinair Albert Simpson, zoon van een kleine makelaar in Liverpool, die omhoogklom. Je hebt nooit iets goeds gedaan voor iemand, tenzij het je voordeel of eer kon opbrengen. En je hebt mannen en vrouwen die vertrouwen in je stelden, geruïneerd ter wille van macht en geld. O, je hebt zeer veel geld voor liefdadige doeleinden geschonken en er reclame voor gemaakt in je dagbladen, maar dat kostte je nooit wat. Je miste het geld niet en mensen die je niet kenden, beweerden dan dat je zo edelmoedig was. Het diende om je schoon te wassen, een boel smerigheid te bedekken en de kritiek van je vijanden te verstikken. Je zou je eigen land verraden als het je maar een shilling meer opbracht of een beetje meer macht. Lang geleden heb je geweren en granaten verkocht aan de Turken, om in Gallipoli jongens te doden die uit je eigen vaderland kwamen, mannen die beter waren dan jij en die hun dood tegemoetgingen, terwijl jij thuis bleef en geld verdiende aan de tragische behoeften van je eigen volk en ophitsende hoofdartikelen schreef in je eigen bladen, om de oorlog maar aan de gang te houden. Nog geen veertien dagen geleden heb je in Delhi een hoofdartikel geschreven dat in al de bladen van het Hestonconcern moet verschijnen en zeker weer tot een gespannen verhouding, verbittering en misschien tot een nieuwe oorlog zal leiden. Het kostte je aardig wat, om het helemaal uit Delhi te telegraferen, maar dat kwam er niet op aan, omdat je, als de oorlog uitbreekt, je geld een biljoenmaal terugkrijgt. Jij wist niet dat ik het eerst heb gelezen, maar dat is zo. Er zijn zoveel dingen die jij niet van me weet en die ik van jou wel weet. Bates en ik, wij konden samen een biografie over je schrijven die je in het tuchthuis of in een gekkenhuis zou brengen. O, jij bent erg sluw ... je gebruikt je kranten, je mijnen, je fabrieken, je stoomschepen om beurten, in een eindeloze cirkel ronddraaiend, en haalt er winst uit voor jou. Ten koste van werklieden, aandeelhouders en de mensheid. Je hebt nooit één vriend gehad die je niet had gekocht. Je hebt zelfs je eigen vrouw gekocht, en dat was een slechte koop – waarschijnlijk de slechtste die je ooit afsloot. Wat is er lang geleden, misschien toen je nog een kind was, gebeurd waardoor je dat allemaal wou hebben, waarvoor je alles opofferde wat fatsoenlijk was? Dacht je hierover, lang geleden, toen je goedkope messen en horloges verkocht op Java? Wie heeft je gewond? Wie bracht het idee in je hoofd, dat al deze macht en al dit geld de enige waardevolle dingen in het leven waren? Hoe kwam je op de gedachte, dat je alles kunt kopen in het leven: dingen zoals liefde, trouw, respect en goede opvoeding? Hoe zie je er vanbinnen uit? Hoe moet het zijn om jou te zijn? Hoe voelt het om zo onbarmhartig, zo bitter, zo eenzaam te zijn en iedereen te haten die je schoenen niet likt? Je zult het nooit aan iemand vertellen, omdat je zelf niet weet hoe het is. Je hebt het nooit geweten. Je kunt het niet weten, omdat je bent als een man die met een vreselijke, lichamelijke afwijking werd geboren en nooit kan weten wat het betekent om goed gebouwd, recht van lijf en leden en jong en mooi te zijn. In jouw brein, in je ziel, moet een of andere afschuwelijke misvorming zijn, die des te erger is omdat niemand die kan zien. Je moet een afschuwelijk kind zijn geweest – inhalig en berekenend hoe je maar geld kon verdienen, zelfs aan je moeder. Maar dat alles heeft je ook vernietigd. Want het is afgelopen met jou, Albert Simpson. De wereld heeft genoeg van je en je bent misselijk van jezelf en vermoeid en uitgeput door hetzelfde ding dat je met zoveel sluwe streken en eerzucht hebt opgebouwd. Je zult in datzelfde Indië dat je haat, sterven aan een afgrijselijke ziekte en het zal niemand ooit kunnen schelen, niet één mens in de wereld, zelfs niet je vrouw, je bediende of de secretaris, die je vooruit hebt gestuurd naar Bombay. Die prachtige, eigen trein, waarvan je dacht dat die je groter deed lijken dan andere mensen, zal zonder jou terugkeren. Misschien zal je as meegaan naar het vaderland op die mooie, snel varende boot en misschien ook niet. Maar het is uit met je. Vervloekt mag je zijn! Je zult nooit meer levend uit dat vreselijke bed komen om me als een beest te gebruiken. Je zult nooit meer tegen bedienden schreeuwen alsof het honden waren. Je zult me nooit meer beschaamd maken tegenover anderen, dat ik je ooit heb leren kennen. Je hebt me iets afgrijselijks aangedaan, mijn ziel heb je het aangedaan. O, ik heb het toegelaten, omdat ik moe was en het me niet kon schelen, maar je had me een beetje kunnen helpen. Je zou kunnen zien wat er nodig was – o, zo'n beetje maar – om me te redden, maar je zag het niet. Je had nooit tijd. Alles wat je deed was me geld toeschuiven. Nu is het uit met je. Je zult sterven en verrotten en binnen enkele jaren zal niemand zich meer herinneren wie je was. Je hebt zelfs geen erfgenaam om na te laten. Ik ben blij dat je gemene bloed niet verder zal leven doordat ik je een kind gaf. Ik ben blij dat ik daarvoor heb gezorgd. Het is afgelopen met je en het kan niemand schelen. Ga maar door met kwijlen en snurken, als het echte, gemene beest dat je bent. Je hebt weleens gedacht dat je mijn trots kon breken en me net zo gemeen maken als jij bent, maar je bent nooit geslaagd. Tenslotte heb ik gewonnen. Zelfs gisteravond heb ik gewonnen, toen je mijn kamer uitsloop. Er was in jou geen spoor van goedheid, moraal of zelfs ethiek; daardoor kon niemand je kwetsen behalve ik. Ik kende je goed genoeg om te weten waar je gevoelige plek was en je hebt me ertoe gebracht van die wetenschap gebruik te maken. Je hebt me ertoe gedwongen. Ik heb er geen spijt van. Ik wou dat ik wreder was geweest. O, als je maar wist hoeveel malen ik je heb bedrogen en niet éénmaal met een man die niet meer waard was dan jij – beter, inniger, fatsoenlijker, knapper. Ja, en ieder van hen was een betere minnaar dan jij. De mensen gaan er altijd uitzien naar wat ze zijn, Albert. Je was een zwijn en je bent er gaan uitzien als een zwijn, zoals je daar ligt, snurkend en slobberend in je eigen speeksel. Nu ga je sterven. Dit is je einde; en de hele wereld – tot zelfs de kleine kinderen in de straten van Indië en China – zal gelukkiger zijn en een beter leven krijgen omdat jij dood bent."

Tenslotte werd ze aangegrepen door een wilde begeerte om de kamer door te lopen en op hem te spuwen, maar ze deed het niet, omdat het haar bijna onmiddellijk inviel dat zo'n schouwspel alleen maar uiterst grappig zou zijn. „Wat is er met me?" dacht ze. „Misschien begin ik ook ziek te worden. Ik moest niet in deze kamer zitten. Maar zelfs als ik door iets werd aangestoken, welk verschil zou het uitmaken? Het zou me niet kunnen schelen. Waarom maak ik me opeens zo druk over Alberts gemeenheid? Waarom doe ik zo hysterisch?" Ze verliet hem, ging terug naar haar eigen kamer, wierp zichzelf op bed, en na een ogenblik merkte ze dat ze schreide zonder enig geluid te maken. De tranen stroomden langs haar gezicht en maakten een lelijk plasje op het kussen van roze crêpe de Chine. Ze kon niet begrijpen waarom ze huilde; het was zeker niet om Heston of uit angst voor de dood. Daarvoor was ze nooit bang geweest, niet half zo bang als voor oud worden, de blanke gladheid van haar huid te verliezen en de glans van haar blonde haren. Ze kon zich niet herinneren te hebben gehuild sinds ze een schoolmeisje was en dit was nu hetzelfde soort zenuwhuilen, absoluut niets betekenend, een opluchtende, bevredigende vertoning, waarin een zelfde wellust en melancholie waren gemengd.

„Maar ik heb nooit last van zenuwen gehad," dacht ze. „Het moet door dit vervloekte land en dit vervloekte klimaat komen – die ellendige regen, hitte en verveling."

Na een tijdje voelde ze zich beter, ging overeind zitten, nam een spiegel en bekeek zichzelf, een beetje ontsteld omdat haar haren zo in de war en haar ogen zo rood en gezwollen waren. Terwijl ze naar haar spiegelbeeld keek, dacht ze: „Ben ik dat werkelijk? Dat kan niet!" Want wat ze zag was een vrouw die niet meer elegant, welverzorgd en mooi was, maar een tamelijk lelijk, verwilderd schepsel, aan de rand van de middelbare leeftijd. Toen legde ze beangst de spiegel neer.

„Als ik eens nooit zou kunnen ontsnappen? Als ik eens voorgoed hier zou moeten blijven in dit vreselijke land? Als ik niet knap meer ben, wat heb ik dan een man te bieden? Nee," dacht ze, „ik moet vlug zijn. Ik moet alles grijpen zolang ik nog de kans krijg." Ze vroeg zich af of ze in de ogen van majoor Safka eruitzag zoals ze zichzelf zojuist in de spiegel had gezien. Ze had er op haar best willen uitzien, omdat hij aantrekkelijker was dan hij in haar herinnering had geleken. Als hij er niet was, zou ze nu pakken en weggaan. Naar de duivel met Albert! Naar de duivel zelfs met de majoor! Ze boog zich over het tafeltje om op de bel te drukken voor het kamermeisje, om haar order te geven dadelijk met pakken te beginnen, maar midden in de beweging bleef ze steken. Dat kon je niet doen, zelfs niet tegenover Albert.

Juffrouw Dirks was laat voor de thee, niet omdat ze de hogereburgerschool niet tijdig had kunnen verlaten, maar omdat ze onderweg veel tijd had verdaan – in winkels, in de bibliotheek en zelfs in het museum, waar ze voorgaf te zoeken naar enige Perzische patronen die de jongste meisjes zouden kunnen gebruiken voor hun borduurwerk en aquarellen. Toen ze pas in Ranchipur was, hadden de mensen – zelfs de Indiërs – die zelden door iets in verbazing zijn te brengen – zich op straat omgekeerd om haar na te kijken, niet slechts om haar vreemde, sekseloze uiterlijk, maar om iets aan haar dat haar van andere mensen onderscheidde, iets directs en beslists. Plicht was een meester die weinigen kenden en die men nauwelijks erkende onder de Indiërs. Maar nu lette niemand meer op haar, omdat ze voor iedereen een soort feit was geworden, iets als het standbeeld van koningin Victoria op de middelste pijler van de brug bij de dierentuin.

Het viel haar niet gemakkelijk naar Ransome te gaan om met hem thee te drinken. Een half dozijn malen verloor ze haast de moed en zou zijn teruggekeerd, als plichtsbesef bij haar niet een soort obsessie was geworden. Ze had zich verbonden thee te drinken, meneer Ransome wachtte op haar en om hem niet teleur te stellen, zou ze door vuur en water, door krijgsgeweld of pest zijn getogen.

Voor de eerste maal sinds vijfentwintig jaar ging ze op bezoek bij iemand uit Europa en voor het eerst in haar leven bij een man. Een paar jaar geleden, toen ze zich zo sterk als een paard voelde, zou het haar gemakkelijker zijn gevallen, maar nu ze zwak was en vermoeid, en terwijl ze door de regen liep, waren er momenten waarin ze een vreemde, dierlijke neiging voelde in een bamboebosje weg te kruipen en daar stilletjes te sterven, alleen, het aan de wereld overlatend al de moeilijkheden op te lossen die haar kwelden; een verlangen om te gaan liggen en het op te geven, als een trouw, oud paard dat geen stap meer kon verzetten. Terwijl ze voortstapte in haar zware schoenen werd die neiging tot een obsessie en leek het haar een genot, zo diep als men slechts in de hemel kon vinden. En haar afmatting leek haar terug te trekken, steeds verder terug door de jaren van verlatenheid heen, naar haar kindertijd, alsof ze al een heel oude vrouw was, zo oud, dat ze vergat wat gisteren gebeurde en zich nog slechts dingen herinnerde die gebeurden toen ze heel jong was. Ze voelde zich niet langer juffrouw Sarah Dirks, de geziene en bekwame hoofdlerares aan de hogereburgerschool voor meisjes van de maharani, die haar taak voorbeeldig had verricht onder de moeilijkste omstandigheden, maar de lelijke onhandige Sally Dirks, dochter van een manufacturier in Nolham, die naar het kasteel ging om te helpen bij de jaarlijkse bazaar ten bate van het weeshuis. Bij het vooruitzicht te gaan theedrinken met Ransome, vervulden dezelfde vrees en verwarring het hart van deze vermoeide vrouw van vijftig, die het hadden vervuld op zeventienjarige leeftijd. Alles kwam haar weer met eigenaardige duidelijkheid voor de geest, het aanzien van het kasteel, het grote grasveld met de tentjes overal erop verspreid en de regenbuien die de vrolijkheid telkens kwamen verstoren, en te midden van dat schouwspel Ransomes moeder, lady Nolham, die de mensen uit de stad begroette. Ze was geheel in kant gekleed, met een grote, schilderachtige hoed op, bezig en doelloos rondgaand en was ondanks alles steeds een vreemde. Ze kon zich ook de gestalte van een kind van drie of vier jaar herinneren, dat haar hand vasthield, een knap kind met donkere krulharen, de jongste van het gezin, dat was opgegroeid tot Tom Ransome.

Ze zei tot zichzelf dat het belachelijk was zo overstuur te zijn door het vooruitzicht een man te bezoeken die jong genoeg was om haar zoon te zijn. Ze trachtte dat gevoel weg te praten, maar in weerwil van alle argumenten voelde ze zich nog net zoals ze zich op haar zeventiende jaar had gevoeld: bleek, onaantrekkelijk en verlegen, de dochter van de manufacturier, die op het landgoed van het kasteel werd geduld bij gelegenheid van de jaarlijkse bazaar en bloementoonstelling. Sinds driehonderd jaar hadden de mensen van het kasteel gewetensvol en goed gezorgd voor de dorpsbewoners.

Om halfzes kwam ze eindelijk aan, met een wild kloppend hart, en vond Ransome op haar wachten op de veranda, bezig cognac te drinken. „Hij lijkt op zijn vader," dacht ze. „Maar men begint hem aan te zien dat hij zo drinkt." Ze vond dat hij er vermoeid en verouderd uitzag. Dat drinken had hij waarschijnlijk van zijn moeder. In de laatste brief die ze ooit uit Nolham ontving, had haar zuster geschreven dat lady Nolham (naar ze had gehoord) ongelukkig was en heimelijk dronk. Een ogenblik leek het haar of ze niet de kracht zou hebben de vijf treden naar de veranda op te klimmen, niet alleen omdat ze zich moe en ziek voelde, maar ook door het gewicht van een vloed herinneringen, die bij het zien van hem naar haar waren teruggestroomd.

Hij was heel vriendelijk voor haar en legde een extra kussen in de diepe stoel, toen hij haar regenmantel had aangenomen. Hij deed het charmant en met oprecht gevoel. „Ze waren altijd echte gentlemen," dacht zij. Hij deed het precies zoals zijn vader het zou hebben gedaan. Ze herinnerde zich de oude lord Nolham heel goed zoals hij in haar vaders winkel placht te komen om een praatje te maken. Ook hij had diezelfde uitdrukking van stille vertwijfeling in zijn ogen. Ze herinnerde zich dat hij een zeer knappe man was geweest, die bakkebaarden droeg zoals lord Lonsdale.

Ze zei: „Ik hoop dat het niet erg vervelend voor u is dat ik zo kom," en bij het geluid van haar eigen stem voelde ze haar zelfvertrouwen een beetje terugkeren.

Hij lachte vriendelijk, waarbij hij zijn witte tanden toonde, en het trof haar hoe jammer het was dat zo'n knappe jongeman zijn zinnen erop scheen te zetten zichzelf door liederlijkheid te vernietigen.

„Ik heb niets te doen," zei hij. „Dat heb ik nooit gehad. Het leven in Ranchipur is per slot van rekening erg eenvoudig, vooral wanneer je niets te doen hebt zoals ik."

Johannes de Doper verscheen met de thee, zwijgend, maar met zijn grote, donkere osseogen alles opmerkend, en juffrouw Dirks vroeg: „Zal ik inschenken?"

„Als u zo goed wilt zijn. Nee, ik zal geen thee drinken."

Ze schonk haar eigen thee in, terwijl haar grote, benige handen beefden van zwakheid en opwinding. „Ik heb gehoord dat u schildert," zei ze; en weer lachte hij.

„Nee, niet echt. Ik heb geen talent. Ik doe het om de tijd te doden."

In het begin was het niet gemakkelijk. Er waren kleine aarzelingen en pauzes en hij ontdekte dat juffrouw Dirks in haar verlegenheid begon te stotteren, zodat het soms moeilijk was te verstaan wat ze zei. Het was pijnlijk, omdat ze beiden op iets wachtten – juffrouw Dirks om de reden van haar bezoek te vertellen en Ransome om te weten te komen wat die was. Ze praatten over de regens en de cholera, over de school en het komend vertrek van de maharadja, en na een tijdje voelde Ransome de moeheid over zich komen die hem altijd beving als hij sprak met mensen die niet oprecht waren en een deel van zichzelf verborgen hielden. Dat gaf hem altijd de sensatie te schermen met een schaduw als tegenstander, iets te zoeken waarvan hij wist dat het er was, maar dat hij niet kon vinden. Al die tijd zat juffrouw Dirks stijf rechtop, met een autoritair uiterlijk, alsof ze de leiding had over een klas. Hij merkte op dat de spieren in haar gezicht nu en dan verwrongen tot plotselinge hardheid en dat ze dan dodelijk bleek werd.

Johannes de Doper kwam tenslotte de theeboel weghalen, en toen nam juffrouw Dirks een besluit.

Ze vroeg: ,,Hoelang geleden hebt u voor het laatst Nolham gezien?''

Bij het horen van die naam zette hij eensklaps zijn glas cognac neer.

,,Nolham? O, minstens tien jaar. Wat weet u van Nolham?''

,,Herinnert u zich Dirks, de manufacturier?''

,,Oude ,Dacy' Dirks? Natuurlijk doe ik dat. O, ik begrijp het. U bent familie van hem?''

,,Ik ben zijn dochter. Hij had maar twee kinderen. Mijn zuster woont nog in Nolham en heeft nu de winkel.''

Nu was het gebeurd, de scheidsmuur was neergehaald en ze voelde zich eensklaps bevrijd. Opeens leken ze oude vrienden en juffrouw Dirks voelde een wild verlangen om te huilen.

,,Waarom hebt u mij dat nooit eerder verteld?''

,,Och, ziet u, ik kende u haast niet. Ik kon me niet voorstellen dat het er werkelijk veel toe deed. Ik dacht dat het . . .'' ze weifelde zielig en zei toen: ,,ik dacht dat het opdringerig zou lijken.''

,,U had het me moeten vertellen. Ik heb de namen nooit met elkaar in verband gebracht – ik bedoel de uwe en Nolham. Ik heb daar nooit over gedacht. Uw vader stierf toen ik nog een jongen was, ziet u, en ik ben niet meer in Nolham geweest sinds mijn broer opvolgde.''

,,Mijn vader is deze herfst eenentwintig jaar dood.''

,,Dat klopt. Ik moet ongeveer achttien zijn geweest. Ik herinner me de begrafenis. Ik ben erheen gegaan met mijn vader. Ik was toen met verlof.''

,,Ja, hij stierf nadat ik hierheen was gegaan.''

,,Welk nieuws hebt u over Nolham?''

Een schaduw gleed over het grimmige gezicht van juffrouw Dirks.

,,Ik hoor niet veel,'' zei ze. ,,Ziet u, ik heb de gewoonte om naar huis te schrijven verloren. Ik heb sinds jaren geen brief gehad.'' Na vijfentwintig jaren dacht ze nog steeds aan Nolham, met zijn groene weiden en de kleine rivier vol riet erlangs, als aan „thuis". Indië was altijd nog „buitenland".

„Ik weet het," zei hij. „Men verliest het contact. Het is al drie of vier jaar geleden sinds ik enig nieuws van daar heb gehad. Het laatste was van Banks, de administrateur van het landgoed, over sommige dingen die mijn vader me had nagelaten."

„Toch niet de oude Morgan Banks? Leeft hij nog?"

„Nee, zijn neef... u weet wel, die roodharige."

Nu vlotte het. Op wonderbaarlijke wijze waren ze plotseling teruggegleden in de oude verhouding waaruit ze beiden zo lang geleden al waren weggebroken. Niets had in werkelijkheid dat gevoel tussen kasteel en dorp veranderd. Het was precies alsof geen van beiden ooit Nolham had verlaten en ze nu bij toeval elkaar ontmoetten in een tearoom in plaats van op de veranda van een huis in Ranchipur.

Ze spraken over typen in het stadje en over de veranderingen die hadden plaatsgegrepen sinds ze beiden waren vertrokken. Er was iets in haar gretigheid, dat hem een gevoel van onuitsprekelijke weemoed gaf. Ze bloosde, wond zich op en bekende tenslotte: „U weet niet hoe ik soms heb verlangd om met u over Nolham te spreken, maar ik kon geen moed genoeg bijeengaren. Ziet u, Elisabeth – dat is juffrouw Hodge – heeft Nolham nooit gezien. Zij kwam uit Birmingham. Ze kan niet begrijpen hoe Nolham was."

Hij was volkomen vergeten dat ze hier was gekomen in verband met iets zeer „persoonlijks", tot ze eensklaps weer tamelijk streng werd en zei: „Maar daar ben ik niet voor gekomen. Het was om over iets anders te spreken – om over majoor Safka te spreken, om het ronduit te zeggen."

„Hij is een groot vriend van me."

„Nu, dat is het juist. Ziet u, ik ben al maandenlang ziek." Ze bloosde en voegde eraan toe: „Misschien zal ik geopereerd moeten worden. Ik wou het een en ander over hem weten."

„Er bestaat geen betere chirurg in Indië."

Weer vloog een rode gloed over haar gezicht. „Dat bedoelde ik niet ... Dat weet ik. Ik bedoel ... wat voor soort man is hij?"

Toen begon het ongerijmde waar ze op aanstuurde langzaam tot hem door te dringen. Hij voelde een gemene lust tot lachen, maar slaagde erin dat te veranderen in een geruststellende glimlach.

„O, hij is een echte gentleman," zei hij, „een van de fijnste mensen die ik ooit heb ontmoet. Charmant – en ook menselijk." En om het duidelijk te maken, voegde hij eraan toe: „Hij heeft oneindig veel begrip en zijn houding tegenover zulke dingen is volmaakt wetenschappelijk en beroepsmatig."

„Dus u raadt mij aan naar hem toe te gaan?"

„Naar mijn mening is hij dè man in Indië om naar toe te gaan. U hoeft niet verlegen voor hem te zijn. Hij zal u niet verlegen maken."

186

Tegelijk dacht hij: „Nu begin ik al adviseur voor oude vrijsters met vrouwenziekten te worden!"

„Nu," zei juffrouw Dirks, „ik moet bekennen dat ik nooit iets in zijn nadeel heb gehoord. Het was alleen dat hij een Indiër is. Ik heb nooit over het gevoel heen kunnen komen dat Indiërs een beetje vreemd zijn."

„Hij is precies als u en ik. Zijn ogen zijn zelfs blauw!"

„Dat weet ik ... dat weet ik," zei juffrouw Dirks, „maar ze lijken altijd anders."

Hij had gedacht dat ze van plan was weg te gaan, maar ze bleef, dwaalde weer af, draalde, sprak over zijn tuin en over Johannes de Doper. Tenslotte zei ze: „Dat was niet het enige wat ik u wilde vragen. Er was nog iets ... over juffrouw Hodge."

„Als ik met iets kan helpen, zal het me veel genoegen doen."

De kleur steeg weer in juffrouw Dirks gezicht. „Ziet u, we zijn al vele jaren vriendinnen en ze is langzamerhand zo afhankelijk van me geworden – al te afhankelijk. Ze denkt zelfs niet meer voor zichzelf, behalve ..." ze aarzelde even en toen ging ze door: „Behalve in momenten van verzet; en op zulke ogenblikken heeft ze absoluut geen helder oordeel of evenwicht. Dan is ze net iemand die opstaat en voor de eerste maal loopt, na jaren in bed te hebben gelegen."

Ze frommelde aan de versleten tas die op haar schoot lag en wendde haar blik van hem af. „De laatste tijd is dat erger met haar geworden. Ziet u, bijtijden lijkt het haast alsof ze een beetje ... nu ... overspannen is." Ze ging haastig verder, alsof ze zichzelf ertoe dwong. „Ziet u, ik heb het contact met al mijn vrienden en bloedverwanten thuis verloren en hetzelfde is met haar gebeurd. Waar ik me nu zorgen over maak is, dat als ik geopereerd moet worden en me iets zou overkomen ..."

Plotseling kwamen er tranen in haar ogen, maar ze vielen niet. Het waren de knagende pijn en de zwakheid, die haar aan het schreien brachten. Met geweldige inspanning bedwong ze de tranen nog voordat ze begonnen te vloeien. Ransome dacht, terwijl hij toehoorde: „Als ze maar alles kon uitspreken wat ze op het hart heeft. Als ze zichzelf maar eens een enkele keer kon laten gaan." Maar het was nu te laat. Ze was, net als juffrouw Hodge, verlamd, maar op een andere manier.

„Ziet u," ging ze verder, „als me iets overkwam, zou Elisabeth alleen staan in de wereld. Het beetje geld dat ik heb, laat ik haar na. Het is niet veel, maar het is genoeg om haar een zorgeloos bestaan te verschaffen, iets wat ik heb gespaard en wat mijn zuster me uitbetaalde voor mijn aandeel in de winkel in Nolham. We waren maar met zijn tweeën, ziet u, en mijn vader liet ons samen de zaak na. Mijn zuster ... ze is met Tom Atwood getrouwd, de zoon van de apotheker. Misschien herinnert u zich hem."

„Natuurlijk. Zeer goed."

„Nu, ze wilde mijn aandeel kopen, dus deed ik haar dat over. Maar om op deze kwestie terug te komen ... Ik kan me Elisabeth niet voorstellen, hier helemaal alleen achterblijvend. Ze is zo zenuwachtig en nukkig. Ziet u, wat ik wou vragen, is iemand te zoeken die een soort voogd voor haar zou zijn, die voor het geld zou zorgen en oppassen dat ze zich niet in moeilijkheden werkte. Ik ben bij u gekomen omdat u de enig mogelijke persoon was. Het is niet alleen omdat we werkelijk niemand hier kennen, maar u bent de enige die ik kon bedenken en die het zou kunnen begrijpen. Als me iets overkwam, zou ik liefst willen dat Elisabeth terugging naar Engeland. Ik hoop dat het niet te opdringerig is, ik hoop ..."

Ransome antwoordde: ,,Ik zou het niet zelf kunnen doen. Ik ben geen man voor verantwoordelijke dingen. Ik zou ook misschien op een dag weggaan en Ranchipur voorgoed verlaten, maar ik zou de zaakwaarnemer van onze familie kunnen verzoeken de verantwoording op zich te nemen. Hij zou het voor me doen en dan zou u zeker zijn dat haar inkomen veilig was."

Weer rezen de tranen even in haar heldere, blauwe ogen. ,,Dat is erg aardig van u. U weet niet wat een opluchting het voor me is. Ziet u, ik voel me verantwoordelijk voor Elisabeth. Ik heb het gevoel dat het mijn schuld is, dat ik haar hierheen heb gebracht, waar ze het contact met iedereen thuis heeft verloren. Ik was altijd de sterkste van ons beiden en altijd erg gezond. Ik ben nooit op de gedachte gekomen dat mij het eerst iets kon overkomen. Ik heb nooit gedacht dat iets als dit kon gebeuren. Het is erg aardig van u. Het maakt alles zoveel gemakkelijker."

,,U kunt hem vertrouwen. Hij zal precies weten wat hij moet doen."

,,Een deel van het geld is bij Lloyds in Bombay en de rest is thuis in Engeland. Hier is genoeg voor haar om veilig terug te keren." Weer aarzelde ze een moment: ,,Het is natuurlijk niet allemaal zo eenvoudig. Als mij iets overkwam, is het best mogelijk dat Elisabeth volkomen haar evenwicht zou verliezen, tenminste voor een tijdje. Ik vraag me af of u er dan op zou willen letten dat men haar goed behandelde en dat ze veilig naar Engeland kwam. Ik weet dat ik veel vraag, maar ik wist niet tot wie ik me moest wenden. Ik tobde er al sinds lang over, en toen dacht ik aan Nolham ..."

Hij zei: ,,Ik weet zeker dat er geen reden is om te denken dat u iets zal overkomen. Ik ben er zeker van dat alles in orde zal komen, vooral met de majoor. U kunt op hem vertrouwen." Hij vermoedde wat zij dacht, hoewel ze het niet ronduit zei, misschien omdat ze het zelf niet begreep en geen woorden kon vinden om het duidelijk te maken. In haar uiterste nood was ze teruggegaan naar de oorsprong van haar wezen, naar een systeem, een beschaving, die bijna waren verdwenen en waarvan ze zich beiden lang geleden hadden losgemaakt. Ze was uit het dorp naar het kasteel gekomen om hulp, en de ironie van het lot wilde dat ze naar hem was gekomen, het enige lid van de familie dat in opstand was gekomen en had geweigerd de verantwoordelijkheid te aanvaarden. Het deed hem genoegen dat ze naar hem toe was gekomen, en tegelijkertijd schaamde hij zich over dit halffeodale genoegen, dat het hem verschafte. Het was tegelijkertijd verwarmend en ontgoochelend om opeens in de patriarchale positie van de heer van het kasteel te worden gedrongen. En hij dacht aan zijn grootmoeder, in haar grote huis met torens in Grand River en zag haar in dezelfde omstandigheden, de verantwoordelijkheid aanvaardend voor juffrouw Hodge en voor het helpen van de arme juffrouw Dirks, niet als iets middeleeuws, maar als iets eenvoudigs en menselijks. Als ze maar hier was geweest, zou er zoveel zijn waarmee ze deze twee arme, eenzame oude vrijsters had kunnen helpen, veel wat hij niet kon doen, omdat hij een man was en omdat ondanks alles noch hij noch zij helemaal de verhouding tussen kasteel en dorp kon vergeten.

,,Ik denk nu," zei ze, ,,dat we misschien ongelijk hadden met zo afgezonderd te leven. Soms verlangde Elisabeth ernaar mensen op te zoeken of op de thee te vragen, maar als het erop aan kwam, deden we het tenslotte nooit en zo kennen we werkelijk niemand."

Terwijl ze sprak, gleden zijn gedachten snel en natuurlijk weg van zijn grootmoeder naar tante Phoebe en van tante Phoebe naar de Smileys, en toen zag hij welke weg er moest worden ingeslagen. De Smileys waren precies de geëigende lieden om voor juffrouw Hodge te zorgen als er iets gebeurde met juffrouw Dirks. Een last meer zouden ze nauwelijks opmerken, dacht hij. Ze zouden het ook eenvoudig en hartelijk doen, alsof juffrouw Hodge een buurvrouw van de overkant was, die ziek was geworden. Hij hoorde zichzelf zeggen: ,,Misschien is het nog niet te laat. Misschien zou het een goed idee zijn om juffrouw Hodge met wat aardige mensen in aanraking te brengen." Hij zag dat ze even een pijnlijk gezicht trok toen hij ,,aardige mensen" zei, maar hij ging door: ,,Ik weet zeker dat er niets met u zal gebeuren, maar als het wel zo was, zou ze niet zo absoluut alleen zijn. Misschien zou het een goede gedachte zijn als ik een theepartijtje gaf. Zou u dan komen en juffrouw Hodge meebrengen?"

Ze antwoordde hem niet dadelijk, want ze worstelde weer met de angst en de verlamming die haar overvielen, telkens als de kwestie van menselijk contact zich voordeed. Tenslotte zei ze: ,,Dat zou heel aardig van u zijn." Toen werd het doorlijnde, harde gezicht wit. ,,Maar ik ben bang dat het onmogelijk zal zijn. Ziet u, er zijn zoveel mensen die niet zouden komen als ze wisten dat wij er kwamen."

,,O, ik weet zeker dat u zich dat verbeeldt."

Ze keek hem recht aan, onderzoekend, als om te oordelen of hij zou begrijpen wat ze had te zeggen en toen, zoals Fern Simon, vond ze iets in zijn gezicht dat haar moed gaf en ze waagde het. ,,Ziet u, sommige mensen hier hebben lelijke praatjes verspreid over juffrouw Hodge en mij."

Hij glimlachte. ,,O, die mensen was ik niet van plan te vragen. Die ontmoet ik zelf nooit. Ik was van plan vrienden van me uit te nodigen: de Smileys en mevrouw Smileys tante, juffrouw MacDaid, majoor Safka en misschien Raschid Ali Khan en zijn vrouw. Raschid zou van groot nut voor juffrouw Hodge kunnen zijn."

De bleekheid verdween uit haar gezicht en ze aarzelde even. Hij wist dat het was in verband met de Indiërs. Toen zei ze: „Ja, dat zou erg prettig zijn. Dan zouden wij misschien ook thuis een partijtje kunnen geven. Ik geloof dat het Elisabeth erg gelukkig zou maken. Sinds jaren heeft ze mensen willen ontvangen om hen het huis te laten zien en hoe aardig ze het heeft ingericht."

„Heel goed dan. Ik zal het doen. Ik zal u laten weten op welke dag ik ze allemaal bij elkaar kan krijgen."

Ze stond nu op en nam haar regenmantel en toen hij haar daarmee hielp, merkte hij dat ze van het hoofd tot de voeten beefde, zoveel inspanning had dit bezoek haar gekost.

„Ik zal mijn vriend, de majoor, over een onderzoek spreken. Ik weet dat hij u zal ontvangen zodra u wilt. U hoeft niet bang voor hem te zijn. Hij is een aardige kerel en heeft veel begrip."

„Dat zou heel aardig van u zijn. U hebt me vandaag zo geholpen."

„Ik heb niet veel gedaan. We moeten binnenkort nog eens praten over Nolham. Het heeft me heimwee bezorgd." Meteen wist hij dat hij iets verkeerds had gezegd, omdat hij het beeld voor haar had opgeroepen van de kleine stad die ze innerlijk nooit had verlaten, maar waar haar lichaam nooit meer zou terugkomen. Ze slikte en antwoordde: „Ja, soms krijg ik erg heimwee naar de weiden en de rivier en naar mijn vaders winkel." Ze wilde niet dat hij haar naar huis reed, maar ging alleen de oprijweg af, door de regen, hem achterlatend met zijn cognac.

Toen ze uit het gezicht was verdwenen, keerde hij zelf naar Nolham terug, dat met eigenaardige levendigheid weer voor zijn geestesoog was verrezen. Het praten over de oude „Dacy" Dirks, Morgan Bates en Tom Atwood, de apotheker, had eensklaps de weiden, het plein, de kroeg bevolkt met levende gestalten die zich binnen die omlijsting bewogen die geen van hen ooit had verlaten. Alles lag nu ver genoeg van hem af dat hij vergeten kon welke dingen hij had gehaat: de vreselijke, beschermende, Victoriaanse manieren van zijn vader, de verwaandheid en ijdelheid van zijn oudere broer, de verwarde rampzaligheid van zijn krachteloze moeder, wier geld Nolham intact had gehouden, de mate van levenloze, verlammende onnatuurlijkheid, die hij altijd voelde bij zijn terugkeer uit de vrijheid van Grand River – al dat starre standsgevoel, dat hij tot in de keuken toe vond. Al die dingen schenen nu onbelangrijk, en in een sentimentele opwelling zag hij alleen de deugden van een systeem waarin hij nooit had gepast: de stabiliteit, de vrede, het gevoel van verplichtingen, die zowel door het kasteel als het dorp werden aanvaard. Maar dat zelfs begon al te verdwijnen. Ze werden vertegenwoordigd door een socialistisch parlementslid en het land was stuk voor stuk verkocht, tot er alleen een of twee boerderijen overbleven en het uitgestrekte, nutteloze park, dat het kasteel omringde. Zelfs zijn moeders Amerikaanse fortuin, lang geleden door zijn grootvader uit de heuvels van Nevada gegraven, was niet voldoende om het in stand te houden.

Van al de gestalten uit zijn jongenstijd kwam die van de oude „Dacy" Dirks, de manufacturier, het duidelijkst naar voren, misschien omdat er om hem heen immer een sombere atmosfeer, bijna als van dreiging was geweest, als hij in de deuropening van zijn winkel stond, altijd gekleed in een lange jas met witte das en boos kijkend naar de overkant van het kleine plein, naar de kroeg, waarin zoveel jonge mensen te gronde werden gericht. „Het is merkwaardig," dacht Ransome, „hoe goed ik die dag bij Jobnekar heb geraden uit welk milieu juffrouw Dirks kwam, zonder de minste aanduiding ervan."

Oude „Dacy" behoorde tot de Plymouth-broeders en in zijn huishouden heerste nooit enige vrolijkheid. De kamers achter de winkel, waarin „Dacy" met zijn gezin woonde, moesten even somber en zonloos zijn geweest als de winkel zelf. Op sabbat was er nooit iets dan de bijbel. Zijn dochters ontmoetten nooit jongens van hun leeftijd en hun werd geleerd dat alle mannen, uitgezonderd „Dacy", roofzuchtige wezens waren en liefde een ongelukkige noodzakelijkheid, zo iets als naar het privaat in de achtertuin moeten. Uit dat alles was juffrouw Dirks maar een klein eindje weggestrompeld, verminkt en verlamd, om tenslotte in Indië te sterven, ver van het groene, stille Nolham, zonder ooit enige vreugde te hebben gekend, behalve de grimmige, tirannieke voldoening altijd haar plicht te hebben vervuld.

Want ze ging sterven. Hij wist, terwijl ze daar met hem zat te praten, dat een vrouw die al dood was thee bij hem dronk. Hij vergiste zich alleen toen hij meende dat zij het niet wist.

Toen juffrouw Hodge zich door de regen het plein bij de bioscoop over haastte, trof het haar als iets buitengewoons dat Sarah geen enkele aanmerking had gemaakt op het feit dat ze haar nieuwe japon van bedrukte zijde de hele middag onder de les had gedragen. Het was mogelijk dat ze het niet had opgemerkt, want er waren talrijke dingen die haar de laatste tijd ontgingen. Maar toch, de nieuwe japon, die ze twee jaar geleden had gekocht in het „Leger- en Marine-Warenhuis" van Bombay en pas driemaal had gedragen, eens tijdens een durbar van de maharani en tweemaal op school bij prijsuitreikingen ... Nee, het was buitengewoon en een echt gelukje.

Toen juffrouw Dirks haar op het plein bij de bioscoop verliet met de woorden dat ze nog wat boodschappen had te doen en niet voor zes uur thuis kon zijn, had juffrouw Hodge listig haar weg voortgezet langs het reservoir, in de richting van de technische hogeschool, tot haar vriendin uit het gezicht was. Toen was ze plotseling, als een roodhuid, teruggekeerd op haar spoor en sloeg de straat in die naar de bazaar leidde.

Ze leed aan een van haar buien, waarin ze vol wantrouwen placht te zijn tegenover Sarah, een bui zo heftig, dat ze het zelfs had gewaagd haar nieuwe japon aan te doen, die haar had kunnen verraden. Maar ze zei tegen zichzelf dat het haar werkelijk niet kon schelen. Als ze ontdekt was, zou ze Sarah getrotseerd hebben en toch zijn gegaan. Ze was niet een kind en zeker niet Sarahs slavin. En ze was er beu van nooit iemand anders te spreken dan Sarah, ondanks dat Ranchipur vol interessante mensen was.

Van de bazaar af sloeg ze de straat bij de moskee in en toen kwam ze aan de poort van het oude zomerpaleis, waar ze doorging, langs twee prachtige Sikhs in rood en goud die ze nog nooit had gezien, en liep de doornatte oprijweg naar het paleis op. Halfweg de ingang vergat ze haar opwinding in een aanval van verlegenheid en verwarring, gesteld tegenover een probleem dat ze nooit eerder had ontmoet. Hoe bracht je een bezoek aan iemand die in een paleis woonde? In de durbar was het eenvoudig genoeg. Je zocht alleen maar je plaats in de rij en ging naar binnen. Maar een onvormelijk bezoek zoals dit, niets dan even binnenlopen ... „eventjes een paleis binnenlopen" was niet zo gemakkelijk. Moest je kloppen of bellen? Of werd je aangekondigd? Een ogenblik voelde ze een neiging om te keren en weg te lopen, maar beseffend dat ze doornat zou worden als ze nog langer bleef staan dralen, ging ze tot aan de beschutting van de pergola en daar werd haar het besluit opgedrongen, doordat een bediende in de purper- en gouden livrei van de maharadja, haar opmerkte en met een diepe salam vroeg wat hij kon doen voor de *memsahib*.

Blozend en bevend ging ze de stoep op en opende haar tas om de kaartjes te zoeken, maar haar handen beefden zo, dat ze de tas liet vallen en de inhoud over de grond verspreidde. Toen de bediende haar de tas had teruggegeven, vond ze de kaartjes en haar moed bijeenzamelend gaf zij ze aan hem en zei: „Lady Heston, alstublieft!"

Ze had in geen vijfentwintig jaar een visitekaartje gebruikt en toen het idee voor dit bezoek in haar opkwam, herinnerde ze zich de kaartjes die ze lang geleden had laten drukken bij Stebbin in Birmingham en herinnnerde zich nog precies waar zij ze had gelegd: in de djatihouten kast, samen met haar dagboeken en enige opstellen over de Britse koloniës, waarvoor ze op haar zeventiende jaar een prijs had gekregen. Maar toen ze de kast opende, zag ze tot haar ergernis dat de kaarten waren vergeeld en bedekt met meeldauw door het vocht van vijfentwintig Indische regenmoessons. Gelukkig waren ze netjes op stapeltjes in een kartonnen doosje geborgen, zodat de kaartjes die in het midden lagen, er beter uitzagen dan die aan de buitenzijde en twee ervan waren wel bruikbaar, vrij van meeldauw en alleen een beetje vergeeld bij de hoeken. Ze zagen er bijna uit alsof ze zo waren gemaakt. „Ivoorwit," dacht ze, „naar het wit toe." Er stond op:

192

„Juffrouw Elisabeth Hodge, Heathedgeschool," maar ze streepte netjes het Heathedgeschool door en schreef in plaats daarvan „Lerares hogereburgerschool voor meisjes van de maharani, Ranchipur".

Ze had Heathedgeschool niet weergezien sinds de vreselijke tijd toen zij en Sarah het geheimzinnige verzoek hadden gekregen hun ontslag in te dienen en het zien van de naam bracht een afschaduwing van het vage, misselijke gevoel terug, dat haar had bevangen toen juffrouw Hillyer, de directrice, hen beiden uit de studeerkamer had weggestuurd. Zelfs nu wist ze nog niet zeker waarom men hun had verzocht weg te gaan en Sarah had het nooit werkelijk uitgelegd, maar slechts gezegd dat ze geen malle vragen moest stellen en zorgen dat ze haar waardigheid behield en niet moest proberen ergens te blijven waar men haar liever niet had. Het misselijke gevoel ging snel over, omdat dit alles lang geleden gebeurd en voorbij was en zich nu het opwindende feit voordeed, dat ze lady Heston ging opzoeken. Zelfs toen ze al in de grote ontvangkamer bij de deur van het paleis zat, kwam het niet in haar op dat lady Heston uit kon zijn of haar misschien niet zou ontvangen, omdat juffrouw Hodge, tengevolge van de lange jaren van eenzaam leven die de omstandigheden haar – die van nature een gezellige aard had – hadden opgelegd, ertoe was gekomen een groot deel van de tijd in een wereld van verbeelding te leven, waarin ze de merkwaardigste avonturen beleefde. Er waren bijvoorbeeld gelegenheden waarin ze de beste maatjes was met hertoginnen en bisschoppen en scènes en gesprekken construeerde waarbij ze charmant was en een levendige indruk maakte op de gedistingeerdste en voornaamste lieden. Als ze was weggegaan, placht de bisschop zich tot de hertogin te wenden met de woorden: „Wie was die intelligente en welingelichte vrouw, die zoveel over Indië wist?" en dan waren er lange dialogen vol van: „Ik zei ..." en: „Toen zei de hertogin tegen me." Zodat ze, nu ze hier zat terwijl de bediende haar kaartjes bracht, geen bange voorgevoelens koesterde. Ze had het hele bezoek al van het begin tot het einde doorleefd en wist precies hoe het zou verlopen. En dit vertrek boezemde haar vertrouwen in, met zijn rode tapijt en de met pluche beklede meubelen, de door meeldauw onzichtbaar geworden landschappen in brede, vergulde lijsten, en de palmen op djatihouten standaards. Dat was allemaal, vond ze, precies als de conversatiekamers van St.-Mary in Birmingham.

Lady Heston had in bed geluncht – lamsvlees met kerrie en harde wortelen in roomsaus, een zeer bleke en slappe pudding, papaja die naar slechte meloen smaakte en slappe koffie. Sinds ze de kamer van haar man had verlaten, was er niets gebeurd, behalve dat de verpleegster was gekomen – een lelijke, donkere Goanese met Portugees bloed, die een merkwaardig soort fonetisch Engels sprak met een lispelend accent – een vrouw van wie ze zeker wist dat ze verschrikkelijk vervelend zou zijn en die juffrouw de Souza heette, hetgeen klonk als de naam van een Amerikaanse revue-girl van het Palladium. De bediende die ze naar Ransomes huis stuurde om boeken te halen, verdween in de regen en in wanhoop had ze geprobeerd op haar beurt *India Revealed, The Problem of the Empire* en *The Indian Muddle* te lezen, die Bates haar uit Hestons kamer bracht, maar tenslotte gaf ze dat op, aangezien geen van de drie in staat was haar te vertellen wat ze wilde weten. Ze legden haar niet uit hoe de Indiërs werkelijk waren, maar hoe een of andere Angelsaksische professor vond dat ze behoorden te zijn. Er was een ongelooflijke hoeveelheid statistieken bij, die voor haar onafhankelijke en ongecompliceerde geest niets leken te bewijzen, behalve dat Indië niet meer zo'n goede kapitaalbelegging was. En elk van de auteurs scheen, voor zover ze het kon beoordelen, de anderen tegen te spreken. Elk had zijn eigen theorie over de moeilijkheden met Indië. Toen ze op haar beurt de boeken vol afkeer op de grond had gegooid, probeerde ze een tijdlang te slapen, alleen maar om de slepende uren te doden. Maar ook dat lukte niet en na een uur stond ze op en begon in de kamer heen en weer te lopen, terwijl ze dacht: „Nu begrijp ik waarom de beesten in de dierentuinen heen en weer lopen." Uit het venster had men een eentonig uitzicht op het kleine park dat het paleis omringde, een gezicht op bomen, ranken en plantjes, door de regen neergeslagen, niets dan de gretige vegetatie, zonder zelfs de glimp van een koelie of een *dhobi* om er wat leven en afwisseling in te brengen. Plotseling merkte ze dat de inspanning van het heen en weer lopen in de kamer haar al een gevoel van verstikking gaf. Zij, die nooit transpireerde en altijd koel en elegant leek, droop van het zweet. Tegen vijf uur riep ze haar kamenier en kleedde zich, vervuld van verlangen om iets te doen, onverschillig wat, al was het maar om in de straten van Ranchipur op en neer te lopen in de regen. Ze kon ook geld uitgeven, iets wat ze altijd placht te doen als ze zich verveelde. Alleen kon ze zich niet herinneren in de bazaar van Ranchipur iets te hebben gezien dat ze verlangde te kopen. Toen ze zich probeerde te herinneren wat er was, kon ze zich niets te binnen brengen dan dingen, gemaakt van imitatiezijde, en stapels katoenen kleren, goedkope zilveren sieraden en waardeloze jade. Bovendien had ze geen geschikte kleren daarvoor. Wat ze nodig zou hebben in zo'n wolkbreuk waren een oliejas en mannenlaarzen en al wat ze had, was een dunne regenmantel van geoliede zijde en sportschoenen van Greco. De kamenier ging die onder protest halen, maar lady Heston bleef bij haar besluit. Al moest ze naakt door de straten – wat haar trouwens niet zo erg zou hebben kunnen schelen – ze moest ontkomen aan de eentonigheid van deze vervelende Victoriaanse kamers. Ze verveelde zich zo, dat het haar was of ze iedere zenuw in het gecompliceerde netwerk dat door haar lichaam liep, kon voelen.

Juist toen ze klaar was om uit te gaan, bracht een bediende twee kaartjes binnen, waarop stond: „Juffrouw Elisabeth Hodge, lerares hogereburger-

school voor meisjes van de maharani". Een ogenblik staarde ze weifelend naar de kaartjes en dacht: „Waarom niet? Misschien is het grappig. In elk geval is het beter dan niets." Ze gaf de bediende opdracht juffrouw Hodge naar de zitkamer te brengen en toen hij was weggegaan, voelde ze vaag enige opwinding. „Als Tom doorgaat met zo vervelend te zijn," dacht ze, „zal ik zelf voor iets moeten zorgen."
Ze droeg de kamenier op thee te bestellen.

Toen ze de kamer binnenkwam zat juffrouw Hodge op het randje van de pluche sofa, plomp en slonzig in haar zijden jurk, met haar bijziende ogen de meubels, de schilderijen en de fantastische collectie van bric-à-brac bekijkend, die op een of andere wijze uit de vier hoeken van de aarde naar het oude zomerpaleis was gekomen. Bij het geluid van de opengaande deur stond ze haastig op en kwam blozend en bevend naar voren.
„Ik ben juffrouw Hodge," zei ze, „van de hogereburgerschool voor meisjes."
Edwina antwoordde: „Hoe maakt u het? Ik ben lady Heston. Gaat u zitten."
„Ja," zei juffrouw Hodge terwijl ze helemaal vooraan op de sofa ging zitten, „ik heb u een paar maal gezien in uw auto. Ik zou u overal hebben herkend van uw portretten." Ze kuchte, en zei toen: „Ik hoop dat u het niet vervelend zult vinden dat ik zo maar bij u ben komen binnenvallen. Maar toen ik vanmiddag van school naar huis wandelde, kwam het bij me op dat u er misschien op gesteld zou zijn Engelse mensen te ontmoeten. Ik weet dat de gasten van Zijne Hoogheid niet dikwijls iemand ontmoeten van de Engelse kolonie en ik zei tegen mezelf: Misschien zou lady Heston wel de andere kant van Ranchipur willen zien." Het was een toespraak die ze eindeloos had gerepeteerd terwijl ze door de regen liep en die er nu met verrassende vlotheid uitkwam, als een gedicht, opgezegd door een klein kind.
„Dat is heel aardig van u," zei Edwina. „Om u de waarheid te zeggen, had ik me juist gekleed om uit te gaan ..." Juffrouw Hodge sprong op, als om dadelijk te vertrekken. „O, u moet niet denken dat u me thuishoudt. Ik wou alleen uitgaan omdat ik me gruwelijk verveelde en niets anders wist te doen."
„Misschien had ik u eerst behoren te schrijven."
„Ik vind het heel lief van u, dat u zelfs maar aan mij hebt gedacht." Juffrouw Hodge frommelde aan haar tas, onzeker wat hierna te zeggen en toen viel het haar weer in. „Ik denk wel dat dit de eerste maal is dat u een regenmoessson ziet," zei ze.
„Ja, het is de eerste keer dat ik in Indië ben, ziet u."
„U vindt het hier zeker wel interessant?"
Edwina stond op het punt om te zeggen: „Nee, ik vind het verschrikkelijk," maar toen begreep ze dat ze zo iets niet tegen juffrouw Hodge moest zeggen. Dat kon je tegen mensen zeggen op een diner in Londen, tegen Indische

generaals of zelfs tegen de onderkoning, maar niet tegen juffrouw Hodge, voor wie Indië alles in het leven moest betekenen. Dus zei ze: „Ja, maar ik heb er te weinig van gezien. Het zou me kunnen interesseren, als ik het beter kende. Maar dat schijnt erg moeilijk te zijn."

„Ik veronderstel," viel juffrouw Hodge haar in de rede, „dat u de waterwerken hebt gezien. Het zijn de beste van Indië. Ze..."

„Ja, en het gekkenhuis en de gevangenis en de distilleerderij... maar dat bedoel ik niet. Ik zou graag Indiërs zien en weten hoe ze leven, wat ze denken en hoe ze innerlijk zijn."

Terwijl ze sprak, dacht ze aan majoor Safka. In de verveling van de lange middag had ze heel wat aan hem gedacht. Midden in haar verhaal kreeg ze lust te lachen om het schouwspel van juffrouw Hodge en haarzelf en dacht: „Het is een geluk dat ze niet in mijn binnenste kan kijken en ontdekken dat ze een Messalina heeft opgezocht."

De eerste opwelling van juffrouw Hodge was om te antwoorden: „Om de waarheid te zeggen, ben ik zelf nooit in staat geweest de Indiërs te doorgronden. Ik weet niet meer van hen dan op de eerste dag dat ik hier kwam, vijfentwintig jaar geleden." Maar ergens uit het donker verscheen een onverwachte juffrouw Hodge die een opportuniste was, een van die onvermoeide juffrouwen Hodge die altijd om haar heen slopen, bezit wilden nemen van haar lichaam en haar dingen wilden laten zeggen die haar verbaasden. Die onverwachte juffrouw Hodge zei: „Nu, misschien kan ik u daarbij helpen. Ziet u, wij komen tamelijk veel in aanraking met de familieleden van de meisjes op school – juffrouw Dirks en ik. Juffrouw Dirks is de directrice en een goede vriendin van me. We zijn hier vijfentwintig jaar, dus natuurlijk zijn we heel wat te weten gekomen over Indiërs, hoe ze leven, wat ze denken en hoe ze innerlijk zijn."

„Vijfentwintig jaar? Hoe interessant! U gaat zeker nu en dan met verlof naar Engeland?"

„Nee, we zijn nooit naar Engeland gegaan." En juffrouw Hodge gleed van de werkelijkheid in een van de gesprekken die ze voortdurend hield met hertoginnen en bisschoppen, als ze in haar bad zat of 's nachts in bed. „We zijn verschillende malen van plan geweest om te gaan, maar op het laatste moment kwam er nooit iets van. Het schijnt onmogelijk te zijn om je los te rukken, als het Oosten je eenmaal in het bloed zit. Het is zo fascinerend... zo vreemd, verschillend en kleurrijk."

(Daarop zou de bisschop zich tot de hertogin wenden en zeggen: „Wie is die interessante vrouw, die zoveel over Indië schijnt te weten?")

„Ik vind dat u erg gelukkig bent geweest," zei lady Heston, „Indië te hebben leren kennen zoals u doet. Alles wat ik heb gezien, zijn officiële diners en waterwerken. Ik heb enkele Indiërs ontmoet... een meneer Raschid en een dokter... majoor Safka."

„O ja, natuurlijk," zei juffrouw Hodge, „een alleraardigste man en een uitstekend chirurg. We hebben geluk dat we hem hier in Ranchipur hebben."

„Hij is vanmorgen geweest om naar mijn man te kijken. Die is ziek, weet u."

„Sinds gisteravond?" vroeg juffrouw Hodge, want heel Ranchipur wist al dat de Hestons in het paleis hadden gedineerd, wat er was gesproken en hoe laat ze waren weggegaan. „Sinds u in het paleis hebt gedineerd?"

„Ja, het is een soort koorts."

„Hemeltje, ik hoop dat het niets ernstigs is. Er bestaan hier zoveel vreselijke ziekten . . . gruwelijke ziekten, waar we thuis nooit van droomden."

Edwina dacht: „Ik hoop dat het zo ernstig en gruwelijk mogelijk is. Ik hoop dat hij de ergste van alle heeft." En weer voelde ze een haast hysterisch verlangen om te lachen.

Hardop zei ze: „Majoor Safka weet nog niet precies wat het is. We waren van plan vanavond naar Bombay te gaan, maar nu schijnt niemand te weten wanneer we zullen kunnen vertrekken."

Juffrouw Hodges hart sprong op in haar zware boezem. Misschien zou lady Heston wekenlang niet kunnen vertrekken. Misschien zouden ze elkaar heel goed leren kennen. Ze was zo charmant en stelde je zo op je gemak. Misschien . . . alles was mogelijk . . .

„Ja," zei ze, „soms duurt zo iets maanden."

„In dat geval zou ik beslist vertrekken en naar Engeland teruggaan," dacht Edwina. Hardop zei ze: „Het zou heel lief van u zijn, als u mij het een en ander wilde laten zien. Ik zou graag uw huis zien, naar de school gaan en enkele van de Indiërs ontmoeten, weet u."

„Maar velen spreken helemaal geen Engels."

„Spreekt u dus hun taal?"

„Ja," zei juffrouw Hodge bescheiden, „ik spreek natuurlijk Hindoestani en een beetje Gujeratisch! Ziet u, Hindoestani is een soort algemene taal in Indië en Gujeratisch is de taal van de bevolking van Ranchipur."

„Hoe knap van u."

Toen viel er plotseling een stilte en juffrouw Hodge voelde zich opeens als een walvis die aan land is gespoeld en die hulpeloos worstelt en zich wentelt, en zelfs Edwina begreep dat de onderwerpen van conversatie beperkt waren. Ze had zich sinds jaren niet zo keurig gedragen en dat was enigszins vermoeiend. Het leek op het openen van een weldadigheidsbazar in Barbury House. Ze merkte dat haar bezoekster de gave bezat op het gebied van gesprekken doodlopende paden in te slaan en met haar hoofd tegen een muur te lopen. Toch voelde ze belangstelling – veel meer dan ze voor mogelijk had gehouden. Terwijl ze tegenover de plompe, kleine gestalte in bedrukte zijde zat, kwam het haar opeens voor of juffrouw Hodge haar even vreemd was als de Indiërs. Ze had geen flauw idee hoe juffrouw Hodge leefde of wat ze dacht of hoe ze innerlijk was, achter de slechte make-up. Terwijl ze haar gadesloeg, kwam de jaloezie op rustige, regelmatige leventjes, die ze de vorige avond even had gevoeld, terug, nu echter sterker dan ooit. Juffrouw Hodge woonde waarschijnlijk in een huis dat op een vogelnest leek, en elk van haar dagen was van een heerlijke, vredige eentonigheid. Van de grote en toneelachtige wanorde van haar eigen bestaan uit kwam het in haar op dat het misschien heel prettig kon zijn, een tijdje juffrouw Hodge te zijn. Een bediende bracht thee, die als regen op de woestijn der conversatie viel.

„Wilt u geen sigaret?" vroeg lady Heston, terwijl ze haar een koker van geribd platina en goud voorhield, en juffrouw Hodge, die nog nooit had gerookt, nam een sigaret omdat ze niet anders kon. Het was alsof ze onder dwang stond. De eenvoudige juffrouw Hodge uit de klas was dood en verdwenen. Maar toen ze de sigaret had genomen, voelde ze zich opeens verward en hulpeloos en legde ze op tafel, terwijl ze zei: „Liever als ik klaar ben met de thee."

„Ik hou van roken onder de thee," zei lady Heston. „Ik hou van de smaak van rook met brood en boter," en ze verontschuldigde zich over de thee: „Men schijnt alleen goede thee te krijgen in een Engels huishouden."

„Ik zou het prettig vinden een goede kop thee voor u te zetten," zei juffrouw Hodge, „met heel dun gesneden brood en boter. We hebben heerlijk brood. Het wordt door een van de meisjes voor ons gebakken. Ze heeft het geleerd van mevrouw Smiley ... dat is de vrouw van een van de Amerikaanse missionarissen."

„Misschien mag ik eens bij u komen theedrinken," zei lady Heston. „Ik heb geen stuk behoorlijk brood gehad sinds ik in Indië ben."

Juffrouw Hodge hoorde zichzelf zeggen: „O, zou u eens willen komen? Ik zou het heerlijk vinden."

Het gebeurde zonder dat ze wist hoe en nog voordat de woorden goed en wel uit haar mond waren, herinnerde ze zich juffrouw Dirks en was dodelijk verschrikt. Maar in de toverban van lady Heston was die angst spoedig weggegleden. Het leek wel een sprookje. Na al die jaren waarin ze had verlangd eens iemand te tonen hoe aardig en gezellig ze het huisje had gemaakt en wat een goede thee ze kon zetten, gebeurde het tenslotte en het was juist lady Heston. Eensklaps kwam niets er meer opaan, zelfs niet dat ze Sarah zou moeten trotseren.

„Ik hoop dat u me heel gauw eens zult laten komen," zei lady Heston en juffrouw Hodge, nog steeds betoverd, hoorde zichzelf zeggen: „Wanneer u maar wilt, lady Heston."

„Ik zou morgen kunnen of vrijdag."

In een hoek gedreven en vertwijfeld zei juffrouw Hodge nu: „Misschien zou vrijdag het beste zijn. Ziet u, donderdag is het prijsuitdeling op school en dan komen we pas laat thuis." Vrijdag zou in elk geval een dag langer duren. Het zou haar een dag extra gunnen om Sarah te kalmeren.

„Ja. Vrijdag zou heerlijk zijn."

De thee was nu op en juffrouw Hodge begreep dat ze moest gaan, maar in haar opwinding en haar angst voor juffrouw Dirks scheen ze er niet toe te kunnen komen een einde aan het gesprek te maken en een behoorlijke aftocht te houden. Edwina, die merkte dat haar bezoekster niet goed wist hoe ze moest wegkomen, gaf zich nog meer moeite en stelde vragen over de school, over de Engelse kolonie, over de maharani, zodat het gesprek een soort kruisverhoor werd voor juffrouw Hodge. Tenslotte, toen lady Heston zich juist volkomen uitgeput voelde, werd er op de deur geklopt en het kamermeisje verscheen met de woorden: „De dokter is er weer, my-lady." Juffrouw Hodge, in plotselinge opluchting deze stoornis aangrijpend, stond op en zei: „Dan kan ik nu beter weggaan. Ik moet naar huis."

Edwina, een bevallige, automatische Edwina, zei: „Het was erg aardig van u om aan mij te denken."

„Dan zullen we u dus vrijdag omstreeks vijf uur mogen zien."

„Dat is afgesproken," zei Edwina. „En we zullen het zien te schikken dat we wat Indiërs ontmoeten ... echte Indiërs bedoel ik, niet van dat soort die in Oxford zijn geweest."

„Ja ... ja ..." zei juffrouw Hodge, „dat zal ik in orde brengen." Maar hoe ze dat in orde zou brengen, daar had ze geen idee van.

„Goedendag."

„Goedendag." Juffrouw Hodge trok bevend en blozend af. Nu was er geen uitweg meer. Ze moest Sarah trotseren. In elk geval was ze aan het roken van de sigaret ontkomen. Die lag nog op tafel. Lady Heston scheen het niet eens te hebben gemerkt.

Hoewel het nog altijd regende, nam juffrouw Hodge de langste weg naar huis, de hele omweg door het pariakwartier in plaats van door de bazaar. Het kon haar niet schelen of haar zijdje werd bedorven. Ze had lady Heston gezien en met haar in levenden lijve zitten praten en ze kwam theedrinken in hun huisje - lady Heston, over wie ze elke week iets had gelezen in *Hof en Society,* sinds lady Heston een klein meisje was dat naar Windsor ging om bij haar peetmoeder, de goede oude koningin te logeren. Ze was aardig en vriendelijk geweest en had net zo met haar gesproken alsof ze een van haar buren was, daarginds in Agatha Terrace in Birmingham. „Nee," verzekerde juffrouw Hodge zichzelf steeds weer, „er is niets prachtiger in de wereld dan een Engelse aristocrate."

Ze was niet langer afkerig van Ranchipur. Ze gaf niet meer om de hitte, de regen en de eentonigheid. Eindelijk was haar iets overkomen, iets dat leek op de wilde dromen die ze had als ze keek naar de Sikhs en bij het horen van hun muziek. Nu ze zelfstandig had gehandeld, zou alles veranderen. Hun levens – van juffrouw Dirks en haar – zouden interessant worden en het huisje zou altijd vol zijn met gedistingeerde en boeiende mensen. Op het laatst zou Sarah haar dankbaar zijn dat ze zoveel initiatief had getoond.

Hoe dan ook, wat Sarah werkelijk nodig had, was een beetje verandering. Dat was alles wat haar ontbrak – ze was te lang vreemd en vereenzaamd geweest. Stel je voor, lady Heston die kwam theedrinken bij je als de eerste de beste.

En terwijl ze liep, begon ze zich de hele theepartij voor te stellen, zag zichzelf thee schenken, terwijl Sarah erbij zat, bekoord door de vriendelijkheid van lady Heston. Sarah zou ook veel interessanter kunnen praten dan zij. Zij zou er eenvoudig bij zitten als de gastvrouw. En sigaretten ... ze moest niet vergeten morgen sigaretten te kopen in de bazaar. Ze zou het beste tafelkleed neerleggen en het dunste brood met verse buffalo en alles in het porselein van de Oost-Indische Compagnie opgediend. Sarah zou wel beweren dat het te kostbaar was, maar ze zou haar wel overhalen. Ze zou het later zelf afwassen in plaats van het aan de meisjes over te laten.

Maar toen ze de Technische Hogeschoolweg insloeg, zakte haar opwinding eensklaps een beetje en werd ze koud en wat angstig. Misschien kwam het door het zien van de bekende rij peperbomen, de muren, de huisjes, de Indische club, die haar alle leken te zeggen, toen ze voorbij kwam: ,,Je bent op weg naar huis. Je zult Sarah onder de ogen moeten komen. Iedere stap brengt je een beetje nader. Hoe zul je het haar vertellen?''

Toen ze de veranda opging, merkte ze dat Sarah al thuis was. Door de deuropening zag ze haar zitten aan haar werktafel, bezig de opstellen voor de prijsuitdeling, met als onderwerp: ,,Waar ik van hou te Ranchipur'', te lezen en cijfers te geven.

Toen ze haar regenmantel en hoed in de gang had gehangen, ging ze de kamer in, terwijl ze probeerde te doen alsof er niets bijzonders was. Sarah keek op van haar werk en vroeg: ,,Waar ter wereld heb jij gezeten?'' Ze was van plan geweest te antwoorden: ,,Ik heb een bezoek gebracht aan lady Heston,'' en meteen de wind uit Sarahs zeilen te nemen, maar ze hoorde zichzelf antwoorden: ,,Ik heb alleen wat gewandeld'' en toen, een beetje uitdagend: ,,Ik word zo moe van het eeuwig opgesloten zitten.''

,,Maar je bent kletsnat.''

,,O, dat geeft niet.''

,,Hoe dan ook, ga dadelijk een bad nemen en doe droge kleren aan.''

,,Dat ben ik ook van plan, zo meteen.''

Ze probeerde natuurlijk en op haar gemak te zijn, zoals lady Heston, maar in haar hart had ze een angstig vermoeden dat Sarah haar doorzag. Ze kon het merken aan de manier waarop Sarah naar haar keek. Zo nat als ze was ging ze zitten, nam de *Morning Post* en begon die door te kijken. De krant was van een maand oud, maar tijd was in Indië maar een vaag begrip. Verscholen achter de krant wist ze dat Sarah deed alsof ze doorging met de opstellen van de meisjes uit de hoogste klassen te beoordelen, maar dat haar gedachten niet bij het werk waren. Ze wist dat Sarah nu en dan opkeek en probeerde haar gezicht te zien, probeerde te ontdekken wat ze had uitgevoerd. Dat gaf haar een gevoel van triomf en bijdehandheid. Ze begon erover te dromen hoe het wel zou zijn als ze haar eigen naam eens las in de *Hof en Society,* iets in de geest van ... „Juffrouw Elisabeth Hodge van Ranchipur, Indië, is de gast van lord en lady Heston op Barbury House."

Maar midden in haar dromerij werd ze gestoord door de stem van Sarah: „Elisabeth, doe wat ik zeg. Ga wat droge kleren aantrekken en kijk even in de keuken of de meisjes klaar zijn met het avondeten. Ik moet dit werk eerst doorlezen."

Het bloed steeg in juffrouw Hodges gezicht en de *Morning Post* neergooiend, stond ze op en liep de deur uit naar de keuken. Sarah kon haar toch heus weleens een ogenblik met rust laten in plaats van haar te commanderen alsof ze een kind was of alleen een schooljuffrouw die een oogje op het koken moest houden. Goed dan, ze zou haar natte kleren aanhouden en malaria krijgen en dan zou Sarah spijt hebben. In de keuken stelde ze vast dat alles goed ging en toen ze de provisiekast opende en de suiker en thee, de mosterd en de fles sojaolie eruit nam, besloot ze Sarah het nieuwtje te vertellen aan tafel, als ze in een ontspannen stemming verkeerde. Toen ze de kast sloot, zag ze door het venster een jongen het pad oprennen, een jongen die ze dadelijk herkende als de bediende van meneer Ransome, en haar hart begon sneller te kloppen. Wat zou hij willen? Stel je voor dat er een uitnodiging kwam van meneer Ransome? Er waren vandaag zoveel dingen gebeurd. Als het een uitnodiging was, besloot ze Sarah te trotseren en zonder haar te gaan.

Gehaast en bevend van opwinding verliet ze de keuken, net op tijd om de bediende op de veranda op te vangen. Met een *salam* overhandigde hij haar het briefje, dat aan juffrouw Sarah Dirks was geadresseerd, en zei dat hij op antwoord moest wachten. Het was ergerlijk dat ze het briefje niet kon openmaken, maar Sarah was zo overdreven in zulke dingen. Toen ze het briefje aan Sarah gaf, hield deze het zo vast, dat ze het niet over haar schouder heen kon lezen. Toen stond ze op en terwijl ze de brief meenam ging ze naar de deur en zei tegen de bediende: „Zeg aan meneer Ransome dat het in orde is."

Ze keerde terug van de deur, tamelijk bleek, en zei tegen juffrouw Hodge: „Meneer Ransome heeft ons op de thee gevraagd"; waarop juffrouw Hodge als een kind uitriep: „O Sarah, ik wil zo graag gaan."

„Natuurlijk," zei juffrouw Dirks, „we zullen allebei gaan," en een ogenblik was juffrouw Hodge sprakeloos, niet bij machte haar oren te geloven. Sarah had dat gezegd alsof er niets vreemds was aan die uitnodiging en alsof ze sinds vijfentwintig jaar gewoon waren twee- of driemaal per week ergens te gaan theedrinken. Ze ging zitten en hervatte haar werk, terwijl ze zonder op te kijken zei: „Hij heeft de Smileys, juffrouw Mac-Daid, meneer en mevrouw Raschid en de Jobnekars ook gevraagd."

„Op welke dag is het?"

„Vrijdag," zei Sarah, zonder op te zien.

„Vrijdag . . . Déze vrijdag?"

„Ja, overmorgen."

Een ogenblik voelde juffrouw Hodge zich duizelig en verward. Ze sprak niet, en toen keek juffrouw Dirks tenslotte op van haar werk en vroeg: „Wat scheelt eraan? Waarom sta je me zo aan te gapen?"

„Ik kan op vrijdag niet gaan," zei juffrouw Hodge.

„Waarom in 's hemelsnaam niet?" Toen verloor juffrouw Dirks opeens haar geduld en vroeg, terwijl ze rechter ging zitten: „Wat heb je dan te doen? En wàt is er in 's hemelsnaam met jou? Waarom loop je rond in doorweekte kleren en trek je een gezicht alsof je je laatste oortje hebt versnoept?"

Juffrouw Hodge keek haar alleen maar aan, verlamd, met haar mond open.

„Waarom kun je niet? Ben je doofstom geworden?"

„Omdat ik lady Heston op de thee heb genodigd."

„Hoezo op de thee genodigd? Je moet krankzinnig zijn, Elisabeth. Je kent haar niet eens."

„Ik ken haar wel. Ik heb haar vanmiddag opgezocht. Ze is zo lief."

En plotseling begon juffrouw Hodge te huilen, half van ergernis en teleurstelling en half van schaamte, omdat ze uit Sarahs weinig goeds belovende blik kon lezen dat ze zich belachelijk had gemaakt.

„Hoe ter wereld kwam je ertoe zo iets te doen?"

„Ik wilde haar eens ontmoeten. Je weet niet hoe lief ze is, hoe vriendelijk."

„Nu, je zult haar op een andere dag moeten zetten."

„Ik kan lady Heston niet op een andere dag zetten."

„En waarom niet?"

„Omdat ik niet kan. Het is onmogelijk."

„Je zult moeten."

„Zeg meneer Ransome dat je een andere keer zult komen."

„Dat kan ik niet doen."

„Waarom kun je dat niet? Hij is altijd zo beleefd en vriendelijk. Het zal hem niet kunnen schelen."

„Ik kan niet, want, om de waarheid te zeggen, ik heb hem gevráágd dat partijtje te geven."

„Jij hebt hem gevraagd . . .?" In haar verbazing hield juffrouw Hodge even op met huilen.

„Ja, ik vond dat we eens wat meer mensen moesten ontmoeten."

De schok over deze tweede mededeling deed juffrouw Hodge weer verstommen. Juffrouw Dirks vervolgde: „Ga zitten en schrijf aan lady Heston een briefje om de zaak uit te leggen. Ze zal het begrijpen. Vraag haar een andere dag te komen . . . welke dag ze maar wil. Het zal haar niets kunnen schelen. Twee oude juffrouwen kunnen geen erg boeiend gezelschap zijn voor zó een als zij."

„Je hoeft geen hatelijkheden over haar te zeggen. Hoe dan ook, ik kan het niet doen."

„Waarom niet, als ik vragen mag?"

Juffrouw Hodge merkte dat haar vriendin driftig begon te worden en ze werd doodsbang. Het gebeurde zelden dat Sarah driftig werd; in al de tijd van hun samenleven was het maar twee- of driemaal gebeurd, maar als het gebeurde, kon ze vreselijk zijn en wreed, omdat ze van hen beiden verreweg de intelligentste was.

„Omdat ze zo eenzaam is en zich zo verveelt."

Sarah lachte boosaardig en wreed. „Lady Heston eenzaam en verveeld? Ik geloof dat je je verstand begint te verliezen, Elisabeth. Dacht je soms dat het haar erg zal opwinden, als ze hier mag komen theedrinken, met twee vervelende, oude vrijsters? Ik weet niet wat jou de laatste tijd bezielt!"

„Ik heb geen zin om lady Heston af te zeggen voor een stel Indiërs en missionarissen."

Sarah keek haar een ogenblik aan, zonder een woord te spreken, met een blik zo koud en dreigend, dat juffrouw Hodge even een gevoel had te zullen flauwvallen. Het was de vreselijke blik van een ontwikkelde, intelligente vrouw, die jarenlang banaliteit en dwaasheid, domheid en leegheid had verdragen ter wille van een genegenheid, in een zwak moment van eenzaamheid geboren, vijfentwintig jaar geleden – een blik vol van een verachting die ze voor het eerst verried in een opwelling van ijskoude woede. Vijfentwintig jaar lang – sinds het schandaal – was ze goed geweest voor Elisabeth Hodge, had haar beschermd en haar domheden en dwaasheden met de mantel der liefde bedekt en nu kon ze het opeens niet langer verdragen.

Op verschrikkelijke toon beval ze: „Ga dadelijk naar de schrijftafel en schrijf een briefje aan lady Heston. Ik wist wel dat je dom en dwaas was en idioot, maar ik had nooit gedacht dat je een snob was, een hielenlikster!"

Juffrouw Hodge raakte plotseling haar zelfbeheersing kwijt. Een moment staarde ze de ander aan alsof ze gehypnotiseerd was, met haar blauwe ogen wijd opengesperd van schrik en haar mond halfopen. Toen schreeuwde ze: „Een snob! Een hielenlikster! Ik ben geen snob! Ik ben geen hielenlikster! Ik wil haar niet afschrijven! Nu weet je het! Je haat me! Je haat me! Je hebt me altijd gehaat!' Ze rende gillend de kamer uit en sloot de deur van haar eigen kamer af. Ze huilde niet zachtjes van zenuwachtigheid, zoals juffrouw Dirks placht te doen. Ze gilde. Ze wilde dat iedereen zou weten hoe ze werd behandeld, hoe ze leed, hoe wreed juffrouw Dirks kon zijn. Ze wilde dat de pariameisjes in de keuken het zouden weten en de Sikhs bij de grote poort, aan de andere zijde van de weg, en de voorbijgangers buiten de tuin.

Toen ze was weggegaan, stond juffrouw Dirks op en sloot de deur en de vensters om te voorkomen dat voorbijgangers het gillen zouden horen.

Toen ging ze zitten en bedekte haar gezicht met de handen. Haar hele lichaam beefde en ze verlangde te sterven, nu dadelijk, want ze had een gevoel alsof ze geen kracht meer bezat om verder te gaan. En morgen zou ze naar het hospitaal moeten, zich uitkleden en toestaan dat majoor Safka haar lichaam bekeek en aanraakte.

Van het moment af dat haar kamenier de dokter aandiende, vergat Edwina de hele juffrouw Hodge, haar naijver op zulke kleine leventjes en de uitnodiging om te komen theedrinken. Zelfs de laatste afscheidswoorden sprak ze werktuiglijk, met een vriendelijkheid die niet uit het hart opwelde, maar uit langdurige gewoonte. Het soort vriendelijkheid dat men bedienden en minderen toont. Ze dacht alleen aan majoor Safka en zag hem in haar verbeelding, keurig en knap, aardig en intelligent, opgewekt en sterk; juffrouw Hodge vervaagde eenvoudigweg als een droombeeld. De hele middag had zij, toen ze in bed lag, aan hem gedacht met een soort verdorven overgave, ontstaan uit verveling, tot hij in haar fantasie verleidelijker, mysterieuzer, opwindender was geworden dan enige man in werkelijkheid ooit kon zijn. Terwijl de regen eentonig neersloeg op het dak en de bamboeschermen, had ze hem al de eigenschappen toegedacht die een bezeten passie konden opwekken, want ze wist nu dat het daarvan was dat ze had gedroomd, waarnaar ze had gezocht zonder het ooit te vinden, zonder zelfs te weten wat het was. Ze maakte van hem een minnaar, zo volmaakt naar geest en lichaam, dat ze in deze wakende dromen niet langer Edwina Heston was, wier lichaam slechts een instrument placht te zijn en wier geest verstrooid was, zinnelijk, berekenend en snel beu van ieder nieuw avontuur, maar een vrouw in wie lichaam en geest waren samengevloeid in een machtige vlam van extase.

Toen de deur openging en de majoor binnenkwam, voelde ze opeens een steek van teleurstelling omdat hem iets van de glans ontbrak die ze hem had toegedacht, en hij er niet uitzag als een geliefde die de hele middag bij haar was geweest, maar eenvoudig als een familiedokter die de vrouw van een zieke man opzocht en die niets vermoedde van alles wat tussen hen was voorgevallen in de lange uren toen ze op bed lag, in het nevelige rijk tussen droom en waken. Evenals Ransome was ze verwend en ze dacht, opeens begerig: ,,Als ik hem niet krijg, zal ik de rest van mijn leven spijt daarover voelen.''

Hij ging niet zitten. ,,Ik kan maar een ogenblik blijven,'' zei hij, ,,ik weet nog steeds niet waaraan uw man lijdt, maar wat het ook zij, het is ernstig. U moet niet naar hem toe gaan. Het is zo ernstig, dat zelfs de verpleegster haar gezicht bedekt moet houden tot we zekerheid hebben. Ik heb een bloedproef naar het instituut in Bombay gezonden. Die zal met de Bombaymail meegaan en we kunnen morgenavond het resultaat weten. Ik heb hun gevraagd mij te telegraferen.''

„Wat denkt u dat het zou kunnen zijn, majoor?" vroeg ze, zich inspannend, zoals ze ook tegenover Bates deed, de schijn te wekken van een bezorgdheid die niet bestond, omdat ze wist dat deze man een idealist was. Ze wist het door zijn gezicht, door zijn stem, zijn menselijkheid en vriendelijkheid en de uitdrukking van zijn ogen. Ze wist dat hij, wilde ze hem kunnen verleiden, niet slecht over haar moest denken. Terwijl ze met hem sprak, kwam een vreemde, wilde, opgewonden gedachte plotseling in haar op: „Misschien is hij dè man. Misschien zou hij mij kunnen redden."

Hij zei niet wat de ziekte kon zijn. „Het heeft geen nut u nodeloos ongerust te maken. In elk geval is het zeker dat uw man de eerstvolgende weken beslist niet op reis zal kunnen gaan."

„Hoeveel weken?" Zij, die verveeld was geweest en ernaar snakte te vertrekken, wenste nu dat hij maanden had gezegd in plaats van weken. De hitte, de regen en de eentonigheid bestonden niet meer. Ze voelde dat ze beefde en hield haar handen achter zich.

„Vier of vijf minstens." Hij keek haar recht aan terwijl hij voortging: „Het spijt me erg voor u. Het moet ontzaglijk vervelend voor u zijn in Ranchipur." En opeens voelde ze zich jong en gelukkig. „Nee, dat is niet zo."

„Ik moet nu gaan, juffrouw MacDaid wacht op me in de barakken."

Ze vroeg snel: „Wilt u niet iets drinken, een aperitief of tenminste een kop thee?" Hij mocht niet nu al weggaan, zó vlug, nog steeds in zijn koude, beroepsmatige rol van dokter. Op een of andere wijze moest ze daarin verandering brengen. Toen glimlachte hij voor de eerste maal en de charme en eenvoud van zijn glimlach gaven haar opeens een ziek gevoel. „Goed, geeft u me een kopje."

„Deze is koud. Ik zal wat verse bestellen."

„Dat geeft niet. Ik neem deze wel. Ik heb geen tijd om te wachten."

Haar instinct en lange ervaring verrieden haar, door de manier waarop hij glimlachte en haar aankeek, dat hij even was vergeten dat hij dokter was. Een ogenblik lang had hij haar gezien als vrouw. En ze zei tot zichzelf: „Je moet niet te hard van stapel lopen. Je bent niet in Europa, en dit is een soort man zoals je nooit tevoren hebt ontmoet. Je moet je niet in de kaart laten kijken. Hij moet denken dat je iets bent wat je niet bent ... hij moet geloven dat je een fatsoenlijke vrouw bent." Dus hield ze haar stem en ogen in haar macht, schonk hem een kopje lauwe thee in en dronk er zelf ook een, hoewel ze niets zo verafschuwde. Gedurende vijf korte minuten praatten ze wat, prettig en vlug, want de grote vitaliteit van de majoor maakte hem tot goed gezelschap. Terwijl ze spraken sloeg ze hem gretig gade, keek naar zijn grote, gevoelige handen, naar zijn brede, gespierde schouders, zijn fijne hoofd, volmaakt besneden neus en volle lippen, dat alles zo bestuderend, dat ze hem duidelijk voor zich zou kunnen zien als hij was weggegaan, terwijl haar intelligentie en ervaring de onweersprekelijke tekenen in hem ontdekten van alle dingen die ze had gehoopt te vinden.

Toen dronk hij zijn thee op, nam de sigaret die juffrouw Hodge had achtergelaten en zei: „Nu moet ik weg. Ik zal morgenochtend nog even aanlopen. Ik heb gedaan wat ik kon om de temperatuur van uw man omlaag te houden. Verder kan er niets worden gedaan dan afwachten tot de symptomen duidelijker worden."

Hij ging weg zonder haar te vertellen wat hij die morgen had ontdekt: dat in de koninklijke stallen de ratten stierven als vliegen en dat een van de stalknechten morgenochtend dood zou zijn, met al zijn klieren op vreselijke wijze opgezwollen, een verdroogde tong en verbrand door ontzettende koorts.

Toen Fern de weg over was gestoken, van de Smileys afkomend kort nadat het licht was geworden, vond ze haar kamer zoals ze die had verlaten en het briefje nog precies waar ze het had gespeld, op het kussen, zoals mensen in films briefjes vastspelden. Maar dat briefje scheen nu zoals veel andere dingen veranderd. Het zien ervan maakte haar beschaamd, alsof ze een andere Fern was dan degene die het enige uren geleden had achtergelaten. Het leek haar of een dwaas kind het daar had vastgespeld en was weggerend in de regen, een kind dat ze nu even duidelijk zag alsof ze een andere persoon was. Maar de Fern die door een venster het huis binnensloop, in het dampige licht van de vroege morgen, kon ze in het geheel niet zien. Ze kende haar niet, ze wist niet hoe ze was of welke plannen ze koesterde. Niet dat er zo'n grote verandering had plaatsgehad, maar ze was bezig te veranderen en ze had iets merkwaardigs ervaren. Voordat ze „voor altijd wegliep", had ze steeds in zichzelf geleefd. Zij was het begin en einde van haar bestaan geweest. Niets gebeurde dan wat in haar gebeurde; al het andere was vaag en onwezenlijk, tenzij het haar toevallig raakte. Nu was zij, enkele ogenblikken lang, op een of andere wijze uit zichzelf getreden en had zichzelf van een afstand gezien. Dat gaf haar een gevoel van opwinding, een sensatie van volwassenheid en kracht. Het kwam haar voor alsof ze voor de eerste maal andere mensen opmerkte en tot nu toe volkomen blind was geweest, hen niet in werkelijkheid zag, maar slechts als schaduwen die haar niet raakten. Ze had voor het eerst Ransome en mevrouw Smiley „gezien", en nu zou ze misschien voortaan ook andere mensen kunnen „zien".

Bijna dadelijk viel ze weer in slaap en ze ontwaakte doordat haar moeder riep dat ze moest ontbijten. Ze gaf antwoord, gooide toen een arm over haar hoofd, begroef het gezicht in haar kussen en sliep weer in.

Beneden, waar meneer en mevrouw Simon en Hazel, die nog suffig uit haar ogen keek omdat ze altijd moeizaam wakker werd, aan het ontbijt zaten, verkondigde mevrouw Simon dat Fern weer „een bui" had. Ze veronderstelde wegens „die geschiedenis met Harry Loder". Maar toen Fern tenslotte verscheen, even voor lunchtijd, was ze noch slecht gestemd, noch mokkig, en toen haar moeder vertelde dat haar vader het zo had weten in te richten dat ze zaterdag naar Poona konden gaan, zei Fern volmaakt kalm: „Dan zullen we maar met pakken beginnen."

De hele middag en avond lang, tot bedtijd toe, leek ze zo verbazingwekkend lief, zo vriendelijk en aangenaam, dat mevrouw Simon, toen ze allen bij elkaar als een harmonische, gelukkige familie na het avondeten in de zitkamer zaten, plannen begon te maken voor het huwelijk. Ze waagde het echter nog niet daarover te spreken, uit vrees dat het Fern weer uit haar humeur zou brengen. Niet voor ze naar bed waren gegaan en haar man was ingeslapen, begon ze wantrouwend te worden. Een Fern die al te lief was, had misschien wel iets kwaads in de zin. En de volgende morgen, toen Fern haar hielp het wollen en linnengoed op te bergen, ontdekte ze dat haar boze vermoedens waarheid bevatten, toen Fern opeens midden in haar werk ophield en zei: „Mama, ik ga liever niet mee naar Poona."

„Je wilt liever niet naar Poona? Wat ter wereld bedoel je?"

„Ik bedoel dat ik hier wil blijven. Ik heb een hekel aan Poona."

„Hier blijven, in dat vreselijke weer? Niemand blijft in Ranchipur tijdens de regenmoesson."

Fern had lust te antwoorden dat er ongeveer twaalf miljoen mensen achterbleven in Ranchipur, onder wie ook tamelijk wat Europeanen, zoals Ransome, juffrouw MacDaid en de Smileys, maar ze hield zich in omdat ze vastbesloten was haar zin door te drijven en haar moeder geen gelegenheid te geven ruzie te maken over iets dat niets met de werkelijke zaak had te maken. Dat gebeurde altijd; bij iedere redetwist met mevrouw Simon raakte het werkelijke onderwerp waarover de discussie ging, in het vergeetboek.

„Waarom wil je niet naar Poona, als ik vragen mag? Ontmoet je daar geen aardige mensen? Is iedereen er niet even lief tegen je? Hazel is er dol op."

„Ik zou graag hier willen blijven. In Poona is iedereen dazig. Iedereen en alles is er dazig."

Mevrouw Simon keek haar verbluft aan. Toen zei ze, niets begrijpend van Ferns opmerking: „Ik wou dat je niet zulke woorden gebruikte. De mensen hier weten niet wat je ermee bedoelt en het staat zo ordinair. Ik begrijp niet waar je ze vandaan haalt."

Een ogenblik stond Fern op het punt haar geduld te verliezen. Er was iets irriterends in haar moeder te horen praten over ordinair, alsof ze wist wat dat was. Dat was een van de dingen die Fern op mysterieuze wijze die nacht had geleerd: de betekenis van ordinair. In zekere zin had ze die altijd wel geweten, maar nu zag ze het duidelijk in. Ze wist nu wat ordinair was en wat niet en dat besef maakte haar misselijk van schaamte over sommige dingen die ze had gedaan voor ze het wist. Ze wist dat haar moeder Harry Loder en mevrouw Hogget-Clapton beschouwde als hoogtepunten van verfijning en gedistingeerdheid en niets zou haar van mening doen veranderen.

Ze zei alleen: „Het kan me niet schelen of de mensen me ordinair vinden of niet."

„Nu, mij dan wel en je vader ook. We hebben beiden ons best gedaan je een uitstekende opvoeding te geven. Hoe dan ook, het hele idee is onmogelijk. Waarom kun je het niet prettig vinden en aangenaam, zoals Hazel?"

„Omdat ik Hazel niet ben." Wat ze werkelijk bedoelde was: „Ik ben geen geboren sul. Ik ben niet sentimenteel en goedig."

Haar moeder vervolgde: „Hazel heeft nooit geprobeerd ons gelukkige familieleven te verstoren."

Waar was het – dat geluk? Fern wist nu dat het nooit had bestaan. Zij was zeker niet gelukkig, evenmin als haar dwaze, verwarde vader, die door zijn vrouw werd getiranniseerd en gekweld, en zelfs Hazel niet, tenzij men beweren wilde dat koeien gelukkig zijn. En haar moeder, met haar naijver en haat tegen iedereen en haar verwilderde eerzucht, was de minste gelukkige van hen allen.

„Ik denk er eenvoudig niet over je achter te laten," ging haar moeder door. „Een meisje van jouw leeftijd alleen in Ranchipur! Wat zou Harry denken?"

„Ik weet wat Harry zou denken," zei Fern.

„Wat?"

„Hij zou onmiddellijk proberen me ertoe te krijgen te doen wat hij wil dat ik zal doen als hij met me trouwt."

„Harry Loder is een gentleman."

„Sleept u hem er niet bij. Ik heb u gezegd dat ik niet met hem zal trouwen, al was hij de laatste man op aarde." Voortdurend zag ze in haar gedachten hem en Ransome naast elkaar, alsof ze werden tentoon gesteld: de een zelfgenoegzaam, tevreden, ruw; de ander vriendelijk, verslagen, vertwijfeld. Ze dacht: „Hij heeft mij nodig. Ik zou zoveel voor hem kunnen doen."

„Bovendien zou ik niet alleen zijn," zei ze.

„Waarom zou je dat niet zijn? Alle mensen die we kennen gaan weg."

„Omdat de Smileys er zouden zijn. Ik zou bij hen kunnen logeren."

„De Smileys!" Haar moeder liet het laken, dat ze bezig was op te vouwen, vallen en zonk op de knieën, alsof iemand haar had geslagen. „De Smileys! Je moet krankzinnig zijn! Ik dacht wel dat er iets niet in orde met je was toen je de hele dag geen buien had."

„Ik ben niet krankzinnig. Het zou de Smileys niet kunnen schelen om wat op me te passen."

„Ze hebben een hekel aan ons – de Smileys."

Toen kwamen in Ferns mond de woorden van Ransome: „De Smileys hebben aan niemand een hekel. Daar hebben ze geen tijd voor."
Een flauwe blos gleed over mevrouw Simons gelaat. Dat was een kwaad teken en Fern kende ze alle; eens was ze verward en bevreesd geweest voor deze scènes van haar moeder, maar nu kon het haar niet schelen. Diep in haar hart voelde ze zich sterk, omdat ze wist dat Ransome haar zou begrijpen, ook al zou niemand anders het doen. Er verscheen een vochtig waas in mevrouw Simons marmerkoude, blauwe ogen. Zo dadelijk zou ze beginnen te huilen en dan zou ze zich op de dichtstbijzijnde sofa werpen en het uitjammeren dat niemand haar liefhad, dat haar man een dwaas was en haar kinderen ondankbaar waren.
„Jij kiest de partij van de Smileys . . . tegen je eigen moeder!" riep ze uit. „Jij spant samen met die vrouw tegen de moeder die je ter wereld heeft gebracht!"
„Ik span met niemand samen. Er is helemaal geen sprake van partij kiezen. De Smileys hebben geen vete tegen ons."
Haar moeder hield op met jammeren en keek haar achterdochtig aan.
„Hoe kom jij zoveel over de Smileys te weten?"
„Ik heb over hen nagedacht. Het is gemakkelijk genoeg te zien."
„Ja. Jij bent erg verstandig. Veel verstandiger dan je moeder of je vader of wie ook. Laat mij je zeggen, meisjelief, dat ik je aardig wat zou kunnen vertellen over de Smileys."
„Wat dan wel?" vroeg Fern.
„Wees niet zo brutaal. Maar heel wat . . . over brieven die ze naar Amerika hebben geschreven achter onze rug om. Ze zijn jaloers op ons omdat we met deftige mensen omgaan." Ze begon weer te huilen. „Dat jij met hen samenspant, na al de vernederingen die ze ons hebben aangedaan!"
„Ze hebben ons nooit vernederd. Ze hebben zelfs nooit enige aandacht aan ons geschonken."
„Praat niet als die dwaas van een vader van je. Wat zou mevrouw Hogget-Clapton wel denken als jij ging logeren bij de Smileys? Na alles wat ik voor je heb trachten te doen . . ."
Ditmaal zweeg Fern. Ze ging door met het linnen en wollen goed te vouwen en in de djatihouten kast te bergen, omdat ze wist dat ze nu niets kon doen, niets kon zeggen om aan deze uitbarsting een einde te maken, aangezien haar moeder ermee *wilde* doorgaan. Het gaf nooit iets. Je kon nooit het geringste in orde brengen. Op een of andere manier zakte je altijd weg in een moeras van emoties en tranen, en mevrouw Simon behaalde tenslotte een verwarde overwinning. Een ogenblik dacht dat ze gek was geweest om niet bij Ransome te blijven, dat ze in zijn bed had moeten kruipen en gillen als hij dreigde haar eruit te halen; alles was beter dan dit. Bijna zou het zelfs beter zijn om met Harry Loder te trouwen, en ze was bang en dacht dat ze, als ze niet naar Ransome was gelopen en de Smileys

had leren kennen, op een dag zwak zou zijn geworden en uit moeheid „ja" hebben gezegd tegen Harry Loder. Nu was het onmogelijk! Ze keek haar moeder niet aan, want ze wist dat het haar misselijk zou maken als ze dat verlepte, opgezwollen gezicht zag en die rood gehuilde ogen, maar ze kon niet beletten dat ze de snikken, het gesnuif en het neus snuiten hoorde. Ze begreep nu dat ze haar moeder haatte en haar altijd had gehaat, zelfs als kind, zonder het te beseffen. Toen ze als klein meisje tot zichzelf had gezegd: „Ik wil niet worden zoals mama," was het omdat ze in haar kinderlijke geest besefte dat haar moeder een dwaas was, gewetenloos, zelfzuchtig en burgerlijk. Het was vreselijk om je eigen moeder te haten, maar nog vreselijker je over haar te schamen. Zelfs als ze op een dag ontsnapte, zelfs als ze met iemand trouwde zoals Ransome, zou haar moeder er altijd zijn en zich schaamteloos en ordinair indringen.

Toen Fern bleef zwijgen, nam mevrouw Simon de sofa te baat, als kon ze het niet langer verdragen, maar Fern ging door met werken alsof ze alleen in de kamer was, omdat ze wist dat dit haar kracht gaf. Tenslotte stond haar moeder op, verliet de kamer, en sloeg de deur zo hard dicht, dat stukken met meeldauw bedekte kalk van het plafond vielen.

Fern wist waar ze naar toe ging. Dat was altijd hetzelfde. Ze ging naar haar slaapkamer, sloot de deur af, trok de blinden neer en kreeg dan wat mevrouw Hogget-Clapton „migraine" placht te noemen, hetgeen een verfijnd woord was voor hoofdpijn. Ze zou niet aan de lunch verschijnen en niemand zou haar de hele dag te zien krijgen tot heel laat in de avond, als ze haar kamerdeur zou openen en haar man toestaan haar te komen troosten.

Terwijl ze zich over de kast boog, dacht Fern: „In elk geval hoeven we haar de hele verdere dag niet te zien," en toen begon ze te schreien, stil, zonder geluid te maken, niet uit medelijden met zichzelf zoals haar moeder, maar gewoon, omdat haar moeder de wereld tot een ellendig oord maakte en omdat ze vermoeid was, niet lichamelijk, want ze was jong en sterk, maar moe van haar moeder, mevrouw Hogget-Clapton, Harry Loder en de hele rest. Grote tranen liepen langs haar gezicht en vielen op het linnen terwijl ze het wegborg.

De lunch was een vreselijke maaltijd, terwijl buiten de regen viel en de hitte onder de vensters stoomde. Fern sprak helemaal niet en Hazel was huilerig, zoals altijd als haar moeder een van haar aanvallen had, en Simon – die deed alsof er niets was gebeurd, omdat de aanvallen van zijn vrouw hem altijd beschaamd maakten – las het *Missie-Nieuws*. Het maal was niet minder vriendschappelijk dan het dag in dag uit, jaar in jaar uit was geweest, maar de afwezigheid van mevrouw Simon maakte een verschil. Ze had een manier over zich om het gezin bijeen te houden, een illusie te wekken van een vriendelijkheid en sympathie die in werkelijkheid niet bestonden. Ze „maakte" gesprekken, wat soms vermoeiender was dan stilzwijgen. Ze drong haar man en dochters voedsel op. Eens, ergens in Mississippi, had ze geleerd dat men „elegant" moest eten, want dat maaltijden ceremoniën waren, verwant aan huwelijken en begrafenissen, waarbij men bepaalde formules moest spreken en bepaalde conventies navolgen. Daar ze zelf niet om eten gaf, interesseerde ze zich niet erg voor de kwaliteit van het voedsel dat op tafel verscheen, maar ze verbeeldde zich dat het noodzakelijk was een gesprek te voeren, onverschillig of men wat te zeggen had of niet. Babbelen gedurende het eten was voor mevrouw Simon even noodzakelijk als zout en peper. Daardoor misten ze haar geratel en voelden zich verlaten, omdat geen van hen bij machte was hetzelfde effect te voorschijn te roepen.

Toen de maaltijd ten einde was, ging Fern naar haar eigen kamer en na een tijdje viel ze van uitputting door de opwinding van de laatste vierentwintig uren in slaap, om wakker te schrikken om zes uur, door het geluid van een auto buiten. Aangezien je de auto's van Ranchipur op de vingers van één hand kon tellen, stond ze op en ging naar het raam, omdat ze dacht dat het Ransome zou kunnen zijn, die de Smileys opzocht en dat ze dan tenminste een glimp van hem zou kunnen opvangen op een afstand, maar ze merkte dat het de auto was van mevrouw Hogget-Clapton en dat mevrouw Hogget-Clapton er zelf uit kwam. Het was een kleine auto, zo klein, dat een vreemdeling die mevrouw Hogget-Clapton ernaast zag staan, de indruk zou krijgen dat ze de auto moest bevatten, eerder dan de auto mevrouw Hogget-Clapton. Maar omdat auto's zeldzaam waren in Ranchipur, droeg deze bij tot haar prestige en ze stapte er altijd uit (terwijl hij schommelde en zwaaide onder haar gewicht) alsof ze een hertogin was die uit haar Rolls-Royce stapte om bij Claridge te gaan lunchen.

Fern, die haar gadesloeg door het venster op de bovenste verdieping, dacht: „Iemand heeft haar alles verteld."

Beneden werd mevrouw Hogget-Clapton, na een ogenblik wachten, verzocht naar de slaapkamer van mevrouw Simon te willen komen. Ze was de enige persoon in heel Ranchipur die mevrouw Simon in haar tegenwoordigheid toeliet gedurende een van haar aanvallen.

Een tijdje zat Fern op de rand van het bed en probeerde te bedenken wat ze zou doen als mevrouw Hogget-Clapton inderdáád alles te horen had gekregen. Ze was nu niet bang, maar voelde zich koud en eigenlijk kalm en superieur. Na een tijdje vergat ze mevrouw Hogget-Clapton helemaal en besloot een brief te gaan schrijven aan haar nichtje in Biloxi, omdat ze het gevoel had nu eens werkelijk iets te schrijven te hebben, iets even opwindends als haar nichtje placht te schrijven aan haar ... over picknicks en zwempartijtjes en jongemannen; jongemannen van het soort dat Fern zo graag zou leren kennen en die anders waren dan „de jongens", meer jongelieden van haar slag, die geen grove uitdrukkingen gebruikten.

Ze begon de brief met „lieve Esther", maar voor ze twee zijdjes had geschreven, begreep ze dat er iets verkeerd ging en dat wat ze op papier had gezet, er niet in slaagde iets uit te drukken van de betekenis die haar avontuur met Ransome had. Toen ze het overlas, voelde ze dat het banaal, schoolmeisjesachtig en nogal dwaas klonk en zo was het helemaal niet geweest. Zelfs haar beschrijving van Ransome en van haar gevoel voor hem werd anders. Ransome kwam eruit te voorschijn als een soort romantische filmavonturier en haar gevoel voor hem leek niet te verschillen van de opgewonden beschrijvingen die Esther haar iedere keer gaf als ze een aantrekkelijke jongeman leerde kennen. Het was een gevoel waarvoor ze in haar kleine woordenschat geen woorden kon vinden – een heimelijk gevoel dat de hele wereld nieuw scheen te maken en haar een sensatie van vrijheid en onafhankelijkheid leek te schenken. Nu kon ze haar moeder zien, precies zoals ze was en dat gaf haar een geheime macht, waarvan ze zich iedere keer bewust werd als ze in de kamer kwam waar haar moeder was. Niets daarvan kon ze haar nichtje schrijven, want op papier gezet leek het idioot en ingewikkeld. Ze voelde zich opeens ouder en wijzer dan Esther en boven haar verheven. Esther, die alleen jongens van haar eigen leeftijd kende, die „reuze", „grappig" of „geweldig" waren. Het was merkwaardig hoeveel jonge mannen ze scheen te kennen waarop de drie adjectieven – de enige die ze ooit gebruikte – schenen te passen. Geen van die woorden pasten op Ransome en Fern betwijfelde, toen ze voor de eerste maal over dit probleem nadacht, of Esther anderen zou begrijpen. Ze zag nu in dat ze in veel opzichten inderdaad ouder was dan Esther. Daarvoor moest ze het vreemde, eenzame, onnatuurlijke leven danken dat ze in Ranchipur leidde. En Ransome was een man, niet een jongen, zoals de jongelieden waar Esther over schreef.

Na een vierde poging gaf ze het idee op aan Esther te schrijven over haar verliefdheid. Drie dagen geleden zou het iets opwindends zijn geweest aan Esther te schrijven dat ze een aanzoek had gekregen, zelfs al was het maar van Harry Loder, maar nu leek het niet de moeite waard. Ze scheurde zorgvuldig de kladjes van de brieven in heel kleine stukjes, zodat het niet mogelijk zou zijn voor haar moeder ze aan elkaar te plakken. Toen werd er op de deur geklopt en een van de dienstboden kwam zeggen dat *memsahib* haar verzocht in de slaapkamer te komen.

Op hetzelfde ogenblik dat ze de donker gemaakte kamer binnenkwam, wist Fern dat „het" aan haar moeder was verteld. Mevrouw Simon lag plat op het bed, met een natte handdoek op haar voorhoofd en kreunde zachtjes. Fern sprak niet. Een beetje bevend ging ze zitten en wachtte.

Haar moeder begon: „Ik wil dat je me de waarheid vertelt, Fern."

„Ja."

„Is het waar wat mevrouw Hogget-Clapton me zojuist heeft verteld?"

„Ik weet niet wat ze u heeft verteld."

„Dat je 's avonds laat naar meneer Ransome bent gegaan, na donker . . ."
Een ogenblik aarzelde Fern. Ze zag onmiddellijk in dat het verhaal met grote sprongen was gegroeid, zo weelderig als dergelijke verhalen in Ranchipur plachten te groeien, en ze zag ook in dat het absoluut nutteloos was het te ontkennen. Het had ook geen nut te zeggen dat ze er maar eenmaal was geweest en dat er niets was gebeurd, omdat haar moeder, in de stemming waarin ze nu verkeerde, dat niet erg genoeg zou vinden om erdoor voldaan te zijn. Dus antwoordde ze rustig: „Ja, het is waar."
Mevrouw Simon zei: „O, mijn God!" en begon weer te kreunen. „Hoe kon je zo iets doen? Met een man van zijn reputatie! Iedereen in Ranchipur zal het te weten komen."
Fern dacht: „Ze denkt helemaal niet aan mij. Ze denkt er alleen aan hoe zij eronder zal lijden." Hardop zei ze: „Ja, daar zal mevrouw Hogget-Clapton wel voor zorgen."
„Waag het niet iets kwaads te zeggen van Lily Hogget-Clapton. Ze had gelijk met hier te komen en het me te vertellen."
„Hoe heeft ze het ontdekt?"
„Ze ontdekte het door de bedienden, maar het doet er helemaal niet toe hoe ze het ontdekte."
Het was de eerste maal dat mevrouw Simon ooit mevrouw Hogget-Clapton „Lily" had genoemd en het maakte Fern woedend toen ze dat hoorde. Dat woord „Lily" leek al haar moeders lage snobisme in het volle licht te plaatsen. Het toonde Fern opeens de twee vrouwen, verbonden in gemeenschappelijke zaak, op een wijze waarop ze hen nooit eerder had beschouwd: als twee verwelkende *belles,* die beseffen dat hun macht verdwijnt en jaloers op haar waren omdat ze mooi en jaren jonger was dan een van hen beiden. Een ogenblik had ze een levendig beeld van haar moeder voor ogen, zoals ze praatte tegen Ransome, haar friseertangkrullen schuddend, hem toelonkend en met haar „zuidelijkste" accent pratend, en ze begreep nu dat haar moeder al die tijd zijn bewondering voor haarzelf had begeerd. Ze had een vreselijk visioen van wat haar moeder zou zijn geworden als ze niet de vrouw van een missionaris was geweest, gedwongen in een gietvorm van fatsoen, mislukt en bitter, omheind door conventies en huichelarijen. Ze kon ze zien, mevrouw Hogget-Clapton en haar moeder, met de hoofden bij elkaar, opgewonden, ziekelijk, woedend kletsend over haar en Ransome. Het was allemaal verschrikkelijk en maakte haar onpasselijk. En toen wist ze dat ze zou terugslaan. Ze zou die beiden wonden, want plotseling wist ze hoe ze dat kon doen.
Ze hoorde zichzelf zeggen: „Ja, het is waar! Het is allemaal waar! Ik heb met Tom Ransome geleefd en ik hou van hem en hij houdt van mij!"
Die slag was raak! Toen ze de uitwerking op haar moeder zag, wenste ze opeens dat mevrouw Hogget-Clapton er ook bij was geweest. Haar moeder gilde, gooide toen de vochtige doek weg en ging op de rand van het

bed zitten. In haar lichtroze, met kant afgezette nachtgewaad, de haren verward en nog vochtig van de doek, leek ze merkwaardig veel op de verwelkende „vrouwen van de vlakte", die Fern in bioscopen had gezien. „Nu zullen we weg moeten uit Ranchipur... wij allemaal. Je hebt vader en Hazel geruïneerd en onteerd en de moeder die je heeft gebaard, die haar hele leven voor je heeft geofferd, die je zo graag fatsoenlijk had zien trouwen met een goede man!"

Fern sprak niet. Ze zat daar maar, terwijl ze bevend en ontzet dacht: „Wat heb ik gedaan? Hoe kom ik hier weer uit?"

Haar moeder snikte een tijdje en hield toen plotseling op om te vragen: „Hoe kwam je het huis uit en in?"

„Ik ging weg nadat jullie naar bed waren gegaan en..." Ze werd plotseling weer roekeloos. „Ik bleef daarna bij de Smileys en kwam 's morgens vroeg de weg over, voordat een van jullie wakker was." Terwijl ze sprak, zag ze het verwelkte gezicht van haar moeder hard worden, de kaken werden verbeten, de lippen gingen wat vaneen boven de te kleine tanden.

„De Smileys," zei ze. „Zo, is het dat? Mevrouw Smiley is dus een koppelaarster, hè? Dat heb ik altijd geweten. God weet wat voor orgiën daar aan de overkant worden gehouden met al die smerige Indiërs, die er uit en in lopen. O, ik heb weleens het een en ander over de zeden van de Indiërs gehoord... Je moeder is niet zo'n sufferd als je misschien denkt!" De lijdende mevrouw Simon werd eensklaps de handelende mevrouw Simon. Ze begon de kamer heen en weer te lopen in haar nachtgewaad en toen trok ze het plotseling over haar hoofd en stond een ogenblik schaamteloos naakt, terwijl ze haar kousen en ondergoed greep.

„Ik weet wat ik zal doen. Ik zal zelf met Ransome gaan praten. Er is maar één manier om alles in orde te brengen. Hij zal met je moeten trouwen." Fern sprong op. „Nee! Nee! Ik wil niet met hem trouwen. Hij wil me niet trouwen. Hij heeft het gezegd. U moet niet naar hem toe gaan om met hem te spreken. Niet doen!"

Mevrouw Simon, nu gekleed in een hemd en één kous, hield op met zich te kleden en keek haar aan. „Zo, jij wilt niet met hem trouwen? Zullen we eens zien. Wat voor een dochter heb ik dan toch... een...?"

„Ja," zei Fern, „een prostituée."

Ze sprak het woord verkeerd uit, omdat ze het nooit had horen zeggen en het niet vaak placht voor te komen in films.

Mevrouw Simon ging door met zich te kleden. „Ik ga regelrecht naar Ransome!" zei ze: „en wat de Smileys betreft, die zal ik krijgen!" Haar mond werd hard en de blauwe ogen werden meer dan ooit als marmer bij de gedachte dat de Smileys nu aan haar waren overgeleverd.

Fern begon te snikken. „Alstublieft niet! Het is niet waar. Ik heb gelogen." „O, probeer maar niet je er nu uit te praten, jongedame. Hij zal met je trouwen. Laat dat maar aan mij over."

214

Het meisje viel op de knieën en probeerde haar moeders benen te grijpen om haar tegen te houden, maar mevrouw Simon schopte zich los. „Ga niet!" riep Fern. „Ik zal alles doen. Ik wil alles beloven." „Spreek niet tegen me. Ik moest je het huis uitzetten. Maar dat zal ik niet doen. O nee! Dat zou je wel willen . . , de straat op te gaan."

Fern lag nu voorover en kreunde, en mevrouw Simon trok woest haar japon over haar hoofd, stak een arm door de voering in plaats van in de mouw en raakte zo gevangen, dat haar woorden verdoft en verward door de stof heen klonken.

Toen kwam Fern kalm op de grond overeind en sloeg haar moeder gade terwijl ze voor de toilettafel ging zitten en probeerde zichzelf op te knappen, met koude, vastbesloten woede. Er was in deze scène iets vreselijks dat Fern eensklaps een zekere kalmte en waardigheid schonk, alsof die vrouw, die voor de spiegel bezig was poeder op haar neus te wrijven, op verre afstand bestond, een vreemde waarmee ze niets had te maken. Een soort koude ontspanning kwam over haar. Het was nu allemaal voorbij, ze hoefden nooit meer de schijn aan te nemen dat ze zelfs maar enige genegenheid voor elkaar voelden.

Ze stond op en zei kalm: „Goed. Doe wat u wilt. U zult er spijt van hebben. Ik heb er genoeg van. Ik haat u!" Maar in de diepte van haar beangste hart wist ze dat niets, geen enkele bedreiging, haar moeder zou tegenhouden en opeens zag ze in dat ze, zonder het te weten, haar moeder in de kaart had gespeeld.

Haar moeder dacht: „Nu zal Ransome met haar moeten trouwen. Naast hem is Harry Loder niets. Zijn broer kan sterven en dan kan hij graaf worden en dan zou ik een goed plaatsje hebben voor mijn oude dag . . . De moeder van een gravin! Ik heb zo iets nooit durven dromen."

Fern begreep opeens waarom in al de woede van haar moeder een onderklank van triomf was geweest. Zonder een woord meer verliet ze de kamer, terwijl ze niets anders meer dacht, dan dat ze onmiddellijk naar Ransome moest om hem te waarschuwen. Ze had een nieuwe bitterheid leren kennen: dat moederliefde een illusie kon blijken, dat ze kon dienen als dekmantel voor zelfzucht, egoïsme en boosaardigheid. Ze wist dat ze sinds twintig jaar, sinds de dag van haar geboorte, misleid was door een oplichtster.

Mevrouw Simon merkte nauwelijks dat ze wegging. Voor ze haar hoed opzette, ging ze zitten en schreef een brief aan het missiebestuur, over de Smileys, een brief die zonder twijfel hun ondergang en terugroeping ten gevolge zou hebben. Toen die klaar was, nam ze de auto en gezwollen van triomf en boosaardigheid reed ze naar het station, waar ze de brief postte, zodat hij de Bombay-Expres zou halen en zaterdag op tijd zijn voor de boot naar Genua, zonder te vermoeden dat het de laatste maal zou zijn, in vele weken, dat enige post Ranchipur zou verlaten.

Terwijl hij zich voor het eten kleedde, dronk Ransome nog twee borrels. Het was moeilijk te zien voor anderen, in het bijzonder voor vreemden, wanneer hij dronken was; men moest hem zeer goed kennen om het punt te weten waarop hij een beetje tè beleefd werd, een beetje tè ironisch, een beetje te minzaam en belangstellend voor wat je tegen hem zei. Doch Ransome zelf wist het. Het was het punt waarop dat eeuwige gevoel van melancholie en neerslachtigheid hem verliet, het moment dat hij zich niet langer verlamd en onmachtig tot handelen of besluiten voelde, omdat in zijn geest verborgen altijd het bewustzijn leefde dat geen besluit of daad van enig werkelijk belang was. Niet dat drank hem kracht, wilskracht of geloof in iets gaf, maar drank deed het ontbreken van die dingen onbelangrijk en banaal lijken. Drank maakte de wereld tot een vrolijk en zorgeloos oord, waarin niets ertoe deed en men niet meer verward was omdat het allemaal toch niets gaf. De verandering kwam langzaam. De lichte norsheid, de ironie, het sarcasme, de bitterheid die hem kwelden als hij nuchter was, verdwenen en werden vervangen door een goedmoedige roekeloosheid, die aanstekelijk werkte door haar charme en zodoende buitengewoon gevaarlijk voor anderen was.

Nu hij zijn das aandeed, wist hij dat hij dronken was en verheugde er zich over, want wat er ook gebeurde op meneer Bannerjees diner, hij zou zich niet vervelen, noch rusteloos zijn of onaangenaam. Men serveerde cocktails bij meneer Bannerjee, omdat het elegant stond en Europees was, maar Bannerjee zelf dronk niet wegens religeuze scrupules en zodoende wist hij niet dat zijn cocktails eerder naar mondwater smaakten en dat er nooit genoeg waren. Ransome had het idee om naar Bannerjee te gaan vroeger nooit vervelend gevonden, omdat het hele huishouden waanzinnig was en omdat te midden daarvan ook altijd mevrouw Bannerjee en haar koude schoonheid de avond interessant maakten. Nu vreesde hij alleen omdat Edwina erheen ging.

,,Edwina," dacht hij, ,,met haar verveelde, vermoeide, Europese kijk op de dingen." Edwina zou beslist de hele partij besmetten met een soort sociale verlamming, zodat de lucht zelf bezwaard zou lijken door vermoeidheid en verveling. Sinds twee dagen vermeed hij haar en had hij haar helemaal niet gezien, behalve het ogenblikje in de hal van het paleis voor hij naar El-Kautara reed. Nu hij dronken was, wist hij heel goed waarom hij haar had vermeden; ze irriteerde hem. Hij had een afkeer van haar omdat haar nabijheid alleen voldoende was om hem van moeheid te vervullen, maar als hij haar alleen had verafschuwd, zou zij hem niet in de war hebben gebracht. Hij vond haar terzelfder tijd aantrekkelijk, met haar kille verdorvenheid, haar liefelijke perversiteit en haar volmaakte elegance. Al die dingen trokken hem aan, omdat ze eens, lang geleden, door haar humor, haar schoonheid en wildheid in staat was geweest hem een tijdlang te redden van zijn ziekelijke natuur. Daartoe was ze niet lang bij machte; daar-

216

toe had ze minder macht dan de cognac die hij dronk. Maar haar aanwezigheid, haar stem, haar vermoeide glimlach droegen ertoe bij hem op te winden. Hij wist nu dat hij een hekel aan haar had, omdat ze de oorzaak was dat hij zich smerig voelde, omdat ze in zekere zin een spiegelbeeld van hem was. Ze maakte hem angstig ook. Hij was een beetje bang geweest sinds die snel gegrepen, mechanische vreugde van het vermoeide avontuur in het paleis, omdat hij, tijdens de gedeprimeerde stemming die erop volgde, een ogenblik lang in zo'n afgrond van leegheid, ontkenning en wanhoop had geblikt, dat dronkenschap, verdovende middelen, de dood zelfs, veel beter leken dan de verlatenheid die hij had bevroed. Alles wat het scherpe besef zou verstompen was beter, zodat het niet meer mogelijk was de ruïne van zichzelf te zien.

Zo dronken als hij nu was, betreurde hij het toch dat hij niet een of ander excuus had verzonnen om niet naar het diner te gaan. Johannes de Doper dwaalde rond, naakt in deze hitte, gaf hem zijn kleren aan, borstelde onzichtbare stofdeeltjes weg, sloeg hem heimelijk gade, vaag geboeid, hij wist het door het schouwspel van zijn meester, die zichzelf langzaam dronken maakte.

Johannes de Doper verstond de kunst van gadeslaan. Nooit betrapte Ransome er hem op, zelfs als hij zich snel omdraaide, dat hij hem aanstaarde, maar hij wist al die tijd dat de bediende alles wat hij deed bestudeerde, iedere verandering in de uitdrukking van zijn gezicht. Hij kon de ogen van de bediende in zijn rug voelen en het begon hem te interesseren erover na te denken wat het was dat Johannes de Doper zag, en wat het was dat in zijn ronde, zwarte hoofd omging. Tenslotte draaide hij zich om voor de spiegel, waarin hij zich had staan bekijken, en vroeg opeens: ,,Wat zie je? Waar kijk je naar?"

Maar Johannes de Doper liep er niet in. Zijn gezicht werd koud en gesloten. In zijn zacht Pondicherry Frans antwoordde hij: ,,*Je ne comprends pas. Je ne vois que vous, sahib.*"

,,Maar wat zie je? Ben ik anders? Waarom staar je zo?"

,,*Rien de différent,*" zei Johannes de Doper. En toen begreep Ransome dat het onmogelijk was er ooit achter te komen wat er omging in het hoofd van zijn bediende. Misschien interesseerde hij zich alleen voor het proces van de langzaam stijgende dronkenschap van een man. Misschien had hij er plezier in, of misschien speet het hem. Het kon zijn dat Johannes de Doper hem zag zoals hij zichzelf niet zag, zelfs in ogenblikken van zelfverwijt: als een gebroken, nutteloos, verspild man, wie het voordelig was toegewijd te dienen omdat de betrekking goed en gemakkelijk was en geld opbracht. Misschien dacht hij: ,,Een Europeaan meer die de weg van anderen gaat. Een Europeaan meer met wie het gauw zal zijn afgelopen." Sinds vijf jaren waren ze samen, maar hij had niet het flauwste vermoeden wat zijn bediende van hem dacht ... en plotseling schaamde hij zich diep.

Eindelijk was hij gekleed en toen hij zich omkeerde om zijn jacquet aan te doen, zag hij Fern in de deuropening staan. Ze droeg dezelfde oude regenmantel en vilten hoed en ze had gerend; toch zag ze er niet rood uit, maar bleek en angstig.

Hij voelde dadelijk dat hij blij was haar te zien en de gedachte ging vluchtig door zijn verwarde brein, dat het veel prettiger zou zijn de hele avond hier te blijven met Fern, maar hij wist dat zo iets onmogelijk was in Ranchipur.

„Hallo!" zei hij. „Kom binnen." En tegen Johannes de Doper zei hij: „Je kunt gaan." De bediende ging langs Fern de veranda over en rende de tuin door naar zijn woning.

„Er is iets vreselijks gebeurd," zei ze. Ze huilde niet, zoals ze vroeger altijd had gedaan.

„Wat?"

„Moeder heeft het ontdekt."

Hij lachte. In zijn stemming van het ogenblik kon het hem niets schelen. Het was alleen maar grappig. „Dat dacht ik wel," zei hij. „Maar niet dat het zo gauw zou gaan."

„Het was mevrouw Hogget-Clapton die het haar heeft verteld. Die heeft het uit de bedienden gekregen."

„De zwarte duivel!" dacht Ransome. „Hij heeft niet veel tijd verloren laten gaan."

Zelfs door de aangename sluier van dronkenschap heen merkte hij op dat Fern was veranderd. Ze leek ouder. Zelfs het wat te ronde, dat haar gezichtje bekoorlijk had gemaakt in plaats van mooi, leek verdwenen en ze was nu niet opgewonden.

„Dat is het ergste niet. We hadden een vreselijke ruzie en ik werd driftig en zei tegen moeder dat het waar was en dat ik hier al een tijd was gekomen en met u leefde."

Weer had hij lust te lachen, omdat hij dadelijk de ruzie begreep en wist waarom Fern iets had bekend dat nooit was gebeurd. Zijn gedachten maakten een sprong.

„Heeft je vader een revolver?" vroeg hij.

Ze keek hem verbaasd aan en zei toen: „Zo is hij niet. Hij zou nooit iets doen."

„O, het is dus je moeder die de revolver heeft." En ditmaal lachte hij hardop.

„Het is niet grappig," zei Fern. „Het is vreselijk."

„Ik lachte alleen bij de gedachte hoe het zou zijn als je moeder hier aan kwam zetten met een revolver. In elk geval weten wij dat het helemaal niet waar is."

„Dat maakt geen verschil. Begrijpt u niet dat ze wil dat het waar is?"

„Waarom?"

„Omdat u me dan moet trouwen. Begrijpt u niet?"
Hij begreep het. Ze hoefde zich niet te vernederen door uit te leggen hoe haar moeder was — dat ze niets liever wilde dan dat haar dochter te gronde werd gericht, als het maar was door een broer van een graaf.
„Ze heeft Harry Loder al helemaal vergeten."
„Ja," zei hij bedaard, „ik zie het verschil van kandidaten in en ik geloof dat ze absoluut gelijk heeft."
„Het is beter dat u dadelijk weggaat. Ze is op weg hierheen."
Toen ging hij zitten en begon te lachen en hij was dronken genoeg om zich slechts moeizaam te kunnen beheersen. Fern sloeg hem een ogenblik gade en de tranen kwamen haar in de ogen.
„Lach niet, alstublieft!" Er kwam zo iets smekends in haar stem, dat het hem ontnuchterde. „Het is niet grappig," zei ze op zeer rustige toon. „Begrijpt u niet dat het niet grappig is? U maakt het zo verschrikkelijk."
„Nee," zei hij, „het is niet grappig. Het spijt me. Ik was . . ."
„Ik weet het," zei ze. „Maar gaat u nu, alstublieft. Gaat u vanavond naar Bombay."
„En jij?"
„Dat doet er niet toe. Het kan me niet meer schelen. Ik zal wel voor mijzelf zorgen."
Hij merkte een zwakke klank van verwijt in haar woorden op.
„Wat wil je gaan doen?"
„Ik zal de herrie trotseren. Het kan me niet schelen."
Een ogenblik zweeg hij en wenste dat hij nuchter was. Toen zei hij: „Als we eens inderdaad trouwden?"
„Ik zou U nog voor geen tien miljoen dollar willen trouwen."
„Zo, dat is dan dat!" Maar ze zag opeens dat hij te dronken was om te begrijpen wat ze bedoelde. Er was een gekwetste uitdrukking op zijn gezicht en ze wist dat hij dacht dat ze niet met hem wilde trouwen omdat hij een dronkaard en nietsnut was. Ze zou graag hebben willen uitleggen dat het alleen haar trots was geweest, die haar die woorden ingaf, maar diezelfde trots belette het haar. Ze kon het niet.
„Luister eens," zei hij, „je moet niet naar huis gaan. Ga naar de Smileys."
„Dat kan ik evenmin. Ik heb hun al last genoeg bezorgd. Ik heb haar over hen ook verteld."
Hij grinnikte weer. „Dat was niet erg verstandig."
„Ik wist niet wat ik deed."
„Ik kan je niet vragen om hier te blijven. Dat zou de zaken nog maar erger maken." Toen viel hem iets in: „Je zou naar Raschid kunnen gaan en daar blijven."
„Dat kan ik niet. Ik ken hem niet."
„Ik wel. Hij is hoofd van de politie en heeft een vrouw en zeven kinderen. Netter kan het niet."

„Maar hij is een Indiër."

„Welk verschil maakt dat? Hij is een flinke kerel."

Ze herinnerde zich wat haar moeder had gezegd over „die vuile Indiërs" die bij de Smileys kwamen. „Mij kan het niet schelen, maar ik moet haar geen excuus geven om herrie te maken . . . U weet niet hoe ze is. Ze zou de zaak tot Delhi toe doordrijven, zelfs tot aan de onderkoning. Ze is tot alles in staat."

Ja, hij zag in wat ze bedoelde en had weer lust te lachen. Het was belachelijk, hoe de volmaakt onschuldige escapade van een romantisch schoolmeisje een buitengewone zaak was geworden en nu zelfs dreigde een incident te vormen dat de rust van Indië kon verstoren, een schandaal van internationale proporties, dat historisch zou kunnen worden. En voor de eerste maal zag hij de ondergrond van dat wat de „Indische kwestie" heette, al de oneindige verwikkelingen die door kleine mensjes konden worden veroorzaakt, de hopeloze verwarring van laagheid, afgunst, angst, kleinzieligheid en vooroordeel. Zelfs in zijn dronkenschap werd hij zich voor het eerst bewust hoe Indiërs zich moesten voelen. Hij begreep de subtiele en sinistere waarde van vernederingen en beledigingen, door tweederangs mensen als mevrouw Hogget-Clapton en mevrouw Simon opgehoopt. Een meisje van Europese afkomst kon geen toevlucht zoeken voor een sloerie van een moeder in het huis van de fatsoenlijkste en rechtschapenste man, omdat hij een Indiër was. „Ja," zei hij somber, „het is een zieke wereld . . . een verrotte wereld."

Maar Fern ging recht op het doel af, zonder zich in te laten met politiek, filosofie of de mensheid. Ze zei: „Nee, er kan maar één ding worden gedaan. Ik ga nu terug naar huis. Ik ben niet meer bang voor haar. Misschien is ze nu wel bang voor mij. Maar u moet weggaan. U moet. Begrijpt u?"

Hij begreep dat ze niet langer op hem vertrouwde. Ze was naar hem toe gekomen, misschien omdat ze dacht dat hij in staat zou zijn haar te helpen, en hij was tot niets in staat geweest omdat hij dronken, verward en nutteloos was, omdat het hem op dit moment eigenlijk niet kon schelen wat er gebeurde, omdat hij als altijd niet geneigd was enige verantwoording te dragen en omdat het allemaal niet meer ernstig leek, maar grappig, onuitsprekelijk grappig.

„Ik weet het niet," zei hij zwakjes. „Ga jij terug. Morgen als de dingen anders zijn . . ."

„Het is in orde. Maak u er niet te veel zorgen over. Het is in elk geval allemaal mijn schuld. Ik weet zelf niet hoe het allemaal zo is gekomen, behalve dat ik zeker gek moet zijn geweest. Het spijt me dat ik zo'n dwaas was!"

Hij keek haar lange tijd aan, en zag zelfs door de nevel van dronkenschap hoe jong, bekoorlijk en ernstig ze was, en hij zag ook dat ze nu niet meer naar hem opkeek voor hulp. Het was nu juist omgekeerd. Toen zei hij: „Nee, jij bent niet gek geweest. Je bent helemaal niet gek." Hij dacht: „Ik wou dat ik je altijd bij me had, voorgoed," maar nu was het te laat. Ze zei bruusk: „Goedenavond" en ging het huis uit in de regen. Hij zat lange tijd in de stoel tegenover de deur, tot hij zich eindelijk Bannerjees diner herinnerde, opstond en nog een borrel dronk om de sombere gedachten te verdrijven, die zich van hem hadden meester gemaakt, en om hem kracht te geven naar het tuinhuis te gaan en Johannes de Doper te ontslaan, omdat hij gekletst en zijn meester verraden had. Het was een onaangename taak, en hoewel hij geen idee had hoe de gevoelens van Johannes de Doper waren, wist hij dat hij aan hem gewend en zelfs op hem gesteld was. Maar toen hij bij het tuinhuis kwam, was het leeg. De bediende had hem niet voorgoed verlaten, want zijn weinige bezittingen in de kleine houten kast, die ze bevatte, waren er nog. Ransome dacht: „Hij kent me beter dan ik dacht. Hij is verdwenen omdat ik morgen zal inzien dat zijn geklets tenslotte onbelangrijk was en niet meer dan menselijk. Hij weet dat ik morgen zal begrijpen dat niet hij de oorzaak van al het kwaad is, maar mevrouw Simon en Pukka Lily en al de lui zoals zij."

Mevrouw Simon kwam vijf minuten nadat hij was weggegaan en vond het huis volkomen verlaten. Door dit koudwaterbad verdween al de gerechte verontwaardiging die ze de hele weg naar het station en terug zo zorgvuldig had bewaard en nieuwsgierigheid nam er de plaats van in. Sinds drie jaar had ze verlangd dit huis vanbinnen te zien en nu kon ze dat verlangen bevredigen. Zij liep alle kamers door en zelfs de slaapkamer in, waar het zien van zijn borstels, pijp en bed een zekere zinnelijke opwinding in haar wekte, waar Simon naderhand weer het slachtoffer van zou worden. Het huis was een teleurstelling, omdat het zo eenvoudig en zo kaal leek en helemaal niet zoals het huis van een Engelse gentleman er hoorde uit te zien of zoals de huizen van zulke lieden waren op films en het huis van Lily Hogget-Clapton eruitzag. Toen ze alles had bekeken, reed ze regelrecht naar de Smileys en maakte er een verschrikkelijke scène, om haar ontdane geest lucht te geven. De Smileys, verbluft, probeerden eerst de zaak uit te leggen in gewone menselijke bewoordingen, maar na een ogenblik werd het duidelijk dat eenvoudige menselijkheid iets was dat buiten het begrip van mevrouw Simon lag, en toen vervielen ze beiden tot stilzwijgen. Het was tante Phoebe die haar tenslotte op haar eigen toon antwoordde. Toen ze het relaas niet langer kon verdragen, noemde ze mevrouw Simon een „armzalige sloerie" en beval haar de weg over te steken en nooit meer hier in huis te komen.

M eneer Bannerjees huis was een zeldzaamheid in Ranchipur: een huis, vervaardigd van latten en pleisterwerk. Het was in alle opzichten een eigenaardig huis, een kleine vijfenzeventig jaar geleden ontworpen en gebouwd onder toezicht van lady Streetingham, de excentrieke vrouw van de resident, gedurende de regering van de slechte maharadja, die er haar gasten in herbergde. Deze vrouw uit de hoogste kringen en schatrijk, getrouwd met een vervelende man en door zijn plichten verbannen naar een barbaarse staat, had tot gewoonte iedereen met wie ze kennismaakte, uit te nodigen zo lang als hij wenste te blijven. Daarom had ze een huis laten bouwen dat eerder leek op een logement, met een menigte vervallen bijgebouwen om de bedienden in onder te brengen.

Het huis zelf bezat, wellicht door de eigenaardige vorm die het had, een bizarre bekoring. Het was achthoekig, met een veranda bij de benedenverdieping en een balkon dat helemaal om het huis heen liep op de tweede verdieping, en het dak was plat, terwijl een trap erheen leidde, zodat de gasten er op oosterse wijze gebruik van konden maken en in hete nachten daar in de openlucht konden liggen onder een schitterend blauwe, met sterren bezaaide hemel. Achteraan bevond zich een plompe staart, een barakachtige vleugel, die was toegevoegd als bij nader inzien, toen het hoofdgebouw te klein werd om al de avonturiers en kolonisten-zonder-baantje die de uitnodigingen van de excentrieke en rijke residentsvrouw aannamen, te bergen. Want het huis werd al spoedig een soort pension voor lieden die aan de grond zaten, tot het tenslotte een slecht befaamde bekendheid verkreeg en de terugroeping van de resident zelf ten gevolge had. In zijn tijd had het er meer toe bijgedragen het prestige van de Europeanen in Ranchipur te schaden dan enig ander element in de geschiedenis van de stad. Het schouwspel van de bedenkelijke gasten van lady Streetingham op de veranda, de geruchten omtrent uitspattingen en braspartijen die binnen de muren plaatsgrepen, de moord op een bediende, de moord op een der gasten, de zelfmoord van een der anderen en nog vele andere dingen hadden het huis berucht gemaakt en zo'n legende eromheen geweven, dat het nog jaren na het ontslag van de resident onbewoond bleef en de minste koelie er nooit langskwam zonder verachtelijk de lippen te krullen.

Dat was nu een staaltje – zo zei de bevolking van Ranchipur onder elkaar – van de Europese beschaving.

In die dagen duurde het lang voor er nieuws doordrong, over heel Indië heen, van Ranchipur tot aan het gouvernementshuis in Calcutta, en nog langer duurde het voordat zij die de macht in handen hadden, konden geloven dat het inderdaad zo erg toeging in het gastenhuis van de rijke en excentrieke residentsvrouw als werd beweerd. De moord en zelfmoord maakten een eind aan de resident, zijn vrouw en het gastenhuis zelf, maar tegen die tijd was het kwaad geschied en nog dertig jaar lang bleef de legende over de tuchteloosheid in dit huis bestaan en tastte de mening van twaalf miljoen inwoners van de grote, rijke staat Ranchipur aan, zodat het een moeilijke staat werd, altijd vol troebelen, verwikkelingen en smeulende opstandigheid. Maar op vreemde wijze was de legende van het gastenhuis tot een grote hulp geworden voor de oude maharadja, bij zijn pogingen om zijn volk te verlichten en het opnieuw het zelfbewustzijn te schenken dat het eens had bezeten, omdat het dat geheimzinnige wapen, dat de Europeanen „prestige" noemden, verzwakte en bedierf en de inboorlingen van Ranchipur een gevoel van gelijkwaardigheid schonk. Het verzwakte ook de autoriteit van het centrale gezag, dat weldra ontdekte hoezeer de gasten van lady Streetingham het besturen van de bevolking te Ranchipur hadden bemoeilijkt, zodat het volk en de maharadja de vrije hand werd gelaten. Het centrale gouvernement wendde zich om der wille van de vrede af en stond Ranchipur toe zijn eigen weg te gaan.

Het huis was al bezig tot een ruïne te vervallen, toen de maharadja het opeiste als woning voor zijn bibliothecaris, Bannerjee. Die bibliothecaris was van nature vrijwel gelijk aan de oude lady Streetingham, uiterst mild en kritiekloos in zijn gastvrijheid. Gelukkig was zijn smaak van meer conventionele aard. De vrouw van de resident had het weinig kunnen schelen wie ze te gast had, zolang het wezens waren die eruitzagen als mensen die konden praten en nuchter genoeg bleven om whist met haar te spelen. Meneer Bannerjee daarentegen gedroeg zich eerder als een beroepsmatige gastvrouw van Mayfair. Hij was de leider van een gezelschapsleven dat noch Indisch, noch Europees was, maar een mengeling van die twee. Meneer Bannerjee was een snob. Hij had in Oxford gestudeerd en daar, grotendeels door observatie en instinct eerder dan door contact, dat snobisme opgedaan dat in wezen niet Brits, maar iets zuiverder was dan dat; het was Engels. Zijn snobisme lag als een vernisje over de donkerder, Indische zijde van zijn karakter. Hij was zelf zeer gelijk aan zijn partijtjes: een vreemde mengeling van elementen die hij nooit tot een harmonisch geheel wist te vormen. Als leider van de kosmopolitische kring van Ranchipur kreeg hij belangrijke gasten van de maharadja minstens eenmaal op een diner of tennispartij. De Britse middelklaskringen, geregeerd door Lily Hogget-Clapton, namen een houding van verachting tegenover hem aan, hoewel ze innerlijk werden verteerd door nijd en woede omdat de èchte grote lieden, zoals lord en lady Heston, altijd door Bannerjee werden ontvangen, terwijl zij ze maar zelden te zien kregen. Aan de andere kant wantrouwden de echte Indiërs Bannerjee met zijn Oxfordmanieren en verachtten hem omdat hij niet in staat scheen te zijn te besluiten, bij welke van de twee partijen hij nu eigenlijk hoorde. Maar Bannerjee had een wereld en een positie voor zichzelf geschapen, een wereld die af en toe een beetje leek op die waarvoor lady Streetinghams huis vroeger als club had gediend. Die wereld stond bekend als „meneer Bannerjees kring". Dat bewustzijn vervulde hem met trots en maakte dat hij in Ranchipur een houding aannam waarin arrogantie en bedeesdheid elkander voortdurend bestreden. Hij was ook rijk, zoals het de leider van een voorname kring past, want toen de oude meneer Bannerjee, zijn vader, zich terugtrok uit een buitengewoon welvarend bankiershuis en levensverzekeringsbedrijf in Calcutta en zich aan meditatie ging wijden, had hij alles wat hij bezat aan zijn zoon gegeven. Bannerjee had ook een zeer mooie vrouw en een schitterende en invloedrijke positie, en bezat zelfs macht, maar hij was geen gelukkig man, want er was heel wat dat Bannerjee voor de wereld te verbergen had. Daar waren zijn eigen besluiteloosheid en de zwakheid van een karakter en persoonlijkheid, die precies in tweeën waren gespleten. Slechts iemand met een alziend oog kon dat weten, want alleen zo iemand zou hebben kunnen geloven dat de joviale en wat arrogante meneer Bannerjee, die cocktails liet presenteren op zijn tennispartijen en over de theaters in Londen en de wedrennen van Parijs sprak, dezelfde man was die in de prille morgen uit het achthoekige huis sloop naar de doolhof van bijgebouwen achter aan het erf, om daar een geit de keel af te snijden voor een klein, monsterlijk beeld van Kali, dat reeds besmeurd was met het bloed van honderden offers. En niemand dan hijzelf kon iets af weten van de afschuwelijke ogenblikken, midden op een of ander werelds en kosmopolitisch diner, als hij plotseling koud werd van angst en ontzetting, omdat hij een vreselijke seconde lang meende Kali de Vernietigster te zien verschijnen boven het hoofd van een der gasten, om hem te beschuldigen dat hij zijn bloed, zijn ras en geloof had verraden. Slechts Kali zelf kon weten dat hij geen kinderen bezat, niet omdat zijn mooie vrouw onvruchtbaar zou zijn, maar omdat haar zwijgende verachting voor hem zo groot was, dat hij van het begin af nooit bij machte was geweest zijn rechten als echtgenoot uit te oefenen. Ze had nooit iets daarvan gezegd. Ze sprak tegen hem nauwelijks meer dan tegen de Europese gasten naast wie zij nu en dan geheel toevallig zat. Die verachting was dezelfde beangstigende, stille verachting die Ransome telkens opnieuw had bemerkt; bij Ransome had die een pervers verlangen gewekt haar te vernederen; meneer Bannerjee maakte ze alleen maar impotent van angst.

Ransome ging dikwijls naar Bannerjees huis, bijna even vaak als naar het paleis, want het was het enige huis waar men soms mensen ontmoette die wat verstand hadden. Soms verscheen er in Ranchipur een geleerde, een schrijver, een architect of iemand die zich interesseerde voor de Indische muziek, schilderkunst, beeldhouwkunst of geschiedenis. Sinds Bannerjee naar Ranchipur kwam, had de oude maharadja de illusie gekoesterd dat de gasten van de staat bij Bannerjee een glimp van werkelijk Indisch leven konden opdoen, hoewel datgene wat ze er vonden, noch Indisch, noch Europees was, maar eenvoudig meneer Bannerjees enigszins fantastische voorstelling van wat een grote partij in de tijd van Eduard IV moest zijn. Maar Ransome was in zekere zin op Bannerjee gesteld en had medelijden met hem, omdat hij af en toe zeer na eraan toe was te beseffen dat Bannerjees onzekerheid en ellende niet zoveel verschilden van de zijne. Dan was er ook altijd mevrouw Bannerjee, koud en mooi, terwijl ze haar *pan* kauwde en babbelde en giechelde in een hoekje met een of andere vriendin. Ze wond hem op en liet hem dan weer verward en onvoldaan achter. Maar prettig voelde hij zich in Bannerjees huis niet en hij kon zich niet herinneren dat hij zich ooit werkelijk had vermaakt op een van de partijen. Wat het was dat hem neerdrukte, kon hij niet precies definiëren, behalve dat het iets sinisters was. Van het ogenblik af dat hij het huis betrad tot hij het verliet, voelde hij zich altijd vaag, niet op zijn gemak en zelfs stuntelig, alsof hij op een of andere manier, in plaats van Ransome, de man die alles in de wereld had gezien en allerlei soorten mensen had ontmoet en in staat was zich in iedere omgeving thuis te voelen, weer gewoon een kleine jongen was geworden, die naar zijn eerste partijtje ging. In het begin was hij alleen onbehaaglijk en verveeld geweest, maar toen het telkens gebeurde, begon hij zich erover te verbazen en probeerde het gevoel te analyseren. Eerst zei hij tot zichzelf dat het op een halfmystieke wijze de aura van het huis zelf moest zijn, dat zo vol herinneringen was aan twee moorden en een zelfmoord, aan dronkenschap en uitspattingen, lang geleden bedreven door mensen die nu dood en begraven waren. Dan was er ook de persoonlijkheid van mevrouw Bannerjee, de atmosfeer van bitter huwelijksleed, en de wetenschap dat in het huis altijd, ergens dicht bij je, achter een muur of misschien achter een scherm, de aanwezigheid school van Bannerjees vader, die niemand in Ranchipur ooit had gezien, behalve dan vanzelfsprekend de Bannerjees zelf, majoor Safka en waarschijnlijk niet meer dan een of twee bedienden.

Een paar malen had Ransome in de afgesloten tuin aan de achterzijde van het huis, waar mevrouw Bannerjee haar huisdieren hield, de glimp van een wit gewaad zien verdwijnen tussen de stoffige struiken. Maar het gelaat en de gestalte van de oude Bannerjee had hij nooit gezien. Nu en dan sprak zijn zoon over hem, achteloos, alsof er niets geheimzinnigs aan hem was, maar op het gezicht van de zoon kwam altijd een uitdrukking van eerbied en ontzag als hij de naam van de oude man noemde. Hij vertelde Ransome dat de oude Bannerjee op zijn oude dag alle wereldse genoegens had opgegeven om wijsheid te vinden, zich in bespiegelingen te verdiepen en zich voor te bereiden op een ander leven. De eerbied en het ontzag in de stem van de zoon maakten indruk op Ransome, niet omdat hij een speciaal respect koesterde voor het hindoese geloof, maar omdat het buitengewoon vreemd leek dat een wereldlijk man, zoals de zoon, zo diep getroffen kon zijn door de heiligheid die de oude man probeerde te verwerven. Eens, maar slechts éénmaal, vroeg hij tamelijk oneerbiedig: „Wat zijn dat, die bespiegelingen? Waarom peinst hij over wat boven ons begrip gaat, over iets waar hij niet over zou kunnen peinzen als hij te midden van medemensen leefde?"

Beleefd, maar met een zekere koelheid antwoordde Bannerjee: „Dat is moeilijk uit te leggen! Het is iets dat u niet zou begrijpen als u het nu niet reeds inziet." Toen was hij snel van onderwerp veranderd, maar Ransome had gevoeld dat hij kalmpjes op zijn plaats was gezet en dat Bannerjee plotseling angstig was geworden. Hij leek, door de manier waarop zijn gezicht een beetje vertrok en zijn ogen die van Ransome ontweken, op een verschrikte haas. Hij veronderstelde niet dat de sfeer van sinistere geheimzinnigheid in het huis iets te doen had met geheime, naamloze offers of verborgen orgiën van het soort dat tweederangs journalisten graag toeschrijven aan de hindoese riten. Die sfeer wortelde, daar was hij zeker van, in iets dat veel minder voor de hand lag en sensationeel was. Toch moest het, dat begon hij steeds sterker te voelen, iets absoluuts, reëels, bijna iets tastbaars zijn. Het wàs er. Als je scherpe ogen en oren had en enige intuïtie, voelde je het iedere keer als je het huis binnenging. Het hing als een vage, wat bedorven geur over de persoonlijkheden van Bannerjee en zijn vrouw. Het was in alle kamers. Soms trad het duidelijk aan het licht in een intonatie, een angstige blik, in de manier waarop zelfs de persoonlijkheid van mevrouw Bannerjee opeens kon veranderen van iets dat, hoe koud en teruggetrokken ook, toch werkelijk was en zelfs vertrouwd, in iets schaduwachtigs en halfwilds en angstigs. Het was niet een ervaring die Ransome alleen bij de Bannerjees had opgedaan, want hij had het verschijnsel tevoren honderden malen ontmoet, op talloze plaatsen in Indië. Zelfs de oude maharani, zo fel, hoogmoedig en onafhankelijk, had hij plotseling op dezelfde geheimzinnige wijze zien veranderen, terwijl hij met haar sprak. In Bannerjees huis was het alleen scherper voelbaar, omdat Bannerjee een Bengaal was en omdat al zijn pretenties, als zou hij een verlichte Indiër en een model van Europese beschaving zijn, het contrast nog pijnlijker en het mysterie dubbel treffend maakten.

Het was, daarvan raakte Ransome langzamerhand overtuigd, datgene wat de meeste Indiërs en Europeanen scheidde, hoe vertrouwd ze ook schenen, en wat de diepste vriendschap uitdroogde tot ze verdord en leeg werd. Het was datgene waarop schrijvers zinspeelden met de banaliteit: „Het mysterie van Indië", maar Ransome was te intelligent om dit te aanvaarden, evenmin als hij de goedkope trucs van de fakirs aanvaardde. Hij kon mysteries niet verdragen, omdat hij had vastgesteld dat mysteries, zelfs de meest esoterische en hindoese, tenslotte altijd volmaakt eenvoudige verklaringen hadden.

Na een tijdje begon hij vragen te stellen aan Indiërs die hij als vrienden beschouwde, maar hij schoot weinig op, tot hij naar majoor Safka ging. Het had geen nùt, zoals hij weldra ontdekte, het Raschid Ali Khan te vragen. Geen mohammedaan begreep het. De openhartige en flinke Raschid was van mening dat het dit mysterie was, dat de hindoes laf, verraderlijk en onbetrouwbaar maakte en dat de diepste oorzaak was van al de moeilijkheden tussen mohammedanen en hindoes. Het scheen de mohammedanen veel meer te irriteren en te verbazen dan het Ransome zelf irriteerde en verbaasde.

Maar majoor Safka was een hindoe, een brahmaan, die „vrij" was, misschien bevrijd door zijn eigen geloof in de wetenschap en in de macht van menselijke intelligentie tegen de boosaardigheid van de natuur, die besloten zit in de lichamen van de geheimzinnige goden.

„Dat is," zei hij, „de grote Indische kwaal. Je zou het kunnen noemen het hindoese euvel. Het verstikt, verstart en verlamt. Het is als de stank die over de armenwijk hangt als er pest of pokken zijn uitgebroken."

Ze praatten er vaak over, soms op de veranda van Ransomes huis, soms in het kantoor van de majoor in het hospitaal, waar juffrouw MacDaid soms even binnenkwam en bleef luisteren, om dan verachtelijk te grommen dat ze hun tijd verknoeiden met praatjes over dingen die kop noch staart hadden. Alles wat nodig was om Indië te redden, placht zij te zeggen, was onderwijs, reinheid en genoeg te eten.

De majoor sprak er graag over, alsof het „ding", telkens als hij erover sprak, hemzelf duidelijker werd. En iedere keer maakte hij het duidelijker voor Ransomes begrip. „Het is mystiek van origine," zei hij, „en nog steeds, geloof ik, mystiek in zijn manifestaties. Om het te begrijpen zou je de hele geschiedenis van de hindoese godsdienst moeten kennen en begrijpen, oorsprong, opgang en verval. Ik ken niets wat erop lijkt in de geschiedenis, behalve misschien de vreemde, hysterische bijgeloven van de donkere middeleeuwen in Europa, toen heremieten in holen gingen „bespiegelen", zoals de mysterieuze, oude oplichter, meneer Bannerjees vader. Intelligente mannen trokken zich terug in kloosters, omdat het de enig overblijvende plaats was waar ze de vlam van cultuur en civilisatie brandend konden houden. Het is als de wolk die in die tijden over heel Europa hing . . . een wolk van wat men, meen ik, geloof en godsdienst kan noemen, in weerwil van zijn laagheid en dwaalbegrippen, toen het christendom een tijdlang een duistere mengeling werd van de christelijke leerstellingen, zonderling verweven met het paganisme der druïden en bijgelovigheden die lang geleden in de moerassen van Duitsland waren ontstaan, doorsprenkeld met Romeinse en Griekse ideeën en bijgelovigheden. Het drong in elk huis en in het leven van ieder mens, behalve in dat van hen die zich in kloosters opsloten of als dieren in holen leefden. Het vervulde zelfs de geesten en levens van intelligente lieden met spokerijen over heksen, demonen en nachtmerries en liet hen in angst leven en in geloof in het kwade, eerder dan geloof in het goede. Het had plaats gedurende de ineenstorting van een groot keizerrijk, van een hele beschaving. Zie je, een gepensioneerd verzekeringsagent zoals de oude meneer Bannerjee is bang en daarom trekt hij zich terug om heilig te worden, omdat hij zijn hele leven helemaal niet heilig is geweest. Al het geld dat hij heeft opgestapeld, heeft geen al te heilige oorsprong en hij is bang, waarvoor, dat weet hij niet precies, maar hij is bang. En Bannerjee zelf is ook bang. Met al zijn fijne manieren en zijn grote mond is hij een lafaard en wordt nu en dan angstig voor de onpeilbare massa van dingen die buiten zijn begripsvermogen liggen."

Hij lachte opeens en zei: ,,Zelfs de oude maharani is soms bevreesd. Ik heb haar gezien in ogenblikken als ze vergat dat ze verlicht is, dat ze een hogereburgerschool voor meisjes heeft gesticht en een wet doorgedreven die het voor hindoese vrouwen toelaatbaar maakt van hun echtgenoten te scheiden. Dat maakt allemaal niets uit. Soms neemt het ,,ding" bezit van haar en maakt haar weer tot het halfwilde, bijgelovige schepsel dat ze was toen ze hierheen werd gebracht van de heuvels, lang geleden. Het hangt over heel Indië als een wolk ... een godsdienst die nooit reformatie heeft gekend, een godsdienst die, zoals alle godsdiensten, uit de natuur zelf werd geboren en eens tot grote hoogte steeg en nu weer is bedorven, vernield en afgezakt tot het niveau van een wild geloof in beelden en taboes waarin het principe van het kwade en vernietigende evenzeer wordt vereerd als het principe van het goede en scheppende. Misschien is het in zijn manifestaties wilder en verschrikkender dan de heidende christenheid van de donkere middeleeuwen ooit was, maar dat komt niet omdat de volkeren verschillend zijn. Dat komt door Indië zelf ... niet het volk is het, maar de aarde, de zon, de hemel, het leven zelf in Indië, die wreed en onbarmhartig zijn. Het is een land dat krioelt van leven en waar het principe van het leven zelf af en toe tot een bedreiging, een kwaad en iets vernietigends lijkt te worden ... een land vol slangen, wilde beesten, overstromingen, droogte en aardbevingen, waar de natuur zelfs vijandiger is dan elders. En toch ook een werelddeel dat zwermt van leven... even overbevolkt, even overvruchtbaar, als Afrika leeg en steriel is."

De werd de majoor opeens stil en ernstig en begon zelfs te zuchten, en vervolgde: ,,Zie je, dat is het – dit Indië. Daarom is het altijd gemarteld en gekweld ... daarom zijn de beheersers hier altijd ongelooflijk schitterend en barbaars geweest, daarom zijn de ellende en ziekte hier oneindig erger dan de ellende en ziekte van andere naties. Het is een land van wilde overdrijving, waar wreedheid wreder is dan elders en schoonheid schoner en daaruit kwam een allesomvattend geloof voort, dat tot grote hoogten steeg en toen weer verviel in een aanbidding van de wilde begrippen van de vernietiging. Overal ter wereld is de natuur altijd een vijand, tot de hand en de intelligentie van de mens haar onderwerpen, maar in Indië is de natuur een monster dat we nooit hebben kunnen temmen. Men moet haar, veronderstel ik, aanbidden in de gestalte van Kali, omdat niets anders logisch schijnt. Juffrouw MacDaid heeft gedeeltelijk gelijk. We kunnen Indiërs ontwikkelen. We kunnen de kinderen behoorlijk voeden. We kunnen tenminste proberen de ziekten uit te roeien, maar aan het eind zal de natuur het altijd winnen. We zijn een heel eind gekomen in Ranchipur, maar tenslotte kunnen we door Indië zelf worden verslagen, Indië het werelddeel, het onoverovbare.

Waar meneer Bannerjee bevreesd voor is, dat zijn niet alleen maar de vage symbolen die tot goden zijn verheven, maar het is iets veel wilders en diepers. Hij is bang voor Indië zelf. De goden zijn slechts schaduwen. Het zijn de droogte, de regens, de aardbevingen, de lepra, de pest, de tyfus, de brandende zon en de felle hemel, die de oorsprong zijn van die angst. Maar meneer Bannerjee is niet erg intelligent en daarom denkt hij dat het Kali is, die hij vreest. Hij is zich terecht bewust, dat hij in weerwil van zijn Oxfordopvoeding en zijn gepraat over Londen en Parijs een Indiër is en dat hij Indië niet kan ontsnappen."

Weer zuchtte hij en voegde eraan toe: ,,Misschien zullen we worden verslagen. Ik geloof niet dat het zo eenvoudig is als juffrouw MacDaid gelooft. Hoe dan ook, we kunnen het proberen. Maar het is niet gemakkelijk, als een heel volk leeft door vrees in plaats van door geloof. Jullie in Europa sterven omdat je geen geloof meer hebt, maar soms denk ik dat in het geheel geen geloof beter is dan het onze. Want het is angst, die we moeten overwinnen, angst, ontkenning en negativisme. In dat opzicht staan onze vrienden de mohammedanen er beter voor dan wij. Zij zijn voor niets ter wereld of in de hemel bang ... zelfs niet voor Indië. Zij zijn er nader aan toe geweest Indië te onderwerpen dan enig ander volk, maar ook zij werden verslagen. Indië is nooit werkelijk veroverd, ook niet door de Britten. Ze worden hier slechts geduld totdat Indië, met alles wat er slecht of goed in is, zich beweegt in de slaap, een enkele machtige stoot geeft, en dan zullen ze eraf tuimelen, net als Asoka, Alexander, de Mongolen, de Tartaren en de Chinezen."

In de stem en de ogen van de majoor waren droefheid en verslagenheid; de droefheid en verslagenheid die Ransome zo dikwijls in zoveel Indische ogen had gezien, maar ook was er een soort smeulende triomf en trots in, wellicht om de wetenschap dat hij een deel van dit uitgestrekte, onoveroverbare, tragische land was. In de majoor was niets van het taaie optimisme

van Raschid Ali Khan, die zich altijd vol trots bewust was van zijn ver-
overaarsbloed, en evenmin de lichte opgewektheid van Jobnekar, nog zo
kort uit de dienstbaarheid en onderdrukking van eeuwen bevrijd. De
majoor was intelligenter dan een van die beiden en bezat bovendien het
instinct en de gevoeligheid van een ras en een kaste van wie de leeftijd
nauwelijks in tijd is te meten. Er waren ogenblikken waarin zelfs de majoor
bevreesd werd. Ransome boeide dat juist in hem: dat hij tegelijkertijd een
jongen was en zeer oud, dat hij het leven te moeilijk te dragen vond, tenzij
hij zich er middenin wierp en zichzelf verloor in deze verschrikking en
verwarring. Voor de majoor zou het altijd iets onmogelijks zijn, zich terug
te trekken in het diepe negativisme van een bespiegelend bestaan.

Ransome ging te voet naar Bannerjee, omdat hij dronken was en opeens
werd vervuld met een heilige overtuiging, dat contact met de moesson-
storm hem zou kunnen bevrijden van het neerslachtige bewustzijn van kleinzieligheid en boosheid, dat Ferns verhaal in hem had gewekt. In zijn dronken hoofd besefte hij dat de regen, ondanks de oude regenjas en de vilthoed
die hij droeg, hem schoon zou wassen. „Reinheid," zei hij halfluid, „dat is
wat ik nodig heb, reinheid." Hij dacht: „Als het hard regent wanneer ik
naar huis ga, kan de majoor me even brengen."
Hij voelde er niets voor om door Edwina te worden thuisgebracht. Hij voelde er zelfs niet voor dat korte eindje – die paar minuten in dezelfde auto
met haar te zitten. Hij wist bovendien heel goed dat ze, als ze tot aan de
muur meeging, ook zou binnenkomen en wat praten en drinken, want ze
was een kind van de nacht, dat een hekel had aan slapen, behalve overdag, en nooit goed wakker was voor zonsondergang. Overdag was er soms
iets verwelkts en vermoeids aan haar, maar 's avonds leek ze altijd fris,
koel en liefelijk. Het was alsof de duisternis haar levenskracht en betovering verleende. Ze zou willen binnenkomen om wat te praten, tot tenslotte zelfs praten vermoeiend zou worden, en dan zou wat in het paleis
op de avond van het diner was gebeurd, zich herhalen, zonder enige andere aanleiding dan dat dezelfde vermoeide, perverse aantrekkingskracht
hen naar elkaar zou drijven, alsof ze onder een dwang stonden, geboren uit
verzadiging en uitputting. En de volgende morgen zou hij zich weer onpasselijk voelen, besmet en verlaagd.
Nu, in zijn dronkenschap door de regen lopend, zag hij dat wat hen tot elkaar dreef, voor de eerste maal volkomen duidelijk.
Het was alsof ze vermoeid en bang waren en elkaar omhelsden in een
gebaar van afweer tegen de rest van de wereld. Ze waren als ondeugende,
onverdraaglijke kinderen die in hun neus peuteren. Hij begreep het nu.
Het was of ze die avond in het paleis tot de anderen hadden gezegd: „St . . .
jullie!" met een gebaar van uitdagend exhibitionisme, zich wel bewust dat
de wereld, wat ze ook deden of hoe ze het ook deden, door zou gaan met

hen te aanvaarden, omdat ze beiden aantrekkelijk waren en de wereld voor het grootste deel even vuil en gemeen was als mevrouw Hogget-Clapton en Ferns verschrikkelijke moeder. Er was zelfs in Edwina's vermoeidheid en verdorvenheid iets lichts en verblindends ... ja ... iets reins. Dat maakte haar verleidende macht zo verderfelijk. God had haar te veel geschonken, lang geleden, in het begin.

Halfweg Bannerjees huis hield de regen bijna op en een ogenblik verscheen een zwakke zon boven de horizon en baadde alles in een vals, zwavelachtig licht. De huizen, de muren, zelfs het pas gewassen groen van de bomen leken die onaardse gele gloed te absorberen en weer terug te stralen. Het was het soort licht, ging het door zijn beneveld brein, dat God moest zenden om het einde van de wereld te beschijnen: een ziekelijk, lepreus geel licht, dat verval en gruwel in zich borg. Het viel nu vol op Bannerjees achthoekige huis en raakte zelfs de gestalten van de gasten, die hij door de open vensters kon onderscheiden. En de vroegere sensatie, dat dit huis door een of andere boze macht werd bezeten, keerde sterker dan ooit in hem terug. Bannerjees huis, vond hij, hoorde altijd zo verlicht te zijn. Maar voor hij halfweg de modderige oprijweg was, verdween de zon opeens achter de horizon en liet opnieuw alles vochtig, zwaar en groen achter, vol van de vreemde sfeer van vruchtbaarheid die alles aantastte, zodat het leek alsof de lucht zelf zo zwaar, rijk en vochtig werd, dat de planten en bomen van die lucht alleen konden leven, hun voedsel daaruit konden trekken, zonder wortels of aarde meer nodig te hebben. Tegen dat hij de veranda bereikte, was het gele licht verdwenen, zodat het sombere, oude huis zelf in duisternis lag, met ramen als ruiten van licht, waarin hij de gestalten van de Bannerjees kon zien, en Edwina en juffrouw Murgatroyd, die praatten en cocktails dronken.

Toen hij de treden opliep, merkte hij dat de kale aspidistra's en rubberplanten, die de veranda versierden, op wonderbaarlijke wijze waren ontbloeid. Uit hun eentonige groene bladeren waren, als door goochelkunst, de bloesems van goudsbloem, zinnia, stokroos, begonia en anjelier in een wilde kleurenpracht opengebarsten.

Het was een waanzinnig en decadent schouwspel in de plantenwereld, dat de tuinman in Ransome hinderde. En toen begreep hij. Die vreemde bloesems waren het werk van de oude Bannerjee, die het diner schijnbaar als een van de grote momenten in het maatschappelijke leven van zijn zoon beschouwde. Op gala-avonden versierde hij de onvruchtbare rubberplanten en aspidistra's met de bloemen van luisterrijker en gelukkiger planten, waarbij hij elke bloem zorgvuldig met een draadje vastmaakte. Ditmaal was de versiering waarschijnlijk ter ere van Edwina, dacht Ransome. Zelfs de oude Bannerjee was een snob, ondanks zijn teruggetrokkenheid en bespiegeling.

Het was nooit nodig zich bij Bannerjee te laten aandienen. Het geluid van voetstappen op de veranda was voldoende om een koor van kreten en gebrom, krijsen en blaffen te ontketenen van mevrouw Bannerjees pekineesjes en van het dozijn papegaaien, raven en parkieten, die in kooien en op stangen over de hele lengte de veranda bezetten, een koor dat zich als een pestepidemie verspreidde naar al de vogels, dieren en kinderen die in de verzameling bijgebouwen aan het einde van het erf woonden. Meneer Bannerjees huis en tuin vormden een soort Indië in het klein, overbevolkt, verward, zwermend van rumoerig leven.

Binnenshuis was Bannerjee, keurig en elegant in een wit kostuum dat in Saville Row was vervaardigd, bezig cocktails in te schenken voor Edwina, juffrouw MacDaid en de majoor. In een hoekje op een divan zat mevrouw Bannerjee met haar vertrouwde, juffrouw Murgatroyd, een beetje apart van de groep en niet slechts door afstand ervan gescheiden, maar ook door een atmosfeer van geestelijke afzondering, alsof hun hoekje, verborgen achter een onzichtbare scheidsmuur, onaantastbaar en Indisch bleef.

Juffrouw Murgatroyd was een kleine, oude vrijster die tegen de veertig liep en als assistente in de bibliotheek bij Bannerjee werkzaam was. Ze behoorde noch tot de Indische, noch tot de Europese wereld van Ranchipur en was nooit gehuwd, gedeeltelijk omdat ze noch rijk, noch erg aantrekkelijk was, en gedeeltelijk omdat zich geen andere mogelijkheid voordeed dan te trouwen met een halfbloed als zijzelf, en juffrouw Murgatroyd beschouwde alle halfbloeden, soms ook zichzelf, met verachting. Hoewel iedereen in Ranchipur haar geheim kende en iemand met een klein beetje scherpzinnigheid het dadelijk kon raden door de vreemde kleur van haar haren, de gore, gemengde tint van haar huid, de blauwe ogen, omringd door gelig wit, en haar dunne, lenige Indische handen haar verrieden, ging juffrouw Murgatroyd door het leven in de illusie dat niemand het wist. Ze beweerde altijd dat haar ouders waren gestorven toen ze een kind was en dat haar vader een magistraat was bij de regering van Madras. Ze kleedde zich altijd in Europese kleren, die haar niet stonden en zelfs nog lelijker deden lijken dan ze was. In een sari had ze misschien voor een Indische kunnen doorgaan en een zekere waarachtigheid, zelfs een zekere waardigheid behouden, maar de Europese kleren gaven haar iets volmaakt onechts, alsof ze van een gekostumeerd bal kwam. Het effect was precies als dat van een ouwelijke, door en door Angelsaksische juffrouw die ter gelegenheid van een bal masqué gekleed ging in sari en met voetringen. Niet alleen kleedde ze zich als Europese, maar ze koos haar japonnen zo slecht mogelijk en droeg altijd kostuums die alleen de blankste en teerste blondine zouden hebben gestaan. Nu zat ze zedig naast de mooie, exotische mevrouw Bannerjee en droeg een japon van lichtblauwe tafzij, versierd met guirlandes en rosettes van kleine bloempjes.

Ransome ontmoette haar nooit ergens anders dan in de bibliotheek of bij de Bannerjees; blijkbaar had ze geen ander bestaan.

Er was iets verlegens, angstigs en kruiperigs aan haar, dat hem altijd een gevoel van onpasselijkheid gaf, niet alleen door het zien van juffrouw Murgatroyd zelf, maar ook om de menselijke wreedheid en vooroordelen, die haar hele karakter en persoonlijkheid hadden misvormd, zoals een ziekte langzamerhand een heel lichaam, dat gezond en welgevormd had moeten zijn, kan misvormen. Voor de mooie mevrouw Bannerjee was ze een soort slavin die alles voor haar haalde en droeg, haar vleide, met haar in hoekjes zat te giechelen, zoals nu, en vol dankbare verbittering de ironie bewonderde, waarmee mevrouw Bannerjee bijna iedereen die haar in de weg trad, bejegende. Ransome dacht dat het was alsof ze door mevrouw Bannerjee werd gewroken op al degenen, zowel Indiërs als Europeanen, die haar met de nek aankeken en alsof het alleen door mevrouw Bannerjee was, dat ze genoeg zelfrespect kon vinden om verder te leven.

Ransome was er zeker van dat hun verbintenis niet ontstond uit enige genegenheid van de zijde van mevrouw Bannerjee, maar omdat deze haar nuttig vond en juffrouw Murgatroyd aan de andere kant het leven onverdraaglijk zou hebben gevonden zonder de kleine opmontering die de vertrouwelijke verhouding haar schonk.

Na lange tijd, na haar bij het ene diner na het andere, de ene tennispartij na de andere, te hebben gadegeslagen, kwam de verdenking in hem op dat mevrouw Bannerjee, de trotse Bengaalse, juffrouw Murgatroyd, de verlegen halfbloed, kwelde. Hij vermoedde dat mevrouw Bannerjee haar haat tegen alles wat Europees was, luchtte door juffrouw Murgatroyd te behandelen als een ranselslaafje. Maar juffrouw Murgatroyd scheen de wreedheid te verdragen en zelfs te wensen als het enige wat haar in dit leven enigszins belangrijk kon maken. Haar verering voor mevrouw Bannerjee was als die van het domste, lelijkste meisje van de school voor het begaafdste en mooiste.

Toen hij naar de divan kwam, maakte mevrouw Bannerjee slechts even een loom gebaar, maar juffrouw Murgatroyd sprong op en begon te ratelen. „O, goedenavond, meneer Ransome," zei ze. „Wat is het een tijd geleden dat we elkaar hebben ontmoet. Ik hoopte al dat u hier zou komen. Maar ik was bang dat u naar boven kon zijn gegaan, naar de heuvels."

„Nee," zei Ransome, „ik ga daar nooit meer heen."

Zelfs door zijn dronkenschap heen voelde hij de gewone weerzin terugkeren; het schouwspel van de loensende, dweperige juffrouw Murgatroyd wekte in hem altijd verachting voor het hele menselijke ras. Ze leek zoveel op een mishandeld bastaardhondje dat, kwispelend met zijn stompe staart, op zijn buik naar je toe kroop, vol vriendelijkheid, maar heimelijk doodsbang te worden geslagen. Hij wist dat hij de dweperij van juffrouw Murgatroyd zelf had aangehaald, want in een neiging om al de krenkingen en de boycot waaronder ze leed goed te maken, had hij haar steeds overdreven veel aandacht gewijd, alsof hij zich werkelijk voor haar interesseerde. Hij sprak tegen haar als de anderen de kamer uitgingen zonder zelfs naar haar te kijken. Het kon hem niets schelen dat juffrouw Murgatroyd een halfbloed was, maar wel dat ze verschrikkelijk vervelend was.

Mevrouw Bannerjee zei goedenavond en ging door met het betelblad te kauwen, alsof ze liefst wilde dat hij haar zo snel mogelijk met rust liet. Juffrouw Murgatroyd ging door met dwepen, tot Ransome in wanhoop iets mompelde over een cocktail en haar verliet om zich bij Edwina te voegen, die zich blijkbaar enigszins van de anderen had teruggetrokken en op hem scheen te wachten.

Edwina vroeg: ,,Geloof je dat je nog een cocktail kunt verdragen?"

Hij grinnikte: ,,Waarom niet? Eén meer of minder kan niet veel verschil maken."

,,Op een avond zul je er net een te veel nemen en op je neus vallen, en dan zullen de mensen gaan vermoeden dat je drinkt, vrees ik. Hoe dan ook, ik wou graag dat je begrijpelijk tegen mij sprak."

,,Is het zo erg met me?"

Terwijl ze praatten, merkte hij opeens dat achter Edwina, op de divan, een nieuwe uitbarsting van gefluister en gegiechel plaatshad, en opeens wist hij dat mevrouw Bannerjee en juffrouw Murgatroyd over Edwina en hem zaten te praten. Hij was er zeker van dat ze wisten wat er in de benedenkamer van het paleis was gebeurd. Hij was dwaas geweest met te veronderstellen dat niet iedereen in Ranchipur het binnen vierentwintig uur zou weten.

Tegen de morgen zou ook dat andere verhaal de ronde hebben gedaan, vergroot en bijgewerkt tot het een melodrama was geworden, waarin hij Fern Simon had verkracht. En terwijl hij doorging met praten tegen Edwina, dacht hij: ,,Misschien had Fern gelijk. Misschien moest ik maar verdwijnen uit Ranchipur," en opeens, voor de eerste maal, leek Ranchipur met al zijn intriges en kwaadsprekerij hem onverdraaglijk – nog erger dan Grand River was geweest, toen zijn huwelijk met Mary begon mis te lopen.

Hardop zei hij tegen Edwina: ,,Hoe gaat het met je man?"

,,Hetzelfde . . . hij ijlt. Ik denk dat ik eigenlijk aan zijn bed had horen te zitten, maar de majoor heeft het me verboden. Hoe dan ook, ik kan daar niet nu al mee beginnen, als we misschien weken hier moeten blijven."

Hij voelde zich nu plotseling dronken genoeg om de vraag te wagen die hij al in het begin had willen stellen: ,,Geef je er veel om?"

Ze ontweek handig een antwoord. ,,Of ik hier moet blijven? Nee, ik heb me aan het idee gewend. Het zal een mooi verhaal zijn om in Londen te doen. Als alles faalt, kan ik daar een diner mee doorkomen."

Hij merkte dat ze hem ontweek en was vastbesloten dat ze niet zou wegglippen, zoals ze van alles altijd wegglipte.

,,Nee, dat bedoelde ik niet," zei hij. ,,Ik bedoel of je wel om je man geeft."

„Nee, dat doe ik niet."

„Dat dacht ik."

„Ik heb niet gedaan alsof, wel?"

Hij lachte. „Nee, het had je menselijker doen lijken als je dat wel had gedaan."

„Wat mankeert je? Waarom ben je zo uit je humeur? Vroeger werd je aardiger als je dronken was."

Door hun praten heen kon hij de stemmen van Bannerjee, juffrouw Mac-Daid en de majoor horen, die praatten over de cholera, over de beangstigende snelheid waarmee de rivier aanzwol, en verder weg het gegiechel van mevrouw Bannerjee en juffrouw Murgatroyd apart, afgescheiden, alsof ze niets te maken hadden met het partijtje, en boven alles uit het doffe rumoer van de regen, het geluid van de rivier en het onafgebroken brullen van een der leeuwen in de dierentuin, aan de andere zijde van de brug.

„En de dokter . . ." zei hij.

„Hij schijnt goed te zijn."

Noch haar ogen, noch haar stem verrieden haar, en daarom vroeg hij: „Leer je Indië nu zo kennen, in plaats van erover te lezen?"

Ze antwoordde niet dadelijk en toen ze het deed, keek ze hem recht in de ogen en zei: „Waarom doe je zo?"

„Wat?"

„Het komt doordat je dronken bent. Alles wat lelijk en vrouwelijk in je is, komt naar boven."

„Mijn excuus."

„Doe niet zo groot en zo ironisch. Het is niet omdat je jaloers bent."

„Nee . . . ja . . . misschien toch."

„Nee . . . niet bepaald jaloers. Het is heel gecompliceerd."

„Ja, dat denk ik ook."

„Als ik ergens iets van weet, is het van zulke dingen."

Zijn enige antwoord was een grijnslach. Ze legde haar hand op zijn arm en zei: „Luister, Tom. Wij beiden hebben bijna iedereen voor de gek gehouden. We moeten ons niet tegen elkaar keren."

Zelfs door de nevel van dronkenschap heen merkte hij dat ze een beroep op hem deed en dat al de banale hardheid even van haar was afgegleden. Hij dacht: „Edwina de schitterende, Edwina de fortuinlijke, Edwina de harteloze . . . de zelfgenoegzame Edwina, is bang."

Hardop zei hij: „Nee, wij kunnen beter goede vrienden blijven. Geen van ons beiden heeft iemand anders."

„Laat me mijn genoegen. Wees daarom niet onaardig."

„Goed. Doe wat je wilt. Mij is het allemaal hetzelfde. Ik maakte me niet druk over jou. Jij kunt je koffer pakken en weggaan, en daarmee is het uit.

„Ik dacht aan het kwaad dat je achter je zou kunnen laten."

„Je kunt soms een vreselijk zwijn zijn."

„Misschien is dat mijn ware rol."
Ze wilde snel iets zeggen maar bedacht zich toen. Hij wachtte, en toen ze bleef zwijgen, vroeg hij: „Wat wou je zeggen?"
„Nee, ik kan het niet zeggen. Je zou het niet begrijpen. Je zou alleen een grapje maken en denken dat ik sentimenteel was. Ik begrijp het zelf niet." Toen voegde de majoor zich bij hen en Ransome zag dadelijk dat ze de indruk die de majoor op haar maakte niet kon verbergen, of wel schaamteloos was. Ook was het mogelijk dat niemand dan hij de symptomen kon opmerken. Niemand anders kon merken dat het bloed opeens sneller scheen te vloeien onder de mooie, bleke huid en dat een andere, warmere klank in haar stem kwam. Niemand dan hij kon de glans opmerken die in de mooie, blauwe ogen kwam. Ogen, dacht hij bitter, die in weerwil van alles onschuldig leken, alsof ze altijd iets verwachtten dat nooit kon komen en dat misschien nooit had bestaan. Plotseling kwam een vermoeden in hem op van iets dat hij nooit tevoren had gehad en dat hem vervulde met melancholie. Nooit eerder had hij op deze manier over haar gedacht en bijna dadelijk zei hij tegen zichzelf: „Het heeft geen nut om sentimenteel te zijn. Daar schiet je niets mee op." Er was geen ontkomen aan. Tenslotte waren ze elkaar nader dan hij iemand in Ranchipur, trouwens in de hele wereld, ooit zou komen. Ze waren hopeloos aan elkaar gebonden. Hij was bang om de majoor, voor wie hij genegenheid en respect voelde, en hij was jaloers op hem, omdat het hem voorkwam dat de majoor tot nu toe de enige man was die hij ooit had gekend en die hem niet had teleurgesteld. Maar niettemin moest hij, ondanks alles, altijd aan Edwina's zijde staan. Hij dacht: „Als ik niet dronken was, zou ik niet opeens die uitdrukking in haar ogen hebben begrepen."
Toen merkte hij juffrouw MacDaid op. Ze praatte met Bannerjee, maar het was duidelijk dat ze niet verstond wat hij zei. Ze keek recht langs zijn vieve, kleine gestalte naar Edwina en de majoor, en toen hij haar lelijk, afgeleefd gezicht zag, met de belachelijk opgelegde rouge, wist hij dat ze vermoedde wat er gaande was en in doodsangst verkeerde.

Het leek Ransome toe of het diner eindeloos duurde. Iets – wat het was kon hij niet ontdekken, hoewel hij het probeerde – had het effect dat alcohol gewoonlijk op hem had, veranderd. Nog altijd werd hij erdoor overtuigd dat niets ertoe deed, dat niets belangrijk was, maar die overtuiging maakte hem nu niet vrolijk, maar vervulde hem slechts met een soort pijnigende wanhoop. Het was een stemming die dicht aan een zelfmoord grensde en erger dan de pijn en vertwijfeling die hem bevingen als hij nuchter was. Tussen Edwina en juffrouw Murgatroyd gezeten hoorde hij noch de scherpe opmerkingen van de een, noch het gedweep van de ander, maar voortdurend was hij zich bewust van het geluid van de regen en het brullen van de rivier, die als een vreselijk galmen in zijn oor klonken. Hij dacht: „Misschien heb ik ditmaal te veel gedronken. Misschien had Edwina gelijk. Misschien is dit zo iets als het begin van delirium tremens." En toen klonk opnieuw, over het bruisen van de rivier heen, het brullen van de leeuwen in de dierentuin, niet een nu, maar drie, of vier, of vijf – de leeuwen die de keizer van Abessinië de maharadja had gezonden. Er was iets beangstigends in hun brullen, iets dat hem met ellende en angst vervulde. Hij was dikwijls 's nachts door het brullen ontwaakt, maar altijd was het dan een enkele leeuw of hoogstens waren het er twee, nooit klonk dit koor van schor gebrul, dat tegelijkertijd zo mooi en zo ontstellend was.

Tenslotte wijdde Edwina geen aandacht meer aan hem, maar sprak over de tafel tegen de majoor of tegen meneer Bannerjee, wiens klein, Nepalees gezicht straalde door het bewustzijn dat hij nu in zijn eigen huis een van de voornaamste vrouwen van Engeland te gast had.

Toen was het diner opeens ten einde; Bannerjee stond op en de dames verlieten het vertrek. Hij zag ze vaag, nijdig dat zijn eigen dronkenschap verraad aan hem had gepleegd en beseffend dat hij zich nooit tevoren zo had gevoeld. Toen Ransome zich beleefd omdraaide op zijn stoel en naar Bannerjee opkeek, ontdekte hij een uitdrukkingg van ontzetting op het gelaat van zijn gastheer. Ze was niet zeer in het oog vallend. Als Ransome ze niet al vele malen eerder had gezien, zou hij er de betekenis niet van hebben vermoed. Meneer Bannerjee was bang, waarvoor, dat wist Ransome niet, of het moest het geluid van de regen in de rivier zijn, of het onaardse gebrul van de leeuwen.

Meneer Bannerjee was niet langer een vief, werelds mannetje in wit kostuum van Bond Street; hij was een angstige dorpeling uit de verste oerwouden van noordelijk Bengalen.

Ransome keek naar de majoor en de majoor grinnikte.

„Hij heeft een rendez-vous met Kali," zei hij zachtjes. „Om haar toorn te bezweren over het doden van de magere kippetjes die we zojuist hebben gegeten."

Ransome deed een vertwijfelde poging om zichzelf te beheersen en dacht: „Dit is de eerste maal in mijn leven dat ik me ooit diep over mezelf heb geschaamd. Dit is de eerste maal in mijn leven dat ik mezelf door de ogen van iemand anders zie. Ik zie mijzelf door de ogen van Safka, en dat is een fraai schouwspel."

De majoor leunde nu over de tafel naar hem toe en glimlachte. Hij zei: „Je ziet er niet goed uit. Neem liever niets van die cognac."

„Ik voel me ook niet goed," zei hij. „Misschien heb je gelijk."

Er was een kleine pauze, en toen zei de majoor: „Er is iets dat ik je graag wilde zeggen, maar ik weet niet goed hoe." Ransome antwoordde niet en hij vervolgde: „Ik zou niet graag willen dat je me onbeschaamd of verwaand vond." Zijn hand gleed over de tafel en raakte die van Ransome.

Toen greep hij langzaam en zacht Ransomes hand en zei: „Kijk eens, oude jongen, als er iets is waarmee ik je kan helpen, zeg het me dan. Ik weet dat het vervloekt sentimenteel klinkt. Ik had heel wat moed nodig om het eruit te brengen, maar nu is het gebeurd. Ik wou alleen dat je het zou weten."

Ransome wendde de blik van hem af naar het glas cognac en mompelde: „Het is aardig van je. Ik begrijp je. Maar je kunt niets doen. Niemand kan iets doen." En terzelfder tijd dacht hij bitter: „Wat een fraai schouwspel zou dit zijn voor de generaal, voor al die jongens met hun geklets over prestige! Ik heb ze in de steek gelaten . . . allemaal. Prestige . . .!"

Toen trok de majoor zijn hand terug, stak een sigaar op en zei: „Ik heb een paar slechte nieuwtjes. Kun je ze nu slikken of wil je liever dat ik tot morgen wacht?"

„Ik kan ze slikken," zei Ransome sloom. „Wat is het?"

„Het ene is over onze arme vriendin, juffrouw Dirks."

„Ja, ik geloof dat ik weet wat dat is."

„Nu, het ergste wat je kunt denken is waar. Als ze maanden geleden bij me was gekomen, had ik er misschien iets aan kunnen doen. Nu is er niets meer aan te doen. Het heeft geen nut aan een operatie te denken, tenzij we haar willen doden. Dat zou trouwens misschien beter zijn . . ."

Ransome begon plotseling te lachen, dronken, hysterisch, maar de geluiden die hij uitbracht waren geen gelach. Ze waren erger dan het geluid van huilen. Terwijl hij lachte, zag hij de arme juffrouw Dirks zoals ze die dag op de veranda had gezeten met de handen in haar schoot, verborgen onder haar jakje, doodsbleek, terwijl ze tegen haar maag drukte als de pijn te sterk werd. Zijn eigen stem schreeuwde voortdurend tegen hem in zijn hoofd: „Arme juffrouw Dirks! De dochter van de oude Dacy Dirks, die nooit pret in haar leven had! Arme juffrouw Dirks! Ze wist dat ze al dood was!" Hij ging door met lachen en merkte dat de majoor hem gadesloeg, niet met onrust, maar met begrip voor zijn ontzettende, dronken vrolijkheid. „O, mijn God! Arme juffrouw Dirks!"

Toen hield de uitbarsting plotseling op, hij dronk gulzig een glas water en zei: „Neem me niet kwalijk. Ik kon het niet helpen. Maar weet je waarom ze niet al lang geleden naar je toe is gegaan?"

„Ik vermoed het wel."

„Je hebt gelijk. Het was omdat ze er niet toe kon komen zich te ontkleden in tegenwoordigheid van een man. Die arme oude ziel sterft, omdat Dacy Dirks en al de walglijke lieden die bij hem horen, van generatie op generatie, haar hebben leren denken dat de mannen gemeen en slecht zijn en het lichaam iets is om zich over te schamen. De arme ziel sterft een langzame marteldood door de schuld van een duizendtal afgescheiden dominees . . . een duizendtal perverse christenen." Toen voelde hij zich eensklaps nuchter en zei: „Heb je haar iets gegeven om de pijn te stillen?"

„Ze zal geen pijn meer hebben. Ik heb haar alles gegeven wat ze nodig had ... en meer ... om te gebruiken als ze het nodig vindt."
„Ze zal het nooit op die manier gebruiken. Misschien zal ze er wel helemaal niets van gebruiken. Ze is van dat slag."
„Ik weet het," zei de majoor. „Ze is door en door Engels. Ze moet sinds weken, dag en nacht, martelingen hebben doorstaan."
„Wat was het andere?" vroeg Ransome. „Het kan niet zo erg zijn als dit." Weer merkte hij het brullen van de leeuwen op. Het hevige, schorre rumoer leek nu zeer nabij, vlak onder de vensters.
„Nee, het is erg genoeg, maar niet zo vreselijk als dit. Het is alleen dat Heston de pest heeft."
Na een ogenblik vroeg Ransome: „Ben je er zeker van?"
„Er bestaat niet de minste twijfel aan. Ik heb een bloedproef naar Bombay gezonden. Het telegram kwam vlak voor het diner."
„Waar kon hij zo iets oplopen?"
De majoor gaf hem hetzelfde antwoord als hij hem de morgen in de gang van het oude zomerpaleis had gegeven, maar ditmaal grinnikte hij niet. „Zelfs grote, Engelse lords worden weleens door vlooien gebeten!" Toen voegde hij eraan toe: „Het moet in de stallen zijn gebeurd, toen hij de paarden van Zijne Hoogheid ging zien. De ratten sterven daar. Twee staljongens zijn al dood."
Een ogenblik voelde Ransome iets dat moest lijken op de afschuw van Bannerjee, doodsangst voor de monsterlijke boosaardigheid van de natuur. Toen vroeg hij: „Heb je het haar verteld?"
„Nee. Ik dacht dat jij het beter kon doen, als oude vriend van haar." Toen keek hij Ransome scherp aan. „Zal ze het zich erg aantrekken?"
Hij was nog nuchter genoeg om na te denken voor hij antwoordde. Nevelig begreep hij dat hij op een manier kon antwoorden, die een einde zou maken aan haar kansen bij de majoor. Hij hoefde de majoor slechts de waarheid te vertellen, maar toen hoorde hij weer haar stem zeggen: „Laat mij mijn genoegen hebben ... wij moeten elkaar niet afvallen." En weer zag hij de onverwachte uitdrukking van onschuld in haar ogen en dacht opnieuw: „Ik moet niet voor Jehova spelen." Hij antwoordde eenvoudig: „Ik weet het niet. Het is geen erg goede verhouding. Hij is altijd nogal een bruut geweest. Ze heeft meer van hem verdragen dan de meeste vrouwen zouden doen. In zekere zin geloof ik dat ze zich zeer loyaal heeft gedragen. Ze heeft ..."
Hij voleindigde de zin nooit, want plotseling schokte de tafel zo, dat al de glazen met een zangerig geklink tegen elkaar aan vielen. De gordijnen voor de vensters tegenover hem leken de kamer in te zwellen als opgeblazen door de wind, maar er was geen wind. De grond bewoog en twee van de Perzische miniaturen vielen van de muur, gevolgd door stukken kalk aan het plafond.

Hij dacht: „Ik ben bezig flauw te vallen," maar tegelijkertijd zag hij een uitdrukking van buitengewone verbazing op het gezicht van de majoor, en toen gingen de lichten uit.

Boven het rumoer uit dat de papegaaien, raven en pekineesjes maakten, hoorde hij het hysterische gegil van juffrouw Murgatroyd uit de andere kamer.

Het was de majoor, die handelde. Hij riep Ransome over de tafel heen toe: „Kom mee. We moeten de vrouwen uit huis zien te krijgen."

Strompelend in het donker, struikelend over stoelen en glazen, volgde Ransome hem naar de salon. Onderweg stapte hij in het donker midden op het gezicht van een Mongools portret, dat van de muur was gevallen. Toen hij voelde hoe zijn hak het glas in die tere schoonheid dreef, sprong hij opzij alsof een serpent hem had gebeten.

In de andere kamer lag juffrouw Murgatroyd in het donker op haar knieën, en gilde nog steeds, niet meer hysterisch, maar vlijtig en met regelmatige tussenpozen, alsof ze vermaak schepte in het lawaai dat ze maakte. Juffrouw MacDaid deed pogingen haar overeind te trekken en mee te slepen naar de betrekkelijke veiligheid van de veranda, maar juffrouw Murgatroyd gedroeg zich alsof juffrouw MacDaid haar naar de martelbank wilde brengen en ging door met schreeuwen en zich verzetten.

Toen sloeg juffrouw MacDaid plotseling de halfbloed met al haar kracht om de oren en zei: „Kom mee, vervloekte idioot! Nog één gil en het huis stort over ons in elkaar!"

De klap had uitwerking en juffrouw MacDaid trok haar door de deuropening mee naar de veranda. Een ogenblik van buitengewone stilte, waarin alleen het geluid van de rivier en de vallende regen klonk, en toen begonnen de leeuwen weer te brullen en uit de verzameling gebouwen aan het einde van de tuin steeg een rumoer van gillen en jammeren dat als een enkele kreet van doodsangst en vertwijfeling klonk.

Met grote inspanning weerstond Ransome de verleiding om alles te laten begaan en te hopen dat er vlug een tweede schok zou volgen, die hen allen zou vernietigen. Het was alsof hij lichamelijk zijn eigen lichaam weer overmeesterde en, zoals juffrouw MacDaid met de andere vrouw had gedaan, weer tot nuchterheid en handelen bracht door een harde oorvijg.

Door het donker riep hij Edwina's naam en uit het donker antwoordde haar stem, niet angstig, maar vreemd en moeizaam.

„Ben je in orde?" vroeg hij.

„Ja," antwoordde haar stem. „Zonderling geval, hè?"

„Misschien is het nog niet afgelopen."

„Wat moeten we nu doen?"

„Ik weet het niet. We zullen het maar aan de majoor overlaten."

De majoor was bezig geweest hen bijeen te brengen en naar de veranda te drijven, onder de bescherming van de pergola, de enige plaats die tegelijkertijd veilig was en beschut tegen de vreselijke regenstroom. Opeens vroeg hij: „Waar zijn de Bannerjees?"

Niemand scheen het te weten. Als juffrouw Murgatroyd het al wist, dan was ze toch niet bij machte tot antwoorden. Ze schreeuwde nu niet, maar steunde van ontzetting.

„Hou in godsnaam op met dat lawaai!" zei juffrouw MacDaid. „Het gegil van het erf is al erg genoeg."

De majoor schudde haar door elkaar en vroeg: „Waar is mevrouw Bannerjee?" Maar ze deed niets dan snikken en herhalen: „Ik weet het niet. Ik weet het niet." Bijna op hetzelfde moment verscheen mevrouw Bannerjee. Ze kwam de trap af en droeg een ouderwetse paraffinelantaarn en was omringd door een donzige wolk van pekineesjes. Ze bewoog zich langzaam, alsof er geen sprake was van gevaar en geen reden tot haasten, en liep hoog opgericht, met een zekere waardigheid die Ransome nooit eerder aan haar had opgemerkt. Het licht, dat haar mooie gelaat van onderop bescheen, gaf nieuwe vorm aan de hoge jukbeenderen, de ietwat schuinstaande ogen, de fijn gemodelleerde neus, en zelfs te midden van deze verwarring dacht Ransome, toen hij haar gadesloeg, aan wat juffrouw MacDaid eens had gezegd: dat naast de schoonheid van een Indiër, het mooiste Europese gezicht een slappe pudding lijkt.

Toen ze de kamer doorkwam, klonk boven de veranda een nieuw geluid ... een enkel, eenzaam geluid van dodelijk bang gehuil, de stem van Bannerjee die bad. Maar bijna dadelijk daarna werd dat geluid door een ander overstemd, dat eerst zwak was, als het verre sissen van een miljoen slangen, en toen luider en duidelijker werd en aanzwol en toen de groep onder de pergola zich omkeerde, werd het tot het onmiskenbare geluid van stromend water, en door de duisternis verscheen een smalle, witte lijn van schuim, ongeveer ter hoogte van een mens, die uit het dichte donker ieder zwak lichtstraaltje scheen te verzamelen dat de maan, verscholen achter de wolken, uitzond; licht dat men verder niet waarnam en dat nu fosforiserend leek. Het naderde hen snel, gooide de lemen tuinmur verder omver, terwijl het sissen veranderde in een bruisen dat de verre jammerkreten, het brullen van de leeuwen, het blaffen van de pekineesjes en de ontzette jammerklachten van Bannerjee verzwolg.

Ransome duwde Edwina voor zich uit het huis in, juffrouw MacDaid zorgde voor zichzelf en de majoor nam juffrouw Murgatroyd op als een zak meel en riep: „Naar de trappen! Het zijn de waterwerken. De dam is gebroken!"

Ransome bereikte als laatste de trap. Hij zette zijn voet op de onderste trede op hetzelfde moment dat de muur van water tegen het huis stootte. Een ogenblik sidderden de muren alsof ze door een tweede aardbeving werden bewogen, en Ransome dacht: „Dit is het einde. Het kan hiertegen geen stand houden." Maar het hield stand. De vloed stroomde binnen door

242

de vensters en deuren en steeg tot halfweg de trap, tot aan de hielen van de vluchtelingen.

Buiten overstroomde de watervloed de tuin en de gebouwen aan het einde en verstikte de kreten van jammer en wanhoop in nieuwe geluiden van gebroken balken en metselwerk. Toen begon het bruisen weer weg te sterven tot een vaag sissen, en uit de richting van de stad verhief zich een nieuw, vaag geluid, veroorzaakt door de stemmen van hen die de dood hadden zien naderen over het grote plein, voor het oude houten paleis. Op het portaal boven aan de trap klonk geen enkel geluid; zelfs de honden van mevrouw Bannerjee, op een hoopje gekropen aan haar voeten, waren door doodsangst tot zwijgen gebracht. Terwijl zij nog steeds de lantaarn vasthield, leunde ze tegen de muur. Aan haar voeten lag juffrouw Murgatroyd ineengezakt, bewusteloos van ontzetting, als een hoop blauwe tafzij, guirlandes en rozetten. De majoor en juffrouw MacDaid stonden elkaar aan te zien en luisterden met een uitdrukking van ontzetting op hun gezichten. Ransome wist dat ze niet aan zichzelf dachten, maar aan hun ziekenhuis en de hulpeloze patiënten daarin, aan de vernietiging, in één ogenblik, van iets waaraan ze hun levens hadden gewijd. Tegenover mevrouw Bannerjee leunde Edwina tegen de muur. Ze keek niet naar een van hen, maar als het ware door hen heen en door de muren. Er was een vreemde glans in haar ogen en haar lippen krulden bij de hoeken, alsof ze ondanks zichzelf glimlachte.

Ransome was nu absoluut nuchter geworden, de neveligheid uit zijn brein was verdwenen en te midden van deze ramp zag hij toch de melodramatische schoonheid van deze scène op het trapportaal van de Bannerjees: mevrouw Bannerjee en Edwina, tegenover elkaar, de een zo donker, de ander zo blond en teer, de hondjes in een hoop aan mevrouw Bannerjees voeten, het zielig verkreukte blauw van juffrouw Murgatroyds tafzijden japon, de majoor en juffrouw MacDaid, die elkander in starre ontzetting aanstaarden, dit hele schouwspel verlicht door het gele schijnsel van de lantaarn.

Toen werd de nacht buiten het huis weer stil, behalve het geluid van een of twee kreten in de verte, die oprezen uit het hart van de stad, aan de andere zijde van de brug, maar bijna dadelijk wegstierven, zodat er geen ander geluid meer bleef dan dat van de rivier en de stromende regen. De leeuwen waren nu stil geworden, voorgoed, en Ransome dacht: „Arme beesten! Verdronken in hun kooien." Die plotselinge stilte was vreselijker dan al het rumoer en de verwarring van de aardbeving en overstroming waren geweest.

Juffrouw MacDaid zei met een vreemde, verstorven stem: „Mijn God! We moeten op de een of andere manier naar het ziekenhuis zien te komen." Van de bovenste veranda klonk opnieuw de stem van Bannerjee, die in het Bengaals bad tot alle hindoese godheden.

Als Ransome lang daarna terugdacht aan deze avond, kwam de herinnering hem onwezenlijk voor, gedeeltelijk omdat de ramp was gebeurd op hetzelfde ogenblik dat de wereld in zijn dronkenschap onwerkelijk en fantastisch had geleken en ook omdat er door al dit onverwachte gebeuren geen tijd was geweest voor lichaam of geest om tot zichzelf te komen. In zekere zin was het feit dat hij dronken was, een voordeel dat hij boven al de anderen had, omdat elk geluid, iedere indruk van de ramp hem niet onmiddellijk bereikte, maar verdoft en omsluierd, met een lacune tussen het moment van de schok en dat waarop het besef tot het bewustzijn doordrong. Daardoor was hij niet bevreesd; daardoor en omdat alleen hij, van deze hele, kleine groep, geen angst voor de dood voelde, maar integendeel volmaakt onverschillig was geweest voor dat vooruitzicht. Zodoende had hij dit alles – de schok van de aardbeving, de overstroming, de vertwijfelde kreten uit de verzameling huizen aan het einde van de tuin, het verre gejammer van het plein en de dood van de leeuwen – kalm en verstrooid opgenomen, alsof al deze dingen niets anders waren dan een gedeelte van een stuk dat hij op verre afstand gadesloeg. Daardoor kwam het, dat hij midden in de verwarring een sensatie van pijn kreeg, bijna van benauwing, toen hij voelde hoe zijn hak het gebroken glas in het mooie schilderij drukte, dat Jahangir voorstelde met zijn hovelingen op de valkenjacht, en waarom hij een seconde lang de dramatische schoonheid van de scène op het trapportaal opmerkte. Daardoor kwam het ook dat de majoor, en niet hij, had gehandeld en de leiding over de situatie had genomen, terwijl hij, langzamer denkend, eenvoudig had gehoorzaamd.

Pas toen de eerste schok voorbij was en juffrouw MacDaid sprak, keerde hij zich van de anderen af om te voorkomen dat ze in het licht van mevrouw Bannerjees lantaarn zouden opmerken dat hij lachte. Het was een lachbui die hij niet in zijn macht had, zoals het wilde lachen dat hem overviel toen de majoor hem vertelde dat de arme oude juffrouw Dirks stervende was; maar dit lachen was van een andere soort, een lach, geboren uit het belachelijke en de plotselinge herinnering, hoe juffrouw Murgatroyd methodisch had gegild, tot juffrouw MacDaid haar met een klap tot zwijgen bracht; hoe mevrouw Bannerjee bedaard de trap was afgekomen, omringd door haar pekineesjes, midden in een aardbeving; hoe de stem van de arme, kleine Bannerjee vertwijfeld gebeden riep; het hele schouwspel hoe de flinke juffrouw MacDaid, de bekwame majoor, mevrouw Bannerjee en haar hondjes, Edwina, een van de „voornaamste vrouwen van Engeland" en juffrouw Murgatroyd, een halfbloed bibliothecaresse, voortgesleept als een zak meel, allen gevlucht waren voor de watervloed.

In weerwil van hun geheimen, hun wanhoop, hun zorgen, hadden ze allen wanhopig zich geklampt aan het leven. Het was grappig, maar meer dan dat. Hij was zich bewust dat deze scène hem innerlijk een diep gevoel van voldoening gaf. Als de overstroming en de aardbeving maar de hele wereld hadden kunnen overvallen ... als hij slechts bankiers en staatslieden, miljonairs en arbeidersleiders, journalisten en Whitehall, de Quai d'Orsay, het Quirinaal en Unter den Linden kon hebben gadegeslagen erin ... Wie weet of niet de profeten van het Oude Testament tenslotte gelijk hadden? Dat zou een goede grap zijn, maar met een wrange bijsmaak.

Hij voelde dat de majoor hem door elkaar schudde en hoorde hem zeggen: „Juffrouw MacDaid en ik gaan proberen het ziekenhuis te bereiken. Jij moet voor de anderen zorgen. Bannerjee is tot niets nut."

„Goed," zei Ransome. „Maar je bent krankzinnig. Het kan niet lukken."

Hij dacht: „Zij mogen niet verloren gaan. Van alle mensen in Ranchipur, in heel Indië, zijn ze nu de kostbaarste."

Hardop zei hij: „Je hebt geen recht om je leven te wagen."

„We zullen niets nodeloos wagen. Help me even met juffrouw Murgatroyd."

Tussen hen in lichtten ze haar op en droegen haar in een kamer, waar geen ander meubilair was dan kussens en een Indisch bed. Edwina en mevrouw Bannerjee met de lantaarn volgden hen.

Toen zei Edwina verrassend genoeg: „Ik zal bij haar blijven," en tegen Ransome: „Zie wat water en cognac te vinden."

Mevrouw Bannerjee, die nog altijd de lantaarn vasthield, wees juist de weg naar beneden aan, toen een bediende bevend en kreunend en bijna naakt, in de hal verscheen. In het Gujeratisch zei mevrouw Bannerjee hem dat hij moest ophouden met jammeren en kaarsen gaan halen.

Nog altijd was de vloer van de salon bedekt met ongeveer een voet of wat meer water en terwijl ze onder aan de trap stonden en keken naar de ruïne, vloeide een nieuwe golf, maar ditmaal een kleine, door de deur binnen.

„Je kunt er niet doorkomen," zei Ransome.

„Hoe dan ook, we kunnen het proberen," zei juffrouw MacDaid. „Als het niet hoger stijgt, geloof ik dat we de brug kunnen bereiken."

Juffrouw MacDaid trok haar avondjapon op tot boven de knieën en achter de majoor aan, terwijl Ransome de lantaarn ophield, bereikte ze de veranda. Een hoek van de pergola was weggeslagen, zodat het dak schuin boven hun hoofden helde. De Ford van de majoor lag opzij gevallen in een mengelmoes van gras en wrakhout op de veranda zelf. De aspidistra's en rubberplanten waren verdwenen, met een groot stuk van de leuning.

De majoor keek naar zijn auto, grinnikte en zei: „Nu, die is er geweest."

„Ik ga met je mee," zei Ransome.

„Nee, we zouden maar de verantwoording voor je hebben. Je zou ons van geen bijzonder nut zijn en misschien wel heel wat last bezorgen."

Juffrouw MacDaid zei op scherpe toon: „Wees niet dwaas," en Ransome wist dat ze hem niet mee wilde hebben omdat het hun onderneming was: van haar en de majoor. De aanwezigheid van anderen zou alles bederven.

„Er is geen enkele reden waarom u mee zou gaan," zei de majoor tegen haar.

„Niets kan me bewegen hier te blijven. U zou nogal wat kunnen uitrichten zonder mij." Een opgewonden uitdrukking kwam op haar doorlijnd en geverfd gezicht en een klank van triomf in haar diepe stem.

Ransome dacht: „De majoor zal haar alleen toebehoren." Niemand anders kon van het minste nut zijn. Zij was onontbeerlijk.

Toen keek hij toe hoe ze vertrokken, de majoor voorop met de lantaarn, juffrouw MacDaid achter hem, haar japon om het middel opgebonden met een knoop vanachter. Van de veranda boven bleef de stem van Bannerjee maar steeds doorklinken, als een soort hoog zoemen, als het geluid dat de bijen in de grote kroonluchter in het paleis maakten.

Het modderige water kwam tot aan hun middel en ze moesten ertegen worstelen, hoewel er nu bijna geen stroming was, maar slechts nu en dan een golfje met een kuif van schuim, dat hen telkens een stap of twee terugdrong. Hij bleef staan kijken tot de lantaarn aan het einde van de oprijweg achter het overblijfsel van de muur om het erf verdween.

Toen hij zich omkeerde, stond mevrouw Bannerjee op de trap, met de jammerende bediende, die kaarsen en nog een lantaarn had gevonden. Toen hij naar haar toe kwam, zei ze: „Voor cognac moet u in de eetkamer kijken. Als die niet is weggeslagen, is het in de commode."

Hij vond de cognac en toen hij terugkwam, zei ze: „Haalt u de bridgekaarten maar uit de schrijftafel. Ze zijn in de bovenste la," alsof er geen aardbeving en geen overstroming waren geweest en de avond precies zo verliep als ze dat had voorbereid.

Het schrijfbureau was door de kracht van het water volkomen omgedraaid, maar het stond nog overeind en in de bovenste la vond hij de kaarten, die niet al te nat waren geworden, en dacht: „Misschien ben ik gek. Misschien zijn we het allemaal."

Toen hij door het water op de veranda plaste, begon zijn gedachtenwereld zich uit te breiden en bleef niet meer beperkt tot de mensen in het huis en wat met hen was gebeurd, maar omsloot allen in Ranchipur. Het eerst van allen dacht hij aan Fern en was dankbaar dat ze naar huis was gegaan in plaats van naar Raschid.

De missie lag bijna drie mijl verder en hoger en hij wist dat de overstroming de loop van de rivier moest hebben gevolgd. Ze zou veilig zijn, als de aardbeving tenminste niet die oude stenen barak van een huis over hen allen had doen instorten.

Hij begreep nu dat Bannerjees huis stand had gehouden tegen de aardbeving omdat het licht was, van hout vervaardigd en daardoor buigzaam. Een stenen huis was misschien ingestort. En toen bemerkte hij plotseling dat hij voor de eerste maal bang was, niet voor zichzelf, maar voor Fern. Haar mocht niets overkomen. De gedachte dat hij haar wellicht nooit meer zou terugzien, was hem ondraaglijk en opeens kon hij zich het leven in Ranchipur niet meer voorstellen zonder haar.

246

Al worstelend kwam hij tenslotte aan de plek, aan het einde van het erf, waar de verzameling huizen was geweest. Met de lantaarn boven het hoofd probeerde hij enig teken te vinden dat hem tot aanwijzing kon dienen, omdat hij volstrekt niets zag en meende een verkeerde richting te hebben ingeslagen. De geweldige waringinboom, die groeide midden op dat wat het erf was geweest, stond er nog, maar er was geen spoor van een enkel huis, zelfs geen enkele paal of balk die uit het modderige water oprees. En toen wist hij dat wat hij niet geloven wilde, waar was. De huizen met allen erin – mannen en vrouwen, kinderen, zuigelingen, grootouders, een heel dorpje – waren volkomen vernietigd in de waanzinnige stroom van de bruisende rivier, bij die eerste aanval van het water.

Hij was daar alleen, ontzettend, angstwekkend alleen; tot zijn middel in het water staand, met de lantaarn boven zijn hoofd, in de nabijheid van de dood, maar er was geen enkel teken van de dood, niets dan een zee van vuil water, waarop de regen neersloeg en die bedekt was met ronddrijvend afval en boomtakken. Toen merkte hij dat boven de stad de wolken gelig rood werden door de weerschijn van vuur en het volgend ogenblik werden de vlammen zichtbaar tussen de mangobomen, uit de richting van het plein.

Zijn gedachten gingen snel naar de Smileys en Raschid, en de Jobnekars in hun broze, dwaze, roze huis in de benedenstad, dicht bij de bron der paria's, en naar juffrouw Dirks en Heston, de een stervend aan kanker in het kleine huisje en de ander aan pest in het oude zomerpaleis, en aan de maharadja en de maharani in het grote, nieuwe paleis met de dozijnen zwakke torens, tinnen en minaretten.

Hij dacht: „Ik moet hier uit zien te komen. Ik moet zien te ontdekken wat ervan is geworden," en met al zijn krachten baande hij zich een weg terug naar het huis, maar toen hij naar de veranda klom, leek het hem, in de weerschijn van het licht van de brandende stad, dat het water weer rees. Eenmaal binnen de salon was hij er zeker van. Op de trap stond het een hele trede hoger dan toen hij wegging. Terwijl hij naar de voorzijde van het huis liep, wuifde hij met de lantaarn en riep luid de namen van de majoor en juffrouw MacDaid, maar er kwam geen antwoord. Tegen de muur van regen kon zijn stem niet ver dragen.

In het kleine bedieningsgebouwtje, dat op de rand van de dam stond, dicht bij de overstortschotten, waren nooit meer dan twee wachters geweest en in de nacht van de ramp was er slechts één, want de hoofdopzichter was met zijn vrouw een avond in de stad gaan doorbrengen, een uitstapje dat zijn leven niet redde, want hij verdronk met zijn hele gezin toen de grote stroom water hun huis vernietigde. De wachter die achterbleef, was een bedeesd, zwart mannetje, en bij de eerste schok van de aardbeving rende hij het gebouwtje uit, de regen in, langs de borstwering van de dam.

Daar vond hij geen veiligheid, want bijna onmiddellijk hoorde hij voor zich, boven het gekletter van de regen uit, het onheilspellende rumoer van het water dat door een breuk in het muurwerk omlaagschoot, en toen hij zich omkeerde en in de tegengestelde richting rende, kwam hetzelfde geluid hem tegemoet in de duisternis. Gevangen in een val, wierp hij zich in doodsangst voorover op zijn gezicht in de regen en riep Siwa, Krisjna, Rama en zelfs Kali, de vernietigster, aan om hem te beschermen, maar terwijl hij nog bad, gaf de steen onder hem mee en hij stortte, verloren in een chaos van rotsstenen en water, op het dak van de elektrische installatie ongeveer honderd voet naar beneden. Toen trilden de schotbalken, zij begaven het kreunend, en plotseling stortte het hele meer, dat zeven mijl lang en drie mijl breed was, zich met donderend geweld in het dal daar beneden. De elektrische centrale, met de eenendertig man die er werkten, werd eenvoudig overweldigd en weggevaagd, en naderhand vond men waar ze was geweest er niets van terug dan een groot gat.

De waterstroom vloeide het wijde, vlakke dal door, vaagde twee dorpen en een honderdtal boerderijen weg en sleepte mannen, vrouwen en kinderen, vee en ezels, geiten en heilige apen mee, de richting van de al gezwollen rivier volgend, golvend over de vlakke grond en slingerend om de hogere delen.

Aan de rand van de stad stootte hij tegen de barakken van de mooie Sikhs, die juffrouw Hodge zo bewonderde, en verzwolg degenen van hen die niet reeds gedood of gewond waren door de aardbeving.

Het water likte begerig aan de distilleerderij en het laboratorium en vernietigde al de kostbare apparaten die de maharadja uit Duitsland had laten komen. Het ruiste, ondiep nu het op hoger gelegen terrein kwam, over de tennisbanen van Simon en in de tuin van de Smileys en sleepte de hyena, het hertje en de wilde zwijnen mee uit de kleine omheining erachter. Het vloeide over de Technische Hogeschoolweg, vermeed de hoger gelegen grond bij het grote paleis en likte de zijkanten van het huisje waarin juffrouw Dirks en juffrouw Hodge woonden. Door het reservoir ging het het grote plein op; langs het oude, houten paleis, dat nu vol was met ontzette mannen, vrouwen en kinderen, die een toevlucht zochten bij het reservoir tegen de wankelende huizen en bioscoop; door de bazaar, waar een voor een de houten gebouwtjes als kaartenhuisjes in elkaar vielen; door de eerste verdieping van het oude zomerpaleis, waar lord Heston boven lag, gemarteld en gezwollen door de pest; door het laaggelegen paria-stadsdeel, waar de lemen huizen wegspoelden als zand; door de dierentuin, waar de beesten verdronken in hun kooien; door de brandstapels en opnieuw het open veld in – een stroom van water en huizen, lijken en ontwortelde bomen.

Dwars over de vlakte volgde het water de richting van de rivier naar de berg Abana, een paar seconden slechts tegengehouden door de twee bruggen met de laaggelegen pijlers, tot het tenslotte de nauwe doorgang bereikte waar de rivier tussen een ring van heuvels doorging en hier werd het gestuit door een hindernis van eigen maaksel: door een ontzettende opeenhoping van afval en bomen, van lijken van mannen, vrouwen, kinderen en dieren, die het twintig mijl lang had meegevoerd. Hoger en hoger opgedreven door dat wrakgoed, werd de stroom water toen bijna stil en begon rustig terug te vloeien, steeds verder terug naar de verwoeste stad, onophoudelijk gevoed door de verschrikkelijke regens en de bruisende rivier, tot tenslotte over het overstroomde dal en de verslagen stad nog slechts stilte heerste.

Op het ogenblik van de ramp zat de maharani, verveeld en rusteloos, bezique te spelen met Maria Lishinskaja. Het spel vlotte slecht en de maharani vond dat ze haar metgezellin te gemakkelijk versloeg om enig plezier te hebben in de strijd. De kaarten, Ranchipur en Maria Lishinskaja verveelden haar. Maria had evenals zij te lang in de regenmoesson doorgebracht. Ze zag er bleek en ziek uit en scheen al heel weinig geestkracht te bezitten. „Misschien," dacht de oude dame, „gaat er iets verkeerd met meneer Bauer, of misschien is ze alleen vermoeid." Tenslotte was Maria niet zo jong meer. De maharani vroeg zich af hoe oud ze zou zijn en vroeg tenslotte niet: „Hoe oud ben je, Maria?", omdat ze wist dat Maria zou liegen als men haar zo ronduit een vraag stelde, maar: „Hoe oud was je toen de oorlog afgelopen was?" Maria liep in de val en antwoordde vlug en naar waarheid: „Eenentwintig."

Ja, berekende de maharani snel, dan was ze nu negenendertig en met negenendertig is men niet jong en fris meer, vooral als je een leven hebt geleid zoals Maria. Er waren tijden dat Maria er jonger uitzag dan ze was en andere tijden waarin ze er veel ouder uitzag. De oude vrouw had opgemerkt dat ze zeer veranderlijk was. In ogenblikken dat ze meer Aziatisch dan Europees leek, werd ze oud als de tijd zelf, oud, bang en wanhopig.

„Wilt u dat ik wat voorlees?" vroeg Maria.

„Nee, ik denk dat ik naar bed ga."

Maria stak een sigaret op, begon een patience te leggen en terwijl ze de kaarten neerlegde, kwam een merkwaardige verandering over het paleis. De lucht leek ondraaglijk zwaar en verstikkend te worden en er heerste een plotselinge stilte, alsof de wereld een ogenblik niet meer draaide. Steeds trager legde Maria de kaarten neer, tot ze plotseling, als voelde ze gevaar, ophield en luisterde, met een bange uitdrukking in de ogen. Haar ziekelijk gezicht werd wit als was en de maharani tegenover haar klampte zich onbewust vast aan haar stoel.

De oude dame wist wat er ging gebeuren en opeens werd ze teruggevoerd over een afstand van meer dan vijftig jaren, naar het stoffige dorpje in de Deccan, vanwaar ze naar de maharadja van Ranchipur was gekomen. Ze kende die sensatie in de atmosfeer. Die riep weer het beeld voor haar op van het hele dorp dat ineenstortte in een wolk van afval en stof. Ze hoorde weer de kreten van hen die onder de ruïne van de gevallen huizen werden bedolven . . .

Toen leek de grond te rijzen onder hun voeten, alsof een enorm monster zich vlak onder hen bevond. Stukken kalk vielen van het plafond en de netten, die de reuzenvleermuizen buiten hielden, zwaaiden aan de vensters. Toen begonnen een voor een de torens en toppen van het grote paleis te vallen en de lichten gingen uit. In het duister gezeten hoorden ze de torens door het dak breken, een voor een, met een ontzettende, korte pauze tussen elke val, waarop Maria Lishinskaja wild en vreselijk begon te gillen, zodat haar kreten uitklonken boven het gejammer van angst, dat overal vandaan uit het paleis was opgestegen.

De oude dame schreeuwde woedend tegen haar: ,,Hou op met dat vervloekte lawaai! Hou op met gillen! Het helpt niets!"

In de stem van de oude vrouw was een klank van angstwekkende autoriteit en verontwaardiging, die haar verachting verried voor een vrouw die bang en overspannen werd in het aangezicht van de dood en de waardigheid verloor, zonder welke men tot iets werd dat lager stond dan een hond.

Toen hield het lichte schokken en het geluid van vallende torens op en na een ogenblik zei ze: ,,Nu is het voorbij. Het paleis houdt stand. Ga mijn zaklantaarn halen. Wees geen idioot!"

Er kwam geen antwoord, maar in het donker wist de maharani dat Maria Lishinskaja haar had gehoorzaamd. Na een ogenblik kwam de gezelschapsdame terug, voorafgegaan door een cirkel van licht. Het gegil in het paleis leek nu ritmisch te zijn geworden, het steeg en daalde en was sterk genoeg om het rumoer van het water, dat door de gebroken dam op de stad neerstortte, te overstemmen.

De oude dame nam de lantaarn van haar over en zei: ,,Kom. We moeten naar Zijne Hoogheid gaan," en Maria, nu niet langer bevreesd voor zichzelf, bad: ,,O God, laat hem niets overkomen! Red Harry voor mij!"

De felle klank in de stem van de maharani, de besliste toon vol autoriteit en gezag in haar wijze van spreken, waren als een harde oorveeg; de doodsangst schokte erdoor weg uit haar. Opeens voelde ze zich kalm, gelaten en Aziatisch, en toen ze hun weg zochten door de hal, over gebroken glas en gevallen kalk heen, langs de grote, gewelfde vensters, zag zij opeens zichzelf met volkomen objectiviteit, misschien voor de eerste maal in haar verwarde bestaan. Ze dacht: ,,Hoe kwam ik hier... ik, Maria Lishinskaja, geboren in Kiejef? Wat doe ik, terwijl ik door de hel van een Indisch paleis loop achter een maharani, midden in een aardbeving?" Ze voelde zich niet meer bang, niet omdat ze moedig, maar omdat ze vermoeid was, zo vermoeid, dat ze geen lust meer had om verder te leven, vermoeid van alles wat er met haar was gebeurd, vermoeid van de verwoestingen die haar hartstocht voor Harry Bauer aanrichtten, zó vermoeid, dat ze alles nu heel helder inzag, alsof ze al dood was. Er was haar niets gebleven dan haar lichaam en dat lichaam was nu even vermoeid en verbruikt als haar geest.

En die Harry Bauer, wie was hij, dat ze zich ooit aan hem had gegeven ... zij, Maria Lishinskaja, die geest en verstand bezat en wier jeugd vol afwisseling en belangrijke mensen was geweest, die geen van allen Harry Bauer ooit anders zouden hebben aanvaard dan in de rol van een bediende? Wie was hij? Niets dan een mooi dier met een bekoorlijk lichaam zonder geest, fijngevoeligheid of cultuur. En tegen de achtergrond van gejammer zag zij zichzelf bijna alsof ze keek naar een film, zoals ze in haar vaders woning in Moskou placht te zitten, lang geleden, aan een ronde tafel die bedekt was met een stuk pruimkleurige pluche, dat tot op de grond neerhing. Op de tafel stond een lamp met groene kap, zoals studenten wel plegen te gebruiken, en daarachter zat haar vader, met zijn rond, Tartaars hoofd gebogen over een boek: Nicholas Michailovitsj Lishinsky, die meer wist van organische chemie dan enig man in Rusland, een leider van de liberalen, die te zwak was geweest, te intelligent, te zeer gelovend in de goedheid van de mensen en menend dat vrijheid en onderwijs voldoende waren om alle mensen tot engelen te maken. En na een tijdje placht de deur open te gaan en haar moeder thuis te komen uit een theater, misschien nog met schmink op haar gelaat, om te vragen of Leonid veilig was vertrokken van het Centraal-Station ... Leonid, die was weggegaan om in de Karpathen te worden gedood, omdat men zijn bataljon patronen had gezonden die niet in hun geweren pasten en omdat bajonetten, alle dapperheid ten spijt, niets waard waren tegen granaten en Duitse machinegeweren ... Leonid, die de vader van haar kinderen had moeten worden en die nu aan de andere zijde van een tafel met een groene lamp had behoren te zitten, zoals haar vader lang geleden zat. En waar was hij nu, haar vader? In een of andere greppel ergens buiten Kiejef, waar zijn beenderen zich mengden met de beenderen van andere intellectuelen, van andere liberalen zoals hij, die dwaas genoeg waren geweest om te geloven dat de mens van nature intelligent en goed is ... En haar moeder stierf aan longontsteking omdat ze niet genoeg te eten had en er geen kolen genoeg waren om haar warm te houden ... haar moeder, die zo vrolijk, mooi, verstandig en zorgeloos was geweest.

Nee, ze had te veel doorgemaakt. Tot nog toe had ze innerlijk altijd geweten, als ze dreigde met zelfmoord, dat ze het niet zou doen, omdat er noch de moed, noch de nodige onverschilligheid toe bezat. Ze had de moed zelfs niet gehad destijds in Praag, toen ze met de zweep was geslagen door een dikke, oude handelsreiziger en evenmin in die nacht van ontzetting, in een slaapkamer met rood pluche, kristal en spiegels, in een hotel in Leipzig. Nee, nu kon ze het doen. Het was gemakkelijk als je vermoeid was, te vermoeid om het einde van de gang te bereiken. Het moest heerlijk zijn nooit meer te ontwaken, nooit meer een nieuwe dag te hoeven beginnen ... niets doen dan slapen, eeuwig slapen, niets meer dan vergetelheid, niets anders meer.

Het geluid van de stem der maharani, die luid sprak in het Gujeratisch, schokte haar uit de doezelige staat waarin ze was vervallen. Voor hen, in de kring van licht die de lantaarn van de oude dame verspreidde, lagen twee pariavrouwen plat op hun gezichten te jammeren. Woest en vol verachting schopte de maharani hen met de blote, bejuweelde voet en riep weer in het Gujeratisch. Toen hief een van de vrouwen het hoofd op en zich in tegenwoordigheid van de vorstin ziend, vergat ze haar angst, stootte de andere aan en kwam overeind op haar knieën om herhaaldelijk een salam te maken.

Achter de twee vrouwen leek de weg versperd te zijn door een grote hoop mortel en stenen, waar een van de torens door het dak was gestort, maar na een ogenblik vond de maharani een weg erdoorheen en toen ze over de rommel waren geklommen, bevonden ze zich in de gang die naar de apartementen van de maharadja leidden. Daar duwde de maharani de deur naar de voorkamer open en snelde langs de wachten, die nog steeds in hun rood-en-gouden kostuum aan beide zijden van de slaapkamerdeur stonden alsof er niets was gebeurd. Binnen stond de oude maharadja geleund op een stoel bij het venster en keek neer over de stad. Harry Bauer stond naast hem en steunde hem, met een arm om het lichaam van de oude man geslagen, en toen de ex-zwemleraar zich naar hen omkeerde en Maria Lishinskaja de domme schoonheid van zijn gezicht en de bouw van zijn schouders zag, vergat ze de dood en zei in zichzelf: „Dank u, God, dat hij nog leeft! Dank u, God!"

In de hele kamer zag ze niets dan hem. Ze zag niet het gelaat van de oude maharadja toen hij zich naar hen omkeerde, evenmin als de uitdrukking van ontzetting en wanhoop in zijn ogen. Van ver hoorde zij het zwakke gehuil dat opsteeg van het plein toen het volk daar de dood zag naderen. Wat betekende nu nog gehuil of dood? Ze hoorde niet de kreet van de maharadja, niet die van zijn vrouw, toen ze zag dat de oude man, ondanks Harry Bauers kracht, op de grond gleed. Halfluid herhaalde ze hardnekkig: „Dank u, God! Stuur hem vannacht naar mij toe te midden van doodsangst en verwoesting, want dat is het laatste wat u me hebt gelaten."

En toen begreep ze wat het was, dat ze in hem vond; geen zinnelust, zelfs geen lichamelijke bevrediging. Het was tegelijkertijd gecompliceerder en eenvoudiger. Er was aan hem een kracht, een onbedorvenheid die niet te bederven was, oud als de tijd en toch eeuwig nieuw. Hij droeg in zich de kracht van de aarde zelf, met al zijn eenvoud en schoonheid. Hij kwam van de aarde en zou ernaar terugkeren, zonder ooit door twijfelingen, theorieën, idealen of vermoeidheid te zijn beroerd, want hij hoorde tot de eeuwige aarde. Zonder hem was ze verloren, al zogoed als dood.

Toen de eerste watergolf voorbij was gegaan, trok juffrouw Dirks juffrouw Hodge naar de sofa en zocht in het donker haar weg naar het buffet, waar de brandewijn werd bewaard. Na vijf minuten, toen juffrouw Hodge met klapjes en brandewijn was bijgebracht, opende ze haar ogen en vroeg: „Waar ben ik?" en begon toen bijna dadelijk te gillen.

Juffrouw Dirks streelde haar en zei: „Je bent veilig. Er is een overstroming en aardbeving geweest. Er moet iets zijn gebeurd met de waterwerken. Hou op met schreeuwen en probeer je te beheersen."

„Ik probeer het," snikte juffrouw Hodge. „Ik ben kalm. Het was erg dwaas van me om flauw te vallen."

„Zo dwaas was het niet. Iedereen zou kunnen flauwvallen als er zo iets gebeurde. Er staat nog wel vijftien centimeter water op de grond."

„Is er iets bedorven? Is het porselein van de Oost-Indische Compagnie gebroken?"

„Ik weet het niet," zei juffrouw Dirks. „Hou je nu even rustig."

Ze ging door met juffrouw Hodge over het hoofd te strelen en juffrouw Hodge, die de ogen sloot, voelde zich een tijdlang erg duizelig en tenslotte erg gelukkig, omdat dit voor het eerst sinds jaren was dat Sarah haar hoofd zo had gestreeld en het gaf haar weer een gevoel alsof ze een klein kind was dat werd geliefkoosd en verwend, en dat was iets waarnaar ze al zo lang had gehongerd. Ze bleven zo zitten, in het zwakke, blauwe licht van de benzinelamp, die juffrouw Dirks in gewone omstandigheden voor haar chemische experimenten gebruikte. Nu ze zo dicht bij de dood waren geweest, kwamen ze gereinigd en schoongewassen te voorschijn, beiden zich in dit kostbare moment van stilte ervan bewust, dat ze elkaar opnieuw zeer na waren gekomen. Al het gekibbel was nu weggevaagd, al die golven van emotie, die juffrouw Hodge steeds verder op het strand van ontevredenheid hadden geworpen, al de kleinzieligheid en neurasthenie, die voortdurend hun vriendschap bedierven.

Tenslotte vroeg juffrouw Hodge: „Wat is dat voor een vreemd geluid?"

„Dat zijn gillende inboorlingen," zei juffrouw Dirks. „Je weet hoe ze zich om het minste en geringste overstuur kunnen maken." En na een tijdje zei ze, alsof ze over de kwestie had nagedacht: „Ze hebben geen zelfbeheersing. Ze zijn slap. Voel je je een beetje beter?"

„Ja ... veel beter. Ik ben zo'n dwaas. Ik ben nooit iets waard tijdens een crisis. Ik ben altijd tot last. Ik ben mijn leven lang een last geweest voor iemand." En ze begon weer te huilen.

Juffrouw Dirks wilde haar antwoorden, maar werd bevangen door een heftige pijnaanval die haar deed verstommen, en nu ze tot zichzelf was gekomen, zei juffrouw Hodge: „Ik wou je iets vertellen, Sarah. Ik heb het je de hele dag al willen zeggen. Ik schaam me dat ik me zo gedragen heb in verband met dat theepartijtje. Ik zal lady Heston een brief schrijven, vanavond nog, en die afgeven bij het zomerpaleis, op weg naar school."

„Ik geloof niet dat het nu nog belangrijk is. Ik geloof niet dat de mensen, na wat er nu is gebeurd, aan theepartijtjes zullen denken. Ik denk ook niet dat er morgen school zal zijn. Misschien wel nooit meer."

„Waarom? Is het dan zo erg?"

„Wij zijn hier op hooggelegen terrein en zijn al half onder water . . . en dan was er ook nog de aardbeving."

„Was er een aardbeving?"

„Dat was toen je flauwviel."

„Ik vraag me af hoe erg het wel is."

„Ik ga ernaar kijken."

Juffrouw Hodge greep zenuwachtig haar hand. „Nee. Nee. Doe dat niet. Verlaat me niet."

Juffrouw Dirks gaf haar geen antwoord. Ze zei alleen: „Elisabeth!"

„Ja?"

„Je hebt er nooit spijt van gehad, is het wel? Ik bedoel, dat je met mij hierheen bent gegaan."

„Nee, Sarah, nee. Ik geloof dat ik een interessanter leven heb gehad dan ik mocht verwachten. Ik geloof dat het heel wat interessanter is geweest dan Birmingham kon zijn."

„Ik meende niets van al die ellendige dingen die ik tegen je heb gezegd."

„Dat weet ik, lieve schat."

„Het waren zenuwen. Mijn zenuwen zijn de laatste tijd zo in de war. Ik wou dat je het wist, dat is alles."

„Ik wist het," zei juffrouw Hodge.

Toen werd juffrouw Dirks stil en verlegen en na lange tijd zei ze heel eenvoudig: „Nu ga ik naar buiten."

„Nee . . . nee. Verlaat me niet."

„Wees niet dwaas, Elisabeth. Jij blijft hier. Ik zal geen rust hebben voor ik weet wat er met de school is gebeurd en met al die mooie, nieuwe boeken die uit Engeland zijn gekomen. Het zou vreselijk zijn als ze nu allemaal bedorven waren doordat niemand ze naar boven had gebracht."

„Ik ben bang. Ik ben bang."

„Er is geen reden om bang te zijn. Jij blijft hier. Ik ben binnen een half uur terug."

„Het zal helemaal donker zijn in de school."

„Ik heb de sleutels. Ik ken er de weg."

„Ik ben bang," fluisterde juffrouw Hodge.

„Als je wilt meehelpen, moet je je goed houden en hier blijven tot ik terugkom. Er is nu geen gevaar. Het water is voorbij." Toen stond ze op met iets vastbeslotens, zoals ze altijd had getoond en zei, zeer praktisch: „Als je je angstig voelt, neem dan nog wat brandewijn. Neem zoveel als je lust. Ik geloof dat het er zelfs niet toe zou doen als je vanavond dronken werd."

Toen stond juffrouw Hodge op van de sofa. „Ik ga met je mee. Ik denk er niet over je alleen te laten gaan."
Juffrouw Dirks was al bezig haar versleten regenmantel aan te trekken. „Nee, lieve," zei ze beslist, „je zou alleen maar tot last zijn. Je zou weer kunnen flauwvallen en wat zou ik dan met je moeten beginnen?"
Toen voelde juffrouw Hodge zich opeens duizelig en ging achterover op de sofa liggen, omdat ze niet meer overeind kon zitten. „Ga niet weg. Ga niet weg," herhaalde ze steeds. Juffrouw Dirks liet een heel glas brandewijn langzaam tussen haar lippen doorvloeien, en begon weer over haar voorhoofd te strelen, waarop juffrouw Hodge huilend zei: „Vergeef me, Sarah, dat ik zo gemeen en akelig ben geweest."
„Er is niets te vergeven, lieve. Ik heb het allemaal begrepen. Ga nu liggen en hou je gemak. Ik kom terug vóór je weet dat ik weg ben. Probeer te slapen." En toen verdween ze, vóór juffrouw Hodge in haar duizeligheid het merkte. Even daarna trachtte deze overeind te komen, doch viel slaap terug, terwijl ze riep: „Sarah! Sarah! Wacht op me! Wacht op me!"
Nogmaals probeerde ze op te staan en ditmaal slaagde ze. Een beetje wankelend bereikte ze de kleine hal bij de ingang, greep haar regenmantel van de kapstok, deed hem aan en liep de stoeptreden af. Terwijl ze dat deed, kroop het water langzaam op tot haar knieën. Ze placht 's avonds doodsbang voor slangen te zijn, maar in haar haast vergat ze die nu. „Sarah!" riep ze door het duister. „Sarah! Wacht op me. Wacht op me, Sarah!"
Bij de toegangspoort wachtte ze, tot haar middel in het water, en luisterde, maar geen ander geluid antwoordde haar dan het verre, spookachtige gerucht van gehuil uit het paleis. Opnieuw gilde ze, nu op wilde toon: „Sarah! Waar ben je? Wacht op me! Ik ben het, Elisabeth! Sarah! Wacht op me!"
Maar nog altijd kwam er geen antwoord uit het donker. Ze luisterde opnieuw, zichzelf verwensend dat ze zwak, dwaas en onmachtig was, maar er klonk niets dan het gorgelende geluid van het donkere water dat weer was beginnen te stijgen omdat het ten oosten van de berg Abana werd tegengehouden. De wolken boven haar werden verlicht door de weerschijn van vuur dat ergens in het centrum van de stad brandde.

In de avondschool achter de marktplaats dreven de Smileys de zevenentwintig jongens van de klas bij elkaar en brachten ze op het dak van het gebouw, dat maar één verdieping had. Het gebouw was nieuw en van gewapend beton, en hoewel het wankelde en er in de muren spleten verschenen, stond het stevig en op het dak was er weinig gevaar, zelfs als een tweede schok mocht volgen op de eerste. Van het dak hoorden ze het bruisen van het naderende water en de kreten van doodsangst van het plein voor het oude, houten paleis. Ze hoorden het de straat van de markt overbulderen en bij zijn nadering de oude, houten huisjes omgooien. Mevrouw Smiley viel op haar knieën, sloot de ogen en bad. Ze had sinds maanden niet gebeden, omdat ze er geen tijd voor kon vinden en omdat ze wist dat God dat wel zou begrijpen en het haar zou vergeven. Ze bad niet voor zichzelf of Smiley, maar voor de zevenentwintig jongens, in doodsangst opeengedrongen naast haar, die nog het hele leven voor zich hadden, levens die onbeschrijflijk veel beter zouden zijn dan die van hun vaders, omdat zij en Smiley voor hen hadden gewerkt. Ze bad ook omdat ze wist dat God hen alleen door een wonder kon redden en ze geloofde werkelijk in God; ze was tenminste in de vage overtuiging dat tenslotte het goede het kwade zou overwinnen. Toen het water tegen de avondschool sloeg, sidderde het zware gebouw en nieuwe spleten verschenen in het dak onder de voeten van de vluchtelingen. Overal uit het duister om hen heen klonk het geluid van neerstortende muren en vallend hout, toen de kleine huizen van de bazaar ineenstortten en door de vloed werden meegesleept. Maar de school bleef stevig staan, als een rots in de verwoesting, een toevluchtsoord voor zevenentwintig Indische jongens van lage kaste en voor meneer en mevrouw Homer Smiley van Cedar Falls, Iowa.

Toen het rumoer van de vloed wegstierf, gluurde Smiley voorzichtig over de zijkant van het huis, waarbij hij zich inspande om te ontdekken wat er na de overstroming van de vertrouwde straat over was gebleven en mevrouw Smiley, die merkte dat het wonder wàs gebeurd, opende haar ogen, stond op uit haar geknielde houding en vroeg: ,,Wat zullen we nu doen, Homer?" Toen welde in Smiley een of andere impuls op; een instinct of macht, die in hem had gesluimerd sinds zijn geboorte, welde op en kwam te voorschijn. Het was bijna een lichamelijke sensatie, zo iets als ontwaken uit de slaap, niet suffig en onwillig, maar met genoegen en vertrouwen en een sensatie van energie en kracht. In het bloed van de nederige, rustige meneer Smiley herleefde een hele processie voorouders, van wier tegenwoordigheid hij tot nu toe zich niet bewust was geweest ... Jed Smiley, de Indische vechter, en grootpa Smiley, die uit het oerwoud een rijke farm had gewrocht, en Morgan Downa, die de metgezel van Daniel Boone was geweest gedurende diens avonturen in Kentucky, al die mannen met hun dappere, vrouwelijke kameraden en hun taai en dapper kroost, allen gehard, begiftigd met een genie tot het overleven van elke ramp, lieden die zichzelf wisten te redden en dapper waren tot aan roekeloosheid toe. Allen waren ze verborgen in zijn bloed en nu werden ze opeens levend. In het smalle, vale, niet meer jonge lichaam van Homer Smiley deden zich onverwacht heldenmoed en de lust tot avontuur gelden.

Heldenmoed was er altijd geweest – de doffe, hardnekkige, onopvallende moed die nodig was om vuil, onwetendheid en ziekte te bestrijden, maar voor dit nieuwe gevaar was een nieuw soort heldenmoed nodig en nu wist meneer Smiley, zonder ernaar te hoeven zoeken, met een onverwachte, aangename sensatie van opwinding, dat die er was: de merkwaardige heldenmoed die een koel hoofd vereiste, en de vindingrijkheid, bij machte haast onoverkoombare moeilijkheden te overwinnen.

Het bloed stroomde sneller door zijn kleine, gespierde lichaam en hij voelde zich jong en sterk – jonger en sterker dan hij was geweest op zijn achttiende jaar. En toen hij, uit regen en duisternis, de stem van mevrouw Smiley tegen zich hoorde spreken, wist hij dat hij niet alleenstond. Hij merkte aan de klank van haar stem dat in haar tengere, vermoeide lichaam dezelfde macht tot heldenmoed was ontwaakt. Samen zouden ze alles aandurven, overstromingen en aardbevingen, al de boosaardige aanvallen van de natuur. Toen wist hij ook dat het er zelfs niet toe zou doen als ze zouden verliezen en werden vernietigd, omdat ze samen te gronde zouden gaan, vechtend, vol vertrouwen in elkaar. En voor de eerste maal in zijn hele, bedaarde bestaan kreeg Smiley een vermoeden ervan wat hartstocht kon zijn, van zijn glorie en vervoering, en welk een zuivering hij teweegbracht... niet de aangename genegenheid die hij altijd voor Bertha Smiley had gekoesterd, maar iets prachtigs en brandends, niet lyrisch, maar wild. In duisternis en nood werd meneer Smiley zich bewust een man te zijn, evenzeer een man als de drukke, heftige Raschid of de knappe majoor. En zonder het te beseffen had hij zijn leven lang op dit ogenblik gewacht.

Hij antwoordde zijn vrouw met een stem waarvan Bertha Smiley wist dat die was veranderd, een stem die haar verried dat ze op hem kon rekenen, wat er ook gebeurde, als gids en beschermer.

Hij zei: ,,Het is beter als we hier vandaan proberen te komen naar hoger terrein. Ik zal naar beneden gaan en rondkijken. Blijf jij hier met de jongens.'' Hij verliet hen, ging het schoolgebouw weer in en de trap af. Er was nog ruim een meter water in de vertrekken op de benedenverdieping, maar voorlopig bestond er geen gevaar. Toen hij terugkwam op het dak, zei hij: ,,Ik ga buiten wat op onderzoek uit,'' (precies alsof hij op onderzoek uitging ergens in een met roodhuiden bezaaide wildernis en een uittocht uit een blokhuis voorbereidde). Maar mevrouw Smiley wierp (precies als de vrouw van een pionier) tegen: ,,Nee, Je zou kunnen verdwalen of van ons worden afgesneden. We zullen even veilig zijn als we met je meegaan dan wanneer we hier blijven en dan zullen we tenminste samen zijn. Dat is veel beter.'' Ze moest hard roepen om zich verstaanbaar te maken boven het geluid van de regen en het angstige gejammer van haar beschermelingen uit. Het was zelfs moeilijk de zevenentwintig jongens op weg te krijgen, omdat zes of zeven van hen verlamd waren door vrees en zich niet wilden bewegen, tot mevrouw Smiley hun in het Gujeratisch zei dat ze achtergelaten zouden worden en zelfs zover ging dat ze deed alsof ze hen ging verlaten. Die schijnmanoeuvre bracht hen in beweging, want ze waren nu doodsbang te zullen worden verlaten door deze twee oudere Europeanen, die niet bang schenen te zijn. Met meneer Smiley voorop en mevrouw Smiley als een trouwe herdershond erachteraan strompelden ze de trappen af en zochten, tot hun middel door het water wadend, hun weg naar wat van de straat was overgebleven. Het was onmogelijk verder dan een meter te zien in het donker, naar welke zijde ook, maar het was minder lastig om vooruit te komen dan Smiley had gevreesd, omdat de meeste huizen en het wrakhout volkomen waren weggesleept. Het had geen nut te proberen dat wat de straat was geweest te volgen. Er stonden geen mijlpalen en zelfs als die er waren geweest, hadden zij ze niet kunnen zien. Dus moest Smiley vertrouwen op zijn richtingsgevoel, dat hij tot nu toe nooit had hoeven te gebruiken. Hij wist precies wat hij wilde doen. Het terrein van de bazaar vermijdend, was hij van plan een kring te maken, globaal gebaseerd op het zomerpaleis en de meisjes-hogereburgerschool, om tenslotte over de Technische-Hogeschoolweg over te steken naar het hoger gelegen terrein, waarop het grote paleis stond.

De kleine processie kwam ondraaglijk langzaam voorwaarts, niet alleen doordat ze telkens struikelden over wrakhout of in met water gevulde gaten vielen, maar omdat de jongens doodsbang waren en niet te regeren. Eens stak mevrouw Smiley een hand uit om zichzelf staande te houden en greep iets wits dat dicht bij haar dreef, waarna ze ontdekte dat ze de dij van een drijvend lijk had gepakt. Een andere maal greep meneer Smiley bijna een kleine python beet, die zich stevig om een drijvend stuk hout had gewikkeld. Om de zoveel minuten riep mevrouw Smiley, terwijl ze doorliep, luidkeels de namen van de klas af, om zeker te zijn dat geen van allen was afgedwaald. Ze vertrouwde hen niet, want ze kende de zwakheid in de hondoese geest, die in angst en wanhoop, net als de mannetjeskameel, opeens ging liggen om te sterven, eenvoudig omdat de begeerte om verder te leven niet meer aanwezig was. In hun doodsangst waren ze nu net kleine, onverantwoordelijke kinderen en niet jongens die over een paar jaren mannen zouden zijn. Niet een van hen, dat voelde ze nu wel, achtte zich in het minst verantwoordelijk voor de anderen of zelfs voor zichzelf en ze wist dat zij en Smiley tegenover God verantwoordelijk waren voor die zevenentwintig levens. Dus ging ze, strompelend en vallend, doorweekt en buiten adem en met bloedende handen door met hen aan te moedigen, op de hielen te zitten, hun namen te roepen, hen te bedreigen als ze wilden bezwijken van angst voor de drijvende slangen en lijken.

Tenslotte hoorde ze voor aan de rij de stem van Smiley naar achter roepen: „Het is in orde! Ik ben het zomerpaleis misgelopen, maar hier is de hogereburgerschool. Die staat nog." Het gebouw, half verwoest, doemde op uit het duister, op een afstand van enkele meters.

Toen ze er voorbijgingen hoorde juffrouw Dirks, die op de stoeptreden stond, de stem van mevrouw Smiley bedreigingen en aanmoedigingen schreeuwen in het Gujeratisch en voor de tiende maal alle namen afroepen. Een ogenblik voelde ze, terwijl ze daar stond met haar hand aan de deur van haar geliefde school, als een oude herdershond die men heeft achtergelaten, een plotseling verlangen zich bij hen te voegen en te helpen bij het hoeden van de kudde. Door de bijtende pijn heen voelde ze vaag na-ijver op mevrouw Smiley en de wens dat al haar meisjes, waarvan nu waarschijnlijk wel de helft zou zijn verdronken, zo bijeen waren als de jongens van de Smileys en naar de veiligheid gedreven, met haarzelf op hun hielen, terwijl zij hen aanmoedigde. Een ogenblik welde het verlangen in haar op hen te roepen en zich bij hun kleine processie te voegen op weg naar veiligheid, nog eens terug te keren in het leven, opnieuw op te bouwen, zoals ze eens had gedaan, wat in een ogenblik was vernield. Maar bijna tegelijkertijd besefte ze dat ze oud was en niet meer de kracht en het vreselijke geduld bezat die daarvoor nodig waren, en ze dacht: ,,Waar denk ik aan? Ik, die al dood ben." Dus hield ze zich stil, nog altijd tegen de deur gedrukt, als om zichzelf te verbergen voor de kleine processie, die ze kon horen, maar niet meer zien, en dacht: ,,Nee, dit is verreweg de beste weg. Het zal zoveel gemakkelijker zijn voor Elisabeth. Het is de vlugste en beste manier."

Nog steeds luisterend, nog steeds met het verlangen in zich die kleine processie te volgen, wachtte ze in het donker, terwijl de stem van mevrouw Smiley, die haar kleine kudde aanmoedigde en dreigde, steeds verder en verder weg klonk en er tenslotte alleen nog het geluid was van de regen en van het water, dat klotste aan haar voeten.

Voorbij de school ontdekte Smiley, die nog steeds een cirkel beschreef, toen hij de Technische-Hogeschoolweg insloeg, dat het water weer was begonnen te stijgen en dat ze op het nippertje waren ontkomen. Struikelend door het donker bereikte hij plotseling de muur van het park, precies waar hij die had verwacht, en voelde even een trilling van voldoening over zijn eigen handigheid. Hij wist niet precies op welke plaats hij de muur had bereikt, maar na een ogenblik bedacht hij, dat hij als hij naar rechts ging, de grote poort zou bereiken, waar de kapel van de maharadja elke avond tegen zonsondergang speelde. Opnieuw kreeg het pioniersinstinct gelijk, want toen hij zich langs de muur voorthaastte, bereikte hij tenslotte de grote poort, die, naar het hem voorkwam, tot in donkere oneindigheden omhoogrees. Toen hij in het Hindoestani de wachten iets toeriep, kreeg hij geen antwoord en ontdekte dat de nissen, waarin de Sikhs te paard gewoonlijk stonden, leeg waren. Toen liet hij de processie een ogenblik stilhouden en riep nogmaals de namen af van de hele klas, om zeker te zijn dat er niemand verloren was gegaan en wilde juist order geven door te gaan, toen mevrouw Smiley riep: ,,Wacht. Luister, er roept iemand!" Uit duisternis en regen boven het verre gehuil uit, hoorde hij een vrouwenstem ergens van de andere zijde van de straat roepen: ,,Sarah! Wacht op me. Sarah! Sarah!" en toen wist hij dat het juffrouw Hodge was.

Mevrouw Smiley riep: ,,Zullen we naar haar teruggaan?" Het volgend mo-

259

ment werd Smiley gedwongen een vreselijk besluit te nemen. Het water was, zelfs op de Technische-Hogeschoolweg, die tamelijk hoog lag, bijna tot zijn middel gerezen. Nog vijf minuten, en het zou over de hoofden van de kleinste jongens kunnen vloeien. Hij dacht snel na en riep terug: „Nee. We zullen eerst de jongens naar het paleis brengen en dan zal ik haar halen." Het was het leven van een oude juffrouw tegen de levens van zevenentwintig jongens die nauwelijks waren begonnen te leven.

„Haast je!" riep hij, en in het Gujeratisch drong hij de jongens voort, de poort onderdoor en de kronkelende oprijlaan langs, want ze moesten nog een goede vijfhonderd meter afleggen voor ze zich in veiligheid konden beschouwen.

Terwijl ze de oprijweg afstrompelden, steunde een van de kleine jongens en ging in het water liggen om te sterven. Mevrouw Smiley zou het niet hebben gemerkt, als de jongen die het dichtst bij hem was en wiens hand hij had vastgehouden, niet had geschreeuwd. Tastend zocht ze haar weg, ontdekte hem en trok hem overeind op zijn voeten. Toen gaf ze hem een draai om de oren, greep zelf zijn hand en sleepte hem door het water voort, terwijl hij jammerde en huilde.

Toen begon de grond onder hun voeten te stijgen en het water werd steeds ondieper, tot ze tenslotte op aarde liepen die doorweekt was, maar niet meer overstroomd. Het was gemakkelijk genoeg om de omtrekken van de macadamweg te volgen en binnen enkele ogenblikken rees de enorme massa van het halfverwoeste paleis, nu ontdaan van tinnen en torens, voor hen op, slechts herkenbaar doordat het een ondoorzichtbaarder duistere massa was dan het donker van de nacht. Toen waren ze veilig onder de onzekere beschutting van de overkapping. Smiley ging de stoeptreden op en bracht hen in de erehal. Een vage geur van versplinterd sandelhout zweefde in de vochtige atmosfeer en uit een verafgelegen deel van het paleis kwam het geluid van huilen en klagen.

Toen klonk dicht bij hem een geluid van geschuifel en gekwetter en een troep heilige apen strompelde weg in een van de zijvertrekken.

Na zich voor de laatste maal even overtuigd te hebben dat geen van de jongens ontbrak, zei hij tegen mevrouw Smiley: „Nu ga ik terug en zal zien wat ik kan doen voor de twee juffrouwen."

En mevrouw Smiley hoorde zichzelf uitroepen: „Nee! Ga niet! Ga niet! Je kunt nu niets meer doen."

Toen zweeg ze opeens en schaamde zich, want ze wist dat hij móést gaan dat niets hem kon tegenhouden en dat zij geen recht had te proberen. Diep in zich wist ze dat ze hem niet wenste te weerhouden, dat hij, als hij nu was gebleven, iets van de nieuwe glorie had verloren waarmee de redding en ontspanning hem in haar ogen hadden gehuld. Het was haar lichaam dat riep. Haar lichaam, dat tot nu altijd onderdanig en onverschillig was geweest, niets meer dan een machine die de geest diende. Haar geest had altijd Smiley bemind, maar nu was het haar lichaam dat hem liefhad, om zijn vindingrijkheid, zijn dapperheid, zijn vastberadenheid. Hij was een nieuwe Smiley en opeens werd zij, op vreemde wijze, een nieuwe vrouw. Die sensatie verrukte en verblufte haar. Door duisternis en verwarring voelde zij in zich een jubelend zingen, een soort extase, omdat ze samen de aardbeving en de overstroming hadden getrotseerd en al de verschrikkingen van duisternis en regens. Ze hoorde hem zeggen: „Maar ik moet gaan, liefste," op zijn vertrouwde, vriendelijke wijze en ze antwoordde onmiddellijk: „Natuurlijk moet je gaan, maar wees voorzichtig!" Terwijl ze terzelfder tijd voelde, hoe jammerlijk en banaal de woorden die ze sprak en zelfs haar stem waren, naast wat in haar gebeurde.

Ze merkte dat hij probeerde haar te vinden in het donker en toen ze haar hand uitstak, vond ze de zijne en trok hem naar zich toe. Ze omhelsden elkaar snel en daarna was hij verdwenen in de muur van regen, maar ze wist door de manier waarop hij haar had gekust, dat hij hetzelfde voelde als zij en opnieuw overweldigde haar de sensatie van extase, iets heerlijkers dan ze ooit had doorleefd. Toen begon ze te snikken, in verbazing dat ze een vrouw was en niet langer alleen maar een instrument van God, maar na een tijdje hielden haar tranen op te vloeien en ze viel opnieuw op de knieën om te bidden; ditmaal bad ze alleen voor de veiligheid van Smiley.

Twee uren wachtte ze, nu eens biddend, dan weer wakend over de jongens, die op een hoop bij haar lagen, sommigen sliepen, anderen rilden en jammerden nog. En telkens ging ze tot aan de verwoeste pergola om te roepen: „Homer! Homer!", telkens opnieuw door het donker, verschrikt door de eenzame klank van haar stem, die zo snel door de regen werd verstikt.

Na een tijdje stierven de geluiden van jammeren uit verre delen van het paleis weg en de nacht werd stil, behalve het gorgelende geluid van het water. Het rees nog steeds, want iedere maal dat ze naar de ingang ging, stond het wat hoger op de stoep. Nog altijd zweefde in de lucht de geur van vernield sandelhout en na een tijdje begon ze, in weerwil van hoop, verlangen en geloof, te twijfelen of hij ooit zou terugkeren en vaag dacht ze eraan hoe ze verder zou kunnen gaan zonder hem, juist nu, na wat met haar was gebeurd. En toen hoorde ze zijn stem roepen uit het donker: „Bertha! Bertha!" Een stem die zwak en hees van uitputting was, en plotseling voelde ze zich duizelig en onpasselijk van vreugde.

Bijna dadelijk daarop viel hij op de marmeren vloer en zei: „Ik kon niet bij haar komen. Ik moest zwemmen. Het is afschuwelijk. Het water is nu vol slangen." Toen raakte hij buiten bewustzijn, met zijn hoofd in haar schoot. Op datzelfde ogenblik wankelde uit het donker de gestalte van een blanke man de hal binnen, een Europeaan die Bertha Smiley nooit tevoren had gezien. In het licht van een bliksemflits zag ze een smal, wit gezicht met een lange neus en dicht bijeenstaande ogen. De man was vreemd gekleed in een ochtendjas, zoals Britse officieren op de durbars van de maharadja droegen. Hij struikelde over een van de pariajongens en viel, zonder dat hij probeerde weer op te staan. Het was Bates.

Van Ransomes huis reed mevrouw Simon, bewogen door een zonderling mengsel van emoties, waarin woede, opwinding, triomf en onderdrukte wellust waren gemengd, in haar oude Ford naar het huis van mevrouw Hogget-Clapton. Het stond op enige afstand van de stad, aan de rand van het exercitieveld. Toen mevrouw Simon aankwam, vond ze haar vriendin alleen, neerslachtig in een wijd neervallende peignoir van roze stof met kant, broeiend over de afwezigheid van Hogget-Clapton en de wijze waarop hij haar verwaarloosde, omdat hij, als gewoonlijk, alleen naar Dehli was vertrokken en haar alleen achterliet om te stikken in Ranchipur. Zij dronk niet, omdat ze het punt van volkomen verzadiging had bereikt kort na terugkomst van haar bezoek aan mevrouw Simon om haar het ,,nieuwtje" mee te delen, en als ze eenmaal dat punt had bereikt, gaf meer cognac haar alleen maar een lam en misselijk gevoel. Half Ranchipur wist wanneer mevrouw Hogget-Clapton het punt van verzadiging had bereikt; dan werd ze prikkelbaar en twistziek en het vreemde accent, dat ze voor zichzelf had uitgevonden, verdween om plaats te maken voor haar natuurlijke cockneydialect. Dan hield ze ook op met haar *pukka* taaltje, en het was voorgekomen dat ze in die verzadigde toestand uitdrukkingen als ,,verrekt" en ,,bliksem" had gebruikt.

In weerwil van haar verzadigdheid klaarde ze wat op toen ze Mary Loud Simon uit de oude Ford zag stappen. Ze zei onmiddellijk, een beetje pruilend, alsof ze nog negentien was en een bekoorlijk meisje: ,,Je moet blijven voor de lunch en me gezelschap houden. Ik heb zo'n vreselijke migraine."

Mevrouw Simon accepteerde de uitnodiging dadelijk en zond een bediende weg om te melden dat Zijn Eerwaarde heer Simon haar niet hoefde te verwachten. Ze was altijd gevleid als Lily Hogget-Clapton haar gezelschap wenste en nu was ze boordevol opwindend nieuws – de onthulling omtrent de verdorvenheid van de Smileys, het schandelijke gedrag van Fern, de beschrijving van het interieur van Ransome, waar mevrouw Hogget-Clapton al zo lang door geïntrigeerd was, maar bovenal het vooruitzicht waarvan ze wist dat het haar vriendin zou overweldigen: Ferns huwelijk met Ransome. Kortom, ze barstte eenvoudig van bijzonderheden die de vrouw van de bankdirecteur beslist zouden prikkelen, onverschillig of ze verzadigd was of niet.

Mevrouw Hogget-Clapton had op dit alles sinds vijf uur 's middags vol ongeduld zitten wachten, misschien àl te ongeduldig, met een cognacfles in huis. Onmiddellijk stelde mevrouw Simon voor dat ze in de zitkamer zouden gaan, waar datgene wat ze te vertellen had niet zo gemakkelijk kon worden beluisterd door de een of andere blootsvoets gaande bediende. Dit vertrek was even overvol als Ransomes kamers leeg waren geweest. Er bevonden zich massa's curiositeiten, koperwerk van Benares, foto's, kussens, twijfelachtige kunstvoorwerpen. waaronder een vergroting van een gekleurde, levensgrote foto van mevrouw Hogget-Clapton in haar bloeitijd, op het moment dat ze voor het eerst op het toneel verscheen in „De gelaarsde kat". Al die dingen waren zonder enig plan gerangschikt; eigenlijk leek de kamer veel op de binnenkant van mevrouw Hogget-Claptons hoofd, zoals dat was toen haar vriendin haar op de veranda vond zitten.

Te midden van die collectie souvenirs, een diefachtige ekster waardig, staken ze de hoofden bij elkaar, terwijl mevrouw Simon ademloos al de vreselijke dingen navertelde die ze had ontdekt sinds ze elkaar twee uur geleden het laatst hadden gesproken en hier vond Harry Loder hen even later, juist op dat punt van het verhaal waar mevrouw Simon meedeelde dat ze een brief naar het missiebestuur te Iowa had geschreven, die de Smileys eens en voor altijd zou „afmaken". Hij was een grote man van eenendertig jaar, eerder zwaar dan gespierd, met zwart haar, bruine ogen en een mooie huid, die ondanks een aardige hoeveelheid drank fijn was gebleven, blozend in plaats van bleek en melig te worden zoals de huid van de meeste Europeanen in Indië. Hij had de hitte, het klimaat en de alcohol overleefd door zijn dierlijke vitaliteit. Hij was gezond, nogal dom, mannelijk, volbloedig en ruw. Er was een mannelijke schoonheid aan hem die beide vrouwen trof, iedere keer dat ze hem zagen, en toen hij de kamer binnenstoof, kwam er een zekere preutsheid in hun manieren. Nu ze in de veertig waren, konden ze een man als Harry Loder naar waarde schatten, en vanavond leek hij nog indrukwekkender dan anders, opgewondener, met een roder gezicht en meer dan ooit vol beloften aan rijke mannelijkheid.

Toen hij was blijven steken in zijn bruuske entree, zei hij: „Neemt u me niet kwalijk dat ik zo binnenval, maar ik moet mevrouw Simon spreken." Tegen mevrouw Simon zei hij: „Het spijt me, maar het is heel belangrijk," en toen wisten ze beiden dat hij „het had gehoord".

Mevrouw Simon zei: „Het doet er niet toe. Mevrouw Hogget-Clapton weet er alles van."

Nu ze Harry Loder zag, begon haar besluit om Ransome tot echtgenoot voor Fern te veroveren, wat te verzwakken. Al was hij dan ook niet zo rijk als Ransome en niet van zo goede familie, hij had eigenschappen ... En hij was zoveel gemakkelijker te vangen. Zij zou hem graag zelf hebben gehad (dat bekende ze zich zelf half en half ook) maar nu dat niet kon ... dan Fern ...

„Ik bedoel dat van Fern," zei hij, terwijl zijn neusvleugels zich spalkten en zijn adem zwaar ging.

„Ja, dat van Fern," en op gedempter toon, zoals bij de omstandigheden paste, voegde ze eraan toe: „Mevrouw Hogget-Clapton heeft het me verteld." Zij haalde haar zakdoek te voorschijn en hoewel er geen traan in

haar ogen kwam, deed ze alsof ze huilde . . . en haar hart klopte van vreemde opwinding toen Harry Loder, bijna als een zuidelijke edelman uit oude tijden, brulde: „Ik zal de schoft doodschieten! Zo iets doet men niet!"
„Nee," zei mevrouw Hogget-Clapton, met dronken verstand, „jij kunt zo iets beslist niet doen."
„Waarom ik niet?" brulde Loder tegen haar.
„In aanmerking genomen wie hij is," vervolgde mevrouw Hogget-Clapton, die nu duidelijker begon te beseffen wat ze wilde zeggen. „Hij is tenslotte niet een gewoon soldaat of zelfs maar een onderofficier."
„Ik veronderstel dat u bedoelt dat zijn broer een vervloekte graaf is?"
„Kapitein Loder!"
„Neemt u me niet kwalijk, maar mijn gevoelens werden me te sterk."
Mevrouw Simon werd wat opgewondener bij het mooie schouwspel van een echte man in jaloerse razernij en terwijl ze zelfs Fern vergat, zei ze: „In mijn streek in het zuiden noemen ze dat soort mannen een *nigger-lover.*"
Toen, als een wrake Gods, had de aardbeving plaats met veel lawaai, gerinkel en doffe slagen, omdat er zoveel curiositeiten van koper om hen heen vielen. Beide vrouwen begonnen te gillen en werden naar de veranda gesleept, waar mevrouw Hogget-Clapton op slag flauwviel. Terwijl haar vriendin en Harry Loder bezig waren haar bij te brengen, stroomde het water door het dal vlak onder hen, brullend en huilend boven het verre geluid van jammerkreten, en toen mevrouw Hogget-Clapton voor de eerste maal het hoofd ophief en zwakjes kreunde, kwam de gedachte bij Harry Loder op, dat hij naar de barakken terug moest, waar veel verschrikkelijks kon zijn gebeurd, in plaats van hier op de veranda te zijn met twee hysterische, overrijpe vrouwen.
Hij zei tegen mevrouw Simon: „Nu het weer in orde is, zal ik u verlaten en naar de barakken gaan," maar mevrouw Simon riep uit: „Nee, nee. Je kunt ons nu niet in de steek laten."
„Ik hoor daar," antwoordde hij. „Blijf hier. Ik zal zo gauw mogelijk terugkomen."
Toen riep mevrouw Hogget-Clapton luidkeels dat hij haar niet mocht verlaten en mevrouw Simon, aangestoken door het schouwspel van Harry Loder vol mannelijke vastberadenheid, zei: „Nee, Lily, laat hem gaan." En tegen Loder: „Ga! Ga! Doe je plicht!"
Toen was hij opeens verdwenen en mevrouw Hogget-Clapton hoorde vreemde, vreselijke geluiden uit de stad beneden hen en vroeg: „Wat is dat?"
„Gillende mensen," zei mevrouw Simon en ze wendde zich weer naar de plek waar Harry Loder had gestaan en zei: „Ga! Je plaats is bij de barakken." Maar hij was al verdwenen.

Rakelings langs de waterstroom stuurde hij de kortademige, oude Morris door de regen, soms op de weg, soms dwars over de doorweekte velden, want hij kende ieder plekje van de weg maar al te goed, zo goed, dat hij er meer dan genoeg van had, zelfs nu in al zijn opwinding. Terwijl hij reed voelde hij angst, geen vrees voor de dood, die hij nooit had gekend, maar een vage, onbeschrijflijke, dierlijke angst, als de paniek die een opgeschrikt hert aangrijpt in de dichte wildernis; een huiverend voorgevoel van iets dat hijzelf niet begreep. Het was afkeer van die vervloekte, onophoudelijke regen, van de wilde, ontbottende vegetatie, van koortsen, van slangen en van de haat die hij soms overal om zich heen voelde. Een angst voor de dampige stilte die aan de aardschok was voorafgegaan en angst, zelfs nu in zijn opwinding, voor zijn Indische manschappen, die zo onderdanig en gehoorzaam waren onder zijn ijzeren heerschappij en toch tegelijkertijd zo ontwijkend, onbeschaamd en diep innerlijk deloyaal. Het was vrees voor het landschap zelf, dat hij niet meer kon zien in de slagregen en voor de bomen, waarvan de takken in de gele kring van licht naar hem leken te grijpen om hem uit de auto te sleuren.

Hij besefte nu dat hij al een tijdlang zo was geweest. Hij kon zich herinneren dat dit gevoel voor het eerst ongeveer drie jaar geleden over hem was gekomen, maar hij wist dat het veel langer had gesluimerd, diep onder het oppervlak van zijn gezonde huid, van het ogenblik af dat hij in Indië aankwam en een hekel kreeg aan de geuren daar, zelfs aan de heerlijke geur van jasmijn en aan de kruiderijen die andere mannen, wier gezondheid sinds lang was verwoest, met heimweeachtig behagen vervulde. Hij had aan alles een vervloekte hekel gehad en meest van al aan de Indiërs. Hij kon er zich, hoe hij ook probeerde, niet één herinneren die men kon vertrouwen. Hij kon hen niet begrijpen. Hindoes of mohammedanen, het was één pot nat. Als je vriendelijk tegen hen was, werden ze arrogant en onverdraaglijk; als je hen behandelde zoals een soldaat behoorde te doen, hadden die gladde duivels een manier om je een gevoel van inferioriteit te geven, alsof je een soort halfwild beest was. Al tien jaar had hij het uitgehouden, vol afkeer van het land, de natuur en het volk, vol heimwee naar Devonshire en steeds wensend maar in Birma te zijn, dat tenminste mals en groen was, of in Shanghai, of onverschillig in welke andere vervloekte plaats in Indië. Zelfs zijn gezondheid had er niet onder geleden, dat zwakke punt van de meeste mannen. Het had hem van achteren geraakt, het had sluw de zenuwen ondermijnd van een man met sterke zenuwen. Zelfs de wilde-zwijnen- of panterjacht of het genoegen te doden, dat hem in het bloed zat, het genoegen van een goede speerworp of een raak geweerschot, kon dat andere niet goedmaken, die verschrikkelijke, redeloze angst, die hem sinds zo lang innerlijk had verteerd. Eens, toen hij in de heuvels achter de berg Abana op de panterjacht was geweest, kreeg hij een lichte aanval van koorts en droomde een afgrijselijke droom, waarin hij maar steeds panters doodde, de een na de ander, tot er een grote hoop kadavers voor hem lag en zijn pijnlijke armen het geweer niet meer konden vasthouden. Maar steeds bleven ze komen, sprongen naar hem van de top van de hoop karkassen, tot hij tenslotte geen kracht meer had te vuren en er een op hem sprong en hem op de grond trok. En in die droom was elke panter Indië geweest.

Terwijl hij steeds vlugger reed, werd die angst zelfs sterker dan de woede die hij tegen Ransome voelde, omdat deze Fern Simon vóór hem had gekregen, een razernij die hij van jaloezie en gekwetste ijdelheid had weten te verdraaien tot beledigd eergevoel, met de merkwaardige, heimelijke huichelachtigheid, eigen aan mannen die het leven volgens wat ze een erecode noemen. Hij vergat zelfs dat hij van plan was geweest hetzelfde te doen en het alleen niet had gedaan omdat het meisje hem niet wilde hebben. In zijn ijdelheid deed het hem bijna fysiek pijn, dat zo'n meisje, dochter van een doodgewone missionaris, een vervloekte dronkaard als Ransome boven hem had verkozen, die gewoonlijk onmiddellijk elke vrouw kon veroveren. Maar door zijn woede en angst heen zag hij in dat mevrouw Hogget-Clapton gelijk had. Hij kon Ransome niet doodschieten. Hij was dat niet waard en die kleine slet evenmin! Tenslotte moest hij aan zijn toekomst denken en dat met Fern was niet belangrijk. Hij begeerde haar nu niet langer, maar zijn ijdelheid wenste een balsem. Nee, hij zou Ransome niet doodschieten, maar hij zou hem een pak ransel geven.

Toen zag hij in het licht van de autolampen de witte hoekpaal van de renbaan en wist dat hij dicht bij de barakken was. Op datzelfde moment hoorde hij wild geschreeuw en kreten, en de misselijk makende, onnoembare vrees nam weer geheel bezit van hem. Hij dacht: ,,Misschien zijn ze in opstand gekomen! Misschien zijn ze bezig de jongens te vermoorden!" Het volgende moment vielen de autolichten, toen hij de oprijweg insloeg, op de plaats waar de barakken hadden behoren te zijn, maar er waren geen barakken meer. Er was nog slechts een grote hoop puin, waaruit hier en daar punten van gebroken balken staken. Hij hoorde de wilde kreten van de Indische soldaten, die als mieren in de plasregen heen en weer draafden om de stenen en mortel op te ruimen, en tegelijk dacht hij: ,,Daar was de mess. Ze moeten in de mess zijn geweest. Ze liggen er allemaal onder . . . Cruikshank en Culbertson, Bailey en Sampson." Toen kwamen de soldaten naar hem toe rennen, staarden in de lichten en riepen dingen die hij niet verstond. Hij dacht: ,,Dit vervloekte land! Dit duivelse, vervloekte land!" en hij begon te snikken. Zonder de motor af te zetten, sprong hij in de auto en riep in het Hindoestani: ,,Waar is luitenant Baily? Waar zijn de officieren?" De drie mannen die naar hem toe waren gerend, riepen niets meer, maar stonden in een halve kring in het licht van de auto, verlamd en verstomd, en toen bracht er een, die Pashat Singh heette, een sergeant, moeizaam en verward in het Hindoestani uit: ,,Hij is daarin. Al de sahibs zijn erin. Het huis is op hen gevallen." De mannen begonnen onbegrijpelijke geluiden te maken en brachten steeds opnieuw de salam op een hoogst onmilitaire wijze, alsof ze op een of andere wijze verantwoordelijk waren voor de ramp.

Loder schreeuwde: „Ga aan het werk, vervloekte zwijnen! Ga aan het werk. Graaf ze daaruit!" Hij schreeuwde en vloekte, om het geluid van zijn eigen snikken te overstemmen, want zijn mannen mochten niet merken dat hij, een Brits soldaat, huilde. Maar hij kon zijn snikken niet beheersen, zelfs niet door iedere spier strak te spannen. De snikken waren een lichamelijke aanval die hem van het hoofd tot de voeten krampachtig doorschokte als in krampen, en tussen die aanvallen door rilde hij in zijn doorweekte kleren. Hij dacht: „God, help me om me te beheersen! God, help me!" Hij had zich zo niet meer gevoeld sinds hij een kind van vier jaar was en bang voor de grote hond die midden in de nacht in zijn bedje was gesprongen, lang geleden in het huis van zijn oom in Surrey.

Toen hij naar de massa stenen rende, zag hij dat er geen haast hoefde te worden gemaakt om hen uit te graven – Cruikshank en Bailey en Culbertson en Sampson – niet een kon nog leven onder al die massa van stenen, balken en mortel. Hij zou hen nooit weer levend zien.

Met Pashat Singh naast zich begon hij in het wilde weg en zonder plan te rukken aan de hoop stenen, die uit de eeuwige berg Abana waren gehouwen. Hij vloekte en snikte en bijna onmiddellijk stootte hij op de piano, die arme, vreselijke, blikken piano, vernield door hitte en vocht, waarop Cruikshank placht te spelen na de avondlunch. Hij dacht: „Misschien was hij net aan het pianospelen. Misschien zullen we hem hier vinden." En plotseling vonden ze toen het lichaam van de arme Cruikshank onder de vernielde piano, ineengekronkeld, gebroken, bloedig en levenloos, en beide vuisten gebald, hief Loder ze naar de hemel op, waaruit de regen neerstroomde, schudde ze en schreeuwde: „Dit vervloekte land! Dit vervloekte, verschrikkelijke land!"

Lange tijd nadat Loder hen had verlaten, bleven de twee vrouwen bij elkaar gekropen zitten op de grond van de veranda. Mevrouw Hogget-Clapton hysterisch snikkend, terwijl mevrouw Simon probeerde haar te troosten. Tenslotte werden ze beiden stil door uitputting en zaten te luisteren, zich inspannend om de verre geluiden uit de door onheil overvallen stad op te vangen, die hen gesmoord en afgrijselijk door de regen heen bereikten, alsof ze op een of andere manier die geluiden konden verklaren en daaruit lezen wat er was gebeurd.

Toen zei mevrouw Simon heel zacht: „Ik vraag me af wat er met de ,jongens' is gebeurd . . . en met Hazel en Simon."

Mevrouw Hogget-Clapton zei: „Gut, wat een geluk dat Herbert niet hier was. Zijn zenuwen zouden het hebben afgelegd."

„Ik moet naar huis. Ik denk dat ik met de auto kan gaan."

Toen begon mevrouw Hogget-Clapton weer dronkemanstranen te storten:

„Verlaat me niet. Je mag me niet verlaten."
„Roep je chauffeur voor mij."
„Ik kan me niet bewegen. Ik kan niet overeind komen. Roep de huisjongen."
Mevrouw Simon klapte in de handen, maar er kwam geen antwoord, en toen probeerde ze de naam van de eerste bediende te roepen, eerst zwakjes en daarna steeds luider, naarmate haar angst weer aanzwol. „Dalji!" schreeuwde ze, „Dalji!", telkens opnieuw, en toen niemand antwoordde, werd ze stil, vervuld van een ontzetting die erger was dan haar angst voor de aardbeving. Naast haar begon de „hertogin", de vrouw van de bankdirecteur, die van landedelen uit Shropshire afstamde en een accent had dat ze zelf had uitgevonden, weer te gillen, ditmaal in cockneydialect. Ze was nu niet meer de „hertogin", maar de ordinaire schoonheid die ze lang geleden was geweest, toen Herbert Hogget-Clapton haar trouwde uit hartstocht, zwakheid en onwetendheid, en daardoor zijn hele toekomst verwoestte; een vrouw die in Ranchipur was achtergelaten omdat hij zich in Delhi voor haar schaamde, nu haar schoonheid en zijn hartstocht waren verbruikt. De twee vrouwen van middelbare leeftijd, de ene uit Unity Point, Mississippi, en de andere van Putney, omklemden elkaar, verlaten, verschrikt en vergeten.

In het zomerpaleis kraakten de stevige, oude muren bij de eerste schok van de aardbeving en een tijdje, bij elkaar gehouden door hun gewicht, wankelden ze voordat ze vielen, de oostzijde naar binnen, de westzijde buitenwaarts, boven op de overladen overkapping en over de bloembedden met canna's en geraniums. De oostelijke muur viel op juffrouw de Souza, de verpleegster, op lady Hestons twee verschrikte kameniers en vier Indische bedienden, en de westelijke muur maakte een einde aan het leven van de twee Sikhs en de portier, die bij de ingang op post stonden. De bedienden die ontsnapt waren, renden het huis uit en het park in, in de richting van de markt en daar kreeg de overstroming hen te pakken en slingerde hen dood tegen een muur van water, lijken en gebroken huizen. In de overblijfselen van het paleis bleef lord Heston, in het djatihouten, met paarlemoer ingelegde bed, als enige levende achter. De muur en een deel van het dak waren weg en de slagregen drong binnen, raakte zijn gezicht, doorweekte de beddelakens en wekte hem even tot bewustzijn uit het delirium, dat hem sinds veertien uur kronkelend op bed had gehouden. Hij schreeuwde tegen de spookbeelden die hem martelden, nu ineenkruipend, dan weer proberend zichzelf op de grond te gooien, want de koorts en de pijn waren heftig en deden hem gebaren als een krankzinnige. Twee uren voor de aardbeving waren de klieren gaan zwellen en de gevreesde kliergezwellen verschenen eveneens onder de armen en in de keel, en daarmee begonnen de vlijmende pijnen, die zelfs door de muur van morfine heen drongen, die de majoor had opgebouwd tussen hem en de marteling. Ze rukten hem door hun vreselijke heftigheid weer in een soort bewustzijn, waarin hij een duidelijk besef had van zijn eigen ellende en doodsnood. Nu hij langzaam ontwaakte, bij kleine beetjes van helderheid, onder de vloed van de moessonregen, dacht hij eerst dat hij terug was in de weelde van zijn huis in Hill Street en dat een waterleiding in een vertrek boven zijn hoofd was gebarsten. Hij probeerde Bates te roepen, en toen greep het delirium hem weer aan en wierp hem terug in een ontzettende wereld van beangstigende schaduwen. Maar met elk moment van bewustzijn werd zijn geest wat helderder en iedere maal hield dat bewustzijn langer aan, tot hij tenslotte bij machte was te begrijpen, in de weerschijn van de brandende stad, dat hij zich in een vreemd paleis bevond, in een verwoeste, onbekende kamer, en dat het water dat op zijn gezicht viel niet uit een gebroken leiding kwam, maar uit de hemel zelf, uit een hemel die dicht bedekt was met wolken die het schijnsel van vlammen van de aarde onder hem weerkaatsten. De gloeiende wolken leken neer te dalen op zijn bed; in zijn liezen en onder de armen was een vreselijke, knagende pijn en in de verte klonk het geluid van gehuil, als van zielen in het vagevuur. Opnieuw probeerde hij de naam van Bates te roepen, maar ditmaal merkte hij dat er geen geluid uit zijn mond kwam. Die was gevuld, verstikt door een of ander voorwerp dat, als hij probeerde te spreken, hem dreigde te verstikken. Toen begon hij langzamerhand te begrijpen dat hij niet kon spreken omdat het vreemde voorwerp zijn eigen tong was, nu zo gezwollen, dat ze zijn hele mond vulde, en wild, half in delirium, dacht hij: „Ik ben dood. Ik ben al in de hel," en hij werd bevangen door ontzetting.

Toen verviel hij een tijdlang opnieuw in een barmhartig delirium, dat minder vreselijke verschrikkingen bracht dan die van de bewuste pijnen en de monsterlijk gezwollen tong, en hij wentelde zich heen en weer en worstelde tot de morfine, opnieuw bij vlagen wegdrijvend, nogmaals zijn bewustzijn vrijliet en weer probeerde hij de naam van Bates te schreeuwen; maar zijn mond bracht geen geluid voort.

Tenslotte, kort voor middernacht, hield de werking van de morfine geheel op en zijn geest werd volkomen helder, maar hij was nog steeds ten prooi aan pijn, die hem met beide handen naar zijn lichaam deed klauwen, als kon hij bevrijd worden van deze marteling door het met zijn eigen handen uit elkaar te rukken. Met elke slag van het sterke hart kwam en ging de pijn in kloppende vlagen en in de tussenpozen begon het hem langzamerhand duidelijk te worden waar hij was en hoe hij hier was gekomen en hij wilde schreeuwen: „Waar zijn jullie? Waarom hebben jullie me allemaal verlaten in deze hel?" Toen herinnerde hij zich het handelen met de maharadja over de paarden en met de dewan over de fabrieken en het duidelijkst de ruzie met Edwina, en weer probeerde hij te roepen, ditmaal niet de naam van Bates, maar van Edwina, terwijl hij dacht: „Ze kan me hier niet zo achterlaten. Zo kan ze me toch niet haten. Zo iets zou ze toch niet doen." Maar weer werd zijn keel dichtgeknepen. De spieren van zijn kaken werkten vertwijfeld, maar geen geluid kwam over de gezwollen tong.

Toen begon hij, half ijlend en half bij kennis, bij brokstukken zijn hele leven over te leven: de tijd, toen hij als jongen Liverpool had verlaten op zijn fiets, op vrije dagen, om de landedelen in hun rode jasjes te zien springen over heggen en greppels; de dag van de laatste twist met zijn vader en moeder, toen hij was weggelopen naar Londen, om hen nooit meer terug te zien; de dagen in Makassar, op Borneo en Java, toen hij als jongeman plannen maakte en over de toekomst dacht, mensen gadesloeg en hen listig bestudeerde, terwijl hij messen en goedkope horloges verkocht. Tussen steken van martelende pijnen en ogenblikken van delirium in, doorleefde hij opnieuw dat gevoel van triomf, doormengd met bitterheid en verachting voor zijn medemensen, dat hij had gevoeld telkens als hij een van hen bezwendelde of een grote slag sloeg. Tenslotte kwam hij aan deze laatste reis, naar dit Indië dat hij haatte, dit Indië dat als grote markt bedorven was, omdat er in het Indische gouvernement stommelingen zaten die weigerden het Indische volk ruw te behandelen, zoals men altijd moet doen met hen uit wie men voordeel wil trekken, dit gehate Indië, waar mannen waren als de maharadja en die sluwe dewan. Dat alles ging hem door het hoofd, verward en duister, doorschoten van pijnen en de nieuwe ellende van de kilte die de druipende regen veroorzaakte. En in een plotseling opduikend helder bewustzijn dacht hij: „Ik mag niet sterven. Niet voor ik alles heb gedaan wat ik van plan ben . . . niet voor ik heb gezorgd dat die hele vervloekte wereld van mij is . . ." Niet voor hij nog meer rijkdom en macht bezat en al de hoofdartikelen had geschreven waarmee zijn kranten die vervloekte bolsjewieken zouden verpletteren en die zwakke duivels, die om vrede jammerden. Wie wilde vrede? Welk voordeel viel uit de vrede te halen? Kijk naar die vervloekte volkenbond . . . Hij dacht verwilderd: „Ik moet hier uit zien te komen . . ."

Zich met wanhopige krachtsinspanning oprichtend, probeerde hij weer de afgrijselijk gezwollen tong de naam Bates te doen uitspreken. Toen slaagde hij er in zijn vertwijfeling in naar de rand van het bed te komen, waar het scherpe mes opnieuw in zijn liezen werd gestoken en heen en weer gedraaid, terwijl hij op de grond gleed, iedere spier gespannen door de afschuwelijke pijnen. Toen ging het voorbij en alleen het bonzen van zijn stierehart, dat hem niet wilde laten sterven, bleef nog en de obsessie keerde terug: „Ik moet hieruit komen . . . weg van deze vervloekte plaats en uit dit vervloekte land." En op handen en voeten kruipend worstelde hij zich naar de deur.

Voetje voor voetje kwam hij vooruit, onder de stortregen, over het rode Turkse tapijt. Tweemaal viel hij, opnieuw in de liezen, in de armholten en in de keel gestoken door dat vreselijke mes, door die wormen, die afschuwelijke microscopisch kleine dieren, die hem opvraten. Tenslotte bereikte hij de deur en met een stuwing van zijn monsterlijke levenskracht richtte hij zich langzaam op, tot hij eindelijk stond en aan de vergulde deurknop rukte. Maar de deur bewoog niet, omdat er tonnen gevallen stenen en balken achter lagen en de verpletterde lichamen van juffrouw de Souza en Edwina's twee kameniers. Wild trachtte hij de deur open te rukken, gorgelend en stikkend door de inspanning van de gezwollen tong, om te schreeuwen: „Help me! Red me! Ik ben lord Heston . . . de grote en machtige lord Heston. Ik zal jullie betalen wat je wilt. Ik zal jullie alles geven wat ik bezit, als je me hier maar uit haalt. Red me! Red me!" Maar de tong bracht geen geluid voort en was nu zo gezwollen, dat hij begon te stikken. Toen kreeg hij in zijn wilde delirium een plotseling visioen van Bates, zijn gezicht koud, wit, vochtig, vol haat tegen hem, en vol verachting.

De deurknop liet eensklaps los en in een laatste paroxisme van pijn viel hij in zijn volle zwaarte. Zijn gepijnigde, brandende hoofd raakte de marmeren punt van de Victoriaanse wastafel. Toen was hij genadig bevrijd van pijnen en delirium, en lag hij in de weerschijn van de brandende stad eindelijk stil op het doorweekte tapijt, onder de vloed van de regenmoesson.

Het was de pariawijk die het meest had te lijden, omdat ze in het laagste deel van de stad lag, vlak onder de rivier bij de brandstapels, en niet alleen de kracht van het water viel erop neer, maar de hele last van ontwortelde bomen, vernielde huizen en lijken die de stroom op zijn wilde boezem droeg.

Bij de eerste schok van de aardbeving was Jobnekar, terwijl hij zijn vrouw en drie van de op poppen lijkende kinderen meenam, naar het kleine plein gegaan, om zich bij de menigte te voegen die zich daar opeenhoopte, maar voor hij bij machte was iets te zeggen en zijn naaste buren gerust te stellen, begon het verre brullen en daarbovenuit het vreemde, gesmoorde geraas van doodsangst, dat kwam uit de stad boven hen, niet het geluid van duizend verschillende stemmen die in vertwijfeling gilden, maar als het geluid van één enkele stem, alsof de hele stad de vernietiging had zien naderen en in doodsnood had gebruld.

Jobnekar, vlugger, intelligenter, ontwikkelder dan de anderen, begreep de betekenis van dat geluid en riep: „Overstroming! Water! Naar de daken!" en om hem heen werd de kreet overgenomen en voortgedragen, tot de stemmen van het plein der paria's zich bij dat geluid van ontzetting uit de bovenstad voegden. Hij greep twee van de kinderen, terwijl mevrouw Jobnekar het kleinste droeg, en ze renden weer terug in het kleine, roze huis met de gordijnen van Nottinghamse kant, een trap op en nog een, tot ze op het dak kwamen. Buren drongen de trappen op, dicht op hun hielen, allen gillend en roepend van schrik. Achter hen barstte de door paniek bevangen menigte los op het vlakke dak, tot er geen plaats meer was en kinderen verdwenen, vertrapt in de doodsangst. Jobnekar had nog slechts tijd zijn vrouw dicht naar zich toe te trekken en de drie huilende kinderen tussen hen in te beschermen, toen de vloed met een wild gebrul het plein bereikte, het ene huis na het andere omvergooide en met zijn gewicht aan wrakhout en lijken de enkele ellendige mannen, vrouwen en kinderen verpletterde, die nog op de plaats zelf waren gebleven. Op datzelfde ogenblik wist Jobnekar dat er geen hoop was en hij probeerde verwilderd zijn vrouw en de huilende kinderen allen in de beschutting van zijn armen te trekken, zijn rug naar de vloed gekeerd in een laatste gebaar van bescherming. Toen de vloedstroom het huis raakte, zwaaide het, kraakte en kreunde en bijna dadelijk bezweek het voorste deel met het hele gewicht aan ontzette mensen. Toen bezweek ook de rest, langzamer, als een gewond beest dat op de knieën zinkt, en de Jobnekars en de verschrikte, huilende kinderen zonken langzaam mee in de stroom. Toen het water boven zijn hoofd sloot, drukte hij de kinderen dichter tegen zich aan als om hen te troosten en gerust te stellen, en dacht: ,,Ik mag nog niet sterven terwijl er zo veel is te doen . . .''

Drieëntwintig jaar lang, sinds de dam was voltooid en als een van de wonderen van Indië werd beschouwd, bleef de fout verborgen. Drieëntwintig jaar lang hadden de maharadja in zijn trots, de dewan met zijn sluwheid, Raschid, het hoofd van de politie, Jobnekar, de staatsraden en de nederigen van Ranchipur geloofd in de grote dam, met een geloof dat was als hun geloof in de ring van heuvels en de onveranderlijke woestijn daarbuiten, als het geloof dat ze hadden in de heilige berg van Abana, die, gekroond door witte tempels, eeuwig omhoogrees tegen de brandende hemel, want in hun aller harten, behalve wellicht in dat van de oude dewan, die zo oud was als de tijd, was een soort mystiek, kinderlijk geloof in de wonderen die konden worden verricht door de grote ingenieurs uit het Westen . . . dingen die geen Indiër kon bevatten of uitvoeren. Hadden ze niet de grote stuwdam in het noorden gebouwd en de grote bruggen over de Ganges en de Brahmapoetra? En wie onder hen kon meer worden vertrouwd dan de beminnelijke en aantrekkelijke Aristide de Groot, die, naar hij zei, dammen, bruggen en fabrieken had gebouwd in Zwitserland en Oostenrijk, in Italië en Zweden, in Brazilië en China?

Nadat negenduizend mensen het leven hadden verloren in de grote overstroming, waren er in Ranchipur, die zich Aristide de Groot herinnerden en zich zelfs herinnerden dat ze vermoedens hadden gekoesterd – gedeeltelijk ingebeeld – lang geleden, dat hij niet, zoals hij beweerde, een Zwitser was, noch iets anders bepaalds, maar gewoon een man zonder vaderland, een avonturier en zwendelaar.

Ze herinnerden zich hem als een donkere, gedrongen, kleine man, die al een half dozijn talen sprak toen hij in Ranchipur kwam en die Hindoestani leerde met verbazingwekkende gemakkelijkheid. Hij was aannemelijk en zelfs aangenaam in de omgang geweest, zonder vooroordelen tegen rassen, afkomst of kleur, met een verbazend radde tong, die leek op de tong van de adder. Een of twee intelligente mensen, zoals de dewan en de oude maharadja, herinnerden zich drieëntwintig jaar later Aristide de Groot slechts als een paar ogen, koude ogen, als die van de dodelijke krait, die alle mensen als precies gelijk moesten hebben beschouwd, alleen omdat ze allen toekomstige slachtoffers waren voor Aristide de Groot. Maar zijn addertong was sluw genoeg geweest om niet slechts het volk en de goeden en eenvoudigen als de maharadja te overtuigen, maar zelfs mannen zoals de wereldwijze onderkoning, dat hij een groot ingenieur was.

Na de ramp, toen de eerste bijzonderheden over de verschrikkingen de dewan bereikten, die omringd door zijn enorme gezin te Poona zat, streek de oude man met zijn lenige vingers door zijn lange, witte baard en dacht triestig: „Er was een fout in de dam. Ik kan me die Aristide de Groot nauwelijks herinneren, behalve zijn ogen. In zijn ogen was de hele tragedie van de Europese hebzucht verborgen."

Hij wist, terwijl hij daar in zijn koele tuin zat, dat hij lang geleden zijn nooit falend instinct had moeten vertrouwen, maar dat bewustzijn hielp nu niet veel meer.

Na een morgen van overpeinzingen deed de herinnering aan de ogen als van een krait hem denken: „Zulke mannen moesten worden uitgeroeid, vertrapt als slangen. Als ze niet worden uitgeroeid, is het afgelopen met het Westen. Het zal zichzelf vernietigen." En terwijl hij daar zat, oneindig oud en oneindig wijs, was hem die gedachte niet onwelgevallig. Maar de herinnering aan oude, kwade vermoedens kon geen negenduizend mannen, vrouwen en kinderen die dood waren, het leven teruggeven en van de ondergang redden wat de oude maharadja had geschapen ten koste van vijftig jaren worsteling en hartzeer. De fout in de constructie van de dam was niet bewijsbaar, minst van al in een gerechtshof, waar Aristide de Groot zou zitten, omringd door rijke en corrupte advocaten. En er was altijd de schok van de aardbeving, die de overstroming begeleidde, als verontschuldiging voor het bezwijken aan te voeren. Toch kon na de overstroming duidelijk worden gemerkt, zodra het grote reservoir leeg was, dat de constructie van de vernielde dam ondeugdelijk en de wapening en het ijzerwerk onvoldoende waren geweest en dat zand uit de zee, onzuiver en vol zout, was gebruikt, omdat het dicht bij de hand en goedkoop was. Dat een van die dingen oorzaak zou zijn geweest van de ramp, was onmogelijk te bewijzen; het strengste vonnis dat men verwachten mocht, was dat Aristide de Groot als een slecht ingenieur werd gebrandmerkt en dat oordeel zou De Groot al heel weinig hebben kunnen schelen, want hij had nog andere ijzers in het vuur en was sinds lang vergeten dat hij ooit ingenieur was geweest. Het was het Engels gouvernement, dat tot in bijzonderheden de opgang

van de beroemde Aristide de Groot onthulde, van de in verhouding eenvoudige en armelijke dagen, toen hij de grote dam van Ranchipur had vervaardigd af.

Zij die het onderzoek leidden, ontdekten dat hij geen ingenieur meer was,
hetgeen hij overigens ook nooit werkelijk was geweest, en dat hij sinds
lang alle pretenties in die richting had opgegeven. Nu had hij belangen bij
petroleum, vreemde munt en munitie en nog duisterder ondernemingen.

Uit de ellende van bankroete naties en de dood van mensen had hij een fabelachtig fortuin opgebouwd, waarvan de vage oorsprong niet kon worden
nagespeurd. Iets daarvan was te New York, iets te Londen, een weinig te
Parijs, ook wat te Amsterdam en in Zweden. En het Britse gouvernement
ontdekte dat achter een dozijn kleine oorlogen, revoluties en troebelen altijd de sinistere tegenwoordigheid school van de man wiens ogen waren als
van een krait en wiens tong geleek op een genie voor het scheppen van af-
zetgebied voor geweren, granaten, kanonnen en machinegeweren. Het ontdekte ook dat hij het Chinese gouvernement voor twee miljoen pond had
bezwendeld bij een munitiecontract, dat hij wapens had gesmokkeld naar
Afghanistan, dat hij in een zonderlinge verhouding stond tot staatslieden
uit vroeger dagen en belangen had in een groot, geheim syndicaat dat in
verdovende middelen handelde.

En bijna onmiddellijk werd Aristide de Groot de geliefde „mysterieuze
man" waar de journalisten altijd op jagen, en verdween uit het kasteel bij
Compiègne, met zwarte brilleglazen op, voor een vakantie in Peru. Hij had
niet de moeite om weg te lopen hoeven te nemen, want het Britse gouvernement ontdekte dat er niets gedaan kon worden tegen Aristide de Groot,
aangezien hij tot de intieme vrienden van te veel staatslieden, senatoren en
bankiers in Europese landen behoorde. Hij was zo goed beschermd als mogelijk was. Het Britse gouvernement ontdekte zelfs, met zekere schrik, dat
vier of vijf belangrijke mannen in Londen, onder wie lord Heston en zijn
journalistieke tegenstander, lord Skillington, weekends met Aristide de
Groot hadden doorgebracht op diens jacht, op zijn kasteel bij Compiègne
of in zijn huis te Biarritz. Het gouvernement ontdekte dat de tragedie van
Ranchipur zelfs tot zijn minder belangrijke vergrijpen moest worden gere-
kend. Maar zelfs daaraan was niets te doen, tenzij, zoals lord Skillington
(die lord Heston overleefde) in een van zijn beroemde hoofdartikelen
schreef: „We bereid zijn de geest van het bolsjewisme vrij te laten om zijn
duivelse werk te verrichten tegen onbeschermde vrouwen en het platteland
van Engeland." Plotseling besefte toen iedereen dat het maar beter was zo
weinig mogelijk over Aristide de Groot te zeggen, en na een tijdje kwam
hij terug uit Peru bij zijn vrouw – die hij eens uit een bordeel van Triëst had
gehaald – in hun mooie kasteel, niet ver van de poort waar Jeanne d'Arc
was gevangengenomen.

Het kon trouwens weinig betekenis hebben voor een Europa dat door

274

eigen, zwerende wonden werd gemarteld, of negenduizend heidenen in enkele minuten tijds werden verpletterd of verdronken; of dat Ranchipur, de best bestuurde staat van het Oosten, voor de duur van een hele generatie door deze ramp werd verminkt. Dat alles was ver weg, hoewel toch beangstigend dichterbij dan een halve eeuw geleden. Maar toch was het ver genoeg, zodat de ramp niet nog een last te meer werd bij die van bedreigingen en conferenties, burgeroorlogen, geheime verdragen, intriges, hebzucht, bigotterie, verbittering en haat, die al een kanker vormden in het hart van de westerse beschaving.

De dam was in zekere zin een soort symbool geweest: het symbool van oosters geloof in westerse bekwaamheid en rechtschapenheid, organisatietalent en superioriteit, een geloof dat als de dam zelf sinds lang wrak was geworden en gebroken.

DE WEDERGEBOORTE

EERSTE DEEL

Op het zwakke, houten balkon, dat om de tweede verdieping van Banerjees huis liep, wachtten Edwina en Ransome de snelle Indische zonsopgang af. Vandaar uit hadden ze, door openingen in de massa van mango- en waringinbomen, een uitzicht op dat deel van de overstroomde, brandende stad, dat op het vlakke terrein tussen hen en het grote paleis lag. De meeste branden waren snel geblust door de stromende regen of door de vloed zelf, maar drie of vier van de belangrijkste gebouwen – Ransome vermoedde dat het de centrale markthal, het gerechtsgebouw en het gemeentelijk administratiekantoor waren – brandden nog hardnekkig door en spoten nu en dan opeens vuurzuilen omhoog, die op de dichte wolkenmassa erboven de somber dreigende weerschijn van hun gloed wierpen. Het vreemde geluid van een hele stad die één enkele noodkreet slaakte, was nu verstomd en er heerste slechts stilte. Alleen klonk nu en dan van ver weg een enkele kreet van wanhoop of dodelijke angst, die leek op het huilen van de jakhalzen die 's avonds uit de wildernis te voorschijn komen Op een gegeven ogenblik zei hij: ,,Ik zal een sjaal voor je halen. Het is idioot om daar zo te staan in zulke kleding. Je zult doornat worden. Je weet niet wat deze moessonregen betekent. Een dak biedt er geen beschutting tegen. Het vocht dringt overal doorheen." Hij sprak heel gewoon, alsof ze, in plaats van naar de ondergang van een grote stad, naar een film keken, maar hij schrok even van zijn eigen stem, alsof er iets onbehoorlijks in was gelegen om op dit ogenblik te spreken.

Hij vond een kasjmieren sjaal, die als dekkleed voor een van de Indische bedden werd gebruikt, en nadat hij die om haar schouders en over de witte japon en al de juwelen had geslagen, zwegen ze opnieuw en keken toe.

Soms, als de vlammen van een of ander gebouw hoog oplaaiden, glinsterde het licht, door de wolken weerkaatst, over het water en onthulde daar allerlei gruwelijke dingen die aan de oppervlakte dreven.

Tom dacht: ,,Morgen zal het beginnen te stinken. Morgen zal het afgrijselijk zijn en de dag erna en nog een dag later . . . met al die hitte en regen." Maar de jakhalzen zouden overvloed aan voedsel vinden, en ook de gieren en krokodillen, die bij de overstroming omhoog waren gekomen uit de modder van de rivier.

279

Ze konden nu overal heen zwemmen, tot in het hart van de stad toe. Toen stak de wind op en dreef de wolken uit elkaar en in het fluwelig zwart van de hemel verschenen opnieuw de sterren; de Indische sterren, die verschillen van alle andere sterren, nu stralender dan ooit in de gereinigde lucht. Maar na korte tijd verdwenen ze weer en er restte slechts een laag dak van bloedrode wolken. In huis klonk weer het huilen van Bannerjee, een gejammer waarin de doodsangst klonk van een gewond beest. Edwina zei: „Ik wou dat die akelige vent ophield met dat lawaai. Het is erger dan al de rest."

Ze was naar Indië gekomen met de wens om iets te beleven, en nu ze daar op het balkon stond, werd ze overvallen door het besef dat ze nu inderdaad iets beleefde, en grondig ook, iets dat alles overtrof wat in haar verbeelding had kunnen opkomen. Ze was niet dood, maar kon het zijn, voordat nog vele dagen waren verlopen, of uren of misschien zelfs minuten. Ze had nooit veel nagedacht over huizen, maar nu leek haar het huis van Bannerjee, hoewel het aan de dubbele schok van de overstroming en de aardbeving weerstand had geboden, een broos en nietig ding, belachelijk tegenover de ramp die hen omringde. En toen ze nadacht over het huis, moest ze plotseling denken aan zichzelf, aan haar eigen broosheid en nietigheid. Er lag iets belachelijks in, een uitbarsting van de natuur te trotseren in een gewaad van witte crêpe en behangen met de helft van je juwelen. Vaag geamuseerd begon haar geest af te dwalen en te overpeinzen hoe men gekleed zou horen te zijn voor zo'n gelegenheid. „Waarschijnlijk in shorts," dacht ze, „met een zijden hemdblouse. Dat zou zowel elegant als praktisch zijn."

Talloze malen had ze, in Hill Street, in Cannes, in een of ander landhuis, als ze halfslapend in bed lag en lezen haar verveelde, er loom en behaaglijk over nagedacht hoe het wel zou zijn plotseling tegenover de dood te worden geplaatst, met de wetenschap dat je nog slechts enkele uren hebt te leven. Ze had de gedachte nog verder uitgesponnen en zich afgevraagd wat ze zou doen, zij die zo verveeld en koelbloedig was, als ze de dood moest trotseren, samen met een aantrekkelijke man.

Ze had dan gedacht: „Men zou maar één ding kunnen doen om de tijd te doden. Al de rest zou ondraaglijk zijn."

Ze had ook gedacht dat erotiek in zulke omstandigheden een felle prikkel moest krijgen, ontstaan uit een of andere atavistische neiging die diep in de menselijke natuur was verborgen. Nu keek ze van opzij naar Tom, die met de ellebogen op de zwakke, houten leuning steunde, terwijl zijn profiel zich aftekende tegen de rode wolken, en ze dacht, zoals ze vele malen tevoren had gedacht: „Hij is een aantrekkelijke man . . . in dat opzicht zeker een van de aantrekkelijkste mannen!" Maar nu wekte het kijken naar hem, vreemd genoeg, geen enkele emotie in haar op. Niets ter wereld belette hen nu zich aan erotische genoegens over te geven. Drie nachten geleden, dadelijk na hun weerzien in het paleis, hadden ze niet geaarzeld, maar nu interesseerde de gedachte haar zelfs niet. Het was helemaal niet zoals ze het zich had voorgesteld.

Ze dacht, logisch doorredenerend: „Hoe zou het zijn als hij een van de anderen was?" Maar ze kon zich van geen enkele man uit haar verleden voorstellen dat hij in dezelfde omstandigheden haar belangstelling nog zou kunnen wekken. Hoe dan ook, er was er niet een die haar nog interesseerde. Ze had om Tom meer gegeven dan om een van hen, en die genegenheid voor Tom had op een of andere wijze standgehouden en had verveling, oververzadiging, leegheid, wellust, àlles overleefd. Weer dacht ze: „Misschien moest ik van Albert af zien te komen en met hem trouwen. Misschien zou ons dat beiden een houvast geven in het leven." Maar bijna meteen wist ze dat ze nog niet rijp was voor een huwelijk, tenminste niet in de betekenis van een geregeld, rustig bestaan. Er vielen nog altijd avonturen te beleven. Ze had Tom niet lief. Ze mocht hem alleen graag.

Opeens betrapte ze zich op de wens dat het Tom was, die in overstroming en duisternis was weggegaan met juffrouw MacDaid en dat de majoor was achtergebleven, en bijna dadelijk daarna dacht ze, wat onthutst: „Zo staan de zaken dus. Dat is de kwestie met mij." Met een soort decadente wellust verzonk zij in gedachten over de jonge dokter en zag hem weer voor zich, vol gretig verlangen, zoals ze hem had gezien in de uren van rusteloze verveling, voordat de fantastische juffrouw Hodge haar bezoek was komen afleggen. Hij was dè man! En ze dacht: „Als ik hier levend uit kom, zal ik een tijdje vrij zijn; er zal zo'n vreselijke verwarring heersen, dat niemand zal letten op mij of op wat ik doe. Ik zal niet meer lord Hestons vrouw zijn, maar één onder velen. Ik zal een tijdje niets meer zijn dan de vrouw van een eenvoudige klerk."

Ze zag de majoor nu zeer duidelijk voor zich, zoals hij de plompe, hysterisch gillende juffrouw Murgatroyd als een zak meel de trap opdroeg. Ze zag hem met zijn brede schouders, zijn fijne, donkere gezicht en blauwe ogen en het eigenaardige, vage glimlachje, dat, zoals ze plotseling vermoedde, was geboren uit een vreemde mengeling van dierlijke vitaliteit en een hoogstaande geest, met de weemoed van melancholie en tragiek eronder verborgen. Het was Tom die in zijn dronkenschap van geen nut had kunnen zijn. De majoor kon nu niet dood zijn, weggevaagd door de watervloed, zoals de schreeuwende, dodelijk bange mensen op het erf, want dit alles was nog niet ten einde. Ze zei in zichzelf, met een halfhysterisch mysticisme, dat ze daarvoor naar Indië was gekomen, tegen haar wil en tegen de raad van iedereen in. Daarvoor was ze hier gekomen, in het verkeerde jaargetijde, aangetrokken door datgene wat moest gebeuren. Twee dagen geleden, zelfs nog een uur geleden, kon het haar niet schelen of ze in leven bleef of stierf, maar nu verlangde ze vertwijfeld om te blijven leven, opdat dit zijn einde en vervulling zou vinden, dit, waarnaar ze altijd had gezocht, waarvan ze wild had gedroomd, nog slechts enkele nachten geleden. Nee, hij kon niet dood zijn, want hij was het die haar zou redden. In hem zou ze datgene vinden waarnaar ze had gezocht en opeens besefte ze dat het niet alleen zijn knappe uiterlijk was, dat haar aantrok, maar iets anders – zijn koelheid, zijn durf, zijn onbevreesdheid, toen hij de overstroming trotseerde, samen met die grimmige, oude jongejuffrouw, en iets in zijn gezicht, dat als een licht erover straalde, iets van goedheid, erbarmen, begrip en kracht, zoals ze nooit had gevonden in enige man die ze tevoren had leren kennen. Maar toen dacht ze: „Ik heb nooit een behoorlijke man gekend, behalve Tom, en hij wordt verteerd door defaitisme en verbittering. Al de mannen die ik heb gekend, waren laag-bij-de-gronds en banaal, of schoften, zwakkelingen of mannen zoals Albert." Weer werd ze zich bewust van een hele wereld die bestond en altijd had bestaan buiten de grenzen van haar ondervinding en begrip. Dat besef was als een fel licht, dat haar blind maakte voor Tom, voor de overstroming, voor de ramp en alle verschrikkingen. Toen verdween die onverwachte openbaring, zó snel, dat ze geen tijd had het gevoel vast te houden, en ze werd weer gewoon Edwina Heston, verveeld, intelligent, koud, cynisch en sensueel – Edwina Heston, een rijke en voorname slet.

Toen ze de onnatuurlijke stilte niet langer kon verdragen, fluisterde ze Tom toe: „Denk je dat ze erdoor zijn gekomen?"

Hij gaf niet dadelijk antwoord en ze dacht: „Hij veracht me en is gechoqueerd. Hij denkt dat ik schaamteloos ben, maar zo is het niet. Het is anders, maar ik zou hem toch nooit ertoe kunnen brengen te geloven dat het niet weer de oude geschiedenis is."

Tom antwoordde intussen: „Als ze erin geslaagd zijn het ziekenhuis te bereiken en als dat nog stand heeft gehouden, zijn ze veilig."

Na een ogenblik voegde hij eraan toe: „Maar ik denk dat die kans één op duizend is."

Even voor zonsopgang, nadat het weer was gaan regenen, dook mevrouw Bannerjee, kalm en mooi, achter hen op en zei: „Mijn schoonvader heeft een aanval. Ik geloof dat hij stervende is."

Toen Ransome zijn hulp aanbood, weigerde ze met de woorden: „Nee, u kunt niets doen. De opwinding was te veel voor hem. Hij is een oude man. Het is beter zo. Als majoor Safka hier was geweest, zou hij er wel iets aan kunnen doen, maar het heeft zo moeten zijn. In zijn horoscoop stond dat hij zou sterven tijdens een ramp." Ze zweeg een ogenblik en in het donker voelde Ransome dat ze glimlachte. „Mijn man jammert," zei ze. „U moet hem niet al te ernstig nemen. Het verlicht hem."

Meteen was ze verdwenen en toen ze weg was, kwam het Ransome voor dat in haar stem iets als hoogmoed en triomf had geklonken, alsof ze zei: „Ge hebt Indië nog niet overwonnen. Niets en niemand heeft het ooit overwonnen. Jullie bleke, nietige Europeanen het minst van al." En hij dacht weer aan de lange verhalen van de majoor over de wreedheid van Indië. Toen de strook hemel onder de wolken rood en grijs begon te worden in het oosten, wendde hij zich tot Edwina en zei: „Misschien was het beter als je wat ging slapen. Ik geloof niet dat er voorlopig veel rust en comfort op zal overschieten."

„Nee, ik zou nu niet kunnen slapen ... Ik wil graag weten hoe het eruitziet als het licht wordt. Ik wil zien of het zomerpaleis nog overeind staat."

Ze keek hem niet aan, uit vrees dat hij haar bedrog zou ontdekken en haar beschamen, want in werkelijkheid kon het haar niets schelen of het zomerpaleis was verdwenen; over het ziekenhuis moest ze zekerheid hebben. Weer keerde dat gevoel van vrijheid in haar terug, hetzelfde merkwaardige gevoel alsof ze eindelijk iets tot een goed einde had gebracht dat wezenlijk was en zuiver, en ze dacht: „Als deze stad maar voor altijd van alles afgescheiden kon blijven. Als ik maar nooit naar Europa terug hoefde te gaan."

Opnieuw keek ze naar Ransome, en nu kon ze in het opkomende licht duidelijk zijn trieste gezicht onderscheiden en het kwam haar voor of ze er een soort bitterheid en tragiek in ontdekte die ze er nooit eerder op had gezien. Niet de gewone bitterheid, die hem maar al te dikwijls spottende en harde dingen deed zeggen, maar iets diepers, alsof een fijne geest en een grote intelligentie verspild waren en hij zich ook bewust was van deze verspilling en verdwaasdheid. Misschien leed hij op dit ogenblik, niet om zichzelf, maar om mensen in de overstroomde stad die hij niet kende en misschien nooit had gezien. Het kwam in haar op dat die nieuwe uitdrukking wellicht niet nieuw was, maar alleen vreemd voor haar, omdat ze tot nu toe nooit bij machte was geweest die te zien. Ze dacht: „Door de majoor, die ik nauwelijks ken, heb ik leren zien." Vol schaamde bedacht ze dat Tom nooit met haar had gesproken, behalve over banaliteiten, alsof hij haar iets beters onwaardig achtte. Ze had hem nooit in het minst gekend. Ze wist niets van hem. En plotseling voelde ze een opwelling van genegenheid voor hem, een emotie die zuiver was, rein en ongecompliceerd, en tegelijkertijd werd ze overweldigd door een sensatie van beangstigende verlatenheid, alsof zowel Tom als de majoor leefde op een planeet, ver boven haar, die zij niet kon bereiken, die geen van hen beiden haar zou toestaan te bereiken en alsof tussen die twee mannen een soort wederzijds begrijpen bestond, waarvan zij was uitgesloten.

Voor de eerste maal in haar leven was er geen hoogmoed in haar, maar slechts nederigheid en vrees; een grotere vrees, een veel grotere vrees dan ze had gevoeld tijdens de aardbeving en de overstroming, omdat het vrees was voor iets onbekends, voor iets vaags dat vóór haar lag.

Tom wendde zich tot haar en zei: „Kijk, de torens van het grote paleis zijn verdwenen."

Het was nu licht genoeg om de omtrek te kunnen onderscheiden van het machtige gebouw op de heuvels, aan de andere oever van de rivier. Het licht was grijs en somber, want de lage, zware wolken waren teruggekeerd en hielden de stralen van de opgaande zon tegen, maar toen het licht toenam, werd het duidelijk dat van de stad niets was overgebleven dan hier en daar de halfverwoeste massa van een of ander belangrijk gebouw. Van Bannerjees balkon af konden ze in de verte de ruïne zien van de muziekschool, de verwoeste massa van de meisjes- hogereburgerschool van de maharani en de technische hogeschool. Toen het lichter werd, wees Edwina op een grijze ruïne en vroeg: „Is dat het zomerpaleis?"

„Ja."

„Het is in elkaar gestort."

„Niet helemaal. Hij kan nog in leven zijn daarginds." Op hetzelfde ogenblik herinnerde hij zich wat hem tot op dit moment was ontgaan: dat de majoor hem had verteld dat Heston de pest had en hij dacht: „Het zou beter zijn als het hele paleis op hem was neergestort." Toen dacht hij aan de arme juffrouw Dirks, de dochter van de oude Dacy Dirks, en vroeg zich even af of dit alles niet een soort nachtmerrie was geweest. Zijn herinneringen keerden slechts wazig terug en hij dacht: „Dat komt doordat ik zo dronken was." Het was niet mogelijk dat een man als Heston de pest kon krijgen. Het was niet mogelijk dat zulke wrede dingen konden bestaan als het eenzame lijden van de arme, plichtsgetrouwe juffrouw Dirks. Toen hoorde hij Edwina vragen: „Het ziekenhuis . . . waar is het ziekenhuis?" en hij antwoordde: „Je kunt het hiervandaan niet zien. Het ligt achter de bomen." Toen hij haar probeerde aan te kijken, merkte hij dat ze haar gezicht had afgewend, zodat hij het niet kon zien.

Ze keken lange tijd zwijgend naar die troosteloosheid, geboeid door het schouwspel van lijken, bomen en slangen, en door de schok en de onwezenlijkheid van het gebeurde heen, tot het uiterste opgedreven door dit afschuwelijk gezicht, dacht Tom: „Zo was het in de oorlog. In een normaal mens gebeurt iets bij een ramp, waardoor de sensibiliteit wordt gedood." De oorlog had hem nooit zo geschokt; hij had toen slechts gewalgd, verschrikkelijk gewalgd, van die eindeloze, verdwaasde slachtpartij.

Achter hem zei iemand: „Hemeltje! Er is niets overgebleven," en toen hij zich omkeerde, zag hij juffrouw Murgatroyd, wier pafferige, gore gezicht gezwollen was van slaap, terwijl haar japon van roze tafzij, met de guirlandes van lichtblauwe rozeknopjes, was gekreukt en tot de knieën bevlekt met modderig water. Het trof hem als zonderling, dat haar angst helemaal was verdwenen. Het domme, pafferige gezicht verried geen enkele emotie.

„Bent u niet bang meer?" vroeg hij.

„O hemeltje, nee! Ik ben er zeker van dat we zullen worden gered," en ze glimlachte hem toe, met die dwaze, opgewekte glimlach vol bewondering,

284

die hem altijd een misselijk gevoel in de maag gaf. Ze speelde nu komedie voor hem en Edwina; ze was „Brits", de dochter van die legendarische magistraat te Madras. Terwijl hij haar gadesloeg, drong de volle diepte van haar eenzaamheid en ziekelijke zelfzucht tot hem door. Ze was nu niet bang; ze was zelfs ongevoelig voor de hele tragedie omdat zij, en ook mevrouw Bannerjee, die haar zo wreed kon bejegenen, veilig waren, en misschien ook omdat hij het was, die vriendelijk tegen haar placht te zijn.

Dat was alles wat ze in de wereld bezat, dat waren de enige vrienden die ze sinds jaren had gekend en hier waren ze dus, die drie, geïsoleerd door de overstroming, in Bannerjees huis.

„De oude meneer Bannerjee is stervende," zei ze opgewekt, alsof het nieuwtje haar op een of andere wijze interessanter maakte.

„Ik weet het," zei Ransome. „Misschien zouden we iets kunnen doen om mevrouw Bannerjee te helpen."

„O nee," zei juffrouw Murgatroyd. „Ze heeft mij weggestuurd. Ze zei dat ik maar in de weg zou lopen."

Hoogstwaarschijnlijk had mevrouw Bannerjee het niet zo vriendelijk uitgedrukt. Hij dacht: „O Here, dat betekent dat ze bij ons zal blijven."

Opeens vroeg Edwina: „Zou er een mogelijkheid bestaan om thee te zetten? Dat zou ons goeddoen."

Ransome keek juffrouw Murgatroyd aan, als degene die bekend was met dit huis.

„Ik denk van wel," zei ze. „Mevrouw Bannerjee heeft een spiritusbrander in haar kamer, om 's avonds thee te zetten. Ik zal eens gaan kijken." Opeens voelde ze zich gewichtig en nuttig, wendde zich om en ging de bovengang weer over.

„Ik hoop dat de oude heer niet zal sterven," merkte Ransome op.

„Ja, ik denk dat het de zaak nog gecompliceerder zou maken."

„Nog veel erger. Bannerjee zal het lijk voor zonsondergang willen verbranden, zodat hij de as in de rivier kan gooien. De oude man had in Benares willen sterven. Hij was van plan daar de volgende maand heen te gaan, om er aan de oever te gaan zitten wachten op de dood. De overstroming was een tegenvaller . . ."

Edwina glimlachte.

„Waarom glimlach je?"

„Ik weet dat het niet behoorlijk is, maar ik zie jou en mij, die ons hier op dit balkon nog zorgen maken over zo iets als wat er van het lijk van de oude meneer Bannerjee moet worden."

Het gehuil van Bannerjee, de zoon, was nu minder heftig geworden, alsof de inspanning van deze nacht hem had uitgeput. Het was overgegaan in een soort zacht, eentonig geklaag, dat steeg en daalde, soms tot kreunen werd, dan weer wegstierf en leek op het gonzen van de bijen in de grote kroonluchter van het paleis.

„Ik wou dat ik nu een foto van Bannerjee kon nemen om in te lijsten en naar de Oxfordvereniging op te sturen." Terwijl hij sprak, wist hij dat Edwina's glimlach en opmerking waren voortgekomen uit vermoeidheid en opwinding, die op de emoties van de nacht waren gevolgd, een opwinding waaraan geen van hen beiden op het moment zelf had toegegeven. Nu voelde hij opeens ook de neiging te lachen en luchtige opmerkingen te maken, in het gezicht van dood en tragedie. Nu al de cognac en cocktails waren uitgewerkt, deed zijn hoofd pijn en hij begon verlangend te denken aan de cognacfles, die hij had gered uit de overstroomde eetzaal.

Op dat ogenblik keerde juffrouw Murgatroyd terug.

„Het stel is in orde en er is thee, maar geen water."

Hij merkte luchtig op: „Wat, geen water?" en juffrouw Murgatroyd antwoordde: „U begrijpt wel wat ik bedoel, geen drinkwater." Ze wees naar de watervloed en zei: „Als we dat water gebruikten, zouden we cholera, tyfus of zo iets krijgen."

„Geef mij die ketel," zei hij, en toen ze terugkeerde, ging hij naar de regenpijp, die het water van het dak naar de grond leidde en stootte er een stukje van los. Het heldere regenwater stroomde uit de gebroken pijp en de ketel was in een oogwenk vol.

„Alstublieft," zei hij, „hier is water in overvloed. Gelooft u dat er iets te eten is?"

„De keukens staan onder water. Er is nog een restant van een blik biscuits in de kamer van mevrouw Bannerjee."

„Nu, haal die dan, als de thee klaar is, en waarschuw mevrouw Bannerjee. Misschien voelt de oude man iets voor een kopje thee."

„Daar heeft hij geen begrip meer voor," zei juffrouw Murgatroyd. Ze ging gelukkig weg, barstend van gewichtigheid, en tevreden nu ze zich nuttig mocht maken voor twee afstammelingen van een ras van veroveraars, wier bloed zich, verdund, in haar aderen mengde met dat van een Indische vrouw van lage kaste.

Opeens vroeg Edwina: „Heeft het huis een zinken dak?"

„Nee, een laag van platte stenen."

„Dan is het in orde. Hij zou het lijk daarboven kunnen verbranden."

„Dat zou hij toch wel doen. Hij is langzamerhand zo bang geworden, dat hij het huis in brand zou steken en ons allen mee verbranden als er geen andere manier bestond."

Uit het huis klonk eensklaps het gejammer van Bannerjee heftiger, hysterischer, luider zelfs dan het was geweest bij het begin van de overstroming. Ransome luisterde even en zei toen: „De oude man is zeker overleden."

Juffrouw Murgatroyd verscheen in de deuropening. Ze zag eruit als een naargeestige kelnerin die zich in een fantasiekostuum had gestoken. Ze droeg een blad met de theepot erop en twee kopjes en een schaaltje biscuits. Ze vroeg: „Wilt u dit even vasthouden terwijl ik een tafel haal?" Ransome nam gehoorzaam het blad aan, terwijl hij dacht: „Misschien is de arme ziel toch nog tot iets nut."

Na een ogenblik keerde ze terug met een eenvoudige, bamboehouten tafel, en toen ze het blad daar op had gezet, vroeg ze, alsof er niets buitengewoons was aan het schouwspel om hen heen: „Hoe gebruikt uw ladyship de thee?"

„Zoals het uitkomt," zei Edwina.

„De oude meneer Bannerjee is dood," vertelde juffrouw Murgatroyd opgewekt.

De hele dag lang kregen ze niets te zien van meneer en mevrouw Bannerjee, maar juffrouw Murgatroyd, verrukt dat ze iemand had gevonden die ze kon dienen, kwam en ging en hield hen op de hoogte van de gang der rouwceremoniën. Tegen de middag trok lady Heston zich terug in een van de slaapkamers om wat te slapen en Ransome ging, na het overschot van de cognac te hebben opgedronken, in een andere kamer slapen. Over lunchen hoefden ze niet te denken, want er was niets te eten. Toen hij wakker werd, ging hij weer op het balkon, maar in het troosteloze schouwspel was geen enkele verandering gekomen, behalve dat een paar van de vuren waren uitgebrand. Het water vloeide nog steeds traag voort en er dreef allerhand afval op. Maar in het hele, wijde landschap was geen enkele menselijke gestalte te ontdekken, geen teken van leven, behalve nu en dan een python, die voorbijgleed, gekronkeld om een drijvende boomstam of het verre gekrijs van de heilige apen in de bomen, ergens bij Ransomes eigen huis.

Na enige tijd kwam Edwina bij hem en vroeg dadelijk: „Zijn er geen boten in Ranchipur?"

„Niet veel, en die lagen langs de rivier. Je bent niet in Europa, weet je."

„Zal dan niemand iets proberen te doen?"

„Dat lijkt me onwaarschijnlijk. Het hangt ervan af wie in leven zijn gebleven. Ik denk dat iedereen wel erg overstuur zal zijn. Op Raschid zouden we kunnen rekenen en op de officieren van het Indische regiment en op enkelen van de Mahratta's. In de Gujerati's stel ik in zo'n geval geen vertrouwen. Zeer waarschijnlijk zullen ze zich allen gedragen zoals Bannerjee of proberen hun eigen bezittingen in veiligheid te brengen."

„Ik begin het namelijk vervelend te vinden."

Toen dacht Ransome, die zich ook rusteloos begon te voelen, aan de speelkaarten die mevrouw Bannerjee had gered, voordat alles onder water raakte. „We zouden patience kunnen spelen," zei hij grinnikend.

„Dat vind ik een flauwe mop."

„Nee, ik meen het." Dus haalde hij de kaarten en een tijdje probeerden ze patience te spelen, op de bamboetafel die juffrouw Murgatroyd hen met de thee had gebracht. Het tafeltje was te klein voor een dubbel spel en zelfs om er gemakkelijk een enkel spel op te doen en ze moesten beiden erbij staan, aangezien er geen stoelen waren. Na een tijdlang te hebben gemompeld: „De rode boer op de zwarte koningin," of „de zwarte acht op de rode negen," zei Edwina opeens, de kaarten van tafel schuivend: „Ik heb er genoeg van, zo Engels te doen."

„Wat bedoel je?"

„Er zo koeltjes onder te blijven, alsof er niets is gebeurd. Ik zou graag willen weten wat er van mijn kameniers is geworden, van Albert en zelfs van Bates en de majoor en die verpleegster."

„Ik zou natuurlijk wel naar het zomerpaleis kunnen zwemmen en op de terugweg een kijkje nemen in het ziekenhuis."

„Doe niet zo idioot!"

„Geduld, meisjelief, dat is in meer dan één opzicht een nuttige zaak."

„Ik zou natuurlijk wel naar het zomerpaleis kunnen gaan. Ik ben er beu van te staan of te liggen. Doen ze nooit iets anders?"

„Ze zitten op de grond. Beneden zijn genoeg stoelen voor bezoekers als wij."

De middag verliep en Edwina's stemming werd slechter. Tenslotte zei ze: „Heb je niets menselijks in je? Kan het je helemaal niet schelen wat er van je vrienden is geworden?"

Zijn gezicht werd plotseling wit en hij zei: „Praat niet als een vervloekte idioot!" En ze schaamde zich weer.

Toen verscheen juffrouw Murgatroyd met verse thee en ze wisten dat het vier uur moest zijn. Er lagen slechts vier slappe biscuits op het blad.

„Dat is alles wat er nog overbleef," zei juffrouw Murgatroyd.

„Misschien deden we goed ons op rantsoen te stellen," merkte Ransome op.

„O, het water zal wel zakken en er zal wel iemand komen," zei juffrouw Murgatroyd, en opeens begreep Ransome de andere oorzaak waarom ze noch bang, noch verveeld was. Er gebeurde iets met haar. Voor de eerste maal in haar eentonige bestaan van bibliothecaresse gebeurde er iets.

„Wilt u ons geen gezelschap houden bij de thee?" vroeg hij hoffelijk.

„Nee. Ik heb thee gedronken met mevrouw Bannerjee." Ze gaf hem zijn kopje aan en zei toen: „Ze willen de oude heer Bannerjee op het dak verbranden." Er was een spotlachje in haar stem, toen ze eraan toevoegde: „Die hindoes doen werkelijk de raarste dingen."

Toen voelde Ransome zijn maag weer samentrekken van walging.

Op hetzelfde ogenblik klonk uit het huis een geluid van hout dat werd gekraakt en Ransome wendde zich luisterend naar de deur.

„Het is meneer Bannerjee met de bediende; ze breken de vloer op, om hout te krijgen om te branden."

„De bediende?" vroeg Ransome. „Had hij een gezin?"

„Ja, een vrouw en vier kinderen."

„Wat is er van hen geworden?"

„Ze waren in de huizen op het erf."

Nadat juffrouw Murgatroyd was weggegaan, bleef het geluid van hameren en hakken nog een hele tijd aanhouden. Toen het donker begon te worden, stierf het weg en in plaats daarvan kwam het vage, spookachtige gerucht van blote voeten die de trap naar het dak op en af gingen. Dat geluid hield aan, tot het buiten volkomen donker was geworden en toen begon op het dak, boven hun hoofden, het gejammer van Bannerjee weer, luider nu, omdat zijn stem was uitgerust, en daarna verscheen op het dak een gloed die het gebladerte van de bomen verlichtte, een gloed die steeds sterker werd en vergezeld ging van een krakend geluid. Ransome dacht: „Ik mag eigenlijk wel water bij de hand houden voor het geval dat het hele huis in brand vliegt," maar hij deed niets. Hij werd zich bewust van een soort apathie die alles misvormde, alle waarden veranderde, alles onbelangrijk deed schijnen. Edwina verdween weer om te proberen of ze wat kon slapen en hij bleef alleen, wachtend op het balkon.

Terwijl hij daar stond te kijken, merkte hij dat niet alleen het lijk van de oude Bannerjee werd verbrand. Hier en daar vlamden, langs de hele rand van de watervloed, kleine vuren op tegen de stormachtige hemel, nietige, zwakke vlammetjes van bijgeloof, wellicht ook van geloof, overal waar de lijken van vrienden, moeders, kinderen of echtgenoten waren gevonden. De majoor en mevrouw Bannerjee hadden gelijk gehad. Niemand zou Indië ooit overwinnen.

Terwijl hij luisterde naar de geluiden boven zijn hoofd, begon hij op te merken dat op het dak van het verwoeste paleis plotseling een vlam was opgelaaid, nietig eerst, niet groter dan een speldeknop van licht, maar snel aangroeiend, tot Ransome begreep dat ook daar een lijk werd verbrand. De wind, die in de richting van Bannerjees huis blies, droeg de rook over het water heen, tot Ransome meende vaag de geur van sandelhout in te ademen. Hij dacht: „Misschien is het de oude man. Misschien is hij gedood door een van de omgestorte torens. Dat zou de ergste ramp van alles zijn." Nu meer dan ooit, zou Ranchipur de eenvoud en moed van de oude maharadja nodig hebben.

Omstreeks tien uur – Ransome wist niet precies de tijd, want in de opwinding was zijn horloge stil blijven staan – begon de gloed op het dak boven hem te doven. Het huis was niet in brand gevlogen, misschien omdat er magische eigenschappen scholen in de stenen die lang geleden hierheen waren gebracht van de heilige berg Abana, om als dak te dienen voor het huis dat de loszinnige lady Streetingham had laten bouwen voor haar nietswaardige gasten. Ook was het gejammer verstomd, misschien omdat Bannerjees stem het tenslotte had begeven. Toen het geheel en al donker was geworden, ging hij het huis binnen en riep zo zacht mogelijk Edwina's naam. Ze was wakker en antwoordde uit een van de kamers die langs de gang lagen.

„Kom binnen," zei ze, „ik slaap niet. Ik kon niet langer op mijn voeten blijven staan. Maar ik denk dat wat licht en thee me zullen opknappen."

Vanuit de deur naar het dak riep hij zo zacht mogelijk om juffrouw Murgatroyd en even later verscheen ze uit het dichte duister, terwijl ze tastend langs de muur haar weg zocht.

„Denkt u dat we wat thee zouden kunnen krijgen?"

„Er is geen spiritus meer."

„En wat licht?"

„De paraffine is ook helemaal op. Meneer Bannerjee heeft die alle twee gebruikt voor het vuur."

„Verdomd nog aan toe!" zei Ransome en uit het donker van het bed achter hem hoorde hij het geluid van Edwina's bedwongen lachje. De hele nacht brachten ze de tijd door met slapen, praten en kijken. Buiten brandden de laatste grote vuren op, zodat zich voor hun ogen niet langer een tragisch maar prachtig schouwspel ontrolde, doch slechts fluwelige duisternis bleef en het gerucht van de vreselijke, eentonige regen. Toen de morgen kwam, was er niets te zien dan het onveranderde panorama van water, vuilnis, lijken en vernielde, brandende gebouwen. Maar omstreeks acht uur riep Edwina luid: „Kijk! Kijk! Wat is dat?" En toen Ransome zich omkeerde, zag hij een van de kleine, vergulde plezierbootjes van de maharani onder de laagste takken van een grote waringin uit komen. Het werd voortbewogen door iemand van wie men nog niet het gelaat kon zien, want het baldakijn van het bootje was verward in de takken van de boom en de roeier worstelde, halfverborgen door de takken, om het vrij te maken.

Toen schoot het plotseling los uit de takken en de gestalte die ze zagen, was die van een blanke jongen, in shorts en een hemd gekleed. Even verloor de gestalte bijna het evenwicht en viel haast in het modderige water, maar toen ze weer stevig stond en de riemen opnam, zagen ze dat het helemaal geen jongen was.

Ransome zei: „Mijn God! Het is Fern!"

„Wie is Fern?"

De vraag verbaasde Ransome even, omdat het hem leek of Edwina al weken, zelfs maanden in Ranchipur was en heel goed moest weten wie Fern was. Toen herinnerde hij zich met een schok dat er pas vijf dagen waren verlopen sinds haar komst, en hij antwoordde: „De dochter van een Amerikaanse missionaris."

De boot was nu vrij dichtbij, voldoende voor hem om op te merken dat een van de riemen, die rood was gekleurd, klaarblijkelijk bij het bootje hoorde, maar de andere was geïmproviseerd met behulp van een stok en wat hout. Toen herkende Ransome de kleren die hij haar had geleend om naar huis aan te doen, in de nacht toen ze was weggelopen. Ze riep hun niets toe. Ze hield zelfs niet met roeien op om haar arm op te steken en te wuiven. In plaats daarvan bleef ze steeds doorroeien, onhandig en belemmerd in het vooruitkomen door de geïmproviseerde riem en bracht het broze, dwaze bootje tegen de stroom op steeds dichter bij hen.

„Ze is heel knap," zei Edwina, „en heel jong."
Ransome gaf haar geen antwoord.

Toen Fern de woning van Ransome verliet, was ze van plan geweest regelrecht naar huis te gaan. Ze ging weg, het huis uit naar de overkapping, waar ze haar fiets had laten staan, maar toen ze daar op ging zitten, kwam ze tot de ontdekking dat zelfs haar fiets haar in de steek liet. Een van de banden was leeggelopen en die ontdekking deed haar in tranen uitbarsten. Dit betekende dat ze drie kilometer te voet zou moeten afleggen in de regen, tenzij ze terugging en Ransomes bediende verzocht de schade te herstellen. Ze wilde echter niet meer teruggaan uit vrees Ransome weer te ontmoeten, want toen ze het huis verliet, had ze bij zichzelf gezegd dat ze hem nooit weer wilde zien, wat er ook gebeurde. Naast haar fiets lopend, kwam ze tot aan het einde van de oprijweg en toen merkte ze dat ze niet meer boos was, maar slechts verslagen en vermoeid. Vermoeider dan ze ooit in haar leven was geweest, niet slechts moe van Ranchipur, van haar moeder, vader en Hazel en iedereen die ze kende, maar zelfs moe van Ransome. Hoewel ze erg jong was, dacht ze: „Als ik nu maar kon sterven. Dat zou gemakkelijk zijn. Ik heb niets om voor te leven. Als ik hier maar op de weg kon gaan liggen en sterven van uitputting." Maar ze wist dat ze in de warme, drukkende lucht van Ranchipur in de regentijd, dagenlang daar zou kunnen liggen zonder enig nadeel ervan te ondervinden en 's nachts zouden er in dit jaargetijde altijd slangen zijn en voor slangen was ze doodsbang. Ze waren nu overal. 's Avonds kon je ze overal tegenkomen, als je de weg overstak . . . pythons, adders, kraits of cobra's.
De pech met de lekke band deed haar stemming plotseling omslaan, zodat ze niet meer boos was op Ransome, maar alleen medelijden had met zichzelf. Het kwam haar nu voor, terwijl ze door de dikke modder voortstrompelde, dat hij haar van begin tot einde in de steek had gelaten. Hij had haar nooit au sérieux genomen en vanavond was dat het ergst geweest, toen ze hem kwam waarschuwen en hij zich in zijn dronkenschap gedroeg als tegen een kind of idioot. Ze had nooit eerder een werkelijk dronken man gezien (een paar keer had een van de „jongens" wat te veel op gehad, maar die schenen er alleen vrolijk en wat mal van te worden) en het zien van Ransome had haar verschrikt en een sensatie van lichamelijk onwelzijn in haar gewekt. Het leek haar of hij veeleer gek dan dronken was, toen hij zo lachte om dingen die haar bang en ellendig maakten, zelfs om het vooruitzicht lachte van een schandaal, scènes en moeilijkheden waarin hij toch zonder twijfel zelf zou worden verwikkeld. Waarom had ze die vreselijke leugen verteld? Waarom had ze ooit gezegd dat ze met hem had geleefd? Niet alleen dat ze haar moeder daarmee in de kaart had gespeeld, maar toen ze het later probeerde te ontkennen, werd ze er belachelijk door. Toen ze voorbij de tuin van Raschid Ali Khan kwam, dacht ze heftig:

„Ik zal hier binnengaan en er blijven. Dat zal hun allemaal leren. Dan zullen ze allen spijt hebben." Maar bijna tegelijkertijd zag ze in dat ze zo iets onmogelijk kon doen, omdat ze er zonder twijfel in de eerste plaats moeilijkheden mee zou berokkenen aan Raschid Ali Khan, die haar nooit iets had gedaan. Ze kende hem nauwelijks van gezicht en wist niet of ze hem zou mogen of niet. Ze wist zelfs niet eens of ze al dan niet hield van de Indiërs, aangezien ze die nooit werkelijk had gekend, behalve de bekeerde, halfwilde Bhils die bij de missie werkten. En dat waren oerbewoners van het land, niet werkelijke Indiërs. Maar ze zei in zichzelf dat ze aardig moesten zijn als Ransome ze graag mocht, want zelfs in haar boosheid en teleurstelling beschouwde ze hem niet als een dwaas. Hij was voor haar nog altijd, in weerwil van dronkenschap, in weerwil van wat ook, de verstandigste mens die ze kende. Toen maakte de gedachte dat ze hem nooit meer zou zien haar weer aan het schreien, zodat ze niet alleen verblind werd door de striemende regen, maar ook door haar eigen tranen. Tegelijkertijd echter keerde het vreemde, warme gevoel, dat ze had leren kennen toen ze bij de Smileys in het donker naar bed was gegaan, terug en ondanks haar jeugd en onervarenheid, begreep ze diep innerlijk dat ze hem liefhad, hem nooit zou vergeten en met ontroering aan hem terug zou denken, zelfs als ze een oude vrouw was geworden.

Zo bereikte ze moeizaam door de modder voortstrompelend de hoek bij de distilleerderij en toen ze de richting van de missie insloeg, merkte ze de lichten van een auto op, die de weg afkwam die ze zojuist had afgelegd. Ze dacht dadelijk: „Dat is mama, die uit de stad terugkeert." Zonder aarzelen doofde ze haar fietslamp en sprong in de greppel langs de weg. Ze besefte nu dat ze minder bang was voor de slangen dan om haar moeder weer te zien. Waarschijnlijk keerde haar moeder terug van Ransome. Ze had denkelijk met Ransome gesproken en hem gezegd dat hij haar moest trouwen. In doodsangst wachtte ze in de greppel tot de auto haar vol modder spattend voorbij was gegaan. Ze herkende de oude Ford en ze werd plotseling misselijk van angst, vertwijfeling en pure ellende. Toen ze haar weg vervolgde, begreep ze dat iedere voetstap haar dichter bij huis bracht, nader tot haar moeder, die nu misschien al de hele geschiedenis had verteld aan haar vader en Hazel. Ze liep nog steeds werktuiglijk door, bijna onbewust en steeds in dezelfde richting, omdat er geen andere richting scheen te bestaan waarin ze zou kunnen gaan.

Snikkend strompelde ze verder, tot ze door de muur van regen heen de lichten van de missie voor zich zag, en bij dat gezicht kwam er een nieuw idee in haar op. Ze zou helemaal niet naar huis gaan. Ze zou naar de Smileys gaan en hun vragen haar te verbergen. Het kwaad dat ze hun had aangedaan, was al gebeurd. De vreselijke brief vol afstotende beschuldigingen was al verzonden. Er kon niets ergers gebeuren. Dat besluit gaf haar een vredig gevoel. De Smileys zouden het begrijpen. Ze zouden haar in elk geval wel even in bescherming nemen, tot ze over de schok van haar bezoek bij Ransome heen was gekomen.

Maar de Smileys waren niet thuis. Toen ze de deur bereikte, zag ze alleen tante Phoebe in de woonkamer en herinnerde zich dat de Smileys natuurlijk op dit uur in de avondschool waren. Even aarzelde ze weer, want ze was bang voor tante Phoebe, niet omdat ze hard en zonder sympathie zou zijn, maar omdat ze in de wijsheid van haar hoge leeftijd alles scheen te weten. Haar blik was te scherp, haar gezond verstand maakte het beetje dat was overgebleven van Blythe Summerfield, Parel van het Oosten, angstig en beschaamd.

Maar weer dacht ze, zoals in de greppel, dat ze nu liever alles en iedereen wou trotseren dan haar moeder en ze begreep dat het absoluut onmogelijk was de hele nacht in de regen door Ranchipur te blijven lopen. Dus zette zij haar fiets tegen de veranda en klopte, waarop tante Phoebe van haar frivolitéwerk opkeek en haar uitnodigde binnen te komen.

Toen ze Fern zag, kwam er een vage uitdrukking van verbazing in de heldere ogen van de oude dame, maar ze bedwong die snel, misschien ontroerd door de gezwollen ogen en vertwijfelde gelaatsuitdrukking van het meisje.

Toen werd Fern verlegen, zo verlegen, dat ze zonder enige inleiding bruusk zei: „Ik kan niet naar huis gaan. Wilt u me toestaan hier wat te blijven?" Overweldigd door medelijden met zichzelf, toen ze zich als een weeskind zonder tehuis zag, barstte ze in tranen uit.

„Hemel nog aan toe!" riep tante Phoebe uit en sprong uit haar schommelstoel. „Wat scheelt eraan?" Ze sloeg haar arm om Ferns schouders en zei: „Maar je bent doornat. Ik zal wat droge kleren voor je halen en dan moet je me alles maar vertellen." Toen Fern even alleen was gelaten, wierp ze zich op de sofa en snikte luider en zonder terughouding.

Toen tante Phoebe terugkwam, had ze een compleet kostuum meegebracht, dat mevrouw Smiley toebehoorde, alsmede een grote handdoek. Zachtjes raakte ze Ferns schouder aan en zei: „Kom nu. Wrijf jezelf goed droog en doe deze kleren van Bertha aan en dan kun je me vertellen wat er is."

Fern had geen zin om zich te drogen en te verkleden. Ze had alleen lust te huilen en de doorweekte kleren aan te houden tot ze longontsteking kreeg en stierf, maar er was iets in de droge manier van doen van de oude dame, dat haar het gevoel gaf dwaas te zijn en tot gehoorzamen dwong. Tegen dat ze zich had verkleed, was het hartstochtelijke snikken bedaard en ze voelde zich weer op haar hoede. Maar opnieuw was dat nutteloos tegenover de vastberadenheid van tante Phoebe, die zei: „Luister nu eens, kind. Je hebt iets op je hart en dat moet je me vertellen. Ik kan wel zo'n beetje raden wat het is, maar je moet me de rest vertellen. Ik zeg niet dat ik je zal kunnen helpen, maar het zal je hart verlichten."

Toen hoorde Fern zichzelf zeggen: „Mag ik het u vertellen? Vindt u het goed?" En ze besefte tegelijkertijd, dat in heel Ranchipur alleen de Smileys zouden kunnen begrijpen waarom ze zo dwaas was geweest. En alleen de Smileys zouden ook geen oordeel over haar vellen, haar raad opdringen of uitlachen. Ze hield niet van de eenvoudige jurk van gingang, die aan Bertha Smiley behoorde, omdat die lelijk was en te lang, maar de japon gaf haar een gevoel van vertrouwen, alsof die doordrenkt was van het wezen van Bertha Smiley zelf, en opeens hoorde ze zichzelf alles aan tante Phoebe vertellen, precies zoals het haar was overkomen, waarom ze dit en dat had gedaan, waarom ze haar moeder haatte (ze erkende zelfs dàt), waarom ze voor de tweede maal naar Ransome was gegaan, en gedurende het hele verhaal zweeg tante Phoebe, behalve dat ze nu en dan een klokkend geluidje maakte om haar deelneming en afkeuring van bepaalde dwaze gebeurtenissen uit te drukken.

Toen Fern het verslag van haar tweede bezoek bij Ransome beëindigd had, zei tante Phoebe: „Ik moet zeggen dat hij zich niet erg als een heer heeft gedragen. Het lijkt niets voor hem. Misschien kwam het omdat hij dronken was."

„Dat is het," zei Fern, die plotseling zelf een verontschuldiging voor hem zocht. „Ik ben er zeker van dat het daardoor kwam. Ik had helemaal niet naar u toe behoren te komen . . . na al de moeilijkheden die ik u de laatste tijd heb berokkend en nadat mijn moeder die brief naar het missiebestuur heeft geschreven."

„Dat doet er niet toe," zei tante Phoebe. „Dat is niet de eerste brief van dat soort, die ze heeft geschreven. Hoe dan ook, het kwade zegeviert nooit over het goede. Ik ben een oude vrouw en ik weet dat dit tenslotte altijd uitkomt. Het ongeluk is, dat je moeder niet goed is opgevoed. Met vrouwen uit het zuiden is dat nooit het geval. Alles wat ze hun leren, is een man te veroveren. Ze kunnen zelfs aan niets anders denken."

„Ik weet niet wat ik nu moet doen," zei Fern. „Ik weet niet waar ik heen moet gaan."

Tante Phoebe stond op. „Ik geloof," zei ze, „dat we niets beters kunnen doen dan zorgen dat we wat te eten krijgen. We hebben onze avondmaaltijd al gebruikt en het kan zijn dat de kok is uitgegaan, maar ik kan wel wat opscharrelen. Ik zou zelf ook nog wel wat lusten. Ik ben eraan gewend, allerlei kliekjes bij elkaar te schrapen als ik honger krijg. We zullen er een lekkere kop koffie bij zetten, wat eieren bakken en misschien wat gebraden broodwortels." Ze nam Fern bij de hand en bracht haar naar de keuken. Tante Phoebes hand was oud, dun, knokig en versleten door bijna zeventig jaren hard werken, maar Fern vond die hand zacht en troostend. Het was een ondervinding die ze nog niet had opgedaan in de negentien jaren van haar bestaan en het wekte een neiging in haar om weer te gaan huilen.

De oude dame babbelde steeds door, misschien om het onthutste meisje de moeite van spreken te besparen. „De moeilijkheid is," zei ze, „dat je niet thuishoort in een stad als Ranchipur. Het is hier al erg genoeg voor volwassen mensen, met al die hitte, modder, stof en vuil. Ik hou van de stad en toch werkt het hier soms ook op mijn zenuwen, zodat ik prikkelbaar word en zelfs kribbig kan zijn tegen Bertha en Homer. Dit klimaat is niet natuurlijk. Maar het is hier erg interessant."

Terwijl tante Phoebe druk in de weer was, zette ze Fern aan het werk om haar te helpen, alsof ze begreep dat niets zo goed was voor het meisje als wat om handen te hebben. Terwijl Fern aan het werk was, begon het gevoel van overspanning te wijken, en toen wist ze dat er nog iets was dat ze de oude vrouw wilde vertellen. Het enige wat ze haar niet had gezegd, het belangrijkste van alles, dat ze voor de eerste maal in haar leven verliefd was. Weer vond ze, toen ze erover dacht, niemand in Ranchipur aan wie ze haar geheim zou kunnen vertellen dan tante Phoebe en misschien Bertha Smiley, maar ze was er zelfs niet zeker van dat Bertha Smiley het zou hebben begrepen. Ze had meer vertrouwen in tante Phoebe, die zo oud was. Het leek alsof tante Phoebe zo lang had geleefd, dat ze een cirkel had beschreven en opnieuw jong was geworden.

Ze verlangde er vertwijfeld naar met iemand te spreken over Ransome. Zelfs een poging om haar nichtje in het verafgelegen Biloxi schriftelijk in vertrouwen te nemen was mislukt, omdat ze bij ieder woord dat ze op papier zette er zekerder van werd dat haar nichtje het niet zou begrijpen, of dat ze, àls ze er al iets van begreep, op een of andere wijze alles goedkoop en banaal zou maken. Ze herinnerde zich tante Phoebes onverwachte, minachtende opmerking over haar moeder – dat vrouwen uit het zuiden niets anders leren dan een echtgenoot veroveren – en ze dacht: „Als we straks gaan zitten eten, zal ik over hem beginnen te spreken." Weer werd zij overweldigd door dat gevoel van warmte, en ze voelde haar hart opnieuw zwellen van goedheid en verlangen hem te helpen, hem te redden van dronkenschap en vertwijfeling.

Toen ze tenslotte gingen zitten voor een haastig maal, zei tante Phoebe, alsof ze alles had begrepen: „Het is zo jammer van meneer Ransome. Hij is zo'n aardige man. Het is vreselijk als de drank een man zo te pakken krijgt. De meeste dronkaards komen er niet erg op aan, omdat ze toch niets waard waren, hoe dan ook. Ik heb zo'n broer gehad . . . ik bedoel, zoals Ransome – hij stierf aan de drank toen hij vijftig jaar was."

Ferns hart werd weer warm en ze stond op het punt de oude vrouw alles te vertellen, toen haar tong opeens verlamd werd en de woorden op haar lippen bestierven door iets dat buiten haar om plaatsgreep, een soort dreigende stilte in de hete, vochtige atmosfeer. Het was alsof ze wilde beginnen te spreken en toen opeens merkte dat ze een belangrijke mededeling onderbrak, een of andere boodschap die haar en de oude tante Phoebe werd overgebracht door de hele natuur. Ze merkte dat tante Phoebe zich bewust was van die inmenging; het was alsof een spook de kamer was binnengekomen en hun beider aandacht opeiste. De oude dame keek haar aan en wilde iets zeggen, en toen leek het of de wereld om hen heen ineenstortte. De tegels onder hun voeten kronkelden en braken open. De tafel wankelde en de thee stroomde over het schone tafellaken. Er was een geluid van krakende en brekende stenen en mortel en de lichten gingen uit toen de verafgelegen centrale werd bedolven door een muur van water, dat uit de gebroken dam stroomde.

Toen hoorde Fern in het donker tante Phoebe zeggen, met een zonderlinge, vlakke stem: ,,Ik denk dat dit een aardbeving is geweest."

Fern bewoog zich niet en zweeg als verlamd, en de oude vrouw vervolgde: ,,Blijf waar je bent. Ik geloof dat er een lantaarn is in de kast." Fern hoorde hoe ze, ritselend als een muis, over de gebroken tegels ging, ergens in het donker, en toen kwam het geluid van een kastdeur die werd geopend, en daarna was er weer licht in de kamer, het zwakke schijnsel van een elektrische lantaarn, waarvan de batterij bijna was uitgeput. Toen ontdekte ze kaarsen, die er in overvloed waren, want tante Phoebe had innerlijk nooit vertrouwen gesteld in licht dat zonder waarschuwing uit en aan kon gaan door een handbeweging van een nieuwsgierige Indiër in een centrale, vijftien kilometer ver.

,,Ik geloof dat we direct naar buiten moeten," zei tante Phoebe. ,,Dat deed mijn zuster Doris altijd, volgens haar verhalen, als er aardschokken waren in Long Beach. Maar ik heb niet veel zin om met deze regen naar buiten te gaan. Het zal misschien wijzer zijn als we eens kijken wat er binnenshuis gebeurd is. Naar het stof en de stank te oordelen, lijkt het hele huis wel ingestort."

De kalmte van de oude dame, die misschien niet zozeer kalmte, maar meer onverschilligheid was, bracht Fern weer tot bezinning en ze dacht: ,,Wat zou er met ons huis zijn gebeurd? En met dat van Ransome? Waar was hij?" Toen schoot haar te binnen dat hij was uitgegaan om te dineren bij Bannerjee en ze dacht snel: ,,In elk geval is dat geen stenen huis. Misschien is bij een aardbeving een houten huis beter."

De helft van het huis der Smileys – de voorkant, die uitzag op de Distilleerderijweg – was ingestort, maar er waren drie slaapkamers intact gebleven en een grote, lege voorraadkamer, die niet veranderd was toen de rest van het huis van barak was verbouwd tot missiehuis. Op grillige wijze had de aardbeving het ene deel vernietigd en het andere wel geschud, maar overeind gelaten. De oude dame, gevolgd door Fern, bekeek de ruïne en maakte een klokkend geluidje toen ze de verwoesting zag van het huis dat ze altijd zo keurig in orde had gehouden.

Ze zei tot Fern: ,,Ik geloof dat we van geluk mogen spreken dat we in de keuken waren en niet in de woonkamer." Op hetzelfde ogenblik werden ze zich beiden bewust van een vreemd gerucht dat, nog vaag en ver, uit de richting van de stad klonk, een geluid waarin het stromen van water en het schreeuwen van mensen was gemengd en dat de lege stilte vulde die op de aardbeving was gevolgd. Elk met een kaars in de hand stonden de oude vrouw en het meisje te luisteren, verschrikt door nieuwe geluiden, die minder onverwacht kwamen en door hun geheimzinnige vaagheid des te ontstellender waren.

Tante Phoebe beheerste zich moeizaam en sprak het eerst.

„Wat zou dat kunnen zijn?" En toen: „Ik denk dat Bertha en Homer niets is overkomen. De avondschool is een nieuw gebouw en flink stevig."

„Het lijkt op gillen," zei Fern. „Ik zou graag gaan zien wat er met ons huis is gebeurd."

Ze was nu bang, hevig, ziekmakend bang, omdat er uit het huis in de andere tuin geen geluid had geklonken. Als haar moeder of Hazel daar waren geweest, zouden ze hebben gegild, want dat lag in hun natuur. Een van die beiden zou beslist de weg zijn overgestoken, hoezeer ze de Smileys ook verafschuwden. Uit het venster kon ze in de dichte duisternis niets onderscheiden ... niets dan regen en de grote takken van de waringin, die heel hoog oprezen tegen de zwarte hemel.

Het huis van de Simons was – evenals de militaire barakken – in elkaar gestort tot een massa van balken, mortel en gebroken stenen. Tegen dat Fern en tante Phoebe het bereikten, was de wolk van stof, die bij de ineenstorting was ontstaan, door de regenstroom weggespoeld. Zwijgend en onzeker beschreven het meisje en de oude vrouw bij het licht van de haast uitgeputte zaklantaarn een kring om de ruïne van het huis heen, speurend naar een teken van leven, terwijl ze met zwakke, bevende stemmen riepen. Toen voelde Fern een plotselinge kalmte over zich komen – de kalmte na een vreselijke schok. Die maakte haar geest onnatuurlijk koud en helder. De hele scène was zo onwezenlijk. Haar bewustzijn verwierp dit alles als een soort nachtmerrie, iets onmogelijks – dat zij en tante Phoebe hier in de regen, in de ruïnes van het ingestorte huis, zouden zoeken naar een spoor van haar vader, haar moeder en haar zuster. Het vreemde jammergeluid, dat uit de verre stad tot hen kwam, had geen verwantschap met het werkelijke leven; ook dat behoorde tot een nachtmerrie.

Toen leek het haar opeens of ze, als ze maar hard genoeg hun namen riep, gezond en wel uit de verregende duisternis te voorschijn zouden komen, misschien van de tennisbaan of de weg af, en ze begon te roepen met een sidderende, hysterische stem: „Papa! Mama! Hazel!" maar haar stem werd verstikt door de regenstroom en geen ander geluid antwoordde haar dan het spookachtige jammeren uit de geteisterde stad.

Ze hoorde tante Phoebe zeggen: „Misschien waren ze niet thuis. Misschien zijn ze ergens in veiligheid."

Een verwilderde, vreselijke gedachte ging haar door het hoofd: „Misschien zijn ze allemaal dood! Misschien ben ik vrij!" en ze voelde zich plotseling ziek van schaamte. Opnieuw riep ze, voor de laatste maal door het donker: „Hazel! Hazel!" Want het kon toch niet waar zijn dat de lelijke, domme Hazel dood was. Plotseling leek de aarde onder haar voeten omhoog te komen en de duisternis omhulde haar, verzwolg haar, terwijl het geluid van de angstkreten zwakker en zwakker werd en tenslotte wegstierf. Toen ze weer tot bewustzijn kwam, lag ze, gewikkeld in een laken, op de gebroken vloer van de keuken. Er was een smaak van cognac in haar mond, die haar dadelijk aan Ransome herinnerde en aan dat eerste bezoek bij hem. Tante Phoebe stond over haar gebogen en zei: „Het is in orde, kind. Je bent flauwgevallen en ik heb je hierheen gesleept. Dat is alles. Hier, neem er nog wat van. Ik heb dit altijd bij de hand voor zulke gelegenheden."

Ze dronk de sterke, goedkope cognac, verslikte zich een beetje en toen kwam langzaam de herinnering aan wat gebeurd was terug. Nu werd alles van een doffe, ontstellende werkelijkheid. Het nachtmerrieachtige was verdwenen en ze wist dat de aardbeving was gebeurd en dat haar moeder, vader en Hazel waarschijnlijk dood waren. Er kwamen tranen in haar ogen, die langs haar wangen gleden en in weerwil van zichzelf begon ze te steunen.

De oude dame nam haar hand. „Doe dat niet," zei ze. „Het geeft niets. Doe liever wat droge kleren aan. Ik kon je niet verkleden. Alles wat ik klaar kon spelen, was je hier te brengen en je natte kleren uit te trekken."

„Ik zal het niet meer doen. Ik beloof het. Ik weet niet wat me mankeerde."

Op dat ogenblik hoorden ze uit het donker zwakjes een stem roepen. Door de muur van regen klonk het geluid eerst vaag en zwak. Fern richtte zich op en luisterde. Voor de tweede maal hoorden ze de stem, schriller, bevend, heftig en opgewonden, maar duidelijker dan eerst, zo duidelijk, dat Fern de stem van haar moeder herkende en overeind kwam op haar voeten, terwijl ze het laken om zich heen hield. De derde maal klonk de stem duidelijk. In donker en regen riep haar moeder: „Burgess! Burgess! Hazel! Fern!"

„Ik zal haar gaan halen," zei tante Phoebe.

„Ik ga met u mee. Ik kom! Ik kom!" Gehuld in het laken volgde ze de oude dame in de regen.

Bij het zwakke schijnsel van de lantaarn gingen ze op het geluid van mevrouw Simons stem af. Ze ontdekten haar op de rijweg, een eindje van het huis af, en toen ze dichterbij kwamen, zagen ze dat ze niet alleen was. Op haar leunend, door haar meegesleept, was daar de verlepte mevrouw Hogget-Clapton.

Toen ze het licht zag, schreeuwde mevrouw Simon wild: „Wie is daar? Ben jij het, Burgess?"

Fern antwoordde: „Ik ben het, mama."

„Waar zijn ze? Waar is je vader? Waar is Hazel? O, mijn God! Wat is er gebeurd?"

Toen sloeg mevrouw Simon de armen om Fern heen en riep snikkend uit: „O, mijn lieveling! Ik weet dat ze dood zijn! Ik weet dat ze dood zijn!" Waarop mevrouw Hogget-Clapton, die nu niet meer werd ondersteund, op de modderige rijweg gleed en daar bleef zitten, rechtop, mopperend en klagend, in haar doorweekte peignoir van kant en baby-blauw satijn.

Alleengelaten met mevrouw Hogget-Clapton op de veranda van het verlaten huis, wachtte mevrouw Simon geruime tijd, terwijl ze luisterde naar het kreunen van haar ontdane vriendin en naar de geruchten uit de stad. In het begin wist ze niet waarop ze wachtte, maar tenslotte drong het tot haar door dat ze hier tot in eeuwigheid konden zitten, zonder dat iemand te hulp kwam. Gaandeweg drong het eveneens tot haar door, dat haar vriendin dronken was en zodoende tot niets in staat. Het gebeurde zelden dat ze mevrouw Hogget-Clapton zo laat op de avond bezocht en ze had haar nooit eerder zo hulpeloos gezien. Dat deel van mevrouw Hogget-Clapton dat altijd nuchter genoeg was gebleven om haar een schijn van waardigheid te doen behouden, scheen nu door de extra roes van ontzetting te zijn bezweken en even haatte mevrouw Simon haar diep, omdat ze in zo'n crisis dwaas en nutteloos was, niets dan een last, dor, wekelijk en idioot. Haar instinct dreef er haar toe om weg te gaan en haar vriendin alleen te laten op de vloer van de veranda, maar haar ervaring zei dat dit onmogelijk was. Tweemaal gaf ze haar een oorveeg, met geen ander effect dan dat het gekreun verdubbelde. Toen greep ze haar bij een arm, legde die over haar schouder alsof ze een verdrinkende redde en kreeg haar, met inzet van al haar krachten, zo overeind.

„Beheers je wat, Lily!" riep ze haar toe. „We moeten hier vandaan zien te komen." Maar mevrouw Hogget-Clapton kreunde alleen en bleef zwaar en krachteloos als een zoutzak. Te midden van deze catastrofe werd mevrouw Simon niet meer door haar geïmponeerd. Op een of andere geheimzinnige wijze was de belangrijkheid van mevrouw Hogget-Clapton weggesmolten. Ze was niet bang meer om haar Lily te noemen in haar gezicht, zoals ze het achter haar rug placht te doen; ze zei nog ergere dingen tegen haar. Ze deed nu geen poging om haar hardheid te verbergen en riep: „Kom, verwenste, dronken idioot. Ik moet thuis zien te komen!"

Naarmate mevrouw Hogget-Clapton méér inzonk, leek de kleine, vrouwelijke gestalte van mevrouw Simon krachtiger te worden. Er was nu geen spoor meer van koketterie en overdreven vrouwelijkheid. Ze werd opeens een vrouw van ijzer. Terwijl ze haar vriendin half droeg en half meesleurde, speelde ze het klaar haar de stoep af te krijgen en achter in de oude Ford. Mevrouw Hogget-Clapton viel jammerend op de vloer en bleef daar liggen, terwijl een van haar dikke benen uit de auto hing, maar mevrouw Simon duwde ruw het been naar binnen en sloeg het portier dicht. Toen klom ze, zonder nog één blik achter zich te werpen, voorin en reed weg.

Intussen waren in de stad de branden uitgebroken en de gloed verlichtte de hele weg, tot aan de distilleerderij toe. Daar bij de hoek, waar het terrein lager lag, dook de Ford in een halve meter water, dat hoog opspatte. De weg zelf was onzichtbaar, maar ze was bij machte te ontdekken waar hij liep, tussen de rijen Javaanse vijgebomen aan elke kant. Daarop afgaande, kwam ze nog een kilometer vooruit, soms op de weg, soms door water, waarin de wielen van de auto bijna wegzonken.

Ze dacht voortdurend: „Als ik maar tot aan de mijlpaal van de renbaan kan komen, dan zijn we op hoger terrein," en toen, vlak voordat ze het punt bereikte, drong het water in de carburateur en de oude Ford bezweek. Keer op keer trachtte ze de motor op gang te krijgen en vloekte nu, waarbij ze woorden gebruikte die ze lang geleden als jong meisje op hete avonden had geleerd van drummers, op de veranda van haar vaders hotel in Unity Point, Mississippi. Woorden waarvan ze niet eens wist dat zij ze kende. Tegelijkertijd begon ze te schreien, meer van nijd dan van vrees. Ze dacht: „We kunnen hier niet de hele nacht blijven staan. Het water kan stijgen. Ik moet zien terug te komen naar de missie en ik zal die dronken idioot met me mee moeten slepen. Hierna zal ze nooit meer een verwaande houding tegen me kunnen aannemen."

Toen ze tenslotte elke hoop om de Ford weer op gang te krijgen had opgegeven, stapte ze, doodsbang voor slangen, in het lauwige water. Het kwam tot boven haar knieën en het was modderig, kwalijkriekend en onbehaaglijk. Ze rukte de deur open en riep: „Sta op, kom eruit, idioot!"

In het schijnsel van de brand zag ze dat mevrouw Hogget-Clapton net zo lag als ze was neergevallen en vermoedde dadelijk dat er geen ander middel was om haar uit de auto te krijgen dan door haar er bij de benen uit te trekken. Met grote inspanning slaagde ze erin, al rukkend en trekkend, de bankiersvrouw zo ver te krijgen, dat ze op de bodem overeind zat, met haar voeten naar buiten. Die houding was beter, begreep mevrouw Simon, en na een poging zei ze op vleierige toon, alsof ze tegen een kind sprak: „Kom nu, Lily, help zelf wat mee. Zet je voeten neer en sta op."

Mevrouw Hogget-Clapton gehoorzaamde steunend en verward, maar de hak van een van haar met struisveren gegarneerde muiltjes bleef haken en ze viel met haar gezicht in het water. De schok, en misschien de vrees voor de dood door verdrinking, gaven haar iets terug van de wil die ze kort tevoren opzij had gegooid in een soort dronken, vrouwelijke wellust. Na een korte worsteling slaagde ze erin op haar voeten te komen en riep verwilderd uit: „Waar ben ik? Waar ben ik? Hoe ben ik hier gekomen?"

„Je bent op de Distilleerderijweg, idioot! We zullen moeten lopen. De Ford weigert."

Met wat hulp van mevrouw Simon slaagde ze erin onvast en steunend voort te lopen, tot ze op hoger gelegen terrein kwamen en uit de waterstroom raakten. Toen begon ze bijna onmiddellijk weer te jammeren en elk ogenblik te vallen. Tenslotte kwamen ze langs de mijlpaal bij de renbaan en daarna onder aan de oprijweg naar de missie. Hier was mevrouw Simon, uitgeput en vertwijfeld, begonnen te schreeuwen, wat toen door Fern en de oude tante Phoebe, in de keuken van Smileys halfverwoeste tuin, werd gehoord.

Het hele eind, van de waringin tot aan Bannerjees huis, roeide Fern over de onder water staande tuinen, zonder één keer op te kijken. Van het moment af dat ze bijna was omgeslagen, toen ze de boot probeerde vrij te maken van de boomtakken, had ze hem zien staan op het balkon, naast een vreemde vrouw, en nu was ze verlegen, niet alleen tegenover Ransome, maar ook voor de vreemde. Ze dacht: ,,Hij moet wel geloven dat ik hem altijd achternaloop," en misschien wenste hij volstrekt niet om te worden gered. Hij wilde misschien liever daar blijven. Eén enkele blik op de vreemde had haar verraden dat ze heel knap was. In haar absoluutheid liet het haar koud of ze die vreemde redde en de hele Bannerjeefamilie. Ze dacht alleen aan Ransome, toen ze het bootje vond drijven op de vloed, dicht bij de distilleerderij. Alleen aan hem dacht ze, toen ze tot haar middel door het water waaddde om het naar de kant te trekken; alleen aan hem, toen ze de zonderlinge riem in elkaar flanste uit twee stukken hout die tante Phoebe voor haar had opgezocht. Haar moeder had zich verschrikkelijk opgewonden bij de gedachte aan deze reddingspoging, had geschreeuwd en gehuild en handenwringend gezegd: ,,Ik verbied je in dat waanzinnige bootje te gaan. Heb ik nog niet genoeg geleden? Heb ik nog niet genoeg verloren, dat ik jou ook nog zou moeten verliezen?"
Fern had geen acht op haar geslagen, maar was doorgegaan met hameren, en toen ze de geïmproviseerde riem had vervaardigd, stapte ze het huis uit in de kleren van Ransome, die waren achtergebleven in de nacht die ze bij de Smileys had doorgebracht.
Tenslotte was ze dus toch niet vrij. Haar moeder leefde nog en heimelijk besefte ze dat ze liever haar moeder zou hebben verloren dan haar vader en Hazel. Maar in deze nacht van verschrikking en tragiek was er iets met haar gebeurd. Ze wist nu dat ze, al leefde haar moeder ook, voorgoed van haar vrij was gekomen. Langzaam werd haar nog iets anders duidelijk, namelijk dat afstand of vlucht met vrijheid niets uit hadden te staan. Vrijheid was iets dat binnen in je bestond, onverschillig waar je was. Ze was niet ontsnapt, niet weggelopen, ze bevond zich nog steeds in Ranchipur, maar toch was ze vrij, wellicht meer dan indien ze erin geslaagd zou zijn naar Hollywood te ontkomen, zonder de tragedie van de laatste uren te hebben doorleefd. Ze had bewezen sterker te zijn dan haar moeder, want ondanks het feit dat ze zich ziek, ellendig en bang voelde, hield ze het hoofd

koel. Ze had een zekere waardigheid verkregen, terwijl haar moeder in deze crisis alle waardigheid die ze ooit had bezeten, achter de dwaze, roze en witte façade van eeuwige ongekunsteldheid had verloren. Zelfs toen ze te voorschijn kwam in Ransomes shorts en tennisshirt en haar moeder bij het zien daarvan een kreetje slaakte alsof ze dodelijk werd gewond, maakte het geen indruk op haar. Ze wist dat het dwaasheid zou zijn om bij een dergelijke onderneming andere kleren te dragen. Zelfs te midden van dit drama was haar moeder erin geslaagd uit te roepen: „Wat zullen de mensen zeggen als ze je zo gekleed zien? Wat zullen de inlanders zeggen? Ze zullen geen eerbied meer voor ons hebben."

Het viel Fern op dat ze niet zei: „Wat zal mevrouw Hogget-Clapton ervan zeggen?"

Mevrouw Hogget-Clapton lag nog steeds plat op haar rug, log, krachteloos en naakt onder de lakens in Smileys tweepersoonsbed. De peignoir van lichtblauwe zij en kant, bedekt met modder, hing over de leuning van een stoel in de keuken voor het vuur te drogen en mevrouw Hogget-Clapton, in elkaar gezakt en belachelijk, snurkte. Nee, met mevrouw Hogget-Clapton en de bedreiging wat ze er wel van zou zeggen, was het voorgoed gedaan. Juist toen ze op het punt stond haar onderneming te beginnen, verschenen Raschid Ali Khan en Harry Loder. De grote mohammedaan was gekleed in stukken van uniformen die ze hadden gevonden toen ze in de ruïnes zochten naar de lijken van „de jongens". De rijbroek was hem te nauw en zijn brede, gespierde polsen kwamen uit de mouwen van een tuniek die voor een veel kleinere man bestemd was geweest. Harry Loder leek niet meer op de keurige, polo spelende dandy van het Indische leger. Zijn rode gelaatstint was verdwenen en hij rilde een beetje, alsof hij het koud had.

Toen ze hem zag, begon mevrouw Simon van angst weer te huilen, maar tante Phoebe zei: „U moet een glaasje cognac drinken."

„Een hartig slokje zou niet kwaad zijn," antwoordde hij, met een stem die niet op de zijne leek, en terwijl tante Phoebe de cognac ging halen, vertelde hij hun dat, uitgezonderd hijzelf, al „de jongens" dood waren en al begraven door soldaten van het regiment. Toen begon mevrouw Simon hysterisch te gillen en te roepen dat ze haar moesten helpen de lijken van haar man en Hazel te vinden, waarop Raschid Ali Khan haar ten antwoord gaf, op bruuske toon (een toon, bedacht ze later, die hij niet had behoren aan te slaan tegenover een Europese), dat er geen tijd was om aan de doden te denken terwijl er nog levenden waren te redden.

Daarop kwam tante Phoebe terug. Ze had de cognacfles leeg tussen de lakens van mevrouw Hogget-Clapton gevonden en zei dat ze zich toch had vergist; er bleek geen cognac meer te zijn.

Bijna gretig, maar met vreemde koelheid, brachten ze elkaar sombere nieuwtjes over. Zelfs de hysterische aanvallen van mevrouw Simon hielden hen daar niet van af. Raschids vrouw en zeven kinderen waren veilig, doordat het huis volgens Amerikaans plan was gebouwd en stand had gehouden tegen de aardbeving, maar ze waren geïsoleerd door de overstroming en hadden maar weinig voedsel. Zodra het licht werd, was Raschid geheel naakt in het water gesprongen en door de vloed naar droog gebleven land gezwommen. Hij zei dat hij zijn gezin later kon redden. Hij was bij de barakken aangekomen, zo naakt als een straatveger, maar nog steeds gehuld in de mateloze waardigheid van de waarachtig gelovige.

Hij zei dat ze boten moesten opzoeken en vlotten vervaardigen; ze moesten ook zien te ontdekken waardoor de bergkloof werd verstopt, ginds bij de berg Abana, zodat het water werd tegengehouden.

In Ferns ogen was Harry Loder een heel andere man geworden. Hij was niet meer de luidruchtige, vlezige kerel, die altijd probeerde haar in stille hoekjes te krijgen om haar te kussen en te betasten, maar een man die ziek was en bevreesd. Ze luisterde naar hem, zonder te spreken en zweeg over het kleine, broze bootje dat verstopt was in de halfoverstroomde guavaboomgaard bij de distilleerderij, uit vrees dat ze het haar af zouden nemen. Want ze had het nodig om te ontdekken of Tom Ransome nog leefde. Daarna konden ze de boot krijgen. Daarna konden ze alles krijgen van haar wat ze wilden. Ze was nu niet bang meer voor Harry; ze had zelfs geen hekel aan hem en hij scheen haar aanwezigheid helemaal niet op te merken. Ze was bang dat een van de anderen haar geheim zou verraden, maar tante Phoebe was bezig, samen met de pariakok, die tegen de ochtend was teruggekeerd, eieren en toost te bereiden voor de twee mannen.

Mevrouw Simon kreunde alleen hysterisch, gehypnotiseerd door haar eigen verlies. Raschid zei dat hij naar de Filkana zou gaan om olifanten te halen. Harry's auto had halfweg de barakken geen benzine meer gehad. Ze probeerden het met mevrouw Simons oude Ford, die bij de distilleerderij stond, maar er was niet voldoende benzine in. De tanks bij de barakken waren bezweken en de grote petroleumtanks in de stad stonden, voor zover ze nog overeind waren, vol water. De technische beschaving liet hen in de steek. Er bleven hun slechts de olifanten, die heen en weer stonden te zwaaien in de twijfelachtige beschutting van de Filkana. De olifanten konden overal heen komen, zo nodig zelfs door de watervloed zwemmen. Alleen moest iemand – en Raschid was van plan het zelf te zijn – de enkele kilometers door het water zwemmen om de *jobedar* order te geven, ze te halen. Met de olifanten konden ze het dal doorgaan tot aan de berg Abana, om te onderzoeken wat het water tegenhield. Harry dacht dat het een versperring was, gevormd uit wrakhout en lijken. Terwijl de politiecommissaris naar de Filkana zwom, was Harry van plan naar de militaire pakhuizen met dynamiet te gaan.

Toen waren de eieren gereed; Raschid en Harry Loder gingen zitten om ze te eten en spraken nauwelijks meer, behalve om nu en dan een vraag te beantwoorden van tante Phoebe over het ziekenhuis of de meisjes-hogereburgerschool van de maharani.

Fern, nog steeds dodelijk bang dat haar moeder tot zichzelf zou komen en het bestaan van het plezierbootje verraden, sloeg hen gade en luisterde, en terwijl ze toekeek, werd ze sterk getroffen door het schouwspel van Harry Loder, vermoeid en bleek als hij was, met zijn tuniek vol modder en kalk. Hij had haar niet in het gezicht gekeken, maar terwijl ze hem gadesloeg, leek het haar of er weliswaar iets in hem was gestorven, maar ook iets dat ze nooit eerder had opgemerkt tot leven was gekomen. Wat het was, kon ze niet vaststellen, omdat ze niets had geleerd en zo weinig ervaring en kennis had, maar het kwam haar voor dat de nieuwe uitdrukking op zijn gezicht wat leek op de grimmige expressie die ze nu en dan had opgemerkt in het gezicht van die vreemde vrouw, juffrouw Dirks, als ze haar toevallig in de bazaar of op het grote plein ontmoette ... juffrouw Dirks, die altijd haast scheen te hebben en haar voorbijliep alsof ze niet meer was dan een boom of een stuk steen.

Opeens hadden ze de eieren en koffie op en Raschid verhief zich, belachelijk en toch indrukwekkend, in zijn slecht zittende tuniek en rijbroek. Raschid, juist hij (dacht tante Phoebe) in de uniform van de overwinnaars. Harry zei: ,,Zodra ik nieuws heb, zal ik het komen brengen," en tot tante Phoebe: ,,Hoe staat het met uw levensmiddelen?"

,,We kunnen het twee of drie dagen uithouden. Ik heb altijd een flinke voorraad voedsel in huis. Volgende keer zal ik u een goed maal voorzetten."

Toen keek Harry Loder voor het eerst naar Fern, met een vreemde, nietsziende blik. ,,Loop liever niet te ver weg," zei hij. ,,Er is absoluut geen politie meer. Je weet niet wat er zou kunnen gebeuren. Er is zelfs kans dat de Bhils van de bergen komen om te plunderen." Aan tante Phoebe, als degene die hier de leiding had, vroeg hij: ,,Hebt u een revolver?"

,,Nee," zei tante Phoebe. ,,Waarvoor zou je een revolver nodig hebben?"

,,Er is niets te eten in Ranchipur. U weet niet wat er kan gebeuren." Hij maakte de revolver los, die hij onder zijn tuniek droeg, en zei: ,,Hier, hou deze. Ik zal een bewaker sturen." Hij zweeg even en keek neer op zijn grote, gespierde handen, die nog geschramd en bloedig waren van zijn worsteling met stenen en gebroken balken. Toen zei hij: ,,Maar ik ben niet eens zeker van mijn eigen troepen ... van wat er over is van hen."

Bij die woorden begon mevrouw Simon luidkeels te huilen en riep: ,,Wat bedoel je? Ga niet weg, verlaat ons niet. Laat ons niet alleen. We kunnen wel worden vermoord of zo iets ..."

Niet Harry, maar Raschid antwoordde haar, kortaf en toornig. ,,U bent veilig, mevrouw. U mag blij zijn dat u met niets ergers te doen hebt dan Gujerati's."

Daarna gingen ze en toen ze waren vertrokken, maakte tante Phoebe de revolver om haar middel vast, boven haar schort, en ging de vaten wassen en haar voorraad levensmiddelen inspecteren. Ze had als meisje iets dergelijks al eens doorgemaakt, twee keer gedurende prairiebranden en ze had verhalen gehoord over aanvallen door Indianen en slachtingen in haar vaders tijd en verwachtte niet dat men haar met rust zou laten, met niemand anders in huis dan Fern, mevrouw Simon en de arme, dronken mevrouw Hogget-Clapton. Diep in haar vermoeide, oude ziel was ze beangst om Bertha en Homer Smiley, maar het had geen zin daarover te spreken, nu mevrouw Simon hysterisch en nutteloos was, mevrouw Hogget-Clapton dronken in Bertha's bed lag en de arme Fern werd verteerd door verdriet om een man die niets kon redden van de drank. Ze wist er niets beters op dan maar zo druk mogelijk bezig te blijven.

Maar nu het dwaze bootje aanlegde, vlak onder het balkon waar Ransome op stond, dacht Fern niet aan Harry Loder, maar alleen dat ze zich misschien voor de tweede maal belachelijk had gemaakt. Ze kon zichzelf er niet toe brengen naar hem te kijken toen hij aanwijzingen riep en haar een koord toewierp van een kamerjas van Bennerjee uit Jermyn Street. Nu ze hier was, nu ze was geslaagd, wist ze niet wat te doen. Ze had maar één verlangen, uit de boot te komen en weer weg te gaan. Toen ze het koord greep en vastmaakte aan een van de vergulde zuilen van het baldakijn, wist ze dat ze zich ellendig voelde, niet zozeer om Ransome, als om de vrouw die bij hem was . . . die bekoorlijke vrouw in het wit, met de vele diamanten en smaragden, een vrouw uit de andere wereld, waarvan Fern niets kende, behalve de schoonschijnende schaduw van de werkelijkheid, zoals Hollywood die voorstelde. Deze vrouw behoorde tot zijn wereld. Als ze samen spraken, zou de een bijna zonder woorden de ander begrijpen. Er zouden niet van die pijnlijke pauzes en misverstanden ontstaan, zoals die waarom hij plotseling kon lachen op een wijze die haar deed blozen en waarom ze toch van hem hield, omdat hij zo vriendelijk was en zo zijn best deed om haar te helpen, door de houding aan te nemen van iemand die veel ouder en wijzer is. Het was die vrouw, die haar in de war bracht . . . die vrouw, wier kleren en juwelen zelfs uitdagend en zelfverzekerd waren, die vrouw, die in Ferns ogen niet verveeld en aan de grens van de middelbare leeftijd was, maar onbeschrijflijk volmaakt en bekorend. Ze begreep en vermoedde niet dat zijzelf, in Ransomes oude shorts en tennisshirt, een frisheid en charme bezat waarvoor de vrouw graag al haar mooie kleren, al haar juwelen, alles wat ze bezat zou willen geven.

Toen het plezierbootje was vastgemaakt, werd ze voor het eerst gedwongen om op te kijken, omdat Ransome haar toeriep zijn hand te grijpen, zodat hij haar naar het balkon op de tweede verdieping kon optrekken. Haar hart sprong op toen ze hem in het gezicht keek, want ze merkte aan de uitdrukking erop dat hij toch wel blij was over haar komst. Ze merkte dat hij zich verheugde haar te zien en zelfs trots op haar was en tegelijkertijd vermaakt door de onzinnigheid van deze hele geschiedenis. Voor het eerst begreep zij, die nooit een aandoening of gedachte had geanalyseerd, waarom ze zoveel van hem hield. Het was om zijn beminnelijkheid en zijn glimlachje, dat zo gemakkelijk en snel kwam en ging als een licht dat wordt uit- en aangedraaid, een licht dat diepten onthulde die ze slechts kon vermoeden, niet begrijpen.

De hand en arm waren sterk, waren krachtiger dan ze voor mogelijk had gehouden bij een man met zo'n slank lichaam. Hij trok haar op tot de rand van het balkon en daar liet ze snel zijn hand los en klom over de leuning, terwijl ze zich hulpeloos en onhandig voelde. Ransome zei: „Je bent een heel verstandig meisje," en ze werd plotseling boos omdat hij haar behandelde als een kind en voelde zich vernederd omdat die andere vrouw erbij was en hen gadesloeg. Er brandden tranen dicht onder haar oogleden, maar met een inspanning die de ijzeren zelfbeheersing van de arme juffrouw Dirks waardig zou zijn geweest, slaagde ze erin ze terug te dringen. Ze werd overweldigd door medelijden met zichzelf, toen de dood van haar vader en Hazel plotseling tot realiteit voor haar werd. Tot nu toe had die op iets geleken uit een film, maar nu was het werkelijk. Ze wist nu dat ze, wat er ook gebeurde, geen van beiden ooit levend terug zou zien. En Ransome waagde het te glimlachen en haar „een heel verstandig meisje" te noemen. Toen zei hij: „Dit is lady Heston," en lady Heston zei allerliefst: „We zijn u heel wat verschuldigd. Het was erg moedig van u. We hadden hier wel kunnen sterven van honger en verveling."

„Waar heb je in 's hemelsnaam die boot vandaan gehaald?" vroeg Ransome.

„Die heb ik bij de distilleerderij gevonden. Tante Phoebe heeft me geholpen de riem te maken. Er was er maar één." Opeens voelde ze zich weer trots en bijna gelukkig. Toen verscheen de arme juffrouw Murgatroyd in de deuropening, in haar gekreukelde modejapon van blauwe tafzij, en toen ze haar zag, voelde Fern zich gerustgesteld en vol zelfvertrouwen, want de verschijning van juffrouw Murgatroyd zou op dit moment elke vrouw haar zelfvertrouwen hebben teruggegeven.

Juffrouw Murgatroyd riep gretig uit: „Hemel nog toe, hoe bent u hier gekomen?" Toen Fern antwoordde: „Ik heb een bootje," keerde juffrouw Murgatroyd zich om en rende het huis binnen, terwijl ze riep: „Mevrouw Bannerjee! Mevrouw Bannerjee! We zijn gered!"

Terwijl juffrouw Murgatroyd het bericht aan de Bannerjees bracht, vroegen Ransome en lady Heston naar nieuws. Fern vertelde hun van de dood van haar vader en Hazel en de vernietiging van „de jongens" doordat de barakken hen hadden bedolven. Toen verdween het lachje van Ransomes gezicht. Hij nam haar hand en zei: „Wat spijt me dat, kindlief," en weer werd haar hart warm en ze schaamde zich een beetje, dat ze zo gelukkig kon zijn, terwijl haar vader en zuster dood onder de ruïne van het missiehuis lagen.

Lady Heston vroeg: „Het zomerpaleis? Waar is daarmee gebeurd?"
„Ik weet het niet."
„En het ziekenhuis?"
„Het ziekenhuis staat nog overeind. Raschid Ali Khan vertelde dat."
Toen vroeg Ransome: „Waar is Raschid?"
„Hij heeft zwemmend zijn huis verlaten en is de olifanten gaan halen."
„En zijn gezin?"
„Dat is veilig. Ze zijn nog in zijn huis."
„En de Smileys?"
„Ik weet het niet. Tante Phoebe is gered."
Opeens vroeg lady Heston: „Zijn de mensen in het ziekenhuis nog in leven?"
„Dat weet ik niet."
Ransome, die vermoedde wat onder Edwina's vraag was verborgen, vroeg:
„De dokter en juffrouw MacDaid?"
„Ik weet het niet."
„Ze hebben geprobeerd vanhier naar het ziekenhuis te komen toen de
overstroming begon."
Er volgde daarop een vreemde stilte en het gevoel van opwinding stierf af.
Fern, onhandig en verlegen, werd zich weer even de vreselijke werkelijk-
heid van het drama bewust. Ze dacht: „Morgen zal het echt zijn en overmorgen en de dag daarna, maar nu is het nog niet waar. Het is nooit gebeurd."
Ransome zei: „Ik denk dat we in elk geval moeten proberen hier vandaan
te komen, naar droog terrein. Als er nòg een aardbeving kwam, zou het
hele huis kunnen instorten." Hij wendde zich tot Fern: „Mijn huis? Daar
moet je langs zijn gekomen."
„De veranda en de keukens zijn ingestort. Het staat half onder water, zoals dit hier. Uw bediende zat op het dak." (Dus was Johannes de Doper
toch niet weggelopen. Hij had zich al die tijd in huis verstopt.) „Het beste
is, als u naar de Smileys gaat. Tante Phoebe zei dat ik u dat moest zeggen.
Ze zorgt prachtig voor iedereen. Mama is er, met mevrouw Hogget-Clapton."
„Ik zal de boot nemen," zei Ransome. „We zullen alleen één voor één weg
kunnen. Er is geen plaats voor meer mensen. Heb je al wat geslapen?"
„Niet veel."
„Je moet wat gaan liggen en dan zal ik je komen halen als ik de andere
vrouwen heb weggebracht."
„Ik zou niet kunnen slapen."
„Nee, maar het zal je toch opknappen als je wat gaat liggen." Hij nam haar
arm en voegde eraan toe: „Doe wat ik zeg. Het is nog niet afgelopen –
het is maar een begin."
Ze had geen lust te gaan liggen. Ze voelde zich nu niet vermoeid. Ze voelde

zich slechts verward en zo opgewonden, dat het haar leek of ze nooit meer zou kunnen slapen. Maar het was prettig dat het hem kon schelen of ze al dan niet vermoeid was. Het was prettig hem weg te krijgen van die lady Heston, met haar superioriteit, want al was haar instinct ongeoefend, ze had toch wel gemerkt dat de woorden en manieren van lady Heston niet oprecht waren, maar de toevallige voortbrengselen van langdurige gewoonte en opvoeding. Lady Heston had onverschillig geleken voor alles, behalve het ziekenhuis. Fern kon niet laten benieuwd te zijn waarom het haar zoveel kon schelen wat er met het ziekenhuis was gebeurd.

In een van de kamers ging ze liggen op het harde, Indische bed en Ransome zei: „Je kleren zijn nat. Je moet ze uitdoen."

„Niet zo erg. Het baldakijn heeft de regen tegengehouden."

„Ik zal wat sjaals halen."

Hij ging weg en liet haar gelukkig en vredig achter, en toen hij terugkwam, bracht hij twee kasjmieren sjaals, die hij zorgvuldig en teder om haar heen wikkelde. Toen legde hij vluchtig zijn hand op haar voorhoofd en zei: „Je hebt heel wat doorgemaakt, kindlief. Probeer nu wat te slapen." Zonder te weten wat ze deed, zonder het te willen, ging haar hand omhoog en raakte de zijne aan, maar hij trok die snel terug, alsof haar aanraking hem bezeerde, en zei: „Ga nu slapen als een verstandig meisje," alsof ze een kind was.

Op het balkon stond Edwina nog steeds te wachten. Ze zei direct: „Ik wou dat we meer nieuws konden krijgen."

De woorden ergerden hem, omdat ze op schaamteloze wijze de diepte van haar zelfzucht leken te onthullen. Dus zei hij op zure toon: „We zullen meer nieuws krijgen als we hier vandaan komen, maar ik geloof niet dat we zullen ontdekken wat er van de majoor is geworden."

„Dat bedoelde ik niet. Het is gemeen van je om dat te denken."

„Je bedoelde het wel en je moest je schamen, zo niet over het feit, dan toch over het verloochenen ervan. Wil je het eerst naar land gaan?"

„Het maakt verduiveld weinig verschil uit of ik ga, tenzij je graag alleen wilt achterblijven met die kleine van je."

„Wat bedoel je daarmee?"

Ze lachte. „Je wilt toch zeker niet zeggen dat er niets bestaat tussen jullie?"

„Ik ben niet van plan je wàt ook te zeggen. Omdat jij je gedraagt als een hoer van Piccadilly, hoef je niet te denken dat alle vrouwen zo zijn."

„Ook goed. Ga je gang. Maar als ik ooit een meisje heb gezien dat aan kalverliefde leed, dan is het dit kind. Als je spreekt, begint haar gezicht te stralen. Maar ik denk dat je het prettig vindt te worden behandeld alsof je God was." Toen legde ze haar hand op zijn arm, op een vriendelijke en ontwapenende manier, zodat hij weer het gevoel kreeg dat ze zich tegenover hem, misschien tegenover de hele wereld, veel slechter voordeed dan ze was. Ze zei: „Misschien herinner je je dat het de oorzaak was van de breuk tussen ons, lang geleden . . . dat ik je nooit behandelde alsof je God was, maar even slecht als ikzelf."

„Mijn God, wat in jouw hersens niet allemaal opkomt."

Maar hij schaamde zich nu, en zijn schaamte bracht hem de gedachte te binnen die hij twee dagen geleden had − hoe vermakelijk Edwina het verhaal zou vinden van Ferns besluit om hem te verleiden, hoe geamuseerd ze zou zijn bij de gedachte dat zij Ferns deugd had gered, omdat ze kort tevoren een verveelde en passieloze omhelzing hadden doorgemaakt in die vergeten kamer van het paleis. Nu leek het niet grappig meer. Het idee dat verhaal aan Edwina te doen, was afstotend en gaf hem een vaag gevoel van misselijkheid. Hij dacht: „Het moet nog erger met me zijn gesteld dan ik dacht." In zichzelf zei hij dat het niet was omdat hij Fern liefhad. Zo'n gedachte was belachelijk en als zij verliefd op hem was, moest daar op een of andere wijze een eind aan worden gemaakt. Wat ook het geval mocht zijn, Fern verdiende iemand die beter was dan hij en in elk geval iemand die frisser en jonger en zuiverder was. Maar voor de eerste maal raakte hij verward, doordat hij niet meer wist wat hij voelde.

Toen viel hem in dat Fern hèm was komen redden. Ter wille van hem hadden zij en tante Phoebe die gebrekkige en noodzakelijke roeiriem vervaardigd. Het kon niet om de anderen zijn, die ze nauwelijks kende. Hij dacht: „Dat moet het zijn geweest! Ik ben een vervloekte idioot! Ik ben al die tijd een vervloekte idioot geweest."

De rest van de dag ging voorbij met tochten tussen Bannerjees huis en de hoek van de distilleerderij. Het was in het broze bootje geen gemakkelijke taak, met de trage stromingen die dan weer hierheen, dan weer daarheen dreven, en hij moest een grote omweg maken om de boomstronken van het park van de maharadja en de lange rij Javaanse vijgebomen langs de Distilleerderijweg te vermijden. Van de plaats waar ze vaste grond bereikten, was het verwoeste missiehuis duidelijk zichtbaar in de donkere massa van waringins. De vluchtelingen gingen, als ze één voor één aan land stapten, langs de weg en over de modderige velden naar het toevluchtsoord waarover tante Phoebe heerste. Eerst ging juffrouw Murgatroyd, daarna mevrouw Bannerjee, die haar drie pekineesjes bij zich droeg, enige juwelen en de onvermijdelijke, gouden doos met haar *pan*, toen lady Heston, nog steeds in de witte japon uit Parijs, met een kasjmieren sjaal om de schouders gewikkeld.

De regen kwam en ging en stroomde soms onverwacht uit de laaghangende, zware wolken en er waren ogenblikken waarin het dwaze bootje werd bedreigd door de heftige wind, zowel als door het water. Het was lang geleden gebouwd om op feesten over de ondiepe, met bloemblaadjes bestrooide en door Bengaals vuurwerk verlichte vijver te drijven en werd nu door elke stoot van de stroming, ieder haken van voorbijdrijvende takken aan het dwaze, vergulde baldakijn, met ondergang bedreigd.

Juffrouw Murgatroyd gilde heel wat gedurende de tocht en giechelde als Ransome, met het bekende gevoel van onpasselijkheid in de maag, haar grimmig beval stil te zitten, tenzij ze zich wilde voegen bij de lijken die voorbijdreven. Mevrouw Bannerjee was rustig, waardig en zwijgzaam en kauwde zó bedaard en onverschillig op haar betelbladeren als een heilige koe. Ze kauwde met een zekerheid en zelfvertrouwen, alsof dit uit elkaar gescheurde, vernielde, stervende Indië het ware Indië was waartoe ze behoorde, alsof ze zich pas sinds het beroemde, moderne karakter van Ranchipur was vernietigd, thuis begon te voelen. Alleen de pekineesjes waren lastig; ze huilden en blaften tegen de lijken, het wrakhout en de slangen die langzaam voorbijdreven.

Ransome voelde, terwijl hij zo tegenover haar zat, niet de minste begeerte meer om haar te veroveren of te vernederen. Terwijl hij haar gadesloeg, zoals ze onverschillig zat te kauwen, vond hij het onbegrijpelijk dat ze hem ooit had kunnen opwinden. Nu bewonderde hij haar op een soort abstracte wijze om de kalmte, de onverschilligheid die ze had betoond en zelfs om de humor waarmee ze het gejammer van haar echtgenoot had beschouwd, maar hij dacht niet langer aan haar als een begerenswaardige vrouw; ze was op een of andere wijze een soort niet menselijke, geslachtloze merkwaardigheid geworden. Haar aparte, fijne trekken, de grote, brandende ogen, de schoonheid van de blanke handen met hun gelakte nagels – niets van dat alles was veranderd, of het moest zijn dat de bekoorlijkheid was toegenomen door de opwinding. Gisteren nog had hij haar begeerd, uit verveling en perversiteit. Vandaag was ze vreemd voor hem en zelfs wat afstotend, omdat ze niet menselijk leek.

Op de landingsplaats, dicht bij de distilleerderij, vonden ze de trouwe juffrouw Murgatroyd, wier lichtblauwe tafzijdje nu doorweekt was, terwijl de zoom van haar rok vol vlekken zat van de rode modder op de velden. Ze droeg een sjaal over het hoofd. Toen Ransome haar aan wal zette, had ze de schijn aangenomen naar de missie te gaan, maar zodra hij weg was, keerde ze terug om te wachten op haar beminde en kostbare mevrouw Bannerjee.

Edwina was gedurende haar redding slecht gestemd. Nu de opwinding voorbij was, voelde ze een ellendige en bodemloze verveling en was ten offer aan knagend ongeduld. Terwijl het bootje zich tussen de druipende bomen voortbewoog, sprak ze nu en dan op geïrriteerde toon. Ze was zich bewust van de modder en dat ze doorweekt was en er geen middel bestond om te ontdekken wat er in het ziekenhuis was gebeurd, en dat dit iets was waarover ze niet meer met Ransome kon praten, omdat hij sinds de vorige avond op een of andere wijze van haar was weggegleden. De Tom die ze de eerste avond had teruggezien, was verdwenen. Ze vond zelfs, toen ze hem heimelijk (want ze wilde zijn blik niet ontmoeten) gadesloeg, dat zelfs zijn gezicht was veranderd, dat het op mysterieuze wijze smaller was geworden en dat de hoek van de koppige kaak scherper leek. Die verandering ergerde haar en ze dacht boos: „Als de majoor nog leeft, wil ik hem nu juist hebben, in weerwil van iedereen. Het kan niemand wat schelen. Ik zal hem hebben en dan wel verder zien. Daarna zal ik moeten terugkeren naar dat vervloekte, verschrikkelijke leven in Engeland."

Ze moest hem hebben, na al die uren waarin ze aan hem had gedacht en zich had voorgesteld hoe het zou zijn. Zelfs al zou hij blijken niet veel bijzonders te zijn, niets dan een veranderlijke, intrigerende Indiër méér, een nieuwe minnaar die werd toegevoegd aan de lange rij van voorafgaanden – ze moest hem toch hebben, omdat dit de enige manier was om te genezen van een ziekte die ze op perverse wijze zelf had opgewekt. Ze moest door hem worden verpletterd, vernederd en onderworpen. Dat zou, dacht ze cynisch, als een soort purgeren zijn, waarna ze zichzelf bevrijd zou voelen. Maar dadelijk daarop schaamde ze zich en dacht: „Ik had nooit kunnen denken dat me dit kon overkomen."

Ransome zei: „Je had een van de sari's van mevrouw Bannerjee moeten aannemen."

„Nee. Zelfs deze japon is nog beter dan een sari. Wat moet ik beginnen met al die stof om me heen? Wat ik nodig heb, is een bad en praktische kleren . . . een blouse en shorts, zoals dat meisje aan had."

Ransome zei bedaard: „Je bedoelt zeker Fern Simon."

„Als dat tenminste haar naam is, ja."

„Dat weet je wel."

„Laten we niet opnieuw beginnen."

Hij grinnikte en zei: „Je bent toch zeker niet jaloers op haar? Je hebt geen enkel recht om dat te zijn. Ik heb je nooit iets wijs gemaakt . . . zelfs niet op die avond in het paleis."

„Ik evenmin."

„Dit komt me allemaal nogal triviaal en dwaas voor, als je de omstandigheden in aanmerking neemt." Hij liet een van de riemen drijven en wees naar een naakt lijk, dat met het hoofd omlaag in de laagste takken van een boom vastzat. „Hem zou dat allemaal niet veel kunnen schelen."

Toen zag hij in dat hij zelf dwaas was, melodramatisch en ingebeeld. Na de opvoeding die Edwina had gekregen en na alles wat ze had beleefd, kon het lijk van een hindoe van de lage kaste niet meer voor haar betekenen dan het karkas van een geit of koe. Zij, die doordrenkt was van het Engelse kaste-vooroordeel, kon niet meer onder de indruk van dat schouwspel komen dan een orthodoxe brahmaan. Eens zou ook hem dit schouwspel ongeroerd hebben gelaten, omdat het buiten zijn bevattingsvermogen zou zijn gevallen; in zekere mate was dat nog zo. Zelfs nu kon hij innerlijk niet

311

anders dan geloven dat de man, wie hij ook was geweest, beter dood dan levend kon zijn. Zijn dood kon niet veel verschil maken voor iemand, het minst van al voor de man zelf.

Ze zei: „De kwestie met jou is, dat je verduiveld sentimenteel kan zijn . . ." Toen, na even vaag te hebben nagedacht: „De soort sentimentaliteit om steden, legers en geschiedenis. Als je wat persoonlijker was, zou je niet altijd in de ellende zitten."

Ze had, dat wist hij, instinctief gesproken, want hoewel ze intelligent was, had ze geen intellect. En toch had ze gelijk met wat ze zei, zozeer, dat het opeens een helder licht wierp over hem en zijn hele leven. Ze had gelijk. Hij was altijd een universalist geweest. Van het begin af was hij in dezelfde fout vervallen als Descartes. Hij had de mensheid gescheiden van het individu en dat maakte je tegelijkertijd sentimenteel en niet geheel en al menselijk.

Ze kwamen langs de witte muur van de distilleerderij en het bootje stak zijn neus in de rode modder van de oever. Hij stapte uit, nam haar hand en begon toen te lachen.

„Wat is er voor grappigs in?" vroeg zij.

„Het beeld van ons beiden. De wereld is een wonderlijker oord dan ik dacht."

„Ja, het is nogal grappig. Ik ben er niet zeker van dat de rol ons ligt!"

„Waarom?"

„Ik ben er niet zeker van dat we die kunnen volhouden."

Hij keerde zich om en wees naar de missie. „Daar is het," zei hij. „Zeg aan tante Phoebe dat ik je in haar zorgen aanbeveel. Ik zal komen als ik de anderen aan wal heb gebracht."

Toen vertrok hij weer met de boot en na een eindje geroeid te hebben liet hij de riemen rusten, wendde zich om en keek haar na. Ze had haar schoentjes uitgegooid en liep blootsvoets door de modder. De sleep van haar bezoedelde crêpe de Chine-japon had ze opgenomen en rond haar middel vastgemaakt met de gordel van rijnstenen. Haar benen waren bloot tot aan de dijen. De kasjmieren sjaal had ze over het hoofd geworpen. Hij dacht, in zichzelf lachend: „Misschien was het niet nodig haar bij tante Phoebe aan te bevelen. De oude dame zal misschien begrip hebben voor de eigenschap van onvermoeibaarheid in haar." En weer dacht hij: „Ze is origineel – God weet dat ze origineel is."

Toen hij het huis weer kon zien liggen, ontdekte hij de gestalte van Bannerjee, die al op hem wachtte op het balkon. Het was onmiddellijk te zien dat hij zich grondig had bekeerd. Hij droeg een witte *dhoti*, naar Bengaals gebruik over een schouder gedrapeerd, en het zwarte haar, dat gewoonlijk glom van de brillantine, was bedekt met een koek van as. Onder een van zijn dikke armen hield hij een grote, gelakte doos, die, zoals Ransome dadelijk begreep, datgene bevatte wat op aarde was overgebleven van Bannerjee senior. „De oude heer," dacht hij, „is toch op weg naar de Ganges." Het overstroomde Ranchipur was niet heilig genoeg voor de as van de assuradeur in ruste.

Toen de boot dichterbij kwam, ontdekte Bannerjee hem plotseling en begon dadelijk weer te jammeren en zich met de vrije hand op de borst te slaan. Het kostuum stond hem niet en hij had, ergens tussen Calcutta en Oxford, de slag verloren het goed te dragen, want de *dhoti* gleed telkens van zijn dikke schouder, zodat hij soms midden in zijn op de borst slaan gedwongen was er een ruk aan te geven, om het gewaad op zijn plaats te houden. Bond Street was er beter in geslaagd dan de bazaar van Hawrah de weke rondheid van Bannerjees gestalte te verbergen en nu ontdekte Ransome dat hij de vette kimono-armen had van een prima-donna die haar bloeitijd achter de rug heeft.

Maar op het moment dat het baldakijn van het bootje het balkon raakte, hield het gejammer en het op de borst slaan op en Bannerjee stortte zich, alsof hij nog steeds werd gevolgd door de wraak van Kali, met de gelakte doos en al over de rand.

„Kalm aan!" riep Ransome. „U zult de boot doen zinken." Hij was opeens zo boos, dat hij, als dat de boot niet zou hebben doen omslaan, Bannerjee een flinke klap op zijn achterste zou hebben gegeven. Zijn boosheid verried de afkeer die hij sinds lang tegen hem had gevoeld. Hij had een afkeer van Bannerjee, omdat hij een dwaas was en geen waardigheid bezat en omdat hij tegelijkertijd een lafaard en een oplichter was. Ook was hij nijdig om de duidelijk blijkende, arrogante overtuiging van Bannerjee, dat hij zelf op het moment niets anders ter wereld betekende dan dat hij als veerman mocht dienen om Bannerjee en de as van Bannerjees vader te redden. In kleding uit Bond Street was Bannerjee onderdanig en soms kruiperig geweest. Nu aapte hij het voorbeeld van zijn vrouw na. Hij was nog altijd zo bang, dat het gelige wit van zijn ogen te zien was in zijn asgrauwe gezicht. Iemand die zo bang was, kon zich niet veroorloven tegelijk zo arrogant te zijn.

„Zit stil," zei Ransome. „Als u de boot laat omslaan, zal ik geen poging doen u te redden. Er is te veel werk af te doen." Bannerjee antwoordde hem niet. Het maakte op Ransome de indruk dat de ontzetting hem het spraakvermogen had ontnomen. Met zijn ene hand klampte hij zich vast aan de rand van het plezierbootje; met de andere hield hij krampachtig de gelakte doos omklemd, die de as bevatte. Toen hij eenmaal van het balkon af was, sloot hij de ogen en scheen in trance te raken, en Ransome, die hem gadesloeg, herinnerde zich wat de majoor eens had gezegd – dat de Bengalen de Ieren van Indië waren. Het was vreemd, dat hetzelfde ras twee zo heel verschillende mensen als meneer en mevrouw Bannerjee kon voortbrengen.

Toen hij voorbij het huis van Raschid Ali Khan kwam, verscheen de gestalte van mevrouw Raschid, omringd door kinderen van elke leeftijd, voor een van de brede, bovenste vensters. In het Urus riep ze hem toe, dat zij en de kinderen allen veilig waren en het wel konden uithouden tot de volgende dag en in het Hindoestani antwoordde hij dat hij haar òf deze avond nog òf de volgende morgen vroeg zou komen halen.

Toen hij daarna de verzonken wereld van zijn eigen erf voorbijkwam, ontdekte hij Johannes de Doper, die naakt op het gespleten dak zat, in de regen. Door de regenstroom heen riep Johannes de Doper hem toe in zijn zachte Frans: „Al het tafelzilver is gered. Het is op de eerste verdieping, met al de kleren van de sahib."

„Ga liever naar binnen. Ik kom je later halen."

„Très bien, sahib," en de jongen gleed als een van de apen langs de regenpijp naar beneden en slingerde zich door een van de bovenvensters.

Bij de distilleerderij opende Bannerjee, die nog steeds mediteerde, de ogen en stapte aan wal, zonder een woord van dank of erkenning. Ransome trok de riemen in en zat hem na te staren toen hij barrevoets en de as nog steeds in zijn handen, door de modder naar tante Phoebe en de verre missie baggerde.

Toen hij bij het huis terugkwam, stond de bediende, die hij niet meer had gezien sinds hij met de stormlamp was verschenen, te wachten op het balkon. De man keek uit over de verdronken stad, een beetje afgewend, zodat hij de boot niet zag naderen. Hij was een magere, lelijke, kleine man, zeer donker en nu, te midden van het verwoeste landschap, was hij het enige levende wezen, want zelfs de vogels en de heilige apen hadden het overstroomde gebied verlaten, alsof ze begrepen dat het door de natuur was verdoemd. De bediende bewoog zich niet en Ransome werd door die roerloosheid als van een trancetoestand getroffen. Hier was een man die alles had verloren – zijn vrouw, zijn kinderen, misschien zijn vader en moeder en zelfs zijn grootouders (want het erf was een heel dorp geweest waarin altaren waren voor Kali, Siwa en Rama). Deze man wekte een soort bang ontzag in hem. Hij was als het ware een breekbaar monument van geduld en uithoudingsvermogen, nietig, lelijk en kinderlijk, tegen de dreigend verduisterende moessonhemel. Deze man was Indië, meer dan een van de anderen, meer dan Bannerjee, de majoor, Raschid Ali Khan of zelfs de oude maharadja. Het Indië dat verder ging en zich steeds weer voortplantte, onvernietigbaar als de zwermen bijen die zich vasthechtten aan de marmeren dakranden van het grote paleis. Dit was een leven dat van hongerende kindsheid rijpte tot een volwassenheid waarin slechts dierlijke genoegens waren en bijgeloof en dat niet veel verschilde van dat der zwermende, luidruchtige, heilige apen. Een tijdje zat Ransome te bepeinzen wat die man wàs – wat zijn verlangen, zijn ziel, zijn geest, zijn wezen was. Wat kon hij zelf te betekenen hebben voor die uitgemergelde, donkere, onbeweeglijke gestalte op het balkon, voor een mens voor wie het Britse imperium niets betekende, wiens verbeeldingskracht zich niet buiten de grenzen van de verwoeste stad uitstrekte, zelfs niet tot aan de verlatenheid van El-Kautara of de heilige berg Abana. Hij was niet helemaal dier, want hij had een menselijke gedaante. Wat betekende het voor hem, dat hij in één seconde volkomen verlaten was achtergelaten in een wereld die kort tevoren stevig en veilig was geweest? Waaraan dacht hij nu, terwijl hij daar stond, zo stil als het gedrongen beeld van de oude koningin en uitkeek over de dode stad? Wat was voor hem werkelijkheid en wat geest? Hoe was het mogelijk, de ziel van dat donkere, halfwerkelijke beeld te bereiken?

Langzaam kwam over Ransome een vermoeide neiging tot een zichzelf verliezen, die in hem opsteeg zoals het vreemde gevoel dat hij lang geleden had gehad, toen hij tegen de vuile muur van een verwoest huis in België leunde. Het was een zonderling verlangen, dat zich vaag wellustig uitte, zichzelf te verliezen – het Ik, dat de hooggeboren Thomas Ransome was, een ongelukkige, soms dronken, egoïstische, intelligente, ontgoochelde, neurotische, vertwijfelde mens. Het was een verlangen zichzelf – datgene wat er bestond aan ziel, geest, persoonlijkheid, bekend als Thomas Ransome – te doen overgaan in de mengeling van dat wat men de mensheid noemde; een verlangen dat zo sterk was als dorst om die man, die daar stond tegen de achtergrond van de hemel, te kennen en ook zijn broeders, of ze zwart waren of blank, geel of bruin; een begeerte om hun onbegrijpelijk geduld en de berusting te peilen. Een seconde lang werd hij zich bewust, alsof de laaghangende wolken opeens waren geopend en stralend zonlicht onthulden dat ze verborgen, dat hij een glimp van redding en vrede had gezien.

Toen ontsnapte hem plotseling het gevoel en het visioen. Op dat moment, in dezelfde seconde dat het gevoel ophield, keerde de donkere man op het balkon zich om en keek naar hem, in het licht dat onder de rand van de wolken door scheen. Voor Ransome waren de bomen om hem heen niet meer stralend en vol glorie, maar slechts de bekende waringin- en mangobomen waaronder hij zo vaak slechte cocktails had zitten drinken op Bannerjees badmintonfeestjes. De lelijke, donkere man was niet meer iemand die hem zeer na stond, zó na, dat hij op het punt was geweest zijn geheim te doorgronden, maar gewoon Bannerjees Gujeratische bediende, vuil en onbekwaam en onderdanig tegenover zijn meester als deze hem ruw behandelde.

Toen de boot weer onder het balkon kwam, riep hij de man in het Hindoestani toe: ,,Waar is de mem-sahib?"

De man antwoordde hem in het Gujeratisch: ,,Mem-sahib slapen," en duidde pantomimisch dit slapen aan, met een onverwacht gebaar van merkbare schoonheid.

Ransome dacht: ,,Laat het kind rusten. Ze heeft waarschijnlijk in geen twee dagen geslapen," en terwijl hij met gebaren zijn mening verduidelijkte, zei hij de man, in de boot te komen.

De man weigerde eerst en kwam pas onwillig toen Ransome het hem kortaf beval.

In een mengeling van dialecten vroeg hij de man of hij niets had mee te nemen, maar hij antwoordde: „Nee, sahib, niets ..." Niets dan de lap die hij om zijn magere middel droeg, tussen de magere dijen.

Ze vertrokken en onderweg trachtte hij in al het Gujeratisch dat hij kende met de man te praten, maar de bediende was òf versuft òf dom. Er was niets uit hem te krijgen dan soms een dierlijk gebaar, waarmee hij iets wilde aanduiden dat voor Ransome geen betekenis had.

Bij de distilleerderij stapte de man uit, viel op de knieën en drukte het voorhoofd in de rode modder, in een overdreven salam.

Ransome vroeg: „Waar ga je heen?" Maar de man verstond hem niet en toen hij merkte dat de zon onderging, keerde hij om en nam de riemen op. De man wachtte, als uit respect, tot de boot een honderd meter van de oever af was, keerde zich vervolgens om en begon zich te verwijderen over de grote, modderige vlakte, in het zwavelachtige, gele licht, dat ver weg langs de hemel scheen. Tot de boot verdween onder de halfverzonken bomen, was de gebogen, nietige, donkere gestalte nog zichtbaar en werd steeds kleiner in de angstwekkende uitgestrektheid van het Indische landschap.

Hij was voorbij zijn eigen huis gekomen en dat van Raschid Ali Khan, toen plotseling de duisternis inviel. Het was alsof in enkele ogenblikken de bomen, de huizen, de vertrouwde plekjes in het donker wegsmolten, of dat het water was gerezen en alles had verzwolgen. Hij hield even op met roeien, wat ongerust, en dacht: „Ik moet niet verdwaald raken. Als ze wakker wordt en merkt dat ze alleen in huis is, zal ze misschien bang worden," en zoals hij dikwijls had gedaan in de oorlog, trachtte hij zichzelf in zijn macht te krijgen op een bijzondere wijze, trachtte zijn lichaam te dwingen een nieuw zintuig voort te brengen, dat hem recht naar het huis toe zou leiden. Er waren geen sterren, waarnaar hij zich kon richten en nu plotseling ook geen bomen of huizen meer, want, zelfs als hij ze had kunnen zien, de banaan-, mango- en waringinbomen waren lang geleden zonder regelmaat of systeem geplant. Berekenend dat de achterkant van Ferns samengeflanste en gebrekkige roeiriem hem altijd naar links zou trekken, ging hij weer verder, soms over zijn schouder kijkend in een vergeefse poging om enig bewijs te ontdekken dat hij nog niet was verdwaald.

De regen, die kort voor zonsondergang even had opgehouden, begon nu opnieuw en de stralen stortten zo heftig neer, dat ze een fijne mist deden ontstaan boven het water. Tien minuten lang roeide hij verder met een beangstigende sensatie van blinde hulpeloosheid, want hij was er nu niet in geslaagd, zoals eertijds, dat zesde zintuig op te wekken. Telkens opnieuw dreef hij blindweg het bootje tussen boomtakken en toen merkte hij opeens dat het, ondanks al zijn inspanning, zijn eigen weg ging en dat de riemen geen invloed meer uitoefenden. Hij had een fout gemaakt en was nu niet meer in dood water, maar in een gedeelte van de overstroming waar de kracht van de rivierstroming zich deed gelden. Even dacht hij: „Nu ben ik verloren. Ik zal worden weggevaagd, zoals al de anderen." Hij wilde niet sterven en worstelde een tijdlang tot hij inzag dat roeien geen nut had, vooral omdat hij niet wist waarheen hij dreef en of elke slag van de riem hem niet dichter bij de dood bracht. Dus gaf hij tenslotte iedere poging op en liet zichzelf drijven, terwijl hij rustig dacht: „Nu, als alles uit is, moet het maar zo zijn, misschien is het wel beter."

Hij kon in het donker niet vaststellen of de boot snel voorwaarts dreef, dan wel alleen wentelde in de draaikolken van de grote stroming, maar toen raakte een bos bladeren zijn gezicht en hij greep een tak en hield zich vast. Nu was het ergste voorbij. Op zijn minst kon hij de nacht hier doorbrengen, nat en ellendig, en als het dag werd ontdekken waar hij was. Toen herinnerde hij zich het koord van Bannerjees kamerjas uit Bond Street, tastte en vond het op de bodem van de boot en maakte een eind ervan vast aan een stevige tak van de boom. Nu zou hij zelfs veilig kunnen slapen, te midden van de murmelende, dreigende duisternis.

Lange tijd wachtte hij, klaar wakker ondanks twee vermoeiende dagen zonder slaap. Hij was hongerig en begon zelfs in deze vochtige hitte te rillen. Weer dacht hij: „Ik moet op een of andere manier bij haar terug zien te komen." Als ze ontwaakte, zou ze misschien bang worden in dat vreemde huis vol oude, boze legenden en waar de geest van de oude Bannerjee nog rondwaarde in de donkere gangen. Toen begon hij zich langzaam bewust te worden van een sensatie die hij niet meer had gekend sinds de oorlog, een gevoel van iets dat om hem heen in het donker aanwezig was, te midden van ritselende takken en al deze doden, die in de ramp waren ondergegaan. Lang geleden had dit gevoel hem meer angst ingeboezemd dan granaten en kogels; lang geleden had ditzelfde gevoel hem langzaam bekropen, als ijskoud water dat tegen hem opsteeg, en had tegen zijn wil zijn intelligentie en verstand overmeesterd. Lang geleden had hij de onzichtbare, ontastbare aanwezigheid gevoeld van de duizenden wier lichamen verpletterd en uiteengereten lagen op of in de vruchtbare Vlaamse modder, overal om hem heen. Toen deed de ontzetting zijn bloed verstijven en de haren op zijn lichaam te berge rijzen; lang geleden was die vrees des te erger geweest, omdat die buiten elk verstandelijk begrip ging en buiten zijn eigen, jongensachtige verwerping van de onsterfelijkheid. Het was alsof die ongeziene en onzichtbare geesten daar stonden in de grijze mist die boven de modder zweefde, en hem beschuldigden: „We zijn niet dood. Er bestaat geen dood." Maar nu voelde hij geen ontzetting. Terwijl hij daar alleen zat in het bootje, in de duisternis, wist hij dat de geesten daar waren, niet geboren uit zijn eigen verbeelding, zoals hij lang geleden zichzelf had trachten wijs te maken, maar werkelijk en wellicht zelfs in een stof die niet kon worden gezien of gevoeld met de armelijke zintuigen die hij bezat. Nu was het geen ontzetting die hij doorleefde, maar een gewaarwording van vrede en begrijpen.

Hoelang hij zo bleef, rillend en uitgeput in het heen en weer gerukte bootje, wist hij niet, want in het donker leek elk begrip van tijd te verdwijnen, maar tenslotte merkte hij een schijnsel op dat door het duister scheen en gaandeweg duidelijker werd, vaag de hele atmosfeer doordrong en schemerig zwarte vormen gaf aan de bomen om hem heen. Het was licht dat uit de wolken neerviel, de weerspiegeling van de een of andere brand die weer in de stad was uitgebroken. Langzamerhand werd het licht sterker en tenslotte was hij in staat, niet ver van hem af, het ingewikkelde, weelderig besneden, fallische dak van de tempel van Siwa te onderscheiden en toen, vlak bij, alles wat zichtbaar was van de plompe koningin Victoria van gegoten ijzer. Alleen het hoofd was boven water gebleven en om de korte, dikke hals had zich een guirlande gevormd van grassen en verrottende bloemen die de stroom had aangesleept. Halfverzonken, was ze toch, op de een of andere wijze, onverzettelijk op de middelste pijler blijven staan.

Toen het rozige licht toenam, ontdekte hij tegen de hemel afstekend, niet ver weg, het zwarte, waaiervormige filigraan van de oude, Javaanse vijgeboom, die dicht bij het badmintonveld stond, en wist hij dat als hij die boom kon bereiken, de rest eenvoudig zou zijn. Het was nutteloos om te proberen de boot met de riemen voort te bewegen, zodat hij tenslotte het koord losmaakte en de boot zowel als zichzelf van de ene, vol rommel zittende tak naar de andere trok en zo verder ging langs de rij van waringinbomen die de Renbaanweg begrensden. Het schoot langzaam op, omdat het vergulde baldakijn telkens verward raakte in de takken. Na wat uren leek, kwam hij onder de boom en daar rustte hij even, druipend van zweet. Hij voelde zich nu niet kil meer. De laatste honderd meter kon hij roeien. Hij bereikte spoedig het balkon van het dode huis, klom over de leuning en maakte de boot nogmaals vast met het koord.

Het huis was stil, zelfs nog geluidlozer dan de verlatenheid buiten, en even dacht hij: ,,Misschien is ze weggegaan. Misschien heeft iemand haar gehaald," en opeens voelde hij een diepe teleurstelling. In het zwakke schijnsel van de gloed buiten zocht hij langzaam zijn weg door de gang, tot hij tenslotte bij de kamer kwam waar hij haar had achtergelaten.

Ze was niet weggegaan. Ze sliep nog steeds onder het muskietennet, als een kind uitgestrekt met één arm boven haar hoofd, het korte, blonde haar krullend en verward van vocht. Uitgeput en verward stond hij daar lange tijd op haar neer te zien in het vage licht dat door het venster binnenviel.

Opeens leek ze, door een of andere oorzaak, ver van hem verwijderd en niet kinderlijk meer. In haar jeugd zelf was iets leeftijdloos dat hem diep trof en in zijn vermoeidheid, zijn dorst en hongergevoel, een prop in zijn keel deed komen. Hij onderging zowel een gevoel van schaamte als afgunst om de jeugd die haar omringde als een stralenkrans, afgunst ook op een soort romantiek die hij in haar voelde en zelf nooit had leren kennen. Gedurende een vluchtig ogenblik vermoedde hij hoe heerlijk het moest zijn om ééns jong te zijn geweest zoals zij jong was, in de wereld te hebben geloofd zoals zij erin geloofde. Dat was iets dat hij nooit had gekend en nooit zou kennen, omdat het te laat was. Maar tevens besefte hij welke tragiek juist in haar jeugd verborgen was en in wat vóór haar lag, als hij bedacht hoe weinig ze wist van de wereld, hoe weinig overeenkomst er was tussen de werkelijkheid en de schone schijn van een wereld die haar verbeelding had geschapen. Wat zou er met haar gebeuren, als ze van de ene wereld in de andere overging?

Maar de rillingen keerden terug. Hij ging naar Bannerjees kamer en zocht er in het zwakke schijnsel, tot hij een *dhoti* had gevonden. Na zich naakt te hebben uitgekleed en afgewreven met een beddelaken, trok hij de *dhoti* aan en keerde terug naar de kamer waar Fern lag te slapen. Op datzelfde ogenblik had er op verre afstand een ontploffing plaats, die het vernielde, houten huis deed schudden. Toen nog een en nog een. Stukken kalk vielen van de zoldering op hem, en hij dacht: „Dat zullen Raschid en Harry Loder zijn, die de rommel opblazen." Tegen de morgen zou het water zijn verdwenen.

Op het harde bed, onder het net, bewoog het meisje, maar werd niet wakker en hij dacht: „Wat moet ze vermoeid zijn geweest."

Het vuur in de stad brandde uit en het licht verdween. Hij maakte een bed van kussens en de *dhoti* om het hoofd gewikkeld op de manier waarop miljoenen dat deden die elke nacht op straat sliepen, door heel Indië heen, ging hij op de grond liggen, naast het bed, opdat ze niet bang zou zijn als ze ontwaakte.

Het kwam niet in hem op dat wat hij deed – de hele nacht bij haar doorbrengen – een nieuw schandaal kon wekken. De oude wereld, die wereld van kletspraatjes en kleinzielige jaloezie en eerzucht, die wereld van de club en „de jongens", van Pukka Lil en de tennispartijtjes van Simon, was weggevaagd en in plaats daarvan was een wereld gekomen die, tenminste voor enige tijd, wild, primitief en vertwijfeld zou zijn.

In het missiehuis ging tante Phoebe door met haar werk. Er was geen bediende om haar te helpen, want 's morgens vroeg had ze de enige bediende die was teruggekeerd, weggestuurd om nieuws te zoeken over de Smileys. Hij was onwillig gegaan en niet teruggekomen. Onder de vluchtelingen vond ze geen hulp.

Toen ze bedaard haar gasten schatte, te midden van deze ramp, zag ze in dat mevrouw Hogget-Clapton niet alleen een dronkelap was, maar een dwaas, en dat mevrouw Simon alleen maar een ander soort dwaas was. Ze was van geen nut in deze crisis, deed niets dan snikken en haar handen wringen (als ze niet sliep) en spreken over „haar verlies" – het verlies, dacht tante Phoebe bitter, van een man en dochter over wie ze altijd de baas had gespeeld, die ze ongelukkig had gemaakt en voor wie de dood een verlossing moest zijn geweest. Mevrouw Bannerjee had nooit enig werk gedaan en wist er niets van af. Ze zat maar haar *pan* te kauwen met de onverschillige kalmte van een *yogi*. In tante Phoebes ogen was ze niets dan een lui schepsel zonder gevoel. Juffrouw Murgatroyd scharrelde rond en als ze niet de snauwen en kleine wreedheden van mevrouw Bannerjee te verdragen had, probeerde ze zich nuttig te maken, maar ook zij was een dwaas, misschien de ergste van allen. Dus dacht tante Phoebe: „Het beste wat ik kan doen, is ze allemaal uit de weg houden." Maar ze lieten zich niet uit de weg houden in de grote voorraadkamer of de slaapkamers. Alsof ze zich bewust waren alleen veilig te zijn in tegenwoordigheid van de oude vrouw, bleven ze maar de keuken in en uit lopen. Mevrouw Hogget-Clapton wilde aspirine en mevrouw Simon iets om te kunnen slapen. Maar ondanks al dit irriterende had de oude dame het naar haar zin zoals ze het nooit meer had gehad sinds de dagen van prairiebranden en wervelwinden. Het ontbreken van enig nieuws over de Smileys verontrustte haar, maar niet zeer diep, omdat ze een vertrouwen koesterde, een eigenaardig, sterk vertrouwen, dat God niet slechts haar neef en zijn vrouw zou beschermen, maar dat als Hij hen niet mocht beschermen, dit zou zijn omdat Hij er Zijn bijzondere redenen voor had. Omdat ze oud was en haar leven lang dicht bij de aarde had gestaan, bezat ze op haar tweeëntachtigste jaar een wijsheid en kennis die geen van de anderen, zelfs niet de hindoes, met haar deelden. Ze wist dat het in het grote proces van de natuur er weinig toe deed wat er gebeurde met de Smileys of haarzelf. Het enige wat er wel opaan kwam, was dat ze fatsoenlijk hadden geleefd en hun in de nood niets kon worden verweten; zulk een wetenschap was prachtig geschikt om de ziel rust te geven. Ze vond het jammer, als er mensen moesten sterven, dat de Heer dan niet de dwazen en nuttelozen had genomen, zoals mevrouw Hogget-Clapton, mevrouw Simon en de Bannerjees.

Ze was ook vreedzaam, omdat haar geest door duizend kleinigheden in beslag werd genomen en haar handen druk bezig waren. Niemand wist beter dan zij welke verlichting werken kan geven. In haar hele leven had ze nooit tijd gehad om aan zichzelf te denken, of te „genieten" van verdriet. Er waren ogenblikken geweest sinds ze naar Ranchipur kwam, waarin ze niets had gedaan, ogenblikken waarin ze in de verleiding kwam kwaad te doen, zoals het loslaten van de arme, rustige oude hyena, ogenblikken dat ze met opzet mevrouw Simon hinderde door op de veranda te verschijnen met haar schommelstoel, limonade en waaier van palmblad. Het enige wat haar soms had gehinderd in het leven te Ranchipur, was dat er weleens niet genoeg te doen viel. Nu had ze het druk met een lijst op te maken van de voorraadkamer, om te zien voor hoelang er voldoende voedsel zou zijn, met koken en opletten dat geen van de vluchtelingen meer kreeg dan het toegemeten deel, met aspirine opzoeken voor mevrouw Hogget-Clapton en thee maken voor mevrouw Simons zenuwen. Ze deed haar werk, terwijl ze de revolver, die Harry Loder haar had gegeven, nog steeds aan haar middel vastgemaakt droeg, boven haar schort, gedeeltelijk omdat ze niet wist wat er anders mee te doen en gedeeltelijk omdat het opwindend was te denken dat het wapen te pas zou kunnen komen.

Ze had niet veel vertrouwen in dit te pas komen, tot ze op de late namiddag de lange, slanke, zwarte gestalten van drie Bhils zag naderen over de modderige vlakten. Ze kwamen recht op haar huis aan en ze sloeg zwijgend hun nadering gade, zoals ze de nadering van drie roodhuiden zou hebben gadegeslagen over de prairies in haar kindertijd. Ze zag er geen nut in de anderen ongerust te maken en besloot eerst af te wachten wat ze wensten.

Ze waren van de heuvels gekomen om te plunderen en schenen verbaasd, toen ze de deur van een huis, dat ze voor leeg hadden gehouden, versperd zagen door een oude vrouw met een revolver (die tante Phoebe uit de holster nam toen ze naderbijkwamen). Ze kende hun taal niet, maar toen ze tekens maakten dat ze binnen wilden komen en wat te eten verlangden, maakte ze op haar beurt door een levendige pantomime duidelijk dat ze niet konden binnenkomen en dat er niets te eten was. Ze zagen er donker en dreigend genoeg uit, met vodden en geitevellen als kledij en lange, zwarte, vette haren die over hun schouders vielen. Ze hadden geen vuurwapenen, maar elk van hen droeg een lange speer. Een ogenblik brabbelden en schetterden ze onder elkaar en misschien zouden ze zij binnengedrongen, als niet midden in hun beraadslaging mevrouw Hogget-Clapton de keuken was ingekomen en toen ze hen zag een schrille kreet had geslaakt, die de andere vluchtelingen deed toesnellen. Het gezicht van mevrouw Hogget-Clapton, in lakens gewikkeld als een mummie (want zowel tante Phoebe als mevrouw Smiley waren kleine, tengere vrouwen, wier kleren haar tot geen nut waren) deed hen de aftocht blazen. Knorrig keerden ze zich om en gingen door de rode modder in de richting van de stad.

Mevrouw Hogget-Clapton dreigde weer flauw te vallen en riep om cognac, maar die was er niet. Juffrouw Murgatroyd voorspelde de ijselijkste gruwelen van verkrachting en marteling en mevrouw Simon riep: „Wat zal er nu van ons worden? Ik ken ze, die Bhils. Ik weet hoe ze zwierven om het missiehuis heen. Ze hebben sinds jaren erop gewacht ons de hals af te snijden." Opeens dacht ze aan Fern en riep: „Waar is Fern? Wat hebben ze met haar gedaan? Waarom is ze niet teruggekomen?" Tante Phoebe keek haar zuur aan en zei: „Fern maakt het best. Maak u niet ongerust. Voor zover ik Fern ken, heeft ze hersens in haar hoofd."

Toen verscheen in de deuropening een nog vreemder en exotischer gedaante dan de Bhils. Het was lady Heston, haar witte avondjapon om het middel gebonden, haar armen bedekt met juwelen, haar benen tot de knieën bespat met rode modder. Met een waardigheid die opeens komisch was, zei ze: „Ik ben lady Heston," en toen tegen tante Phoebe: „U bent zeker tante Phoebe. Tom Ransome heeft me regelrecht naar u toe gestuurd."

„Ja," zei tante Phoebe, die zich opeens bedeesd voelde, „dat is goed. Dat was goed. Komt u binnen." Toen herinnerde ze zich hoe het hoorde en zei: „Dit is mevrouw Simon en dat mevrouw Hogget-Clapton."

„Hoe maakt u het?" zei lady Heston en trok tegelijkertijd de opgebonden japon uit de gordel van rijnstenen en liet die tot de grond neervallen.

De invloed die deze kennismaking op mevrouw Hogget-Clapton had, was sterker dan welke cognac ook kon hebben; eindelijk maakte ze dan toch kennis met lady Heston, in weerwil van alles. Ze kwam onmiddellijk tot zichzelf en stond op alsof ze in tegenwoordigheid van vorstelijke personen was. Ze vond het eerst de spraak terug en vroeg, met haar porseleinachtige blauwe ogen wijd opengesperd: „Hebt u hen niet ontmoet? Hebben ze u niet aangevallen?"

„Wie?" vroeg lady Heston.

„De Bihls."

„Wat zijn Bhils?"

„Die wilden . . . zwarte mannen met speren."

„O die! Ja, die heb ik gezien."

Toen vroeg mevrouw Simon ademloos: „Hebben ze u niets gedaan . . . met al die juwelen?"

„Nee. Ze hebben me niet gezien."

„Wat deed uw . . . ik bedoel, wat hebt u gedaan?" Mevrouw Hogget-Clapton had zich bijna versproken. In de emotie was ze teruggegleden door jaren van ambtenaarschap en had bijna gezegd: „Uw ladyship!"

„Ze bevielen me niet. Ik heb me verborgen in een greppel tot ze voorbij waren."

„O," zei mevrouw Hogget-Clapton, „in een *nullah*. Hoe verstandig van u!"

Tante Phoebe wist opeens dat de nieuwaangekomene haar zou bevallen. Ze had niet graag te maken met dwazen; ze stond altijd verbaasd over het aantal personen dat de middelbare leeftijd bereikte, terwijl ze even dwaas bleven. Het was duidelijk genoeg dat lady Heston geen dwaas was.

„Trekt u liever wat droge kleren aan," zei tante Phoebe.

„Ja, graag. En als ik een bad zou kunnen nemen . . ."

„Er is een *chattee*," begon mevrouw Hogget-Clapton.

„Er is een kruik vol water en een schepper. Ik zal wat warm water maken," zei tante Phoebe. „Gaat u maar met me mee."

Mevrouw Hogget-Clapton giechelde, zich eensklaps bewust dat ze eruitzag als een mummie. „We hebben geen van allen kleren," zei ze. „Ik werd overvallen in mijn negligé. Het hangt nu te drogen, maar het is zo lastig om iets te drogen met dit regenweer."

Wat mevrouw Simon betreft, die scheen met stomheid geslagen. Ze stond roerloos te staren naar lady Heston en naar het vermogen aan juwelen dat ze om haar pols droeg. Zo had ze zich altijd een hertogin gedroomd. Ze vergat zelfs de lijken van Simon en de arme, domme Hazel, die verpletterd lagen onder tonnen steen en kalk. Terwijl ze stond te staren, begon lady Heston de armbanden los te maken en vroeg: „Wat kan ik hiermee doen?" „Geef ze aan mij," zei tante Phoebe. „Ik zal ze bewaren in mijn kous." Toen kwam er een ondeugende glans in haar ogen — dezelfde schalkse uitdrukking die Ransome eens had betrapt op haar gerimpelde gezicht op de dag dat de hyena mevrouw Hogget-Clapton het prieel opdreef. „Wat er ook gebeurt," zei ze, „ik denk niet dat ze onder mijn rokken zullen kijken."

Toen ze was weggegaan en lady Heston had meegenomen, zei mevrouw Simon: „Wat een praat! Nu kan men toch zien!"

„En nog wel tegen lady Heston!"

„Hoe kan ze zulke dingen zeggen . . . terwijl er van alles kan gebeuren?"

Toen verscheen meneer Bannerjee in de deuropening, het hoofd bedekt met as en de gelakte doos in zijn handen. Bij zijn verschijning begonnen beide vrouwen te gillen, en toen ze hem hadden herkend onder de as, keerden ze hem de rug toe en begonnen zich druk te maken over mevrouw Hogget-Claptons peignoir, die bijna droog was. Meneer Bannerjee in Europese kleren was erg genoeg. In een *dhoti*, bedekt met as, zag meneer Bannerjee, de elegante, de kosmopolitische, eruit als de eerste de beste bedelaar.

Bijna dadelijk begon hij met last te veroorzaken, want in steeds toenemende neiging tot orthodoxie, eiste hij een hoekje van het fornuis en een stel keukengereedschap op, zodat hij voedsel kon bereiden voor zichzelf en mevrouw Bannerjee, dat niet was besmet door de hand van de „onreine" tante Phoebe.

In de badkamer bij de *chattee* begonnen tante Phoebe en lady Heston elkaar te begrijpen. Tante Phoebe bracht katoenen ondergoed (iets wat lady Heston niet had gezien sinds de armelijke dagen, lang geleden, toen ze in een Florentijns pension woonde met een geruïneerde vader) en een japon van calico, wat ze nog nooit in haar leven had gezien, een japon die eenvoudig bestond uit twee stukken stof, vastgenaaid aan de mouwen door een Gujeratische kleermaker, die op de verandavloer gehurkt had gezeten toen hij het kledingstuk vervaardigde.

Tante Phoebe voelde zich opeens bedeesd, niet omdat lady Heston voornaam, rijk of het petekind van een koningin was, maar omdat ze „lady Heston" werd genoemd. Tante Phoebe had nog nooit in haar leven iemand „lady" genoemd en in weerwil van een nogal vaag besef dat er zo iets bestond als titels, vond ze het raar om iemand lady Heston, lady Smith of lady Jones te noemen. Haar bedeesdheid kwam voort uit de onwilligheid van haar tong om dat woord „lady" uit te spreken, dus sprak ze lady Heston aan met „u".

Bijna dadelijk had lady Heston gevraagd: „Wie zijn die twee vrouwen in de keuken?" Tante Phoebe had geantwoord: „De ene in het laken is mevrouw Hogget-Clapton. Ze is de vrouw van een bankdirecteur. De andere is mevrouw Simon, de vrouw van de andere missionaris."

„Degene die een dochter heeft die Fern heet?"

„Ja," zei tante Phoebe. „Die arme ziel heeft haar andere dochter en haar man verloren. Ze zijn gedood."

„O, wat vreselijk."

Een ogenblik keerde de onwezenlijke verschrikking van de werkelijkheid terug en deed hen beiden verstommen. Er viel een lange stilte en lady Heston, die zonder enige schaamte al haar kleren had uitgetrokken en nu volkomen naakt naast de *chattee* stond, vroeg: „Weet u ook wat er van het ziekenhuis is geworden?"

„Nee. Niemand weet iets. Ik heb een van de bedienden weggestuurd om het te onderzoeken, maar hij is niet teruggekomen."

„Ik weet niet of mijn eigen man dood of levend is. Hij was ziek... in het oude zomerpaleis."

Tante Phoebe dacht: „Arme ziel," maar toen wist ze opeens dat dit maar een conventionele gedachte was. Wat er ook gebeurde, deze vreemde vrouw, die daar naakt stond en een douche nam onder het koude water dat uit de *chattee* stroomde, zou nooit een arme ziel zijn. Dus zei ze: „Ik denk dat alles er morgen wel beter voor zal staan."

Toen liet tante Phoebe lady Heston alleen met de kleren en korte tijd daarna kwam ze, gekleed in de japon van calico, de keuken binnen, en tante Phoebe dacht: „Het is wonderlijk wat een verschil het maakt wie iets draagt." Lady Heston zag er in de calicojapon, die haar niet beter paste dan hij het mevrouw Smiley had gedaan, toch elegant uit, tenminste, ze zag eruit zoals tante Phoebe zich élégance voorstelde, want dat was nooit iets geweest waarvoor ze zich erg had geïnteresseerd.

Lady Heston zei: „Als ik iets kan doen om te helpen, hebt u het maar te zeggen. Ik ben niet erg handig, maar ik zou graag behulpzaam zijn. Het kan me niet schelen met wat." Tante Phoebe stond op het punt te antwoorden dat ze het alleen afkon en dat er geen reden was die mooie, blanke handen en de gelakte nagels te bederven, maar voordat ze iets kon zeggen, vervolgde lady Heston: „Ik meen het werkelijk. Ziet u, ik verlang ernaar nuttig te zijn. Ik wil graag iets doen." In haar stem en haar blauwe ogen kwam de schaduw van iets dat tante Phoebe in haar wijsheid begreep, iets dat haar

324

verbaasde. Ze zweeg even en antwoordde toen: „Nu, u zou de broodwortels kunnen schrapen," maar toen ze de bak, de wortels en het mes voor haar neerzette, merkte ze dat lady Heston niet het flauwste idee had hoe men wortels schraapt, dus nam ze het mes in haar eigen, afgewerkte handen en zei: „Kijk, zo moet het."

Lady Heston zei: „Neem me niet kwalijk, ik ben zo dom in zulke dingen," en op haar gezicht kwam de kinderlijke, bijna onschuldige uitdrukking die Ransome erin had ontdekt in zijn dronkenschap, de nacht van Bannerjees partij, kort voor de aardbeving.

Toen ze zich afwendde naar de haard, dacht tante Phoebe: „Dat is het. Dat is, wat ze nodig heeft." De wortels zouden haar blanke handen bevlekken en het water zou haar mooie nagels bederven, maar dit was het, wat ze meer dan iets ter wereld nodig had.

Samen maakten ze het maal klaar voor mevrouw Hogget-Clapton, mevrouw Simon en juffrouw Murgatroyd. Op zijn gedeelte van het fornuis bereidde meneer Bannerjee een schotel van rijst en saffraan. Eindelijk had hij zijn gelakte doos opzij gezet.

Het waren lady Heston en mevrouw Simon, die de hele nacht de wacht hielden, gewapend met tante Phoebes revolver. Kort na middernacht werd het huis geschud door de terugkaatsing van verre ontploffingen uit de richting van de berg Abana, waardoor de anderen in de door kaarsen verlichte keuken kwamen, waar de twee vrouwen zaten achter de met stoelen en tafels gebarricadeerde deur. Het was tante Phoebe, die de oorzaak van de ontploffingen raadde. Niets van belang gebeurde verder gedurende de nacht. Er verschenen geen Bhils en het enige geluid dat van de modderige velden buiten klonk, was het gestadige rumoer van de moessonregen, het gehuil van jakhalzen en soms het waanzinnige lachen van een hyena.

Toen de nacht vorderde, begonnen de twee vrouwen samen te praten. Eerst hadden ze slechts enkele opmerkingen gewisseld, beleefd maar oninteressant, want mevrouw Simon was nog steeds versuft en lady Heston voelde zich verveeld en ongelukkig. Met juffrouw Hodge was het iets anders geweest dan met mevrouw Simon. De kruiperigheid en het snobisme van juffrouw Hodge had ze uitstekend begrepen; door jaren ondervinding op bazaars en bloementoonstellingen kende ze al de noodzakelijke antwoorden, de paar beminnelijke woorden en formules die kleurloze vrouwen als juffrouw Hodge en mevrouw Hogget-Clapton konden doen gloeien van innerlijke vreugde. Maar mevrouw Simon was anders. In haar Amerikaans snobisme ontdekte lady Heston een soort onvormelijkheid; het was eerder de uiting van een individu en van een hele stand en daarom werd ze erdoor in de war gebracht. De oude antwoorden, die juffrouw Hodge tevredenstelden, schenen mevrouw Simon niet te voldoen. Ze zag in dat beide vrouwen alledaags en vervelend waren, maar ze ontdekte bijna dadelijk dat ze verschillend van kwaliteit waren. Mevrouw Simon stelde hogere eisen; de arme juffrouw Hodge was dankbaar geweest voor ieder vriendelijk woord. Mevrouw Simon wenste meer dan formules. Ze eiste vertrouwelijkheid, op voet van gelijkheid, als prijs voor een draaglijke omgang met elkaar.

Voor de eerste maal in haar leven voelde lady Heston zich slecht op haar gemak en dacht: „Misschien is onze manier van doen toch de beste. Dan weet je tenminste waar je aan toe bent."

Mevrouw Simon waagde het haar ronduit vragen te stellen over haar man, over zijn ziekte, wat ze dacht van Ranchipur en de maharani en Ransome. Niet alleen verwachtte ze een antwoord; ze verwachtte dezelfde intieme ontboezemingen die zijzelf met adembeklemmende openhartigheid en eenvoud uitbracht.

Toen ze de naam van Ransome in hun onsamenhangend gesprek betrok, op slinkse wijze, als een krab die zijn prooi van opzij naar zich toe trekt, maakte ze toespelingen op de intimiteit tussen hem en Fern, die Edwina het gevoel gaven dat hij haar met opzet had misleid, wat betreft zijn verhouding tot het meisje. Ze sprak tegen lady Heston met een wonderlijke objectiviteit over haar man en dochter die dood waren en zei: „Morgen moeten we hen op de een of andere manier zien te begraven."

Aan de andere zijde van de tafel, met de kaars tussen hen, ontdekte lady Heston dat ze zich gechoqueerd voelde, iets wat ze niet voor mogelijk had gehouden. De vrouw kwam haar langzamerhand niet geheel menselijk voor. Het was alsof niets ter wereld, noch haar dode echtgenoot en dochter, noch haar levende kind, anders bestonden dan in verband met haar eigen ik. Terwijl ze toehoorde, kwam het haar voor alsof die vrouw bijna geloofde dat de arme Hazel en Zijn Eerwaarde Simon het zo hadden ingericht dat ze werden gedood om haar te hinderen. Terwijl ze daar zat en gedachteloos „ja" en „nee" of „wat vreselijk" antwoordde, kwam het bij haar op hoe weinig zij, ondanks al haar ondervinding, werkelijk af wist van de wereld, hoe weinig ze wist van de laagheid, ruwheid, kleinzielige eerzucht en afgunst erin. Ze had er nooit iets van geweten omdat ze zich altijd, als ze in de nabijheid ervan kwam, had afgewend. Nu werden haar tegen wil en dank deze dingen, die haar onbekend waren geweest, opgedrongen door deze vrouw van middelbare leeftijd met haar harde gezicht, die tegenover haar zat aan de tafel. Terwijl ze de vrouw van de missionaris gadesloeg, voelde ze terzelfder tijd afkeer en medelijden – afkeer voor mevrouw Simons vulgariteit en medelijden voor haar kleinheid en voor al de hardheid die ze vermoedde in de achtergrond van een jeugd, waarvan ze niets af wist. Terwijl ze maar met een half oor luisterde, kwam de gedachte aan Albert bij haar op en een ogenblik leek het haar of hij minder afstotend was dan ze had geloofd. Zijn fouten, zijn ondeugden waren tenminste groot. Het kwaad dat hij had begaan, was groot en vèrreikend.

In zijn zelfzucht, in zijn eerzucht, was een soort duivelse grandeur. Toen, terwijl ze mevrouw Simon volkomen vergat, dacht ze: „Hij is hoogstwaarschijnlijk dood ... zo niet door de aardbeving, dan door zijn ziekte. Ik zal hem nooit meer zien en zal vrij zijn." En na een ogenblik: „Maar wat kan ik beginnen met mijn vrijheid? Waar zal ik heen gaan? Waarvoor moet ik leven?"

De jakhalzen huilden weer, van zeer nabij, aan de rand van het erf, en de zonderlinge gedachte kwam in haar op, dat dit avontuur romantisch en opwindend had behoren te zijn, maar het niet was, door een of andere oorzaak die ze niet goed kon ontdekken. Alles leek alleen goor en leeg, dit verwoeste huis, de vreemde verzameling van banale mensen, zelfs haar gevoel voor Tom. Ze had geen ogenblik angst gevoeld. Korte tijd was ze opgewonden geweest, maar nu was het avontuur vlak en kleurloos geworden. De onbehaaglijkheid, goorheid en verveling wogen op tegen wat er ooit aan opwinding in was geweest. Er restte niets van alles dan de majoor, en die was zeer waarschijnlijk dood.

Toen merkte ze dat de zonderlinge, banale, kleine vrouw tegenover haar huilde, niet rumoerig en hysterisch, maar rustig, terwijl de tranen langs haar slecht geschminkte wangen gleden. Heel rustig praatte ze, zonder zelfs erop te letten of lady Heston al dan niet luisterde.

Wat ze zei was: „Ik had beter voor hem horen te zijn ... en vriendelijker. Nu kan ik dat niet meer ... nooit meer ... omdat hij is weggegaan."

Lady Heston merkte dat haar gezicht niet hard meer was, het was slap geworden en het rijstpoeder was door de tranen gestreept en geklodderd. Ze sprak door met een vreemde, gesmoorde stem: „Soms heb ik hem gekweld. Ik kwelde Hazel ook, maar dat was niet hetzelfde. Ik was altijd van plan het weer goed te maken bij hem ... op een of andere wijze en nu is het te laat ... Ik liet hem dingen doen die hij liever niet deed en soms werd hij het zo moe. Ik bedoelde het niet kwaad. Ik wou hem helpen. Hij was niet een man die zichzelf vooruit kon helpen." Ze veegde haar besmeurde gezicht af met haar zakdoek en zei: „Hij was zwak, maar hij was een goede man. Ik wilde dat u hem had gekend."

Terwijl ze die vrouw gadesloeg, voelde lady Heston een soort koude ontzetting over haar smart, over de jammerlijk egoïstische ondergrond van haar bekentenis. Ze verlangde ernaar weg te gaan, haar de rug toe te keren en met iemand anders te praten. Ze voelde zelfs angst, want ze vermoedde dat er iets van waanzin school in mevrouw Simons opwinding. Maar ze kon nergens anders heen en er was niemand anders om mee te spreken. Ze herinnerde zich plotseling, met een vage lust tot lachen, dat er een plicht op haar rustte. Ze zat daar in een japon van calico, met een revolver in haar schoot, om als schildwacht dienst te doen. Buiten was niets dan de eindeloze vlakte van rode modder, met jakhalzen, hyena's en misschien zwervende troepen wilden, die ze kort tevoren had gezien. Opeens was ze boos op Ransome, dat hij haar vooruit had gezonden in plaats van haar toe te staan bij hem achter te blijven. Toen dacht ze: „Hij kon me niet gebruiken. Hij wilde alleen blijven met dat meisje. Waarschijnlijk was het zijn eerste kans. Hij heeft het meisje. Waarom zou ik dan niet mijn mooie dokter mogen hebben?" De afschuwelijke vrouw tegenover haar, de vulgaire, vreemde, verwilderde vrouw, ging maar door met praten en vertelde dingen die haar op zonderlinge wijze beschaamd maakten over zichzelf. Ze zei nu: „Ik ben hem niet dikwijls ter wille geweest... hij vroeg het nooit ronduit, maar ik wist het wel en soms sloot ik hem buiten."

Lady Heston had lust te schreeuwen: „Wat kan mij dat schelen? Waarom vertel je dat allemaal aan mij?" Maar ze kon er niet toe komen te spreken. Ze verlangde te zeggen: „Ik geef geen bliksem om die man van u, ik heb hem nooit gezien," maar ze zweeg en ging door met het geschminkte gezicht gade te slaan, dat niet koket of hard meer was, maar oud en slap.

„Ik heb zoveel ellende gehad. U hebt er geen idee van wat het betekent in Ranchipur te leven ... altijd ... altijd. Het maakt je innerlijk gemeen, vreemd en vreselijk."

Toen zag mevrouw Simon wellicht, door haar tranen heen, de schaduw over lady Hestons gezicht en haar harde, wat starre blik vol afkeer, en zei: „Laat me alstublieft tegen u praten. Ik kan tegen niemand anders spreken."

Lady Heston dacht: „Ik veronderstel dat ik in Engeland zou hebben gezegd dat ze niet de passende terughouding toonde ... maar ik ben niet in Engeland." Nee, ze zat hier midden in Indië, in een wereld die plotseling vernield en beangstigend was.

„Ziet u," zei mevrouw Simon, „ik voel nu pas goed wat er is gebeurd. Ik kon het tevoren niet voelen. Het was niet werkelijk. In mijn hart geloofde ik het niet. Nu pas wéét ik dat hij dood ligt, onder al die stenen. Het is de eerste maal dat ik wéét dat ik hem nooit meer zal zien."

De jakhalzen hervatten hun spookachtig gehuil en boven dat koor klonk het wilde lachen van de hyena's. „Dood," dacht lady Heston. „Alles is hier vol doden, en de jakhalzen en hyena's slepen de doden mee." Opeens herinnerde ze zich de wolken van gieren en wouwen die ze uit de verte, van Bannerjees balkon af, in kringen had zien rondvliegen, in steeds lagere cirkels, niet openlijk neerschietend, zoals adelaars en valken, maar loom dalend, omdat hun slachtoffers dood waren en er geen grond voor haast was. Ze dacht: „Ik zal wakker worden en dan zal alles voorbij zijn en ik zal merken dat ik helemaal nooit in Indië ben geweest." Maar ze wist dat het geluid van het jakhalzegehuil werkelijk was, even werkelijk als de ordinaire, bittere smart op het gezicht van de vreselijke vrouw, die samen met haar de wacht hield.

Het was waar, wat mevrouw Simon had gezegd. Noch de ramp, noch de dood van haar echtgenoot en dochter was werkelijkheid voor haar geweest,

tot alles plotseling, in de stilte van de halfverwoeste keuken, even werkelijk voor haar werd alsof ze beiden onder haar ogen langzaam in hun bedden waren gestorven. Daarvóór hadden de schok, haar eigen zin voor het dramatische, de verwarring, de ontzetting en opwinding als het ware haar bewustzijn verdoofd en de hele wereld om haar heen verwrongen, zodat haar eigen volharding en heldenmoed bij het redden van Lily Hogget-Clapton al het andere hadden verduisterd. Toen had iets in de ogen van de Engelse vrouw tegenover haar alles veranderd. Wat het was, dat opeens alles anders maakte, kon ze zichzelf niet verklaren, maar in die ogen waren een soort koelheid en eerlijkheid die laag na laag van schijn en hysterie in haar hadden doen verdwijnen, tot ze tenslotte zachtjes was begonnen te schreien, de eerste werkelijke tranen die ze sinds twintig jaren had gestort. Voor de eerste maal sinds bijna twintig jaren voelde ze zich zoals ze zich lang geleden als jong meisje had gevoeld, zacht, warm en vredig. De tranen die ze stortte, waren niet bestemd voor de plompe man van middelbare leeftijd die verpletterd en dood onder de stenen lag, aan de andere kant van de weg, maar voor een jongen van eenentwintig jaar en voor haarzelf, zoals ze lang geleden was geweest. Het waren ook tranen om wat nooit tussen hen was geweest en had kunnen zijn, iets waarvan ze nu, vermoeid en ontzet, terwijl de wereld om haar heen vernield was en stil leek te staan, vaag en voor de eerste maal een vermoeden kreeg. Het waren ook tranen van zelfbeklag voor haar eigen, verknoeide leven en omdat ze opeens wist dat ze in weerwil van alles oud was, zelfs ouder dan ze op haar drieënveertigste jaar had behoren te zijn, verteerd door onrust, afgunst en kleinzielige naijver; oneindig ouder dan die koude, mooie vrouw die tegenover haar zat en die niet zoveel jaren jonger kon zijn dan zij. Onder haar tranen en berouw door dacht ze steeds: „Het is niet eerlijk. Het is niet eerlijk, dat zij alles heeft gehad en ik niets." Toen hoorde ze zichzelf zeggen: „Ik kan het niet helpen, dat ik zo tegen u spreek. Er is niemand in heel Ranchipur met wie ik kan spreken." Zelfs Lily was er niet meer, want ze had Lily doorzien, had haar zo grondig doorzien, dat ze haar zelfs nooit meer kon benijden of zelfs respecteren. Ook daarom schreide ze. Het gezicht in de handen begravend, leunde ze voorover op tafel en even had ze een gevoel of ze op het punt stond te bezwijmen of te sterven, en toen viel ze rustig in slaap bij het kaarslicht. Lady Heston, tegenover haar, dacht: „Goddank!", maar tegelijkertijd schaamde ze zich over haar eigen hardheid.
De nacht sleepte zich voort. Lange tijd zat Edwina rechtop op de harde, houten stoel, met Harry Loders pistool op de tafel voor zich. Tegenover haar sliep mevrouw Simon, geleund op de keukentafel, het hoofd begraven in haar plompe armen. Het was een slaap, diep als de dood, ontstaan uit al de ontzetting, opwinding en uitputting van de afgelopen achtenveertig uren. Edwina zelf voelde geen neiging tot slapen; het was haar of ze nooit meer zou slapen. Tenslotte stond ze op en liep door tante Phoebes keuken,

die nu even schoon en vlekkeloos was als tante Phoebe die altijd hield. Ze opende kastdeuren, bekeek de ketels en het vreemde Indische fornuis met de rij van kleine vuurgaten, en langzamerhand kreeg het vertrek iets wonderlijks voor haar. Het was allemaal zo klein, zo keurig en had een bekoring die leek op de bekoring van een kinderpoppenhuis. Het was een klein koninkrijk, dat aan de eigenaardige, praktische, oprechte oude dame toebehoorde. Binnen deze muren heersten nauwgezette orde en klaarblijkelijk zeer doeltreffende organisatie. Opeens dacht Edwina: ,,Wat zou het leuk zijn zo'n keuken te hebben – een keuken die je toebehoort, waarin je koningin bent, waaruit je, ordelijk en doelmatig, driemaal per dag de maaltijd voortbrengt voor heel het gezin.'' Weer had zij een vermoeden van de vrede die eigen is aan de kleine levens, een vrede die begeerlijk was en zelfs verrukkelijk, in weerwil van alle eentonigheid. Ze zag plotseling in dat ze nooit in haar leven, zelfs niet gedurende die schrale dagen, lang geleden in het Florentijnse pension, een bestaan had gekend dat ordelijk, verzekerd en aangenaam was, want zelfs toen, in de drie kamertjes die uitzagen op de Arno, hadden zij en haar vader in zekere zin ,,gekampeerd'' als zigeuners, altijd in afwachting dat de fortuin zou keren en hen terugwerpen in een wereld van onpersoonlijke luxe en schulden, waarin wel een zekere schittering en glans waren, maar geen zekerheid, orde of vrede. ,,Dat was het,'' dacht ze, terwijl ze tante Phoebes nette keuken bekeek. ,,Ik heb altijd een onordelijk leven geleid, zolang ik me kan herinneren.'' Ze was erop getraind, zonder ooit enige opleiding te hebben gehad, te geloven, te voelen tot in het merg van haar beenderen, dat er voor haar een speciaal privilege bestond dat haar in een bijzondere positie plaatste, dat de wereld de verplichting had te zorgen dat voor haar alles werd geschikt en gedaan. Zodoende had ze nooit de zekerheid en voldoening gekend van die vogelachtige oude dame, tot wie deze ongelofelijke mengeling van vluchtelingen, hindoes zowel als Europeanen en Amerikanen – hun toevlucht hadden gezocht tijdens deze ramp. Opeens begreep ze even welk een diepe voldoening tante Phoebe moest voelen, een sensatie van vervulling, van je plicht te hebben gedaan, die zo groot was, dat vrees, verveling en wanorde erdoor werden verdelgd en zelfs de angst voor de dood. Nee, dat had zij nooit gekend. Ze dacht: ,,Ik ben intelligent. Ik ben zo sterk als een os. Ik ben nooit iemand tot nut geweest. Ik zou het nog kunnen proberen. Misschien vind ik dan iets heerlijkers dan ik ooit heb gekend. Misschien krijg ik dan eens dezelfde vredige uitdrukking in mijn ogen als in de ogen van die oude vrouw ligt en in de ogen van die rare, onaangename Schotse, die het ziekenhuis leidt voor de majoor.''

Als een schoolmeisje begon ze, in de stilte van tante Phoebes keuken, te dromen en te denken over een ander bestaan. De ramp had de lijn van haar leven onderbroken. Nu, in de eenzaamheid, zag ze in dat de omstandigheden haar nog een kans hadden gegeven, misschien de laatste die ze ooit zou krijgen. Albert was nu waarschijnlijk dood, zoals ze had voorspeld die morgen, die nu jaren geleden leek, toen ze aan het andere einde van de kamer bij hem had gezeten en voor de eerste maal had beseft hoe ze hem haatte en verachtte. Ja, hoogstwaarschijnlijk was hij dood (het feit liet haar koud en gevoelloos) en ze was vrij, niet alleen van hem bevrijd, maar van het hele leven waartoe ze had behoord. Ze hoefde zelfs nooit terug te keren naar het huis in Hill Street of naar Engeland. Ze kon een ander mens worden. Ze zou naar de maharani gaan, naar tante Phoebe zelf, naar de oude juffrouw MacDaid of naar de majoor en zeggen: ,,Hier ben ik, sterk en gezond. In zoveel dood en ellende moet er toch iets zijn wat ik kan doen om te helpen. Zeg het me en ik zal het doen." Plotseling werd ze aangegrepen door een opwinding zoals ze nooit tevoren had gekend. Dat was het! Ze zou werken in de ziekenhuizen. Ze zou werken met de majoor. Op een of andere wijze zou ze zich vastklampen aan dat gevoel, aan die emotie die anderen, volgens Tom, in verband met Indië hadden; het Indië dat in beweging moest komen en zich vrijschudden en opstaan om tot de oude waardigheid en grandeur terug te keren. Zij, die altijd verwend, wellustig en nutteloos was geweest, kon zichzelf nog redden. De kamer leek haar opeens klein en benauwend en terwijl zij naar de deur ging, trok ze de stoelen en tafels weg, opende de deur en ging naar buiten in de Indische nacht.

Een ogenblik was de hemel hier en daar verhelderd en tussen de verspreide wolken waren plekken saffierblauw, gevuld met stralende sterren. Het was nu stil, behalve soms de kreet van een jakhals en een ver, brullend geluid dat haar ongerust maakte, alsof het de inleiding tot een nieuwe ramp was. Voor haar, achter de omheining van stekelige cactus en de vernielde kleimuur, strekte de Indische vlakte zich uit, het wijde plateau dat voortliep tot aan de Golf van Bengalen, een vlakte die Engeland, Frankrijk en Duitsland, meer dan half Europa, kon verzwelgen en dan nog leeg bleef. Ver weg, mijlen ver, dicht bij de barrière van lijken en wrakhout, die Harry Loder en Raschid waren gaan vernietigen, rees de donkere massa van de berg Abana met zijn Jaintempels vaag glinsterende in het licht van de Indische hemel. Terwijl ze daar stond, voelde ze voor het eerst in haar overvulde en verwarde bestaan een sensatie van eenzaamheid en onbelangrijkheid, die als een bad van koud, helder water was voor haar koortsige geest; met die eenzaamheid kwam een soort vrede. Direct daarop was ze ontzet – waarom, dat wist ze niet, of het moest door de openbaring van haar eigen nietigheid zijn.

Toen klonk uit de stilte achter haar een geluid als de schreeuw van een jakhals, de doodsbange stem van mevrouw Simon.

,,Lady Heston! Lady Heston! Waar bent u? Waar bent u?" en de dromen, de vrede, de eenzaamheid waren verdwenen; ze was vol boosheid en ergernis. Vinnig fluisterde ze tot de plompe gestalte, waarvan ze de omtrekken kon zien tegen het vage kaarslicht dat uit de open deur scheen: „Ik ben hier! Wees stil! U zult iedereen wakker maken!"

„O, u hebt me zo aan het schrikken gemaakt! Ik dacht dat u misschien was ontvoerd door die vreselijke Bhils!"

Toen begon het weer te regenen en de wolken joegen langs de hemel. De vage, fosforiserende blankheid van de verre tempels vergingen in de duisternis en ze keerde terug in het vernielde huis, om weer te luisteren naar de beschamende bekentenissen van mevrouw Simon.

Fern ontwaakte in mevrouw Bannerjees slaapkamer toen het eerste daglicht over de vernielde stad viel. Ze had lang en vermoeid geslapen en toen ze haar ogen opende en haar ene arm achter zich strekte, wist ze lange tijd niet waar ze was, en in haar halfwakende toestand vervulde haar langzaam een gevoel van ontzetting voor iets dat ze niet kende. Het was als de ontzetting van een nachtmerrie waaruit ze niet kon ontwaken. Toen merkte ze, in het vage, grijze licht, het net op en de hardheid van de vreemde, van koorden geknoopte matras, waarop ze lag. Ze kwam overeind, schoof het net opzij en herinnerde zich meteen alles wat er was gebeurd – de ontzetting van de aardbeving, de tocht in het rood-en-gouden bootje, de vreselijke scène met haar moeder en de scène met Ransome, die dronken was en haar en zichzelf bespotte.

In het grijze licht zag ze de gestalte, gehuld in een *dhoti* op de grond aan haar voeten liggen en in plotselinge angst dacht ze dat het een vreemd lijk moest zijn. Lange tijd staarde ze er gefascineerd naar, tot ze zag dat het lichaam in de *dhoti* ademde en bewoog. Toen boog ze zich eroverheen en zag dat een hand te voorschijn kwam, een hand die ze zeer goed kende, een van de twee handen die ze zo mooi had gevonden en een ogenblik dacht ze dat ze zou flauwvallen. Maar ze dacht: „Nee, dat moet ik niet doen. Niet nu. Ik moet niet flauwvallen." Zich moeizaam beheersend, knielde ze neer en lichtte zachtjes de doek op, om het gelaat eronder te zien. Het gezicht kon ze niet zien, omdat het verborgen was in de holte van de arm, maar ze kende het hoofd met de sterke, slanke hals en het krullende, kroezige, donkere haar, het hoofd dat ze op een of andere wijze zo goed kende, zonder het ooit bewust te hebben bekeken. Toen ze het zag, kreeg ze neiging te huilen. Stilletjes gleed ze naast hem neer en bleef zo liggen, met haar wang tegen zijn krullende haren.

Toen hij zich bewoog, wendde hij het hoofd om en keek haar aan, met een verwarde, verbaasde uitdrukking in de donkere ogen. Toen gleed langzaam het zonderlinge glimlachje, dat haar altijd een gevoel van zwakheid gaf, over zijn vermoeide gezicht en hij legde zijn arm om haar heen en trok haar dicht tegen zich aan. Toen haar. wang de zijne aanraakte, wist ze dat hij schreide.

Buiten, in het opkomende daglicht, was de verstopte rivier weer begonnen te brullen, want Harry Loder had zijn werk goed gedaan en de versperring van wrakhout en lijken was verdwenen.

Toen ze de kamer verlieten en op het broze houten balkon traden, was het volop dag geworden en het water van de overstroming verdwenen. Het vergulde plezierbootje bengelde aan de balustrade, als een dronken man na een verboemelde nacht, aan het koord van Bannerjees kamerjas uit Bond Street. Toen konden ze voor de eerste maal de verwoesting zien die de overstroming had aangericht. In het dorp aan het einde van het erf was niets overgebleven van de groep hutten en de altaren. Tegen de vernielde muur lagen drie lijken, die van een man, een oude vrouw en een kind. In de laagste takken van de grote waringin was een ander lijk geraakt en werd daar vastgehouden door de goedkope, katoenen *dhoti,* die de man tijdens zijn leven had gedragen. In een andere boom hing grotesk het karkas van een dode aap. In het landschap dichtbij stonden nog slechts twee dingen overeind, de fallische tempel van Siwa en het zware beeld van gegoten ijzer van koningin Victoria. De halve brug was bezweken, maar de pijler die de goede koningin droeg, was er nog en daar stond zij op, stevig haar paraplu en reticule omklemmend.

Gras en takken vormden een soort boa om haar korte, dikke nek, naar achteren afhangend, waar ze heen waren getrokken door het water.

„We kunnen nu lopen," zei Ransome. „Het is beter dat we naar de Smileys gaan, denk ik. We kunnen niet de rivier oversteken." Dus gingen ze de trappen van het verwoeste, halflege huis af en liepen de weg op, langs de omgeslagen auto van de majoor, in de richting van de Renbaanweg. Overal lag wrakhout en rode modder die zo dik was, dat ze aan hun voeten vastzoog, alsof ze hen in de aarde wilde trekken, bij al de andere doden. Ze kwamen voorbij Raschids huis, waar ze mevrouw Raschid en haar zeven kinderen al bezig zagen kletsnatte meubelstukken naar de veranda te slepen. Daarna langs Ransomes eigen huis, dat nog overeind stond, maar met de helft van het dak vernield, terwijl een enorme scheur de Belgravische façade ontsierde. Toen kwamen ze in het open veld en konden gemakkelijker lopen, want hier was de overstroming aan voorbijgegaan en de macadamweg strekte zich leeg en glinsterend uit.

Ze liepen zwijgend, beiden nog versuft en ongelovig door wat hen was overkomen. Ransome zag nauwelijks iets van het vernielde landschap om hem heen. Het was alsof hij zich zonder inspanning voortbewoog, alsof hij geen bewustzijn van de werkelijkheid had op dit moment en van het feit dat Fern, gekleed in zijn eigen shorts en tennishemd en hijzelf in Bannerjees Bengaalse *dhoti,* een groteske indruk maakten. Belachelijkheid, die zelfs in gewone omstandigheden zo weinig had te betekenen in Indië, had nu volkomen opgehouden te bestaan. Hij wist nu wat dichters bedoelden als ze schreven over „een hart dat zingt". Er was iets met hem gebeurd, iets waarnaar hij soms zonder het te weten zijn hele leven had gezocht. Hij had een tijdlang zichzelf verloren, dat vreselijke, naar binnen gekeerde, zichzelf beklagende, vervelende ik, dat altijd iedere voldoening had vernield. Dat was gemakkelijk gebeurd, zonder enige opzet, zonder bewustzijn; als groene loten die uitschoten na het eerste neerstromen van de moessonregen. Even keerde zijn oude ik terug, zoals hij wist dat het telkens weer zou terugkeren nadat de eerste bedwelming voorbij was, en hij dacht: „Ik ben eigenlijk een man, een menselijk wezen zoals zij die door God zijn gezegend met eenvoud." Noch al zijn losbandigheid, noch al zijn verwarde geëxperimenteer had een man van hem gemaakt. Het was dat eenvoudige, fijne en liefelijke dat aan de grenzen van slaap en dromen was gebeurd in dat vernielde, doorspookte huis van Bannerjee. Het was een nieuw gevoel, vol van een glans die hem leek te verblinden en hem een merkwaardige sensatie van vertrouwen en kracht inboezemde, die een lichamelijke sensatie was.

Zij was daar, en liep naast hem voort met haar vingers in de zijne gestrengeld. Hij waagde het niet haar aan te kijken, uit vrees dat dit alles, het gevoel van extase, de eenvoudige schoonheid van wat was gebeurd en ook Fern zelf, eenvoudig zou vervliegen als een illusie, zoals al de rest altijd was verdwenen. Terwijl hij voortliep, voelde hij lust om te bidden en hij herhaalde steeds, niet met zijn lippen maar in zijn gedachten: „Ik dank u, God! Ik dank u!" Want hij wist dat hij, wat er verder in zijn leven ook met hem mocht gebeuren, een ogenblik datgene had leren kennen wat weinig mensen ooit leren kennen. Het was een sensatie van volheid, van vervulling. Eindelijk was hij een man. De meeste mannen stierven zonder ooit te weten wat dat betekende. En dit was gebeurd te midden van troosteloosheid en dood.

Naast hem liep Fern, die steeds weer dacht: „Ik ben gelukkig! Ik ben gelukkig! Ik heb hem lief!" en ze wist, zonder de vermoeide ervaring van Ransome, dat ze behoorde tot de door God gezegenden. Ze dacht er zelfs niet aan dat ze, nu haar vader en zuster waren gestorven en de dood overal om haar heen heerste, bedroefd hoorde te zijn. In deze hele, vernielde wereld bestonden nog maar twee mensen – zijzelf – Tom Ransome.

Toen ze in het gezicht van Smileys huis kwamen, zagen ze tussen de bomen de stramme, grauwe gestalten van de olifanten en Ransome zei: „Raschid moet daar zijn, en Harry Loder." Maar toen ze het huis bereikten, was Harry Loder er niet, maar alleen Raschid Ali Khan, nog steeds gekleed in het slechtzittende uniform, omringd door de anderen, door Edwina en tante Phoebe, mevrouw Simon en mevrouw Hogget-Clapton, de Bannerjees en een half dozijn hindoes van lage kaste, die ergens vandaan waren komen opdagen. Hij zag er weggetrokken en vermoeid uit en vertelde hun over de dood van Harry Loder.

Harry was erin geslaagd de versperring met dynamiet op te blazen, maar iets, Raschid wist niet wat, was verkeerd gegaan en in het donker, midden

in de werkzaamheden, was de uitweg hem afgesneden. Toen de ontploffing plaatshad en de massa van wrakhout en lijken omhoogging en uiteen-
vloog, werd Harry Loder tegelijkertijd meegesleept in de smalle kloof.
De grote mohammedaan vertelde het verhaal op eenvoudige toon en eindigde: „Hij gaf zijn leven om vele anderen te redden. Hij was niet eens ingenieur. Hij wist niets van zulke dingen af. Hij gedroeg zich als een soldaat
en een held."
Er viel even een stilte en toen zei Raschid, de krijger, de mohammedaan, de
vijand van het Britse koninkrijk, zeer eenvoudig: „Hij was een Engelsman
die zijn plicht deed."
Terwijl ze naar hem keek en luisterde, begreep Fern plotseling de uitdrukking op het gezicht van Harry Loder, toen hij de vorige dag in ditzelfde
vertrek stond, zonder haar zelfs te zien, alsof ze had opgehouden te bestaan. Het was net zo als de uitdrukking op het gezicht van juffrouw Dirks,
toen ze op de veranda van Ransomes huis zat, thee dronk en vol heimwee
praatte over Nolham, de uitdrukking van iemand die al dood was. Wat Fern
niet kon weten was de geschiedenis van de nachtmerrie die hij lang geleden
in de bergen had gehad, toen hij de ene panter na de andere doodde
terwijl ze hem besprongen, totdat tenslotte zijn arm uitgeput was neergevallen en de laatste, die hij herkende als Indië, op hem was gesprongen en
hem naar de grond had getrokken.
Toen begon mevrouw Hogget-Clapton, weer gekleed in haar gedroogde
maar nog steeds bemodderde peignoir, te huilen en mevrouw Simon leidde
haar de keuken uit. Ze hadden beiden Harry Loder goed gekend; het zien
van zijn volbloedige, vlezige gestalte had hen beiden plegen te ontroeren.
Nu, in de dood, was hij een held. Nu was hun knagende, verwarrende begeerte verstild; ze mochten samen schreien om wat ze nooit hadden gekend.
Toen ze waren weggegaan, zei Raschid: „Ik moet nu zien terug te komen
naar de andere rivieroever." Tot Ransome zei hij: „Het zou goed zijn als
je met ons meeging. Ik denk dat Hare Hoogheid je zal willen spreken."
Maar tante Phoebe wilde hem niet laten weggaan voordat hij koffie en toost
en de twee laatste eieren die in huis waren had gebruikt. „Het heeft geen
nut," zei ze, „een man te laten werken met een lege maag."
Dus schreef hij, terwijl ze wachtten, een briefje in het Frans aan Johannes
de Doper en stuurde een van de paria's op tante Phoebes fiets naar zijn
huis om gewone kleren te halen. Nu hij zich met Bannerjee in dezelfde kamer bevond, begreep hij opeens dat hij er toch belachelijk moest uitzien in
een Bengaalse *dhoti* en hij vond het een onmogelijke dracht; hij struikelde
er telkens over en voortdurend gleed het gewaad van zijn schouders. Toen
merkte hij voor het eerst Edwina op, die in een hoek zat, met mevrouw
Smileys calicojapon aan. Ze keek hem aan met een vermoeide glimlach en hij
dacht: „Ze weet wat er is gebeurd, maar dat was te voorzien." Zij wist het
en tante Phoebe wist het. Hij begreep nu dat beiden het hadden geweten

van het moment af dat Fern en hij de kamer binnenkwamen. Hij trachtte tante Phoebes blik op te vangen, maar toen hij haar ogen ontmoette, waren die te nietszeggend om overtuigend te zijn.

Raschids beschrijving van Harry Loders dood had hem en Fern de voorproef en ergernis bespaard bij het binnenkomen van de kamer alle blikken van tante Phoebes zonderlinge gezelschap tegelijk op zich gericht te zien. De anderen hadden alleen naar Raschid geluisterd en letten nauwelijks op hen. Misschien zouden ze kwaad hebben gedacht, maar ze zouden niet, zoals Edwina en tante Phoebe, het dadelijk hebben geraden. Op zijn weg van Bannerjees huis naar hier had hij, in zijn geëxalteerde en verloste stemming, gedacht dat de oude wereld van laster en kleinzieligheid was vernietigd en vergaan, maar nu wist hij dat ze nog steeds bestond. Ze was er altijd nog, overal om hem heen, zolang er mensen bestonden zoals Ferns moeder, mevrouw Hogget-Clapton en juffrouw Murgatroyd. Ze hadden de macht, een sterke en ergerlijke macht, alles wat om hen heen gebeurde van aard te doen veranderen. Zodra ze niet meer werden afgeleid door Harry Loders dood, zouden ze gaan kletsen en al kletsend over dingen die ze niet konden begrijpen, zouden ze die ontluisteren, verwarren en bevuilen met hun huichelachtigheid en fatsoen. Hij herinnerde zich Ferns bezoek, vlak voor het diner bij Bannerjee, haar ellende en zijn eigen dronkenschap en hoe onmogelijk het was geweest om hulp te vragen aan Raschid Ali Khan en zijn vrouw. Maar dat alles leek nu zeer ver weg, alsof het een andere man betrof, die nu dood was.

Allen schenen bevangen door de uitputting die volgt op een schok en op langdurige inspanning van werk en verantwoordelijkheid. Meneer en mevrouw Bannerjee trokken zwijgend af, terwijl juffrouw Murgatroyd hen onderworpen en vermoeid volgde, en in de keuken bleven de lange Raschid en Edwina, Fern en tante Phoebe, die over het fornuis gebogen stond. Zelfs haar smalle, onvermoeibare gestalte leek iets meer gebogen. Ze zaten zwijgend zo, tot Edwina vroeg: „Maar hoe is het met jou gegaan? Dat heb je ons nog niet verteld."

Ransome antwoordde haar niet dadelijk; hij wilde geen antwoord geven voordat hij er zeker van was hoe ze die vraag had bedoeld: of ze die alleen uit nieuwsgierigheid had gesteld, of er nog iets van de oude boosaardigheid in was verborgen, dan wel of ze hem en Fern in de war had willen brengen. Met een enkele, scherpe blik stelde hij vast dat de blauwe ogen onschuldig waren. Ze wist alles, maar ze had het niet gevraagd om hem te hinderen.

„Niet veel bijzonders. Op de terugweg werd het donker en ik verdwaalde. Ik heb het grootste deel van de nacht in de boot doorgebracht, vastgebonden aan een waringin."

Hij lette op tante Phoebes rug. Ze keerde zich niet eens van het fornuis af en toen wist hij opeens, met een schokie van verbazing, dat ze instemde met wat er was gebeurd en hij dacht weer aan zijn grootmoeder en aan het verhaal dat deze niet had gewacht op de geestelijke, en toen ze zwanger was vijfhonderd kilometer door de bergen van Nevada reed op een muilezel om haar kind te laten echten. Het kwam hem voor dat in die twee oude vrouwen een kracht verscholen was, een grootheid die men tegenwoordig niet meer vond in de wereld, iets dat hoorde bij deze wereld, dat niet „modern" en van voorbijgaande aard was, zoals de moraal van mensen als hijzelf en Edwina, maar eeuwig.

Het zien van tante Phoebe, gebogen over het fornuis, zo oud, wijs en betrouwbaar, gaf hem plotseling een sensatie van jeugd, alsof hij een jongen was die zichzelf in de knel heeft gewerkt. Hij, Raschid en Fern begonnen te eten en tot zijn verwondering zag hij Edwina opstaan van de stijve, houten stoel en tante Phoebe helpen de eieren en de koffie op te dienen. Edwina, die sinds jaren geen vinger had verroerd, zelfs niet om zich te kleden. Hij keek naar haar en zag in haar blauwe ogen de schaduw van een glimlach. Ze was te vermoeid; de last van de ellende die ze droeg was te zwaar dan dat ze kon glimlachen, maar haar blik was vol verstandhouding. Ze wist dat hij het een grappig schouwspel vond. Maar in die snelle blik lag ook iets smekends, alsof ze wilde zeggen: „Je ziet dat ik ook nuttig kan zijn. Ik ben geen nutteloze dwaas." Hij dacht er weer aan hoe hij haar de vorige dag had gezien, met haar witte avondjapon opgesjord en vastgebonden om het middel, voortstappend over de modderige, rode vlakte. Er schoot opeens een straal van verrukking door hem heen, omdat mensen in een crisis beter waren dan je verwachtte – zelfs mensen als Edwina en hijzelf.

Raschid, tegenover hem, zei: „Kijk. Daar heb je Homer en Bertha!" Door de open deur zagen ze een kleine optocht over de vlakte naar het huis toe komen uit de richting van de vernielde barakken van de Sikhs. Aan het hoofd ging Homer Smiley, achter hem aan kwamen de eenentwintig pariajongens van de avondschool en helemaal aan het eind, als een hershond, liep Bertha Smiley.

Ze brachten nieuws, goed nieuws; dat er nog een brug was overgebleven – de stalen brug, drie kilometer boven de stad, waarover de smalspoortrein de rivier Ranchipur overstak. De kracht van de overstroming en van de wrakgoederen hadden de brug losgestoten van de fundamenten, maar ze was toch nog stevig genoeg om voor de overtocht van de ene oever naar de andere te dienen.

Het groepje vergat een ogenblik de ramp, van louter vreugde dat de Smileys nog in leven bleken te zijn. De Bannerjees, juffrouw Murgatroyd, mevrouw Simon en mevrouw Hogget-Clapton keerden terug, aangelokt door de welkomstgroeten en Ransome kreeg het merkwaardige schouwspel te genieten dat mevrouw Simon meneer Smiley kuste, terwijl de tranen langs haar bolle gezicht liepen. Zelfs mevrouw Simon was menselijker dan hij voor mogelijk had gehouden.

Toen ze allen het verslag van de Smileys hadden gehoord, vroeg Ransome: „Welk nieuws is er van de andere oever?"

„De maharadja is dood," zei Homer Smiley. „Het ziekenhuis staat nog overeind. Het zomerpaleis is vernield. De technische hogeschool en het gerechtshof zijn afgebrand. Hare Hoogheid verblijft in een tent in het park. Ze heeft een boodschap gezonden, dat ze graag Raschid en Ransome wilde spreken, als die nog leefden."

„En de majoor?" vroeg Ransome, zonder naar Edwina te kijken.

„De majoor en juffrouw MacDaid zijn in leven. Hij is bijna verdronken, maar God redde hem door een wonder. Het moet God zijn, die de man redde die het nodigste is."

Ransome keek nog steeds niet naar Edwina.

De pariajongen die was weggezonden om Ransomes kleren te halen, verscheen met de boodschap dat Johannes de Doper het huis zou blijven bewaken. De wilde Bhils, zei de jongen, waren van de heuvels gekomen en begonnen verlaten huizen te plunderen.

„Hij had niet hoeven achter te blijven," zei Ransome, „er valt niets te bewaken. Wat mij betreft, kunnen ze nemen wat ze willen."

Toen verkleedde hij zich en ging met Raschid op de olifanten naar de andere oever. Een kleine menigte wenste hen goede reis en toen ze op het punt stonden te vertrekken, kreeg Ransome een idee. Hij riep Homer bij zich en zei: „Als je de jongens eens aan het werk zette om de lijken van Simon en zijn dochter te zoeken. Hoe eerder ze worden gevonden in deze hitte, hoe minder gruwelijk het zal zijn . . ."

Ruim vijf kilometer reden Ransome en Raschid op de olifanten door de regen over de verwoeste vlakten. Ze zaten recht overeind, elk achter een *mahout*, op de schouders van de olifanten. Ze kwamen slechts langzaam en moeizaam voorwaarts omdat de rode modder zich vastzoog aan de poten van de grote beesten. De *mahouts*, allen mohammedanen, schenen onbewogen door dit alles. Ze zaten zeer recht en riepen nu en dan hun olifanten een bevel toe.

Toen ze het huis van mevrouw Hogget-Clapton passeerden, kwamen daar vier wilde Bhils uit te voorschijn, die allerhande snuisterijen en koperwerk uit Benares droegen. Toen hij hen ontdekte, liet Raschid de optocht van olifanten in hun richting keren, maar de smerige oerbewoners van het land renden weg naar de rivier. Een van hen droeg een beeldje van Psyche, in Napolitaans marmer, een ander twee geborduurde sofakussens, een derde de vergrote en gekleurde foto van mevrouw Hogget-Clapton in haar bloeitijd.

Tenslotte kwam de brug in zicht. Ze leek op het water zelf te drijven, want de oppervlakte van het water kwam juist tot aan de leuning. Het was duidelijk dat de olifanten zouden moeten zwemmen, daar het onmogelijk voor hen was over de ontblote dwarsliggers te lopen. Dus gleden Raschid en Ransome van hun grote dieren en gingen te voet verder. Aan de andere oever kwamen ze bij wat was overgebleven van een dorpje; er waren niets meer dan een paar gebroken muren en een vernielde dorpstempel om de plaats aan te duiden waar eens zowat honderd mensen hadden geleefd.

Ze liepen langs de weg die van de stad naar het verwoeste reservoir leidde, te midden van rommel en wrakhout dat het wegtrekkende water had achtergelaten. Hier en daar bevond zich tussen de prikkelige cactusheggen die de weg begrensden, een of ander lijk, misvormd en grotesk, dat begon te zwellen in de vochtige hitte. Ze liepen snel en zwijgend en naarmate ze de stad zelf naderden, kwam hun zelfs door de dichte regen heen een vage, weerzinwekkend zoetige reuk tegemoet die in Ransome oude herinneringen wakker riep aan modder, aan verminkte lijken, aan verrottend vlees in een ander deel van de wereld. Hij begreep nu waarom hij nu voortstapte als een gek. De hele stad zou een pesthuis zijn, vol mensen die jammerden en verlamd waren door de ramp. De helft van hen die enige autoriteit hadden bezeten, ondervinding of organisatorische aanleg, waren waarschijnlijk dood. Harry Loder en ,,de jongens" waren dood. De dewan was in Poona. De maharadja was dood. Op een of andere wijze moest zeer snel al dit troosteloze, als deze massa's lijken die niet door de stroom waren wegggesleept, worden vernietigd, of er zouden epidemieën uitbreken van cholera, tyfus en zelfs pest, die aan verschrikking de aardbeving en overstroming ver zouden overtreffen. Ergens in de ruïne van het zomerpaleis bevond zich het lijk van de grote en machtige lord Heston, gezwollen en rottend in de vochtige hitte. Hij wist dat dit lijk moest worden gered, zodat men het tenminste enige eer kon bewijzen voordat de gieren het hadden gevonden.

Deze vlogen nu boven de hoofden en zwierden langzaam neer op de vlakte en aan de buitenkanten van de verwoeste stad. Hier en daar waren op kleine afstanden langs de weg zwarte, vechtende groepen die rukten en trokken en zich volvraten. Er waren meer gieren dan hij ooit had gezien; denkelijk waren ze van de verder weg liggende dorpen gekomen, van de heuvels en van de dode stad El-Kautara. Het schouwspel was nu niet afstotend; hij wenste dat er meer gieren waren, miljoenen die zouden neerzwieren en de lijken overal in het rond vernietigen.

Aan de rand van de stad ontmoetten ze voor het eerst mensen, een half dozijn vrouwen, drie mannen en een kind, die stukken verspreid hout bijeenraapten van de verwoeste huizen om een brandstapel te maken. Het kind had een stok gekregen om de gieren af te schrikken die fladderden boven drie lijken, netjes in een rij tegen de gebroken muur van een huis gelegd. Het groepje hield op met hout verzamelen en staarde naar hen, tot een van de mannen de commissaris van politie herkende, belachelijk uitgedost in een uniform van de overwinnaars. Toen vielen ze allen op hun gezichten en drukten, salams makend, het voorhoofd in de modder.

Toen ze een eindje verder langs een vernield huis kwamen, rende een vrouw de straat op en sloeg haar armen om de knieën van Raschid, luidkeels roepend in het Gujeratisch. De grote mohammedaan probeerde haar opzij te schuiven, maar ze klemde zich jammerend aan hem vast.

„Haar man en kind zijn ziek," zei hij. „Ze wil dat wij ze redden." In het Gujeratisch sprak hij tot de vrouw en terwijl ze steeds salams maakte, leidde ze hen naar de deur van het vernielde huis. Daar lagen op de grond, midden in het vuil, een man en een kind. Een ogenblik keek hij naar hen, bukte zich toen over het kind, wendde zich na een ogenblik weer om en sprak weer tot de vrouw, in het Gujeratisch. Ze wierp zich op de grond en begon nog harder te jammeren.

Raschid wendde zich snel van haar af en in zijn blauwe ogen kwam een uitdrukking die Ransome nooit tevoren op het gelaat van de knappe, onverschrokken krijgsman had gezien, een uitdrukking van schrik, ontzetting en erbarmen.

„Het is cholera," zei hij. „Nu al cholera. Het kind is dood. Het is te laat om iets voor de man te doen."

Toen ze daarop zich verder haastten naar het grote paleis, werd Ransome bang. Het was een vrees zoals hij niet meer had gekend sinds de eerste dagen aan het front. Hij was nu bang voor de dood. Hij werd door een plotselinge lichamelijke angst aangegrepen, dat hij hier, in deze verwoeste stad, als in een val was geraakt, omringd door doden en stervenden. De kille onverschilligheid voor leven of dood was verdwenen. Toen de eerste schrik voorbijging, was hij even vol verbazing en het oude ik riep: „Waarom? Waarom ben je plotseling bang voor de dood?" Toen wist hij het en dacht, terwijl hij zich weer zonderling jong voelde alsof hij was herboren: „Fern! Ik moet haar wegzenden zodra er een mogelijkheid is om haar weg te sturen – dadelijk, vandaag, morgen!"

Een schurftige bastaardhond, die op zijn achterste zat te janken, hield toen ze voorbijgingen plotseling met huilen op, snuffelde aan hun hielen en volgde hen. Het dier werd daarop gevolgd door een ander hongerig dier en nog een, en nog een, tot ze een hele optocht achter zich aan hadden. De weeë, zoete geur van de dood werd sterker en toen zagen ze, terwijl ze voorbij de vernielde muziekschool kwamen, in de verte het ziekenhuis liggen, dat nauwelijks beschadigd scheen te zijn en, achter de grote poort en het grote paleis, waarvan de torens en tinnen waren afgeschoren, een gapende leegte op de plaats waar de durbarzaal was geweest.

In het park bloeiden wild de bloemen, de loten, ranken, bomen, herboren in de moessonregen. Als vangarmen reikten al ranken over de verwoeste oprijweg, als om hem af te sluiten en opnieuw bezit te nemen van het land dat duizenden jaren tevoren aan het oerwoud was ontworsteld. Het meertje was overvol, maar de plezierbootjes waren verdwenen, weggevaagd door de eerste watervloed. Dichtbij stond de tent waarin de maharani zich met haar hofhouding had geïnstalleerd. Het was een grote, gestreepte tent met verschillende vertrekken, die de oude maharadja placht te gebruiken als hij op leeuwe-, tijger- en panterjacht ging in de heuvels van Kathiawar. De tent stond op het permanente stenen terrein, dat was aangelegd voor de tenten die de overvloed van gasten herbergden gedurende de jubileumfeesten, recepties en andere gewichtige gelegenheden in de staat. Bij de ingang stonden twee Sikhs in hun rood en gouden kledij met zulke onbewogen gezichten, alsof er niets was gebeurd, alsof niet de helft van hen in de ramp was omgekomen. Toen ze de commissaris van politie herkenden, presenteerden ze de wapens en veroorloofden Raschid en Ransome een van de buitenvertrekken van de grote tent binnen te gaan. Daar verhief zich een aide de camp en kwam hen tegemoet. Zijn gezicht was grauw en zijn ogen stonden dof.

Hij zei: ,,Hare Hoogheid verwacht u al sinds de vroege morgen. Majoor Safka is bij haar en meneer Gupta, de stadsingenieur.''

Ze gingen door een ander vertrek en kwamen toen aan de grootste vertrekken. Langs één kant was de stof van de tent een eind opgelicht, voldoende om licht binnen te laten en toch de regen buiten te houden. Toen kreeg Ransome voor het eerst een aanduiding van wat er met de maharani was gebeurd. Op het ogenblik dat hij en Raschid door de met gordijnen afgesloten ingang traden, was het of ze eeuwen teruggingen, naar de tijd van Akbar of Asoka.

Wat er ooit Europees was geweest, diep in de oude vrouw, was nu verdwenen. Aan het verste eind zat de maharani op een estrade, met gekruiste benen op een groot kussen van brokaat uit Benares en overal om haar heen lagen Mongoolse en Perzische bidkleedjes. Ze was zelf in het grijs, de rouwkleur van Ranchipur, en droeg geen juwelen, maar in de ogen van Ransome leek ze in het schemerige licht, dat onder de rand van de tent doorkwam, mooier dan ooit tevoren. Er was tegelijkertijd iets van autoriteit, waardigheid en tragiek aan haar dat nieuw was, en in de hele scène een schoonheid die archaïsch was als de verfijnde, krachtige schoonheid van een Mongoolse miniatuur. Hij dacht: ,,Dit is een koningin van de Mahratta's, levend in haar tent, oorlog beramend, koninklijk en ongetemd.'' Terwijl ze haar naderden, betrapte hij er zichzelf op dat hij niet boog zoals anders naar Europees gebruik, maar de handen te zamen bracht en zich diep boog, zoals Raschid het deed. Toen zag hij dat de majoor en Gupta aanwezig waren en Nil Kant Rao, de rentmeester van het paleis, een stevige Mahratta met geweldige knevels. Toen hij hem zag, dacht Ransome: ,,Goddank dat hij nog leeft! Hij is een bekwaam man.'' Achter haar, in de schaduw, zat een van de oude prinsessen van Bewanagar en ook, onhandig op de gekruiste benen gehurkt, de Russische.

De maharani zei: ,,Het is goed dat u er bent. Er is veel werk te doen. De aanwezigen zijn de enige overgeblevenen. De anderen zijn allen weg of dood – degenen tenminste die van nut konden zijn. Allen, behalve kolonel Ranjit Singh. Hij is bezig de Bhils te verjagen."

Toen ze binnentraden, waren de mannen die zaten opgestaan, en toen ze ophield met spreken, merkte hij dat de majoor dichter bij hem kwam. Plotseling voelde hij diens hand om de zijne, in een onverwachte, forse greep. Het was alsof hij zei: „We zijn hier allen samen om elkaar te helpen en ons volk te redden. We bouwen op je. We hebben vertrouwen in je." Een ogenblik was Ransome overweldigd door verbazing en toen beantwoordde hij de handdruk en tegelijkertijd kwam er een brok in zijn keel. Niet slechts omdat de onverwachte druk van de grote, fijne hand had gezegd: „Ik ben je vriend." Die greep zei ook: „Je bent een van de onzen. We vertrouwen je. Daarom heeft Hare Hoogheid speciaal om jou gezonden."

Het was voor de eerste maal, in al de eenzame jaren die hij in Ranchipur had doorgebracht, dat ze hem dit zeiden. Nu wist hij wat hij soms wel had vermoed – dat hij hield van dit volk, van de oude maharani, de majoor en de grote Raschid, meer dan hij ooit van enig ander volk ter wereld had gehouden.

Toen beval de oude vrouw een van de bedienden een stoel voor hem te halen, maar toen de stoel kwam, weigerde hij en zei: „Nee, ik heb dikwijls op de grond gezeten. Ik kan het even goed als de anderen."

Toen ontvouwde de maharani haar plan. Het was dat de kleine groep die om haar was verzameld, een soort krijgsraad zou vormen. Zij had, verklaarde ze, hen na lang overleggen gekozen. Zij, te zamen met kolonel Ranjit Singh, waren bij machte de ramp het hoofd te bieden – zij, de Smileys en juffrouw MacDaid, maar juffrouw MacDaid kon het ziekenhuis niet verlaten. Ze zou de handen vol hebben met alles te organiseren en de zieken en gewonden te verzorgen. Toen ze die eerste, korte toespraak had beëindigd, zei Raschid: „Uwe Hoogheid, me dunkt dat we eerst moeten vaststellen hoe de toestand is – hoe slecht. Er is zo weinig tijd. Er is al een cholerageval in de stad en er zal ook tyfus komen."

Zo vertelde een voor een van het groepje wat hij wist, wat hij had gezien, wat hij had gehoord. Toen ontstond voor het eerst een duidelijk beeld van de catastrofe, van de werkelijkheid, die veel verschrikkelijker was dan een van hen zich had voorgesteld.

Er was geen telefoon, geen telegraaf, geen elektriciteit meer. De auto's die nog waren overgebleven, zouden binnen een paar dagen nutteloos zijn geworden, want de enige benzine die er nog was, bevond zich in de tanks van de stallen van het paleis. Tussen de stad en de buitenwereld was de spoorweg, die door het lage dal liep, vernietigd. Er bestonden geen wegen meer, voorbij de dode stad El-Kautara, slechts paden over de verre heuvels, die leidden naar de woestijn en de zoutmoerassen daarachter, paden waarover slechts ossekarren en olifanten, langzaam en met moeite, zouden kunnen vooruitkomen. De voorraadschuren, midden in de stad, waren half-verwoest en de rijst, de gierst en het koren die er waren opgeslagen, zou-den gisten en binnen twee dagen onbruikbaar worden. De bronnen waar-over de watervloed was gestroomd, waren nu nog slechts bronnen van ver-derf en ziekte en het volk moest worden gewaarschuwd er geen gebruik van te maken. Overal lagen lijken in staat van ontbinding, die moesten wor-den opgezocht en bij hopen verbrand, zonder acht te slaan op godsdienstige vooroordelen. Desnoods moest geweld worden gebruikt.

Twee uren lang zat de kleine raad bijeen - mohammedaan en Mahratta, hindoe en Europeaan, zich inspannend om enige orde te scheppen in de vreselijke chaos. Er waren nog slechts enkele dingen geregeld, er was nog maar een begin gemaakt. Gupta, de ingenieur, zou zich bezighouden met het herstellen van de bruggen, het aanleggen van wegen, de vernietiging van wrakhout, de inzameling van hout voor de grote brandstapels waarop de lij-ken moesten worden verbrand. Kolonel Ranjit Singh zou met degenen die van zijn Sikhs waren overgebleven en van Raschids gedesorganiseerde po-litiekorps, trachten een einde te maken aan het plunderen en de bronnen verzegelen, bij elk daarvan een wachtpost plaatsen om het volk te be-letten het water te gebruiken, waardoor het zou worden vergiftigd. Aan de Smileys en tante Phoebe viel de taak te beurt de wezen en de kinderen van de lage kasten onderdak en voedsel te verschaffen. Juffrouw MacDaid en de majoor zouden het ziekenhuis hebben en al de gruwelen van de epi-demieën die, zoals ze innerlijk wisten, al waren begonnen. Raschid kreeg de taak van een opperbevelhebber, de plicht overal tegelijk te zijn, erop toe te zien dat de bevelen werden uitgevoerd, voedsel te verzamelen uit dorpen en districten en een poging te doen, wat op het ogenblik iets onmogelijks leek, een verbinding met de buitenwereld tot stand te brengen. Er werd overeengekomen dat Ransome hem zou helpen en ergens een soort hoofd-kwartier zou houden waar men inlichtingen kon krijgen, waar bevelen kon-den worden afgegeven, waar de honderden en honderden hulpelozen en on-wetenden om voedsel en onderdak konden komen vragen. Hij zou de neef van Nil Kant Rao, de rentmeester, als tolk krijgen en een half dozijn paria-knapen als boodschappers. Aan Nil Kant Rao, met de geweldige Mahrat-taanse knevels, viel de taak te beurt de schrale voorraad koren en rijst uit te delen aan de hongerigen. Boven allen stond de maharani zelf, als dictator, als absolute heerseres, in wier handen leven en dood berust-ten.

Nog voordat de beraadslaging ten einde was, gingen de gordijnen aan het einde van de tent uiteen en kolonel Ranjit Singh trad binnen. Wat hij te mel-den had, was in enkele woorden gezegd. Hij had de Bhils van de ooste-lijke oever weggedreven. Drieëntwintig van hen had hij tegen de muur van de verwoeste technische hogeschool gezet en doodgeschoten, als les voor de anderen. „Drieëntwintig arme, halfnaakte oerbewoners van de heuvels," dacht Ransome. Hij hoorde Ranjit in het Hindoestani zeggen: „Het spijt me dat ik die maatregel moest nemen, Uwe Hoogheid, maar het was nodig. Ze werden gegrepen in de meisjes-hogereburgerschool, met twee Perzische meisjes die ze erheen hadden gebracht. De meisjes zijn nu in het ziekenhuis. Het zijn de kinderen van de Pers die Ginwallah heet en een restaurant houdt op de Hogeschoolweg."

Plotseling begreep Ransome wat er was gebeurd. De staat was geïsoleerd. De hele, veelgeroemde moderne geest was in één nacht verdwenen alsof hij nooit had bestaan. De oude maharani, in haar met de buit van het lang vergane Mongoolse keizerrijk ingerichte tent, was opnieuw een despotische heerseres over een staat die weer halfwild was geworden. En de erfgenaam, haar kleinzoon, was te Eton, waar hij werd opgevoed tot gentleman.

Toen de anderen weggingen, wenkte de oude maharani hem en toen hij bij haar kwam, zei ze: „Er is ook nog de kwestie met uw vrienden, de Hestons."

„Zij is in veiligheid. Ik weet niet wat er met hem is gebeurd."

„Hij is dood," zei de maharani. „Het moet haar worden meegedeeld. De vraag is wat moet worden gedaan met hetgeen van hem over is. Hij is een belangrijk man. Zelfs zo iets kan later moeilijkheden veroorzaken."

„Ja."

De oude vrouw keek hem doordringend aan. „Ze moet hier vandaan worden gebracht."

„Ja, Uwe Hoogheid, ik denk wel dat ze bereid zal zijn weg te gaan als we dat kunnen schikken."

„Ik heb haar niet graag hier."

„Ik begrijp het."

Ze zat in gedachten en hij merkte dat er opeens een vluchtige droefheid over haar gezicht gleed. Het was alsof het lichaam oud en vermoeid werd, maar de geest, die uit de zwarte ogen straalde, was onwrikbaar en onvermoeibaar. Hij dacht: „Haar hele leven heeft ze hierop gewacht. Nu is ze koningin. Nu heeft ze de absolute macht." Voor korte tijd kon zelfs de macht van het Britse imperium haar niet raken. Het deed hem genoegen dat zij vertrouwen in hem stelde, dat ze hem waardig had bevonden te worden opgeroepen met de anderen – Raschid, Nil Kant Rao en de majoor. Waarom vertrouwde ze hem? Waarom geloofde ze dat hij iets anders was dan een verkwister, een nietsnut? Ze hield van knappe mannen. Ze had zichzelf altijd daarmee omringd. Hij wist dat hij er knap genoeg uitzag, meer dan Homer Smiley of Zijn Eerwaarde Simon of het merendeel van de Europeanen in Ranchipur, maar dat was geen reden om te geloven dat hij het vertrouwen dat ze in hem stelde waardig zou zijn.

„De andere Europeanen moeten ook weggaan. Ik bedoel niet mensen als juffrouw MacDaid, juffrouw Dirks en de Smileys ... maar de anderen, degenen die hier niet thuishoren."

„De vraag is hoe we hen weg krijgen." Het was merkwaardig, dacht hij, hoeveel ze wist van de staat, zelfs van de Europeanen erin, die ze nauwelijks ooit zag.

„We zullen een middel moeten bedenken," zei ze. „Ze zullen alleen maar in de weg lopen en last veroorzaken."

Hij merkte opeens het vale gezicht van de Russische achter haar op. Hij mocht Maria Lishinskaja niet, hoewel hij haar nauwelijks kende, en ze beviel hem ook nu niet, met haar lichtgroene ogen en vertwijfelde, wellustige mond, zoals ze zat te luisteren en te loeren. Er was iets hongerigs, bijna iets gulzigs aan haar, dat hem altijd een onaangename gewaarwording gaf.

Alsof ze voelde wat hij dacht, zei de oude koningin over haar schouder tot Maria Lishinskaja: „Ga mijn gouden doos halen – die met de robijnen."

Toen de Russin was weggegaan, kneep de maharani haar zwarte ogen wat dicht en zei opeens: „U bent beter dan u denkt." Hij wist niet wat te antwoorden op de merkwaardige uitlating, maar hij slaagde erin te zeggen: „Misschien!"

„U kunt ons nu helpen."

„Ik wens te helpen, Uwe Hoogheid."

Nog steeds begreep hij niet waarom ze hem had gekozen, maar hij waagde het niet haar dat te vragen. Hij wist dat ze hem vriendschappelijk gezind was, maar hij durfde nu niet vrijmoedig en vertrouwelijk met haar te spreken, zoals hij soms had gedaan onder een van de partijen poker, lang geleden, in het verwoeste paleis. Er was iets veranderd en die verandering was subtiel en ondefinieerbaar. Ze stond in verband met de weelderige tent en de nieuwe autoriteit die hij in haar had ontdekt. Het was alsof hij opeens honderden jaren terug was gebracht, naar de tijd van de Mongoolse keizers. Hij werd zich opeens bewust hoe belachelijk het was dat hij hier stond, in shorts en een tennisshirt, voor de luisterrijke, oude Mahrattaanse koningin.

Ze zei: „U zult het doodschieten van de Bhils wel barbaars vinden."

„Nee," maar zijn antwoord was eerder beleefd en twijfelachtig dan oprecht en ze vermoedde onmiddellijk zijn terughouding.

„Dit is Indië," zei ze. „We mogen dankbaar zijn dat het hier alleen Gujerati's zijn – een zacht volk. Vooral de Europeanen mogen dankbaar zijn."

Toen kwam Maria Lishinskaja terug met de gouden doos. De maharani opende die, nam er een handvol kardemomzaden uit en begon daarop te kauwen.

„Probeer juffrouw Dirks te vinden," zei ze.

„Ze is verdwenen."

„En de andere?"

„Juffrouw Hodge? De Sikhs hebben haar gered. Ze was op het dak van het huisje. Maar ze is een dwaas en van geen nut voor ons. Het is juffrouw Dirks, die het verstand voor beiden heeft."

Men gaf hem als kantoor het verblijf van de *jodebar* in de grote poort tegenover het huisje van juffrouw Hodge en juffrouw Dirks. Nu zaten er in de grote nissen geen Sikhs, in rood en goud, op zwarte paarden; ze waren elders nodig om de bezoedelde bronnen te bewaken, plunderende Bhils neer te schieten en toe te zien dat de bevelen van de majoor, wat betreft het verbranden van de lijken, werden uitgevoerd. Hij kwam even in verleiding om de weg over te steken en te onderzoeken wat er was geworden van juffrouw Hodge, maar toen hij nogmaals keek, zag hij dat het huis verlaten was. Er was een dikke laag modder op de kleine veranda en voor de vensters wapperden door de regen doorweekte gordijnen mistroostig uit en in.

Al spoedig verscheen de neef van Nil Kant Rao, een stevige, kleine, gespierde Mahratta van ongeveer twintig jaar, die leek op de terriërachtige politieagenten van Bombay.

Hij droeg zijn kleine, Mahrattaanse tulband op precies dezelfde zwierige, uitdagende wijze. Hij was een pientere jongen, die in Bombay was opgevoed en Engels en Gujeratisch even goed sprak als Hindoestani en Mahrattaans. Men had heel wat talen nodig om in Indië vooruit te komen.

Hij zei met een glimlach die witte tanden ontblootte, dat hij Gopal Rao heette en hijzelf bereid tot alles was. De ramp scheen hem niet erg te hebben geschokt; hij scheen integendeel dit alles nogal opwindend te vinden en zijn houding stemde Ransome heel wat opgewekter. Hij dacht, terwijl hij de jongen bestudeerde: „De Mahratta's zijn de taaiste mensen van de wereld, geboren en getogen in een brandende woestijn, gewend aan ontberingen, catastrofes en rampen." Bovendien was hij jong, zodat het afschuwelijke hem minder vreselijk voorkwam.

Ze hoefden niet lang te wachten. Het nieuwtje omtrent het kantoor in de grote poort had zich verspreid op de geheimzinnige wijze waarop zo iets in Indië gebeurt en weldra stond er een lange rij mensen langs de hele Technische Hogeschoolweg. Sommigen zochten verloren bloedverwanten en vrienden; anderen wensten onderdak en voedsel, terwijl een zilversmid zich kwam beklagen dat zijn winkel was geplunderd door iemand van de staatspolitie. Het was een eindeloos verhaal, waarin een prostituée voorkwam die een passie had voor zilveren sieraden, en terwijl hij vertelde, werden anderen in de queue ongeduldig en protesteerden.

Een rijke Pers kwam de voorraad graan aanbieden die hij altijd op zijn eigen erf bewaarde. Het was droog en in goede conditie en kon dienen om de bevolking te voeden tot er graan kon worden ingevoerd uit de districten, maar hij verlangde zekerheid dat het alleen ten goede zou komen aan het deel van de bevolking dat Perzisch was. Juist toen hij zijn verhaal had ge-

346

daan, drong door het getraliede venster rumoer van twisten binnen en toen Ransome en Gopal Rao gingen kijken wat de oorzaak was, ontdekten ze dat twee Bunya's, zich beroepend op de tijd vóór de goede maharadja, een metselaar en een pottenbakker op ruwe wijze van hun plaats in de queue hadden weggestoten. Nu begonnen allen te twisten over de oude rechten van de kaste. Er vielen slagen en een van de Bunya's begon te jammeren dat hij de reinigingsriten zou moeten ondergaan omdat hij was aangeraakt door een steenbakker.

Het was de Mahratta, Gopal Rao, met zijn minachting voor andere rassen en zijn onorthodoxe gevoelens omtrent kaste, die met strengheid de rij weer tot eerbiedig zwijgen dwong. Hij sloeg degenen die twistziek bleven en vloekte tegen hen in drie talen, en toen het eindelijk stil was geworden, vertelde hij hun dat de dood van de maharadja geen verschil uitmaakte en dat de maharani nog leefde om zijn bevelen uit te voeren; dat in Ranchipur alle onderdanen gelijk waren en hetzelfde recht bezaten op een plaats in de queue. Toen ging hij opnieuw met Ransome naar binnen, maar de Bunya die gereinigd moest worden, ging door met jammeren en zich beklagen over de kosten van deze plechtigheid.

Omstreeks het midden van de dag keek Ransome op van zijn tafel en zag in de deuropening een merkwaardige gestalte staan, gekleed in het onberispelijke kostuum van een Londense butler. De man had een lang, vaal gezicht, een lange neus, waterige, blauwe ogen en strokleurig haar. Hij droeg een jacquet en een broek die gekreukt waren en bespat met modder, en in zijn hand hield hij een klein metalen kistje.

Toen Ransome hem aansprak, merkte hij dat de man beefde. „Kom binnen," zei hij, „wat kan ik voor u doen?"

Hij antwoordde: „Ik ben lord Hestons bediende. Bates is mijn naam. Ze hebben me naar u toe gezonden, sir. Ik ben overal geweest, maar ik heb alleen Indiërs gezien en geen van hen scheen iets te weten. Ik heb de papieren van Zijn Lordship en de juwelen van Haar Ladyship, die ze hadden achtergelaten. Kunt u die in bewaring nemen, sir?"

Hij zag dat de man bevreesd was en waarschijnlijk al een paar dagen geen eten en onderdak had gehad. Hij maakte tegelijkertijd een meelijwekkende en komische indruk. Ransome droeg Gopal Rao op met het werk door te gaan en nam Bates mee in een hoek van het vertrek.

Onmiddellijk begon hij zijn verhaal uit te storten. Op de avond van de aardbeving was hij uitgegaan om wat lucht te scheppen en op zijn wandeling tot aan de technische hogeschool gekomen, toen de wereld om hem heen leek te vergaan. Hij vertelde dat de schok hem tegen de grond had gegooid en toen hij weer overeind was gekrabbeld, was hij weggerend, hij wist zelf niet waarheen, maar tot zijn geluk in een richting die van de overstroming wegvoerde. Er was veel wat hij zich helemaal niet meer kon herinneren.

Hij herhaalde telkens: „De schok was vreselijk," en de ontzette mensen die

347

hij ontmoette, konden niet verstaan wat hij zei en hij kon hun taal niet verstaan. Urenlang had hij rondgedwaald, tot hij tenslotte een gewelfde gang binnenstrompelde die, zoals hij later ontdekte, de grote overdekte zuilengang van het paleis was. Daar had hij een heleboel Indische jongens gevonden en twee Amerikaanse missionarissen. Met hen kon hij tenminste praten, maar erg spraakzaam waren ze niet geweest.

De volgende morgen trok hij eropuit om Zijn Lordship te vinden, maar tengevolge van de overstroming kon hij op geen enkele wijze het zomerpaleis naderen. Hij zocht een toevlucht in de verwoeste technische hogeschool, waar hij tenminste uit die eindeloze, vreselijke regen was. Op de derde dag, toen het water van de overstroming wegtrok, kon hij terugkeren naar het zomerpaleis en daar slaagde hij erin, klauterend over allerlei puin, naar de tweede verdieping te komen, waar hij Zijn Lordship vond.

„Hij was dood," zei hij dof. „Hij lag op de vloer van de slaapkamer. Hij moet zijn gestorven aan die koortsen van hem. Er was verder niets aan hem te zien dan een snee opzij van zijn hoofd. Ik weet niet wat er van zijn verpleegster is geworden en van de kameniers van Haar Ladyship. Misschien zijn ze nog in leven en misschien liggen ze ook onder al die rommel. Zijn Lordship ziet er akelig uit, sir. Hij moest verbrand worden, maar ik dacht dat ik er maar eerst met Haar Ladyship over moest praten, als Haar Ladyship nog leeft." Hij hield het zwarte, tinnen kistje omhoog. „Ik wist niet wat ik met deze dingen moest doen. Kan ik ze bij u laten, sir?"

„Nee. Je kunt ze beter naar lady Heston brengen. Ze is in leven." Hij dacht even na en zei toen: „Ik denk dat je wel iets zult willen eten."

„Ik heb al twee dagen niets gehad, sir."

„Ga dan maar naar lady Heston." Hij vertelde Bates dat ze in het Amerikaanse missiehuis was en gaf hem aanwijzingen. Zelfs tekende hij een schets voor hem, om hem duidelijk te maken hoe hij kon komen bij de enige brug die nog intact was gebleven. Bates bedankte hem daarop en zei, terwijl hij zichzelf mistroostig bekeek: „Ik ben bang dat ik er niet presentabel uitzie, sir."

„Daarover zou ik me maar geen zorgen maken. Lady Heston zal dat zeker begrijpen."

Hij stond op het punt om weg te gaan, toen Ransome zei: „Wacht even. Ik wou je graag een boodschap meegeven voor lady Heston." Hij schreef snel een dozijn regels, vouwde het papier op en gaf het aan Bates. Toen zei hij bijna dadelijk daarop: „Wacht," en schreef een ander briefje, dat hij aan Fern adresseerde. „Geef dit aan een meisje dat je in de missie zult zien. Dat is alles." Toen nam hij Bates mee in de nis van de grote poort en wees hem de weg. Een tijdje stond hij de gebogen, triestige gestalte in het bemodderde jacquet na te kijken. Hij dacht: „Wat kan dit alles voor hem te betekenen hebben?" Een ogenblik voelde hij neiging tot lachen.

Toen hij terugkwam, vond hij zijn jonge assistent hard aan het werk, één voor één de mensen vlot afwerkend, hoewel de queue, in weerwil van hun inspanningen, steeds langer werd. Hij deed het met energie en vastberadenheid en kort aangebonden en Ransome dacht: „Hij is beter voor dat baantje dan ik. Ze hebben mij alleen genomen omdat ik een Europeaan ben en ze denken dat alle Europeanen efficiënt zijn." Hij ging naast de Mahratta zitten en zei: „Ga hier maar mee door; ik zal de aantekeningen bijhouden."

Niet voor hij de spoorbrug bereikte ging het verkeerd met Bates. Door de nachtmerrie van bastaardhonden, gieren, doden, stervenden en troosteloosheid heen, volgde hij de gladde macadamweg. Een half dozijn keren renden mensen die hem gekleed zagen in het kostuum dat Europese ambtenaren te Durban droegen, uit hun verwoeste huizen of sprongen uit de greppels langs de weg, om zich op hun gezicht in de modder te gooien en voedsel en bescherming te vragen, maar Bates, die niets van hun gebrabbel verstond, ging koppig voort, zich met een schop bevrijdend als een of andere vrouw in hartstochtelijke smeekbeden zijn knieën omvatte.

Hij was nu slap van honger en uitputting en de jacquetjas, doordrenkt van de regen, was ondraaglijk zwaar, maar hij kon er niet toe komen het kledingstuk weg te werpen. Lord Hestons bediende zou men niet door de straten, zelfs van een verwoeste, geteisterde stad, zien lopen, alleen gekleed in hemd en broek en in zijn bretels. Dus verdroeg hij het gewicht en strompelde verder, hele troepen gieren opschrikkend, die slechts even opvlogen en een eindje wegfladderden, om terug te keren naar hun maal zodra hij voorbij was. Hij bewoog zich als in een droom, onzeker, van de ene zijde van de weg naar de andere, ontkomen aan alle doodsangst in een rijk dat grensde aan de waanzin. Er waren ogenblikken waarin hij een wild verlangen voelde om opzij van de weg neer te vallen en daar te blijven liggen, maar hij werd voortgedreven door gewoonte en instinct, die sterker waren dan zijn eigen lichaam. Hij moest lady Heston vinden en haar het tinnen kistje overhandigen. Dan en niet eerder zou hij gaan liggen en rusten, zou hij slapen en slapen . . . Als hij dan ontwaakte, zou dit alles misschien maar een nachtmerrie blijken en lord Heston niet een opgezwollen lijk meer zijn, maar levend en prikkelbaar en met roodaangelopen gezicht. Dan zou lord Heston hem mee terugnemen naar Engeland, hij zou zijn ontslag nemen en naar Manchester gaan en daar de rest van zijn leven doorbrengen in een halve villa, met zijn zuster. Nooit van zijn leven zou hij Manchester meer verlaten, zelfs niet om even naar Londen te gaan. Terwijl hij voortstrompelde, zag hij de villa precies zoals die zou zijn en op dat ogenblik was dit schouwspel voor hem zo prachtig als het paradijs uit de Openbaring. Hij had Zijn Lordship moeten verlaten zonder zelfs mee te gaan naar dit vreselijke land. Hij zag nu in dat het een vergissing was geweest; hij was ertoe verleid door de beschrijvingen in kranten van de pracht, romantiek en kleur van Indië, de parel in de rijkskroon. Het had daar helemaal niet op geleken; het was alleen heet, stoffig en ellendig. Het had Zijn Lordship nog prikkelbaarder gemaakt dan gewoonlijk en Haar Ladyship nog verveelder en rustelozer. In gouvernementsgebouwen en hotels was het niets beter geweest, zonder behoorlijke vertrekken voor een zichzelf respecterende bediende en met douches en toiletten die nooit goed werkten.

Een ogenblik scheelde het niet veel of hij was van de spoorbrug, toen de gezwollen rivier onder zijn voeten doorstroomde, naar beneden gevallen. Op zijn knieën gezonken bleef hij een tijdlang duizelig liggen, met één hand het tinnen kistje omklemmend en met de andere de leuning. Na een tijdje kreeg hij zichzelf weer in de macht, maar de rest van de overtocht moest hij op handen en voeten afleggen. Hij moest het kistje afleveren en hij moest de halve villa in Manchester bereiken.

Maar tussen de distilleerderij en de barakken van de Sikhs kon hij niet verder. Hij gleed in de modder, viel hij op zijn zij en verloor het bewustzijn. Daar vond Smiley hem, met het tinnen kistje nog in de hand geklemd. Op een luik droegen Smiley en twee pariajongens hem naar de missie. Er was geen cognac om hem mee bij te brengen, maar Smiley trok de doorweekte kleren van het magere lichaam en tante Phoebe wikkelde hem in warme beddelakens. Na een tijdje opende hij de ogen en dronk wat hete geitemelk. Toen hij in staat was te spreken, vroeg hij om zijn kleren, nam uit een zak van de broek enige sleutels en de twee vochtig geworden briefjes, verzocht Smiley het ene aan Fern te geven en vroeg toen of hij lady Heston alleen kon spreken. Vóór Smiley wegging, vroeg hij of men het tinnen kistje naast hem op het bed wilde plaatsen.

Toen Lady Heston de kamer binnenkwam, nog steeds gekleed in mevrouw Smileys calicojapon, zag ze dadelijk dat hij aanstoot nam aan haar uiterlijk. Was hij in orde geweest, dan zou hij misschien de uitdrukking die over zijn gezicht gleed, hebben kunnen verbergen, maar in zijn zwakheid toonde hij zijn afkeuring even duidelijk als had hij die uitgesproken. Ze dacht: „Hij zou me liever in mijn avondjapon zien en met al mijn juwelen, midden op de dag." Maar op haar beurt was ze geschokt door zijn ellendige uiterlijk. Toen ze binnenkwam, ging hij in het legerbed overeind zitten en hield krampachtig de katoenen lakens om zijn hals, waarbij een benige arm ontbloot bleef die knoestig was van spieren, de erfenis van generaties ondervoede voorvaders. Ze werd afgestoten door zijn bleke en lelijke gezicht, maar het meest door de wanstaltigheid van de benige arm. Met een poging tot glimlachen zei ze: „Nu, Bates?"

„Het was vreselijk, Uw Ladyship . . . afschuwelijk."

„Dat weet ik, Bates. Maar we moeten dankbaar zijn dat we ontsnapten."

„Zijn Lordschap is dood, mylady."

„Ja, ik weet het."

„Ik heb de juwelen van Uw Ladyship gevonden. Ik geloof dat ze hier alle in zijn. Ik zou u verplicht zijn, als u ze wou nakijken."

Hij had de sleutel in het tinnen kistje gestoken. Ze hoefde die slechts om te draaien en het deksel op te lichten.

Ze waren er allemaal, in het kleine kistje – al de diamanten, de smaragden en de robijnen die ze had meegenomen, alle, behalve die tante Phoebe in haar onderrok had gestoken. Toen ze het kistje opende en ernaar keek, voelde ze opeens hun glinsterende nutteloosheid en onwezenlijkheid. Wat kon ze hiermee nu beginnen, in deze verwoeste wereld? Ze waren bestemd voor bals in Londen en in de casino's van Cannes en Le Touquet, verafgelegen plaatsen die nauwelijks meer leken te bestaan.

„Ja," zei ze, „ze zijn er allemaal."

„De verpleegster is ook dood," zei hij, „en de twee meisjes. Ik denk dat ze niet eens hebben geweten wat er met hen gebeurde."

Even zag ze in gedachten de correcte en lichtelijk gewichtig doende Bates op de avond dat ze met Albert had gekibbeld – de sluwe, insinuerende Bates, die haar door een blik te verstaan gaf dat ze beiden blij zouden zijn als Albert stierf.

„Ik heb hier ook een briefje van meneer Ransome," zei hij en gaf het haar. Toen werd hij door zwakheid gedwongen opeens weer te gaan liggen, waarbij hij het laken tot zijn kin optrok, en ditmaal de benige arm verborg.

„Ik zal nu weggaan en je laten slapen," zei ze. „Je zult het hier goed hebben. De oude mevrouw Smiley zal voor je zorgen."

„Dank u," mompelde hij met zwakke stem. „Het spijt me, mylady, dat ik tot niets nut ben."

„Maak je daarover niet bezorgd, Bates. Zodra je weer sterk bent, zullen we je naar huis zenden."

„Naar huis?" vroeg Bates.

„Ja – naar Engeland."

„En Uw Ladyship?"

„Dat weet ik niet, Bates. Denk daar nu maar niet aan."

Hij spande zich nog eens in. „Zijn Lordships papieren zijn ook in het kistje. Wat ik ervan kon vinden. Ik hoop dat het ze allemaal zijn." Even keek hij haar aan met de oude sluwheid. „Ik heb alles meegebracht," zei hij, „net zoals ik het vond in zijn la. Ik wist niet welke belangrijk konden zijn."

„Dank je, Bates."

Toen verliet ze hem en nam het briefje en het kistje mee naar de kamer ernaast, waar de Smileys 's nachts sliepen in het versleten, oude tweepersoonsbed. Het briefje van Ransome was kort. Hij vertelde haar van het werk dat hem was opgedragen en vroeg wat er met Alberts lijk moest gebeuren. Het moest voor het vallen van de nacht worden vernietigd. Wilde ze dat het werd begraven of verbrand? Hij raadde haar begraven af. Er was geen goede aarde. Als het lichaam werd verbrand, kon ze naar Engeland al de as meenemen die werd verzameld.

Toen opende ze het tinnen kistje weer en nam de juwelenetuis eruit en daaronder vond ze de papieren, netjes in een bundeltje bijeengebonden. Toen ze het touwtje losmaakte, viel haar blik op een bekende naam, geschreven in Alberts handschrift. Ze las: „Henri de Rochefort," en dacht: „Hoe kan Albert iets over hem hebben geweten?" Ze nam de papieren op en zag dat de naam deel uitmaakte van een lijst. Die luidde:

Henri de Rochefort
Perry Molton
Franse bokser(?)
Oostenrijker te Monte Carlo
Tom Blashford
Nolhams broer(?)

Ze begreep zeer goed de betekenis van die lijst. Die allen, één uitgezonderd, waren haar minnaars geweest, maar hóé kon hij dat weten? Lange tijd zat ze naar de lijst te staren in een soort wellustige dromerij.

De Rochefort, van het gezantschap, had haar voldaan. Het was iets fluwerligs en decadents geweest, zeer Latijns van kwaliteit en had langer geduurd dan de meeste andere gevallen, totdat hij vervelend, jaloers en gecompliceerd begon te worden. Hij had gedreigd zich te zullen vermoorden als ze het uitmaakte, maar in wanhoop had ze er een eind aan gemaakt door hem ruwweg te vertellen dat hij een goede minnaar was, maar dat ze nooit verliefd op hem was geweest. Dat was niet helemaal waar, maar voldoende om hem het gevoel te geven dat hij belachelijk was, want het had zijn Latijnse overtuiging geschokt, dat men romantische gevoelens moest koesteren voor iemand met wie men zeer intiem wilde zijn. Hij had haar een koude, gedegenereerde, Engelse slet genoemd, maar ze had hem de beschuldiging niet kwalijk genomen, want wat dat betreft had ze tenminste besef van werkelijkheid en geen pretenties. Het was een goed middel geweest om de geschiedenis zonder schandaal te doen eindigen.

Perry Molton telde helemaal niet mee. Hij was tweemaal haar kamer binnengekomen, gewoon omdat hij toevallig in Barbury House een kamer tegenover haar had. Hij was knap, van het echt Engelse type en had het lichaam van een atleet, maar er was niets opwindends geweest in die twee keren. De volgende morgen moest ze diep nadenken om zich het voorval te herinneren. Nee, dat was zo'n house-party-geschiedenis die nauwelijks meer betekende dan een handdruk. Perry was zo onhandig en dom.

Albert had geen vraagteken hoeven te zetten achter de naam van de Franse bokser. Dat had inderdaad plaatsgevonden en zelfs ettelijke malen, in die afschuwelijke, kleine villa te Eze. Het was ook sensationeel geweest. Zelfs nu, jaren later, klopte haar hart sneller en steeg een koortsachtig rood naar haar wangen, bij de herinnering alleen. Ze had Albert zijn naam kunnen vertellen: Louis Simon. Er was iets primitiefs en sterks in hem geweest, iets van de aarde, zoals ze nooit had gevonden in enige andere man, iets dat haar tot een vrouw maakte zoals een van de boerinnen die de velden eggen. Wat zij met Louis had beleefd kon niet, zoals ze inzag nu ze hier in Smileys slaapkamer zat, perversiteit worden genoemd; het was het leven; het was wat liefde hoorde te zijn. Onbewust glimlachte ze nu bij de herinnering aan andere vrouwen die hem op een of andere manier tot minnaar hadden trachten te krijgen omdat hij zo knap was en zulke goede manieren had, dat hij overal aan de Côte d'Azur verkeerde en allerlei slag vrouwen ontmoette. Van de hele bende was hij de enige aan wie ze met verlangen terugdacht, maar dat verlangen was nu oud en ze rilde een beetje toen ze bedacht dat ze voor één keer in haar leven bijna het hoofd had verloren en er een tijdje over dacht alles op te geven en met hem weg te lopen. Maar ze dacht ook: ,,Misschien zou mijn leven, als ik dat had gedaan, bevredigd zijn geweest. Misschien was er dan een prikkelende geur van de aarde aan geweest en een waarachtigheid die ik nooit heb leren kennen." Ze wist ook dat hij haar zou hebben bedrogen, zoals hij zelfs deed gedurende de zes weken dat ze hem heimelijk ontmoette in de lelijke, kleine villa. Op een dag zou ze hem hebben verveeld, dan had hij haar verlaten en dan ... Nee, ze had altijd meester van de situatie moeten blijven. Tenslotte had ze hem verlaten, bang voor chantage, voor geweld, ze wist zelf niet waarvoor, maar die vrees had haar destijds het afbreken gemakkelijker gemaakt. Ze had hem tweehonderd pond gegeven in bankbiljetten en hem gezegd dat hij er een auto voor moest kopen, die ze dan samen konden gebruiken als ze terugkwam uit Londen. Ze was nooit teruggekeerd en had hem nimmer weergezien. Nu was de herinnering aan hem pijnigender dan het afscheid was geweest, omdat ze destijds niet wist dat ze een bevrediging verloor die ze, ondanks al haar roekeloze zoeken, nooit meer zou ontdekken. Ze wist zelfs niet wat er van hem was geworden; misschien hield hij er nu een *bistro* op na in Marseille of Toulon en was niet meer mooi, met een lichaam van marmer, maar iemand van middelbare leeftijd en dik, met een plompe, zwartogige vrouw en een half dozijn zwartogige kinderen. Dat was zijn bestemming geweest ... te fokken, steeds maar door mooie dieren te fokken, zoals hij zelf er een was, die zouden opgroeien en een wild, een zilt genot schenken aan mensen zoals zijzelf, die bij hun geboorte al oud en verdorven waren.

Dan bij de Oostenrijker in Monte Carlo. Op de lijst had Albert geen vraagteken bij zijn naam geplaatst. Hij was zeker geweest, wat hem betrof en hij had zich vergist. Ze herinnerde zich zijn gezicht en zijn lichaam, hoewel zijn naam haar niet te binnen wilde schieten. Ze had haar best gedaan hem te verleiden, want hij was mooi, op een vreemde, decadente wijze, maar zelfs toen ze hem door list in een rendez-vous lokte, was er niets gebeurd. Hij voelde noch liefde, noch begeerte voor haar en op een dag hoorde ze dat hij van geen enkele vrouw hield. Zij had zich vernederd gevoeld, vol wrok en woede omdat ze zich belachelijk had gemaakt.

En Tom Blashford. Die was niets. Alleen maar een weekeindgeval. Nolhams broer ... Tom Ransome. Albert had geen vraagteken bij zijn naam hoeven te zetten. Ze had met Tom geleefd voordat ze ooit van Albert had gehoord. Ze wist nu dat Tom de enige man was geweest die haar bijna had geleerd wat liefde zou kunnen zijn. Hij gaf haar geen sensatie zoals Louis. Hij leek te veel op haarzelf, innerlijk wat verrot, maar beminnenswaardig, sympathiek en intelligent op een vertwijfelde wijze, zoals geen van de anderen ooit was geweest.

De lijst was niet compleet. Er waren veel anderen geweest, sommigen halfvergeten, sommigen zoals Louis, nog levend voor haar, maar niet één als hij. Wat was het leven zonderling, dat ze na zoveel jaren Tom Ransome weer had ontmoet en juist in een stad als Ranchipur. Nu was dat alles misschien voorbij en er lag niets vóór haar dan verveling en eentonigheid.

Ze zuchtte weer en verbaasde zich erover dat Albert zoveel had geweten en nooit iets van die wetenschap had verraden. Dat hij alleen inschikkelijk was geweest, kon zij, die hem had gekend, niet geloven. De kwestie moest zijn, dat hij een nog erger snob was geweest dan ze geloofde op die morgen toen ze zijn gezwollen, hulpeloze lichaam, zoals ze het daar zag, niet anders kon dan haten, of misschien had hij haar beter gekend dan ze vermoedde, beter zelfs dan ze zichzelf kende en had hij begrepen dat ze vol hopeloosheid was en men de zaak maar het best op zijn beloop kon laten.

Misschien was hij zijn eigen weg gegaan; misschien had hij ook geliefden gehad. Maar ze betwijfelde dat, omdat ze wist dat hij zichzelf er nooit toe kon brengen de tijd op te offeren die een geliefde voor zich zou opeisen. Van haar had hij niet veel verlangd. Misschien ging hij naar bordelen of koos soms een vrouw uit de Jermyn Street, of mogelijk was ze ook voldoende voor hem geweest. Misschien had hij haar al die tijd gebruikt uit gewoonte, uit een zelfde noodzakelijkheid als eten en drinken. Ze wist dat hij een typische Engelse middenstander was geweest en als zodanig een materialist. Vrouwen waren voor hem een noodzakelijkheid, maar nooit een glorie. God wist dat ze dat had ervaren in de wijze waarop hij haar zijn liefde betoonde. Er waren dan, dat wist zij wel zeker, ogenblikken geweest waarin ze er hem van verdacht aan andere dingen te denken, aan kolommen van cijfers of plannen voor een of andere grote slag.

„Misschien," dacht ze bitter, terwijl ze op Smileys versleten, oude tweepersoonsbed zat, „ben ik er tenslotte ingevlogen. Hij kon buiten zijn werkuren met me pralen, me dan mee naar huis nemen en gebruiken om zijn begeerte te bevredigen en zijn zenuwen te kalmeren, zodat zijn geest bevrijd was." Plotseling werd ze razend bij de gedachte dat hij haar te slim af was geweest, dat hij tenslotte die laatste avond, toen ze twistten, de lach aan zijn kant had, omdat hij wist dat hij de strijd toch had gewonnen. Nu was hij dood en ze zou nooit de waarheid ontdekken en misschien de wonden kunnen helen van deze vernedering.

354

„Maar toch heb ik gekregen wat ik verdiende," dacht ze. „Hij moest òf van me scheiden òf me behandelen zoals hij het deed." Een echtscheiding had hij niet aangedurfd of welk schandaal ook dat zijn dierbare positie in gevaar had kunnen brengen, de positie waarheen hij was omhooggeworsteld uit een buitenwijk van Liverpool. Dan was er ook zijn ijdelheid, die hem nooit zou hebben toegestaan de wereld bij een echtscheidingsproces te bekennen dat de vrouw die hij zich had aangeschaft, hem niet als voldoende kon kwalificeren. Misschien was zijn verdenking tegen Ransome de laatste druppel geweest die de emmer deed overlopen, zodat hij op de avond nadat ze hadden getwist en hij haar had verlaten, voor de eerste maal erover had gedacht zich van haar te laten scheiden en toen de lijst had gemaakt van de mannen waar hij van af wist. Toen hij die lijst af had, moest hij hebben ingezien dat de vernedering van een echtscheidingsproces niet erger was dan het bewustzijn dat de halve wereld op de een of andere manier iets moest hebben af geweten van haar ontrouw en dat die zes mannen om hem moesten hebben gelachen als om een bedrogen echtgenoot. Hij had zeker ook wel begrepen dat er nog anderen waren geweest, waarover hij niets te weten had kunnen komen.

Ze bedacht dat Bates het hem moest hebben verteld, want Bates kende haar beter en wist meer van haar dan Albert ooit had gedaan. Misschien had hij Bates die laatste avond ook in het nauw gedreven en gedwongen, of door omkopen ertoe gebracht, hem te vertellen wat hij wist. Misschien was Bates daarom zo sluw en insinuerend geweest toen hij haar kwam vertellen dat Albert ziek was.

Was Albert nog in leven geweest, dan zou ze naar hem toe zijn gegaan en hem hebben beschuldigd en de waarheid hebben ontdekt. Nu deed het er niet toe; het was zelfs geen onaangename scène waard. Bates zou spoedig op weg zijn naar Engeland en voor altijd uit haar leven verdwijnen. Toen zag ze in dat Bates, onverschillig of hij haar al dan niet had verraden, de lijst van haar minnaars moest kennen. Hij zelf had die boven op de andere papieren gelegd toen hij het bundeltje maakte. Het was dom van Albert en onbeschaamd om zo iets te laten slingeren.

Opeens vermoeide en verveelde haar de hele geschiedenis en na het papier in snippers te hebben gescheurd, stopte ze die in de zak van mevrouw Smileys calicojapon en begon de andere papieren door te kijken. De meeste hadden geen enkele betekenis voor haar; het waren aantekeningen voor een bepaald hoofdartikel voor de kranten van Heston. Ze nam zelfs niet de moeite ze te lezen, maar keek de rest door, tot ze aan het testament kwam.

Het trof haar als iets vreemds, dat hij het bij zich had gedragen; misschien wist hij, ondanks zijn snoeven, dat hij een ziek man was en Engeland niet levend meer zou bereiken. Misschien had hij het plan gekoesterd het te veranderen en haar niets na te laten. Hij had de huwelijksvoorwaarden sluw opgesteld, haar bruidsschat werd erin zeker gesteld, zodat hij haar desgewenst bij zijn dood geen cent hoefde na te laten. Dat was het; die laatste avond was hij van plan geweest te scheiden en haar uit zijn testament te schrappen. Hij hoefde slechts een paar regels eraan toe te voegen, met Bates en een van haar eigen kamermeisjes als getuigen. Het was niet nodig dat getuigen de inhoud van een testament leerden kennen of erbij waren betrokken. Terwijl ze het papier opnam, dacht ze: „Misschien heeft hij dat gedaan," maar toen ze snel een blik op het einde wierp, zag ze geen codicil. Haastig begon ze het door te lezen.

Het was lang en bevatte een serie grote giften voor liefdadigheidsdoeleinden, scholen en ziekenhuizen. Tijdens zijn leven was hij gierig geweest met giften aan zulke verenigingen, tenzij hij voelde dat hij respect voor zichzelf moest kopen. Maar nu hij het geld toch niet mee kon nemen, was hij edelmoedig. Er kwam een bepaling betreffende zijn kranten in voor die ze niet de moeite nam te lezen, en toen kwam ze aan de lijst van persoonlijke schenkingen – vijfduizend pond aan zijn broer, iemand uit de middenstand voor wie hij zich genegeerd had en met wie hij haar nooit in aanraking had willen brengen; duizend pond aan twee oude vrijsters van wie ze nooit had gehoord, maar die misschien tantes of nichten van hem waren, en vijfhonderd pond aan Bates – Bates, die hem had verraden, bespot en gehaat.

Heel de rest en de opbrengst van de bezittingen werden aan haar vermaakt. Ze had nooit geloofd dat dit zou gebeuren. Ze had gedacht dat hij haar iets zou nalaten, maar niet alles, niet de honderdduizenden ponden, misschien wel een paar miljoen of nog meer. Het testament lag op haar schoot en een ogenblik voelde ze een vreemde, onbeschrijfelijke angst. Dat stuk papier maakte haar tot een van de rijkste vrouwen van de wereld en die gedachte verschafte haar geen genoegen, zelfs niet veel opwinding. „Ik had genoeg aan de toelage," dacht ze. „Wat moet ik met dit alles beginnen?" Het behoorde haar door een toeval. Ze dacht weer aan de dagen in het Florentijnse pension, de dagen waarin ze niet meer dan éénmaal in de maand naar een kapper kon en de kleren van haar deftige bekenden afdroeg, die slecht zaten of smakeloos waren. Toen zou iets als dit tot het rijk der wilde fantasieën hebben behoord; het zou haar hele leven en dat van haar vader hebben veranderd. Ze zou nooit met Albert zijn getrouwd. Misschien zou ze zelfs wat fatsoenlijker zijn geweest en niet zo'n slet.

Ze trachtte zich voor te stellen hoe ze zich dan gevoeld zou hebben, maar die inspanning eindigde slechts in doffe sensatie; er was nu niets ter wereld dat ze begeerde dat voor geld te koop was. Nu was het te laat.

Ze dacht: „Ik denk dat ik het had moeten verdienen. Nu moet ik erover denken wat ik ermee zal doen."

Hij was van plan geweest te scheiden en haar te onterven, maar hij had dat besluit te laat genomen. Dit vreselijke land, dit monster met zijn ziekten en ontzettingen, zijn pracht en armoede, zijn gastvrijheid en wreedheid, had hem te vroeg gedood. Toen zag ze in welke bitterheid was verborgen in dit testament – dat er ter wereld niemand was geweest aan wie hij dit geweldige fortuin kon nalaten, dat hij had opgebouwd uit eerzucht, sluwheid en gewetenloosheid, niemand dan zij die hem altijd had veracht, die hem ontelbare malen had bedrogen, van het begin af. Even trachtte ze iemand te bedenken aan wie hij wettig zijn rijkdom had kunnen nalaten, maar er was niemand. Ze zag opeens in dat ze gelijk had gehad; hij had nooit vrienden bezeten.

Ze betrapte er zich op halfluid te spreken (alsof Albert nog in leven was geweest en hier in de kamer was in plaats van voor zonsondergang te worden verbrand als sanitaire voorzorgsmaatregel): „Maar ik heb het niet nodig. Wat moet ik ermee doen?" Ze dacht: „Ik ga misschien zelfs nooit terug naar Engeland." Want nu wist ze dat ze maar één ding verlangde, en dat was iets dat geld niet kon kopen, zoals ze Louis Simon, de bokser, had gekocht, lang geleden.

Ze stopte de papieren en juwelen weer in het kistje, sloot het deksel en draaide de sleutel om, waarna ze die in de zak bij de snippers stopte en de kamer doorliep, naar de verweerde spiegel waarvoor Bertha Smiley elke morgen haar haren opmaakte.

Het leek niet op het spiegelglas van haar toilettafel, waaraan een roze tint was gegeven om haar te flatteren. Het kwikzilver erachter was gevlekt en op sommige plaatsen eraf gegaan door hitte en vocht en het hele ding had een galachtig gele tint. Toen ze zichzelf aankeek, kreeg ze een schok, want wat zij zag was een vermoeide, bleke vrouw die er ouder uitzag dan ze was en wier haren sluik langs het gezicht hingen.

„Binnen een paar dagen," dacht ze, „zal het haar verkleuren bij de scheiding. Vanmorgen ben ik, geloof ik, aan een keerpunt gekomen." Doch ze wist niet waarheen.

Toen hoorde ze, door haar verslagen stemming heen, het geluid van muziek, een ongelofelijke muziek, want het was het zingen van psalmen. Ergens dichtbij in de tuin zongen mensen zoals ze plachten te zingen in het kerkje bij het huis waar ze als kind in had gewoond, in Engeland. Het waren maar vier of vijf stemmen, begeleid door een zwak orgeltje. Even dacht ze: „Misschien ben ik gek geworden. Misschien begin ik hallucinaties te krijgen." Niettemin ging ze naar het venster om zich te vergewissen of ze werkelijk haar verstand had verloren.

Daar, onder de bomen, in de regen, om een kleine hoop vers opgeworpen aarde geschaard, stonden meneer en mevrouw Smiley, tante Phoebe en dat meisje Fern. Ze zongen met bevende stemmen, begeleid door een orgeltje dat een van de christen-paria's bespeelde. Toen begreep ze; zij begroeven wat restte van de missionaris en zijn dochter.

Tegenover de oprijweg van de Smileys, op de tennisbaan waar eens „de jongens" tennis kwamen spelen, hadden Smiley en de pariajongens een grote brandstapel opgericht van houtblokken en vernield huisraad, dat uit de ruïne van Simons huis was gehaald. Ze vonden de lijken van Hazel en Zijn Eerwaarde Simon in wat de eetkamer was geweest, want zij hadden aan hun avondmaal gezeten toen mevrouw Simon bij mevrouw Hogget-Clapton was en Fern haar fiets voortduwde door de regen toen ze van Ransomes huis af kwam. Toen ze het nieuws aan mevrouw Simon brachten, werd ze heftig opgewonden en slechts het vastberaden aandringen van mevrouw Smiley en harde woorden van tante Phoebe hielden er haar van af de weg over te rennen en zich op de lijken van haar man en dochter te werpen. Toen ze wat kalmer was geworden, zei Smiley dat ze van plan waren de lichamen te verbranden en dat ze een lijkdienst zouden houden. Dat verwekte een nieuwe hysterische aanval, waarin ze luid protesteerde tegen het verbranden, dat ze „heidens" noemde. Maar toen Smiley haar uitlegde dat er geen doodkisten, geen hout en geen doodkistenmaker waren in Ranchipur en de lijken zo snel mogelijk vernietigd moesten worden, gaf ze opnieuw toe en verviel in een zacht gekreun, dat de hele verdere dag aanhield.

Zo werd tenslotte al wat over was van Simon en de arme Hazel in lakens gewikkeld, boven op de brandstapel geplaatst en Smiley, uitgeput en geroerd, hield de lijkdienst. Toen hij klaar was, stak hij de stapel met olie overgoten hout aan en de lijken van de doopsgezinde missionaris en zijn dochter verbrandden alsof ze niets anders waren geweest dan hindoes. De regen kwam en ging, in vlagen, stromen en stortvloeden, maar het hout was oud en droog en de olie hield het in felle brand, zodat tenslotte niets overbleef dan een hoop door de regen doorweekte as. Daarmee vulde Smiley eerbiedig twee van de glazen flessen die tante Phoebe placht te gebruiken voor haar ingemaakte chutney en die werden met een tweede, korte lijkdienst, begraven in Smileys tuin, onder de bomen waaraan orchideeën, petunia's en klimmende geraniums hingen.

Mevrouw Simon lag steunend op haar krib in de voorraadkamer en nam aan geen van de diensten deel, maar Fern was er tot het laatst toe bij en verhief zelfs een sidderende stem om de psalm mee te zingen. Smiley had haar niet toegestaan bij het verbranden van de lijken aanwezig te zijn en ze was hem er dankbaar voor. Ze was van plan geweest erbij te blijven, ze wist niet goed waarom, behalve dat ze een verward gevoel had alsof de arme Hazel en haar vader minder verlaten zouden zijn als zij er was. Smiley had blijkbaar op zijn fijngevoelige wijze haar gedachten geraden, want hij zei tegen haar: „Er is geen aanleiding voor je om aanwezig te zijn, Fern. Er is niets overgebleven van wat Hazel was en je vader. Wat is gebleven, is slechts stof. De hindoes weten dat ook, zelfs beter dan wij."

Zo had hij, met een handvol pariajongens als hulp, de huiveringwekkende taak vervuld en het aan haar overgelaten om haar moeder te troosten. Ze voelde geen groot verlangen om bij mevrouw Simon te zijn en wist niet wat ze haar moest zeggen. Ze vond het zonderling dat mevrouw Hogget-Clapton, haar moeders boezemvriendin, niet was gebleven om haar te troosten. Ze was altijd de enige geweest die haar moeder wilde ontvangen als ze haar migraine had en nu was mevrouw Hogget-Clapton weggegaan in de smerige peignoir, een beetje waggelend op haar hooggehakte schoenen en begeleid door twee van Smileys leerlingen, om te gaan zien hoe het met haar huis stond.

Dus bleef haar niets over dan naar de grote voorraadkamer te gaan, waar haar moeder op een krib lag te steunen, met een natte doek op het hoofd.

Ze opende zachtjes de deur, nog in de hoop, dat ze zo gelukkig zou zijn haar moeder slapend aan te treffen en zou kunnen ontsnappen, maar de deur kraakte en mevrouw Simon nam de doek weg, hield even op met steunen en keek wie er binnenkwam. Toen ze zag dat het Fern was, zei ze: „Kom hier, mijn kind, kom bij me zitten," en Fern gehoorzaamde, stuntelig en onwillig.

Ze ging op het puntje van het bed zitten, zo ver mogelijk van haar moeder af. In zekere zin had ze wel medelijden met haar, omdat ze in de laatste twee dagen zo was verouderd. Het frisse in haar gezicht, waardoor de mensen plachten te zeggen: „Maar u kunt toch geen dochter van twintig jaar hebben," was nu verdwenen. Ze was in elkaar gezakt, ineengeschrompeld, angstig en moe.

Fern dacht: „Nu is zij het die alleen staat. Nu papa dood is, is ze niets meer – zelfs niet een missionarisvrouw. Wat zal er van haar worden?"

Een ogenblik was ze bijna angstig toen ze zich haar moeder voorstelde, alleen, gebroken, met niemand meer om te bebazen behalve zij, die het niet meer zou dulden, en zonder echtgenoot om naast haar te liggen. Dat was, Fern vermoedde het in haar nieuwe wijsheid, altijd belangrijk geweest voor haar moeder, hoewel over zulke dingen door mensen als zij nooit werd gesproken. Wat zou ze nu doen? In zekere zin was ze nog jong – tweeënveertig – en terwijl ze op de rand van het bed zat, herinnerde ze zich brokstukken van een gesprek tussen haar moeder en mevrouw Hogget-Clapton, dat ze eens had beluisterd. Ze was in de gang boven geweest en de deur van haar moeders kamer stond open. Ze hoorde de twee stemmen en daar ze toen pas veertien of vijftien jaar was, had ze geluisterd en mevrouw Hogget-Clapton horen zeggen: „Nee, Herbert heeft zijn eigen kamer. Hij heeft al bijna drie jaar niets met me gehad. Ik denk dat hij impotent is, want ik kan me niet voorstellen dat er een andere vrouw zou zijn in Ranchipur. Als er een andere was, zouden de bedienden het wel weten." Toen hoorde ze na een stilte haar moeders stem: „Onze mannen zijn natuurlijk wel erg verschillend, maar ik kan me van Elmer niet voorstellen dat hij een eigen kamer zou willen. Ik weet niet wat ik zou doen. Ik zou zo eenzaam zijn."

Destijds had ze, omdat haar nooit iets was verteld, de betekenis van wat de twee vrouwen zeiden niet begrepen, maar ze had, waarom wist ze niet, gevoeld dat het iets beschamends en zelfs gemeens was. Nu, lang daarna, begreep ze het gesprek en vroeg zich medelijdend af of haar moeder ooit voor haar vader had gevoeld zoals zij het deed voor Ransome. Het zou ontzettend zijn als hem iets overkwam. Ze dacht niet aan hem als „Tom", maar altijd als „Ransome" en soms zelfs als „meneer Ransome". In de twee of drie keren dat ze elkaar hadden ontmoet, had ze hem nooit bij de naam genoemd, ze had hem helemaal niets genoemd. Deze morgen, toen ze naast hem had gelegen op de vloer in Bannerjees huis, had ze hem „liefste" genoemd en „mijn lieveling".

Toen keerde haar moeder zich naar haar toe, opende nogmaals haar ogen, keek Fern aan en zei: „Nu zullen we samen moeten blijven, wat er ook gebeurt. Je bent alles wat ik in de wereld bezit."

Een gevoel van ontzetting beving Fern. Ze had zichzelf voor vrij gehouden; ze had zich nooit een voorstelling gemaakt van de persoonlijke consequenties van de aardbeving. Ze hoorde zichzelf zeggen: „Mevrouw Hogget-Clapton is er toch nog. Ik dacht dat die wel bij u zou blijven."

„Nee," zei mevrouw Simon, „dat is uit."

„Wat is er gebeurd?"

„Op de avond van de overstroming heb ik haar beschonken in haar eigen huis gevonden."

Dat was het dus met mevrouw Hogget-Clapton. Daarom was ze bijtijden zo vreemd en verward. Mevrouw Hogget-Clapton was heimelijk aan de drank.

Op dit moment trof het haar als iets ongelofelijks, dat ze zo onwetend was geweest op de avond toen ze naar Ransomes huis ging om hem op te wachten. Ze was een idioot geweest. Geen wonder dat hij haar altijd als een kind had beschouwd. Mevrouw Hogget-Claptons drankzucht was maar een onderdeeltje van een wereld waarvan ze nu de fantastische onwerkelijkheid inzag. Haar moeder moest het al die tijd hebben geweten, maar had de schijn aangenomen of ze het niet wist, omdat ze een snob was. Haar moeder zei: „Je zult nooit weten wat ik heb doorgemaakt op de avond van de overstroming. Ik heb alles voor haar gedaan. Ik heb haar leven gered en ze was niet eens dankbaar."

Toen werd er op de deur geklopt en toen Fern die ging openen, was het tante Phoebe met het briefje van Ransome. Ze sloot de deur weer, opende het briefje en las het aan het andere einde van de kamer, zo ver mogelijk van haar moeder vandaan, maar ze wist dat de list niet baatte, want een van de marmerblauwe ogen sloeg haar gade vanonder de natte doek uit.

Het was een kort briefje. Hij vertelde er haar alleen in wat hij deed en dat hij de hele dag niet naar de Smileys zou kunnen terugkeren en misschien wel verscheidene dagen niet. Hij schreef dat ze in de missie moest blijven. De stad was al vol cholera en tyfus en er hing een vreselijke stank. „Je mag er niet over denken hierheen te komen," schreef hij. „Niet nu, mijn schat. Jou mag niets overkomen." Toen ze dat las, werd ze weer overstroomd door een geluksgevoel dat al het andere: angst, verdriet en ellende, verdreef.

Aan het andere einde van de kamer vroeg mevrouw Simon: „Wat is dat Fern? Sta daar niet zonder iets te zeggen."

„Het is een briefje voor mij," zei ze.

„Waarover? Van wie?"

Toen dacht Fern opeens: „Ik zal het haar vertellen. Ik zal haar alles vertellen. Ik bèn nu vrij. Mijn leven hoort me toe." Dus zei ze hardop: „Het is van meneer Ransome."

„O!" zei mevrouw Simon. „Wat wil hij?"

„Hij wil dat ik in de missie blijf en niet de stad inga."

„Natuurlijk, hij heeft gelijk."

Fern dacht: „Ze is ongelofelijk. Ze heeft hem al aanvaard als schoonzoon." Ze liep naar het bed en zei: „Ik ben niet van plan hier te blijven. Ik ga de stad in."

„Je lijkt wel gek. Je kunt me hier niet alleenlaten met de Smileys. Je kunt jezelf niet in gevaar begeven. Je bent nu alles wat ik heb. Hoe ter wereld ben je op zo'n idee gekomen?"

Fern antwoordde zeer bedaard: „Ik ga weg omdat ik kan helpen in het ziekenhuis of ergens anders. En ik ga ook omdat ik dan dicht bij hem ben." Voor de eerste maal ging mevrouw Simon overeind zitten op de brits. „Beteken ik dan niets voor je? Denk je geen ogenblik aan je eigen moeder?" Met een plotseling opwellend gevoel van triomf dacht Fern: „Ze kan me niet meer ontroeren. Ik ben niet bang voor haar scènes. Ze kan me niets meer doen." Het was waar. Ze was vrij. Ze zei: „Natuurlijk denk ik wel aan u, maar ik ga tóch. Ik hoor daar. Wat er ook gebeurt, ik hoor te zijn waar hij is. Hij kan niet voor zichzelf zorgen."

„Fern, besef wat je gaat doen! Wil je dat iedereen je zal beschouwen als een meid van de straat?"

„Het doet er niet toe wat ze denken – de paar mensen die zijn overgebleven. Wat er gebeurd is, heeft dat allemaal veranderd. Wat doen nu trouwpapieren en zulke dingen ertoe. Misschien over een poosje wel weer, maar nu niet."

Haar moeder wilde iets zeggen, maar in de drang om zich uit te spreken belette ze het haar en zei: „Ik heb gelogen die dag toen ik u vertelde dat ik met hem had geleefd. Ik loog omdat ik ongelukkig was en bang. Maar nu is het geen leugen. Het is gebeurd. Het is vanmorgen gebeurd. Ik hou meer van hem dan van wie ook ter wereld. Ik zou alles voor hem doen – alles!" Haar moeder bedekte het gezicht met de handen. Ze was nu te vermoeid en te oud om een van haar melodramatische scènes te maken. Ze hield alleen de handen voor het gezicht en zei: „Fern, mijn kind! Mijn kleine meisje!"

Wat ze bedoelde met dat gebaar en die woorden, was Fern niet duidelijk. Ze wist niet of het gebaar tragisch was bedoeld, verwijtend, of er een was van voldoening. Maar haar moeder kennend, begreep ze dat wat was gebeurd voor haar alleen een inleiding tot een huwelijk betekende, en zo'n huwelijk zou natuurlijk haar moeders problemen oplossen. Dan zou er voor haar worden gezorgd: ze zou een toekomst krijgen, schitterender dan ze ooit had gedroomd.

Ze zei nu: „Kom hier. Kom bij me zitten." Toen Fern onwillig op de rand van de krib zat, nam mevrouw Simon weer haar hand en zei: „Het is niet gebeurd op de wijze zoals ik zou hebben gewenst, maar ik hoop dat je gelukkig zult worden."

Toen wist Fern dat haar moeder haar nooit meer zou hinderen. Fern keek op haar neer vanuit de hoogte en zag dat ze kinderachtig en ijdel was. Van nu af zou men voor haar moeten zorgen, men zou haar moeten vertellen wat ze had te doen. Die capitulatie, die ineenstorting, was te plotseling; Fern raakte er onzeker van en wat beangst. Opeens begon mevrouw Simon te schreien. Fern kon niet uitmaken of het van droefheid was of van tevredenheid.

Op dat ogenblik dacht mevrouw Simon niet aan Fern of Ransome of iets dat met hen in verband stond. Ze zag opeens een dode eikeboom vol Spaans mos en de zilverige glans van de Mississippi in het maanlicht. Het godsdienstige reveil was afgelopen en op de terugweg waren zij en Elmer over een hek geklommen en onder de boom gaan liggen. Daar was het gebeurd, stil en zonder dat er een woord werd gesproken. Ze waren zelfs van de weg afgeweken en over het hek geklommen alsof ze één waren. Het was snel gebeurd, in een uitbarsting van jonge passie, die was gewekt door het zingen en de opwinding van de bijeenkomst. Ze waren ertoe gedreven door iets dat sterker was dan zij. Ze had verder geleefd, doodsbang dat ze een kind zou krijgen, en daarom waren ze rustig gehuwd, veel eerder dan ze van plan waren geweest. Niemand behalve Elmer en zijzelf had er ooit iets van geweten en nooit was het nadien meer geweest als toen.

Opeens nam ze de handen weg voor haar gezicht en keek Fern aan. „Als je nu eens een kind krijgt?"

„Daar had ik nog niet aan gedacht. Het zou kunnen."

„Je moet maar zo gauw mogelijk trouwen."

Ze antwoordde niets, omdat ze inzag dat het nutteloos was te verwachten dat haar moeder de dingen zou zien zoals zij. Wat er ook gebeurde, zelfs als ze een baby kreeg, ze zou Ransome nooit vragen met haar te trouwen. Ze wilde niet dat het zo zou zijn. Ze wilde het niet bederven. Dus zei ze tegen haar moeder: „Gaat u liever weer liggen en rust wat. Probeer wat te slapen."

„Ik zou niet kunnen slapen. Ik zou geen oog dicht kunnen doen."
Maar haar moeder ging weer liggen en begon weer te steunen, doch na een tijd hield het steunen op en merkte Fern dat ze in slaap was gevallen. Op vreemde, geheimzinnige wijze was ze ouder en wijzer geworden dan haar moeder. Na een tijdje stond ze zachtjes op van de rand van de krib en ging in een schommelstoel zitten en tenslotte sloot ook zij van pure uitputting de ogen en sluimerde in.

Lange tijd daarna ontwaakte ze doordat iemand zacht haar schouder aanraakte en zag ze Smiley voor zich staan.

„Het spijt me dat ik je moet wakker maken, mijn kind," zei hij, „maar we moeten nu de lijkdienst houden. Ik moet naar de school en zal misschien vanavond of tot morgen of overmorgen wegblijven. Zou je moeder erbij willen zijn?"

„Nee," zei Fern, „laat haar slapen."

Zo waren ze toen met Bertha Smiley en tante Phoebe, die de glazen potten met as droeg, naar buiten gegaan en hadden ze onder de waringinboom begraven. Het was vlug afgelopen. Fern dacht dat het niets was dan een symbool en meneer Smiley had het zo fijn gedaan, zo gevoelig, dat er iets moois in lag. Ze dacht nu: „Drie dagen geleden leefden ze beiden nog. Drie dagen geleden sprak ik nog met hen."

Het was Homer Smiley die hen over de vlakte begeleidde, voorbij de barakken van de Sikhs en over de halfverwoeste brug, tot aan de stad. Want ze gingen samen, Fern Simon en lady Heston, die koppig ingingen tegen de protesten van het hele groepje in het missiehuis, zelfs van de goede Smiley, die niet kon geloven dat Fern of lady Heston in de troosteloosheid van de stad anders dan tot last kon zijn. Hij kende de wilskracht van tante Phoebe en de flinkheid van zijn eigen vrouw, maar daarmee had hij zelden te maken gehad. Nooit was hij gestuit op zo'n taaie stijfhoofdigheid als die van deze twee vrouwen, en hij gaf terstond toe.

Aan mevrouw Simon, die in een diepe slaap van uitputting en leed lag, vertelde men niets. Tante Phoebe nam het op zich haar zenuwaanvallen te trotseren als ze ontwaakte en ontdekte dat Fern was vertrokken naar dat pesthol van een stad.

Smiley wees de weg door de rode modder, terwijl de beide vrouwen hem zwijgend op de hielen volgden. Op hun weg naar de brug hadden ze de eerste van twee ontmoetingen. Het was met mevrouw Hogget-Clapton, die opeens achter de verwoeste barakken van de Sikhs te voorschijn kwam. Ze liep wankelend, bijgestaan door een lijfwacht van paria-schooljongens. Ze had zich verkleed en droeg een korte japon van gebloemde cretonne, een roodzijden paraplu en een werkzak. Ze zag eruit alsof ze net in de stromende regen een blomententoonstelling ergens in de provincie had geopend. De paraplu hielp niet veel, want het ging van links naar rechts, zodat de gebloemde japon kletsnat werd van de regen. Uit de werkzak stak de hals van een cognacfles.

Toen hij haar zag, keek Smiley zeer somber, maar vervolgde zijn weg met de vastberadenheid van een martelaar. Eerst merkte ze hen niet op, maar toen ze hen herkende, begon ze te huilen en zodra ze naderbijkwam, riep ze luid: „Ze hebben alles gestolen, zelfs de naaimachine, mijn hoeden en mijn vergrote portret."

Ze stonden daar in de regen, beleefd en met ongemeende sympathie, terwijl ze al het koperwerk uit Benares, de snuisterijen, de geborduurde sofakussens opsomde die door de Bhils waren geroofd.

„Ik zal schadevergoeding eisen van de staat!" riep ze dronken. „Al de dingen die ik sinds jaren had verzameld. Geen bescherming. Het is een belediging! Een belediging! Mijn vergrote portret! Wacht maar eens, als Herbert dat hoort!"

Het groepje pariajongens stond om haar heen met diepe interesse naar haar te kijken. Nu en dan giechelde er een. Midden in haar relaas slaagde Smiley erin een van de oudsten in het Gujeratisch toe te fluisteren: „Als ze valt, moeten jullie haar dragen. Je moet haar veilig naar de missie zien te krijgen." Smiley probeerde haar gerust te stellen, maar lady Heston werd ongeduldig en zei op zachte, scherpe toon: „We hebben wel wat anders te doen. We kunnen hier niet de hele dag met die idioot staan praten," en dus verlieten ze haar, die hen wat verbluft en verschrikt nastaarde toen ze de deftige lady Heston herkende, op wie ze niet had gelet. Om dat verzuim goed te maken, spande ze zich erg in en wuifde met haar hand naar de verdwijnende ruggen van het groepje.

De tweede ontmoeting had plaats toen ze juist de duizelingwekkende, gevaarlijke overtocht over de spoorbrug hadden volbracht. Op die overtocht hadden ze elkaar bij de hand gehouden en een ketting gevormd om elkaar te steunen voor het geval het brullen van het voorbijstromende water een van hen duizelig mocht maken, en toen ze het vaste land bereikten en weer opkeken, stond vlak voor hen juffrouw Hodge, omringd door een troep dorpelingen die allen tegen haar kakelden.

In haar verwarring hoorde en begreep ze niet dat ze haar voedsel, nieuws over hun kinderen en beschutting vroegen. Het waren mensen van de lage kaste, met wie ze weinig contact had gehad en ze spraken verschillende dialecten, maar zelfs al hadden ze Gujeratisch of Hindoestani gesproken, dan zou ze hen nog niet hebben verstaan, want ze was verlamd van angst en ontzetting door alles wat ze had gezien sinds haar ontsnapping uit het ziekenhuis en door het schouwspel van de nauwe, wankele brug over het wild stromende water, waarover ze zou moeten gaan om haar aangebeden lady Heston te bereiken. Ze begreep niet dat de vuile volksmensen om haar heen haar persoon verwisselden met die van juffrouw Dirks. Ze wisten dat juffrouw Dirks niet zou weigeren als ze haar om hulp vroegen, en de beide vrouwen waren zolang samen geweest, dat deze mensen ertoe waren gekomen hen als één te beschouwen, een enkel verschijnsel. Dus gingen ze door met hun smeekbeden tot haar, wierpen zich op het gezicht, omvatten haar knieën telkens weer als ze zich had bevrijd. Voor hen was juffrouw Hodge het enig zichtbare overblijfsel van het grote Britse rijk. Maar juffrouw Hodge alleen, zonder juffrouw Dirks, was even verward en nutteloos als een fladderende mus die in een kamer is opgesloten.

Achtenveertig uur lang had ze nauwelijks enige slaap gehad en twintig van die achtenveertig uren had ze in de regen boven op het dak van haar huisje gezeten, starend naar het stijgende water, dat rommel, dood vee, slangen en lijken langs haar voerde. Nu en dan had ze door het donker de naam van Sarah geroepen, met een stem die steeds heser en zwakker werd, maar er kwam geen antwoord uit de regen. Eindelijk, toen het eerste morgenlicht verscheen, zag zij een van de plezierbootjes van de paleisvijver naar zich toe komen, met een van de mooie Sikhs erin; wie het was, kon ze niet zien, want ze leken allemaal zo op elkaar. In weerwil van het feit dat hij recht naar haar toe roeide, trachtte ze hem te roepen, maar toen ze haar mond opendeed, kwam er geen geluid uit. Zelfs in haar zwakheid en ontzetting voelde ze zich overweldigd door een golf van opwinding, een van die golven die een ander mens van haar maakten en de eentonige vrede van haar bestaan met Sarah in de war gooiden.

Hij sprak tegen haar in het Hindoestani en toen ze probeerde op te staan, kwam ze opeens weer te zitten op het afhellende dak. Dus had de lange Sikh zich gebukt, haar zonder inspanning opgetild en in het versierde bootje gezet. Een ogenblik viel ze bijna flauw door de mengeling van zwakheid en opwinding, want toen haar weke, overrijpe lichaam de brede borst van de Sikh voelde en de machtige spieren van zijn armen die haar omvatten, werd ze als een waanzinnige. Haar hart stond stil. Ze sloot de ogen, en de wereld, de vloed en de verwoeste stad draaiden om haar heen. Toen ze de ogen weer opende, lag ze op de bodem van het bootje en de Sikh, wiens zwarte ogen recht voor zich uit over haar hoofd heen staarden, roeide naar de ruïne van het grote paleis.

Toen overkwam haar iets buitengewoons. Ze werd eensklaps bezeten door de sluwheid van een prostituée. Ze nam de schijn aan, zeer welbewust van wat ze deed, nog bewusteloos te zijn en sloeg hem gade door haar halfgeopende oogleden. Ze zag hem zoals ze nooit tevoren een man had gezien; ze keek begerig naar zijn glanzend zwarte baard, zijn gloeiende, zwarte ogen, zijn rode, zinnelijke lippen, zijn brede schouders, borst en machtige armen die nu, alsof hij naakt was, zich aftekenden in de kletsnatte, wollen tuniek. Haar ogen zwierven in een soort woeste waanzin over zijn lichaam, van de zwierige tulband tot aan de naakte, machtige voeten en wat ze niet kon zien, stelde zij zich voor met een ontstellende perversiteit. Even werd ze door zwakke schaamte bevangen, maar dat gevoel werd wegge-

365

vaagd door een golf van wellustige overgave. Het was, als voelde ze haar hele plompe, kwabbige lichaam veranderen, alsof het haar eensklaps. vreemd werd, verheerlijkt en ontstellend. Midden in die weemakende ontroering ging een wilde en lage gedachte haar door het hoofd: „Het is de schuld van Sarah," dacht ze bitter. „Het is haar schuld, dat ik nooit iets heb gekend. Zij wou nooit dat ik iets daarvan leerde kennen."

Ze wenste dat de redding eeuwig door zou gaan in deze orgie van wilde emotie. De Sikh keek helemaal niet naar haar. Hij staarde voor zich uit, behalve wanneer hij het hoofd omwendde om vast te stellen of hij in de goede richting roeide en als ze dan de spieren van zijn geweldige hals zag, voelde ze zich weer halfbewusteloos worden. Maar wat hem betrof, had ze evengoed een zak meel kunnen zijn. Golven overweldigden haar, die de wereld deden verdwijnen in een hete gloed van extase. Opeens kreeg het bootje een kleine schok en lag het stil en de Sikh zei haar in het Hindoestani dat ze waren aangekomen bij het grote paleis. Ze trachtte op te staan, maar kon niet en weer nam de Sikh haar op in zijn krachtige armen, tegen zijn machtige borst en opnieuw wervelde de verwoeste wereld om haar heen in een chaos die leek op het begin van de schepping.

Toen de wereld weer realiteit begon te worden, had ze de ogen geopend bij het horen van Smileys vriendelijke stem en zag hem over zich heen gebogen, omringd door een wolk van donkere gezichten, en ze voelde een kleine schok van teleurstelling dat het niet de Sikh was, of op zijn minst lady Heston, maar slechts de magere meneer Smiley. Hij gaf haar grog met water te drinken (die hij in de ruïnes van de paleiskeuken had gevonden) en zei toen: „Het water begint te dalen. Binnenkort kunt u naar het ziekenhuis komen."

Maar de schok van de grog deed haar hoofd wat ophelderen en ze zei: „Ik wil niet naar het ziekenhuis. Waar is Sarah Dirks? Ik wil terug naar huis." Meneer Smiley antwoordde dat hij niet wist waar juffrouw Dirks was en toen herinnerde ze zich langzaam en met tussenpozen en inspanning, hoe juffrouw Dirks was verdwenen in regen en overstroming, als een krankzinnige, om wat nieuwe schoolboeken die pas uit Engeland waren aangekomen, te redden. In haar arme, verwarde hoofd leek het of die vlucht van Sarah jaren geleden was gebeurd, even lang geleden als hun vlucht uit Engeland, maar meneer Smiley verzekerde haar herhaaldelijk dat de aardbeving pas twee dagen geleden had plaatsgehad.

Van zijn kant luisterde Smiley en trachtte haar geduldig alles wat er was gebeurd uit te leggen, maar al die tijd dacht hij spijtig en ook beschaamd, dat het jammer was dat niet juffrouw Dirks was gered in plaats van dit arme, verdwaasde schepsel met haar kwabbig gezicht. Want hij twijfelde er nu niet meer aan of juffrouw Dirks was ten onder gegaan. Voor zover hij kon nagaan, was ze van het huisje naar de meisjesschool gegaan op hetzelfde ogenblik dat hij, Bertha en de jongens de muur bereikten die het park van het grote paleis omringde. Zij waren als door een wonder op het nippertje aan het stijgende water ontkomen. Juffrouw Dirks, die naar het centrum van de stad terugkeerde, kon onmogelijk zijn gered.

Maar daarvan zei hij niets tegen juffrouw Hodge. Hij overpeinsde alleen dat het altijd de zwakken, de onbekwamen waren, die werden gered, omdat men altijd voor hen zorgde. Mensen zoals juffrouw Dirks, die hun plicht deden en gevaren trotseerden, gingen verloren.

Toen het water was weggevloeid, zei hij tegen zijn vrouw dat hij juffrouw Hodge naar het ziekenhuis zou brengen, zoveel mogelijk nieuws zou verzamelen en zo snel mogelijk terugkeren.

Toen vroeg juffrouw Hodge, terwijl ze plotseling overeind kwam: „Waar is lady Heston?"

„Dat weet ik niet. Ze is naar het diner van meneer Bannerjee gegaan."

Daarop begon juffrouw Hodge te schreien en zei: „Ze zou bij ons komen theedrinken. Nu zal ze wel niet in staat zijn om te komen." Dat herinnerde haar aan de twist met Sarah over de twee samenvallende theepartijtjes en dat maakte haar weer volkomen in de war, zodat ze opeens werd bezeten door het waanidee dat ze terug moest naar huis, omdat lady Heston daar al op haar wachtte.

Dat gaf Smiley een idee hoe hij haar moest aanpakken. Geduldig legde hij haar alle omstandigheden van de overstroming uit en dat het voor lady Heston onmogelijk was geweest om het huisje te bereiken. Het was heel waarschijnlijk, dat ze haar in het ziekenhuis zouden vinden, samen met juffrouw Dirks.

Niet dat Smiley zich van de verantwoordelijkheid voor de arme juffrouw Hodge wilde afmaken, maar hij wist hoeveel werk er voor hem viel te doen en hij kon onmogelijk overal waar hij ging juffrouw Hodge meeslepen. In het ziekenhuis zouden ze wel de middelen hebben om haar te verzorgen. Hij gaf haar nog wat grog en toen ze overeind kon staan, stemde ze erin toe met hem mee te gaan tot het ziekenhuis en zo gingen ze de rijweg af, te midden van de loten en bloemen die in een enkele nacht tot een oerwoud waren gegroeid.

In het ziekenhuis vonden ze juffrouw MacDaid, die het klaarspeelde er fris en netjes uit te zien in haar verpleegsterskostuum, en de majoor met een verbonden hoofd en een treurig glimlachje op zijn gezicht. Hoewel het water nauwelijks was weggetrokken van de eerste verdieping van het hoofdgebouw, waren ze al bezig alles in orde te brengen met behulp van de ziekenhuisbedienden die niet waren omgekomen. In het midden van de stad was alleen het ziekenhuis staande gebleven, weliswaar geschokt, maar toch tenminste een beschutting en toevlucht. Overal eromheen heerste verlatenheid; het zwermende leven dat hier had bestaan, was weggevaagd van de aarde.

Maar in het ziekenhuis ging het niet beter met juffrouw Hodge. Toen ze hoorde dat er geen nieuws was van lady Heston, noch van juffrouw Dirks, wilde ze weer weggaan om hen te zoeken. Ze begon te huilen, en herhaalde steeds maar: „Maar lady Heston zou komen theedrinken"; en toen veranderde ze opeens van refrein en zei: „Nee, we zouden naar meneer Ransome gaan. Dat was het. We gingen naar meneer Ransome. Het is zo jammer, juist nu ik er Sarah toe gekregen had wat uit te gaan en met mensen te verkeren."

Juffrouw MacDaid verloor haar geduld, greep juffrouw Hodge bij de schouder en schudde haar heftig door elkaar in een poging haar weer bij zinnen te brengen. Juffrouw MacDaid was nu niet opgemaakt. Haar gezicht was grauw en angstwekkend. Ze zag er oud uit, maar vastberaden en krachtig. „Jij dwaas!" riep ze. „We hebben wel aan wat anders te denken dan theepartijtjes," en tot de majoor zei ze: „Geef haar iets, zodat ze bedaard wordt, dan neem ik haar mee naar mijn kamer." De majoor gaf haar iets en ze slaagden er na een tijdje in haar de trap op te krijgen, waar ze een bed voor haar maakten op de grond van de kamer die juffrouw MacDaid in gebruik had als ze 's nachts in het ziekenhuis nodig was. In juffrouw Mac-Daids eigen bed lag een vrouw van lage kaste, die ze nog net op tijd uit de kraamafdeling hadden kunnen redden voor het wassende water. Ze lag daar nu met het kindje dat midden in de ramp was geboren, in de holte van haar arm en sloeg de scène gade met donkere, onbevreesde ogen. Het kind was een gezonde, sterke jongen en dat was haar voldoende.

Juffrouw Hodge sliep een tijdje, maar tegen de middag ontwaakte ze, terwijl haar hoofd door de invloed van het verdovende middel verwarder was dan ooit. Ze wist niet waar ze was of hoe ze hier was gekomen of wat was gebeurd en toen ze probeerde te spreken met de vrouw in het bed, in het Hindoestani en Gujeratisch, keek de andere haar alleen met angstige ogen aan, want ze sprak slechts het dialect van haar eigen volk en verstond niets van wat juffrouw Hodge zei.

Toen begon alles haar wat duidelijker te worden en ze wist dat ze twee dingen moest doen: hier vandaan vluchten en lady Heston zoeken. Lady Heston zou haar hulp nodig hebben; ze zou niet weten waar ze heen moest gaan in Ranchipur en ze kende alleen Engels. Dus stond ze na een tijdje op van het bed op de grond, opende de deur en liep de gang af. Die was leeg, evenals de trap. Even daarna bevond ze zich op het erf en ging ze tussen de verwoeste huizen en winkels van de bazaar door, om tenslotte de brug te bereiken op de Renbaanweg, met het beeld van koningin Victoria en de tempel van Siwa. De brug was gebroken en de gezwollen rivier stroomde door de breuk, maar het standbeeld van de koningin en de tempel stonden nog overeind.

Ze ging naar de brug die van het grote paleis naar de barakken van de Sikhs leidde, maar ook die was vernietigd en dus vervolgde ze haar weg, zelf niet goed wetend wat ze moest doen, met de stroom mee. In de stad lette niemand op haar. Er begonnen mensen aan te komen uit dorpen en districten, maar ze kende niemand daarvan en ze staarden alleen naar haar. Pas toen ze buiten de stad kwam, op hoger gelegen terrein, waren er mensen die haar herkenden en jammerden en huilden tegen haar en haar knieën omvatten. Telkens weer slaagde ze erin zich te bevrijden en haar weg te vervolgen. Ze zag nauwelijks de geknielde lichamen en hoorde niet hun kreten van ellende en vertwijfeling. Ze moest lady Heston vinden en als ze maar verder liep, zou ze wel een plaats ontdekken waar ze de vreselijke, brullende rivier kon oversteken. Haar kleren waren drijfnat en ze zat vol moddervlekken tot aan haar middel toe, maar ze hield vol en na een uur worstelen kwam ze bij de spoorbrug, die ze niet de moed had over te gaan. Daar werd ze dadelijk omringd door een massa mensen die haar om hulp smeekten, en toen merkte ze plotseling dat lady Heston naast haar stond en tegen haar sprak, alleen was het niet de lady Heston aan wie ze een bezoek had gebracht in het zomerpaleis, de elegante en wereldse, die leek op haar foto's in weekblaadjes, maar een vreemde vrouw in een japon van calico, die er veel ouder uitzag, vermoeid en slordig. Juffrouw Hodge staarde haar even aan en in haar verwarde brein kwam de gedachte op: „Het is dezelfde vrouw en toch niet. Er is iets met haar gebeurd." Toen voelde ze zich opeens bedeesd, bevangen door dezelfde pijnigende verlegenheid die haar had overweldigd op de namiddag in het zomerpaleis, toen ze een sigaret had genomen en niet wist wat ermee aan te vangen.

Ze merkte dat meneer Smiley iets zei tegen lady Heston en de bedeesdheid verdween in een opwelling van boosheid en ze riep uit: „Geloof niets van wat hij zegt. Ik weet wat hij zegt. Hij beweert dat we u niet op de thee konden hebben, omdat we naar meneer Ransome moesten. Dat is niet waar. Hij liegt. Hij is maar een missionaris. Hoe dan ook, Sarah is dood; ze kan niet meer de baas over me spelen." Toen legde lady Heston een hand op haar schouder en zei: „Ik weet dat hij liegt. Kom maar met mij mee. Ik ga naar het ziekenhuis. Ik zal voor u zorgen. Wees maar niet bang."

De opeengedrongen, donkere lieden om hen heen, die even stil waren geworden bij het schouwspel van juffrouw Hodges uitbarsting, begonnen weer te jammeren en overstemden zelfs Smileys verzekering dat ze zouden worden geholpen. Toen ging de kleine optocht weer verder, de weg af, door de modder en het vuil, tussen ineengestorte huizen, bastaardhonden en gieren door.

In het poortgebouw werkten Ransome en de jonge Gopal Rao steeds maar door, slechts nu en dan ophoudend om rijst en kerrie te eten, die hun uit de tent van de maharani werden gezonden. Ze moesten echter zelfs om beurten eten, want er scheen geen eind te zullen komen aan de steeds aangroeiende rij daklozen en hongerigen buiten de grote poort. Het maal van

Gopal Rao werd bovendien telkens onderbroken als Ransome, die alleen Hindoestani kende en een beetje Gujeratisch, hem moest verzoeken als tolk dienst te doen. Ze aten in een kleine, donkere kamer in de woning van de *jodebar,* omdat Ransome het onaangenaam vond de lange rij van hongerigen te kwellen door het ten toon stellen van voedsel. Maar hij en Gopal Rao moesten wel eten, juffrouw MacDaid en de majoor, de maharani en Raschid en kolonel Ranjit Singh en de Smileys, zij móésten eten, want deze vernielde wereld hing van hen af.

De queue van vluchtelingen schoof langs het tafeltje, steeds maar door; tot in het oneindige, leek het Ransome soms. Er waren Kathi's en Kola's, Naga's en Modhs, Mochi's en Polma's, Dhodhia's en Vasawa's en Naika's en zelfs drie of vier Bhils, die listig waren meegekomen in de hoop voor niets rijst te krijgen. Iedereen werd door Gopal Rao naar zijn naam en kaste gevraagd, die Ransome in een boekje noteerde. Hij wist eigenlijk niet waarom hij dit deed of het moest zijn om orde in de chaos te brengen en doctor Mukda, de archivaris, met zijn passie voor statistieken, genoegen te doen. Maar hij leerde dingen die hij nooit tevoren had geweten, kleine bijzonderheden uit de levens van deze mensen, die zich voortplantten als zwermende maden – onderscheid in kaste en het ongelofelijke aantal kasten en bijkasten en vreemde godsdiensten, van het gedegenereerde hindoeïsme af tot aan de toverkunst van de Bhils. Naarmate de dag verging, begon hij langzamerhand in te zien hoe ongelofelijk gecompliceerd en hopeloos verward de problemen waren van mensen als de oude maharadja, de majoor en juffrouw MacDaid, die vochten om deze mensen te ontwikkelen.

De meesten van hen waren ziek en wrak, met een soort doffe, dierlijke wanhoop en berusting over zich, en terwijl hij toehoorde bij de gesprekken die Gopal Rao met hen voerde, ontdekte hij dat ze niet naar de grote poort waren gekomen, gedreven door een bepaalde hoop of een plan, maar omdat de grote Saraceense poort voor hen alles vertegenwoordigde wat met de maharadja verband hield. Het nieuws had zich verbreid dat hun „vader" mannen had gezonden naar de grote poort om voor hen te zorgen en daarom waren ze komen aanzwermen uit alle delen van de verwoeste stad en zelfs uit de dorpen in de omtrek, als bange kinderen. Ze wisten niet wat ze eigenlijk verlangden, buiten voedsel. Slechts enkelen van hen wisten dat de goede, oude maharadja dood was.

Terwijl de dag van vochtige hitte als in een stoombad overging in de avond, werd Ransome steeds sterker geboeid, waarbij hij soms tijden lang Edwina, de majoor en juffrouw MacDaid vergat en zelfs Fern. Sinds vijf jaar woonde hij in Ranchipur en vijf jaar lang hadden deze mensen niet voor hem bestaan zoals ze bestonden, slechts als vreemde gestalten, die opzij gingen als zijn auto voorbijkwam en naar hem opkeken door een wolk van rood stof, met zwarte ogen, die brandden van honger en ontbering. Hij begon te begrijpen dat zijn Ranchipur ongelofelijk klein en beperkt was geweest – het paleis en het kringetje van Bannerjee, het groepje van mensen die hun leven hadden gewijd aan de wedergeboorte van Indië. Nu begon hij geleidelijk aan onder de oppervlakte te kijken en een vermoeden te krijgen van de ellende die was verborgen onder lagen van onwetendheid, honger en bijgeloof. De ellendigen die langs het tafeltje kwamen, een voor een, kibbelend in hun haast en angst, werden menselijke wezens voor hem. Naast hem zette Gopal Rao, de jonge Mahratta, zijn werk voort, kundig en met een vage minachting in zijn zwarte ogen en om de rode, volle lippen. Gopal Rao was een krijgsman. Honderd jaar geleden zou hij een troep Mahrattaanse ruiters hebben aangevoerd, die over de kale vlakten zouden rijden om de rest van Indië te beroven van alle schatten.

Ransome dacht: „Ik moet beter Gujeratisch leren en Mahrattaans en een paar dialecten." Maar wat betekenden een of twee andere dialecten of vier of vijf of een dozijn in de zwermende, overweldigende gecompliceerdheid van Indië? Zelfs de intelligente Gopal Rao, die een half dozijn talen beheerste, werd telkens weer in verlegenheid gebracht door een of ander onbekend dialect. Kennis hadden zij nodig, deze rampzalige schepsels, kennis en een paar talen die ze gemeen hadden en hij dacht aan de jongens en meisjes die door de Smileys werden onderwezen, welk een verandering dit onderwijs in hen volbracht – hoe de ogen verhelderden, hoe de lichamen recht en sterk werden, hoe de hele wereld voor hen veranderde. Maar wat betekende het nog – al het werk van de Smileys, de majoor en juffrouw MacDaid, Raschid en de dode, vermoeide, oude maharadja? Niet meer in de uitgestrektheid van het woelende Indië dan een druppel in een oceaan. Opeens begreep hij iets waarover hij tot nu had nagedacht: dat diep in hem altijd het rustige besef was geweest dat hij steeds door zou blijven leven in Indië, dat hij nu was gegrepen door het Oosten, zoals juffrouw MacDaid reeds lang geleden als kind. Europa leek iets verafgelegens, halfdood, tenminste langzaam stervend. Europa zou hij wellicht nooit meer zien, er nooit meer iets voor voelen. In zijn hart speet hem dat niet. Werktuiglijk ging hij door met noteren in het boekje, de lange lijst van namen uit de lage kasten, fonetisch, aangezien hij geen flauw idee had hoe ze in het Europees moesten worden gespeld. Nu en dan wendde Gopal Rao zijn scherpe, donkere ogen naar hem toe en vroeg in het Engels een of andere inlichting. Morgen kon hij dit werk overlaten aan de jonge Mahratta en iets anders vinden, waarbij hij van meer nut zou zijn. Tegen die tijd zou de pientere Gopal Rao er alles van weten. Morgen zou alles eerder slechter zijn dan beter; er zouden meer hongerenden zijn en minder voedsel, tenzij ze bij machte waren om een weg over de bergen te banen, waarover lorries konden gaan. Een honderdtal ossekarren waren al vertrokken en enige olifanten waren onderweg, maar ossekarren en olifanten kwamen slechts langzaam vooruit. Honderden konden verhongeren of aan cholera sterven voordat ze terugkeerden.

Toen begon hij langzamerhand te merken dat zelfs zijn taaie lichaam, dat aan zoveel uitspattingen weerstand had geboden, de ellende en ontberingen van de afgelopen drie dagen, het tekort aan voedsel en slaap, de ontzetting en inspanning begon te voelen. Zijn hoofd deed pijn, zijn mond was droog en hij voelde een overweldigend verlangen zo maar op de grond van de kamer van de *jobedar* te gaan liggen en lang, lang te slapen. Nooit tevoren had hij een dergelijke vermoeidheid gevoeld, die tot in het merg van zijn beenderen leek te dringen.

Hij dacht dof: „Misschien is het cholera of tyfus of pest. Misschien zal ik sterven." Hij besefte dat hij niet wou sterven en de gedachte aan doodgaan herinnerde hem weer aan Fern. Nu, in zijn uitputting en nu de extase was verdwenen, schaamde hij zich over wat was gebeurd. Wat moest hij met haar beginnen? Welk recht had hij om haar hele leven te veranderen? Stel, dat ze een kind kreeg. Geen van hen beiden had daaraan gedacht.

„Pomla," zei Gopal Rao. „Ze vervaardigen bezems en manden." In de omlijsting van de deur zag Ransome een vreemde groep onder de grote boog, met zijn zware koperen lantaarn – Smiley en Fern, Edwina en juffrouw Hodge. Ze zagen er even vuil, even verslonsd uit als de mensen in de rij. Hun mooie kleren, hun juwelen, hun afkomst, hun superioriteit, waar was dat alles nu gebleven? Prestige! Prestige kwam voort uit het hart en was niet iets dat kon worden afgedwongen. Smiley had het verkregen door zijn goede werken en misschien ook juffrouw Hodge; maar Fern en Edwina? Edwina zag er ellendig en afgemat uit. Toen merkte hij iets heel vreemds op – dat Edwina juffrouw Hodge bij de hand hield alsof ze een kind was. Edwina en juffrouw Hodge! Van alle mensen ter wereld juist die twee. Hij stond op, ging naar de deur en zei onderwijl tegen Gopal Rao: „Ga door. Ik zal me met deze mensen bemoeien." De jonge Mahratta wierp hem een blik toe. Het was een kwestie van een seconde, maar in de donkere ogen ontdekte hij een vreemde uitdrukking van vijandigheid, alsof hij wilde zeggen: „Ja, die zijn van je eigen ras, Europeanen. Die hoeven niet in de queue te staan, zoals de anderen." Die blik verwonderde Ransome. Hij had Gopal Rao beschouwd als een vriend, zoals hij alle Indiërs van zijn slag als vrienden beschouwde. Hij voelde neiging te zeggen: „Dat is het niet! Geloof me, dat is het niet!" Maar er was geen tijd voor. In de rij was weer ruzie uitgebroken, maar nu was er een Mahrattaanse politieagent om orde te houden. Hij liep heen en weer langs de queue, zijn bevelen blaffend als een agressieve terriër. Dat was echt iets voor hem.

Ze vertelden hem dat ze op weg waren naar het ziekenhuis en langs de poort waren gegaan om hem te vragen naar nieuws en hem het hunne te vertellen. Hij zei tegen Fern en Edwina: „Jullie hadden niet moeten komen. Jullie hadden in de missie moeten blijven."

„We zijn gekomen om te werken," zei Fern. „Daarginds valt er niets voor ons te doen."

Het verbaasde hem dat ze „we" had gezegd, want er was nooit anders dan vijandigheid geweest tussen haar en Edwina. Hij maakte geen opmerking, maar zei alleen: „Het is hier niet veilig. In de missie zouden jullie veiliger zijn geweest." Hij maakte zich opeens ongerust over de majoor en juffrouw MacDaid. De majoor zou het misschien niet kunnen schelen of ze in het ziekenhuis waren, maar juffrouw MacDaid zou Edwina daar niet wensen; dat had hij in de ogen van de verpleegster gelezen op de avond van Bannerjees feestje.

Hij keek Edwina aan. Ze hield nog steeds juffrouw Hodges hand vast en de blik waarmee ze de zijne beantwoordde, had iets uitdagends. Het was een uitdrukking zoals hij nooit eerder in haar ogen had gezien en die hem verblufte. Net als juffrouw Hodge, dacht hij: „Er is iets met haar gebeurd," maar de blik veranderde niets aan zijn vermoeden dat ze naar het ziekenhuis ging ter wille van de majoor. Hij zei tot juffrouw Hodge: „Is er nieuws van juffrouw Dirks?" maar juffrouw Hodge staarde hem aan en wendde zich toen weer naar Edwina, met een aanbiddende blik.

Smiley zei: „Ze moet verdwenen zijn. Ze is naar de school gegaan, net toen het water voor de tweede maal begon te stijgen."

Edwina maakte een hoofdbeweging naar juffrouw Hodge en fluisterde: „Ze loopt met molentjes."

Dus dat was het. Juffrouw Dirks was verdwenen in het water, misschien met de opzet te sterven en wetend dat juffrouw Hodge dan gek zou worden, en nu had hij juffrouw Hodge tot zijn last.

„Wil je wat op haar passen?" vroeg hij aan Edwina, „tot ik tijd heb om iets voor haar te doen?"

„Ik zal wel moeten," zei Edwina. „Ze wil me niet verlaten."

Toen gingen ze weer weg, maar voor ze vertrokken, zei Edwina dat ze Hestons lijk beter konden begraven dan verbranden. Bij het weggaan greep Fern opeens zijn hand en drukte die. Ze had niet meer gesproken. Het was een vreemd, leeg bezoek, dat niets tot stand bracht. Het had evengoed nooit afgelegd kunnen worden. Even stond hij in de deuropening de bemodderde, kleine processie na te kijken en zag toen een olifant die zich een weg baande tussen het wrakhout door dat over de Hogeschoolweg lag verspreid. Het was de grote olifant van de dode maharadja. Hij droeg een rouwzetel waarin de oude maharani zat, die heen en weer zwaaide bij de bewegingen van het dier. Ze keerde terug van een bezoek aan de verwoeste stad.

Opeens voelde hij behoefte aan een borrel, meer dan aan iets anders ter wereld. Een glas sterke cognac zou alles in orde brengen en de moeheid en hoofdpijn verdrijven. Maar er was geen cognac. Zeer waarschijnlijk was er in heel Ranchipur geen cognac. Behalve in zijn eigen huis, en misschien waren zelfs die flessen vernietigd.

Toen de majoor en juffrouw MacDaid het huis van Bannerjee hadden verlaten, worstelden ze door het water naar de Renbaanbrug, terwijl de majoor met één hand de stormlamp omhoooghield en met de andere stevig die van juffrouw MacDaid omvatte. Toen ze de brug naderden werd de stroming zo sterk, dat hij gedwongen was haar hand los te laten, zodat ze zich met de beide handen aan de leuning van de brug kon vastklemmen. Ze moesten tegen elkaar schreeuwen om zich verstaanbaar te kunnen maken boven het brullen van het water en het gehuil dat opsteeg uit de geteisterde stad. Stap voor stap gingen ze vooruit, langs het beeld van koningin Victoria naar de tempel van Siwa en toen, juist toen ze de andere oever bereikten, stapte de lange majoor in een gat in de weg, verloor het evenwicht en vond toen hij naar voren sprong slechts water onder zich. De stormlamp ging uit en juffrouw MacDaid bleef alleen achter, tot haar middel in de wilde stroming.

„Majoor!" schreeuwde ze, „Majoor! Waar bent u?" Het enige antwoord was het brullen van de vloed en het verre gehuil. Weer riep ze en weer kwam er geen antwoord. Het was alsof de majoor in de duisternis en neerstriemende regen van de rand der aarde zelf in de eeuwigheid was gestapt. Een ogenblik was ze dodelijk ontzet, zozeer dat ze bijna flauwviel en toen werd ze plotseling weer koel en beheerst. Zich vasthoudend aan de leuning van de brug dacht ze koud: „Hij is verdwenen! Hij is dood!" en even dacht ze: „Waarom zou ik niet met hem meegaan?" Wat niet mogelijk was in haar leven, zou mogelijk zijn in de dood. Ze was oud en ze was zeer vermoeid, niet van de inspanning van deze gevaarlijke tocht tot aan de brug, maar van de lange jaren van arbeid, van malaria-aanvallen, van de wanhoop die haar had aangegrepen toen ze begreep dat de aardbeving alles waarvoor ze hadden gewerkt in een enkel ogenblik had vernietigd. Terwijl ze daar stond, met gesloten ogen in de werveling van het water, dacht ze: „Waarom zou ik hem niet volgen? Waarom zou ik geen rust en vrede mogen hebben?" In het aangezicht van de dood wist ze opeens veel dingen waarvoor ze geen tijd had gehad om zeker te beseffen – dat ze vermoeid was, dat ze te oud was om opnieuw de worsteling van de afgelopen vijfentwintig jaren te beginnen. Maar bovenal wist ze dat ze de laatste jaren dag en nacht had gewerkt, zonder zichzelf ooit te sparen, niet meer aangevuurd door de droom die in haar was geboren op de dag dat de oude maharadja in Bombay naar haar toe was gekomen, maar ter wille van de majoor, om bij hem te kunnen zijn, om zijn gezicht te zien met de glimlach die in de ogen placht te beginnen en zich dan leek te verspreiden over zijn hele lichaam, zijn brede schouders, zijn mooie handen, zijn rechte benen, tot alles aan hem lachte. Het was voor hem dat ze steeds door was gegaan met werken, boven haar krachten, tot haar lichaam vermagerde en nieuwe lijnen van moeheid in haar gezicht kwamen. Nu was alles wat ze had bereikt, weggevaagd en de majoor was dood.

„Waarom zou ik niet sterven? Waarom zou ik geen vrede mogen hebben?"
Het gebeurde allemaal snel, binnen een seconde. Was ze sentimenteel van
aard geweest, dan had ze de leuning losgelaten en zich laten wegsleuren
door het water. Maar zo was ze niet. Ze had altijd geweten dat ze lelijk
en sterk was; ze had altijd geweten dat haar liefde voor de majoor, hoewel
op zichzelf mooi en waar, een belachelijk schouwspel moest zijn. Zodra
de opwelling die haar in verleiding bracht voorbij was, wist ze maar al te
goed dat niet een lichte dood (want de verdrinkingsdood was gemakkelijk), doch werk, eeuwigdurend en eindeloos werk haar bestemming was. In
haar geest rees een visioen op van wat de stad zou zijn als het water wegtrok, van de ellende, ziekte en dood. Nu de majoor was verdwenen, zou zij
alleenstaan tussen de bevolking van Ranchipur en de wreedheid van Indië.
Daarvoor was zij zelfs zeker sterker uitgerust dan de majoor. Ze kende alle
trucs, want ze had het spel haar leven lang gespeeld.

Daarom liet ze na een tijdje de leuning los en worstelde verder, de straat
door die naar het ziekenhuis leidde. Eenmaal voorbij de brug werd de stroming wakker, maar toch werd ze keer op keer tegen de stenen muur van
de dierentuin geslingerd. Stap voor stap vocht ze om verder te komen. Opeens merkte ze dat het water weer begon te wassen, zodat ze zich moest
haasten. Er was nu geen tijd om aan de majoor te denken. Tenslotte voelde ze de aarde onder haar voeten stijgen en het water werd ondieper. Ze
kende elke meter van de weg, elke boom, elke steen. Door duisternis en
regen baande ze zich haar weg van de ene grenspaal naar de andere, tot
eindelijk uit het donker de duistere massa van het ziekenhuis oprees – voor
het grootste deel nog overeind gebleven. Ze zei hardop: „Goddank" en
ging de lage trap op naar de bekende gang. Daar vond ze een stoel en ging
zitten, terwijl het water nog tot aan haar enkels kwam. Toen ze wat tot
zichzelf was gekomen, riep ze luidkeels de naam van mevrouw Gupta. Ze
zag eindelijk op de trap het schijnsel van een kaars en hoorde een stem.

Haar assistente kwam snel de trappen af en toen ze in de gang was gekomen, vertelde ze juffrouw MacDaid dat het ziekenhuis als door een wonder
aan vernietiging was ontsnapt. Het was bijna geheel overeind gebleven,
maar er was geen licht.

De patiënten waren naar de bovenverdieping overgebracht. Eén kreeg op
dit moment juist een baby.

„Waar is de majoor?" vroeg mevrouw Gupta.

Juffrouw MacDaid voelde neiging te antwoorden: „Hij is weggesleurd. Hij
is opgehouden," maar haar eerlijkheid dreef haar tot het antwoord: „Hij
verdween op de Renbaanbrug. Hij is dood." Toen voegde ze er snel aan
toe: „Waar heb je de vrouw gebracht?" Er was nu geen tijd om aan de majoor te denken. Want ze had het harnas weer aangetrokken en ze wist dat
werken het allemaal gemakkelijker te dragen zou maken. Vermoeid maar
snel stond ze op en volgde mevrouw Gupta de brede, lage treden op.

Het was een moeilijke bevalling en ditmaal was er geen majoor op wiens raad en kundigheid men een beroep kon doen. Met mevrouw Gupta naast zich werkte ze tot het eerste, grauwe licht over de stad viel en eindelijk het kind ter wereld werd gebracht. Maar bijna dadelijk daarop kreeg de moeder bloedingen, zodat het werk in plaats van volbracht te zijn, nog wanhopiger werd. Bovendien waren er de andere patiënten, meer dan vijftig, die riepen om voedsel, water en verband en bovenal om de tegenwoordigheid van juffrouw MacDaid of een van de verpleegsters om hen gerust te stellen en hun doodsangst te bedaren. Het was altijd juffrouw MacDaid die ze bij zich wensten, die ze enkel maar hoefden te zien om tot bedaren te komen; want ze schenen geen vertrouwen en geloof te hebben in hun landgenoten.

Als de meisjes die hier hun opleiding kregen of zelfs mevrouw Gupta verschenen, kon dat hun angst en jammeren niet bedaren. Zodoende was juffrouw MacDaid tweemaal verplicht haar bloedende kraamvrouw te verlaten en door de zalen te lopen om zich te vertonen aan de door angst bezeten patiënten.

Terwijl ze door de zalen liep, leek het of een meer van stilte ontstond om haar heen. Het strekte zich zo ver uit als het schijnsel van de kaars die ze in een hand droeg. Wanneer ze voorbij de broeiende, verwilderde bedden ging, werden de patiënten stil en volgden haar met hun grote, donkere ogen, zo nu en dan nog wat snikkend of fluisterend. Maar zodra ze was weggegaan en het kaarslicht was verdwenen in de gang, keerden angst en jammer terug.

Terwijl ze tussen hen door ging werd ze, ontroerd door hun eenvoudig vertrouwen in haar, beschaamd, tot ziek wordens toe beschaamd bij de gedachte dat ze er ooit over had gedacht, in dat ogenblik van zwakheid op de brug, hen te verlaten voor een rust die in ongestoorde vrede eeuwig zou hebben voortgeduurd. Ze schaamde zich nu tegenover de nagedachtenis van de majoor en ze was ook bevreesd dat hij of zijn geest, of wat ook van hem was overgebleven, iets zou weten van de zwakheid die haar leven had aangegrepen en haar minderwaardig zou oordelen. Zo'n zwakheid zou hij nooit hebben begrepen. Nee, wat er nu ook nog gebeurde, ze moest doorgaan, altijd doorgaan, tot ze in het graf zonk.

Toen ze terugkwam, hadden de bloedingen eindelijk opgehouden, maar de vrouw, die al anemisch was door ondervoeding, had een spookachtig gele gelaatstint. Ze zag onmiddellijk dat er niet veel levenskracht in de patiënte was overgebleven. Ze stuurde mevrouw Gupta weg om cognac en het nodige voor een injectie te halen, ging naast het bed zitten, nam de vochtig koude hand en begon die warm te wrijven. De vrouw beefde zo heftig, dat het hele bed bewoog en kraakte.

Terwijl ze de arme, dunne hand vasthield, begon ze op zachte toon in het Gujeratisch te spreken, langzaam en duidelijk, zodat de vrouw, die alleen het dialect van haar eigen kaste kende, haar zou kunnen verstaan. Op deze wijze vocht ze altijd voor patiënten die veroordeeld waren, zelfs als ze cholera of pest hadden, maar nu werd ze er door een bijzondere, innerlijke drang toe gedreven. Deze vrouw moest leven. Op een of andere wijze moest zij door haar eigen wilskracht en vitaliteit de apathie van deze vrouw, haar volkomen aanvaarding van de dood, overwinnen. Ze moest leven teneinde dat moment van zwakheid op de brug, bij het beeld van de oude koningin, uit te wissen. Als ze deze vrouw, die reeds als dood was, terugbracht naar het leven, zou ze zich nooit hoeven te schamen.

Ze boog zich over de vrouw en zei in het Gujeratisch: „Je hebt een mooie zoon, zo mooi als de maan, zo sterk als de panters die over de heuvels zwerven achter de berg, Abana genaamd, zo snel als de luipaarden en zo verstandig als de grote olifant van de maharadja. Vergeet niet welk een vreugde zo'n mooie zoon zal zijn voor je echtgenoot en dat hij je zeer zal eren en als de periode van de reiniging voorbij is, guirlanden over je schouders zal leggen en de rode bloemen van de katoenboom in het zwart van je haren zal steken. Te midden van alle vrouwen zul je de meest geëerde en eerbare zijn. Kom, open je zwarte ogen en kijk naar je zoon, die je eer, glorie en rijkdom zal verschaffen."

Het deed er niet toe dat het kind een benig dingetje was, lelijker dan een van de heilige apen, of dat de echtgenoot haar over een paar maanden misschien zou wantrouwen en mishandelen. Het gaf niet dat het feestmaal zou bestaan uit niets dan rijst en saffraan en wat zoete, door de vliegen bevuilde koekjes. Het was van geen belang dat de guirlanden zouden bestaan uit verflenste goudsbloemen en jasmijn en de bloemen van de katoenboom slap zouden hangen in de vochtige hitte. Het deed er niet toe dat het magere kind, als het de mannelijke leeftijd bereikte, haar zou dwingen, zoals de anderen, haar weduwenhoofd te scheren en met as te bedekken en als slavin te werken voor zijn eigen vrouw. De vrouw móést leven. Daarvoor had juffrouw MacDaid al de vreugden, genoegens en ellende opgegeven die andere vrouwen kenden; daarvoor was zij teruggekomen naar het enorme, zwermende Oosten. De vrouw móést leven!

„Weet je," vroeg ze, „wat het betekent, een mooie zoon te hebben? Je familieleden voor je te zien buigen als je door de straat gaat en geëerd te worden door de vader van je echtgenoot? Er zal trommelslag en citerspel zijn en dans en vreugde in het dorp."

Steeds dieper boog ze zich over de stervende vrouw om haar terug te dwingen in het leven, en in het uitgedroogde, ondervoede lichaam iets van de ontstellende vitaliteit over te brengen die haar altijd had verder gedreven door hitte en intriges, rampen, tweedracht en ziekte.

Tenslotte opende de vrouw langzaam haar enorme, ingezonken ogen en keek juffrouw MacDaid aan als vanuit de verte, en even trilden haar lippen. Juffrouw MacDaid wist dat ze probeerde te glimlachen, misschien voor de eerste maal in een leven dat slechts ellende en honger had gekend. Toen bewogen de vermoeide lippen van de vrouw en hoewel er geen geluid over kwam, wist juffrouw MacDaid dat ze in haar lelijke dialect zei: „Mijn zoon," en zachtjes liet ze de hand van de vrouw los en legde het kind tegen haar slappe, hangende borst. De ogen sloten zich weer vermoeid, maar om de blauwige lippen zweefde nog de schaduw van een glimlach en juffrouw MacDaid dacht triomfantelijk: „Ik heb gewonnen. Nu zal ze vechten om te leven."

Toen ze zich omkeerde om de injectiespuit en de cognac van mevrouw Gupta aan te nemen, ontdekte ze dat niet mevrouw Gupta naast haar stond, maar de majoor, helemaal naakt, behalve een lendendoek en een onhandig aangebracht verband om zijn hoofd. Hij had daar al geruime tijd gestaan en geluisterd terwijl ze zich over de vrouw boog en haar terugdwong naar het leven, en tot haar sprak in de poëtische bewoordingen die ze kon begrijpen. In zijn blauwe ogen was een vreemde, verbaasde uitdrukking, alsof hij voor de eerste maal werkelijk een inzicht kreeg in de grootheid van deze eenvoudige juffrouw MacDaid.

Ze had hem nog nooit zo gezien, helemaal naakt; eerst hinderde het haar en toen bracht het een prop in haar keel. Het gladde lichaam, de mooie borst, de prachtige spieren op de schouders, de buik en de armen glommen nu goudachtig in het zachte kaarslicht. Ze ontdekte welk een prachtig ding een lichaam kon zijn, het lichaam dat tot nu toe slechts iets voor haar was geweest dat men betastte, opensneed of medicijn toediende. Het was van groter schoonheid dan alles wat ze ooit had gezien. Er kon niets zondigs, niets belachelijks in zijn om iets zo moois te beminnen. Maar het was nu te laat voor liefde, want wat ze zag, dat wist ze, was geen vlees en been, maar een geestverschijning, want de majoor was dood, door de stroom meegesleurd van de Renbaanbrug af.

Zelfs toen hij haar aanraakte en zacht zijn hand op haar schouder legde, kon ze niet geloven in wat ze zag, maar voelde zich duizelig en dacht even dat zij, juffrouw MacDaid, de strijdvaardige, ging flauwvallen.

Hij begon te spreken en vertelde haar wat er was gebeurd en terwijl ze luisterde, begon ze langzamerhand te geloven dat hij leefde. Toen voelde ze voor de eerste maal in haar werkzame bestaan een mystiek gevoel van geloof, want wat er was gebeurd kon men werkelijk een wonder noemen. Hij zei: „Ik moet tegen de muur van de dierentuin zijn gegooid. Ik herinner me niets meer, tot ik bij bewustzijn kwam in de takken van een boom."

Hij had de wond aan zijn hoofd met zijn hemd verbonden en toen hij wat op krachten was gekomen, trachtte hij het ziekenhuis te bereiken, helemaal naakt, nu eens zwemmend, dan weer tot aan de borst door het water wadend, tussen slangen en lijken en afval, tot hij de ruïnes van de muziekschool had bereikt naast het grote reservoir en wist waar hij zich bevond.

„Ik heb mevrouw Gupta in de gang ontmoet en ben regelrecht hierheen

gegaan. Ik was bang dat u iets was overkomen. Ik wist, als u nog leefde, dat ik u hier zou vinden." Toen voegde hij er kalm aan toe: „Gaat u liever naar de zalen. Het zal ze bedaren als ze u zien. Ik zal voor deze vrouw zorgen."
„Laat me liever uw hoofd beter verbinden."
„Als ik hier klaar ben."
Dus ging ze de zalen in, en ditmaal stond ze stil bij elk bed vanwaar kreunen of gesteun klonk, angst sussend en pijn stillend, maar al die tijd wist ze nauwelijks wat ze deed. Het was haar of ze zich bewoog in een zee van glorie. Twee wonderen waren er – het wonder dat zijn leven redde en dat van het jonge, gouden lichaam. Ze wist wat schoonheid kon betekenen. Het veranderde alles op onverklaarbare wijze.
Het was een waanzinnig gevoel, vol verering en zonder begeerte. Het vergoedde alles wat ze in het leven had gemist, al haar bittere zelfkennis en vernedering. Het deed er nu niet meer toe of ze oud was, want ze was niet meer belachelijk. Nu bezat ze voor altijd iets om te aanbidden; de liefde, die vaag, verlangend en belachelijk was geweest, werd nu omgezet in iets dat zo hard omlijnd was alsof het mooie lichaam uit goud was vervaardigd in plaats van vlees. Terwijl ze zich over elk bed boog, angst en pijn stillend, zag zij hem zoals ze hem had gezien toen ze zich omwendde en verwachtte de onbekoorlijke, puisterige, getrouwe mevrouw Gupta naast zich te zullen zien. Ze zag hem, helemaal naakt en glanzend in het kaarslicht, op haar neerziend met een vreemde, zachte uitdrukking in de blauwe, brahmaanse ogen. Het was een blik die haar verried wat ze sinds zo lang verlangd had te horen, dat hij haar vertrouwde en hoogachtte, dat hij, hoewel leeftijd en haar lelijkheid liefde tussen hen tot iets belachelijks maakten, haar toch vereerde en liefhad. Omringd door de zee van glorie voelde ze in haar ziel de diepe vrede, als een vrouw die zich tenslotte afwendt van haar geliefde, bevredigd en voldaan en met een herboren lichaam.

Laat op de middag zag de majoor door het bovenvenster de kleine optocht naderen, die van de hoofdweg kwam, tussen de rijen bemodderde hibiscusstruiken – eerst Fern en Smiley en dan juffrouw Hodge, die als een kind de hand omklemde van een vrouw die hij eerst niet herkende. Al zijn belangstelling was geconcentreerd op de gestalte in een japon van calico en toen ze naderbij kwam, zag hij dat het lady Heston was, die hij nooit anders dan smetteloos, glad als porselein en bedekt met juwelen had gezien. Een ogenblik ergerde hij zich erover dat ze naar het ziekenhuis kwamen om hun lasten toe te voegen aan de complicaties die zich bleven ophopen, nu de ene patiënt na de andere werd binnengebracht en telkens berichten binnenkwamen van tyfus- en choleragevallen in de stad. Overal lagen nu zieken in het rond, zelfs in de gang en in de röntgenkamer, mensen met verpletterde hoofden, gebroken ledematen en gekwetste lichamen. De meesten zouden sterven omdat ze te lang waren verwaarloosd, maar tot hun dood moesten ze worden verzorgd. Geen van deze nieuwgekomenen zou tot enig nut zijn, het dwaze missionarisdochtertje noch de arme, domme juffrouw Hodge of lady Heston, die bedorven was en gewend aan niets dan luxe. Slechts Smiley zou misschien enige hulp kunnen bieden, en die zou zijn eigen, eindeloze problemen hebben op te lossen.

Maar hij bedacht dat het beter zou zijn als hij ze ontving dan wanneer juffrouw MacDaid dat deed, dus keerde hij om en ging de trappen af toen ze door de voordeur binnengingen.

Het was een zonderlinge ontmoeting. De kleine Smiley sloeg geheel onverwachts zijn armen om de lange majoor en omhelsde hem, alsof hij een kleine jongen was die men had teruggevonden nadat men hem al voor dood had gehouden. De majoor drukte hem opeens in zijn armen, waarbij hij hem helemaal van de grond optilde. Smiley woog niets. Het was of men een wolk optilde, zo armelijk en mager was het vlees op zijn beenderen.

Toen zei hij: „Lady Heston komt de begrafenis van haar man regelen. Fern denkt dat ze misschien kan helpen."

„Ik kan ook werken," zei lady Heston. „Ik ben heel sterk."

„Ik ook," echode juffrouw Hodge, die nog steeds lady Hestons hand vasthield. „Ik ben zo sterk als een os."

Even keek de majoor lady Heston scherp aan. Hun ogen ontmoetten elkaar en hij merkte dat ze hem uitdagend en stoutmoedig aankeek, alsof ze wilde zeggen: „Je denkt dat ik een dwaas ben. Je denkt dat ik een verwende, luxerieuze ezelin ben. Nu, dat is niet zo. Ik heb een even goed en sterk lichaam als jij. En ik kan even verstandig zijn, als ik dat verkies."

Die blik, waarvan de betekenis duidelijk was, verbaasde hem zozeer, dat hij even niets zei. Hij had nooit gedacht, juist in iemand als zij, dit stoutmoedige zelfvertrouwen te zullen ontdekken. Dat ze geloofde van zichzelf dat ze mooi was, luxueus en wellustig, was begrijpelijk, want het was waar, maar dat ze kon beweren ook verstandig, sterk en handig te zijn . . .

Er kwam kleur in zijn vermoeide gezicht en hij zei: „Ik zal juffrouw Mac-Daid gaan halen. Zij is degene met wie u moet spreken. Ik kan u geen stoel aanbieden, want die zijn er niet. Ze zijn allemaal weggenomen om meer ruimte te maken."

Hij liet hen staan tussen de zieken en vond na enige tijd juffrouw MacDaid aan het uiterste einde van de kraamzaal, waar ze even was heen gegaan om twee pariavrouwen te leren hoe ze het stof moesten wegvegen om het hier weer bewoonbaar te maken. Met haar ogen op de beide vrouwen gericht luisterde ze naar hem en toen hij het nieuws had medegedeeld, wendde ze zich naar hem toe op de wijze die hij had verwacht en zei kortaf: „Ze zullen meer last veroorzaken dan tot nut zijn. Wie van hen is tot iets in staat? Stuur ze liever terug naar de missie."

Hij had hetzelfde gedacht toen hij hen zag, maar was er nu niet helemaal zeker meer van.

„Ze kunnen niets – geen van hen," ging juffrouw MacDaid verder. „Geen van hen kan Hindoestani spreken behalve juffrouw Hodge, en nu juffrouw Dirks weg is, zal ze alleen maar tot last zijn."

Hij gaf niet direct toe. „We kunnen hun een kans geven. Al kunnen ze maar iets doen, al was het de vloer schrobben of water naar de zalen dragen. We hebben hen ontzettend nodig."

Ze wankelde een beetje. „Misschien hebt u gelijk. Ik kom binnen een minuut." Ze sprak in het Gujeratisch tegen de twee vrouwen en verliet toen met hem het vertrek. „Maar met die Engelse kan ik niets beginnen. Dat soort vrouwen is het meest nutteloze wat er op aarde bestaat . . ." Ze wierp heimelijk een blik op hem. Zijn gezicht verried niets.

Tegen zonsondergang verschenen Ransome en Smiley, die intussen naar de vreselijke troosteloosheid van de pariawijk waren geweest, weer in het ziekenhuis om lady Heston af te halen voor de verbranding van de grote lord Heston. Ze vonden haar bezig een Bunyaans kind van tien jaar te baden dat de majoor twee dagen voor de overstroming aan een gezwel had geopereerd. Toen ze hen opmerkte zei ze: „Ik ben bijna klaar. Nog een paar minuten."

Toen hij haar zag en de klank van haar stem hoorde, voelde Ransome een wilde lust tot lachen. Zonder zich om te keren vroeg ze: „Is het absoluut nodig dat ik ga?"

„Het duurt maar eventjes," zei Smiley. „Alleen maar het lezen van de lijkdienst."

„Best."

Ze streek het zwarte haar uit de ogen van het kind en veegde met een vochtige doek over zijn gezicht. Toen stond ze op, nam de wasbak en handdoeken op en vroeg: „Zullen we dan gaan?"

Samen wandelden ze langs het grote reservoir, door de verwoeste straten van de bazaar, tot ze bij het park van het vernielde zomerpaleis kwamen. De stad leek nu leeg. Hier en daar waren mannen, ontsnapt aan de ramp, bezig te porren en te scharrelen tussen de overblijfselen van hun winkels, zoekend naar sieraden, zilveren klokjes en stoffen die niet door de plunderende Bhils waren gekaapt. Maar nu jammerden er van hun verwoeste drempels geen zieken en stervenden meer tegen hen. Hier en daar stegen tussen de ruïnes de vlammen en rook op van grote brandstapels waarop een dozijn, twintig, vijftig lijken tegelijkertijd werden verbrand. Om elke brandstapel was een kleine groep van kolonel Ranjit Singhs Sikhs geschaard om de jammerende bloedverwanten te beletten zich in de vlammen te werpen. Ransome dacht bij zichzelf dat er iets satanisch was in de hele scène met de lijken, de vlammen en de kronkelende, jammerende schepsels. Het was als een plaat uit Doré's Inferno. De lucht was nu vervuld van een reuk, niet van ontbindende lijken, maar van brandend vlees.

Raschid en Ranjit Singh hadden vlug werk gedaan. Er waren moeilijkheden gerezen met Raschids eigen rasgenoten, de mohammedanen, die het verbranden van lijken tegen hun geloof vonden. Aangezien er niet zoveel van hen waren, gaf de oude maharani verlof, dat alle mohammedanen zouden worden begraven in een stuk grond dicht bij de Perzische Toren der Stilte. De toren zelf was nu zwart van de volgevreten gieren, die rondfladderden en hun veren gladstreken, want de Perzen hadden eveneens verlof gekregen om de doden volgens hun geloof te begraven, op voorwaarde dat de lijken naar de toren werden gebracht.

Onder wat restte van de zuilengang van het zomerpaleis had men een brandstapel opgericht voor lord Heston, uit balken die uit de ruïnes waren gerukt, en toen het kleine gezelschap de weg opkwam, wachtten koelies op lady Heston om de stapel in brand te steken. Bovenop lag het lijk, zoals de lichamen op de *hats,* in een laken gewikkeld. Ransome had daarvoor zorg gedragen, want wat overbleef van lord Heston was niet aangenaam om te zien. Toen ze naderbij kwam, zag Edwina dat het laken was vervaardigd van de roze crêpe de Chine die ze op reis altijd meenam. Het grote, geborduurde monogram E. H. was duidelijk op de zomen te zien. Ze dacht grimmig: „Dat zou hem goed hebben bevallen – in de roze lakens van mijn bed te worden gewikkeld."

Het had alles iets van behelpen, met geen andere rouwdragers dan de koelies, die met een dierlijke nieuwsgierigheid naar de weduwe stonden te staren. In Londen, bepeinsde Edwina, zou het een grote begrafenis zijn geweest, misschien met een dienst in St.-Margaret of St.-George, bijgewoond door al degenen die voordeel hadden getrokken door het contact met de overledene gedurende diens leven, door allen die ter wille van een ontbindende, huichelachtige samenleving wel móésten gaan, om de schijn op te houden dat wijlen lord Heston zelfs nog in de dood een even belangrijk, even eerbiedwaardig man was en een steunpilaar van het Britse systeem. Ze zouden in de kerkbanken hebben gezeten, innerlijk zich bewust dat hij een gek en een misdadiger was geweest, maar zonder dit door blik of woord aan hun buren te verraden, omdat elk van hen op zijn wijze hetzelfde spelletje in dit leven speelde als Heston zoveel sluwer en succesvoller dan zij had gedaan.

Ze zag plotseling in dat deze enorme huichelarij een soort systeem was, een voorname bijdrage van de Angelsaksische samenleving tot de westerse beschaving, een zeer speciaal Engelse bijdrage. Zij allen namen de schijn aan de ondeugden, misdrijven, tekortkomingen van anderen niet te kennen, opdat die van henzelf niet zouden worden ontdekt. Zolang je dat spelletje meespeelde, kon je doen wat je verkoos, zonder last te ondervinden. Zelfs Albert had het niet kunnen schelen hoeveel minnaars ze erop na hield, zolang de wereld het maar niet wist. Onder de oppervlakte was de ene laag van rottende corruptie na de andere, maar je negeerde dat, of wendde het hoofd af. Maar als je je niet aan de regels van dat spel hield en eerlijk was, scheurden ze je in stukken, zoals ze het Byron en Oscar Wilde, Shelly en Hastings en zoveel anderen hadden gedaan.

„Daarom kon ik me zolang een boel veroorloven," dacht ze. „Ik had dat nergens kunnen doen, in geen enkel ander land."

Het was een kracht, geboren uit een cynisme dat veel dieper zat dan iets wat ooit was ontstaan of verzonnen door de helder denkende, cynische Fransen. Er zouden lofredenen en fantastische herdenkingen staan in al de Engelse kranten, zelfs in de pers die hem tijdens zijn leven had bestreden en gehaat. De Hestonpers zou kolommen vol brengen met rouwranden, foto's en artikelen van mannen die hij gedurende zijn leven bedrogen en slecht behandeld had en die hem haatten zoals zij en Bates hem hadden gehaat. Maar ze wisten nog niet eens dat hij dood was. Er zouden bulletins zijn: „Lord Heston vermist. De ramp van Ranchipur", enzovoort. Maar ze konden het nog niet weten. De mannen en vrouwen die voor hem werkten, konden zich er nog niet heimelijk over verheugen dat hij dood was. Ze konden slechts hopen.

Even krulden haar lippen tot een glimlachje toen ze dacht: „Wat een biografie zouden Bates en ik samen kunnen schrijven!" Toen dacht ze: „Ik ben zelfs nu hierheen gekomen om de schijn op te houden, om te zorgen dat de façade niet in elkaar stort," want innerlijk kon het haar niet schelen wat ze deden met die hoop verrotting, gehuld in haar kostbare, roze lakens.

Tot as zult gij vergaan – dat was goed. Als de hoop was verdwenen, zouden ze bij elkaar schrapen wat overbleef en het in een beschuittrommel van Huntley en Palmer stoppen en naar de broer van hem zenden, die ze nooit had mogen ontmoeten omdat ze de voorname Edwina Heston was en hij niet wenste dat ze zelfs maar iets vermoedde van zijn gore middenstandsorigine.

Terwijl Smiley de lijkrede las, voelde ze dat Ransome zijn hand uitstrekte en de hare nam. Het was, dacht ze, een lief gebaar, een symbool voor het vreemde, bittere begrijpen dat altijd tussen hen had bestaan. Hij trachtte haar zijn sympathie te betuigen en haar kracht te geven, niet omdat lord Heston dood was en zij weduwe was geworden (ze wist dat hij daaromtrent generlei illusies koesterde), maar voor al de verspilde jaren die ze met hem had doorgebracht, voor al de dwaasheden die ze had begaan, voor al de roekeloosheid en huichelarij van haar leven. Opeens begreep ze dat Tom lang geleden was weggelopen uit dat oude leven omdat hij er niet in paste, omdat hij dat spel van huichelachtigheid niet kon volhouden. Hij mocht zwak zijn en neurotisch, een dronkaard en een defaitist, maar hij had fatsoen en zag de dingen helder in. Hij had geweigerd aan hun vuile spelletje mee te doen.

Smiley was intussen gereed en Tom zei: „Wil je de brandstapel aansteken?

Het is hier gewoonte dat de naaste bloedverwant dat doet."

Ze zei dof „Ja," en een van de koelies, die er in afwachting bij stond, gaf haar een nummer van de *Times of India,* tot een toorts gedraaid die Tom met zijn aansteker in brand stak, en ze wierp die in de brandstapel. De vlammen aarzelden even, laaiden toen hoger en hoger, gretig lekkend naar het lijk in de roze crêpe de Chine.

Ze bleef even gefascineerd toezien, en vroeg toen, zich tot Tom wendend, als een kind: „Mag ik nu weggaan?" en Smiley zei: „Het heeft geen nut nog te blijven."

Ze hield van Smiley. Ze wierp hem snel een blik toe, met een vage glimlach. Er was iets zo eenvoudigs, ongecompliceerds en zekers aan hem.

„Een van mijn jongens," zei Smiley, „zal voor de as zorgen."

Zo werd de grote lord Heston alleen gelaten met de koelies en het allesverslindende, reinigende vuur.

Halfweg de bazaar ontmoette ze juffrouw Hodge. Ze kwam hen tegemoetrennen, met een uitdrukking van kinderlijke doodsangst op haar gezicht. „Waarom hebt u me achtergelaten?" riep ze. Ze pakte lady Hestons hand en klaagde: „Ik heb overal naar u gezocht."

Ransome zag hoe Edwina haar arm onder die van juffrouw Hodge schoof en hoorde haar vriendelijk zeggen: „We hebben u niet in de steek willen laten. We dachten dat u er geen zin in zou hebben mee te gaan."

De lippen van de arme juffrouw Hodge beefden alsof ze zo dadelijk in tranen zou uitbarsten, maar toen glimlachte ze gelukkig, omdat ze arm in arm liep met haar vriendin, lady Heston, alsof ze schoolmeisjes waren.

Toen ze bij het ziekenhuis aankwamen, verlieten Ransome en Smiley hen om naar de tent van de maharani te gaan. Juffrouw MacDaid wachtte grimmig, met nieuwe opdrachten – patiënten wassen, temperaturen opnemen en nachtpotten wegbrengen.

Ze zei kortaf: „Ik heb een kamer in orde gemaakt voor u, juffrouw Hodge en Fern Simon in de kamer voor externe patiënten. Die is niet erg groot en er zijn alleen Indische bedden. U zou verstandig doen er grondig schoon te maken, voor u er probeert te slapen."

Het vliegtuig verhaastte de crisis. Het verscheen de volgende morgen plotseling uit de richting van de berg Abana, in het zonlicht boven de witte tempels die de top bekroonden. De mensen op straat, koelies en straatvegers, soldaten en politieagenten, de hongerigen, zieken en stervenden, keken omhoog en sloegen zijn nadering gade. Sommigen schreeuwden, anderen zwegen. Maar in elk van hen kwam de gedachte op: „De buitenwereld heeft ons niet vergeten."

Weldra verscheen het boven de verwoeste stad en beschreef tweemaal een cirkel, voor de piloot een gierstveld achter de Perzische Toren der Stilte tot landingsplaats uitkoos. Toen daalde het steeds lager, tot tenslotte de wielen van het landingsgestel de rode modder raakten en er steeds dieper in wegzonken. De piloot was een mohammedaan. Toen hij uit het vliegtuig klom, vroeg hij in het Hindoestani naar lord en lady Heston. Hij vertelde dat hij van Delhi was gezonden om hen te halen.

Een klerk van het belastingkantoor gaf hem antwoord. De anderen waren kleurlingen, paria's, lieden van lage kaste, die niets af wisten van zulke grote heerschappen. Hij echter was een vaal mannetje, praatziek en zelfbewust, en hij wist alles wat er gebeurde in Ranchipur.

„De grote sahib is dood," zei hij. „De mem-sahib is in het ziekenhuis, maar u moet zich wenden tot sahib Ransome." Waarna hij de piloot naar de grote poort bracht.

Van het ogenblik af dat Gopal Rao opgewonden binnenkwam om te vertellen dat het vliegtuig in zicht was, begreep Ransome waarvoor het was gekomen ... misschien om nieuws, maar zeker om Edwina te halen. Hij had gedacht aan ruiters, aan ossen, zelfs aan boodschappers op olifanten, maar de komst van een vliegtuig was hem niet ingevallen. Zelfs nu leek die gedachte onwezenlijk; het was alsof de een of andere monsterlijke toekomstfantasie van Wells opeens aan de hemel was verschenen, boven de tent van een oude Mahrattakoningin. Hij begreep opeens dat hij in het huis van de jodebar, en in de weelderig ingerichte tent van de maharani, had geleefd in de vijftiende in plaats van de twintigste eeuw. Toen de flinke mohammedaanse vlieger voor hem stond en zei dat hij was gekomen om lady Heston te halen, voorvoelde hij opeens dat Edwina niet met hem zou willen terugkeren en hij herinnerde zich tegelijk de vijandigheid en minachting van de maharani en haar opmerking dat lady Heston zo snel mogelijk moest worden weggestuurd, omdat de oude dame haar niet langer in Ranchipur wenste te zien. Als de oude maharani het wilde, was Edwina verplicht te gaan. Als regente had zij despotische macht. Zo nodig kon ze bevel geven Edwina als een patrijs te binden en aan boord van het vliegtuig te dragen. Hij wist niet waarom hij dacht dat Edwina liever in dit pesthol zou achterblijven; het was niets dan een gevoel, een soort instinct. Sinds ze was teruggekomen van de missie, kwam ze hem wat vreemd voor, teruggetrokken en bijna vijandig. Alleen in het ogenblik toen zijn hand de hare aanraakte terwijl ze bij de brandstapel stonden, was er een straal van de oude sympathie en verwantschap geweest. Terwijl hij met de piloot sprak en hem zei dat hij dadelijk lady Heston zou gaan halen, was zijn voorhoofd diep gefronst. Hij gaf order de man eten en drinken te brengen en vertrok naar het ziekenhuis.

Hij vond haar, nu gekleed in het blauwe kostuum dat de leerling-verpleegsters plachten te dragen, bezig de kamer die ze met juffrouw Hodge en Fern deelde op te ruimen, en toen hij haar bezig zag te vegen onder het primitieve, Indische bed, kreeg hij weer lust om te lachen. Juffrouw Hodge was bij haar en scharrelde rond. In de mening dat hij in het voordeel zou zijn door dadelijk tot de aanval over te gaan, zei hij: „Er is een vliegtuig voor je gezonden. Je kunt vertrekken zodra je alles bij elkaar hebt wat je wenst mee te nemen."

Ze stond op en zette de bezem tegen de muur. „Wie heeft het gestuurd?" vroeg ze.

„Ik veronderstel de onderkoning. Iemand van jouw betekenis kan niet zo licht verloren gaan."

„Dat schijnt zo. Ik weet alleen niet of ik wel weg wil gaan."

„Ik zou het maar doen. Je bent dwaas als je erover denkt hier te blijven."

Toen schreeuwde juffrouw Hodge buiten zichzelf: „U mag niet gaan. U zult me toch niet alleen laten!" en toen Ransome naar haar keek, zag hij dat ze had geschreid. Haar ogen waren rood en gezwollen en ze zag er nog puisteriger, krankzinniger en lelijker uit dan ooit tevoren. Edwina keerde zich om en zei, op een toon alsof ze tegen een kind sprak: „Nee, ik laat je niet in de steek. Ik zal voor je zorgen." Tegen Ransome zei ze: „Ik moet er even over nadenken."

„Je bent gek als je blijft," herhaalde hij. „Je ziet er nu al uit als de dood."

„Dank je. Ik weet hoe ik eruitzie. Ik heb mijn gezicht vanmorgen in de spiegel gezien. Waarom wil je me kwijt?"

„Je veroorzaakt meer complicaties dan je waard bent."

„Dat is niet erg duidelijk. Wat bedoel je . . . hem?"

„Misschien nog andere dingen."

„Ik hinder hem niet. Ik heb hem nauwelijks gezien. Hij kan me op het ogenblik moeilijk erg aantrekkelijk vinden."

„Er zijn ook andere dingen."

„Welke?"

„De maharani wil je zo gauw mogelijk kwijt."

„Waarom?"

Hij grinnikte even. „Ze mag je niet."

„Dat weet ik."

„Ze weet altijd alles. Waarschijnlijk weet ze zelf waarom je wilt blijven."

„Hij heeft daar niets mee te maken . . . tenminste niet veel."

„Je weet wel dat ze je kan bevelen te gaan."

Daarover dacht ze even na. Toen zei ze: „Als ik weiger, kan ze me gewoon wegsturen. Maar ze kan me niet in de gevangenis stoppen."

„Daar zou ik niet te zeker van zijn. Ze heeft nu de absolute macht. Daar heeft ze sinds jaren naar gehunkerd. Ze haat de Europeanen . . . vooral de Europese vrouwen. Ze kan altijd beweren dat het voor je eigen veiligheid was. Ze is een allermerkwaardigste oude dame." Opeens zag hij in dat hij de verkeerde weg had ingeslagen. Haar gezicht was koppig geworden.

„Ik veronderstel dat zelfs jij me voor volkomen nutteloos houdt."

„Nee. Ik geloof dat het beter zou zijn als je naar je oude leventje terugging.

Daar hoor je. Het is nu te laat om te veranderen, zelfs als je zou willen."
„Je bent een zwijn."
„Je zou zelfs cholera kunnen krijgen of tyfus en eraan sterven. Voor Europeanen zijn die ziekten nog dodelijker."
„Als ik hier blijf, zal het zijn om een reden die jij niet kunt begrijpen."
„Misschien."
Ze hadden juffrouw Hodge volkomen vergeten. Ze stond daar, een en al oor en gefascineerd. Zelfs in haar waanzin besefte ze dat ze nog nooit mensen zo had horen spreken, zo bruusk, zo bitter. Het leek helemaal niet op de gesprekken die ze zich had voorgesteld tussen voorname lieden. Geen van haar heldinnen had ooit het woord „zwijn" gebruikt. Het arme, puisterige gezicht werd tot een masker van onthutstheid.
„Kun je geen goed woordje voor me doen bij de maharani?"
„Ik zou wel kunnen."
„Ga met haar spreken. Tegen dat je terugkomt, heb ik wel een besluit genomen. Als ze me niet hier willen houden, zal ik weggaan."
Toen legde ze haar hand op zijn arm en zei: „Maar speel eerlijk spel met me, Tom. Ik wil niet terug . . . ik ben bang om terug te gaan. Ik wil hier blijven." In haar blauwe ogen kwam de uitdrukking van kinderlijkheid, bijna van onschuld, die hij in zijn dronkenschap erin had gezien op de avond van Bannerjees diner. „Vecht voor me, Tom, voor één keer."
Hij wist dat hij had behoren te antwoorden – dat hij wist waarom ze wenste te blijven, dat haar redenen verward en sentimenteel waren, dat ze zich gedroeg als de heldin uit een goedkoop romannetje en dat hij van plan was haar terug te sturen naar het banale, vervloekte leven waarin ze thuishoorde. Maar hij wist dat hij noch het hart noch het recht had om zo iets tegen haar te zeggen, dus antwoordde hij vriendelijk: „Ik zal het proberen. Ik zweer het. Maar het is tegen elk gezond verstand in."
„Dank je," zei ze en kuste hem plotseling op de wang.
Toen hij zich omkeerde om te gaan, kreeg juffrouw Hodge opeens haar spraak terug. „Vertel het hem," zei ze, met onverwachte opwinding, „vertel het hem nu."
„Wat vertellen?"
„Van die Sikh."
„Wat is er met een Sikh?" vroeg Ransome.
„Niets," zei Edwina. „Ik zal het je vertellen als je terugkomt. Ga nu eerst. Doe wat je me hebt beloofd."
„Ik beloof niets," zei Ransome. „Herinner je alleen dat het op het ogenblik geen steek te betekenen heeft of je de weduwe bent van de grote lord Heston en het minst van al voor die oude dame."

Hij vond de maharani in de tent en ze ontving hem niet in de audiëntiehal met de tapijten en schilderingen, maar in haar eigen kamer, waar ze op de grond zat, alleen met de oude prinses van Bewanagar. Ze zag er vermoeid uit en had donkere kringen onder de schitterende ogen en ze droeg geen juwelen, behalve twee diamanten oorringen. Er was iets wilds in haar uiterlijk, iets grimmigs, zoals hij maar enkele keren in al die jaren bij haar had opgemerkt op ogenblikken dat ze zich driftig maakte en opeens een tijgerin werd.

Ze keek hem aan en vroeg: „Wel?"

„Het gaat over lady Heston, Uwe Hoogheid."

Het was niet nodig haar iets van het vliegtuig te vertellen. Zoals altijd wist ze alles, bijna op hetzelfde ogenblik dat het gebeurde. Ze wist van het vliegtuig, vanwaar het kwam, door wie het was gezonden en zelfs dat de piloot een mohammedaan was, kapitein Yussef Baig genaamd. Ze zei, met zekere bitterheid: „Het kwam leeg – geen voedsel, geen verbandstoffen, geen verdovende middelen, niets dan twee lege plaatsen voor die Engelsman en zijn vrouw."

„Het zal terugkeren met dat alles, Uwe Hoogheid. De majoor en juffrouw MacDaid zijn bezig een lijst op te stellen voor de piloot."

„Wat is er met lady Heston?"

„Ze heeft geen zin om weg te gaan. Ze wil hier blijven."

De zwarte ogen werden wat dichtgeknepen, zodat ze felle vuurpunten leken. „Waarom wil ze niet weggaan?"

Hij haalde zijn schouders op. Toen kwam er een zwak glimlachje op het knappe, maar vermoeide, oude gezicht en hij vermoedde dat ze ook dit wist – hoe Edwina naar de majoor had gekeken, die avond bij mevrouw Bannerjee. Misschien had ze het zelfs al opgemerkt die eerste avond, gedurende het hofdiner in het paleis. Er ontging haar zo weinig.

Ze vroeg: „Is dat alles?"

„Ik geloof niet dat het dat alleen is." Hij wist dat zijn kans nu beter stond. Het glimlachje, de opwelling van humor ... Hij wist dat ze bovenal door en door menselijk was.

„Ik wens haar niet hier te hebben," zei ze. „Ze is een ..." Ze aarzelde even en zei toen: „Een slet."

Ransome sprak dat niet tegen. Wetend wat hij wist, begreep hij dat het geen nut had te proberen haar van gedachten te doen veranderen.

„Ze werkt nu in het ziekenhuis," zei hij. „Ze maakt zich zeer nuttig."

„Wat voor werk?"

„Het hardste – het vuilste."

Weer kwam de flauwe schaduw van humor en begrijpen in haar ogen. „Ik veronderstel dat juffrouw MacDaid daarvoor heeft gezorgd. Ieder meisje dat van de hogereburgerschool komt kan zich precies even nuttig maken."

Hij zag in dat ze niet wilde toegeven; maar de uitdrukking van de zwarte ogen werd zachter en er viel hem iets in. Hij wist hoe ze had gevochten om de vrouwen van Indië te bevrijden, om hen uit het stof op te richten.

Als hij haar Edwina kon doen zien als een seksegenote . . .

„Ze doet het werk van een man," zei hij en voegde er opeens aan toe: „Ze haatte haar man. Ze is blij dat hij dood is. Ze heeft veel doorgemaakt sinds ze hier kwam."

Hij merkte dat ze over dit alles nadacht, maar het hem niet wilde laten blijken dat ze erover dacht. Ze vroeg: „Waarom wilt u graag dat zij blijft?" Weer dacht hij: „Dat weet ze ook alllemaal." Maar hij anwoordde: „Ik wil niet dat ze blijft. Ik heb mijn best gedaan haar over te halen om weg te gaan."

„Waarom wilt u dan nu dat ik toegeef?"

Hij wist dat ze hem nu een val zette en zweeg even. Toen zei hij: „Dat is een lange geschiedenis, Uwe Hoogheid. Die lang geleden begon. Er is nu niets tussen ons . . . niets dan oude vriendschap. Ik denk dat het daarom is en omdat ze veel karakter heeft."

„Karakter!" gromde de oude dame.

Hij gaf niet toe. „Ja, Uwe Hoogheid, karakter. Soms heeft ze het op de verkeerde manier gebruikt, maar toch was het karakter." Dat beviel haar. Hij voelde opeens dat hij als door een wonder het tenslotte nog zou klaarspelen dat ze zelfs sympathie voor Edwina kreeg.

Ze vroeg: „Wat denkt de majoor over dit alles?"

„Dat weet ik niet. Ik heb hem maar even gezien. We hebben alleen gesproken over de voorraden die hij nodig heeft."

Ze wendde weer haar blik van hem af en zei toen: „Vraag het de majoor. Als hij het goedvindt, zal ik het toelaten. Dan kan ze blijven. Maar ik ben niet verantwoordelijk voor wat haar mocht overkomen. Dat zal ik de onderkoning schrijven – dat ik haar niet kon dwingen om weg te gaan."

„Dus ik kan daarop rekenen?"

„Heb ik u dat niet net gezegd?"

„Dank u, Uwe Hoogheid."

Hij boog en wilde gaan, maar ze zei: „Ik wilde u danken, Ransome, voor alles wat u doet. Raschid en kolonel Singh hebben me verteld dat u de hele nacht hebt gewerkt. Wanneer hebt u geslapen?"

„Twee dagen geleden."

„Maak deze zaak in orde en ga dan naar bed. We hebben u nodig en u ziet er zeer vermoeid uit."

„Dank u, Uwe Hoogheid."

„Vertel de majoor dat ik meneer Bauer zal sturen om hem te helpen. Hij is verpleger. Hij kan van nut zijn."

„Zeer goed, Uwe Hoogheid."

Toen boog hij op Indische wijze, de vingertoppen tegen elkaar gedrukt en verliet haar, opgewonden, in weerwil van zijn vermoeidheid, omdat hij de strijd had gewonnen. In het voorvertrek kwam hij langs de Russin, boog en zei: „Bonjour" tegen haar. Hij had nooit kennis met haar gemaakt, maar

389

formaliteiten leken op dit moment belachelijk. Ze zag er opgewonden uit, schonk hem een glimlachje en een doordringende blik uit haar groene katteogen en ging langs hem heen de kamer van de maharani binnen.

Ze was boos en teleurgesteld dat ze niet bij de maharani was geweest, zodat ze kon horen wat Ransome en Hare Hoogheid te bespreken hadden. Nu zou ze het van de maharani zelf te weten moeten komen, het stukje bij beetje uit haar moeten trekken met handige vragen en toespelingen, heel langzaam en moeizaam, aangezien die oude vos zou begrijpen waar ze heen wilde en het zo lastig mogelijk zou maken, ja, misschien het haar nooit zou vertellen.

Alles was verkeerd gegaan voor Maria Lishinskaja, van het ogenblik af dat zij de oude maharadja dood had zien vallen in Harry's armen. Sindsdien had ze hem slechts één keer weergezien en maar een seconde. Ze kon hem nu niet vragen naar haar kamer te komen en er waren tijden dat haar verlangen zo sterk was, dat haar hele lichaam koortsachtig werd en haar brein verward, dat elk geluid, elke reuk haar zenuwen pijnigden – het neerslaan van de regen op het driedubbele dak van de tent, de afgrijselijke, vage reuk van de dood, die uit de stad aandreef door het grote park, de kreten van de jakhalzen en hyena's en het verre, eenzame gehuil, dat dag noch nacht ophield. Al deze geluiden werden een deel van haar begeerte.

Ze had nooit zo geleden als nu, noch in Rusland, voordat ze ontvluchtte, noch later, toen ze door Duitsland zwierf en zich nu en dan verkocht om voldoende te kunnen eten en kleren aan het lijf te hebben. Ze zei in zichzelf, dat het kwam door het vervloekte land, dit helse klimaat, deze wereld van waanzinnige wellust en wreedheid, met overal fallussymbolen; in tempels, in dorpshutjes, in paleizen, langs de stoffige wegen. Waar je je wendde, overal waren deze symbolen van bevruchting, van zingenot, vreemde begeerten en genietingen. Siwa, altijd Siwa en Kali, de vernietigster.

Toen ze het gordijn opzij schoof en in tegenwoordigheid van de maharani kwam, keek deze haar aan en vroeg: ,,Nieuws?"

,,Geen nieuws."

De oude dame opende haar doosje met pinangnoten en zei achteloos: ,,Ik stuur Harry Bauer naar het ziekenhuis," en Maria Lishinskaja's hart stond stil. ,,Ze kunnen hem daar gebruiken. Ze zijn overstelpt met werk."

,,Nu," dacht Maria Lishinskaja, ,,zal ik hem nooit zien. Of misschien zal het juist gemakkelijker zijn. Misschien kan ik daar naar hem toe gaan."

De maharani sloeg haar gade en zei toen: ,,De oude barakken en wat er over is van de muziekschool zijn vol cholerapatiënten. De majoor kan hem een ervan toevertrouwen. Hij heeft verstand van desinfecterende middelen en kan zichzelf beschermen. Hij zal van groot nut zijn."

Het gore gezicht van Maria Lishinskaja kreeg een groenachtig bleke tint en het beeld van haar eigen stad in de Oekraïne rees voor haar op, lang geleden, toen de mensen als vliegen stierven aan de cholera en dood neervielen op straat en in de winkels, kronkelend en met zwarte gezichten. Ze dacht: „Ik zal nooit geluk hebben. Ik heb nooit geluk gehad. Zelfs als ik ervoor vecht, helpt het toch niet. Er is niets ... niets." Hardop zei ze: „Als hem iets overkomt, zal ik mezelf doden."

Het was de eerste maal dat zij Hare Hoogheid te verstaan gaf dat ze Harry Bauer liefhad.

„Er zal hem niets overkomen. Hij is jong. Hij is sterk. Hij is flink." Ze koos zorgvuldig haar woorden, omdat ze wist welk beeld ze opriepen in de gekwelde geest van de arme Maria Lishinskaja, daarbij ook zeer goed wist dat het dikwijls de jonge en sterke mensen waren die het eerst door de cholera werden geveld.

De Russin had plotseling een gevoel alsof ze zou stikken. De wanden van de tent warrelden om haar heen. Ze bracht moeizaam uit: „Mag ik wat gaan liggen, Uwe Hoogheid? Ik voel me niet goed."

„Natuurlijk." Ze ging weg, blind van angst en begeerte en onbewust dat ze weer werd gemarteld omdat de maharani in een slechte stemming was. De oude dame was woedend op zichzelf, omdat ze had toegegeven in de kwestie met lady Heston, omdat het zien van Ransome haar zwak had gemaakt. Ze hield van mannen en hield van Ransome, en in haar hart haatte ze alle vrouwen, zelfs degenen die ze haar leven lang had trachten te helpen. Ze was nu oud. Ze kon alleen nog loeren en spioneren naar liefdesgeschiedenissen van vrouwen zoals lady Heston en Maria Lishinskaja. Het ergste was, dat de geest in haar verouderde lichaam jong bleef.

In het ziekenhuis lag de majoor op bed in een klein kamertje bij de hal, dat als zijn speciale heiligdom dienst deed, en probeerde te slapen. Hij was daarheen gezonden door juffrouw MacDaid, die op scherpe toon zei: „U gedraagt zich als een gek. Dokter Pindar en ik kunnen de boel best een uur of vijf, zes, alleen af. God heeft uw leven éénmaal gered. Hij zou het weleens geen tweede keer kunnen doen. U móét wat rust hebben."

Achtenveertig uur lang had hij doorgewerkt zonder ophouden.

Er was het ziekenhuis zelf, de oude barakken en de muziekschool met de cholerapatiënten en het desinfecteren en bewaken van de bronnen en er waren conferenties met Raschid en Ranjit Singh en de maharani en er was een eindeloos lijkende serie van operaties geweest bij het zwakke licht van twee kaarsen. Ze konden er niet meer dan twee gebruiken, aangezien er nog maar een paar dozijn over waren en ze niet wisten wanneer er meer kaarsen en olie zouden komen. Maar al die operaties hadden de meeste patiënten toch niet kunnen redden van hun infecties en koudvuur.

Hij was nu over zijn slaap heen. Zijn nog altijd verbonden hoofd deed afschuwelijk pijn en de ene zorg na de andere joeg door zijn afgematte brein. Nu en dan verscheen de gestalte van lady Heston voor zijn vermoeide, gesloten ogen, niet zoals ze was geweest op de avond in het paleis of aan Bannerjees diner, maar zoals hij haar de oprijweg had zien opkomen, in mevrouw Smileys japon van calico, vermoeid, slordig en besmeurd en zoals ze hem uitdagend aankeek in de hal. De vrouw die hij had gezien in het paleis en bij Bannerjee was niet bij machte geweest indruk op hem te maken. Hij had in Europa gewoond. Hij had Europese vrouwen gehad, geen alledaagse, maar vrouwen uit de voorname kringen. Het was altijd gemakkelijk genoeg geweest, te gemakkelijk voor zijn verwende smaak. Nooit had hij met een Europese vrouw omgang gehad zonder vage argwaan of zonder afgestoten te worden door iets hards en gemeens in haar, iets dat hem schokte en zijn zenuwen pijnigde. Omdat liefde, of zelfs de schijn ervan, niet zo moest zijn, maar iets blijs moest hebben en een wellustige schoonheid, zoals Natara Devi hem schonk.

Dat was iets wat Europese vrouwen nooit begrepen – dat een oosterling, hoe mannelijk hij ook mocht zijn, pijnlijk gevoelige zenuwen bezat en overgevoelig kon zijn. Een Europese man was stom, ongevoelig en dierlijk.

Toen hij dat kopje thee met haar had gedronken in het zomerpaleis, nadat juffrouw Hodge verward was weggegaan, had ze zich gedragen als een prostituée. Want in weerwil van haar mooie woorden, had hij heel goed begrepen wat ze wilde. Hij wist dat hij haar daar op de sofa kon krijgen, terwijl haar man lag te sterven in de kamer ernaast en een ogenblik was hij in verleiding gekomen, omdat het zo gemakkelijk was. Maar hij had haar niet bijzonder begeerd en twee dingen hielden hem tegen: het ene was, dat ze een voorname Europese was en zich misschien voorgoed aan hem zou vastklampen en een schandaal maken als hij geen lust toonde ermee verder te gaan en het andere was, dat hij wist dat het niets waard was. Het zou niet meer genot hebben geschonken dan een samenzijn met een vrouw van Jermyn Street, die plezier had in haar vak.

Nee, die vrouw in het zomerpaleis, met haar gladde, glanzende gelaat, kunstige make-up en Parijse kleren had hem niet geïnteresseerd. Ze was te volmaakt, te kunstmatig geweest voor zijn warme, natuurlijke aard. Hij had bij voorbaat geweten dat er geen vreugde zou zijn in een liefdesspel tussen hen, geen speelsheid, maar slechts een soort verdorven honger, die mensen aangreep als ze hadden geleerd dat wellust zondig was en ze er zich toch niet tegen konden verzetten. De vreemde mengeling van huichelachtigheid en hardheid die hij in het Westen had ontdekt, was iets vreemds. Het was alsof juist hun afkeer van de daad hun een onnatuurlijk en verdorven genoegen verschafte dat hem afschrikte en in opstand bracht. Het was iets dat hij nooit zou kennen. Zelfs perversiteit en ontaarding hadden in het Oosten niet die ontstellende mate van bitterheid, verdorvenheid en schaamteloosheid.

De vrouw met het keurige haar en de juwelen had hem onbewogen gelaten, maar de vermoeide vrouw in mevrouw Smileys oude japon had zijn belangstelling gewekt. Die in de japon van calico zag er veel ouder uit, maar er was iets menselijkers aan haar. Toen ze hem een ogenblik toornig aankeek, had hij er bijna aan getwijfeld of ze wel dezelfde vrouw was die hij bij Bannerjee had ontmoet. Misschien, zeiden zijn vermoeide gedachten, stak er toch meer in het idee van gespleten persoonlijkheden dan de psychologen wisten. Misschien was zij twee vrouwen, drie of meer. Misschien had de schok van de ramp en van de vreselijke dood van haar man haar van één van hen bevrijd.

Sinds ze in het ziekenhuis was, had zij zich gedragen als een volkomen andere vrouw dan die in het zomerpaleis, die haar handen achter zich hield om hem te verbergen dat ze beefden. O, zulke dingen merkte hij op. Het lag in zijn natuur ze te zien en zijn ervaring als dokter en chirurg had deze aanleg verscherpt. Ze had dat moeten begrijpen, want zelfs de vrouw van het zomerpaleis was niet dom geweest. De andere had, sinds ze in het ziekenhuis was gekomen, nauwelijks acht op hem geslagen. Er was iets doods aan haar, behalve in ogenblikken dat er een zeker vuur gloeide in haar blauwe ogen; niet dood misschien, maar als iets dat is verdrongen en tijdelijk gedood. Hij verlangde ernaar, gedeeltelijk uit wetenschappelijke interesse, met haar te praten om te ontdekken wat was verborgen onder dit mysterie, maar tegenover deze vrouw voelde hij zich bedeesd. Voor de andere was hij helemaal niet bevreesd geweest, omdat hij wat minachting en zelfs medelijden voor haar voelde. Hij wist dat juffrouw MacDaid haar het ellendigste en afstotendste werk had opgedragen, in de hoop dat ze de kracht en de wil niet zou hebben ermee door te gaan, maar ze had haar taak zonder klacht aanvaard, hoewel hij er zeker van was dat zij de vorige avond, toen juffrouw MacDaid haar een verband gaf dat van een koudvuurwond afkomstig was, een ogenblik was weggegaan om over te geven. Het was alsof juffrouw MacDaid haar door haar hardheid had uitgedaagd en zij had die uitdaging aanvaard, met alles tegen zich. Fern Simon, voor wie juffrouw MacDaid ook minachting toonde, was er veel gemakkelijker afgekomen. Toen vergat hij haar weer en begon opnieuw te tobben, in vertwijfeling bedenkend hoe moeilijk het was zijn eigen volk te helpen in een tijd als deze, nu er geen strijdlust meer in hen over scheen te zijn. Ze gaven zo gemakkelijk op en stierven zonder verzet, misschien omdat ze altijd ondervoed waren en het leven in elk geval weinig voor hen betekende. Misschien waren ze net zo in het Westen, in de vreselijke fabrieks- en mijnsteden, die hem en juffrouw MacDaid zo hadden ontzet. Dan was er de cholera ... moeilijk genoeg tegen te houden in normale omstandigheden, maar nu, met al die lijken en de vergiftigde bronnen en de rijpe mango's, die op straat werden verkocht ... ze moesten wel mango's eten, want er was niet veel anders. De mango's groeiden overal. Ze gingen van hand tot hand, voor de helft door handen van mannen en vrouwen die al besmet waren en binnenkort zouden vallen, zwart worden en sterven. Je kon niet elke onwetende straatveger ertoe brengen de mango's te desinfecteren voor hij ze at. Dan heerste er ook tyfus, die steeds erger zou worden, want nu stalen ze, als de avond was gevallen, al het water uit de bronnen en dronken het uit plassen op straat.

Toen voelde hij zich plotseling doezelig en juist toen hij in slaap wilde vallen bij het geluid van de stromende regen hoorde hij stemmen in de gang – Ransome en juffrouw McDaid.

Zij zei: „Hij slaapt en mag niet worden gestoord."

„Hoelang zal hij slapen?"

„Ik weet het niet. Ik zal hem beslist niet storen voor hij vanzelf wakker wordt."

„U hebt gelijk. Hij is het meeste waard van ons allen."

Doezelig stond hij op en ging naar de deur. Terwijl hij die opende, zei hij: „Ik sliep nog niet. Wat is er?"

Juffrouw MacDaid keek woedend naar Ransome en gromde nijdig. Zelfs de zenuwen van de doorgewinterde juffrouw MacDaid begonnen het te begeven.

Ransome vertelde hem wat de maharani had gezegd over lady Hestons blijven in Ranchipur. „Het hangt van jou af," zei hij.

Juffrouw MacDaid keek woedend naar Ransome en gromde nijdig. Zelfs de zenuwen van de doorgewinterde juffrouw MacDaid begonnen het te begeven.

Ransome vertelde hem wat de maharani had gezegd over lady Hestons blijven in Ranchipur. „Het hangt van jou af," zei hij.

De majoor, die worstelde met zijn slaperigheid, gaf niet dadelijk antwoord en juffrouw MacDaid zei: „Ik kan niets onwijzers bedenken dan haar hier te laten."

De majoor keek haar aan. „Ze heeft toch goed gewerkt, nietwaar? Ze is werkelijk van nut geweest."

Waarop de eerlijke juffrouw MacDaid antwoordde: „Ja, ik moet zeggen dat ze hard en goed heeft gewerkt, maar daar gaat het niet om."

Hij voelde zich verward. Opeens besefte hij dat hij in slaap ging vallen terwijl hij overeind stond in de deuropening. Hij verzonk in slaap en zei: „Laat haar blijven. Ze kan altijd nog weggaan als ze er genoeg van heeft." Maar het was aan de vrouw in mevrouw Smileys japon van calico, dat hij dacht. De andere zou hij onmiddellijk hebben weggestuurd.

Ransome vond Edwina in haar kamer. Toen hij haar het nieuws meedeelde, zei ze: „Dat is mooi. Ik wilde graag blijven. Nu kan iemand anders de overgebleven plaats krijgen. Ik zal Bates in mijn plaats sturen."

„Daar kon weleens herrie over komen ... ik bedoel, als je een bediende stuurt terwijl voorname lieden zullen willen gaan."

„Wat voor voorname lieden?"

„De maharani zal een koerier willen zenden."
„Dan blijft er nòg een plaats over voor Bates." De oude, arrogante uitdrukking kwam op haar gezicht. „Hoe dan ook, het is mijn vliegtuig. Het is
voor mij gezonden. Ik zal ermee wegzenden wie ik wil. Bates is ziek. Het
is niet fair om hem niet te sturen. Hij heeft nooit zin gehad naar Indië te
gaan. Hij haatte de gedachte."
Hij haalde de schouders op.
„Mij kan het niet schelen wie de extra plaats krijgt. Stuur hem direct een
boodschap. De man die het vliegtuig hierheen vloog, zal graag voor donker
over de moerassen van Surat willen zijn."
„Ik weet niet wie ik naar hem toe kan sturen. Ik heb geen bediende."
„Ik zal hem bericht zenden. Ben je er zeker van dat hij zal willen gaan?"
„Absoluut."
„Waar is Fern?" vroeg hij opeens.
„Ik weet het niet. Ze is bezig geweest juffrouw MacDaid te helpen met
een lijst te maken van de dingen die nodig zijn." Ze keek hem recht aan en
vroeg: „Het is nu in orde, nietwaar? Ik bedoel tussen jou en haar."
„Ja."
„Dat dacht ik wel. Je ziet er anders uit." Toen vroeg ze bruusk: „Waarom
trouw je niet met haar?"
„Nee, dat is niets. Zelfs niet na wat er is gebeurd."
„Het is juist wat jij nodig hebt . . . een meisje zoals zij."
„Ze is te jong. Hoe dan ook, jij weet niets van haar af."
Daarom antwoordde ze niet. In plaats daarvan zei ze, met een grappige gri-
mas: „Wat naar dat er niemand is voor mij. Jammer dat een vrouw niet
kan trouwen met een veel jongere man." Toen verzocht ze hem weg te
gaan en zei dat ze weer aan het werk moest en dat hij een boodschap
aan Bates moest sturen.
„Ik denk dat ik die oude zal moeten bedanken."
„Ja, dat is wel het minste wat je kunt doen en ze zal erop gesteld zijn."
Hij ging weg, in de war geraakt. Hij kon nog altijd niet uit haar wijs worden.
Hij kon nog steeds niet begrijpen waarom ze hier wenste te blijven, tenzij
het een nieuw en geraffineerd soort spelletje was om de majoor bij zich
in bed te krijgen. Hij wist dat ze tot alles in staat was en een grote mate
van ervaring bezat.

Het vertrek van het vliegtuig was veel minder eenvoudig dan Ransome zich
had voorgesteld. Hij stuurde om Bates en ging toen naar de maharani, die
Gopal Rao uitkoos om als haar afgezant te gaan, juist op het moment dat
de jonge Mahratta het meest nodig was in de organisatie die Ransome had
opgebouwd. Vervolgens wenste juffrouw MacDaid niet dat Bates vertrok
zonder eerst grondig te zijn onderzocht door dokter Pindar, de assistent van
de majoor.

„We kunnen hem niet wegsturen voor we weten dat zijn ziekte ongevaarlijk is. Ze zouden hem niet laten landen."

Toen hij terugkeerde naar de kamers van de jodebar, ontdekte hij dat het nieuws dat lady Heston achterbleef, snel door de hele stad was gegaan. De eerste kamer was gevuld door een dozijn mannen, die allen tegen Gopal Rao schreeuwden dat ze aan boord van het vliegtuig naar Bombay wilden worden gezonden. Er waren twee Perzische bankiers bij en een Pathanese geldschieter, de hoofdopzichter van de wolfabrieken en Chandra Lal, de rijkste koopman van Ranchipur. Onder hen was ook Bannerjee, die was verschenen met zijn gelakte doos met de as van zijn vader. Allen beweerden, met uitzondering van Bannerjee, dat ze voor zaken weg moesten. Ze praatten allen tegelijk en noemden zulke grote sommen, dat er in de hele wereld geen goud genoeg bestond om hun mytische transacties te dekken. Drie van hen namen hem terzijde in een hoek, onder voorwendsel hem vertrouwelijke redenen te willen noemen waarom ze weg moesten, maar in alle drie de gevallen bleken hun vertrouwelijke mededelingen te bestaan in aanbieding van grote sommen om hem om te kopen. Bij Bannerjee was het geen zakenkwestie; het was de as van zijn vader, die zo spoedig mogelijk naar de Ganges moest. Toen de aangeboden geldsommen werden geweigerd, waren ze verbaasd en gekwetst. Hoe vreemd, dacht Ransome wrang, dat alleen de kooplieden en geldschieters en een godsdienstige maniak zo vertwijfeld begerig waren weg te gaan.

Maar het was niet alleen geld, het was ook vrees. Er was doodsangst te lezen op elk gelaat. In dat van de dikke Bannerjee zag men het gelige wit van de ogen. Ransome haatte hem nu. Hij had hem gehaat sinds het ogenblik dat hij zo zonder complimenten in het bootje was gesprongen, van zijn eigen balkon af. Hij voelde minachting voor de bijgelovige vrees van de man. Bannerjee was bang voor cholera, voor Ranchipur, voor de regen, voor Kali, voor Indië zelf. Opeens bezweek Ransome voor zijn verlangen hem nog banger te maken. Hij hoorde zichzelf bruusk zeggen: „Als u denkt dat u Kali kunt ontsnappen door Ranchipur te verlaten, bent u gek. Kali, de vernietigster, is overal." Hij had de voldoening een nog wildere uitdrukking van angst te zien verschijnen in de ogen van de man die eens het hoofd van Ranchipurs kosmopolitische society was geweest.

Toen ze hoorden dat Bates de overgebleven plaats kreeg, begonnen ze te protesteren en zeiden dat er werd voorgetrokken, dat men in Indië was en Indiërs het eerst aan de beurt hoorden te komen. Altijd kregen de Europeanen alles. De Indiër werd altijd in een hoek geduwd. Ze mompelden iets over opstand en wierpen woeste blikken van machteloze boosheid op hem, tot Ransome, uitgeput en tot razernij gebracht, schreeuwde: „Eruit! Jullie allemaal! Eruit, of ik laat je eruit smijten door de Sikhs! Jullie waren de laatsten die ons hier weg wilden hebben. Jullie hebben Ghandi tegengewerkt. Jullie hebben de arme Jobnekar tegengewerkt. Als we weggingen, kon er eens revolutie komen en dan zouden jullie een paar rupees verliezen. Eruit! Allemaal!"

Bang geworden gingen ze naar buiten, maar ze gingen niet weg. Ze bleven mopperend en kletsend met elkaar onder de grote poort staan.

Terwijl hij tegen hen tekeerging, stond de mohammedaanse piloot, afstammeling van Baber, Ganghis en Skbar, in een hoek van de kamer, terwijl een sigaret in zijn mondhoek hing onder het zwierige kneveltje. Er lag een grijns op zijn gezicht die buitengewoon veelzeggend was. Toen niemand meer in de kamer was achtergebleven dan Gopal Rao, de piloot en Ransome, zei de piloot, steeds nog grijnzend: ,,Als één mohammedaan brult, beven tien hindoes."

Gopal Rao stond op van de tafel, met donkere, gloeiende ogen. De mohammedaan grinnikte nog altijd, maar hij zei: ,,Behalve Mahratta's en misschien Sikhs en Rajputs."

Rao ging weer zitten, maar hij zei: ,,Er waren tijden dat één oorlogskreet van een Mahratta een heel keizerrijk verbrokkelde."

,,Het is er altijd," dacht Ransome, ,,dicht onder de oppervlakte."

Gopal Rao zei: ,,Hoe dan ook, het zijn alleen Bunya's, die honden daarbuiten . . . Bunya's, Gujerati's en Perzen."

De zwarte ogen van de mohammedaanse piloot vernauwden zich tot spleten toen hij zei: ,,Ja, de toekomst ligt bij u en mij, mijn vriend."

Maar de Bunya's waren niet de enigen die in doodsangst probeerden de rampspoedige stad te ontvluchten. Terwijl ze wachtten tot Bates van de missie zou komen, verscheen kolonel Ranjit Singh met nieuwe verhalen. De bewoners van Ranchipur wilden op de vlucht slaan naar de omliggende provincies en dorpen. Degenen die waren overgebleven van zijn Sikhs, moesten nu niet alleen de bronnen bewaken; ze moesten ook de stad nog omsingelen, omdat de maharani niet wenste dat de ziekten naar de dorpen en provincies en tot aan de zee toe werden verspreid. Het was al genoeg dat de stad zelf was besmet. Er was geen aanleiding om de hele staat te decimeren en de epidemieën buiten de grenzen te brengen, in de rest van Indië. De paniek had de hele stad aangegrepen als een vlam die eroverheen sloeg. Hele families probeerden te emigreren met al hun bezittingen. Er waren relletjes ontstaan; er waren mannen neergeschoten toen ze probeerden naar buiten te dringen en ervandoor te gaan.

,,Het was een order van de maharani," zei hij grimmig. ,,Ze zijn dood. Ze zullen de majoor in het ziekenhuis geen last meer bezorgen."

Ransome zei niets, maar hij had plotseling een bitter visioen van Ranjit Singhs mannen, die er met een extra kogel voor zorgden dat de opstandelingen dood waren. Maar het leven was goedkoop in Indië. Op een of andere wijze ontsprongen weer miljoenen levenden aan de dode miljoenen, als paddestoelen uit verrot hout.

Er was voedsel onderweg. Gierst, koren en rijst waren aangebracht uit de dorpen en van de kust. Daarvoor had Raschid gezorgd. De ossekarren kwamen tot vijf kilometer van de stad, over de modderige wegen. Daar losten ze de granen in depots, vanwaar ze weer werden afgehaald door koelies en ossekarren uit de stad. De majoor had gezegd dat het pesthol geïsoleerd moest blijven en Raschid met zijn Mahrattaanse politie en Ranjit Singh met zijn Sikhs voerden zijn bevelen uit. Het was het nieuwe Indië dat vocht tegen het oude, het Indië dat het beste van het Westen had overgenomen en het oude, zwermende Indië bestreed, dat in paniek emigreerde voor hongersnood en ziekte. Het was een nieuwe gedachte voor Indië – dat de enkelingen moesten lijden ten bate van de velen. Het was een les die zelfs de belangrijke, mopperende kooplieden, de bijgelovige meneer Bannerjee, de andere kooplieden en de priesters van heel Indië zouden moeten leren.

Toen ging kolonel Ranjit Singh weg en een boodschapper verscheen met een briefje van juffrouw MacDaid. In het ziekenhuis was een wanhopig tekort aan opwekkende middelen. Ze riep hem te hulp en schreef hem, omdat hij waarschijnlijk de enige cognac en whisky bezat die in Ranchipur nog voorradig waren. Kon hij haar zenden wat hij nog bezat?

Hij schreef snel een briefje voor Johannes de Doper om hem te bevelen alles wat in de kelder was aan juffrouw MacDaid te sturen.

Misschien waren er nog een paar dozijn flessen. Hij haalde een sleutel uit zijn zak, die hij de boodschapper gaf, tegelijk met het briefje en liet hem haastig vertrekken. Hij zag hem niet zonder spijt gaan. Sinds vier dagen had hij geen alcohol geproefd en er waren ogenblikken waarin zijn hele lichaam erom schreeuwde, al was het maar een slokje. Hoe dan ook, nu was alles weg. Zijn goede, Franse cognac zou in de kelen van straatvegers en Gujerati's van lage kaste worden gegoten, die nooit iets zouden beseffen van de vreugde, de vrede, de blinde tevredenheid die deze drank kon verschaffen. Zij zouden alleen kuchen, zich verslikken als de drank hun verhemelte brandde en als ze kracht genoeg hadden, alles uitspuwen in protest.

Bates kwam toen de middag al een eind op streek was; hij werd door vier koelies op een luik gedragen. Hij was koortsig en had weer zijn bediendenkledij aan. Die zag er nu wat netter uit. Een groot deel van het oponthoud was veroorzaakt door tante Phoebe, die erop stond alles zoveel mogelijk schoon te maken. Ze bezwoer dat hij niet in Bombay kon aankomen alsof hij uit een zwijnestal kwam. Dokter Pindar onderzocht hem. Hij had pleuris en was koortsig, maar hij kon de reis wel maken, gehuld in dekens. Als ze hem toestonden in Bombay te landen, zouden ze hem zonder twijfel eerst isoleren in een ziekenhuis, tot het vaststond dat hij niet aan cholera of pest leed. Dokter Pindar achtte het dwaas om hem in deze omstandigheden weg te zenden, maar Bates stond erop te gaan en lady Heston hield bijna hysterisch opgewonden aan dat hij moest vertrekken, en dus gaf de kleine dokter Pindar toe.

Ze waren nu klaar om te vertrekken en gingen op weg naar het vliegtuig op het gierstveld achter de Toren der Stilte – de piloot, Ransome, Bates, de dokter en Gopal Rao.

Het eind van de processie vormden de Perzen, de Bunya's en Bannerjee, met de as van zijn vader, allen misschien nog vol hoop dat Bates onderweg zou sterven en er een plaats voor een van hen in het vliegtuig zou vrijkomen. Ze bromden en mopperden nog steeds terwijl ze door de modder liepen. Op het luik lag Bates, koortsig en nauwelijks iets merkend van de verwoeste huizen en de grote hopen as op de plaatsen waar de lijken waren verbrand. Hij ging naar huis, naar Manchester terug, naar de halve villa, waar zijn ongetrouwde zuster het huishouden voor hem zou doen. Hij stond op het punt voorgoed dit vervloekte, vreselijke land te verlaten. Hij dacht in het geheel niet aan Haar Ladyship, die achterbleef in een troosteloze, door pest geteisterde stad. Haar Ladyship, dat wist hij door jarenlange ervaring, was best in staat voor zichzelf te zorgen, zelfs beter dan Zijn Lordship dat ooit was. In het ziekenhuis had ze zich over hem heen gebogen en hem op felle toon toegefluisterd: „Het is goed, Bates. Ik wil dat je weggaat. Laten ze je hier niet vasthouden. Ik wil dat je gaat. Ik heb meneer Ransome om op me te passen." Niet dat het hem iets kon schelen wat er met haar en al haar geld en de rest gebeurde! Hoewel ze op haar manier sportief was.

Waarschijnlijk had ze er geen vermoeden van dat de oude bastaard alles had af geweten van haar minnaars. Nu zou ze het ontdekken, als ze de doos opende en de lijst vond, geschreven in het handschrift van die oude bastaard. Maar ze zou nooit weten hoeveel Zijn Lordship betaalde voor elke naam. Ze zou nooit weten hoeveel hij uit elk van haar liefdesgeschiedenissen had geslagen. Hij had geluk dat ze hem uit de weg wilde hebben om de vrije hand te krijgen met die vent, Ransome, die nu naast hem liep. Hoe dan ook, Ransome was meer waard dan sommigen van de anderen die ze had gehad. Hij was misschien een ploert, maar hij had tenminste de manieren van een gentleman.

Hij was gelukkig, want hij ging naar het paradijs terug, naar Manchester, naar fatsoenlijke mensen met moraal, die niet rijk en machtig waren. Hij sloot de ogen en beet de tanden op elkaar bij het schudden van het luik. Iedere keer dat de koelies een stap deden, was het of een mes in zijn borst werd gestoken.

Maar toen ze op het veld aankwamen, was er geen kans om het vliegtuig te doen starten. De piloot liet de motor aanslaan, maar de wielen waren diep in de modder vastgezogen. Gopal Rao nam de zaak in handen en riep vrijwilligers op uit de merkwaardige groep die zich had gevormd en die trokken

het vliegtuig naar de macadamweg, die als een pijl uit een boog recht afging op de plek waar eens de grote dam stond. Toen hij op het punt
stond te starten, kwam een boodschapper aanrennen met een brief die hij
aan de piloot gaf. Hij was van lady Heston, geadresseerd aan lord Hestons
secretaris in Bombay om hem mee te delen dat ze van plan was in Ranchipur te blijven en om Bates in zijn hoede aan te bevelen. Er stonden ook instructies in om te telegraferen naar de bloedverwanten van de twee kameniers, Harris en Elsje – aan Harris' broer te Nottingham en Elsie's zuster te Putney. Hun lijken waren verbrand, zoals dat van Zijn Lordship, maar
ze zou ervoor zorgen dat de as hen zo spoedig mogelijk werd toegezonden.
Harris en Elsie konden slapen te midden van hun familieleden thuis.
Toen startte het vliegtuig, daverde de rechte lange weg op en verdween
snel in de lage wolken die boven de witte tempels van de berg Abana hingen. De Bunya's, de Perzen en meneer Bannerjee, die nog steeds de as droeg,
keken het na tot het was verdwenen en gingen toen mopperend naar de
stad terug, langs de zwarte gieren op de Toren der Stilte. Er bestond nu
geen middel meer om te ontkomen, behalve met ossekarren en door de
schildwachten om te kopen.
Bij de bazaar verliet Ransome de kleine groep om naar het ziekenhuis te
gaan. Hij was nu uitgeput. Zijn ogen vielen dicht en hij struikelde telkens
onder het lopen, zonder dat er iets in de weg lag. Maar voor hij ging slapen,
moest hij Fern opzoeken om te zien of alles wel was met haar, want in
zijn vermoeide brein was de obsessie ontstaan, dat hij nu voor haar moest
zorgen tot ze uit deze stervende stad kon ontkomen en teruggaan naar Amerika en het gemakkelijke, gezonde leven waarop ze volgens geboorte
recht had. In de twee dagen sinds ze hem had gewekt, daar op de grond van
Bannerjees slaapkamer, was hij erin geslaagd alles zo'n beetje vast te stellen. Hij wist nu wat er moest gebeuren. Zij zou naar Amerika gaan en hij
zou achterblijven in Ranchipur, misschien om tenslotte te sterven in het
oude, gele, met rode wingerd begroeide huis.
Op de drempel ontmoette hij de majoor, die geheel was hersteld door enkele uren slaap, en de verpleger van de dode maharadja, die op weg naar
de halfverwoeste muziekschool, waar Harry Bauer de zorg kreeg voor de
zieken die er in lange rijen op de grond lagen. In de hal ontmoette hij Edwina en vertelde haar dat het vliegtuig was vertrokken en Bates had meegenomen voor de eerste etappe van zijn reis naar huis.
Ze scheen opgewonden. Er was een nieuw licht in de blauwe ogen en ze
zei: ,,Nu kan ik je dat over juffrouw Hodge vertellen."
Hij vroeg vermoeid: ,,Wat van juffrouw Hodge?"
,,Wat ze me aan je wilde laten vertellen. Ze verbeeldt zich dat ze is verkracht door de Sikh die haar heeft gered."
Boosheid verdrong de vermoeidheid die hem neertrok.
,,Belachelijk! De oude gek!"

„Ze is bang dat ze een kind zal krijgen." Er was een ondeugende glinstering in de blauwe ogen. „Soms zit ze erom te huilen als een jong meisje. Maar de meeste tijd zit ze in zichzelf te mompelen. Ik geloof dat ze er over het algemeen wel blij over is."

„Waar is ze nu?"

„Daarbinnen, ze houdt een toiletemmer voor me vast."

Hij drukte moe zijn hand voor de ogen. „Laat haar dat verhaal niet overal rondvertellen. Er zou last van kunnen komen."

„Ik zal haar zeggen dat het een geheim tussen ons beiden moet blijven."

„Dat is goed." Na een ogenblik vroeg hij: „Wat zullen we met haar beginnen?"

„Ik zorg wel voor haar. Maak je daarover niet druk. Ze doet alles wat ik zeg."

„Ze moet erg vervelend voor je zijn."

„Nee, ze doet heel wat werk voor me. Haar maag is sterker dan de mijne. Zij houdt de emmer en de zeep als ik weg moet om over te geven." Ze nam zijn beide handen en zei: „Dit is een hel van een land. Iedereen erin is gek, maar ik begin er iets van te begrijpen. Ik begin iets te begrijpen van Siwa en zijn kleine fallus. Het heeft zelfs juffrouw Hodge te pakken."

Toen keerde ze terug in de ziekenzaal, waar juffrouw Hodge geduldig zat te wachten met een dwaas lachje op haar gezicht, terwijl ze de bak met water en zeep en de handdoeken vasthield. Hij stond even in de war gebracht te schommelen op zijn voeten. Edwina, de tere, van porselein geschapene, begon net zo gehard te worden als juffrouw MacDaid.

Hij vond Fern in de kamer die ze met Edwina en juffrouw Hodge deelde. Ze had juist haar blauwkatoenen uniformkleding verwisseld en borstelde haar korte, blonde haar voor een gebroken spiegel die ze ergens had gevonden. Bij het geluid van zijn voetstappen die naar de deur kwamen, keerde ze zich om en kwam snel naar hem toe, maar toen ze de deur naderde werd ze verlegen en bloosde, zodat hij zijn armen moest uitstrekken en haar tegen zich aandrukken.

Lange tijd stonden ze zo, zwijgend met haar hoofd op zijn schouder. Toen keek ze naar hem op en zei: „Je ziet er vreselijk vermoeid uit."

„Dat ben ik. Laten we gaan zitten."

Ze gingen samen op een van de geknoopte matrassen zitten. Ze hield nog steeds een van zijn handen vast en vroeg: „Wat er?"

„Niets. Waarom?"

Toen kon ze hem opeens niet vertellen waarom ze een verandering in hem had gevoeld, alsof hij zich wat van haar had teruggetrokken, alsof een schaduw was gevallen over de innigheid tussen hen. In haar eenvoud besefte ze hoe gecompliceerd hij was en ze kon geen woorden bedenken om het hem te doen begrijpen.

Hij vroeg terwijl hij tegen haar glimlachte: „Gaat het goed met je?"

„Ja, best."

„Heb je wat geslapen?"

„Ja."

„Zou je niet beter naar de missie kunnen teruggaan?"

„Nee, ik ben heel gelukkig." Haar gezicht verhelderde. „Zelfs juffrouw MacDaid zegt dat ik van dienst ben." Toen keek ze hem aan en zag dat zijn ogen waren gesloten. „Je kunt hier slapen," zei ze.

„Nee, ik ga terug." Maar de wereld draaide om hem heen. De muren van de kamer weken, werden wazig en verdwenen toen. Heel uit de verte hoorde hij Ferns stem zeggen: „Daar. Zo is het goed. Ga nu maar slapen." Toen was de stem verdwenen en de kamer, de stad, alles, en er was niets meer dan stilte, vergetelheid en vrede.

Lange tijd, tot ze wist dat ze hem moest verlaten en naar juffrouw MacDaid gaan, zat ze op het voeteneinde van het bed en keek op hem neer, wat bevreesd omdat hij zo diep in slaap was gezonken dat het leek of hij dood was. Haar hart was bedroefd, omdat het haar voorkwam of hij van haar was weggegleden, terug in de wereld die had bestaan voor de ramp, de wereld die haar ellendig had gemaakt, vol kliekjes, snobisme, kleinzieligheid en complicaties die boven haar begrip gingen. Van deze nieuwe wereld, hoe vol ellende en verschrikking ook, hield ze veel meer, omdat deze ronduit en eenvoudig was, omdat ze deze kon zien en begrijpen en de kunst verstond erin te leven.

Terwijl ze daar zat, werd één ding haar duidelijk – dat ze bovenal moest trachten hem te redden, niet van die oude, ellendige wereld die eens zeker zou terugkeren, zelfs niet van mensen zoals lady Heston, maar van hemzelf. Het was dat onnatuurlijke, verwarrende ik van hem, dat zijn vijand was. Een korte tijd, na het ontwaken in Bannerjees huis, was ze bij machte geweest het te verdrijven. Als ze hem wilde redden, moest ze doorgaan met het steeds weer te verdrijven.

Tenslotte verliet ze hem, bang dat juffrouw MacDaid haar van luiheid zou verdenken en terugzenden naar de missie en haar moeder.

Ze vond juffrouw MacDaid in haar kantoor. De tiran keek haar scherp aan en vroeg: „Heb je er genoeg van?"

Maar Fern liet zich niet bang maken. Ze vroeg stoutmoedig: „Genoeg van wat?"

„Genoeg van schrobben en vuil en hard werken?"

„Nee," zei Fern. „Daar heb ik zelfs niet over gedacht."

„Ben je bereid ermee door te gaan?"

„Ja."

„Je weet welk risico je loopt?"

„Ja."

„Dat je cholera kunt krijgen of tyfus?"

„Ja."

„Zoals je weet, zul je een dezer dagen de gelegenheid hebben naar Bombay te gaan. Tot zolang zou je beter naar de missie kunnen gaan, waar je veilig bent."

„De missie is de laatste plaats waar ik heen wil. Ik wil me nuttig maken. Ik ben van plan te blijven tot het eind, tot alles weer in orde is."

Ze zei dat zo koppig en met zoveel wilskracht, dat juffrouw MacDaid even tot zwijgen was gebracht, terwijl haar verwelkte, leerachtige gezicht verbaasd stond. Ze had dit meisje voor een dwaze bakvis gehouden; dat ze zich blijkbaar had vergist in haar oordeel hinderde haar.

Ze vroeg kortaf: „Waarom?"

Maar Fern liep niet in de val. Ze was niet van plan te antwoorden: „Omdat ik niet weg wil zolang Ransome hier blijft." Ze zei: „Ik weet niet waarom. Ik wil gewoon hier blijven." In juffrouw MacDaids hoofd kwam een idee op. Ze dacht gretig: „Misschien zal ze een goede leerlinge zijn. Misschien zal ze van het werk gaan houden en hier blijven. Misschien zal ze het verder doorzetten." Hardop zei ze: „Ik heb een baantje voor je. Heb je weleens een huis schoongemaakt?"

„Ja."

„Ik bedoel grondig. In de hoeken vegen, desinfecteren en opletten dat alles smetteloos wordt."

„Ja," zei Fern. Het was niet helemaal waar. Haar moeder was altijd een slechte huisvrouw geweest. Hoewel ze er een dozijn Bhils van de missie op na hield om het werk te doen, was een schoonmaak bij haar gewoonlijk met de Franse slag gebeurd. Haar dochters had ze niets geleerd dan dat ze moesten trouwen met een van de „jongens".

Juffrouw MacDaid dacht aan mevrouw Simon en keek haar twijfelachtig aan. „Ik bedoel zoals een ziekenhuis schoon moet zijn."

„Ja, dat kan ik doen."

„Ik zend Harry Bauer om zorg te dragen voor de muziekschool. Jij kunt zorgen dat het er schoon wordt en blijft. Je krijgt een half dozijn schoonmaaksters erbij – als ze niet weglopen. Kun je Gujeratisch spreken?"

„Een paar woorden. Ik kan het leren. Ik kan het ze voordoen."

„Jammer dat je het nooit hebt geleerd. Je hebt hier je hele leven gezeten."

Fern antwoordde niet, want er viel daarop niets te antwoorden. Ze had slechts een vluchtig visioen van zichzelf zoals ze was geweest, lang geleden, de Parel van het Oosten, die bioscoopblaadjes las en humeurig deed. Een blos steeg langzaam in haar gezicht, half uit boosheid tegen de onbehouwen juffrouw MacDaid en half uit schaamte over zichzelf.

„Ik zal er met je heen gaan en je op gang helpen," zei juffrouw MacDaid. „Het beste is dat je meeneemt wat je hier hebt. Van nu af aan zul je daar blijven." Ze keek het meisje scherp aan.

„Dringt het tot je door dat ik je een blijk van groot vertrouwen geef?"

„Ja," zei Fern, „ik begrijp het." Maar ze had lust te roepen: „Laat me hier

blijven tot hij wakker wordt en ik met hem kan praten. Ik moet hem terugwinnen. Ik moet hem redden." Maar ze wist dat juffrouw MacDaid dat
een allerdwaaste reden zou vinden.
Ze verliet juffrouw MacDaid snel en ging naar de kamer waar Ransome
lag te slapen. Hij lag nog net zoals ze hem had achtergelaten, een arm boven het hoofd. Zijn bleekheid ontstelde en beangstte haar. Ze dacht wild:
„Misschien zie ik hem nooit weer. Een van ons beiden kan sterven." Je
kon zo sterven aan cholera, plotseling doodvallen op straat. Toen schaamde ze zich over zichzelf dat ze zo melodramatisch deed, en begon de weinige
dingen bijeen te zoeken die ze wilde meenemen: zijn shorts en tennishemd, een extra uniform, een stuk kaars, enige vochtige lucifers, de tandenborstel die juffrouw MacDaid haar had gegeven en de rol gaas die ze had
voor wasssen en desinfecteren. Het laatst van al nam ze van de plank boven lady Hestons bed het stuk spiegelglas, dat ze samen hadden gebruikt.
Ze sloeg er hard mee tegen de vensterbank en brak het doormidden,
nam het kleinste stuk en dacht: „Dit zal voldoende voor haar zijn."
Het geluid van het brekende glas had geen effect op Ransome. Ze had gehoopt dat hij erdoor zou ontwaken, zodat ze hem kon begroeten, maar hij
lag nog steeds als dood, langzaam en zwaar ademend, en ze dacht: „Als hij
wakker wordt, zal zij hier zijn in plaats van ik" – lady Heston, die hem
terug zou trekken, terug naar zijn oude ik, dat ver van haar af stond en
vreemd was, in de verre wereld die ze nooit had gekend.
Ze had lust tot schreien, maar ze slaagde erin haar tranen te bedwingen,
boog zich over hem heen en kuste hem op het voorhoofd. Maar de aanraking van haar lippen had niet meer effect dan het breken van het spiegelglas. Ze had ook gehoopt dat de kus hem zou wekken.
Ze nam haar bezittingen bij elkaar, verliet de kamer en ging terug naar
juffrouw MacDaid om haar te zeggen: „Ik ben nu klaar."
Ze vertrokken samen naar het grote reservoir. Het was nu avond en het
ogenblik naderde waarop de duisternis plotseling zou neerdalen. Een deel
van de muur van het oude reservoir was ingestort en daarachter, op de brede, lage treden, waren vrouwen bezig hun wasgoed bijeen te zoeken. De
grote vleermuizen uit de dode stad El-Kautara waren teruggekeerd en
zwierden heen en weer boven het water. Er was geen rumoer meer uit de
muziekschool en er waren geen lichten van de bioscoop meer, die hen in
verwarring konden brengen. Op dit uur, in de korte schemertijd, was alles
stil, de stilte van de dood.
Terwijl ze naast elkaar voortliepen, sprak geen van hen beiden. Ze moest
hard lopen om de onvermoeibare passen van de Schotse bij te houden.
Toen overviel haar plotseling, juist toen ze aan het einde van het reservoir
kwamen, een bange gedachte. Ze had een spiegel gebroken en dat zou ongeluk brengen. Snel zei ze tot zichzelf dat ze hem met opzet had gebroken
en niet per ongeluk en dat het dus niet gold, maar even snel dacht ze: „Mis-

schien wordt het daardoor nog erger, omdat ik het met opzet heb gedaan."
Het stukje gebroken glas werd ondraaglijk. Het leek te branden in haar
hand. Listig bleef ze wat achter juffrouw MacDaid en nadat ze had vastgesteld dat deze niet op haar lette, gooide ze het stukje spiegelglas in het reservoir. Ergens had ze eens horen zeggen: „Je moet de stukken in water gooien."
In de stilte maakte het glas, toen het in het water viel, een zwak geluidje
en juffrouw MacDaid keerde zich snel om en vroeg: „Wat was dat?"
„Ik weet het niet," zei Fern. „Misschien een vis."

Enige uren lang sliep Ransome als een dode. Toen begon hij wild te dromen, verontrust door momenten van terugkerend bewustzijn, en worstelde hij zelfs in zijn zware slaap als in een delirium. Een deel van zijn geest
rukte aan hem en riep hem toe: „Ontwaak! Er is werk te doen! Er hangen
mensen van je af!" Een ander deel trok hem terug in de afgrond van vergetelheid waarin hij enige tijd in vrede en niets was verzonken. De worsteling werd nog verward door vreemde visioenen en nachtmerries van Siwa en zijn fallus, van verwilderde dingen, van lijken, van pest en dood.
Eens verscheen Heston, gehuld in de „bloedige lijkwaden van de dood",
maar die lijkwaden waren de roze lakens van zijn vrouw met haar monogram erin geweven en het symbool van Siwa dwars over de maag van de
dode man.
Tenslotte won zijn bewustzijn en hij ontwaakte langzaam en verward. Het
was donker en buiten viel de vreselijke regen in stromen neer. Bij het zwakke
licht van een stompje kaars kon hij de gestalten van juffrouw Hodge en Edwina onderscheiden. Edwina had de kaars bij een stuk gebroken spiegelglas gezet en deed iets met haar haren. Langzamerhand ontdekte hij
dat ze haar korte, blonde haren wikkelde in stukjes van de *Times of India*
die naast haar bed lag. Terwijl hij daar lag, badend in zweet, sloeg hij haar
gade met halfgesloten ogen, gefascineerd door de nauwkeurigheid en handigheid waarmee ze haar taak volbracht. Ze trok telkens een stuk papier
af, vouwde het in de juiste vorm, wikkelde het om het blonde haar
en stak het vast met een haarspeld. Hij dacht: „Waar heeft ze in 's hemelsnaam haarspelden vandaan gehaald? Misschien heeft zij ze van juffrouw
MacDaid. Dan schijnt ze nu op betere voet met die oude juffrouw te staan."
Hij dacht ook: „Het is niet voor mij dat ze die moeite neemt." Met elke
nieuwe papillot die ze vastmaakte, werd haar hoofd, eerst zo glad, glanzend en volmaakt, grotesker, tot het leek op dat van een werkster op za-
terdagavond. Waarschijnlijk had ze dat trucje lang geleden geleerd, toen
ze arm was en zelfs de prijs van metalen haarkrullers het budget van haar
vader te boven was gegaan. Toen bedacht hij opeens dat zij, nu Heston
dood was, een van de rijkste vrouwen van de wereld moest zijn.
Bij het zwakke schijnsel van het kaarsstompje kon hij het spiegelbeeld van
haar gezicht in de verweerde spiegel zien. Het was vermoeid en er lagen

donkere schaduwen op de tere huid onder de blauwe ogen. Ze was met buitengewone concentratie bezig, een beetje voorovergebogen, zodat hij haar hele hoofd in de spiegel kon zien.

Tegenover haar zat juffrouw Hodge op de rand van haar bed, met de handen in de schoot gevouwen voor zich uit te staren, een volkomen lege, gelukkige uitdrukking op haar puisterige gezicht. Er was iets vredigs, bijna huiselijks in het scènetje. Hij dacht: „Het is beter voor de arme juffrouw Hodge dat ze gek is geworden. Nu is ze gelukkig." Het was merkwaardig dat ze zo snel het bestaan van juffrouw Dirks had kunnen vergeten, aan wier zijde ze haar hele leven had doorgebracht. Terwijl hij doezelig uit het donker naar haar keek, dacht hij: „Misschien werd ze al die jaren onderdrukt. Misschien heeft ze al die jaren moeten doen alsof ze heel anders was." Je kon niet leven naast de arme juffrouw Dirks, over wier hele granieten gelaat het woord „plicht" stond geschreven. Dan moest je wel worden onderdrukt of weglopen. Misschien had de arme juffrouw Hodge al deze jaren verlangd naar een ander bestaan. Terwijl hij haar gadesloeg, begonnen haar lippen te bewegen en ze sprak: „Toen zei de bisschop tegen mij: ,Mijn beste juffrouw Hodge, dat moest een allermerkwaardigst iets zijn geweest om te beleven. U bent een martelares. Ik twijfel er niet aan of u zult worden gedecoreerd.' Hij zei: ,U bent een tweede Florence Nightingale, niet anders.' Toen zei ik: ,Maar wat ik heb gedaan tijdens de ramp betekent niets, vergeleken met mijn vriendin Edwina Heston. Ik hield de toiletemmer voor haar vast als zij naar buiten ging om te braken.' Toen kwam de hertogin naar ons toe en zei: ,Braken! O lieve, dat herinnert me aan de tijd dat ik Penelope verwachtte – mijn jongste dochter,' Toen zei ik: ,Daar weet ik alles van! Die keer toen de Sikh mij had overweldigd . . . tegen mijn wil, natuurlijk, maar naderhand kon het me niet zo erg meer schelen.' Toen zei de bisschop: ,Mijn lieve dame, wat u allemaal hebt beleefd! Ik zal beslist met de aartsbisschop spreken, die zonder twijfel de koning zal spreken over een decoratie. Overweldigd door een Sikh! Stel u dat eens voor, hertogin!' Waarop de hertogin zei: ,Nu, ik heb de hertogin altijd gezegd, ik hou ervan om alles mee te maken.' " Toen keek juffrouw Hodge op, glimlachte tegen een gestalte die alleen zij kon zien en zei: „Was dat niet allerliefst van de hertogin, Sarah . . . mij zo op mijn gemak te stellen?"

Ransome luisterde gespannen, maar de monoloog eindigde en juffrouw Hodges stem zonk weg. Ze keek weer neer op haar gevouwen handen, met haar waanzinnig glimlachje, en Ransome dacht: „Misschien weet ze niet dat juffrouw Dirks dood is. Misschien wil haar bewustzijn dat feit niet aanvaarden." Edwina ging door met haar krullenmakerij, zonder een enkele maal over haar schouder een blik te werpen op de arme juffrouw Hodge. Ransome dacht even: Misschien ben ik ook wel gek geworden. Misschien praat juffrouw Hodge helemaal niet. Misschien verbeeld ik me dat alleen. Ik heb een borrel nodig. Een borrel zou me weer opknappen. Daarom heb ik zo

slecht geslapen – omdat ik een borrel nodig heb." Je kon niet zo ineens
ophouden met alcohol, vooral niet als je gewend was geweest aan minstens
een fles per dag of meer.

Edwina was klaar met haar werk en toen ze zich omdraaide, kwam hij met
een zwaai overeind en ging op de rand van het bed zitten en zei: „Zo?"
Edwina vroeg, alsof er niets buitengewoons te zien was aan haar hoofd:
„Heb je trek in een borrel? Ik weet waar die te vinden is. Ik kan wat voor
je gappen."

„Nee." Een seconde lang schreeuwde zijn hele lichaam in verzet tegen zijn
wil. Hij begon te beven. Toen zei hij: „Nee, een enkele zou me niet helpen.
Het zou alles nog erger maken."

„Fern heeft de halve spiegel gestolen. Het brengt ongeluk als je een spiegel breekt."

„Waar is ze?"

„Naar de muziekschool, om de Zwitserse verpleger te helpen."

„Ze hadden haar niet daarheen moeten sturen. Daar zijn de choleragevallen."

„Ze wilde erheen. Ik moet zeggen dat je vriendinnetje fut heeft."

„Het is eigenaardig hoeveel lui dat hebben als het maar nodig is."

Hij maakte een hoofdbeweging naar juffrouw Hodge. „Heb je dat allemaal
gehoord?"

„Ja. Ze babbelt zo de hele tijd."

„Gelooft ze dat juffrouw Dirks nog in leven is?"

Edwina knikte, maar de naam was doorgedrongen in de dromerij waarin
juffrouw Hodge was vervallen. Ze keek op en zei: „Juffrouw Dirks! Ze
is naar de hogereburgerschool gegaan om naar de boeken te kijken die uit
Engeland zijn aangekomen. Ze zal wel gauw terugkeren. Je kunt altijd op
haar rekenen." Toen herkende ze Ransome voor het eerst en zei: „Het speet
ons zo van de theepartij op vrijdag, maar we moesten lady Heston ontvangen. Ze is een grote vriendin van me. Ik kon haar niet afzeggen."

„Dat is in orde, ik heb het begrepen," zei Ransome. „We zullen het een an-
dermaal doen . . . misschien volgende week."

Toen keerde juffrouw Hodge, met een glimlach van een gastvrouw die
haar afspraken goed in orde heeft gebracht, terug tot haar dromerij.

„Heb jij een kam?" vroeg Ransome aan Edwina. „Ik heb een gevoel of mijn
haar overeind staat."

„Dat doet het," zei Edwina en gaf hem het stuk van een gebroken kam,
dat bij de spiegel lag.

„Het vliegtuig komt morgen of overmorgen terug," zei hij, terwijl hij zichzelf in de spiegel bekeek. „Ben je vastbesloten hier te blijven?"

Terwijl hij sprak, voelde hij een schok toen hij zichzelf zag. De donkere
ogen leken tweemaal zo groot geworden. Het gezicht was geel.

„Ik blijf hier," zei ze glimlachend, „ik heb hier succes. Zelfs bij juffrouw

MacDaid. Ze heeft me haar haarspelden geleend." Toen voegde ze eraan
toe: „Waarom haat ze me zo?"
„De ene reden is, dat ze alles haat waarvan jij de verpersoonlijking bent.
De andere reden kun je wel raden."
„Dat heb ik gedaan, maar ik heb hem niet lastig gevallen. Ik heb hem zelfs
niet gezien."
„Ook beter van niet. Hij is de oogappel van de oude dame." Hij legde de
kam neer en trok zijn jasje recht alsof hij uit dineren ging. „Ik ga ervan-
door."
„Waarheen?"
„Hoe laat is het?"
„Ik weet het niet precies. Ongeveer negen uur – niet ver ervandaan."
„Ik ga naar de tent van de maharani en zal onderweg bij de muziekschool
aangaan."
Ze zweeg even. Toen zei ze: „Ik was gisternacht te moe om te slapen. Ik
heb een hele tijd liggen denken en toen kreeg ik een idee."
„Wat?"
„Dat jij en ik wel konden trouwen."
Hij grinnikte. „Dat is nog eens een idee. Ik heb er ook weleens over ge-
dacht."
„Ik ben nu een heel rijke vrouw."
„Misschien heeft hij zijn geld aan iemand anders nagelaten."
„Dat heeft hij niet. Ik heb het testament. Het is in de missie. Ik heb min-
stens een paar miljoen pond."
„Dus?"
„Dus! Ik weet waarachtig niet wat ik ermee moet uitvoeren."
„Ik zal over je aanbod nadenken."
„Er gebeuren wel gekkere dingen." Ze keek naar hem op. „Je vraagt je
waarschijnlijk af of ik me fatsoenlijk zou gedragen."
„Wel zo'n beetje. Dat is niet meer dan natuurlijk."
„Nu, dat zou ik. Tenminste, ik geloof het."
„Je zou dommer kunnen doen dan met mij te trouwen."
„O, dat weet ik. Ik heb er lang en breed over gedacht."
Toen merkte hij dat ze hem te doordringend aankeek. Ze sloeg hem gade.
Ze wilde weten hoe het stond met Fern.
„Hoe dan ook, daar kunnen we een beslissing over nemen als deze bende
afgelopen is. We zijn geen twintig meer en branden niet van verlangen om
samen intiem te zijn."
Ze glimlachte; het kwam haar voor dat het een wat weemoedig lachje was.
„Nee, dat niet bepaald."
Toen ging hij weg met de woorden dat hij haar zou komen opzoeken zo-
dra hij tijd had om naar het ziekenhuis te gaan.

Toen hij weg was, moest ze juffrouw Hodge overhalen zich uit te kleden en op bed te gaan liggen, want juffrouw Hodge had zich in het hoofd gehaald op te blijven om te wachten tot juffrouw Dirks terugkeerde van de hogereburgerschool.

„Ik wacht altijd op haar. We wachten altijd op elkaar," zei ze.

„Ze zal best begrijpen dat je naar bed bent gegaan, na al het werk dat je vandaag hebt gedaan. Ze zal boos op me zijn als ze merkt dat ik je heb laten opblijven."

„Goed dan," zei juffrouw Hodge. „Ik zou niet willen dat ze boos op u was. Ze is verschrikkelijk, Sarah, als ze boos is." Ze begon haar blauwe uniform uit te trekken. „Ze was boos op me over dat theepartijtje. Weet u hoe ze me heeft genoemd?"

„Nee," zei Edwina, „hoe dan?"

„Een likster. Allemaal om u."

Ze was nu op dreef en ging door met praten. Ze praatte en praatte, vertelde Edwina brokstukken van haar eigen levensgeschiedenis en die van Sarah Dirks. Toen Edwina de kostbare kaars had uitgedoofd en op het harde bed lag, sprak ze door in het donker. Het was geen interesssant verhaal, een verzameling van nietige kleinigheden, van ruzietjes en gebeurtenisjes. Maar tenslotte hoorde Edwina haar in het donker, door het geluid van de moessonregen heen, vertellen wat er was gebeurd, lang geleden, op de school van Heathedge. Ze vertelde dat eenvoudigweg, de jaloezie van andere leraressen, het geklets, de lasterpraatjes, het verdriet; zelfs nu, bijna dertig jaar later, begreep ze niet wat er was gebeurd en waarom men hen beiden had verzocht weg te gaan. Ze had eenvoudig juffrouw Dirks gevolgd, naar Ranchipur, naar het einde van de wereld.

Edwina, te vermoeid om te kunnen slapen, luisterde alsof het een kind was in plaats van de arme, oude, gekke juffrouw Hodge die sprak, een kind dat een verhaal deed, niet van boosaardigheid, geboren uit de verstarde, onnatuurlijke gevoelens in de boezems van een dozijn oude vrijsters op een Engelse school van afgescheiden protestanten, maar van barbaarse wreedheid, door kinderen begaan op een speelplaats.

Ze luisterde in een soort verbazing en hoorde tenslotte juffrouw Hodge op kinderlijke toon vragen: „Begrijpt u het, lady Heston? Wat hebben we voor verkeerds gedaan. Waarom hebben ze ons weggejaagd? Sarah wilde er nooit over spreken. Ze beweerde altijd dat ik het niet zou begrijpen."

Van het andere bed af antwoordde Edwina: „Ja, ik begrijp het. Die andere vrouwen waren gemeen. Ze hebben jullie beiden vervolgd. Maar het was niet hun schuld. Het kwam doordat hun leventjes zo laag en klein waren en omdat hun geleerd was zo slecht te zijn, door lieden die zichzelf christenen noemden. Je moet juffrouw Dirks niet de schuld geven. Ze had volkomen gelijk dat ze wegging en hierheen kwam."

„O, ik ben er zeker van dat Sarah gelijk had. Ze heeft altijd gelijk. Maar ze is zo verschrikkelijk trots – ik denk soms tè trots. Als ze thuiskomt, zal ik er met haar over spreken. Het zal haar nu beslist niet kunnen schelen."

„Maar het is beter als je nu gaat slapen," zei Edwina. „Als ze thuiskomt, zal ik je wakker maken en dan kun je met haar spreken."

„Belooft u me dat?"

„Dat beloof ik."

Toen werd ze rustig en na een tijdje hoorde Edwina het geluid van haar zware ademhaling, maar zelf lag ze wakker en dacht na over de geschiedenis en het karakter van juffrouw Dirks, dat te voorschijn kwam uit het verwarde verhaal van de arme juffrouw Hodge. Een kort ogenblik stond ze op uit de dood en Edwina zag haar zo duidelijk, alsof ze nog leefde, grimmig en plichtsgetrouw en innerlijk sentimenteel, de ellende van anderen op zich nemend zonder eer te behalen, zonder zich bewust te zijn van haar martelaarschap, omdat ze nu eenmaal zo was geboren. Ze begreep ook die lange ballingschap en het heimwee naar het groene Engeland en de trots in juffrouw Dirks, die haar verboden had terug te vechten en de laagheid en perverse boosaardigheid van dat groepje afgescheiden protestantse oude vrijsters op de school van Heathedge.

Ze voelde een levendige verwondering en medelijden voor het lege bestaan van de tweede oude jongejuffrouwen en verwondering over hun toewijding, maar bovenal verbazing, dat het leven van mensen zo ontzettend en krampachtig kon zijn. Zijzelf was altijd vrij geweest, een kind van het licht, dat alles had gekregen, vrij van en verheven boven armzalige, valse leringen.

Ze hadden haar nooit iets geleerd omdat ze er niet de macht toe hadden, maar ze hadden het leven vergiftigd van de arme juffrouw Hodge en juffrouw Dirks en van de vrouwen die les gaven op de school van Heathedge en die de omgang met mannen vermeden, die nooit werden waartoe God hen had bestemd – vrouwen om te beminnen en te worden bemind.

Het verhaal van de arme juffrouw Hodge maakte haar vaag misselijk. Het enige goede was, dat het er nu niet meer opaan kwam voor juffrouw Hodge. De arme, gekke ziel was gelukkig en moest op een of andere manier gelukkig worden gehouden, al zou zijzelf voor haar moeten zorgen en haar de rest van haar leven tot last moeten hebben. Juffrouw Hodge had nu een beetje geluk gevonden, al was het dan ook geboren uit waanzin en niet uit werkelijkheid.

Toen Ransome langs het kantoortje van de majoor kwam, scheen er licht uit. Met de bedoeling zijn vriend goedenacht te wensen, stak hij zijn hoofd om de deur, maar toen de majoor hem eenmaal had gezien, wilde hij hem niet laten weggaan. In aanmerking genomen dat hij nauwelijks had geslapen en zonder rust dagenlang had doorgewerkt, zag hij er sterk en goed uit, met iets tevreden over zich.

Hij zei: „Ga zitten en laten we even wat praten."
Ransome ging zitten en het eerste wat de majoor vroeg, was: „Wil je een borrel? Als je wilt, kan ik er wel een voor je krijgen. Van je eigen boel."
„Nee, dank je."
„Je moet niet zo dwaas overdrijven. Ik weet hoe je je voelt, nu je er zo plotseling buiten moet. Je zit op dit moment te beven."
„Ik heb het niet nodig," zei Ransome. „Ik wil het niet."
„Goed," zei de majoor. „Als je wel wilt, laat het me dan weten."
„Dat zal ik."
Hij schaamde zich voor de eerste maal over zijn drinken, want nu pas, gedurende de afgelopen vierentwintig uur, was hij gaan begrijpen hoe erg het was geweest en dat hij eenvoudig een dronkelap was en de majoor dat wist en juffrouw MacDaid, en misschien zelfs Raschid en de Smileys en zelfs Fern. Dat besef maakte hem beschaamd, omdat hij inzag dat ze sinds maanden, misschien wel sinds ze hem hadden leren kennen, toegevend voor hem waren geweest als tegen een kind, omdat ze van hem hielden Ze waren edelmoedig en vriendelijk, zelfs op ogenblikken dat hij vervelend of twistziek moest zijn geweest. Hij dacht: „De enige manier om eraf te komen, is nu op te houden – ineens. God of iets anders gaf me die kans. Ik moet die grijpen."
„Het gaat beter," zei de majoor.
„Hoezo?"
„De organisatie loopt. Iedereen heeft zijn plicht gedaan. Iedereen heeft met de anderen samengewerkt, tot zelfs de Sikhs en de politiemannen. Ik had nooit gedacht dat het zou kunnen."
„En de cholera?"
„Die zal doorgaan tot ze vanzelf wegsterft. Alles wat we kunnen doen, is ertegen vechten, maar het geeft niet. Dat andere is belangrijk – de geest." Hij sloeg met zijn hand op Ransomes sidderende knie. „Het is de geest," zei hij. „Die werkt! Besef je, man, wat ze doormaken? Besef je dat mohammedanen en hindoes, Europeanen, Mahratta's en Sikhs, Gujerati's en paria's allen te zamen hebben gewerkt voor het algemeen heil?"
„Dat is waar," zei Ransome. „Daaraan had ik niet gedacht."
„Omdat jij niet een Indiër bent. Omdat jij niet kunt begrijpen wat er moest worden overwonnen. Jij kunt je niet voorstellen wat een ramp zoals deze te Ranchipur vijfentwintig jaar geleden zou zijn geweest. Toen zouden het de Bannerjees, de Bunya's en de priesters zijn geweest die hadden gewonnen en ons hadden verslagen. Het is de oude heer die we daarvoor in de eerste plaats dank schuldig zijn. Hij heeft vijftig jaar lang ervoor gevochten, tot aan zijn dood."
Hij ging door met praten, wat verward in zijn tevredenheid. Ze waren erin geslaagd de bronnen te verzegelen. Ze hadden levensmiddelen uit de districten gehaald. Ze hadden de angstigen belet te ontsnappen en de cholera

tot de verst verwijderde dorpen te verspreiden, misschien zelfs tot in heel Indië. Er waren al mannen aan het werk om de spoorbaan te herstellen, zelfs nu in de moessonregen, werkend bij het licht van grote vuren. Toen kwam juffrouw MacDaid binnen en op haar vermoeide, op een paard lijkende gezicht ontdekte hij dezelfde triomfantelijke glans. Hij dacht, diep bewogen toen hij haar zag: „Het is niet meer dan recht dat ze die beloning krijgt."

Dit was de wedergeboorte van haar Oosten, dat ze liefhad. Het was waar. Ze hadden geholpen het te bewijzen – niemand kon meer beweren dat de Indiërs onder elkaar twistten, dat ze in paniek raakten en de hoop opgaven als ze tegenover een ramp werden geplaatst. Hij had opeens het gevoel dat hij vlug moest weggaan en die twee alleen laten, dat er iets onbehoorlijks was in zijn tegenwoordigheid, aangezien hij niets had verricht. Toch voelde hij vluchtig dezelfde vreugde als op dat ogenblik, twee dagen geleden, toen hij voor de maharani stond en de majoor hem de hand drukte.

„Maar het is nog niet voorbij," zei de realistische Schotse. „Het is pas begonnen."

Toen Ransome opstond om te gaan, vroeg de majoor: „Heb je lady Heston gesproken?"

„Ja."

„Wil ze nog steeds blijven?"

„Ja. Ze is vastbesloten te blijven."

De majoor zweeg even en keek Ransome aan alsof hij iets wilde zeggen, maar niet zeker was dat hun vriendschap hecht genoeg was om dat te verdragen. Het was juffrouw MacDaid die de sprong waagde. „Waarom?" vroeg ze. „Ik vraag me werkelijk af waarom."

Hij aarzelde even nadenkend en zei toen: „Ik weet het werkelijk niet." Wel kwamen er veel gedachten in hem op, waaronder die dat zij wilde blijven in de vage hoop op een liefdesgeschiedenis met de majoor. Maar hij was daar niet meer zeker van, gesteld dat hij het had durven uitspreken. „Ik weet het niet. Ze is een merkwaardige vrouw. Zeg eens eerlijk, heeft ze zich inderdaad nuttig gemaakt?"

Het was juffrouw MacDaid die hem antwoordde: „Ja, dat heeft ze. Dom is ze niet."

„Nee, dom is ze nooit geweest."

Toen ging hij weg, de regen in, en voelde zich eenzaam en zonderling na-ijverig op hen die hij achterliet met hun voldaanheid, in het kantoor van de majoor.

Op zijn weg naar de muziekschool werd hij tweemaal door lange Sikhs aangehouden, die de bronnen bewaakten. Beide malen presenteerden ze het geweer toen ze hem herkenden, alsof hij een belangrijk ambtenaar was. Halfweg het reservoir voerde de zwakke hete wind, die opkwam als de regen even afliet, van het verwoeste silhouet van de school af een zwak-

ke, zoete, weeë geur aan, niet die van de dood ditmaal, maar van de cholera. Het was een reuk die hij nog niet kende en die hem nu vreselijker
voorkwam dan zelfs die van de dood. Dicht bij het einde van het grote reservoir ontmoette hij een troep straatvegers. Ze droegen lijken van hen die
gedurende de dag waren gestorven de school uit en legden ze in het onge-
durige licht op elkaar op een grote brandstapel dicht bij de tempel van Rama. Hij wendde het hoofd af en liep snel onder de gebarsten boog van de
hoofdingang van de school door. Binnen was het donker en in de brede gang,
die eens weerklonk van het rumoer van honderd trommels, citers en melo-
deons, was het stil, maar er was doorlopend de vreselijke reuk van cholera.
Achter de ingang lagen de doden in rijen op de grond, wachtend tot men
hen zou wegdragen en verbranden.
Er werden geen tegenwerpingen meer gemaakt door priesters of bloedverwanten. Dat was men allemaal te boven; de lijken werden nu kriskras door
elkaar verbrand, Perzen, mohammedanen, hindoes, paria's, allen op één grote hoop.
Toen hij door de voornaamste gang naar het theater liep, waar Jemnaz
Singh in zijn atchcan en tulband van purper, roze en hardgroen eens voor
hem had gezongen, verbaasde hij zich erover dat de majoor en juffrouw
MacDaid zich zo triomfantelijk konden voelen, met al deze doden rondom,
maar toen begreep hij dat voor hen deze lijken niets betekenden; het was
de geest van dit volk die zij probeerden te redden, want hun geesten vormden de geest van Indië en van het hele Oosten.
Toen zag hij vlak voor zich een zwak schijnsel door een deuropening komen
en toen hij naar binnen ging, zag hij Harry Bauer.
De ex-zwemleraar had dit kamertje tot het zijne gemaakt en was erin
geslaagd een hard bed te vormen uit schoolbanken. Hij was geheel in het
wit gekleed en toen hij zich naar de deur wendde, gaf het zien van zijn bleke huid, blauwe ogen en blond haar Ransome opeens een schok. Te midden
van al de ellende en het vuil, tussen al deze donkere mensen, in de
verwarring en wreedheid van Indië, leek hij in het zwakke schijnsel van de
kaars ongelofelijk helder, jong en rein. Hij dacht opeens: „Als een offer
dat voor de offerande is klaargemaakt."
„Bonjour," zei hij in zijn Zwitsers Frans. „Entrez."
Ransome had de verpleger weleens uit de verte gezien, maar had nooit met
hem gesproken. De Zwitser toverde een pakje sigaretten te voorschijn en
vroeg: „Wilt u er een?"
Behalve een borrel was het dat, wat Ransome sinds dagen het ergst had
gemist. Hij zei: „U kunt van geluk spreken dat u die hebt."
„Ik heb er een boel. U kunt een pakje krijgen, als u wilt."
Onder het bed haalde hij een nette, vierkante doos te voorschijn, waarin
scheergereedschap, een tandenborstel, een handdoek, een pak smerige
kaarten, boekjes over gymnastiek en een dozijn goedkope pakjes sigaretten

zaten. Hij hield Ransome de kaars voor om de sigaret aan te steken.
Toen vroeg Ransome: ,,Hebt u iets nodig?"
Harry Bauer grinnikte: ,,Allerlei. Er is hier niets."
,,We zullen ons best voor u doen. We hopen dat morgen het vliegtuig met nieuwe voorraden komt."
,,Men heeft niet veel nodig en kan niet veel doen tegen cholera . . ."
,,Nee." Opeens werd hij aangegrepen door panische angst. Hij wilde vragen waar Fern was, maar durfde niet. Misschien was zij zelf aangetast. Misschien was ze wel dood. Hij begon te beven en schaamde zich dat de Zwitser hem zo zag en hoopte dat hij het niet opmerkte. Maar Harry Bauer vroeg: ,,Hebt u koorts?"
,,Nee. Het is niets."
,,Ik kan u wat jenèver geven met een versterkend middel. Dat is goed voor zo iets."
Zijn hele lichaam schreeuwde erom, maar hij slaagde erin te antwoorden: ,,Nee, het komt wel in orde." Toen vroeg hij snel: ,,Waar is juffrouw Simon?"
,,Beneden in de gang, helemaal aan het eind. Ze heeft op het ogenblik de wacht."
,,Ik ga naar haar toe," zei Ransome. ,,Dank voor de sigaretten en uw aanbod van een borrel."
,,Rien du tout," zei Harry Bauer.
Toen Ransome de gang afliep, dacht hij: ,,Die Zwitser verstaat de kunst voor zichzelf te zorgen." Hij had de zaak beter dan een van hen voor elkaar, met zijn sigaretten, jenever, versterkende middelen, boeken en vuile speelkaarten. Hij leek nu niet meer op het arme slachtoffer, klaar voor het offer, schoon, antiseptisch en immuun, maar een verstandige en stoere boer die zorg droeg voor zijn eigen gemak.
Halfweg de gang ging hij opzij toen koelies het lichaam van een vrouw uit een klas droegen. De vreselijke reuk had hem nu te pakken, in weerwil van zijn verzet. Opeens leunde hij tegen de muur en werd misselijk. Toen hij weer wat opgeknapt was, bereikte hij de kamer aan het einde van de gang, waar hij Fern stijf rechtop vond zitten op een uit banken gemaakt bed. Ze zag er bleek en vermoeid uit en toen ze hem zag, begon ze te schreien, heel stilletjes, terwijl de tranen langs haar wangen liepen. Hij ging naast haar zitten, sloeg zijn arm om haar heen en trok haar dicht tegen zich aan.
,,Huil maar," zei hij, ,,dan zul je je beter voelen."
,,Het is niet omdat ik bang ben," zei ze. ,,Het is omdat het zo vreselijk is. Het is zo ontzettend dat je niets kunt doen. Ze sterven maar steeds. Het werk en de lucht kunnen me niet schelen; niets kan me schelen, behalve dat. Heus niet. Ik ben niet bang."
Hij drukte haar wang tegen zich aan en dacht: ,,Nee, ik mag haar nooit

verlaten – nooit." Toen zei hij: „Je bent een flinke meid. Je moest niet hier zijn. Je moest teruggaan naar de missie."

„Nee, dat kan ik niet doen. Dat wil ik niet. Ik zou niet daar kunnen zitten nietsdoen." Ze had opgehouden met huilen en lag nu heel stil in zijn armen, als een kind. „Nu ben ik wel weer in orde," zei ze. „Ik voel me soms zo alleen. Het is heerlijk je even bij me te hebben." Toen zweeg ze en zei tenslotte op zachte toon: „Verlaat me niet, Tom. Ga niet weg, laat me niet in de steek."

„Ik zal zolang blijven als ik kan, liefste."

„Dat bedoel ik niet. Ik bedoel dat je niet innerlijk moet weggaan, zoals gisteravond."

Hij wist wat ze bedoelde en vermoedde wat het haar kostte die woorden uit te spreken, maar hij zweeg.

„Ik kan alles verdragen, als je dat niet doet." Ze zocht naar woorden, want daarin was ze niet sterk, en toen kwam hij haar te hulp door te zeggen: „Ik weet wat je bedoelt. Ik zal je niet meer verlaten."

„Beloof je me dat?"

„Ik beloof het."

Toen wist ze dat hij bij haar was teruggekeerd. Hij was bij haar, als op de morgen in Bannerjees huis en zoals hij was geweest tot ze afscheid namen in de missie. Ze dacht: „Nu kan ik met hem spreken," en ze ging overeind zitten en vroeg: „Gaat het goed met lady Heston?"

„Ja. Ik kom juist van haar vandaan."

„Ik mag haar, weet je. Het is gek, maar ik mag haar."

„Ik was er zeker van dat je haar zou mogen."

Toen werd de deuropening gedeeltelijk gevuld door de fletse, kleine gestalte van Smiley. Achter hem verschenen de donkere gezichten van een half dozijn pariajongens.

„Hallo, Smiley!" zei Ransome. „Kom binnen."

„Ik heb Fern wat hulp gebracht," zei hij. „Ik heb hier zes van mijn jongens. Ik laat ze achter. Je kunt ze zeker wel gebruiken?"

Fern stond op en er kwam een merkwaardige verandering over haar. „Dank u, meneer Smiley. We kunnen ze zeker gebruiken. U weet hoe vuil cholera is. Maar misschien willen ze niet doen wat er gedaan moet worden."

„Ze doen alles. Ze komen uit straatvegersgezinnen." Toen wendde hij zich om en zei: „Kom binnen," in het Engels en de jongens groepten onhandig de kamer in. Ze stonden een beetje angstig te staren uit hun grote, donkere ogen. Smiley gaf hun orders in het Gujeratisch. „Jullie moet de mem-sahib gehoorzamen, wat ze ook vraagt. We moeten allemaal werken om de stad weer op orde te krijgen. Ik vertrouw op jullie en de mem-sahib vertrouwt jullie."

Een van de jongens zei in het Engels: „Ja, meneer Smiley," en de vijf anderen knikten.

„Ik kom morgen terug," zei Smiley. Tot Fern en Ransome zei hij: „Goedenacht. Ik moet rijst halen bij Raschid en dan terug naar het weeshuis."
Hij ging snel weg. Als een geestverschijning was hij geweest, zo bleek, dun en vermoeid.
Toen zei Ransome: „Ik ga nu. Ik kom morgen terug als er tijd voor is."
Hij verlangde ernaar haar in zijn armen te sluiten en te kussen tot afscheid, maar dat was onmogelijk met de zes jongens die naar hen staarden met hun grote, angstige hindeogen. Dus drukte hij haar de hand en zei zachtjes: „Ik zal niet meer weggaan. Ik beloof het."

Buiten hadden ze de brandstapel aangestoken en bij het schijnsel van het vuur ontdekte hij de rechte, schrale gestalte met de zwarte baard van kolonel Ranjit Singh. Hij sprak met een Sikh die op wacht stond. Toen hij hem aansprak, zei Ranjit Singh: „Het ergste is achter de rug." Hij keek naar de hemel van kobalt en zei: „Het is koeler vannacht. Misschien zal die vervloekte regen een tijdje ophouden."
„Ik ben op weg naar Hare Hoogheid. Gaat u daarheen?"
„Ja, we kunnen samen gaan."
Toen de kolonel er zich van had overtuigd dat het vuur goed begon te branden, keerde hij zich om en zei: „Kom, Hare Hoogheid houdt niet van wachten."
Toen ze het reservoir naderden, merkte Ransome een schaduw op die van de ene mangaboom bij het water naar de andere gleed. Toen hij scherper keek, zag hij de schaduw veranderen in de gestalte van een vrouw in Europese kleren.
„Kijk," zei hij zachtjes. „Wie is dat?"
Ranjit Singh stond stil, draaide zich om en keek de gestalte van de vrouw na. Ze gleed van de ene boom naar de andere en toen ze de vlammende brandstapel naderde, rende ze over de open ruimte en de stoeptreden van de halfverwoeste school op.
Ranjit Singh zei kortaf: „Het is de Russin."
„Waarom zou ze dat pesthuis binnengaan?"
Toen Ranjit Singh antwoordde, was er een echo van grimmig genoegen in zijn stem: „De verpleger is daar – van Zijne Hoogheid – de Zwitser."
„O!" Dus dat was het, dacht Ransome. Waarschijnlijk wist elke Indiër in Ranchipur ervan af. Een tijdje liepen ze zwijgend door. Toen zei Ransome: „Spreek er liever niet over met Hare Hoogheid."
„Nee. Zeker niet."
Maar Ransome had plotseling een visioen van Harry Bauer, die wit en helder stond midden in de door kaarslicht beschenen kamer. Er was iets verdorvens in de gestalte van Maria Lishinskaja, terwijl ze van boom tot boom glipte, een schaduw in de schaduwen en in haar laatste, opgewonden rennen naar het gebouw, bij het licht van de brandstapel des doods.

Toen Ransome was weggegaan, gingen juffrouw MacDaid en de majoor weer aan de arbeid, verdeelden de voorraden en maakten lijsten van wat ze nodig hadden uit Bombay, als het vliegtuig terugkeerde met Gopal Rao. Terwijl ze werkten, verdween de zegevierende sensatie en langzamerhand begonnen vrees en wanhoop hen weer te besluipen, want nu was er voor de eerste maal sinds de ramp tijd om daaronder te bezwijken. Terwijl ze een lijst van de voorraden maakten, merkten ze dat er weinig was van alles en van sommige dingen niets. Het was menselijk onmogelijk om elk geval van cholera, van tyfus en van de altijd voorkomende pokken te behandelen.

„Dokter Pindar moet wat slapen," zei de majoor opeens. „Hij is vanmiddag in de muziekschool flauwgevallen."

Er was geen zuiveringszout meer, geen calciumchloride en maar een honderdtal permangaantabletten (wat betekenden honderd, die verbruikten ze voor een enkele patiënt in achtenveertig uur). Er was geen aspirine meer. Er was zelfs geen chloor meer om de bronnen te desinfecteren. Het vliegtuig zou morgen nieuwe voorraden van dat alles brengen, maar wat het vliegtuig kon brengen, zou niets betekenen. Zelfs als die nieuwe voorraad voldoende bleek, waren er alleen de majoor, juffrouw MacDaid en dokter Pindar om de middelen toe te dienen.

„We zullen morgen Fern Simon, lady Heston, mevrouw Gupta en Bauer moeten leren hoe ze de noodzakelijke behandelingen moeten toepassen. Juffrouw Hodge kan niet van nut zijn."

Dit waren allemaal zwakke middelen om degenen te helpen die al waren aangetast. De enige hoop lag in ontsmetten en voorkomen en daarvoor waren Ransome, Raschid en kolonel Ranjit Singh er. Zijzelf hadden er geen tijd voor.

Gelukkig was de pest niet voortgedrongen. Sinds Heston en de gevallen in de vorstelijke stallen waren er geen nieuwe gevallen geweest, misschien, zoals de majoor dacht, omdat de ratten waren verdronken.

Terwijl ze daar zaten, elk gebogen over zijn papier en zonder naar elkaar te kijken, omdat ze dat niet waagden, werden ze langzaam overweldigd door angst – niet de vrees en afschuw die hen hadden vervuld te midden van de ramp, want dat was een eenvoudige, primitieve, natuurlijke vrees geweest – maar een langzaam aansluipende ontzetting, zoals juffrouw MacDaid niet had gekend sinds het cholerajaar, toen de arme juffrouw Eldridge, die met haar van Bombay was meegekomen, stierf. Wat zij nu bestreden, was verraderlijk en vreselijk, sterker dan zijzelf of hun eens zo schitterende ziekenhuis of de organisatie die ze hadden opgebouwd. Het besloop je van achteren; het viel je verraderlijk van terzijde aan uit een hinderlaag. Het raakte van alle zijden.

Juffrouw MacDaid zei opeens: „Hare Hoogheid had moeten weggaan in het vliegtuig."

„Daar was nooit sprake van. Ik heb het voorgesteld, maar het werd afgeslagen. Het was de eerste maal dat de oude dame boos op me werd. Ze zei: ‚Het is mijn volk. Ik hoor hier!’ ”

„Misschien zullen ze nog andere vliegtuigen met voorraden sturen; ik bedoel het Indische gouvernement.”

„Ja, dat lijkt mij waarschijnlijk. Raschid gelooft dat de spoorbaan over een dag of twee, drie te gebruiken zal zijn.”

De majoor opende een la van zijn bureau en wierp zijn stapel papieren erin. „U moest een tijdje gaan slapen. Wie heeft de wacht?”

„Lady Heston.”

Ze hield haar blik van hem afgewend, maar ze hoorde hem zeggen: „Ik zal een rondgang maken voordat ik ga slapen, om zeker te zijn dat alles in orde is.”

Ze wilde iets zeggen maar zweeg toen, alsof ze zich bedacht.

Ze zocht haar papieren bij elkaar, stond op en vroeg: „Om hoe laat denkt u dat het vliegtuig zal terugkeren?”

„Niet veel vroeger dan twaalf uur ’s middags. Ze kunnen in de moessontijd niet het risico nemen van een nachtvlucht.”

„Hebt u Homer Smiley gesproken?”

„Hij is kort na het vallen van de avond binnengekomen. In de missie is alles in orde, behalve dat mevrouw Hogget-Clapton een hysterische aanval kreeg toen ze hoorde dat de bediende van lady Heston een plaats had gekregen in het vliegtuig en zij, de vrouw van een keizerlijk bankier, werd achtergelaten. Smiley wil zowel haar als mevrouw Simon naar Bombay zenden.”

„Dat zou beter zijn voor iedereen.”

Hij wist dat dit gesprekje haar wat had opgelucht en even het gevoel van afschuw en angst had verdreven. Hij wist dat zij hetzelfde voelde als hij – de doodsangst voor een mislukking. Het onderwerp mevrouw Hogget-Clapton en mevrouw Simon had voor hen beiden altijd iets komisch.

„Die arme tante Phoebe zit met die twee opgescheept.”

Juffrouw MacDaid zei: „Ik ga nu en zal lady Heston wekken, dan kan mevrouw Gupta wat rust nemen. Als er iets mocht gebeuren, roep me dan vooral.”

Juffrouw MacDaid was weer gelukkig, niet triomfantelijk zoals even tevoren in het kantoor met de majoor en Ransome, maar op een kalme manier, omdat er werk te doen viel, een zee van werk, en omdat alles afhing van haar en de majoor en ze zijn kantoortje verliet met het bewustzijn dat er tussen hen een vertrouwelijkheid bestond zoals geen van hen beiden aan iemand anders schonk. Zelfs de arme, tere Natara Devi, die nu dood was, terwijl de belletjes aan haar kleine, rode tonga voor altijd zwegen, had de majoor nooit zo volkomen bezeten als juffrouw MacDaid hem bezat.

„Natara Devi," dacht juffrouw MacDaid trots en voldaan, „was nooit iets anders dan een lichaam, een stuk mooi gevormd en gekleurd vlees, een machine die hem bevredigde. Natara Devi," herhaalde ze tegen zichzelf, „had hem nooit werkelijk gekend." Terwijl ze de donkere gang afliep, herhaalde ze al de tijd tegen zichzelf dat vrouwen zoals Natara Devi en lady Heston niet meetelden. Ze waren vlees, zonder ziel. Ze waren niets dan prostituées. Een echtgenote zou iets anders zijn geweest Een echtgenote kon met hem vertrouwd zijn, zoals zij het was.

Naarmate ze zulke dingen vaker tegen zichzelf herhaalde, slaagde ze er beter in haar jaloezie op de arme, dode Natara Devi te verstikken en de bittere spijt te vergeten dat ze niet jonger en mooi was, zoals dat dansmeisje of lady Heston.

Ze dacht: „Nu ze voor den dag moet komen zonder al haar kameniers, schoonheidsmiddeltjes, mooie kleren en juwelen, kan hij zien dat ze precies is als elke andere vrouw. Hij kan nu zien dat haar schoonheid uit potjes en flesjes kwam." Met een soort geestelijk giechellachje dacht ze: „Hij let nu niet op haar. Ze heeft geen kans."

Maar de arme juffrouw MacDaid, al had ze veel ervaring van lijden, ziekte en dood, wist zeer weinig van wat er omgaat in de geest en het hart van mannen en vrouwen. Ze had nooit tijd gehad om romans te lezen – in haar hele leven had ze er niet meer dan drie of vier gelezen – maar in zekere zin was ze van nature een romanticus die nooit oog had voor het feit dat de werkelijkheid vreemder was dan fictie. Zodoende beschouwde zij liefde op dezelfde manier als de filmproducenten, als een emotie die slechts mogelijk was tussen mensen die jong en mooi waren en werden opgediend door cameramannen die hen gunstig fotografeerden. Terwijl ze de gang doorliep om lady Heston te wekken, was ze bij machte zichzelf ervan te overtuigen dat de Engelse geen gevaar meer was. Een lady Heston met een bleek gezicht en sluik haar, die er zo oud uitzag als ze was en zelfs ouder, gekleed in een verpleegsterskostuum als het eerste het beste pariameisje, kon onmogelijk een man als de majoor aantrekken. „Nee," herhaalde juffrouw MacDaid tegen zichzelf, terwijl haar starre kaak wat losser werd, „nee, het is gedaan met die slet. Ze kan hem niet meer ruïneren." Ze opende de deur en vond lady Hestons bed bij het schijnsel dat door het venster binnenviel van de grote brandstapel, boog zich over haar heen en schudde haar abrupt door elkaar. Lady Heston werd bijna dadelijk wakker en ging op de rand van het bed zitten.

„Het is tijd om mevrouw Gupta te vervangen," zei ze. „Ik kom u zelf aflossen om vijf uur." Toen zag ze in de rode schijn de papillotten die het hoofd van lady Heston bedekten en dat leek op het effect van een donkere wolk die op een schitterende dag aan de horizon verschijnt.

„Doe die dingen liever uit uw haar," zei ze. „Ze zouden de patiënten aan het schrikken kunnen maken."

„Natuurlijk," antwoordde lady Heston en begon de stukjes papier los te maken. Het duurde nogal een tijdje voor ze er allemaal uit waren, maar juffrouw MacDaid wachtte en sloeg haar grimmig gade als een schooljuffrouw, enigszins verontrust toen ze een voor een verdwenen en het blonde haar niet meer sluik en glad lieten, maar gekruld in keurige golven. Het effect was nog alarmerender toen lady Heston haar vingers vluchtig door haar haren liet gaan en het goudglanzend, in een soort aureool, om haar smalle, bleke gezicht liet vallen. Het was alsof ze tien jaren van zich af had geworpen.

De harde lijnen verschenen weer bij juffrouw MacDaids mondhoeken en ze zei op scherpe toon: „Kom nu. De arme mevrouw Gupta moest rust hebben. Ze is niet erg sterk."

Lady Heston trok haastig het grove, blauwe uniform aan en volgde juffrouw MacDaid, terwijl ze nog bezig was de knopen, die het kleed vasthielden, te sluiten.

Toen juffrouw MacDaid haar naar de hoofdzaal bracht, vonden ze daar mevrouw Gupta, geel en uitgeput, de wacht houden. Nadat juffrouw Mac-Daid haar had weggezonden, leidde ze lady Heston van de ene zaal naar de andere, die alle vol doden en stervenden waren.

Het was wonderbaarlijk hoe goed juffrouw MacDaid, bij het zwakke licht van een pitje in een bakje olie dat ze droeg, elke patiënt herkende, zijn of haar geschiedenis en de staat van ziekte wist. Telkens weer staarde lady Heston met een soort verbluftheid in dat grote, leerachtige, lelijke gezicht. Die Schotse moest een soort heks zijn, dacht ze, om dat allemaal in haar hoofd te kunnen houden.

Hier en daar bleef juffrouw MacDaid bij een bed staan om een aantekening te maken op een blocnote die ze bij zich had. Tweemaal stond ze stil bij een bed waarop een patiënt lag te kreunen van ellende en stak ze een injectienaald in een arm of dij. Dan gingen ze weer verder, gevolgd door de stomme glans van honderd donkere ogen. De meeste patiënten hadden tyfus, sommigen zwarte malaria en bijna de helft van hen was slachtoffer van de overstroming en aardbeving, met verpletterde ledematen, gebroken schedels en vreselijke, inwendige kneuzingen. Om zorgvuldige instructies te kunnen achterlaten aan degenen die de wacht hadden terwijl ze soms eventjes sliep, had juffrouw MacDaid nummers gegeven aan al de patiënten, grote nummers, die met een potlood op stukjes bordpapier of papier waren geschreven en op goedkope, katoenen *dhoti's* en *sari's* gespeld.

Toen ze naar de hoofdzaal waren teruggekeerd, zei ze: „Zorg dat u niet in slaap valt. Om de vijftien minuten moet u de zalen doorgaan. Het is belangrijk dat ze u zien en zodoende weten dat ze niet worden vergeten en verlaten. Als ze dat denken, gaan ze eenvoudig op hun zij liggen en sterven." Toen gaf ze lady Heston een papier waarop vijf nummers waren geschreven. „Als een van dezen wakker wordt of schreeuwt, moet u me roepen. Stoor de majoor niet. Als het nodig mocht zijn, zal ik hem wakker maken." Toen gaf ze haar een ander papier met vier nummers erop: „Dezen zullen sterven," zei ze. „U moet op de bedden letten, want geen van hen zal roepen. Ik heb ervoor gezorgd dat ze niet meer wakker zullen worden. Als ze dood zijn, moet u de dragers roepen om de lichamen weg te brengen. De anderen zullen het niet zo erg merken in het donker." Opeens keek ze lady Heston scherp aan. „Hebt u ooit een dode gezien? Weet u wanneer ze dood zijn?"

„Ik had er nooit een gezien voor ik hier kwam. Ik ben er niet zeker van of ik het zal weten."

Juffrouw MacDaid zweeg even en zei toen: „U zult het wel zien. Er is iets dat het u verraadt. Het voornaamste is dat u niet in slaap valt en me roept, als er iets verkeerd gaat. Ik reken op u. Ik zou zulk verantwoordelijk werk anders niet aan een nieuwelinge opdragen, maar er is geen keus. Ik moet wat rust nemen als ik ermee wil doorgaan. Ik kan me niet veroorloven in elkaar te zakken. Ik kom om vijf uur terug." Ze keerde zich af om te gaan, stond toen stil en vroeg: „Wilt u dat juffrouw Hodge u helpt?"

„Nee."

„Ook niet om gezelschap te hebben?"

„Nee. Laat de arme ziel slapen."

„Goedenacht."

„Goedenacht."

Toen juffrouw MacDaid was weggegaan, ging lady Heston aan de tafel zitten waarop de olie met de erin drijvende pit stond. De tafel was leeg behalve een kan met gekookt water, bedekt door een filtreerpapier, een glas, een wekker, een rol verbandgaas, een blocnote met een potlood en de twee stukjes papier die juffrouw MacDaid haar had gegeven. Ze was nu klaar wakker en toch was haar geest dof en omsluierd. Ze las de nummers op het eerste papier – 7, 114, 83, 28, 51. Dat waren degenen die doodziek waren, maar nog konden worden gered. Als ze riepen of ontwaakten, moest ze juffrouw MacDaid halen. Op het andere waren de nummer 211, 72, 13, 96 geschreven. Dat waren degenen die moesten sterven, voor wie geen hoop meer was, die al verdoofd lagen door juffrouw MacDaids injectienaald, opdat ze niet zouden kreunen of schreeuwen en de anderen verontrusten. Op hen moest ze letten en wachten tot ze stierven, zodat ze konden worden weggedragen en verbrand.

„Ik moet dat allemaal uit elkaar houden," dacht ze. „Ik moet mijn hoofd helder houden. Ik mag geen vergissingen begaan." Om zeker van haar zaak te zijn, nam ze het potlood en schreef boven de eerste lijst het woord „dood" en boven de andere het woord „stervende" en terwijl ze schreef, dacht ze: „Zo'n soort gevoel moet het zijn als je God bent."

Tot voor drie dagen was ze nooit met de dood in aanraking geweest. Een

421

paar maal in haar leven had de dood haar pad gekruist, maar ze had hem altijd vermeden. Er was de dood van vrienden geweest in de oorlog, lang geleden, jongens en oudere mannen die ze had gekend, maar dat was alles zo veraf geweest en destijds stierven zovelen en het gebeurde zo ver weg in de modder van België of voor Amiens of op de Chemin des Dames, dat in de opwinding en verhardheid van de oorlogstijd dat alles niet werkelijk had geleken. Hun dood was niet veel meer geweest dan een telegram van het ministerie van oorlog: „Tot onze spijt..." als een weigering op een invitatie. „R.S.V.P. Répondez s'il vous plait. Répondez à la mort. Ecrivez si vous pourrez garder rendez-vous." Dan was haar vader opeens aan een beroerte overleden. Toen men haar had gevraagd of ze de dode nog wilde zien, had ze geweigerd. Wat dood was, was dood. Wat je had liefgehad, was verdwenen. Wat bleef, was slechts stof. Dan Albert. Hem had ze niet als een dode gezien, maar als een opgezwollen ding, gelukkig verborgen in haar eigen, roze zijden lakens. Hij had het zeker afschuwelijk gevonden om te sterven, als hij het had geweten. Albert zou nooit hebben willen sterven. Het beest in hem zou altijd hebben willen doorgaan; die geweldige, brute vitaliteit van hem hield hem terug van de dood. Zelfs verdoofd zou het lichaam nog vechten. Hij had niet geleken op de arme Indiërs, wier ondervoede lichamen niet streden, die eenvoudig de ogen sloten en stierven alsof zij gewillig in slaap vielen.

Nu had zij sinds drie dagen overal de dood om zich heen gezien. Ze had de lijken zien voorbijdrijven toen ze op het balkon stond met Tom Ransome, wachtend tot het water zou dalen, en het lijk van de magere hindoe die aan de boomtakken hing aan zijn eigen, armzalige katoenen *dhoti,* en Alberts vormloze lijk, gehuld in haar lakens, en de lijken die in de straten lagen, sommige verbrijzeld en gebroken door de vloed en andere verwrongen en purper door de vreselijke choleradood. Ze had niet alleen doden gezien, maar de dood zelf, die de lange, onopgeruimde zalen doorsloop om het ene schepsel na het andere te stelen van de majoor en juffrouw Mac-Daid.

Het zien van zoveel dood had haar afgestompt, en ze begon te begrijpen dat mensen zoals juffrouw MacDaid, die honderden, misschien duizenden stervende mensen hadden gezien, voor niets ter wereld meer bang waren en hoe het mogelijk was dat ze konden doorgaan met hun eigen leven te leven, alsof een deel van hen los bleef van dat alles, alsof ze zichzelf nu en dan afsloten in een afdeling die hun alleen behoorde. Daardoor kwam het dat juffrouw MacDaid, die zo dapper en goed was, nog plaats in haar hart overhield voor minachting, boosheid en zelfs hardheid. Waren ze zacht – mensen als juffrouw MacDaid en de majoor – dan zouden ze mislukken en al lang geleden gebroken en nutteloos zijn weggeworpen. Ze dacht vol trots: „Ik moet ook iets daarvan in me hebben. Ik heb alles uitgehouden – smerigheid en stank, ellende en dood. Ik ben zelfs niet moe." Want

er was vreemd genoeg geen vermoeidheid in haar, maar alleen een soort vrede zoals ze nooit tevoren had gevoeld of zich zelfs maar had kunnen voorstellen, en een vreemde voldoening – de voldoening waarnaar ze, zoals ze plotseling begreep, haar leven lang had gehunkerd. Ze had hun respect veroverd. Ze gaf niet meer over bij het zien van een vuil bed of bij de vreselijke reuk van koudvuur. Tenzij ze eraan dacht, merkte ze niet eens meer de reuk van brandend vlees op of de weeïg zoete reuk van de cholera in de muziekschool, die de vochtige, lichte bries soms binnendreef door de vensters van het ziekenhuis. Om haar heen was binnen tweeënzeventig uren een soort schelp gegroeid die haar beschermde, zoals juffrouw MacDaid en de majoor beschermd werden. Niets kon haar nu raken, zelfs niet de ziekte en het verval overal om haar heen. Juffrouw MacDaid en de majoor waren al zo lang, zoveel jaren veilig geweest. Misschien was er iets, een of andere mystieke eigenschap, die mensen zoals zij beschermden – de nonnen, de doktoren, de verpleegsters, die vochten tegen epidemieën en tussen lepralijders leefden en op door tyfus en cholera besmette plaatsen. Toen herinnerde ze zich opeens haar plichten en dat ze elk kwartier een ronde moest maken tot juffrouw MacDaid haar kwam aflossen. Ze wierp een blik naar de oude wekker en zag dat er nog vier minuten moesten voorbijgaan voor ze de geëmailleerde kan met koud water van bed tot bed moest dragen. Op hetzelfde moment merkte ze dat iemand naar haar keek, en haar ogen ontmoetten in het schijnsel van het vuur buiten het venster die van een tyfuspatiënt in het smalle bed dat het dichtst bij de tafel was. Eerst dacht ze dat de patiënt een kind was, omdat het zo'n kleine, smalle gestalte was. De ogen waren enorm groot, zwart en leeftijdloos, maar ze lagen diep weggezonken in het hoofd van een vrouw die er oud en verschrompeld uitzag. De donkere huid, nu vergeeld door de ziekte, was als papier over de fijne beenderen van het skelet gespannen. Even bleef ze staren, gefascineerd door de fijnheid van het gelaat, en toen rilde ze even en vond dat gelaat en hoofd dood leken. Zonder het haar zou het een verbleekt doodshoofd hebben geleken. Het was het gezicht van een vrouw die sinds haar geboorte nooit genoeg te eten had gehad. Ze dacht: „De dood komt haar halen. R.S.V.P. Répondez s'il vous plait." Hoeveel malen had zij, in die afgezonderde en enorm verafgelegen wereld van Londen, die initialen geschreven . . .
Toen merkte ze dat de purperen lippen bewogen. Ze kon niet horen wat de vrouw probeerde te zeggen, want er kwam geen geluid over de lippen, slechts een droog, fluisterend gerucht, als het ritselen van dorre bladeren. Toen lichtte ze zwakjes een benige, heel oude hand op, die beefde als door verlamming, en bracht die naar de purperen lippen met een gebaar dat alle boeren en arbeiders over de hele wereld maken om honger of dorst aan te duiden, en ze dacht: „De arme vrouw wil water," stond snel op, nam het filtreerpapier van de kruik en schonk een glas, dat voor haar op tafel stond, boordevol.

Bij het bed moest ze de vrouw met één hand optillen, terwijl ze met de andere het glas vasthield. Het schepsel woog niets, zelfs niet het flinke gewicht van een kind. Door de vochtig bezwete, witte katoen van de sari kon ze de brandende hitte van de koorts voelen. De vrouw dronk gretig en toen ze het glas leeggedronken had, ging ze achteroverliggen, met haar volle gewicht op lady Hestons arm. Ze sloeg de ogen op, keek de Engelse aan en probeerde te glimlachen. Zelfs in haar ziekte was er iets smekends en nederigs in de uitdrukking van haar ogen, die in lady Heston opeens het verlangen opwekte te schreien en te zeggen: ,,Je moet me zo niet aankijken. Ik ben je zuster. We zijn beiden vrouwen. God schiep ons beiden." Maar ze wist dat ze het de vrouw niet kon doen begrijpen. Ze kon niets doen dan tegen haar glimlachen. Weer kwam het gerucht van ritselende bladeren over de lippen van de vrouw en ze sloot opnieuw de ogen en lag vredig achterover op het vochtige kussen.

Lady Heston dacht: ,,De vier minuten moeten voorbij zijn," en terwijl ze het glas weer op tafel zette, tilde ze een van de stenen kruiken op de rand van de tafel en hield een van de geëmailleerde kannen erbij. De kruik was zwaar en ze had al haar krachten nodig om het klaar te spelen en de kruik voorzichtig schuin te houden, zodat ze het water zachtjes kon doen overlopen. Ze worstelde met de kruik toen ze een stem hoorde zeggen: ,,Wacht. Ik zal dat voor u doen," en toen ze zich omkeerde, zag ze de gestalte van de majoor. Hij stond naast haar en een van zijn handen raakte de hare aan toen hij de kruik van haar overnam. Even voelde ze een duizelig makende vreugde, toen beheerste ze zich en zei: ,,Dank u. Het is zwaar."

Even had ze gebeefd, zoals ze beefde toen juffrouw Hodge wegging en hen alleen liet in die sombere salon van het oude zomerpaleis, maar dat gevoel ging snel voorbij. Ze ging rustig wat van hem af en stond zeer rechtop, alsof ze niet meer was dan de arme, puisterige mevrouw Gupta.

Toen zei hij, terwijl hij tegen haar glimlachte: ,,Het zal ongeveer tijd zijn voor uw eerste ronde. Ik ga met u mee." Hij vulde ook de andere kan en nam ze beide op.

Hij keek haar even aan en de schaduw van een glimlachje verscheen op zijn gezicht. Ze begreep dat het geen spotlachje was, maar iets eenvoudigers en warmers; alsof hij haar beschouwde als een kind dat ,,ziekenhuis" speelde. Ze zei boos: ,,U hoeft niet zo te kijken."

Hij begreep het, want hij gaf haar niet eens antwoord. Ze zei: ,,In elk geval hebt u deze lijsten nodig," en ze gaf hem de papieren met de nummers die juffrouw MacDaid erop had geschreven. Toen nam ze een van de kannen van hem over en ze begonnen de ronde.

De plotseling opgewelde boosheid verdween en ze volgde hem gehoorzaam, alsof ze mevrouw Gupta was, ervaren, gewend aan dit alles tot vervelens toe. Hij wijdde ook niet meer aandacht aan haar dan alsof ze de lelijke, vriendelijke mevrouw Gupta was geweest. Hij ging van bed tot bed en bleef telkens staan als ze de geëmailleerde kop vulde die op de kleine plank ernaast stond. Sommigen van de zieken sliepen en een dozijn of meer ijlden, maar de meesten lagen met hun grote, zwarte ogen wijd open en keken hen geduldig aan terwijl zij en de majoor van bed tot bed gingen. Bij elk bed dat op de lijst als „stervend" was aangegeven, stond hij even stil om de pols te voelen of zijn hand op een brandend hoofd te leggen. Maar al die tijd nam hij helemaal geen notitie van haar, behalve eens, toen hij verontschuldigend zei: „Je helpt er niet mee of je een hand op hun hoofd legt, behalve dat het hun moed geeft. Ze weten dat ik een brahmaan ben, begrijpt u, en eeuwenlang zijn ze gedwongen geweest een stap opzij te gaan, opdat hun schaduw niet op ons zou vallen en ons besmetten."

Van de lijst „dood" waren drie nog in leven, maar de vierde, die wonden met koudvuur had, lag stil en stijf en ze zag dadelijk dat het niet nodig was het kopje naast hem te vullen. Hij was een zeer zwarte, magere man en zijn ogen waren halfgesloten, zoals ze al waren gedurende de coma die juffrouw MacDaids barmhartige injectienaald had veroorzaakt. Het was vreemd dat je als door een extra zintuig wist dat de man dood was. Misschien lag het aan de eigenaardige houding van het hoofd, als van een bloem die slap hing aan zijn stengel, en aan de manier waarop de voeten een scherpe hoek vormden onder de vuile dhoti. Ze had het dadelijk gemerkt. Nu zou ze het voortaan altijd weten.

Toen zag ze dat de majoor de primitieve lamp op het plankje zette en zich van zijn grote lengte neerboog naar de man. Met een vinger schoof hij een van de oogleden op en knipte met zijn nagel tegen de gele oogappel. Er was geen enkele reactie en terwijl hij haar aankeek, zei hij: „Ga de dragers zeggen dat ze hem weghalen."

Nadat ze terug was gekomen met twee slaperige straatvegers, die een draagbaar tussen zich in droegen, vervolgden ze hun ronde, van bed tot bed, langs het ene paar donkere ogen na het andere, ogen als van zieke dieren, vol moeheid en een soort dof geloof en vertrouwen. Toen ze aan het eind waren gekomen en terugkeerden, stond de majoor opeens stil en zei: „Luister!" en in de stilte van de nacht hoorde ze, boven het zwakke kreunen dat hier en daar uit een bed opsteeg, de fijne muziekdraad van een fluit en het verre spelen van bruine vingers op een trommel.

De majoor zei: „Dat is een goed teken."

„Ja?"

„Het betekent dat het leven weer zijn gang gaat."

Toen ze terugkwamen bij de tafel in de hoek van de hoofdzaal, zei hij: „Mag ik even bij u komen zitten?"

„Natuurlijk, als u dat wilt, maar u moest liever wat gaan slapen."

„Ik heb in de vooravond geslapen. Ik zou het nu niet kunnen. Wat ik nodig heb is geen slaap, maar iets dat me weer normaal en menselijk doet voelen. Sinds drie dagen ben ik een machine geweest."

Ze wist wat hij bedoelde en werd merkwaardig ontroerd. Want wat hij in werkelijkheid zei was: „Ik zou graag wat willen praten – of hier alleen zitten en niets zeggen – met een vrouw – niet een vrouw zoals juffrouw MacDaid of mevrouw Gupta, maar een vrouw zoals u." Weer bedacht ze dat zijn leven verdeeld moest zijn in afdelingen.

Hij ging aan het eind van de tafel zitten, sloeg het ene been over het andere en glimlachte haar toe. Toen, zachtjes pratend om de zieken niet te storen, zei hij: „Ik moet u zeggen dat ik u een geweldige vrouw vind. Het is niet gemakkelijk wat u doet, zeker niet voor iemand die het nooit tevoren heeft gedaan."

„Zo bijzonder ben ik niet," zei ze. „Een paar maal had ik het bijna opgegeven en was weggegaan. Maar daar ben ik nu doorheen. Ik geef om niets meer. Ik word zelfs niet meer misselijk. Vreemd, zo gauw je aan alles went."

„Binnenkort zullen we verpleegsters krijgen uit Bombay en sommige van onze eigen vrouwen uit Ranchipur. Dan kunt u weggaan."

Ze dacht: „Nee, ik wil niet weggaan – nooit. Ik wil hier blijven! Ik wil blijven!" Hardop zei ze: „Ik zal zo lang blijven als men mij nodig heeft ... Ik bedoel, zo lang als ik van dienst kan zijn."

Hij zweeg even, nam de fles alcohol, maakte een watje nat en veegde zorgvuldig de vinger af waarmee hij de dode had aangeraakt. Hij zag er vermoeid uit en veel magerder, maar die vermoeidheid schonk hem een nieuwe schoonheid. Hij bezat een soort mannelijkheid zoals ze nooit tevoren had ontmoet – niet de lompe mannelijkheid van een Europeaan, evenmin de wrede mannelijkheid van de bokser die ze lang geleden, in een ander leven, had gekend, maar een mannelijkheid fijn als staaldraad.

Zonder op te zien ging hij door met zijn handen voorzichtig en zorgvuldig schoon te vegen met alcohol en zei: „U bent een verbazingwekkende vrouw." Toen hij niet doorsprak, wist ze niets beters te zeggen dan: „Engelsen zijn dikwijls erg excentriek."

„Zo iets banaals bedoel ik niet." Toen keek hij haar aan en zei: „Geloof alstublieft niet dat ik persoonlijk ben om de een of andere dwaze reden. Het is zo moeilijk voor mensen om tot elkaar te komen, om elkaar te begrijpen. Geen van ons beiden is meer een kind."

„Nee."

„Ik heb gemerkt dat u intelligent bent."

„Misschien."

„Dat dacht ik eerst niet."

Ze had opeens een visioen van zichzelf zoals ze was geweest op de avond in het paleis, onder de met bijen gevulde kroonluchters, zich haastend om in Toms armen te vallen in een van de bedompte kamers beneden. Ze antwoordde bedaard: „U had geen reden om dat te denken."

Opeens schudde hij het hoofd, alsof hij zijn geest wilde bevrijden van vermoeidheid.

„Wat ik u probeer te zeggen is moeilijk – vooral tegenover u. Ik weet dat u veel hebt ondervonden."

„Ja, dat is waar."

„Kom ik u naïef voor?"

„Nee." De gedachte kwam in haar op dat hij zeker nooit naïef had geleken, zelfs niet als kind. Maar nu maakte hij zichzelf kwetsbaar. Hij schonk haar uit de volte van zijn hart, openlijk, zijn vriendschap en bewondering. Ze kon hem wonden door erop te trappen en hem te ontgoochelen. De vrouw die ze was geweest, op die naargeestige middag in het zomerpaleis, zou hem hebben gekwetst, niet in zijn geest, die groot was, maar in zijn menselijke gevoeligheid – die menselijke gevoeligheid waarvan ze begon te geloven dat Indiërs ze zo sterk bezaten. Zelfs in deze arme, lijdende, stervende mensen uit het volk was een soort gevoeligheid die alleen de fijnste Europeanen weleens bezaten. Ze dacht: „Ik begin Indië en de Indiërs te begrijpen."

Hij zei: „Herinnert u zich de middag, toen u me thee hebt aangeboden in het oude zomerpaleis?" Ze wendde haar blik van hem af naar de lijst waarop „dood" en „stervend" stond, en hij ging verder: „Toen vond ik u aantrekkelijk en opwindend. Ik wist wat u wilde. Ik wist dat ik het maar voor het grijpen had. Daarvoor ben ik gebleven en dronk dat kopje lauwe thee . . . omdat ik in verleiding was gekomen. En al die tijd probeerde u me wijs te maken dat u onervaren was en" – even aarzelde hij – „en fatsoenlijk, omdat u dacht dat het de beste manier was om me te misleiden en te krijgen wat u wilde hebben."

Ze keek snel op van de lijsten, vol schaamte en met een wilde impuls om te beweren dat het niet waar was wat hij zei, maar bijna dadelijk erop dacht ze: „Nee, dat zou een leugen zijn. Dat zou alles bederven. Dat zou de vrouw terugbrengen die hem de lauwe thee aanbood, in dit huis. Hier, waar ze niet hoort. Ze heeft hier niets mee te maken." Ze zag dat hij zijn hand ophield, als om haar woorden tegen te houden. „Wacht," zei hij. „Ik hecht niet veel waarde aan fatsoen. Ik hecht veel meer waarde aan eerlijkheid. Die middag was ik in verleiding om te nemen wat aangenaam zou zijn geweest – voor één- of tweemaal. Maar ik deed het niet, omdat ik wist dat er iets was verborgen achter de blozende wangen en bevende handen die ik zag. Ik heb gelijk gehad. Ik weet dat nu. Al het verschil lag in het nemen van imitatie of wachten op het echte. Begrijpt u wat ik bedoel? Als ik had genomen wat u me toen aanbood, zouden we niet hebben wat we nu bezitten. Ik zou u voor een goedkope vrouw hebben gehouden. Ik zou u niets dan mijn lichaam hebben gegeven, wat voor een dokter en chirurg al te gemakkelijk is weg te geven, omdat het maar een machine is en niets heeft te betekenen. Maar als ik dat had gedaan, zou er nooit iets beters hebben kunnen gebeuren. We zouden elkaar nooit werkelijk hebben leren kennen."

Ze keek weer naar de tafel, met een vreemde chaos van schaamte en triomf in haar hart. Nog nooit had een man zo tegen haar gesproken en even voelde ze weer de verwarring en angst die als een nachtmerrie over haar waren gekomen na de twist met Heston – toen ze in het oerwoud en over eindeloze vlakten en in grote steden verwilderd naar iets had gezocht, maar ze wist niet naar wat. Nu wist ze even wat het was geweest. Toen ontsnapte haar dat besef en ze verloor het weer.

„Denk niet dat ik gecompliceerd en Latijns ben," zei hij, „maar menselijke verhoudingen zijn zulke vreemde dingen en ik hou ervan de dingen duidelijk te omlijnen. Veel mensen gaan door het leven en sterven zonder ooit te wéten wat leven zou kunnen zijn en wat een glorie er kan liggen in menselijke verhoudingen. Maar die glorie komt alleen voor hen die zich kunnen verheffen boven de kleinheid van het dagelijkse leven. Dat is het eindpunt van elke religie. Dat trachten allen te bereiken. Dat bedoelde ik, toen ik zei dat fatsoen niet van belang was. Fatsoenlijkheid is goed voor de dommen, de zwakken en de huichelaars."

Hij veranderde van houding, gleed opeens van de tafel om ertegen te leunen en vouwde toen de armen over zijn brede borst.

„Ik wou dat u wist wat ik voelde . . . omdat ik u zo hoogacht, dat ik het de moeite waard vind het erop te wagen me belachelijk te maken. Nu zullen we voortaan, wanneer we elkaar ontmoeten en zien of aan elkaar denken, weten dat we vrienden zijn, dat we elkaar kènnen. Het is een groot ding om tenminste één mens te kennen in zijn leven." Toen vouwde hij zijn armen en nam een van haar handen in de zijne. „Misschien bespot u me nu innerlijk."

„Nee . . . nee."

„Misschien houdt u me voor een van die waarzeggers, zoals je in de bazaars vindt. Ik kan u vertellen dat u een geheim hebt ontdekt. U weet wat het is." Toen liet hij haar hand los en zei: „Ik moet nu gaan. Nu kan ik slapen." Een van zijn handen gleed over haar schouder. „Het is tijd voor de ronde – en zowaar zelfs al tien minuten over de tijd, maar dat is mijn schuld. Goedenacht."

Fluisterend beantwoordde ze zijn groet en toen was hij weg. Enige tijd zat ze zeer stil in de verwarring en toen herinnerde ze zich dat de ronde moest worden gemaakt. Vlug stond ze op, nam een van de stenen kruiken op, vulde de twee kannen met het kostbare gekookte water en ging op weg naar de ziekenzaal.

Ditmaal zag ze nauwelijks de gezichten van de zieken. Alleen bij de bedden van de stervenden hield ze even stil om te kijken of er nog een teken van leven was in de uitgeputte lichamen. Nummer 72 was gestorven. Toen ze de lamp hoog boven het bed hield, was ze er zeker van. Nu wist ze hoe de dood eruitzag. Het was zelfs niet nodig om met haar nagel tegen de oogappel te tikken, zoals de majoor had gedaan. Zachtjes ging ze de trap af en wekte de slapende dragers.

Toen ze weg waren, ging ze naar het venster en keek uit over de stad. Het grote vuur met zijn last aan lijken was bijna geblust; het was nu alleen een grote hoop as, waarvan hitte afstraalde, maar weinig licht. De regen had opgehouden en de maan was opgekomen achter het grote reservoir. Tussen haar en het oude, houten paleis liep een gulden pad van licht, voortdurend gekruist door de vlucht van de grote vleermuizen uit de dode stad van de Mongolen onder aan de heilige bergen. Het verre geluid van de fluit en de trommels bereikte haar nog van de andere rivieroever.

De schoonheid en wreedheid van dit tafereel doordrongen haar diep, als de stoot van een mes dat een wond uitbrandde. Hieruit was het, dat hij werd geboren!

Terwijl ze stond te kijken slopen de donkere gestalten van de dragers met de dode vrouw door de verwoeste tuin in de richting van de muziekschool, om hun last daar achter te laten naast al de andere doden, die zouden worden verbrand zodra er een nieuwe brandstapel was opgebouwd.

De hitte was vreselijk en toen ze terugkeerde van het venster, veegde ze het zweet van haar gezicht met een stuk watten, ging weer aan tafel zitten, schonk zichzelf een glas water in en dronk dat leeg. Toen nam ze de lijst op waarboven „dood" stond en schrapte met haar potlood twee nummers door, 72 en 13, en weer kwam even het gevoel over haar, God te zijn.

Ze dacht: „Het gebeurt. Dat wat me naar Indië heeft gebracht, is in werking. Ik moet hier blijven tot het is uitgewerkt, al moest ik Engeland nooit terugzien." Als ze morgen zou moeten weggaan in een van de vliegtuigen die uit de wereld achter de berg Abana kwamen, zou de rest van haar leven zonder betekenis zijn. Hier hoorde ze, hier tussen dood en vuil en ellende en schoonheid. „Misschien," dacht ze, „heb ik hier altijd behoord." Toen hoorde ze weer dat zwakke geluid, als het fluisteren van dode bladeren in de wind, en toen ze de ogen opsloeg, ontmoette ze weer de geduldige hindeogen van de stervende vrouw in het bed. De purperen lippen bewogen en vormden het Gujeratische woord voor water. Weer verschenen de benige vingers onder de sari uit en werden naar de open mond gebracht.

Ze stond zachtjes op en nam de kan. Maar onmiddellijk zette ze die weer neer, met een zwak, snel opwellend gevoel van ontzetting. Ze had die vrouw te drinken gegeven uit het glas op de tafel in plaats van uit haar eigen kopje en later had ze uit hetzelfde glas gedronken.

Het fluisteren ging door en een van de geëmailleerde kannen nemend, ging ze naar het bed, vulde het eigen kopje van de vrouw met water en hield die aan haar lippen, terwijl ze dacht: „Wat gebeurd is, is gebeurd!" Ze vroeg zich ook af of er een middel bestond om zich vanbinnen te desinfecteren.

Toen ze zich afwendde van het bed hoorde ze een kreunen uit een van de bedden aan het verste einde van de ziekenzaal en toen ze op het geluid afging, ontdekte ze dat een oude man was ontwaakt uit juffrouw MacDaids barmhartige slaapmiddelen. Zijn lichaam schudde door de schokken van pijn. Snel haalde ze licht en keek naar het nummer. Het was nummer 83 op de lijst van de stervenden. Ze snelde de trappen af om juffrouw Mac-Daid te halen.

Toen ze terugkwamen, stak juffrouw MacDaid weer de naald in de benige, zwarte dij van de oude man en toen ze zich afwendde zei ze: „Het is afgelopen. Zet zijn nummer op de andere lijst."

Ze zei niets tegen juffrouw MacDaid over het gebeurde met het glas, omdat ze niet wilde dat de verpleegster haar voor een verstrooide dwaas zou houden. Nu voelde ze vaag iets als weerzin, maar niet langer enige vrees, want het leek haar of dat wat met haar gebeurde, niet meer in haar eigen handen lag.

In de jachttent zat de maharani met gekruiste benen op een kleine schemel, met de oude prinses van Bewanagar, tegenover een kring van mannen – Raschid Ali Khan, kolonel Ranjit Singh, Homer Smiley, Nil Kant Rao en Ransome. Eén voor één vertelden ze – de mohammedaan, de Sikh, de Amerikaan, de Mahratta en de Engelsman, wat ze te zeggen hadden in verband met de voortgang van hun strijd; en wat elk van hen had te zeggen bracht nieuwe moed en nieuw leven in het hart van de knappe oude vrouw, die op het kussen van brokaat uit Benares zat. Ze zag er nu vermoeid en afgemat uit, maar de oude, ontembare schoonheid was er nog, verhoogd door de diepe schaduwen die het vlammetje van de in olie gedrenkte pit voortbracht.

Ze had haar hele leven gevochten tegen bijgeloof, intriges en vooroordelen. Ze had gevochten aan de zijde van de maharadja, zonder de kracht die hij vond in zijn eenvoud en geloof. Ze had ten dele ook gevochten uit liefde tot het gevecht zelf, innerlijk altijd betwijfelend of ze ooit de strijd zouden winnen voor zuiverheid, redding en wedergeboorte van haar eigen staat en van heel Indië. Ze had nooit, zoals de oude maharadja, geloofd in de goedheid en de kracht van haar volk of zelfs in de uiteindelijke overwinning. Ze had, zoals de oneindig oude dewan, soms ook zonder scrupules gevochten, soms met wreedheid, dikwijls met haat en altijd met de taaiheid en dapperheid van haar eigen mahrattaanse volk. Ze had de Europeanen gehaat als indringers en ze vulgair, dom en ongevoelig gevonden, hoewel ze, in weerwil van zichzelf, enige dingen erkende, zoals de vriendschap van de grote onderkoning en de gevoeligheid en intelligentie van mannen zoals Ransome en de goedheid van mensen zoals Smiley. Er waren tijden geweest waarin ze moe werd en ogenblikken waarin ze in de verleiding kwam om slecht en bitter te worden, als zoveel vorsten in Indië. Er was zelfs een ogenblik geweest, een ontzettend ogenblik, kort voordat deze mannen, die nu voor haar zaten, de tent waren binnengekomen, dat ze geneigd was de strijd op te geven en te vluchten, per vliegtuig weg te gaan naar de veiligheid van Bombay; misschien zelfs van Europa. In haar uitputting was het haar voorgekomen dat alles waarvoor ze hadden gevochten, haar dode echtgenoot en zijzelf, voorgoed was weggevaagd. Een korte tijd had ze zich te oud en te ziek gevoeld om de strijd weer helemaal opnieuw te beginnen. Maar dat vreselijke ogenblik was nu voorbij. Terwijl ze deze mannen aanzag en naar hen luisterde, voelde ze zich beschaamd dat zo'n moment van zwakheid haar ooit had bekropen. Het waren prachtige en knappe mannen, allen behalve Smiley, die een nobel man was, maar niet knap; en ze wist wat een knappe man was. Ze kon niet twijfelen aan hun toewijding aan haar. Wat ze haar schonken was niet de toewijding van aanbidders, maar iets hogers, dat minder reden van bestaan had en zwaardere proeven kon doorstaan. Maar ze wist ook dat het haar minder behaagd zou hebben als haar die toewijding was geschonken door minder sterke en knappe mannen. De toewijding stond apart, was iets onaantastbaars, stralends en schitterends, maar ze waardeerde die te meer omdat ze kwam van mannen als de gespierde Raschid, de slanke, zijige Ranjit Singh, de felle Nil Kant Rao en de morbide, knappe Ransome. Dat behaagde haar wilde gevoel voor schoonheid en pracht. Een koningin moest worden gediend door zulke mannen. Ze hadden voor haar en voor Indië gewerkt, zonder slaap en zonder zich te beklagen, in vuil, ellende en gevaar, een gevaar dat erger was en verraderlijker dan dat van een veldslag. De taak had onmogelijk geleken en toch was de zegepraal in zicht. Ze zouden hier zijn om de scholen weer op te bouwen, de bruggen, de spoorbaan, zelfs de grote dam. Ze zou al haar juwelen verkopen en het geld aan de staat schenken, omdat, waar zij en de oude maharadja voor hadden gewerkt, nog slechts als een ongeboren wicht in de schoot van Indië lag, maar men moest verder gaan, steeds weer, kracht scheppend uit het licht en vertrouwen dat mannen als deze haar brachten. Indië, het enorme, wrede, rijke Indië, bewoog zich en ontwaakte.

Terwijl ze hier zat, zag zij tussen de gezichten dat van een man die meer dan twintig jaar geleden was gestorven in het huis waarin Ransome nu woonde. Ze zag hem zoals ze hem had gezien toen ze uit haar dorp hierheen kwam, verlegen en trots, een kind van dertien jaar, maar reeds een vrouw die de jonge maharadja van Ranchipur ten huwelijk werd gegeven. Nu, als oude vrouw, zag zij nog dat intelligente, vriendelijke gelaat, dat vol was van beminnelijkheid en van een wijsheid die in zijn begrijpende rust meer de wijsheid van het Oosten dan van Europa had geleken. Ja, ook hij was hier, in deze raad van sterke mannen die haar dienden en bewonderden; tenslotte was het door hem dat zij allen hier waren verzameld in de jachttent. Het was door hem dat de maharadja zo lang had gevochten om zijn volk te bevrijden en op te heffen. Door hem was het dat zij hier nu zat en met wijsheid, begrip en moed regeerde. Hij had haar oude, prachtige Indië zo liefgehad, dat hij tenslotte was teruggekomen om te sterven in Ranchipur, des avonds in zijn tuin op het uur dat de koeien naar huis kwamen onder een

opstuivende wolk van rood stof, als de lucht geurde naar jasmijn en koemest, rook en kruiden en de jakhalzen uit hun schuilplaatsen kwamen om
te gillen onder de opgaande maan en de fluiten en tamtams begonnen in de
dorpen. Lang geleden waren er veel Britten geweest zoals hij – John Lawrence, de geleerde, de leraar die Indië kènde. Nu waren ze zeldzamer.
Hier en daar kon men er wellicht nog een vinden.

De mannen spraken nu onder elkaar en ze nam niet de moeite naar hen
te luisteren, want ze hadden van hun eigen zaken meer verstand dan zij.
Haar gedachten zwierven naar Europa, naar de casino's, de grote juwelierszaken en de hofdiners, naar de tentoonstellingen waarmee men de handel
steunde, naar de grote hotels en badplaatsen. Het leek een verre wereld,
verder dan lang geleden, toen zij als jonge vrouw de vedische wet had getrotseerd en het zwarte water was overgestoken. Destijds had Europa haar
gefascineerd, zoals een pompeuze theatervertoning een kind kan fascineren, maar nu wist ze dat ze het moe was. Lang geleden al was ze de hebzucht, de valsheid, het tragisch materialisme gaan doorzien van Europa,
dat zich vertwijfeld vastklampte aan elk straaltje van hoop, aan zijn dictators en degeneratie. Het moest gelaten worden voor wat het was; spoedig genoeg zou het zichzelf vernietigen. Het te redden was een vreselijker
taak dan het arme, verscheurde en verdeelde Indië te verenigen tot één trots
en eer. Want Europa was vermoeid en het Oosten ontwaakte verfrist en
krachtig uit een lange slaap.

Nee, nooit zou ze teruggaan naar Europa. Ze zou sterven, zonder ooit meer
dat schouwspel te gaan zien. Ze zou zelfs niet naar Poona of Octamund
gaan. Ze zou achterblijven gedurende de hele vreselijke, leven brengende
moesson, gedurende de winter, als het rode stof in wolken oprees van de
vlakten die zich naar de ene zijde tot de zee, naar de andere zijde tot de heilige berg Abana uitstrekten. Er was veel te doen, zoveel dat moest worden
opgebouwd, zoveel dat ze wilde achterlaten als ze stierf, zodat anderen
konden voortbouwen op die grondslagen.

Toen merkte ze, door de wolk van dromerij heen, dat de gordijnen aan
het einde van de tent opzij waren geschoven en dat de jonge majoor haastig
was binnengekomen. Hij kwam recht op haar af en verontschuldigde zich,
diep buigend, met de vingertoppen tegen elkaar gedrukt, dat hij zo laat was
doordat hij niet eerder weg kon komen uit het ziekenhuis.

Ze fronste tegen hem, in een schijn van misnoegen, zoals het een koningin
betaamde, maar de frons verdween snel toen hij glimlachte met een stoutmoedige blik, die haar verried dat hij wist dat die frons niet was gemeend.
Ze kon nooit slecht gehumeurd tegen hem zijn, omdat hij jong was, knap
en innemend. Haar eigen zonen hadden een tragische dood gevonden, verslagen door het Westen, maar de majoor had hun plaats ingenomen.

Hij bracht nieuws over de epidemie, nieuws dat hij wat mooier voorstelde
dan het was, omdat hij begreep dat ze vermoeid was. Vervolgens sprak

hij een tijdje met de andere mannen en toen ze tenslotte weggingen, verzocht ze hem achter te blijven, gedeeltelijk omdat zijn gezelschap haar altijd opgewekt en jong had doen voelen en gedeeltelijk omdat er dingen waren die ze met hem wilde bespreken en nieuwtjes die ze wilde horen.

Toen de anderen weg waren, wekte ze haar vriendin, de oude prinses, die stijf rechtop zat te knikkebollen op haar kussen en zei: „Breng jezelf naar bed, Sita."

Toen de oude prinses slaperig was weggegaan, spraken ze samen in het Mahrattaans, dat haar eigen taal was en de taal die hij als de zijne had aangenomen. Ze zei: „Er is veel te bespreken – onofficiële dingen. Ten eerste dit. Vóór Zijne Hoogheid stierf, vertelde hij me dat u erover dacht te trouwen."

„Ja, Uwe Hoogheid."

„Bent u dat nog van plan?"

„Ja, Uwe Hoogheid."

„Hoe oud bent u?"

„Zesendertig."

Ze gromde in gedachten en zei: „Als u sterke kinderen wilt hebben, moet u beginnen."

De majoor grinnikte. „De leeftijd maakt geen verschil zolang het ras sterk is en vruchtbaar. Elk van ons is slechts een ontvanger van zaad. We geven het slechts verder."

„Hum. Uw wetenschap houdt er veel theorieën op na die elke leek door voorbeelden kan tenietdoen." Ze opende de gouden, met robijnen ingelegde doos naast zich en nam een betelnoot om op te kauwen. „Als de dingen wat meer op orde zijn, zal ik het meisje en haar ouders laten komen." Ze keek hem doordringend aan. „Kan het u schelen dat ze half-Indisch is – dat de andere helft Europees is . . . of Amerikaans?"

„Nee, Uwe Hoogheid. Het is niet de kruising van rassen waardoor de halfbloed een probleem is. Het is de kruising van slechte rassen – de nietsnuttige Europeaan en de vrouw van lage kaste. Zijne Hoogheid heeft met mij gesproken over dat meisje."

Weer keek ze hem doordringend aan. „U hebt toch geen onzinnige ideeën over huwelijken uit liefde?"

„Nee, Uwe Hoogheid... dat wil zeggen, binnen zekere grenzen. Ik wil mijn vrouw kennen voordat ik haar trouw. Dat is niet meer dan eerlijk tegenover ons beiden."

„In het Westen hebben ze allerlei dwaze ideeën over huwelijken uit liefde. Er bestaat niets ellendigers dan een huwelijk waarin de hartstocht bevredigd is en dood. Ze is een aardig meisje. Als ik zoons had, zou ik haar tot vrouw kiezen voor een van hen."

„Ik ben er zeker van dat Uwe Hoogheid een juist oordeel daarin heeft."

„Dan is er de kwestie van Ransome," zei ze. „Heeft hij goed gewerkt?"

„Ja, Uwe Hoogheid, het kon niet beter. Het was geen gemakkelijke taak. Hij heeft haast niet geslapen."

„En zijn drinken?"

„Voor zover ik weet heeft hij in bijna vier dagen niets gedronken."

„Dat bewijst niets als de whisky zo moeilijk te krijgen is."

„Niet zo moeilijk, Uwe Hoogheid. Hij had cognac in zijn eigen kelder. Die heeft hij allemaal aan het ziekenhuis gegeven. Ik heb hem zelf drank aangeboden en hij weigerde. Ik heb hem telkens drank aangeboden als hij die nodig had en hij weigerde steeds."

Ze dacht even na over die verklaring, zo roerloos en peinzend in het gele lamplicht gezeten als een boeddha. Toen zei ze: „Ik mag hem graag. Er zou iets uit hem zijn te maken."

„Hij is een defaitist, Uwe Hoogheid, maar een fijne kerel. Hij is ziek. Ik geloof dat hij altijd ziek is geweest."

„Ik zou hem graag helpen, als ik kon . . . Er zijn tijden dat hij me herinnert aan de oude leraar van Zijne Hoogheid. Hij was dood vóór u werd geboren, dus kunt u niet weten hoe hij was. Hij leefde in een ander tijdperk. Ik geloof dat het dit tijdperk is dat Ransome ziek heeft gemaakt." Zij opende opnieuw de gouden doos met robijnen. „Gelooft u dat hij zou willen werken voor de staat?"

„Ik weet het niet, Uwe Hoogheid."

„Ik zou hem kunnen helpen. Wat is er waar van dat verhaal dat hij de dochter van de missionaris zou hebben verkracht?"

„Ik weet het niet, Uwe Hoogheid. Hem kennende, kan ik het haast niet geloven. Het ligt niet in zijn natuur."

Haar zwarte ogen vernauwden zich een beetje en ze zei: „Op de avond van het diner in het paleis gebeurde er iets tussen hem en lady Heston."

„Ja, Uwe Hoogheid."

„Wat betekende dat?"

„Ze zijn beiden ongelukkig. Beiden zijn ze ziek."

„Waarom wil ze hier blijven? Het is onzinnig."

„Ik weet het niet, Uwe Hoogheid, maar ik denk dat ze iets probeert te vinden – er is geen naam voor wat zij zoekt – of men moest het werkelijkheid noemen – en dat is een armzalige betiteling."

„U hebt haar toegestaan te blijven. Bewondert u haar?"

„Ja, Uwe Hoogheid."

Ze fronste van ongenoegen. „Waarom?"

Hij aarzelde even. Toen zei hij: „Vergeef me, Uwe Hoogheid, maar ze heeft veel goede eigenschappen."

De frons werd dieper. „Hoezo?"

„Ze kent geen vrees. Er is iets onoverwinbaars in haar. Ze houdt van knappe mannen. Ze bezit onafhankelijkheid en karakter. De laatste twee dagen is ze wel twintigmaal misselijk geworden door het ziekenhuiswerk, maar ze ging door met werken. Dat is de beste vuurproef die ik ken. Ze maakt zichzelf niets wijs en ze loopt niet weg voor de dingen. Ik geloof dat ze lang geleden een verkeerde weg insloeg."

Terwijl hij sprak sloeg hij haar gade, en merkte zeer duidelijk op dat de frons verzachtte en dat de heftige oude dame tevreden was. Hij wist, omdat hij haar zo goed kende, dat ze innerlijk stilletjes grinnikte van genoegen omdat hij haar zo goed begreep, omdat hij eigenschappen in haar had ontdekt waarvan ze zich verbeeldde dat ze die voor de meeste anderen verborgen had gehouden, omdat hij stoutmoedig tegen haar was en zelfs bijtijden tegen haar mopperde.

„Was het door haar dat u vanavond laat kwam?"

Met een nederigheid waarvan hij wist dat ze die niet geloofde, zei hij met zachte stem: „Ja, Uwe Hoogheid."

„Zal dit niet tussen u en uw huwelijk komen?"

„Nee, Uwe Hoogheid, lady Heston is niet geschapen tot voortplanting. Het huwelijk is een staatszaak. Het moest beperkt blijven tot de goede leden van een maatschappij."

„Het doet me genoegen dat u geen dwaas bent. Wanneer zal ze weggaan?"

„Daarop kan ik niet antwoorden, Uwe Hoogheid."

„Ze moet weggaan voor de andere komt."

„Natuurlijk."

„Ik laat dat aan u over. Anders zal het erg vervelend worden voor iedereen."

„Dat begrijp ik, Uwe Hoogheid."

„En dan nog iets. Ik heb het een en ander gehoord over een oude dame die bij de Smileys woont."

„Ja, de tante van mevrouw Smiley."

„Het schijnt dat ze prachtig werk heeft gedaan, al is ze oud. Ze heeft gekookt in het weeshuis en de vluchtelingen opgenomen."

„Ze is een merkwaardige vrouw."

„Ik zou haar wel willen ontmoeten."

„Ik kan haar naar u toe zenden, als u een tijd vaststelt."

„Morgen om drie uur. Hoe heet ze?"

„Mevrouw Bascomb . . . Mevrouw Phoebe Bascomb."

„Schrijf het voor me op. Ik kan zulke namen niet onthouden."

Hij haalde een stuk papier te voorschijn, schreef de naam op en gaf haar die.

„Is de spoorbrug bruikbaar?"

„Ja, ze hebben planken over de rails gelegd."

„Als u weggaat, zeg dan tegen de aide de camp dat hij haar de ossewagen van Zijne Hoogheid moet sturen."

„Ze zou wel alleen kunnen komen, Uwe Hoogheid. Ze is zeer vief."

„Nee, ik stuur haar liever de wagen. Van nu af aan zal ik die zelf gebruiken.

435

De bewegingen van olifanten zijn slecht voor mijn digestie. En juffrouw Dirks . . . hebben ze haar lijk niet gevonden?"

„Nee, Uwe Hoogheid."

„Is het waar dat ze stervende was?"

„Ja, Uwe Hoogheid."

De maharani zweeg even: „Ze was een goede vrouw. Ik begreep haar nooit, maar ze was een goede vrouw. We moeten een monument voor haar oprichten als alles weer in orde is. En de andere . . . juffrouw Hodge?"

„Ze is volslagen krankzinnig, Uwe Hoogheid."

„Waar is ze? Wie let op haar?"

„Lady Heston."

„Lady Heston!"

„Ja, de arme ziel wil niet van haar worden gescheiden."

Ze schudde het hoofd en maakte een klokkend geluid, dat veel leek op de geluiden die tante Phoebe maakte als ze verbaasd was.

„De Engelsen zijn zonderlinge mensen . . . ze doen zulke onverwachte dingen."

„Ze zijn sentimenteel, Uwe Hoogheid, en schamen zich erg ervoor."

„We moeten zorgen dat juffrouw Hodge een pensioen krijgt."

Ze raapte de doosjes en andere bezittingen om haar heen bij elkaar.

„Het is beter dat u nu gaat. U zult rust nodig hebben."

„Dank u."

Toen stond ze op en ging langzaam naar een ander deel van de tent. Terwijl de kamervrouwen haar ontkleedden, masseerden en haar gelaat en hoofd met geurende olie inwreven, vroeg ze de eerste kamervrouw: „Waar is de Russin? Is ze al terug?"

„Nee, Uwe Hoogheid."

De maharani werd opeens boos. Ze wilde voorgelezen worden, zodat ze een tijdje de ellende van de stad zou kunnen vergeten. Ze had zelfs behoefte Maria Lishinskaja een beetje te kwellen, zodat ze zou kunnen slapen. Ze dacht: „Ik zend Maria Lishinskaja weg. Ik zal haar pensioneren en naar Europa terugsturen." De Russin werd steeds vervelender met haar hysterie en haar obsessies. Ze was ook de laatste band die de oude dame aan het Europa van de casino's, galadiners en juwelierszaken bond. Ze zou Maria Lishinskaja wegzenden uit haar leven. Dan zou ze bevrijd zijn van Europa. Ze zou weer Indisch zijn, zuiver Indisch, zoals lang geleden, toen ze een jonge vrouw was en dacht dat ze iets van Europa kon leren.

Maar het was niet nodig Maria Lishinskaja weg te zenden. Ze was weggegaan uit eigen vrije wil, want ze was dood. Ze hing in het licht van de afnemende maan aan haar eigen sjaal aan een van de ijzeren haken in de grote poort, die de Sikhs gebruikten om hun lansen tegen de steunen. Daar was het dat Ransome haar vond toen hij terugkeerde van de jachttent.

TWEEDE DEEL

In de morgen, kort voor twaalven, verschenen in plaats van één, drie vliegtuigen, die te voorschijn kwamen uit de stromende regen boven de in mist gehulde heilige berg. Ze brachten balen en bundels voorraden mee en drie verpleegsters – een Perzische vrouw, een Engels-Indische en een Britse. Gopal Rao was bij hen, met zijn zwarte ogen. Hij was tevreden, een beetje opscheppend, omdat hij de gouverneur van Bombay had gesproken en hem de bijzonderheden van de ramp had verteld. Hij ging onmiddellijk naar de maharani om haar mee te delen dat er nog meer voorraden zouden worden gezonden per vliegtuig en dat verdere levensmiddelen en medische benodigdheden inderhaast naar de stad zouden worden vervoerd, zodra de spoorbaan was hersteld. Kolonel Ranjit Singh en Raschid Ali Khan, slank en grimmig als een valk en meer dan ooit lijkend op een van Babers' ruiters, waren daar. Ze waren tot aan de berg Abana geweest op olifanten en het nieuws was doorgedrongen, dat er al mannen aan het werk waren aan de andere kant van de berg, achter de kloof. De hervatting van de spoordienst was nu nog maar een kwestie van uren. Gopal Rao meldde dat het gouvernement van Bombay de volgende dag per vliegtuig het hoofd van het instituut voor tropische ziekten en twee ervaren medewerkers zou zenden. Het was allemaal goed nieuws en even keerde de glans van triomf terug in de vermoeide gezichten van de maharani en van de kolonel en Raschid Ali Khan.

Gopal Rao en kolonel Ranjit Singh gingen weg, maar Raschid Ali Khan, als hoofd van de politie, bleef achter voor het onderzoek naar de zelfmoord van Maria Lishinskaja. Ransome kwam daarvoor met de majoor en tenslotte ook Harry Bauer.

De Zwitser zag er niet meer koel, fris en schoon uit, zoals Ransome hem de vorige avond had gezien. Zijn witte, linnen pak zag er gekreukeld en bevlekt uit en er was iets stomps aan hem, alsof zijn bloeiende gezondheid was geknakt en een schaduw over hem was gevallen. Aan één kant van zijn gezicht liepen twee lange krabben.

De majoor verklaarde dat Maria Lishinskaja zonder twijfel gestorven was door haar eigen hand. Ze had het ene eind van de sjaal om haar hals gebonden, de sjaal toen aan de haak bevestigd en de stoel waarop ze stond,

437

weggeschopt. Het stond buiten twijfel dat ze had willen sterven, want de sjaal was lang en toen ze werd gevonden, raakten haar dode voeten de grond. Hij meende dat ze zichzelf nog wel had kunnen redden. Toen Ransome haar vond, was het lichaam nog warm. De majoor was van mening dat ze toen niet langer dan enkele minuten dood kon zijn geweest. De jobedar had in zijn kamer liggen slapen en had niets gehoord. Toen vertelde Ransome dat hij haar vroeger op de avond had gezien, toen hij langs het grote reservoir liep met kolonel Ranjit Singh. Hij beschreef hoe ze van boom naar boom was geglipt, van de ene schaduw in de andere, tot ze tenslotte het pesthuis van de muziekschool was ingerend. Kolonel Ranjit Singh had haar ook herkend en ze spraken af er niets over te zeggen.

Toen het Harry Bauers beurt was, toonde hij zich gesloten en moeilijk en vertelde onwillig wat hij had te zeggen. Naar de vloer van de tent starend zei hij met zachte stem: ,,Ik wist niet dat ze zou komen. Ze kwam me opzoeken, sprak een tijdje met me en ging toen weg."

Maar hiermee was Raschid niet tevreden. Hij vroeg: ,,Was ze niet uw geliefde?"

,,Ja."

,,Sinds hoelang?"

,,Bijna twee jaren al. Het begon in Karlsbad. Ik heb nooit van haar gehouden, maar hier was het een gemak. Ik probeerde er een eind aan te maken. Ze wilde met me trouwen. Ik heb nooit met haar willen trouwen. Ik heb van plan een meisje uit Vevey te trouwen, als ik naar huis terugkeer. Ik heb haar dat gezegd, maar het hielp niets. Ze dreigde altijd met zelfmoord, maar ik geloofde niet dat ze het zou doen. Ik geloof dat ze een beetje gek was. Ik zou er graag mee zijn opgehouden, maar ze vervolgde me. Ze kwam eeuwig mijn kamer binnen. Soms ging ze zelfs in mijn bed als ik er al in lag." Hij staarde nog naar de vloer, maar haalde zijn gebogen schouders op. ,,Wat kon ik eraan doen? Ik ben gezond en dit is een heet klimaat en men eet een boel kruiden. Ik zei: ,Nu, goed, waarom niet?' "

,,Is dat alles? Hebben jullie rustig gepraat?"

,,Ja."

,,Juffrouw Simon verklaart dat ze u kwam halen en u hoorde twisten en dat de overledene riep: ,Ik zal jou en mijzelf vermoorden!' "

,,Ja, dat is waar."

,,U hebt ruzie gehad?"

,,Nee. Zij viel mij aan."

,,Hebt u daar die krabben van op uw gezicht?"

,,Ja."

,,Waarover ging de ruzie?"

Hij zweeg even en antwoordde toen op gedempte toon: ,,Ze wilde dat ik met haar naar bed ging. Ze deed vreselijke dingen en zei afschuwelijke dingen."

„Omdat u weigerde?"

„Ja. Het was afstotend en indecent. Dat was geen plaats voor . . . voor dat. Met al die doden en stervenden om ons heen. Ik wilde niet. Ik zou niet hebben gekund. Ik walgde van haar."

Dus dat was het geweest, dacht Ransome. Zijn Zwitserse fatsoenlijkheid was in opstand gekomen.

„Ik had een afkeer van haar. Dat zei ik haar. Toen probeerde ze me te vermoorden. Ze viel me aan als een panter . . . en ik sloeg haar."

„Ja?"

„Ik denk dat het daardoor is gekomen. Toen ik haar sloeg, hield ze op met schreeuwen. Ze ging naar een hoek van de kamer en bedekte haar gezicht met de handen."

„Zei ze iets?"

„Ze zweeg een hele tijd en begon toen te huilen . . . niet wild of hysterisch zoals gewoonlijk, maar stil. Later, toen ze was weggegaan en ik alleen was gebleven, was dat het enige dat me ongerust maakte. Ze was zo rustig."

„Wat zei ze?"

Het gladde, mooie, domme gezicht toonde even wat verwarring. Toen antwoordde hij: „Ze sprak heel zachtjes. Ik geloof niet dat ik het me precies kan herinneren. Ik geloof dat ze haar handen voor het gezicht hield en toen zei: ,Wat is er met me gebeurd? Ik ben gek.' Toen zei ze: ,Het spijt me dat ik je heb geslagen. Vergeef me. Ik kan niet sterven als je me niet vergeeft.' Toen zei ik: ,Het is in orde. Ik vergeef je, maar ik heb er genoeg van. Ik wil je nooit meer zien. Je bent afschuwelijk.' Toen nam ze haar handen weg van haar gezicht en zei: ,Het is goed. Je zult me nooit meer zien. Ik zal je niet meer lastig vallen. Ik zal nooit meer iemand lastig vallen, zelfs niet mijzelf. Ik had het al lang geleden moeten doen – lang geleden – zelfs vóór Leipzig en Dresden.' Toen zei ze: ,Vaarwel. Ik hoop dat op een dag dat prachtige lichaam, het enige wat jij liefhebt, zal lijden zoals ik het doe.' "

Zijn stem werd steeds zachter naarmate hij sprak. Hij zei: „Al die tijd was het alsof ze in zichzelf sprak. Ik geloofde niet dat ze het zou doen. Ze zei altijd dat ze zich van kant wou maken, maar ze deed het nooit."

Zelfs toen hij was uitgesproken, keek hij niet op. Hij zei: „Ik heb geen andere wens dan in vrede te kunnen vertrekken. Ik wil hier vandaan. Ik wil naar Zwitserland terugkeren, trouwen en in vrede leven. Ik had hier nooit moeten komen."

Er bleef even een stilte en toen vroeg Raschid: „Is er iemand aan wie bericht moet worden gezonden, Uwe Hoogheid? Had ze bloedverwanten of vrienden?"

„Niet dat ik weet. Kijk haar papieren na. Ze zei altijd dat al haar familieleden en vrienden verdwenen waren of dood."

Raschid wendde zich tot de Zwitser. „Dat is voldoende. U kunt gaan. Zo-

dra er een mogelijkheid is dat u kunt vertrekken, zal ik u wegzenden. Misschien kunt u meegaan met een van de terugkerende vliegtuigen."
„Meer verlang ik niet," zei Harry Bauer dof. „Weggaan. Naar huis gaan, weg van dit vervloekte land." Hij was nu bang, zoals een dier bang is, omdat zijn lichaam ziek was. Toen hij naar de ingang van de tent liep, struikelde hij en viel bijna en even klampte hij zich vast aan de gordijnen bij de ingang. Ransomes ogen ontmoetten die van de majoor en ze wisselden een blik van ontzetting.
Toen fluisterde de majoor hem toe: „Ga liever met hem mee om zeker te zijn dat hij de muziekschool bereikt."

Op weg van de jachttent naar de muziekschool gaf Ransome de Zwitser een arm om te beletten dat hij zou vallen en toen ze het grote reservoir bereikten, leunde Harry Bauer plotseling tegen de muur en begon te braken, en toen wist Ransome dat het met hem was gedaan. Met behulp van een koelie, die voorbijkwam, kreeg hij hem naar de school en in de kamer die de Zwitser had ingericht met de doelmatigheid van een soldaat. Hij was nu apathisch en zat op de rand van het bed, terwijl Ransome zijn witte jasje uittrok en de kraag van zijn hemd openmaakte. Eerst sprak hij niet en toen met grote inspanning. Terwijl hij naar Ransome opzag, met vergrote, nietszeggende pupillen, zei hij stokkend in het Frans: „Ik wil terug. Ik moet terug. Stuur me uit dit vreselijke land weg." Toen begon hij weer ontzettend te braken, waarbij zijn lichaam van het hoofd tot de voeten schokte door de aanval.
Toen hij weer rustig was, zei Ransome: „Ik zal de dokter gaan halen."
In de gang ontmoette hij de majoor. „Ik ben gekomen zodra ik kon," zei hij. „De oude dame had me iets te zeggen."
„Geloof je dat er enige hoop is?"
„Ik denk van niet. Hoe dan ook, de vliegtuigen hebben het nodige voor zijn behandeling gebracht."
„Wie zal zijn plaats innemen?"
„Ik weet het niet."
„Dan zal ik het doen."
„Jij bent ergens anders nodig."
„Ze kunnen wel voortgaan zonder mij. Gopal Rao kan mijn werk doen." Hij keek de majoor onderzoekend aan. „Ik doe het graag."
„Je weet welk gevaar je loopt?"
„Ja."
„De oude dame zal het niet prettig vinden."
„Ik wil het doen. Ik moet het doen."
„Ik begrijp het. Nu, goed dan. Maar ga nu een bad nemen en gooi die kleren weg en was je handen in alcohol. De Zwitser was zo zindelijk als iemand maar kan zijn en het heeft hem niet kunnen redden."

440

De gedachte was in hem opgekomen op het ogenblik, toen hij Harry Bauer ondersteunde aan de rand van het grote reservoir. Door het braken wist hij dat het met Harry Bauer was gedaan en dat hij morgen dood zou zijn; zijn geest, opnieuw afgestompt door de aanwezigheid van de dood overal om hem heen, had dat feit koud en zonder enige aandoening aanvaard. Zijn armen steunden het lichaam van een man die al dood was, maar nog enige uren zou doorleven, barmhartig verdoofd en verward door de ziekte die hem vernietigde. Hij was een uit duizenden, een miertje méér van de mierenhoop die God moedwillig opzij had getrapt, vier dagen geleden – en de dood van deze mier zou voor niemand groot verschil maken, nu de Russin zich had opgehangen aan de haak in de grote poort. Die dood zou weinig verschil maken voor iemand, behalve voor de Zwitser zelf, met zijn boerse zelfzucht en materialisme, met zijn plannen voor een terugkeer naar huis en trouwen en een gezin stichten en welvaart bereiken en een zoon nalaten die de banale naam Bauer verder zou dragen, die het ik verder zou dragen dat Harry Bauer was geweest, het ik dat door Gods voet was vertrapt, ver van de terrassen der wijngaarden boven Vevey.

Het had ook Tom Ransome kunnen zijn in plaats van Harry Bauer, die daar stond, gesteund door een vreemdeling, zijn leven uitbrakend aan de rand van het grote reservoir, niets dan nog een miertje dat uit een andere mierenkolonie was weggelopen om te ontsnappen, om zichzelf te verliezen in de enorme mierenhoop van Indië. Zo stonden dus de zaken. Vandaag, morgen of overmorgen kon het Tom Ransome zijn die achteloos werd doodgetrapt. Terwijl Harry Bauer ophield met braken en tegen hem aanleunde in het gekreukelde, vuile, linnen pak, pijnlijk kokhalzend, zag hij het opeens duidelijk en misschien voor de eerste maal, en wendde zich af in verzet tegen wat hij zag: nutteloosheid, egoïsme, huichelarij.

Toen wist hij wat hem te doen stond. Hij moest zichzelf vernietigen, met zijn hele verleden, met al zijn vragen en de twijfel en al het verwarde, nutteloze peinzen dat hem had verlamd sinds zijn geboorte. Hij moest dat wat Tom Ransome was, vernietigen; hij moest het in niets doen vergaan, moest het wegstampen in de rode aarde van Ranchipur. Hij moest die verwarde denker, die liberaal, die Don Quichot, die eeuwig peinzende egoïst neerwerpen en vernederen.

In deze wereld waarin hij zich bevond, in die oude, vermoeide wereld die hij had verlaten, was er geen plaats voor mannen als Tom Ransome. Een onsje actie was tonnen gedachten waard.

Filosofie was een luxe voor zwakkelingen – afzijdigheid de zonde der nuttelozen. Dat alles moest hij vernietigen, om tenslotte even naakt en eenvoudig te voorschijn te komen als de bediende die op Bannerjees balkon had gestaan in het wegstervende daglicht, uitziend over de verwoeste stad Ranchipur.

Ditmaal verliet hem het visioen niet meer, om te vervagen in een duister waar het verloren ging voor geloof en begrip. Het bleef in hem, terwijl hij de stervende Zwitser de muziekschool binnendroeg, hem ontkleedde en op zoek ging naar de majoor.

Terwijl hij nu bij de *chattee* stond, lauw water over zijn naakte lichaam liet vloeien en zich zuinig inwreef met een kostbaar stukje halfweggesmolten zeep, was het visioen nog in hem en toen hij aan de majoor dacht, begreep hij dat deze iets moest hebben gezien, een nieuwe uitdrukking in zijn ogen, die hij had begrepen en opnieuw voelde hij een warme vloed van vriendschap voor de majoor, Raschid, de Smileys en zelfs voor de oude maharani. Hij was hun vriend geweest, maar altijd afzijdig van hen gebleven, gescheiden door een of andere vage scheidsmuur die hem eenzaam hield en de vriendschap onvruchtbaar maakte. Nu was alles anders. Hij wist dat. Hij vermoedde wat het was, tot in de diepste kern. Hij moest zich vastklemmen aan dit nieuwe weten; hij moest het visioen niet laten ontsnappen, zoals vele keren tevoren was gebeurd. Van onderop moest hij zichzelf omhoogtrekken en als hij eenmaal zekerheid had, de rug toekeren aan dat oude, dorre twistzieke ik.

Toen hij zich weer had gekleed, ging hij Fern opzoeken en vond haar in het kantoor, waar eens de verlegen meneer Das, de directeur van de muziekschool, had zitten tobben om zijn verwarde boekhouding op Europese wijze bij te houden. Toen hij binnenkwam, zag hij haar op een geheel nieuwe wijze, alsof ze tevoren alleen had bestaan als een schaduw die haar onduidelijk maakte en haar eigenschappen schonk, een karakter, opgebouwd door de verbeelding die het ik van de oude Tom Ransome bevredigde. Hij zag in haar wat tante Phoebe in haar eenvoud des ouderdoms lang geleden al had gezien, op de avond toen hij Fern van zijn eigen huis naar de Smileys bracht.

Hij zei: ,,Harry Bauer is stervende.''

,,Ik weet het.''

,,Ik kom zijn plaats innemen.''

Een ogenblik keek ze hem ontsteld aan: ,,Nee, dat moet je niet doen. Je bent te veel waard.''

,,Ik ben helemaal niets waard. Ik moet het doen.''

Toen zag hij dat ze zich verheugde.

,,Het is allemaal in orde,'' zei hij. ,,Je zult me wegwijs moeten maken. Ik heb eerst wat alcohol nodig om mijn handen te wassen.''

Ze gaf hem de alcohol en stond naar hem te kijken. Toen zei ze: ,,Er zijn vandaag minder gevallen. De majoor denkt dat het misschien komt omdat de epidemie wordt bedwongen.''

,,En sterfgevallen . . .?''

,,Eventueel als anders. De meesten sterven . . . negen van de tien.''

Het vermoeide, jonge gezicht had een uitdrukking van diepe ernst, die hij soms ook op het eerste zien van tante Phoebe had opgemerkt.

„Gelukkig sterven ze vlug. Dan komt er weer plaats voor de anderen."
Toen sloeg hij opeens zijn armen om haar heen en drukte haar hartstochtelijk tegen zich aan; deze nieuwe Fern was een vrouw en nieuw voor hem en dierbaarder dan nooit een vrouw tevoren was geweest. Hij zei: „We zullen samenwerken."
Op zo'n zachte toon, dat hij haar nauwelijks kon verstaan, zei ze: „Ik ben bang."
„Alles komt nu in orde. Ik weet dat het in orde komt." Het zou in orde zijn, als hij dat visioen wist vast te houden, als hij vernietigde wat hij tevoren was geweest. Dan zou hij nooit meer „weggaan" en haar alleen en angstig achterlaten.
Ze zei: „Je moet niet slapen in Harry Bauers kamer."
Hij keek haar even zwijgend aan en zei toen: „Ik zal hier in het kantoor een bed opmaken."
Toen zag hij haar voor de eerste maal sinds de aardbeving glimlachen en ze zei: „Dat is net wat ik wilde. Ik wil je graag dicht bij me hebben. Het zal zoveel makkelijker zijn als je bij me bent."
„Niemand zal er nu over kwaadspreken."
„Het zou weinig geven als ze het wel deden." Ze drukte haar gezicht tegen hem aan en zei: „Ik schaam me."
„Waarom?"
„Omdat ik gelukkig ben."
Hij antwoordde haar niet dadelijk en zei toen: „Je moet je niet schamen. Het was zo bestemd, anders zou de wereld niet verder kunnen draaien."
„We moeten nu de ronde doen. Ik zal je wijzen wat je te doen hebt. Sommigen zullen dood zijn."

Om vijf uur was Harry Bauer dood. De hele middag door kwam en ging Ransome uit en in het kamertje waar de Zwitser zichzelf zo keurig had geïnstalleerd en gaf hem caolin-oplossingen en chloride van natrium en calcium. Het werd een soort obsessie voor hem dat de Zwitser moest blijven leven. Harry Bauer moest beter worden en terugkeren naar Zwitserland en het leven waar hij thuishoorde. Een tijdlang begreep Ransome de wil tot leven die juffrouw MacDaid overbracht op de zieken en stervenden. Als hij zich over het halfdode lichaam van Harry Bauer boog en het schuim van de purperkleurige lippen veegde, dacht hij steeds door: „Je moet leven! Je moet niet sterven!" Maar Harry Bauer lag steeds zonder teken van bewustzijn, behalve als nu en dan vreselijke krampen zijn benen tot onder de kin optrokken. De majoor wist dat er niet de geringste kans bestond, omdat de cholera geen betere grond kende om te gedijen dan een fris, jong en gezond lichaam uit het Westen. Kort voor vijf merkte Ransome, toen hij de kamer binnentrad, dat er een verandering over de Zwitser was gekomen. Hij lag zeer stil, het hoofd achterover, en de mond open. Er was geen teken van ademhaling en geen pols te bespeuren en hij dacht: „Hij is dood. Nu zal hij nooit naar huis terugkeren."

Hij ging Fern halen, die beter de tekenen van de dood bij cholera kende. Ze zei, terwijl ze zich over hem boog: „Het is afgelopen." Ze gingen weg en lieten het lichaam zo liggen, tot de majoor kwam. Even na zessen kwam hij en ging met Ransome naar Bauers kamer. Toen Ransome de pols aanraakte, voelde hij nog de hitte van de koorts erin. De majoor koos een zekerder weg; hij trok het laken weg en zei: „Kijk!" Het gespierde lichaam, dat prachtige lichaam, waarvan Maria Lishinskaja had gezegd dat het het enige was dat Harry Bauer liefhad, was niet meer blank. De spieren begonnen donkerbruin te worden, zodat ze afstaken als bij een anatomische afbeelding tegen het grijs van de andere weefsels. Terwijl ze daar stonden, ging het ene been langzaam omhoog en toen naar buiten, als het been van een balletdanser.

„Maar hij heeft bewogen," zei Ransome.

„Dat is de cholera," zei de majoor en trok het laken terug. „Het lichaam is maar een machine, weet je. De geest is ontvloden, maar de spieren gaan door met werken, zoals een vliegwiel van een motor nog een tijdje doordraait."

Om twaalf uur 's middags zond de majoor een boodschap naar tante Phoebe om haar te laten weten dat de ossekar haar kwam halen om haar naar de maharani te brengen. Hij had geen antwoord op zijn briefje gevraagd en het ergerde de oude vrouw even dat deze boodschap veel had van een bevel. Bovendien hinderde het haar, toen de boodschapper weer weg was, dat dit bezoek, zoals ze wel wist, vier of vijf uur zou kosten van een dag waarvan elke minuut kostbaar was. Toen Bertha Smiley uit het weeshuis terugkwam, vertelde ze haar het nieuws en vroeg: „Wat denk je dat het betekent?"

„Ik veronderstel dat ze over u heeft horen praten en kennis met u wil maken. Ze is heel nieuwsgierig."

„Ik denk dat ik me wel wat zal moeten kleden."

„Ja . . . natuurlijk."

„Mijn nieuwe foulard?" stelde tante Phoebe voor. „Met de kraag van Battenbergse kant?"

„Ja, en uw koralen."

„Denk je dat we met elkaar zullen opschieten?"

„Dat denk ik wel. Ze zal òf erg stijf en uit de hoogte doen òf . . ." Ze zocht naar een vergelijking en vond die: „Of juist als een van uw oude vrienden in Cedar Falls. U hoeft nergens bang voor te zijn."

„Ik ben niet bang," zei tante Phoebe, „maar ik weet misschien niet goed hoe ik me moet gedragen."

„Dat is gemakkelijk. Ik zal het u laten zien. Stel dat u de maharani bent. Ik zal voor u spelen. Nu kom ik binnen, met mijn handen zo en dan buig ik en zeg: ‚Goedemiddag, Uwe Hoogheid.' Dan zal ze iets zeggen. Ze houdt van praten, dus val haar niet te veel in de rede. Ze zal u wel een boel vragen stellen."

„Ik wou dat ze me meer tijd had gelaten om klaar te komen."

„U zult er best uitzien. Het kan haar niet erg schelen hoe u bent gekleed en of uw haar krult. Het enige waar u om moet denken, is dat u haar steeds ‚Uwe Hoogheid' noemt. Dat heeft ze graag."

„Ik zal eraan denken." Ze ging naar de keuken, maar Bertha hield haar tegen. „Ik zal wel voor het middagmaal zorgen. Homer is in het weeshuis. Met al dat vocht zal uw japon wel opgestreken moeten worden."

Tante Phoebe maakte eerst tegenwerpingen en gaf toen toe, een beetje mopperend in zichzelf toen ze in de richting van haar eigen kamer verdween.

Nu de eerste schok over de uitnodiging voorbij was, begon ze zich wat opgewonden te voelen, zodat ze zelfs toestond dat Bertha met behulp van een jongen voor de lunch zorgde. Mevrouw Simon en mevrouw Hogget-Clapton waren nog steeds hier, omdat geen van beiden bereid was alleen in mevrouw Hogget-Claptons huis te slapen, maar kwamen terug voor hun maaltijden en sliepen in de voorraadkamer van de missie. Terwijl tante Phoebe haar foulard uit de kast haalde, dankte ze de hemel dat ze hun ruzie, waarover die ook mocht zijn gegaan, weer hadden bijgelegd en opnieuw dikke vriendinnen waren. Ze gaf niet om de luiheid van mevrouw Simon of de ordinairheid van mevrouw Hogget-Clapton, maar ze ergerde zich wel aan haar dwaasheid en aan beider gewoonte om voortdurend te praten, onverschillig of ze wat te zeggen hadden of niet. Bovendien minachtte ze hen om hun angst, want sinds de ramp en de epidemie durfde geen van beiden meer in de nabijheid van een Indiër te komen. Zelfs hadden ze tante Phoebe voorgesteld de enige pariajongen die haar in de keuken hielp, weg te sturen, waarbij zij beweerden dat hij cholera uit de stad zou overbrengen.

Maar tante Phoebe had alleen ondeugend gezegd: „Dat zou niets geven. Europeanen kunnen tòch wel cholera krijgen ... zelfs eerder, want volgens de majoor houdt de cholera van fris, Europees bloed. De Europeanen plegen eraan te sterven als vliegen."

Tante Phoebe vond het niet nodig andere voorzorgsmaatregelen te nemen dan de gewone zindelijkheid. Als je cholera moest krijgen, kreeg je ze toch. Misschien was het de wil van de Heer en misschien ook alleen per ongeluk, maar je kon er weinig tegen doen. In het begin was de angst van mevrouw Hogget-Clapton erger geweest dan die van mevrouw Simon, maar gaandeweg had de besmetting zich uitgebreid, tot beiden in een voortdurende staat van hysterie leefden, die nog versterkt werd, wat mevrouw Hogget-Clapton betreft, door de cognac die ze in haar huis had gevonden doordat de plunderende Bhils die niet hadden aangeroerd. Tante Phoebe was bezig haar zijden japon op te strijken, toen ze door het venster de twee gestalten naar de missie zag komen voor de lunch, langs de weg uit de richting van de distilleerderij. Het regende weer en beiden droegen paraplu's en tassen over de schouders – welke tassen, zoals tante Phoebe wist, gevuld waren met mevrouw Hogget-Claptons verzameling rariteiten. Al twee dagen lang waren ze bezig die van het huis naar de voorraadkamer van de missie over te brengen. Een hoek van het vertrek was vol koperwerk en goedkope sjaals en sari's, ingelegde taboeretten en geborduurde kussens. De politie had de naaimachine, de wekker en drie koperen bladen teruggevonden en de Bhils die ze hadden weggenomen, waren nu opgesloten in een grote, kale kamer in de filkana van de olifanten. Maar het vergrote en gekleurde portret van mevrouw Hogget-Clapton in haar bloeitijd ontbrak nog steeds.

Terwijl tante Phoebe naar hen keek, ontdekte ze de gestalte van een koelie, die de weg afkwam in de richting van de beide vrouwen en ze zette het strijkijzer neer om af te wachten wat er zou gebeuren. Toen de koelie op twintig meter afstand van de beladen vrouwen was gekomen, renden ze het modderige veld in, en stopten niet eerder dan toen ze wel vijftig meter van de weg af waren. Van die afstand riepen ze in slecht Hindoestani naar hem dat hij niet dichterbij mocht komen. De man wierp hen een enkele blik toe en vervolgde zijn weg naar de stad. Toen hij voorbij was gegaan, keerden ze terug naar de weg en gingen verder naar de missie. Tante Phoebe grinnikte en ging door met vochtige kreukels uit de foulard te strijken.

„Net een paar orthodoxe brahmanen," dacht ze.

Na een tijdje hoorde ze hen in de voorraadkamer met elkaar praten, terwijl ze hun last aan schatten daar losten. Opeens zag ze door het venster een Mahrattaanse politieagent de oprijweg naar de missie opkomen. Hij kwam van Gopal Rao, met een briefje voor mevrouw Hogget-Clapton. Het meldde dat meneer Hogget-Clapton ervoor had gezorgd dat een van de vliegtuigen zijn vrouw in veiligheid zou brengen naar Bombay. Er waren twee plaatsen in het vliegtuig, behalve die van de piloot. Mevrouw Hogget-Clapton kon meenemen wie ze wilde. Toen ze het briefje had gelezen, viel ze op een keukenstoel en zei: „Goddank! We zijn gered!"

„Wat? Wat is het?" vroeg mevrouw Simon. „Hoezo zijn we gered?"

„Herbert stuurt een vliegtuig voor ons. Ik wist wel dat hij me niet in de steek zou laten."

„Jij kunt gaan. Ik kan niet – ik kan Fern niet achterlaten."

Maar tante Phoebe, die geen risico wilde lopen, kwam net op tijd binnen om te horen wat ze zei en vóór mevrouw Hogget-Clapton kon antwoorden, zei ze: „Fern gaat toch niet weg. Ik zal op haar passen. U hoeft zich geen zorgen te maken."

„Dat kan ik niet doen."

„U kunt niets anders doen. Stel dat u cholera krijgt en hier sterft, dan is

Fern wees. Dat zou prettig voor haar zijn, niet? Dan heeft ze niemand meer om voor haar te zorgen."
Mevrouw Hogget-Clapton zei: „Ze heeft gelijk, Mary Lou. Denk eraan, speciaal nu ze op het punt staat te trouwen. Je moet evengoed aan jezelf denken als aan Fern."
„Ik zal erover moeten denken."
Maar tante Phoebe zei: „Pakt u liever bij elkaar wat u beiden wilt meenemen. Die vliegtuigen zullen hier voor donker moeten vertrekken. Wees maar niet bang. Ik begrijp Fern. Bertha en ik kunnen een oogje op haar houden."
„Ik moet haar spreken vóór ik wegga."
Maar mevrouw Hogget-Clapton, die wat dronken was, kwam tussenbeide: „Wil je dan naar dat pesthuis? Dat verbied ik je. Dan zou je de infectie kunnen meenemen. Ze zouden je niet laten landen in Bombay. Dat kun je niet doen. Denk eens, Fern verloofd en zo'n goede partij. Dit is nu het moment om gezond verstand te tonen."
„Pak liever uw boel in," herhaalde tante Phoebe kalmpjes.
„Ik zal erover denken," zei mevrouw Simon en begon plotseling te schreien. „Ik heb nog nooit gevlogen," zei ze.
„Ik evenmin," zei mevrouw Hogget-Clapton. „Maar ik vlieg liever dan dat ik sterf als een rat in zijn hol. De Smileys kunnen mijn koperwerk bewaren, nietwaar? Dat zal hun geen last bezorgen."
„Nee," zei Bertha Smiley.
„We zullen er goed voor zorgen," zei tante Phoebe.
„Het is allemaal zo vreselijk," zei mevrouw Simon, nog snikkend. „Ik begrijp niet waarom Fern alles nog erger moet maken door in die afschuwelijke stad te blijven. Ze heeft van haar geboorte af nooit eens aan iemand anders dan zichzelf gedacht."
„Maak voort," zei tante Phoebe, „als u om drie uur klaar bent, kunt u met mij meegaan naar de stad."
„We kunnen niet die hele weg lopen," zei mevrouw Hogget-Clapton.
„Dat hoeft u niet," zei tante Phoebe. „De maharani stuurt me haar ossekar. U kunt met mij meerijden." Toen verliet ze hen op een manier alsof dit een eenvoudige opmerking was geweest en niet een donderslag uit heldere hemel. Toen ze weg was, gingen mevrouw Hogget-Clapton en mevrouw Simon, wier tranen plotseling opgedroogd waren, naar de voorraadkamer om alles in orde te brengen voor hun vertrek. Toen de deur was gesloten, sprak mevrouw Simon uit wat hen beiden vervulde: „Hoe zou ze het hebben klaargespeeld om te worden uitgenodigd door de maharani?"
Er kwam geen antwoord. Mevrouw Hogget-Clapton rolde met haar ogen en wendde zich af om uit de berg van haar bezittingen de dingen op te zoeken die ze van plan was mee te nemen.
„Ik moet zeggen, alles is hier even verdwaasd. Als ik in Bombay kom, zal

447

ik Herbert overhalen zijn ontslag te nemen bij de bank en me mee terug te nemen naar Engeland. Een man met zijn begaafdheid kan daar ook een goede betrekking krijgen. Kan hij dat niet, dan gaan we gewoon ergens in Shropshire wonen. Daar heb ik een boel familieleden, landadel, weet je. Ik wil de beste jaren van mijn leven niet verder verknoeien in een stad als Ranchipur." Ze maakte een dronken geluid van verontwaardiging. „Stel je voor! Dat oude schepsel wordt uitgenodigd door de maharani!"

Voor mevrouw Simon was het eenvoudig genoeg om voorbereidingen te maken, aangezien alles wat ze in de wereld had bezeten, begraven lag onder de hoop stenen die eens haar huis was geweest. Tussen haar en mevrouw Hogget-Clapton had een soort verzoening plaatsgehad en nu de eerste opwinding en angst voorbij waren, schoten ze beter op, gedeeltelijk omdat ze in zekere zin in elkaars armen waren gedreven, aangezien verder niemand in Ranchipur, uitgezonderd de Smileys, die hen te eten gaven, de minste notitie van hen beiden nam. Maar de verzoening was niet samengegaan met het herstel van mevrouw Hogget-Claptons prestige. Mevrouw Simon hield het geheim van haar drankzucht boven haar hoofd als een zwaard van Damocles en nu het geheim eenmaal geen geheim meer was, dronk mevrouw Hogget-Clapton niet meer heimelijk en was niet meer alleen 's avonds dronken, in de beslotenheid van haar eigen huis. Nu dronk ze wanneer en waar het haar beliefde. In zekere zin vergoedde haar dat het verlies van haar prestige. Nu noemde mevrouw Simon haar openlijk bij haar voornaam. Sinds mevrouw Simon als een vaststaand feit had meegedeeld dat ze de schoonmoeder van de broeder van een hertog werd, was ze zeker van haar eigen superioriteit. Maar innerlijk haatten ze elkaar met de haat van twee vrouwen die altijd afkeer en wantrouwen tegen elkaar hebben gekoesterd. Terwijl mevrouw Hogget-Clapton onzeker op een stoel zat en rommelde in haar bazaarprullen, lag mevrouw Simon op bed te huilen en telkens te herhalen: „Ik kan niet weggaan. Ik kan Fern niet verlaten. Ze is alles wat ik heb in de wereld." Ze besefte nu meer dan ooit welk verlies ze had geleden met de dood van haar man en dochter Hazel, want ze voelde dat ze een aanval zou krijgen terwijl er geen publiek was, niemand om zich over haar bezorgd te maken, niemand om haar te troosten en lief toe te spreken.

Mevrouw Hogget-Clapton ging door met allerlei dingen uit te zoeken en op te stapelen aan beide zijden van de stoel. Er was een schijn van orde in, maar slechts schijn. Ze legde bepaalde dingen dàn weer op de ene, dàn weer op de andere hoop, tot ze tenslotte in vertwijfelde verwarring naar het bed keek en zei: „Verdomme, Mary Lou, help me toch wat met deze rommel."

Maar mevrouw Simon kreunde en zei: „Vraag me nu niet om iets te doen."

Toen ging mevrouw Hogget-Clapton overeind zitten, keek weer naar het bed en zei, terwijl ze haar woorden berekende met de dodelijke zekerheid van de dronkenschap: „Je bent alleen nu, goed! Je hebt geen mens meer.

Dus kun je beter pakken en naar Unity Point terugkeren, naar je ouwe *mammies*, want als je denkt dat je Fern ooit terugkrijgt, ben je stapel. Daarvoor heeft dat meisje te veel gezond verstand."

Mevrouw Simon slaakte een zachte kreet en bedekte het gezicht met de handen alsof ze was geslagen, maar het publiek ontbrak. Mevrouw Hogget-Clapton draaide haar eenvoudig de rug toe en ging verder geheel op in de eindeloze verwarring van haar uitzoekerij.

De ossekar kwam een half uur te laat en toen de wagen verscheen, zaten mevrouw Simon en mevrouw Hogget-Clapton omringd door bundels en pakjes waarin hun schatten zaten. De twee „vriendinnen" spraken niet tegen elkaar en tante Phoebe zat tussen hen in, met stil genoegen en het bewustzijn dat in deze wereld zelden je vijanden zozeer aan je genade worden overgeleverd. Nu en dan snufte mevrouw Simon en drukte een zakdoek tegen haar ogen. Ze droeg een tropenhoed van mevrouw Smiley en een van de grofzijden japonnen van mevrouw Hogget-Clapton, die ze had geleend vóór de laatste beledigingen. De japon was haar te groot en gaf haar tegelijkertijd een somber en belachelijk uiterlijk.

Toen de wagen tenslotte verscheen, getrokken door de witte ossen van Mysore met hun vergulde horens, was alles heel anders dan tante Phoebe zich had voorgesteld. Omdat ze nooit een koninklijk voertuig had gezien, had ze gemeend dat het zou lijken op de rijtuigen die te Beaver Dam de treinen opwachtten en waarin ruimschoots plaats was, zowel voor de reizigers als de bagage. In plaats daarvan bleek dit een soort troon op vier wielen te zijn, met een plaats voor de ossedrijver vooraan. Het was een brede troon, maar niet breed genoeg voor de zitvlakken van de drie dames. Als mevrouw Hogget-Clapton en mevrouw Simon het vliegtuig op tijd moesten bereiken, viel er niets anders te doen dan er alle drie, hóé dan ook, op te kruipen. Het slot was, dat tante Phoebe midden op de troon zat, met haar smalle achterste gedrukt tussen de brede van de twee andere reizigsters. Boven op hen waren mevrouw Hogget-Claptons bundels en pakjes gestapeld. De ossedrijver bekeek dat hele toneeltje vol wantrouwen. Nog nooit had hij de koninklijke wagen zien gebruiken als omnibus en omdat hij al te laat was, was hij bang voor de toorn van de maharani. Bovendien werd hij in de war gebracht door het vreemde taaltje dat de dames beurtelings en soms alle drie tegelijk tot hem richtten. Intussen viel de regen in stromen, zodat tegen de tijd dat de drie vrouwen goed en wel onder het opvouwbare bovenstuk van de wagen zaten, al tante Phoebes strijken van haar nieuwe foulard voor niets was geweest. Maar eindelijk zaten ze en de voerman klom op zijn plaats, porde de twee onwillige ossen in hun achterste en het gezelschap reed de oprijweg van de missie af.

De ossen waren luxueuze dieren, die zich bewust waren dat hun voorouders lang geleden in Mysore waren gefokt om het kanon van de Tippo Sahib te trekken. Ze waren weldoorvoed en gewassen en hun horens werden elke morgen opnieuw verguld. Ze waren gewend alleen de oude maharadja te trekken op zijn avondritjes. Nog nooit hadden ze zo'n ordinaire last moeten trekken als tante Phoebe, mevrouw Simon en mevrouw Hogget-Clapton met haar pakjes, en nu werden ze ook aangepord door een voerman die doodsbang was zijn passagiers te laat af te leveren bij de tent van de maharani. Ze zetten er de draf in, waardoor ze beroemd waren, terwijl ze zich grommend en bulkend voortbewogen over de macadamweg. Die draf was erg onprettig en schokkend en trok het lichte wagentje vooruit met een reeks van rukken die mevrouw Simon en mevrouw Hogget-Clapton bang maakten. Eindelijk reden ze dan in een voertuig dat aan de maharani behoorde, maar alleen bij de gratie van tante Phoebe en nu ze Ranchipur misschien voor altijd verlieten.

De draf, begeleid door het beangstigende grommen en brullen van de ossen, hield aan tot aan de spoorbrug, want daar waren de ossen gedwongen langzaam te gaan omdat een van de losse planken zou kunnen opspringen en de wagen doen verongelukken. De rivier was nu wat gedaald, maar nog altijd brulde het water dicht onder de brug. Het zien van dat stromende water maakte mevrouw Hogget-Clapton duizelig. Ze sloot de ogen en leunde achterover, terwijl ze vaag dacht: „Als ik sterven moet, hoef ik het niet ook nog te zien aankomen." Mevrouw Simon sloot eveneens de ogen en voegde haar gesteun bij de protesterende geluiden die de onwillige ossen maakten. Wat tante Phoebe betreft, die zat rechtop, omklemde twee van mevrouw Hogget-Claptons bundels en staarde naar de stad. Al vier dagen was ze verteerd door verlangen om te zien wat er met de stad was gebeurd en er was geen ogenblik tijd voor haar geweest om die nieuwsgierigheid te bevredigen. De voerman schold luid op de ossen, de losse planken kraakten en dansten onder de wagen, maar eindelijk bereikten ze weer vaste grond. Mevrouw Simon opende haar ogen en zei: „Goddank!" en bedekte haar gezicht tot de ogen met een Indische sjaal. Onmiddellijk deed mevrouw Hogget-Clapton haar dat na.

Er lagen nu geen lijken meer langs de weg, maar hier en daar wel beenderen van een aap, koe of hond, wit en schoongepikt door de gieren. Tussen de verwoeste huizen hadden de stedelingen in de modder wankele schuilplaatsen gebouwd, en toen de wagen voorbijkwam, verschenen gezichten die verbaasd staarden naar het schouwspel van de bulkende ossen van de maharadja, met hun vergulde horens. die drie Engelse vrouwen trokken, begraven onder pakjes, waarvan er twee blijkbaar waren gesluierd als mohammedaanse vrouwen. Hier en daar waren troepjes koelies aan het werk, bezig het wrakhout en de rommel op te ruimen die door het water tussen de ruïnes waren gestrooid. Mevrouw Hogget-Clapton vergat haar angst en staarde met dronken oogjes naar dat alles om zich heen, vaag bedenkend dat deze details een prachtig verhaal zouden vormen als Herbert maar eerst ontslag had genomen en ze veilig terug waren in Engeland. Ze naderden de muziekschool, waar koelies bezig waren een stapel lijken te verbranden en tenslotte de grote poort, waar de drie vrouwen de voerman, die alleen Mahrattaans kende, in slecht Hindoestani bewogen tot stoppen. Maar nauwelijks stond de wagen stil en waren de ossen opgehouden met grommen en bulken, of mevrouw Simon begon weer te huilen. Het zien van de muziekschool en het verbranden van de lijken had haar overstuur gemaakt en weer een opwelling van liefde en toewijding voor Fern in haar gewekt, zodat ze nu hardnekkig volhield dat ze haar vóór het vertrek moest gaan groeten. Maar ditmaal verstond mevrouw Hogget-Clapton geen gekheid. Ze zei: ,,Als je in de buurt van de muziekschool komt, ga je niet met mij mee in het vliegtuig."

Toen verscheen Gopal Rao, met een sprankje vermaak in zijn jonge, Mahrattaanse ogen en begon de bundels, waaronder ze waren begraven, uit de wagen te halen. Mevrouw Hogget-Clapton en mevrouw Simon gingen door met kibbelen, op enigszins gesmoorde toon vanwege de sjaals die ze voor hun gezichten hielden. Mevrouw Hogget-Clapton zei: ,,Als je denkt dat ik hier cholerabacillen ga zitten inademen, terwijl jij naar dat pesthuis gaat om Fern op te zoeken, ben je gek." Daarop wendde ze zich met dronkemansarrogantie tot Gopal Rao. ,,Boy," zei ze, ,,waar is het vliegtuig?"

Even flikkerde er iets van boosheid in de zwarte ogen, maar die stierf snel weg en Gopal Rao grinnikte: ,,Op het veld achter de Perzische toren."

,,En hoe komen we daar?"

,,Ik ben bang dat u zult moeten lopen." Hij sprak nu ironisch beleefd, met hoffelijke spot; zijn opwelling van boosheid was verdwenen en zijn Mahrattaans gevoel voor humor keerde terug. Met de intuïtie van de Indiër begreep hij dat deze twee vrouwen van middelbare leeftijd belachelijk waren en volgens Europese maatstaf van geen enkele betekenis.

Hij was een Mahrattaan, een afstammeling van zwervende krijgslieden. Haar slechte manieren konden hem niet raken.

,,Ik kan niet zo'n eind lopen," zei ze. ,,Kijk eens naar mijn voeten." Ze toonde een kleine voet, in schoeisel met de allerhoogste en lichtzinnigste hakken. Het was duidelijk dat ze zich niet had gekleed voor de ontvluchting, maar voor aankomst in Bombay.

,,Madame," zei Gopal Rao, ,,er is geen andere mogelijkheid. We kunnen het vliegtuig niet hier brengen. Een vliegtuig moet ruimte hebben om te kunnen opstijgen."

,,De ossewagen is er toch?" Maar toen ze zich omkeerde, reed de ossewagen al in volle vaart weg, terwijl de ossen luider dan ooit bulkten en gromden onder de aansporingen van de voerman, die op zijn beurt werd aangevuurd door zijn angst voor de maharani. Tante Phoebe had plezier in de scène en zou liever nog wat zijn gebleven, maar de voerman nam haar nolens volens mee om aan de maharani af te leveren.

Op hetzelfde ogenblik verschenen twee gestalten in de poort. Het waren lady Heston, gekleed in verpleegsterskostuum en juffrouw Hodge. Ze liepen hand in hand als schoolmeisjes. Toen ze haar zag, wendde mevrouw Hogget-Clapton zich om en zei: „Goedemiddag, lady Heston."

Edwina antwoordde: „Goedemiddag."

Mevrouw Simon, nog altijd heftig opgewonden, zei: „Goedemiddag," en toen zag mevrouw Hogget-Clapton haar kans. Ze zei: „We gaan straks per vliegtuig naar Bombay. Ik heb een plaats over. Ik kan u meenemen, als u dat wenst."

Mevrouw Simons mond ging open en dicht achter haar sjaal, maar er kwam geen geluid uit. Ze was zo verbluft door de verraderlijkheid van haar vriendin, dat ze niet kon spreken. Het was ook niet nodig, want lady Heston antwoordde: „Dank u voor het aanbod, maar ik blijf hier. Ik hoop dat u een goede reis zult hebben," en toen gingen zij en juffrouw Hodge verder.

Intussen had Gopal Rao drie koelies beladen met de bundels en zei: „We moeten nu voortmaken. Het vliegtuig moet weg, als het vóór donker in Bombay wil aankomen. Ik zal u de weg wijzen." Zonder meer ging hij voor, gevolgd door de drie koelies die de bundels torsten. Een ogenblik staarden de twee vrouwen die optocht na; toen werden ze weer bevangen door hun angst voor Ranchipur, voor cholera, voor de dood, en ze volgden de kleine processie, zo gedwee als lammeren, door de modder en het vuil in de richting van de Toren der Stilte, mevrouw Hogget-Clapton hobbelend op haar hoge hakken, terwijl haar boezem en achterste sidderden bij iedere stap.

De maharani scheen niet verwonderd te zijn over tante Phoebes late komst. Ze kwam de tent binnen en maakte alle instructies van Bertha Smiley in de war, door nader te komen en tante Phoebe de hand te drukken. De bedienden hadden ergens vandaan een schommelstoel opgezocht en de maharani nodigde tante Phoebe uit daarin plaats te nemen. Toen stelde ze de prinses van Bewanagar voor, die ook tante Phoebes hand drukte. De maharani zelf ging niet op een kussen zitten, maar op een empirezetel, die uit het paleis was gered. De oude prinses zette zich op een opvouwbare kampeerstoel. Toen zei de maharani: „Ik heb al een tijd verlangd u bij me te zien. Ik wilde al een tijdlang met u kennismaken, maar mijn leven is zo overvuld met allerlei dingen."

„Uwe Hoogheid," zei tante Phoebe, „het was heel vriendelijk van Uwe Hoogheid om me te laten komen."

„Men heeft me verteld dat u tijdens de ramp veel voor mijn onderdanen heeft gedaan."

„Ik deed wat er moest worden gedaan, Uwe Hoogheid," zei tante Phoebe eenvoudig. „Het spijt me dat ik zo laat kom, maar de voerman was te laat en dan waren er die twee vrouwen. Ik moest ze naar de stad meenemen."

„Welke twee vrouwen?"

„Mevrouw Hogget-Clapton en mevrouw Simon."

De maharani fronste haar voorhoofd: „Konden die niet te voet gaan?"

„Jawel, Uwe Hoogheid, maar ik wilde er zeker van zijn dat ze weggingen."

De frons ging over in een vluchtige glimlach. „Mevrouw Hogget-Clapton," zei ze. „Dat is de vrouw van de bankdirecteur, is het niet?"

„Ja, Uwe Hoogheid."

„De andere was de vrouw van de missionaris."

„Zo is het, Uwe Hoogheid."

„Ja, ze is weleens in het paleis geweest. Ik herinner me haar."

Toen viel er een stilte waarin tante Phoebe, die zenuwachtig afwachtte, zachtjes begon te schommelen.

Er verscheen een bediende met thee en toen zei de maharani: „Ik ben u zeer dankbaar, en ook de Smileys, voor alles wat u hebt gedaan." De oude prinses schonk thee en met een theekopje in de hand begon tante Phoebe zich meer op haar gemak te voelen. Ze had de maharani enige malen op een afstand gezien, als ze op warme avonden in haar Rolls-Royce voorbijreed terwijl ze tussen haar volk doorreed zonder iemand aan te zien, en ze was tante Phoebe dan altijd veraf en onwezenlijk en niet helemaal menselijk voorgekomen, als een uit steen gehouwen godin. Nu zag ze dat de maharani wèrkelijk was, van vlees en bloed; uit de voorzichtige manier waarop ze op de empirestoel ging zitten kreeg men de indruk dat ze zelfs een beetje aan ischias leed.

„Het zijn twee erg malle vrouwen," zei Hare Hoogheid opeens.

Tante Phoebe, die dadelijk wist wie ze bedoelde, antwoordde: „Ja, Uwe Hoogheid, zulke vrouwen zijn in een tijd als deze maar lastposten."

„Erg ordinair," zei de maharani. Toen was ze niet bij machte haar nieuwsgierigheid langer te bedwingen en vroeg: „Waarom bent u uit Amerika weggegaan om hierheen te komen?"

„Ik wilde Indië graag zien, Uwe Hoogheid, en toen ik eenmaal hier was, beviel het me goed."

„Bevalt het u nog steeds – zelfs nu?"

„Ja, Uwe Hoogheid, zelfs nu. Op mijn leeftijd hoeft men nergens bang voor te zijn."

„Hoe oud bent u?"

„In september word ik tweeëntachtig."

Ze begonnen goed met elkaar op te schieten. Tante Phoebe hield ervan als mensen ronduit spraken en geen praatjes verkochten. De maharani draaide niet om de dingen heen. Ze stelde ronduit vragen.

„Vertel me iets van uzelf . . . van uw leven in Amerika."

„Ik weet niet wat ervan te vertellen valt, Uwe Hoogheid."

„Over uw familie en in wat voor huis u woonde en hoe het allemaal was in uw jeugd."

Tante Phoebe begreep wat ze wenste. Ze wilde iets te weten komen over Amerika en de mensen daar, net zoals zij had verlangd iets te weten van Indië en van mensen als de maharani. Dus begon ze te vertellen over Iowa, haar meisjesjaren, haar ouders en grootouders, en beschreef de farm en de strenge winters en de zomers die, als het goed korenweer was, even heet waren als Ranchipur in de regenmoesson. Terwijl ze vertelde, verdween haar zenuwachtigheid en toen de maharani doorging met vragen stellen, merkte ze dat in deze oude vrouw, die op bedeesde toon zat te praten terwijl ze zachtjes schommelde, veel wijsheid school en eenvoud, waardigheid, humor, goedheid en begrip en ook zelfs wat ongeduld als het om dwazen en nietsnutten ging. Ze begonnen elkaar te begrijpen en met elkaar op te schieten en tenslotte vergat tante Phoebe de instructies van Bertha Smiley om bij elke zin „Uwe Hoogheid" te zeggen en ze zei soms maar gewoon „u". Na een tijdje begon de maharani te vertellen van haar eigen jeugd en kindertijd en hoe hard het leven was geweest op dat afgelegen, wilde, stoffig rode tafelland, waar ze was geboren en dat ze niet had weergezien sinds ze een kind van dertien jaar was. Ze voelde zich op haar gemak met die oude dame uit Amerika.

Ze was niet plechtstatig of arrogant en het was duidelijk dat tante Phoebe alleen was gekomen om een kopje thee te drinken en wat te babbelen, niet om gunsten te vragen of met zelfzuchtige bijbedoelingen.

Ze was terzelfder tijd genoeglijk en door haar hoge leeftijd had ze iets opwekkends. Terwijl tante Phoebe zat te schommelen en te babbelen, voelde de maharani zich net zo tegenover haar als Raschid, Ransome, de majoor en de arme, dode Jobnekar plachten te doen. Soms viel de oude prinses haar vriendin, de maharani, met een lachje in de rede om te zeggen: „Nee, zo was het niet," of „u vergist zich, masaheb, het was dat jaar voor de grote droogte."

Tante Phoebe zei nu en dan, terwijl ze schommelde en luisterde: „Wat interessant is dat," of „het is toch niet mogelijk." Tenslotte vreesde ze dat ze wat te lang bleef en ze begon erover te tobben dat ze terug moest naar het weeshuis, zodat Bertha wat rust kon nemen, maar ze hield zichzelf steeds voor wat Bertha haar had gezegd – dat ze moest blijven tot de maharani haar wegstuurde. Het was bijna zes uur toen de maharani tenslotte opstond, haar de hand drukte en zei: „U moet gauw weer eens komen. Ik zal de ossewagen sturen om u te brengen."

„Dank u," zei tante Phoebe. „Ik zal het heel prettig vinden. Ik vond het een erg aangename middag."

Toen drukte ze de hand van de plompe, oude prinses en toen ze weg waren gegaan, leidde een aide de camp haar naar de ossewagen. Ze klom op de troon en vertrok naar huis, achter de witte Mysorische ossen met vergulde horens, en overpeinsde wat een interessante brief ze naar haar zoons zou kunnen schrijven. Ze kon niet begrijpen wat de mensen bedoelden als ze zeiden dat Indiërs zo anders waren, en er was opeens een warm gevoel in haar hart, omdat zij, op haar leeftijd, twee nieuwe vrienden had gekregen. Ze had de laatste tijd veel geluk gehad met nieuwe vrienden – zoals lady Heston en Fern. Ze dacht: „De volgende maal dat ik hier kom, moet ik naar het ziekenhuis gaan, om hen op te zoeken."

Sinds lady Heston in het ziekenhuis was gekomen, bood zich nu de eerste gelegenheid voor haar aan om het te verlaten. Toen de nieuwe verpleegsters waren aangekomen, zei juffrouw MacDaid, die haar in de gang ontmoette: „U ziet er slecht uit. Gaat u liever wat lucht scheppen." Daarop was ze uitgegaan, blij uit het ziekenhuis te ontsnappen, al was het maar om in de trieste stad te komen. Ze was van plan geweest alleen te gaan, want er waren veel dingen waarover ze rustig wilde nadenken, maar juist toen ze wegging, kwam juffrouw Hodge aanrennen en riep als in een paniek: „Waar gaat u heen? U verlaat me toch niet?" Dus schoot er niets anders over dan juffrouw Hodge aan haar hand mee te nemen, alsof het een kind was. Niet dat de arme juffrouw Hodge veel last veroorzaakte – ze was volmaakt tevreden als ze maar stilletjes naast haar mocht lopen – maar ze was zo graag wat alleen geweest. Sinds vier dagen was ze geen ogenblikje alleen geweest, behalve in de stille morgenuren, als ze waakte over meer dan tweehonderd zieke en stervende mensen. Voor de eerste maal in haar leven besefte ze dat alleen kunnen zijn, wat ze altijd als iets heel gewoons had beschouwd, een grote en kostbare luxe was. Alleen in haar kamer te kunnen zitten leek opeens een soort paradijs. Innerlijk hield ze niet van vrouwen en een kamer te moeten delen met een vrouw, zelfs al was het de dwaze, onschadelijke juffrouw Hodge, was een soort straf voor haar, waartegen haar instinct, haar zenuwen, haar hele wezen in opstand kwamen. Soms, als ze er kalm over nadacht terwijl ze in de ziekenzaal zat en de wacht had, dacht ze: „Er moeten mensen in de wereld bestaan die in hun hele leven nooit een kamer voor zichzelf hebben bezeten. Ik denk dat de meeste mensen wel zo zullen moeten leven." Maar dat maakte het niet gemakkelijker voor haar. Toch speelde ze het klaar haar ergernis te beheersen toen Fern de helft van het kostbare stukje spiegel wegnam; ze beheerste zich zelfs als juffrouw Hodge onverdraaglijk werd en naar haar zat te staren terwijl ze haar nagels en haren behandelde, ja, haar zelfs volgde als ze naar het tijdelijk ingerichte privaat ging en geduldig daarvoor bleef staan, als een hond die op zijn meester wacht. Ze beheerste zich om juffrouw MacDaid geen reden te geven haar weg te sturen. Dat maakte het ontbreken van een privé-leven echter niet beter, maar eerder erger. Nu de drie verpleegsters waren gekomen, was ze banger dan ooit dat men haar zou wegsturen. Ze kon nu niet weggaan. Ze kon niet ergens heen gaan waar ze hem niet meer kon zien, al was het maar vluchtig nu en dan, overdag of 's nachts. Soms ging hij voorbij op de trap of in de ziekenzaal zonder meer notitie van haar te nemen dan als ze een stoel of tafel was geweest, maar tweemaal had hij nog met haar zitten praten in het schijnsel van de brandstapel buiten het raam. Hij had haar even aangekeken en toen hun ogen elkaar ontmoetten, wist ze dat hij niets had vergeten van wat hij had gezegd. Iedere keer was haar hele lichaam warm geworden en ze had zich verward afgewend, terwijl de kamer om haar heen draaide; de rest van de dag had ze het vuilste werk gedaan als in een droomtoestand zonder iets te zien van wat haar omringde.

Nu ze door de verwoeste straten liep naar het park van de maharadja, terwijl juffrouw Hodge gelukkig naast haar voortstapte, verbaasde ze zich diep over wat haar was overkomen – dat ze op haar zevenendertigste jaar voor de eerste maal verliefd was geworden. Dat dit gebeurde nadat ze al zoveel had beleefd, versterkte nog haar gevoel van verbazing. Soms had ze in vertwijfeling gemeend dat ze nooit zou vinden wat ze zocht, zonder te weten wat het was. Nu wist ze het.

Het was heel anders dan alles wat ze ooit had ondervonden of zich had voorgesteld. Het was, ging het door haar gedachten, als een manifestatie van de natuur, als een bloem die zich blaadje voor blaadje opent in de zonnewarmte. Het was alsof haar geest innerlijk groeide en zich uitbreidde en al haar zinnen zich dat proces met uiterste nauwkeurigheid bewust waren. Terwijl ze voortliep, was het of haar lichaam niets meer woog – of ze zweefde over de modderige aarde. Ze dacht: ,,Ik ben jong. Dit is de eerste maal dat ik jong ben.'' Want lang geleden, op haar zeventiende jaar, was ze in een ruwe, realistische wereld geworpen die vol dood en wanhoop was en zich onzinnig haastte, een wereld waarin geen tijd of plaats was voor jeugd, behalve om te worden geslacht.

Het was merkwaardig, hoe anders dan al het andere het gevoel was dat zij nu had leren kennen, hoe weinig lichamelijks erin was, hoe weinig nieuwsgierigheid of zelfs begeerte, hoe weinig van de vreselijke verveling en dorst naar bevrediging die ze bij al haar andere avonturen had gevoeld, zelfs die eerste maal, lang geleden, met Tom Ransome. Voor de eerste maal werd ze vervuld door een verlangen zichzelf te beheersen en haar lichaam te bedwingen en zelfs te vernederen. Begeerte leek niet belangrijk meer; het was voldoende om te dienen, voldoende om voor altijd dicht bij hem te zijn, zoals het nu was, werkend, tevreden, gelukkig met een blik of woord. Ze herinnerde zich wat hij had gezegd – dat voor een dokter en chirurg het lichaam een machine was, niet meer of minder. De zintuigen konden vreugde of pijn verschaffen, maar het was niet belangrijk. Het belangrijke was datgene wat boven het lichaam uitsteeg en zonder hetwelk geen volmaakte extase mogelijk was.

Boven het vervelende gebabbel van juffrouw Hodge uit, die als een last aan haar hand hing, sprak een vreemde gedachte in haar – dat dit nieuwe besef, deze nieuwe extase, mogelijk voor haar waren omdat bij al haar ondervindingen en al haar verwarrende ervaringen, haar lichaam niets was geweest dan een machine, die ze in koelen bloede had gebruikt. Zodoende werd dat deel dat haar werkelijke ik was gered. Ze had nooit omgang gehad met een man die ze niet minachtte; Ransome om zijn zwakheid en verlammende twijfel aan zichzelf; Heston omdat hij een bruut was; Louis Simon, de bokser, omdat ze hem, in weerwil van de genoegens die hij haar verschafte, toch minachtte om zijn domheid. In deze nieuwe wereld bestonden die anderen nauwelijks meer. Het viel haar moeilijk zich hun stemmen te herinneren, of de manier waarop ze haar liefhadden of zelfs hun uiterlijk. De majoor was de eerste man voor wie ze achting voelde. Ze wenste te zijn als hij, haar eigen persoonlijkheid in hem te doen opgaan, te werken zoals hij werkte, zich zijn achting waardig te maken. De moeheid en verveling waren nu verdwenen voor altijd, naar ze geloofde. Ze was ontsnapt aan de dodelijke angst die haar de laatste jaren had vervolgd, dat ze oud, afstotend en ontuchtig zou worden, zoals de vrouwen in het verre Europa, die spookten in nachtclubs en op badplaatsen en jonge minnaars onderhielden. Nu was ze bevrijd; ze vroeg geen andere gunst dan in zijn nabijheid te mogen zijn, te mogen werken voor hem en nu en dan met hem te spreken. Terwijl ze met juffrouw Hodge wandelde, zag ze niets van het trooteloze schouwspel van de verwoeste stad en voelde noch de drukkende hitte, noch de doorwekende regen, die onophoudelijk viel, in plotseling uitbarstende stromen. Ze merkte slechts een soort rozig licht op, waarvan de hemel vol scheen. Ze dacht: „Het werkt nu. Daarvoor ben ik naar Indië gekomen . . . Iets moest er met me gebeuren."

Toen merkte ze de ossewagen op, de drukte eromheen en de gestalten van Gopal Rao, mevrouw Hogget-Clapton, mevrouw Simon en tante Phoebe, de koelies, de hoeveelheid pakken en de bulkende ossen. Ze zag dat alles in een waas. Ze hoorde mevrouw Hogget-Clapton tegen haar spreken en wist dat ze haar antwoord gaf, maar sterker dan iets anders was in haar op dat ogenblik het plotselinge besef van de rijkdom des levens, van het komische element in de scène onder de boog van de grote poort. Alles was nu opwindend, alsof ze een kind was dat voor het eerst iets zag van de grote wereld.

Toen voelde ze, terwijl ze snel langs het groepje liepen, juffrouw Hodge aan haar hand trekken en hoorde haar zeggen: „Kijk eens, daar is ons huis. Laten we binnengaan en zien of Sarah is teruggekomen." Ze opende het hek, een beetje nieuwsgierig en omdat het haar niet kon schelen waar ze heen ging. Toen ze het pad opliepen, zei juffrouw Hodge: „Ik wou u laten zien hoe aardig we het huis hebben ingericht. U zou helemaal niet denken dat u in Indië was. Het is net een huis in Engeland."

De deur stond op een kier en toen ze die opende, riep juffrouw Hodge: „Sarah! Sarah!" Toen er geen antwoord kwam, zei ze: „Ik kan het niet begrijpen. Ze zou nooit uitgaan en de deur openlaten."

Toen begreep Edwina dat in juffrouw Hodges waanzinnige geest de overstroming nooit het huisje had bereikt. Ze keerde er terug in de verwachting het precies zo te vinden als het was vóór de ramp, met alle kussens, doekjes en de heimwee verwekkende ingelijste foto's op hun plaats. Maar de zitkamer was vol modderspatten. Sommige van de foto's waren van de muur gevallen en lagen kapot op de grond. Er hing een weeë lucht van meeldauw en opdrogende modder. Nogmaals riep juffrouw Hodge: „Sarah! Sarah!" Toen drongen, ergens uit de diepte van haar verduisterde geest, besef, waarheid en gezond verstand even omhoog. Ze liet Edwina's hand los en leunde tegen de deur, met een uitdrukking van ontzetting in de ogen.

Edwina zei: „Het komt allemaal wel in orde. We zullen een dezer dagen hierheen gaan en alles weer opruimen."

Juffrouw Hodge antwoordde haar niet. Ze zei alleen, op gedempte toon: „Nu weet ik het. Sarah is dood. Ze zal nooit terugkomen. Ik weet het nu. Ze ging door de overstroming, om voor de schoolboeken te zorgen. Arme Sarah! Waarom hebt u me niet verteld dat ze dood is?" Toen gleed ze langs de deurpost op de grond, bewusteloos. Doordat het huisje zich tegenover de poort bevond, waar altijd schildwachten stonden, was het niet geplunderd. Alles bleef zoals het was geweest toen juffrouw Hodge een toevlucht zocht op het dak, zelfs de cognacfles, die Sarah Dirks op de tafel had laten staan nadat ze had geprobeerd juffrouw Hodge dronken te maken, zodat ze zou kunnen ontsnappen en sterven. Nu rook Edwina aan de fles en schonk een glas cognac tussen juffrouw Hodges lippen door. Toen deze tenslotte de ogen opende, was het moment van geestelijke helderheid gelukkig voorbij.

Ze vroeg zwakjes: „Waar ben ik?"

„Je bent in je eigen huis. We zijn hierheen gekomen om te kijken in wat voor toestand het zich bevindt."

Juffrouw Hodge ging overeind zitten en zei: „Neem me niet kwalijk. Als meisje viel ik ook dikwijls flauw." Toen verscheen bij de hoeken van haar dikke mond de schaduw van een vreemde glimlach, waarin voldoening lag, en zelfs wat verwaandheid. „Ik denk dat het door mijn toestand komt, dat ik ben flauwgevallen," zei ze. „Misschien zou ik er eens met de majoor over moeten spreken." Een schaduw gleed over haar gezicht. „Denkt u dat Sarah zal begrijpen dat ik er werkelijk niets aan kon doen?"

„Natuurlijk zal ze dat begrijpen. Nu zullen we naar het ziekenhuis terug moeten." Ze wilde juffrouw Hodge liefst snel hier vandaan hebben. Ze vreesde dat een vreselijke vlaag van geestelijke helderheid zou terugkeren. Dat zou droevig zijn, want zoals ze nu was, was ze zeer gelukkig.

Toen ze langs de muziekschool kwamen, zei Edwina: „Ik ga hier even binnen. Wacht hier op me, onder deze boom."

Maar juffrouw Hodge zei: „Laat me met u meegaan. Ik wil zo graag."

„Het is een besmet huis. Het is vol cholerapatiënten."

„Dat kan me niets schelen. Ik ben niet bang. Ik heb veel geluk."

„Laat het, om mij een plezier te doen."

„Goed," zei juffrouw Hodge, „als u het me zó vraagt." Ze ging op de rand van de muur van het grote reservoir zitten, onder een mangoboom, keek neer op haar handen en glimlachte vredig.

In de gang, die ze niet kende, stond Edwina alleen, met de lijken van drie mannen die aan cholera waren gestorven en die daar lagen, gewikkeld in hun *dhotis*, de benen tot halfweg hun kin opgetrokken. Dicht bij hen was een grote plas water, waar de regen door het beschadigde dak was gelopen. Even stond ze stil, zich fel bewust van het troosteloze in deze aanblik en dacht, bijna met jaloezie: „Dit is vreselijker dan het ziekenhuis! Fern is hierheen gezonden. Dat moet zijn gebeurd omdat men haar meer vertrouwde dan mij." Ze was van plan geweest Fern op te zoeken, haar in het voorbijgaan een vriendelijke groet toe te roepen, maar nu wist ze niet hoe ze haar zou kunnen vinden in dit vreemde, troosteloze gebouw. Een straatveger kwam voorbij, met een bezem en een ijzeren emmer. Hij keek haar zonderling aan, en toen ze probeerde iets in het Engels tegen hem te zeggen, schudde hij alleen het hoofd en liep langs haar heen als een doofstomme, zonder dat iets veranderde in zijn gelaatsuitdrukking.

Overal hing de reuk, de vreselijke stank van de cholerapatiënten. Ze dacht: „Fern is misschien in die kamer," maar toen ze de deur opende, zag ze in het zwakke licht van de regendag alleen twee rijen cholerapatiënten, die op de vloer van een lang vertrek lagen. De afschuwelijke lucht dreef langs haar de gang in en opeens werd ze overweldigd door walging en angst. Toen, terwijl ze de deur sloot, zag ze vaag Ransome de gang afkomen, aan de andere zijde van de plas water.

Toen hij dichterbij was, herkende hij haar en vroeg: „Wat doe jij hier?"

„Ik had een uur vrijaf. Ik liep binnen om Fern even te groeten."

„Ze slaapt. Sinds de nieuwe verpleegster is gekomen, werd het gemakkelijker voor haar. De Zwitser is dood."

„Cholera?"

„Ja."

„Is het daarom, dat jij hier bent?"

„Nee. Ik ben hier gekomen om er te blijven. Dit is mij nu hier toevertrouwd – samen met Fern en de nieuwe verpleegster."

„Ik benijd je niet."

„Het is niet amusant. Je had hier niet moeten komen en je moet hier niet blijven. Er zijn te veel geheimzinnige manieren om cholera te krijgen."

„En jijzelf dan?"

„Ik heb altijd geluk met zulk soort dingen. Ik geloof ook in desinfecteren." Hij nam haar arm. „Kom mee. Als je wilt praten, laten we dan naar buiten gaan."

459

Ze ging met hem mee, terwijl ze overpeinsde dat hij veranderd was. Op welke wijze, kon ze niet ontdekken, maar hij was anders, minder cynisch, minder negatief. „Misschien," dacht ze, „komt het alleen omdat hij nu nuchter is."

Buiten vertelde hij haar dat hij om dit baantje had verzocht. Hij geloofde overigens niet dat hij het lang zou vervullen, of dat zij nog lang nodig zou zijn in het ziekenhuis. „De spoorwegverbinding zal binnen een paar dagen in orde komen en dan zullen ze vakmensen krijgen. Ze hebben dan geen amateurs meer nodig."

„Dat is jammer ... Ik bedoel, voor ons. Het geeft veel voldoening je nuttig te voelen." Hij gaf geen antwoord en ze zei: „Ik moet binnen tien minuten in het ziekenhuis terug zijn. Loop eens aan, als je tijd hebt."

„De majoor heeft niet graag dat we in de buurt van het ziekenhuis komen. Je moest wijzer zijn en hier niet komen."

„Ik zal me helemaal in alcohol baden, als ik terugkeer."

Ze ging juffrouw Hodge afhalen onder de mangoboom en liet hem terugkeren in de stank. De kolies begonnen de lijken naar buiten te dragen en op een hoop te leggen, boven op een nieuwe brandstapel.

„Hebt u Fern gesproken?" vroeg juffrouw Hodge.

„Nee, ze sliep."

„Ik mocht meneer Ransome altijd graag. Hij is zo vriendelijk en beleefd. Hij heeft Sarah en mij voor vrijdag op de thee gevraagd." Toen ze het ziekenhuis naderden, liepen twee gestalten voor hen uit op de oprijweg. De ene was mevrouw Bannerjee en de andere juffrouw Murgatroyd, niet meer gekleed in zachtblauw met rozetten, maar in een tennisjurk. Ze verdwenen in juffrouw MacDaids kantoortje en sloten de deur achter zich.

In haar kleine kamer legden lady Heston en juffrouw Hodge zich op hun Indische bedden. In het moessonweer was de minste inspanning uitputtend en de wandeling door de regen had hen beiden slap en krachteloos gemaakt. Edwina's hoofd deed pijn. Het was een dof pijngevoel, alsof een gewicht tegen haar oogballen drukte. Ze lagen daar zwijgend, juffrouw Hodge zo uitgeput, dat ze een tijdje niets zei.

Toen juffrouw MacDaid Edwina kwam halen, zei ze: „Meneer Bannerjee heeft cholera. Hij had gelegenheid gekregen om weg te gaan met een van de vliegtuigen, om de as van zijn vader naar Benares te brengen, maar hij zakte in elkaar toen hij het huis uitging. Hij is nu in coma. Waarschijnlijk is er geen hoop meer voor hem."

Edwina stond op, waste haar gezicht in lauw water en dacht, terwijl ze de handen tegen haar gepijnigde hoofd drukte: „Juffrouw MacDaid is jaren achtereen doorgegaan in dit vreselijke klimaat. Ze moet zo sterk zijn als een os." Toen, tegelijkertijd: „De arme, dwaze meneer Bannerjee!" Het kwam haar voor of een voor een de hele bevolking van Ranchipur uitstierf.

Het was erger dan Ransome voor mogelijk had gehouden. Het werk kon hem niet schelen, maar wel de stank en de smerigheid van braaksels en ontlastingen, die tot de verschijnselen van cholera behoren, en de afgrijselijke groteskheid van het sterven, dat nog leek dóór te gaan, lang nadat de geest het lichaam had verlaten. Een minder kieskeurig man zou het gemakkelijker zijn gevallen.

De nieuwe verpleegster was van groot nut. Ze was een magere vrouw uit Ulster, die veel had van juffrouw MacDaid. Ze installeerde zich snel en doelmatig in de kamer waarin Harry Bauer was gestorven, een half uur nadat het lijk van de Zwitser was weggebracht, en ging aan haar werk op een nuchtere manier, alsof ze was geboren en getogen te midden van epidemieën. Ze bracht een merkwaardige, vertrouwenwekkende sfeer met zich mee. Waar Fern en Harry Bauer wel hard hadden gewerkt, maar zonder vakkennis, toog zij aan het organiseren en plannen maken, zonder verspilling van tijd of energie.

De eerste drie uren bracht Ransome met haar door, terwijl Fern sliep. Toen stuurde ze hem weg en zei dat hij wat moest gaan slapen, terwijl ze Fern meenam op de naargeestige ronden. Tot haar komst was de muziekschool niets anders geweest dan een huis waar cholerapatiënten werden geïsoleerd tot aan hun dood, een soort wachtkamer voor de brandstapel, die dag en nacht dicht bij de treden aan de westzijde van het grote reservoir brandde. Maar nu ging het anders – er waren nu medicijnen en er was iemand die wist hoe ze moesten worden toegediend, zodat er voor enkelen, die in stille ellende in rijen op de grond lagen, hoop bestond. Er waren nu ook kaarsen, zodat de vertrekken van de muziekschool niet meer in duister waren gehuld. Ransome bedacht hoe vreemd het was dat licht zoveel verschil maakte bij een ramp. De oude maharadja had eens gezegd dat licht en vuur van alle ontdekkingen die de mens had gedaan, de meeste waarde hadden voor de beschaving. Voor dat licht had hij lang geleden de noodlottige, doorgebroken dam laten vervaardigen, opdat het licht tot in de verste dorpen en districten zou worden verspreid.

Nadat hij wat koude rijst met kerrie had gegeten, ging hij op het bed liggen, dat uit banken van de muziekschool was samengesteld, en viel bijna onmiddellijk in een slaap die helemaal geen slaap was, maar een soort bewusteloosheid, waardoor elk gevoel, alle zenuwen, volkomen werden verdoofd. Terwijl hij sliep, vergezelde Fern juffrouw Cameron op haar ronde en leerde over caolin-oplossingen en het reddende chloride van calcium en sodium. De voorraad was klein, maar zou voldoende zijn tot de vliegtuigen méér brachten en de spoorwegverbinding was hersteld.

Ze was vermoeid door gebrek aan slaap en ondervoeding, maar de stank hinderde haar niet meer; ze hoorde nauwelijks het gekreun. In zekere zin leek het of ze een machine was geworden, die werd voortgedreven door een innerlijke kracht en vitaliteit die ze nooit tevoren had gekend. Het bewustzijn van deze kracht gaf haar een gevoel van vreugde, bijna van triomf. Ze dacht: „Ik ben taai en sterk. Er is niets dat ik niet kan doen." Ze dacht nu met schaamte aan Blyth Summerfield, de Parel van het Oosten. Dat lag nu allemaal ver weg, alsof het meisje dat indolent en onwillig de trap was afgekomen, op haar moeders afscheidsfeestje, jaren geleden had bestaan in plaats van een week tevoren. Weer dacht ze erover hoe vreemd het was dat gebeurtenissen in een leven geen verband hielden met de wijzer van een klok, maar bij wat met jezelf gebeurde. Deze laatste dagen waren langer, rijker aan inhoud, belangrijker geweest dan haar hele vorige leven.

Toen ze de ronde hadden volbracht, zei de vrouw uit Ulster: „Nu moest u liever wat gaan rusten. Ik kan een flink lange wacht op me nemen. Ik ben fris. Ik zal uw man om middernacht roepen."

Ze was op het punt te zeggen: „Maar hij is mijn man niet!" Toen bedacht ze zichzelf en dacht: „Het is te lastig om dat nu uit te leggen. Ik ben te vermoeid." Bovendien viel er niets uit te leggen. De nieuwe verpleegster had het hele, verwoeste gebouw bezichtigd; ze wist nu dat ze een kamer deelde met Tom. Hoe dan ook, het deed er niet veel toe.

Ze ging terug naar de kamer die meneer Das eens als kantoor had gebruikt, sloot de deur achter zich en ging naar het bed waarop Tom lag te slapen. Zachtjes, om hem niet te wekken, ging ze op de rand ervan zitten en keek op hem neer. Ze wist nu wat ze verlangde te doen. Ze wilde voor altijd in Ranchipur blijven. Juffrouw MacDaid kon haar alles leren. Ze kon in de dorpen gaan werken en goede vrienden zijn met de Smileys, juffrouw Mac-Daid, de majoor en Raschid Ali Khan. Dan zou ze iemand zijn, in een wereld die werkelijkheid was, zoals de wereld van juffrouw MacDaid en juffrouw Cameron. Ze zou Tom ook bij zich hebben. Ze zou voorgoed op hem kunnen passen. Heimelijk was ze slecht genoeg om God dankbaar te zijn voor de ramp, omdat die haar hele leven had veranderd. Zachtjes, haast bedeesd, strekte ze haar hand uit, raakte zijn hand aan en even ondervond ze dezelfde sensatie van extase die kort tevoren lady Heston had leren kennen. Lange tijd zat ze zo, zonder te letten op de reuk van de dood die het gebouw vervulde, en dacht aan wat Tom had gezegd: „Het was zo bedoeld, anders zou het leven niet verder gaan." Tenslotte dacht ze: „Ik moet wat slaap zien te krijgen, anders zal ik niet in staat zijn tot werken," en terwijl ze zich naast de banken op de grond uitstrekte, viel ze in slaap met de gedachte: „In werkelijkheid ben ik ouder dan hij. In zekere zin ben ik altijd ouder geweest, zoals tante Phoebe ouder is. Misschien zijn vrouwen altijd ouder."

In zijn zeldzame ogenblikken van alleenzijn werd de majoor verontrust door gedachten aan lady Heston. Ze maakte hem meer in de war dan hij wenste of voor mogelijk had gehouden en hij koesterde voor haar een eigenaardig gevoel, waarin nieuwsgierigheid, medelijden en lichamelijke aantrekkingskracht alle drie een rol speelden. Dit was voor het eerst dat een vrouw meer voor hem betekende dan een aangename noodzakelijkheid en waarom dat zo was, kon hij niet zeggen, behalve dat hij nooit eerder een vrouw had ontmoet die zo ervaren was, zo eerlijk en zo tegenstrijdig. Hij betrapte er zich op dat hij steeds weer aan haar dacht, bij het inslapen en op zijn tochten naar en van de maharani, de muziekschool en in de stad. In zekere zin was het of ze een soort merkwaardig verschijnsel was, dat hij moest ontleden om het te kunnen begrijpen en zodoende zijn weetgierige geest te bevredigen.

Hij misleidde zichzelf niet. Hij vond haar aantrekkelijk zoals hij geen andere vrouw had gevonden en toch waren er momenten dat hij, door een gebaar, een hoofdbeweging of de uitdrukking in haar ogen, zich vaag wat bang voor haar voelde; voor haar zekerheid en het air, dat afkomst en opvoeding haar schonken. Hij bewonderde haar eerlijkheid en de ontgoocheling die als een schaduw van wanhoop altijd in haar blauwe ogen lag. Hij hield van haar omdat er ogenblikken waren dat ze volmaakt sceptisch leek en in niets scheen te geloven, zelfs niet in de genoegens die haar eigen lichaam haar moest hebben verschaft. Er waren niet veel vrouwen zo en slechts enkele mannen. Hij wist dat het door die eigenschappen was, dat hij met haar had kunnen spreken zoals hij het had gedaan in de ziekenzaal, kort voor het aanbreken van de dag. Zo kon men niet spreken met juffrouw MacDaid, omdat in de diepste grond van juffrouw MacDaid een weke plek van sentimentaliteit was verscholen. Hij wist ook, omdat hij ervaring had op zulk gebied, dat hij haar nu even gemakkelijk kon krijgen als hij het kon die namiddag in het zomerpaleis, behalve dat haar bezitten nu een oneindig rijkere ervaring zou zijn. Hij was geneigd liefde wetenschappelijk te beschouwen; anatomisch en innerlijk wist hij dat dit avontuur een rijkere ervaring zou zijn dan hij ooit had gekend. Maar juist dat element erin – de rijkdom – verontrustte hem. Want daarin openbaarde zich een element van onvoorzienbaarheid en onontleedbaarheid. In het Westen noemden ze dat liefde en maakten er romans, gedichten, stukken en films van, terwijl slechts heel enkelen beseften dat het, als men het ontleedde, een mengeling was van chemicaliën, klieren, instinct, menselijke angst voor eenzaamheid en de drang tot voortplanten, die even machtig is als die tot eten, slapen en ademen. Dat alles was het, maar nog iets meer ook, want er was dat element van onvoorzienbaarheid, die men de eigenschap X zou kunnen noemen en niet kon uitleggen en analyseren, het element dat was verschenen op het ogenblik dat hij haar de weg naar het ziekenhuis had zien opkomen, gekleed in een van mevrouw Smileys calicojaponnen. Het was dit onvoorzienbare, ongekende element dat hem op zijn hoede deed zijn. Het zou hem tot de grootste dwaasheden kunnen verleiden; het zou hem kunnen verblinden voor het feit dat ze te oud en te ervaren was en dat haar positie in de westerse wereld een blijvende verhouding tussen hen onmogelijk maakte. Het zou hem zelfs kunnen verblinden voor het besef van wat hij was en moest doorgaan te zijn tot aan zijn dood – een werker, een man van de wetenschap, een man zonder emoties, die zijn lichaam moest bewaken en vrijhouden als een volmaakte machine, ten bate van het werk dat hij had te verrichten in Ranchipur, in Indië, wellicht eens in het hele Oosten. Daarvoor had de maharani hem alleen achter laten blijven, om met hem te spreken en hem te bewegen tot trouwen. In haar wijsheid vermoedde ze het gevaar en ze zou vechten om hem te behoeden voor een dwaasheid, als hij zelf zich er niet meer van kon redden. Op vreemde wijze behoorde zijn leven hem niet méér toe dan dat van de maharani haar ooit had toebehoord. Er was één kant aan haar die in het oog van de wereld gelijk was aan die van een dansmeisje. Maar ze was haar leven lang koningin gebleven, in weerwil van alle dwaasheden.

Maar hij vroeg zichzelf ook af, wat ook Edwina, naar hij vermoedde, zich vele malen had afgevraagd: ,,Het is mijn leven. Ik leef maar ééns. Waarom zou ik niet met mijn leven doen wat ik wens? Waarom zou ik niet genieten van wat het lot op mijn weg plaatst? Waarom zou ik me ervan afwenden en het verloochenen?" Maar een andere stem antwoordde: ,,Dan vernietig je jezelf." Ondanks haar dapperheid en haar eerlijkheid, zelfs ondanks de merkwaardige kinderlijkheid die hij, net als Ransome, in haar had ontdekt, was er iets verdorvens in haar, iets verwrongens en ouds, dat meer voortkwam uit te oud bloed dan uit ervaringen. Het werd des te zwaarder voor hem de verleiding te weerstaan, omdat hij wist dat het in zijn handen lag om de ontdekking die hij had gedaan voor haar te bewaren, zodat zij tenslotte gered en bevrijd zou kunnen worden. Als hij zich van haar afwendde, als hij haar terugstuurde naar de wereld vanwaar ze was gekomen, zou ze voor altijd verloren zijn. Midden in zijn overpeinzingen kwam hij opeens in de verleiding te lachen en te denken, alsof hij uit zichzelf trad: ,,Je bent een vervloekte gek! Een sentimentalist! Een idioot! Wat heb jij te maken met haar en zij met jou? Vergeet het! Er zijn belangrijker dingen. Je bent een man en niet een kalf van een schooljongen." Het was wonderlijk, zoals dat onvoorziene element al zijn gezonde verstand en overwegingen kon vernietigen. Dat was het wat hem overweldigde, kort voor middernacht, dat en niet zijn eigen verstand bracht hem ertoe zijn oude wekker zo te zetten, dat hij kort vóór vier uur zou worden gewekt, zodat hij nog wat met haar kon gaan praten terwijl ze aan haar tafel zat, wakend over doden en stervenden. Alleen tegen haar kon hij spreken zoals hij nooit tegen iemand had gesproken, wetend dat ze alles zou begrijpen wat hij zei en veel van wat hij niet zei. De zaal met de tyfuspatiënten was de enige plaats waar ze samen alleen konden zijn, ver weg van juffrouw MacDaid en de gekke juffrouw Hodge, mevrouw Gupta, dokter Pindar en al de anderen, al de honderden en duizenden die altijd tot hem kwamen, naar hem uitzagen voor hulp. Het uur dat zij samen hadden doorgebracht, was het kostbaarste van zijn leven geweest, niet omdat ze mooi en begerenswaardig was, maar omdat ze elkaar hadden begrepen, omdat gedurende een kort ogenblik de menselijke eenzaamheid had opgehouden te bestaan. Ze had niets van hem gevraagd en hij niets van haar. Een korte tijd waren ze geestelijk één geweest.

Om drie uur kwam de kleine dokter Pindar Edwina wekken. Het had opgehouden met regenen en de nacht was stil, de lucht zuiver, geen windje bewoog de bladeren van de ontbottende bomen. Ze ontwaakte langzaam, dof in het hoofd door de medicijn die ze had ingenomen om de pijn achter haar ogen te doen ophouden. De pijn was er nog steeds en haar lichaam voelde heet aan, niet de vochtige warmte van de moesson, maar een droge, brandende hitte die uit haarzelf kwam. Even wist ze niet waar ze was; niet voor haar geest zich concentreerde op de dwaze gestalte van de kleine dokter, die daar stond met een kaarsstompje in de hand.

Moeizaam stond ze op en stak haar eigen kaarsstompje aan het zijne aan. ,,Gaat u maar naar bed, dokter. Ik kom direct."

Hij gaf haar de lijsten en terwijl ze die doorkeek, dacht ze: ,,Er zijn er minder vannacht." Er stonden er maar twee op de lijst van de hopeloze gevallen en drie op die van de zwaar zieken. Bijna al de patiënten met koudvuur waren nu dood.

,,Juffrouw MacDaid zal u om zes uur aflossen," zei hij en ging weg.

De zaal was onveranderd, behalve dat hier en daar tegen de muur kaarsen brandden om de patiënten op te vrolijken. De lucht was zo stil, dat de vlammetjes brandden zonder een flakkering, als in een luchtledige ruimte. Ze nam het potlood en schreef weer op een van de lijsten ,,dood" en op de andere ,,stervend". Vannacht was het meer dan ooit noodzakelijk dat ze geen vergissing beging. Ze keek op van de tafel naar het bed dat het dichtst bij haar stond. De vrouw die haar om water had verzocht, was er niet meer. Het bed was leeg. Ze dacht: ,,Dat is het eerste lege bed. Het schijnt nu beter te gaan." Toen besefte ze dat het bed alleen leeg was omdat er zoveel patiënten waren overleden en weggebracht.

Toen ze de stenen kan optilde om het koele water in de kruiken te gieten, struikelde ze en liet de kan vallen. Gelukkig viel die rechtop, zodat slechts weinig van het kostbare gekookte water over haar voeten werd verspild. Maar ze was kinderlijk verschrikt door haar eigen onhandigheid en bevreesd dat juffrouw MacDaid opeens zou verschijnen en het ongelukje merken. De tweede maal slaagde ze erin de kan tot de tafelrand op te tillen en terwijl ze haar daarop steunde, vulde ze de kruiken en ging de geëmailleerde kopjes op de kleine planken vullen. Maar terwijl ze zich voortbewoog, merkte ze dat haar lichaam pijn deed; de kruik woog zwaar aan haar arm, trok aan de spieren van haar elleboog, schouder en pols. Ze werd opeens dodelijk bang, niet voor sterven of ziek worden, maar dat ze niet in staat zou zijn met werken door te gaan, dat ze zou kunnen neervallen en hem

465

en juffrouw MacDaid een geldig excuus te geven om haar weg te sturen. Ze dacht verwilderd: „Ik wil niet ziek worden. Ik zal de ziekte overwinnen door de kracht van mijn wil. Ik zal niet toegeven." Ze herinnerde zich de domheid die ze twee nachten tevoren had begaan, toen ze dronk uit hetzelfde glas als de vrouw die nu was overleden. „Dat kan het niet zijn," dacht ze. „Tyfus kan niet zo vlug uitbreken." Het moest moeheid zijn, die haar aangreep nu de opwinding was verdwenen. „Ik heb sinds dagen op mijn zenuwen en op schijnkrachten geleefd."

Ze maakte de ronde, waarbij ze zich stap voor stap voortsleepte, en toen ze terugkwam bij de tafel, werd de vreselijke, stille hitte ondraaglijk. Haar lichaam leek een fornuis; haar huid was droog en ze dacht geagiteerd: „Ik zal wat aspirine nemen. Daarvan zal ik transpireren."

Ze nam drie van de kostbare tabletten, die in een la van de tafel werden bewaard, en dacht weer: „Ik wil niet ziek zijn. Ik ben nog nooit in mijn leven ziek geweest. Ik ben niet ziek. Het is allemaal verbeelding." Even voelde ze zich, als door een wonder, beter.

Toen begonnen de wijzers van de goedkope wekker haar te fascineren. Ze lette erop hoe ze vooruitgingen, langzaam, onbarmhartig, bij elke minuut die verging even verspringend en haar nader bij het moment brengend dat ze weer het vreselijke gewicht van de kruik van bed tot bed zou moeten dragen. Ze dacht: „Misschien komt hij weer en helpt me. Als hij vannacht maar kwam. Als ik hem daar maar op de tafel kon zien zitten, zou dat me kracht schenken. Dan kon ik al dit vervloekte vergeten." Ze begon opeens te schreien, niet uit medelijden met zichzelf, maar uit woede, dat dit lichaam, deze machine, haar in de steek had gelaten. Ze wendde de blik af van de vreselijke hypnotiserende klok, waarvan de metalen wijzers langzaam bewogen rond het gevlekte, lelijke gezicht van de wijzerplaat. Er bestond geen middel om de klok te doen stilstaan. In de omlijsting van het venster zag ze in de verte het grote reservoir, met een pad goudachtig licht van de afnemende maan. Het zien van water luchtte haar wat op en plotseling merkte ze dat ze telkens herhaalde: „Lieve God, breng hem vannacht hier; lieve God, laat hem bij me komen," want het was haar opeens of ze, als ze hem *niet* zag, verloren zou zijn. Het was vreemd, zo zwak als ze zich voelde en hulpeloos. Voor de eerste maal in haar leven besefte ze welk een diepe en vernietigende eenzaamheid er kan bestaan.

Vaag hoorde ze een zwak gekreun, stond op en ging van bed tot bed, tot ze tenslotte bij een kwam waarin een meisje lag dat te zwak was om haar kop water te grijpen. Edwina boog zich over haar heen, richtte haar op en hield het kopje bij haar lippen. Toen ze had gedronken, ging ze weer heel stil liggen en toen Edwina zich van haar afwendde, zag ze de majoor aan het voeteneinde van het bed staan, tegen haar glimlachend in de zachte kaarsenschijn.

Hij zei: „Ik kon niet slapen. Ik wilde wat met u komen praten."

Zelfs in haar matheid wist ze dat hij loog. Ze wist meteen dat hij was gekomen omdat hij haar verlangde te zien en ze dacht: „Ik moet hem niet laten merken dat ik ziek ben." Dus glimlachte ze tegen hem en zei eenvoudig: „Dat doet me genoegen."

Ze gingen naar het einde van het vertrek, waar hij op de tafel ging zitten zoals hij twee nachten tevoren ook had gedaan.

„Bent u niet vermoeid?" vroeg hij.

„Nee."

„Dit is de enige tijd dat we alleen kunnen zijn. Het was niet waar, wat ik zei. De wekker heeft me wakker gemaakt. Ik heb hem daarvoor zo gezet."

„Dat had u niet moeten doen. U krijgt al zo weinig rust."

„Er zijn allerlei soorten van rust. Dit is beter dan slaap . . . Wat ik die nacht zei, was waar."

„Ik ben sindsdien gelukkig geweest."

Ze voelde zich niet meer ziek. De vreselijke hitte leek op wonderlijke wijze te verminderen. Haar pijnen waren belangrijk verminderd. Het was waar, wat ze had gedacht – dat ze, als hij naar haar toe kwam, niet ziek meer zou zijn. Ze keek naar hem op zonder beschaamdheid of bedeesdheid en sloeg het gelaat gade, dat voor haar alle schoonheid van de aarde leek te vertegenwoordigen. Het was een vermoeid gezicht, veel magerder dan het was geweest op de avond toen zij het voor de eerste maal zag in het paleis, maar die magerheid schonk het een nieuwe schoonheid. De grijze ogen glimlachten en de volle, zinnelijke lippen krulden een beetje bij de mondhoeken. Ze dacht: „Ik ben gelukkig. Ik heb tevoren nooit geweten wat geluk was. Ik zal nooit iets meer nodig hebben dan dit."

„U kunt nu meer rust nemen," zei hij. „Morgen komen twee doktoren en nog drie verpleegsters. U kon beter teruggaan naar de missie."

Ze zei wanhopig: „Maar ik wil graag hier blijven. Ik moet werken. Ik moet doorgaan met werken."

„U zou toch kunnen werken. U zou hier 's morgens kunnen komen. Dan zou u het comfortabeler hebben. U kon dan een eigen kamer hebben."

„Dat zou niets helpen. Ik zou juffrouw Hodge toch niet kunnen wegsturen."

Hij stak aan een kaars een van de kostbare sigaretten aan die Harry Bauer had bewaard in de doos onder zijn bed. Even keek hij naar de kaarsvlam, toen gaf hij haar de sigaret en stak zelf een andere op. „Zie je," zei hij, „ik wil niet dat je iets overkomt. Ik wil dat je in veiligheid bent."

Het onvoorziene element was teruggekeerd. Diep in zijn gecompliceerde geest sprak een zachte stem: „Je had hier nooit moeten komen," maar andere stemmen riepen luid: „Neem deze vreugde. Er komt slechts kwaad van als men wegwerpt wat de goden je schenken," en overstemden die waarschuwing. Deze vrouw was zijn andere helft.

Ze hield de sigaret in haar hand, weg van haar lippen omdat ze de smaak niet kon verdragen. Ze dacht: „Ik moet het hem niet laten merken. Ik moet de sigaret laten opbranden." Hardop zei ze: „Wat zal er met ons gebeuren? Wat kunnen we doen?"

„Daarover hoeven we ons geen zorgen te maken. Het heeft zo moeten zijn. Het ligt niet meer in onze handen."

Ze had zin om uit te roepen: „Het is te laat," maar ze zweeg omdat ze tranen van geluk en zwakheid moest bedwingen.

„Het doet er niet toe," dacht ze. „Niets doet er meer toe."

Ver weg, aan de andere kant van het grote reservoir, klonk het geluid van trommels, de mannelijke en de vrouwelijke trommel, door vrome handen bespeeld, en toen voegde zich langzaam de muziek van een fluit bij het geluid van de trommels. Ze wendde haar blik van hem af en zag dat het pad van maanlicht op het watervlak van het reservoir verbleekte door het eerste, vage licht van de morgen.

Ook hij luisterde. Toen zei hij: „Het is de tempel van Wisnjoe, die een nieuwe dag verwelkomt." Toen strekte hij zijn hand uit, greep de hare en haar hart riep: „Dank, God. Dank u voor de schoonheid van de morgenstond, voor het leven, voor alles," en even voelde ze dat ze ging bezwijmen.

Toen ze hem weer aankeek, merkte ze dat de glimlach was verdwenen uit de grijsblauwe ogen en er was angst op het gelaat dat ze zo liefhad.

Hij zei: „Je bent ziek. Je hebt koorts."

„Nee."

„Je hoorde hier niet te zijn."

„Ik ben alleen vermoeid, dat is alles."

„Van vermoeidheid krijg je niet zo'n koorts. Ik zal de wacht overnemen. Je moet naar bed gaan."

„Nee. Het is niets. Heus, het is niets."

Hij was vreemd opgewonden geworden. Hij stond op, terwijl hij nog steeds haar hand vasthield. „Je moet doen wat ik zeg. Er mag je nu niets overkomen."

„Mij zal niets overkomen. Ik ben zo sterk als een os en ik heb altijd geluk gehad."

Hij gaf haar geen antwoord. Hij bukte zich alleen en tilde haar van haar stoel. „Ik breng je naar bed."

Ze bood geen weerstand. Ze worstelde niet langer. Ze voelde zijn armen om haar heen en liet haar hoofd rusten op zijn schouder. Ze hoorde het kloppen van zijn sterke hart en voelde de aanraking van zijn lippen op haar haren. Hij droeg haar de zaal uit, de trappen af, door de gangen naar de kleine kamer die ze deelde met juffrouw Hodge. Het duurde maar kort en ze wenste dat het eeuwig zou duren, dat ze in zijn armen lag met zijn hart kloppend tegen haar oor.

Haar geest en vermoeide brein riepen: „Dank u, God. Dank u, God. Nu komt niets er meer op aan. Nu heb ik het gevonden. Nu weet ik."

In de kleine kamer legde hij haar zachtjes op het harde bed en maakte de

knopen van het goedkope, blauwe verpleegstersuniform los. Toen zei hij:
„Ik zal juffrouw MacDaid gaan wekken. Dat zal maar een uur meer betekenen voor haar."

„Kom terug. Blijf niet weg."

„Nee, ik kom dadelijk terug."

Toen ging hij weg en terwijl ze op bed lag, begon ze te rillen. Haar hele
lichaam beefde zo heftig, dat het bed schudde en de knopen van de matras kraakten. In het bed aan de andere kant van de kamer bewoog juffrouw Hodge, kreunde in haar slaap, maar ontwaakte gelukkig niet.

Juffrouw MacDaid merkte dat ze zachtjes bij de schouder werd geschud,
opende haar ogen en zag in het eerste, zwakke morgenlicht de majoor over
zich gebogen staan.

„Ja," zei ze dadelijk, uit langdurige gewoonte. „Wat is er?"

„Lady Heston is ziek. Ik heb haar naar bed gezonden."

Ze ging overeind zitten, terwijl ze de wollen deken zedig tot haar kin optrok. Ze was nooit mooi geweest, maar nu, in het vroege daglicht, met ogen
gezwollen van slaap en het sterke, vermoeide gezicht verslapt door onuit-
gerustheid, was er iets afschrikwekkends in haar lelijkheid.

Plichtmatig vroeg ze: „Wat is het?"

„Ik weet het nog niet. Koorts ... hoge koorts. Malaria, zou ik denken, of
misschien tyfus."

IJdelheid verzette zich tegen juffrouw MacDaids plichtsgevoel en ze zei:
„Gaat u naar haar terug. Ik kom zodra ik ben gekleed." Ze nam niet
de moeite een kaars aan te steken. Bij het opkomende daglicht kleedde ze
zich, waste haar gezicht in lauw water en plakte haar dunne haren. Vaag
voelde ze voldaanheid, dat lady Heston was verslagen. Ze had hard werk,
vuil en elke afstotende taak weerstaan, maar tenslotte was ze toch niet taai
genoeg gebleken. Ze was verslagen door miljoenen nietige microben. Juffrouw MacDaid dacht: „Nu is ze uit de weg. Als ze beter is, hebben we een
excuus om haar naar Bombay te sturen en als ze daar eenmaal is, zit ze
weer dicht bij het Westen en vergeet al die malle ideeën over voorgoed hier
blijven." Op abstracte wijze bewonderde ze die vrouw om de manier waarop ze haar werktaak had volbracht, maar op minder objectieve wijze
haatte ze haar, zoals ze nog nooit iemand had gehaat, zelfs niet de arme Natara Devi, die ze nooit anders dan op een afstand had gezien, als
ze in haar kleine, rode *tonga* uitreed. Omdat Natara Devi nooit een gevaar
was geweest. Natara Devi was nooit iets meer geweest dan een mooi lichaam.

Want ze was weer bang voor lady Heston. In de afgelopen dagen had ze
haar tot tweemaal toe een blik zien wisselen met de majoor, een blik die
niet langer duurde dan de fractie van een seconde, maar die voor haar
ontzettend was, omdat ze er een soort vertrouwelijkheid in las die zijzelf
nooit had gekend. In die blik had ze de schaduw van iets gezien dat zijzelf

haar leven lang had gezocht. Een seconde lang had zij zichzelf van een goede, hard werkende vrouw voelen veranderen in een demon, een heks, een moordenares; iedere keer had deze sensatie haar geschokt, wee en wat bang gemaakt. „Waarom zou zij hem moeten krijgen?" riep haar oude-vrijstershart vol verbittering uit. „Waarom zou zij hem mogen ruïneren ... juist zij, aan wie God alles heeft geschonken?" Even dacht ze in vertwijfeling: „Nee, eerder zou ik haar vermoorden. Het zal nooit gebeuren, God zou het goedkeuren als ik haar doodde."

Toen, tot bezinning gekomen, zag ze in hoe ná ze aan waanzin toe was geweest en hoe verschrikkelijk de dierlijke opstandigheid en woestheid konden zijn van het organisme waarin datgene wat juffrouw MacDaid was zich bevond. Terwijl ze zich stortte in het werk, had ze zowel lady Heston als de majoor proberen te vergeten en gedacht: „Geen van beiden is van belang; geen van beiden doet ertoe," maar dadelijk daarop sprak haar verstand zelf haar tegen: „Ze zijn beiden wèl belangrijk, want ze behoren tot de gezegenden. Waarheen ze ook gaan, wat ze ook doen, het zal van belang zijn voor jou en allen om hen heen. Er zullen altijd mensen zijn die hen liefhebben en bewonderen. Al jouw werk, al je toewijding, heeft je dat recht, die macht niet geschonken. Ze bezitten die omdat ze ermee zijn geboren." Maar haar hart riep dat het onrechtvaardig was. In kalmere ogenblikken dacht ze: „Misschien zit er iets in die nonsens over reïncarnatie, want waarom zouden anders sommige mensen geboren worden met alles en anderen zo weinig krijgen?" Dan gebeurde het soms opeens dat ze, midden in haar werk, aan hen dacht op een nieuwe, andere wijze, alsof ze een god en godin waren en zijzelf maar een wilde die het schouwspel eerbiedig gadesloeg, en dan overkwam het haar dat zij met vreemde nederigheid lady Heston bewonderde, in een soort moederlijke jaloezie. Ook waren er ogenblikken, als ze zweefde aan de grens van de slaap, waarin zij zichzelf verplaatste in lady Heston en de verrukking onderging, tot de gezegenden te behoren.

Maar nu, in het grauwe licht, voelde ze zich alleen onwillig en opstandig en vol minachting, en dacht: „Ze kan niet zo ziek zijn dat ze niet kon wachten tot haar tijd om was. Ik zou in haar plaats op mijn post zijn gebleven. Ik heb dat zo dikwijls gedaan. Er moet toch iets slaps in haar zijn." Of misschien was het de majoor die haar had bevolen naar bed te gaan. Wie kon zeggen wat tussen hen was voorgevallen terwijl ze samen alleen waren? Hoe wist hij dat ze ziek was? Hoe kwam hij in de ziekenzaal op een tijd dat hij wat hoorde te rusten? Ze klapte in de handen om een portier en beval hem haar thee te brengen en ging toen naar de tafel in de zaal, waar Edwina en de majoor kort tevoren hadden gezeten. Toen vond ze de twee papieren met de nummers erop en ontdekte de woorden „dood" en „stervend", die lady Heston erop had geschreven om niet in de war te raken. De portier bracht haar de thee en terwijl ze die dronk, bleven haar ogen gehecht

470

aan de twee papieren. Toen ze de thee op had en vóór ze haar eerste ronde in het ziekenhuis ging maken, nam ze een potlood uit de zak van de smetteloze uniformjapon en schreef aan het einde van de lijst waarop „stervend" stond de notitie: „Lady Heston, echtgenote van de eerste baron Heston." Toen nam ze het papier op en hield het in de·vlam van de bijna opgebrande kaars, tot alleen as overbleef. De heksachtige uitdrukking verdween uit haar ogen. Ze nam de zware, stenen waterkruik op in haar sterke, geoefende, zachte handen, vulde twee kannen en begon haar ronde. Bij bed nummer 74 stond ze stil, wat verwonderd dat de oude man erin, die niet tot de lijst van de doden had behoord, maar slechts tot de stervenden, onopgemerkt was ontslapen. Hij lag met opzij gezakt hoofd, vredig, met de mond wat open, als een slaper die snurkt. Niemand kende dat beter dan zij. Zijn overlijden beduidde niets voor haar – het was slechts één meer van de zwermende miljoenen die, dat wist ze innerlijk, beter af waren als ze dood waren – maar het feit dat hij had gestaan op de lijst die ze had verbrand, leek haar een slecht voorteken.

Drie vliegtuigen kwamen die dag achter de berg Abana vandaan, met kolonel Moti van het instituut voor tropische ziekten, twee ervaren medewerkers en nieuwe voorraden van de medicijnen die zo hoognodig waren aan boord. De kolonel was een magere, gespierde man van veertig, met felle, zwarte ogen, intens, bekwaam, heftig en radicaal, een Sikh die men ervan had beschuldigd communist en zelfs anarchist te zijn. Maar Indië en het Oosten konden hem niet missen, want hij wist méér van tropische ziekten en hun voorkoming dan enige man ter wereld. Hij was ook een cynicus, die zijn leven wijdde aan de strijd tegen ziekte en het zoeken naar serums die de dood konden voorkomen, intussen zich steeds afvragend of het niet beter was de mensen te laten sterven. Hij was een oude vriend van de majoor en ze gingen samen dadelijk naar de tent van de maharani, om een conferentie te houden met Raschi Ali Khan en kolonel Ranjit Singh, wiens Sikhs nodig zouden zijn om de maatregelen uit te voeren die de cholera en tyfus moesten uitroeien.

Kort na tweeën waren kolonel Moti en zijn assistenten, een jonge Bengaal en een Malabariaan van Trivandrum, zonder te hebben geluncht, aan het werk, elk in een ander deel van de verwoeste stad. Elk van hen werd vergezeld door een kleine afdeling Sikhs en een troepje straatvegers en binnen korte tijd werden greppels gegraven om het stilstaande water af te voeren, en verwoeste huizen in brand gestoken, en het leek een tijdlang alsof de brand weer was uitgebroken. In de afgebrande markthal, waar tuinlieden waren teruggekeerd om er hun tentjes met mango's en meloenen, citroenen, guava's en radijzen op te zetten, werd alles besproeid met chloor. Overal waar het troepje werkers verscheen, weerklonken klachten en protesten bij het zien van eigendommen die werden vernietigd en bijgeloof dat werd verloochend of geschonden. Overal groepten hindoes samen en morden en dreigden met opstand, maar daarvan namen noch kolonel Moti, noch zijn assistenten enige notitie. Hij had orders van de maharani om te doen wat hij nodig achtte en de slanke Sikhs, die hem met getrokken bajonet omringden, vroegen niets liever dan het vooruitzicht van strijd en misschien dood.

Een soort goddelijke razernij nam bezit van de kolonel. Voor de eerste maal stond het hem volkomen vrij te vernielen, schuilplaatsen voor ratten, muskieten en vlooien te vernietigen, vuile huizen af te breken en te verbranden, de microben, die aan vruchten en groenten en zoetigheden zaten, uit te roeien. Achter zijn razernij school een vaag besef dat hij nu als het ware symbolisch ook de oude onwetendheid, het bijgeloof, het vervallen geloof, dat zijn volk zoveel duizenden jaren gevangen had gehouden, vernietigde. Feller dan de ratten, vlooien en microben haatte hij de brahmaanse priesters en telkens als een van hen hem en de hem omringenden naderde om te protesteren, spuwde hij naar hen en beval hen, in fel Hindoestani, weg te gaan. Reeds dertig jaren had hij een heimelijk verlangen gekoesterd om een oude wereld te vernietigen, opdat een nieuwe kon worden geboren. Nu kreeg hij zijn kans en genoot die hartstochtelijk.

Zo begon de tweede brand en vernietigde de stad Ranchipur. Hij stak de ruïnes van de bazaar op een dozijn plaatsen aan en in enkele ogenblikken was de hele verwoeste plaats een brandend fornuis. Vandaar uit verspreidden de onbeteugelbare vlammen zich naar de ruïnes van het oude zomerpaleis en de verwoeste bioscoop en – aangewakkerd door de moessonwind – tot aan het oude, houten paleis, en verteerde dat, met zijn hele duistere geschiedenis van tirannie, gif en wurging. Het vuur verspreidde zich tot aan de rivier en spaarde slechts het ziekenhuis, dat op een eigen, flink stuk grond stond en de muziekschool, achter het grote reservoir.

Tegen zessen was weinig anders van de verwoeste stad over dan hopen gloeiende as en hier en daar aan de buitenkant, waar enkele verwoeste huizen en schuren waren blijven staan, was de kolonel, druipend van zweet en regen, nog verwoed bezig allerhand met petroleum te overgieten en in brand te steken. De meisjeshogereburgerschool, met de kostbare boeken die juffrouw Dirks was gaan redden, en het huisje van juffrouw Dirks en juffrouw Hodge, met alle kussens, foto's, kanten kleedjes en het dierbare Chinese porselein, gingen in vlammen op.

Vanuit de ingang van de gestreepte jachttent op de heuvel, bij het grote paleis, sloeg de oude maharani de vernieling gade, aanvankelijk wat beangst, maar toen ze de bedoeling van deze vernieling begon te begrijpen, voldaan en dankbaar tegenover de fanatieke kolonel Moti. Ze zag in dat de volkomen vernietiging van de stad een zegen was die zijzelf nooit de moed zou hebben gehad te bevelen, omdat ze elke dag opnieuw werd weerhouden

472

door oude tradities, oude gebruiken, zelfs oud bijgeloof dat haar nog in het bloed zat. Terwijl ze daar zat bij de oude prinses van Bewanagar, begreep ze langzaam aan dat zelfs de aardbeving en de overstroming in zekere zin een zegen waren geweest. De oude maharadja had langzaam voorwaarts geworsteld, altijd door noodzaak gedwongen een compromis te sluiten met het grote, gewichtige verleden. Nu was dat alles weggevaagd en een nieuwe stad zou uit de grond verrijzen, die gereinigd was en zuiver, een nieuwe stad, waarin tempels zouden worden gebouwd van beton en staal, waarin geen pariawijk zou zijn en geen van de duistere krotten waar cholera, pest en tyfus zich eeuwig verscholen, in afwachting dat ze zouden kunnen toeslaan met de boosaardige snelheid waarmee de adder steekt. En als de dam bij het reservoir weer was opgebouwd, zouden de bronnen in de stad, vanwaar uit infecties zich verspreidden, voor altijd worden gesloten en er zou slechts het frisse water van de heuvels zijn.

Het schouwspel van de vernietiging vervulde haar hart met een soort wilde, zuivere voldoening. Zo had eens haar Mahrattaanse volk steden en dorpen vernield op strooptochten. Daarom dreigden de Bengalen hun kinderen met de woorden: ,,Als je niet zoet bent, komen de Mahrattanen je halen."

Kort na het invallen van de duisternis kwam kolonel Moti naar haar tent om op vormelijke wijze holle woorden van verontschuldiging te spreken, omdat hij bij vergissing de stad had afgebrand. Ze ontving hem gestreng, maar na enige tijd liet ze hem merken dat ze tevreden was dat hij de overblijfselen van de stad ,,bij vergissing" had vernield. Ze mocht de roekeloosheid in hem en de grootheid van de gedachte die erachter was verscholen en op zijn beurt mocht hij haar om de gloed in haar zwarte ogen, die steeds feller aanwakkerde naarmate hij langer met haar sprak.

Toen de majoor kort na negen uur kwam, vond hij die twee op de vloer van de tent zitten, gebogen over een stuk wit rijstpapier waarop kolonel Moti het plan voor een nieuwe stad tekende, die uit baksteen en beton zou worden gebouwd, versterkt door staal, op de Amerikaanse wijze, zoals het huis van Raschid en de avondschool voor de pariajongens, die weerstand hadden geboden aan de aardbeving, de overstroming en de brand. Er zou een rioleringssysteem komen dat geen toevlucht meer overliet voor de arglistige malariamuskieten, volgens de kolonel de ergste vijanden, omdat malaria altijd door heerste, zelden doodde, maar de levenskracht van een heel, groot volk uitzoog. Zijn zwarte ogen glinsterden van geestdrift voor zijn dromen. ,,We zullen een nieuwe stad bouwen zoals er geen bestaat of ooit heeft bestaan in Indië – een stad die weerstand kan bieden aan de belegering van de ziekten. Binnen twee generaties zal er een nieuw volk ontstaan, een nieuw soort Indiërs. De Amerikanen hebben het gedaan op vreselijke plaatsen als Cuba en Panama en de Filippijnen. U zult het zien!"

Terwijl de stad nog brandde, werd de maharani langzaam verwarmd door zijn geestdrift, zodat al de vermoeidheid en ontgoocheling haar verlieten en ze eeuwigdurend wenste te leven om de droom van deze vernielende waanzinnige uit te voeren. Het zou veel geld verslinden en ze zou moeten strijden tegen de orthodoxe hindoes en zelfs tegen de oude dewan, met zijn traditionele, verouderde ideeën, maar Raschid zou aan haar zijde staan en de majoor en de kleine Smileys zouden zonder veel drukte doorwerken. Terwijl hij hen gadesloeg en luisterde, werd ook de majoor aangegrepen door geestdrift, zodat hij even de wanhoop vergat die in hem was opgeweld op zijn weg naar de tent. Korte tijd vergat hij alles, zelfs dat Edwina waarschijnlijk stervend was. Weer werd hij even de fanaticus, onpersoonlijk en niet menselijk, alleen vervuld van politiek en wetenschap, zoals hij was geweest vóór de overstroming en de aardbeving.

Want terwijl hij door het donker fietste, langzaam de lijn volgend van de macadamweg van de missie, bij de weerschijn van de brandende stad, wist hij opeens dat er geen hoop voor haar was. Waarom hij dat geloofde, zou hij niet hebben kunnen zeggen en hij deed geen poging dat gevoel te analyseren. Het was alsof hij het eenvoudigweg wist, alsof de bomen langs de weg het hem hadden gezegd en alsof de verwoeste huizen en de geesten van de doden hadden gesproken. De hele dag door had hij met engelen van de geest geworsteld, soms winnend, dan weer verliezend, maar altijd geestelijk verdeeld en verward. Het grootste deel van de dag had ze zo rustig geslapen als een kind, terwijl de koorts haar verteerde. Een half dozijn keren was hij de kleine kamer binnengegaan, waar de puisterige juffrouw Hodge op een stijve, ongemakkelijke stoel urenlang zat te staren naar de gestalte op het bed.
Eens, toen juffrouw Hodge bij zijn binnenkomst opkeek, dacht hij: „Waarom kon zij niet worden aangetast? Het zou beter zijn als ze dood was." Het kwam hem voor dat God de dingen altijd verknoeide. Hij had geknoeid met Edwina, de arme Jobnekar en juffrouw Dirks, door hen weg te nemen en juffrouw Hodge achter te laten en de kooplieden en brahmaanse priesters. Als hij of Moti korte tijd God hadden kunnen zijn, zouden ze er meer van hebben terechtgebracht.
Toen hij om vier uur naar haar ging kijken, lag ze wakker, met ogen dof van koorts en brandende wangen. De vage, rode vlekjes waren verschenen, zodat hij nu wist waaraan zij leed. Toen hij ze zag, dacht hij: „Ze moet al een dag of twee, drie ziek zijn geweest. Ze moet zelfs al geïnfecteerd zijn vóór de aardbeving plaatshad." Misschien had ze deze ziekte meegebracht uit het noorden, over de brandende, stoffige vlakten heen. Toen ze hem zag, glimlachte ze en zei: „Ik wachtte op je," en stak hem haar hand toe. Hij nam die en ging op de rand van het bed zitten. Geen van beiden nam enige notitie van de arme juffrouw Hodge, die opstond van haar stoel en

door de kamer begon te scharrelen, de waterkruik verzette, de beddespei rechttrok . . . De majoor zag haar zelfs niet. De arme verdwaasde deed er niet toe. Niemand en niets deed er nu meer toe. Niets – dan dat zij moest genezen.

Ze zei: „Ik weet nu waar het van komt. Het was dat glas."

„Welk glas?"

Toen vertelde ze hem hoe ze in gedachteloosheid de vrouw, die aan tyfus lag te sterven, te drinken had gegeven uit de kruik op de tafel en later had gedronken uit hetzelfde glas. „Het was die eerste nacht dat je me kwam helpen. Wat je zei, maakte me zo gelukkig, dat ik later alles vergat."

Hij trachtte haar gerust te stellen en zei dat de infectie al lang tevoren moest hebben plaatsgegrepen, maar ze klampte zich hardnekkig aan die gedachte vast en peinsde: „Het was goed. Het moest nu eenmaal zo gebeuren . . . dat ik zou worden bedrogen door mijn eigen geluk."

Hij vroeg: „Heb je een injectie tegen tyfus gehad, voor je hierheen kwam?"

„Nee," zei ze, „Om mijn man tevreden te stellen, deed ik of ik er een had gehad, maar ik nam de moeite niet. Het was zo'n last en ik geloof nooit werkelijk in zulke dingen." Zijn wetenschappelijke geest was geschokt. Hij zei: „Dat was heel verkeerd van je . . . en heel dom."

„Ik dacht altijd dat, als het éne ding je niet te pakken kreeg, tenslotte een ander het zou doen."

Hij gaf haar geen antwoord. Hij drukte alleen haar hand wat vaster. Het was verkeerd van haar en dom om dergelijke fantastische nonsens te geloven. Toch hield hij van haar roekeloosheid, omdat ze een spelersnatuur had en de kunst van verliezen verstond. Dat was het vreemde in dit alles, dat hij tenslotte was gevangen door een vrouw die alles vertegenwoordigde wat hij afkeurde.

Hij zei: „Je had het dadelijk aan juffrouw MacDaid moeten vertellen. Je hebt de infectie niet van dat glas gekregen. Misschien werd de zaak er alleen door verhaast."

„Ik heb het haar niet verteld omdat ik me schaamde dat ik zo iets doms had gedaan. Ik was ook bang dat ze me zou wegsturen. Na wat jij tegen me had gezegd, kon ik niet meer weggaan en je niet weerzien." Ze wendde zich naar het smalle venster tot en vroeg: „Wat is er gebeurd? Wat brandt er?"

„De hele stad. Die staat weer volkomen in brand."

„Deze stad lijkt op een hel."

„Waarschijnlijk is de brand een goed iets."

Na lange tijd wendde ze zich opnieuw tot hem: „Hoelang zal ik ziek blijven?"

„Dat weet ik niet. Dat hangt ervan af of je je flink verzet. Tyfus duurt altijd lang."

Ze lag even in gedachten. Toen zei ze: „Ik ben hier tot last."

„Nee."

„Zou het niet beter zijn als ze me naar de missie brachten?"

„Misschien . . . maar daar is niemand die je goed kan verzorgen."

Weer zweeg ze, in gedachten. Toen zei ze: „Juffrouw Hodge zou met me kunnen meegaan. Ze zou al het nare werk kunnen doen. Het schijnt haar niets te kunnen schelen."

Juffrouw Hodge, die had geluisterd, zei: „Ja, laat me dat doen. Ik doe het graag."

„Het is hier zo triest," zei Edwina. „Ik ben hier niets waard."

„Ik zou het tante Phoebe moeten vragen. Zij zal er de last van hebben."

„Ik zal niet veel last veroorzaken. Ik zal een brave patiënte zijn. Je zou juffrouw Hodge kunnen uitleggen wat er moet gebeuren."

Het was een dwaas idee. Ondanks het vele werk was het gemakkelijker haar hier te verzorgen. Hij zou tijd moeten afnemen van zijn rustperioden om de vijf kilometer per fiets af te leggen. Aan de andere kant wenste hij dat ze gelukkig zou zijn. Hij wild dat ze weer beter werd. Het zou zo jammer zijn als ze stierf, juist nu ze was begonnen te leven.

Ze zei weer: „Ik zou daar veel gelukkiger zijn."

„Ik zal naar tante Phoebe gaan en het haar vragen." Hij nam haar kleine, volmaakt gevormde hand tussen zijn beide handen. „Ik zal nu dadelijk gaan. Je moest nu liever weer wat gaan slapen. Dat is het beste voor je. Hoe meer je slaapt, hoe beter."

„Dank je, liefste."

Ze sloot de ogen en lag stil, en toen hij meende dat ze was ingeslapen, bevrijdde hij zachtjes zijn hand en stond op om te gaan. Ze opende haar ogen en zei: „Ik zou Tom Ransome graag spreken."

„Nee. Het is beter van niet. Hij moet niet hierheen komen uit de muziekschool. Het is te gevaarlijk."

„Goed."

„Ik ga nu."

Ze sloot weer de ogen, en toen hij was weggegaan, kwam juffrouw Hodge naast haar zitten.

Het was de eerste maal in haar leven dat ze werkelijk ziek was en ondanks haar vermoeidheid waren haar hele lichaam en geest ertegen in opstand. De stille hitte lag als een deken over het ziekenhuis en de vlammen van de brandende ruïnes vulden langzamerhand de lucht met rook. De koorts kwam en ging in wilde golven. Er was geen ijs, zelfs geen gekoeld water. Soms dreef ze weg in een versuftheid van ellende en als haar geest weer verhelderde, dacht ze: „Het vagevuur moet hierop lijken." Hitte, hitte, hitte overal, maar nooit voldoende om te doden. Toen veroorzaakten de medicijnen een aanval van transpiratie en het ruwe nachthemd raakte doorweekt. Juffrouw Hodge ging een ander halen en toen ze terugkwam, werd Edwina's lichaam met ontstellende heftigheid geschokt door koude, en toen

476

dat voorbij was, lag ze weer stil, terwijl de koorts langzaam aan weer terugkwam.

Het kwam niet in haar op dat ze zou kunnen sterven, want ze had nooit
aan de dood gedacht in verband met zichzelf. De dood kon allen om haar
heen wegnemen, maar háár zou hij voorbijgaan. Vaag wist ze dat haar ziekte van langdurige aard zou zijn, weken, zelfs maanden kon duren, maar dat
leek niet meer belangrijk. Slechts één ding bestond in haar omsluierde brein
en dat was het hardnekkige besluit om niet in slaap te vallen, want hij zou
kunnen terugkeren terwijl ze sliep en bij haar zitten zonder dat ze het wist.
Ze durfde niet te slapen, uit vrees dat enkele minuten geluk haar zouden
ontsnappen.

De majoor was verplicht de langste weg te nemen in verband met de brand,
die de straten bij het reservoir onbegaanbaar maakte en aan de overzijde
van de grote markt moest hij van de fiets van de portier afstappen en
door de rode modder op de velden lopen, tot hij aan de spoorbrug kwam.
Terwijl hij voortliep, begon hij te begrijpen dat de brand geen ongeluk was.
Hij was er zeker van dat kolonel Moti die opzettelijk had doen uitbreken
en het trof hem als merkwaardig, dat een man die zoveel zelfdiscipline bezat
op wetenschappelijk gebied, terzelfder tijd zo volkomen bandeloos kon zijn
in verband tot de maatschappij. Hij had de hartstochtelijke Sikhse dokter in geen twee jaren gezien en was zich bewust dat er iets gevaarlijks was
aan de man en tevens iets opwindends. In het korte ogenblik dat ze samen hadden doorgebracht, na Moti's aankomst, had hij gevoeld welk vuur
er was verborgen achter de zwarte ogen van zijn collega. Gedurende het
korte gesprek, dat uit niet veel anders bestond dan enkele vragen in verband
met de epidemie en de wijze hoe die te bestrijden, had de majoor een vaag
gevoel van schaamte bespeurd, alsof hij geslabbakt had en te kort was
geschoten tegenover Moti, sinds hun laatste ontmoeting. Als hij nu zichzelf onderzocht, zag hij in dat hij Moti's passie voor Indië deelde, maar minder politiek was aangelegd en bovenal minder meedogenloos. In Moti was
een soort vertwijfeld gevoel van de noodzakelijkheid tot handhaven, omdat
het leven te kort was voor alles wat moest worden volbracht. Hij had de
eigenschappen van een fanaticus.

Terwijl hij de fiets voortduwde door de regen, langs de Distilleerderijweg,
zag hij steeds het gelaat van zijn vriend voor zich – de harde mond, het
benige voorhoofd, de harigheid die hem kenmerkte als Sikh, hoewel hij
zich driemaal daags schoor, en bovenal de zwarte ogen, die brandden van
ongeduld en onverdraagzaamheid tegenover de dwaasheid en zwakheid van
zijn medemensen. Moti zou nooit zo zwak hebben kunnen zijn als hij zich
op dit moment voelde. Voor Moti bestonden vrouwen helemaal niet, zelfs
niet als machines die sensuele genoegens verschaffen. Al zijn energie, al
zijn scheppende kracht, waren verzameld en geconcentreerd op één enkel
punt, lichtend als een blauwe vlam en gelijk aan de taak die de bloedige Kali

had te vervullen – de noodzakelijkheid het oude te vernietigen, opdat iets schoners en beters daarvoor in de plaats kon worden geschapen. Er was niets in Moti van het onvoorzienbare element. Moti zou nooit de dwaasheid begaan waaraan hij zich schuldig maakte.

Toch kon hij innerlijk zijn vriend niet benijden. Soms, als hij dacht aan de korte ogenblikken van voldoening die hijzelf de laatste twee, drie dagen had leren kennen, ogenblikken waarin eenzaamheid niet langer bestond, het ego stierf en daarmee elke passie, elk fanatisme, voelde hij een soort medelijden, omdat het leven van Moti zo arm was.

Hij vond tante Phoebe en Homer Smiley in de keuken, bezig een klein, zwart kind te voeden dat Smiley verhongerd en ontzet bij de brandende ruïnes had vinden rondzwerven, een meisje van de kaste der daji's, wier ouders en broers en zusters allen waren verdwenen. Het kind at als een klein dier en keek soms alleen schuins op, alsof het bang was voor een slag.

Ze waren verbaasd hem te zien. Hij vertelde hun van Edwina's ziekte en daarna, bijna verlegen, herhaalde hij hun haar wens om naar de missie te komen.

Homer Smiley zei: ,,Maar ze heeft het beter in het ziekenhuis. Hier is er zo weinig om het haar comfortabel te maken."

,,Juffrouw Hodge zou met haar meekomen. Ze is volkomen gek, maar ongevaarlijk en kan zich nuttig maken. Door haar toewijding is ze bruikbaar."

Tante Phoebe schepte nog wat rijst op het bord van het hongerige kind en zei: ,,Mij kan het niets schelen. Het zal niet zo comfortabel voor haar zijn, maar als ze graag hier wil komen, kunnen we het schikken. Ik kan haar mijn kamer geven en in de voorraadschuur gaan slapen, nu de anderen zijn weggegaan."

,,De kwestie is niet dat we haar niet hier willen hebben," zei Homer Smiley. ,,Ik hield alleen rekening met wat het beste voor haar zou zijn. Begrijp je wat ik bedoel?"

De majoor zweeg even. Toen zei hij: ,,Ja, natuurlijk, ik begrijp het. Toen ik er voor het eerst over nadacht, heb ik hetzelfde gezegd, maar ik ben er niet zeker van dat ik gelijk had. Ze is geen normale patiënte. Het gaat hier niet alleen om een medische behandeling. Ze wil graag hier komen, zie je, omdat ze zich hier gelukkiger zal voelen en in haar geval is geluk een gewichtige factor."

,,We laten het aan u over, majoor."

,,Dan zal ik haar sturen zodra het geschikt kan worden. Dank je. Ik weet dat ik veel verlang, maar ik wist dat jullie het zouden begrijpen en haar goed zullen verplegen."

Het kind hield eensklaps op met eten, alsof het onmogelijk nog een korreltje rijst in haar grote, lelijke mond kon stoppen. Verrassend genoeg legde ze de handjes tegen elkander en maakte een salam.

Homer Smiley zei: „Ik moet je nu verlaten en terugkeren naar het weeshuis. We zullen nog veel meer lieden onderdak moeten verschaffen, na deze brand."

Hij ging weg en nam het kind met zich mee, zijn fiets voortduwend, terwijl ze naast hem voortstapte. De majoor keek hen na, tot ze tenslotte verdwenen in de regen, buiten de zwakke lichtcirkel die uit de deuropening viel. Toen hij zich omkeerde, zei tante Phoebe: „Ik zal zelf voor haar zorgen. In het weeshuis gaat het nu beter. Er is niet zoveel werk meer te doen. En ik mag haar graag."

Ze dronken samen een kop thee en spraken, voor de eerste maal sinds de ramp, over alledaagse dingen, tot hij tenslotte met tegenzin opstond en tot de volgende morgen afscheid van haar nam. Toen hij wegging, zei ze opeens: „U moet zich niet ongerust maken. Ik zal goed voor haar zorgen. Ik heb verstand van tyfus. We hebben te Beaver Dam een epidemie gehad in negenentachtig. Twee van mijn broers en een neef waren tegelijkertijd ziek."

Hij reed weg, opgefrist en gekalmeerd door de enkele minuten die hij in gezelschap van tante Phoebe had doorgebracht. Haar serene kalmte interesseerde hem omdat die niet was geboren uit de berusting van het Oosten, maar uit de activiteit van het Westen. Zij had tenslotte die kalmte verkregen, niet zoals Bannerjees vader door negatie en contemplatie, maar door een activiteit die objectief en onzelfzuchtig was. Het was vreemd maar wáár, dat er geen vrede of wijsheid kon bestaan zolang het ik bestond. Men moest leven zoals tante Phoebe, met de inzet van al zijn krachten, of ontkennen, zoals de oude meneer Bannerjee, dat er iets fysisch of materieels bestond. Van die beide wegen tot vrede leek die van tante Phoebe hem de wijste. Zonder twijfel was het de menselijkste.

Toen dacht hij: „We zouden ergens anders heen kunnen gaan – naar Java of Indo-China of zelfs naar China en helemaal opnieuw beginnen. Ik zou me ook daar nuttig kunnen maken. Ik zou kunnen doorgaan met mijn werk en zij zou vrede hebben," maar onmiddellijk daarop besefte hij dat dit nonsens was, het soort nonsens dat men vindt in romans en films in het Westen. Hij kon nooit weglopen zonder zichzelf te vernietigen en haar terzelfder tijd. Hij kon nooit dit wrede, prachtige Indië verlaten, omdat het een deel was van zijn bloed. Cambridge, de medische universiteit en alle moderne ideeën, zelfs de vrouwen met wie hij in het Westen intiem was geweest, hadden hem niet kunnen veranderen. Hij hoorde niet bij het Westen. Hij hoorde hier, in dit grote land van brandende droogte en onverwachte, vreselijke overstromingen, van hongersnood en aardbevingen, van tempels en van oerwoud, dat tot dicht bij de poorten van de grote steden drong. Als hij zich het heimwee herinnerde van de jaren die hij in het Westen had doorgebracht, kon hij zich niet voorstellen dat hij ooit weer Indië zou verlaten.

In de weerschijn van de brandende stad rende een jakhals de weg over, vlak voor hem, en toen begonnen de bladeren van de Javaanse vijgebomen te fluisteren door de regen: „Ze zal sterven. Ze zal sterven."
Hij begreep, in plotselinge angst, dat dit fluisteren slechts de manifestatie was van een of andere stem in hemzelf, een of andere wijsheid, oud als Indië zelf, die begreep dat ze moest sterven omdat dat zo bestemd was geweest, omdat het haar noodlot was en het zijne. Van het eerste moment af, toen hij haar zag onder de schitterende, met bijen gevulde kroonluchter in het paleis, had hij geweten dat het verkeerd was. Nu begreep hij waarom hij, na de eerste blik, toen hij haar opwindend vond, sereen en wat pervers, zich snel had afgewend en de verdere avond had vermeden nog eens naar haar te kijken. Het was verkeerd; het had nooit moeten zijn. Maar dat besef doodde niet de pijn en de begeerte die nu weer lichamelijk waren geworden. Maar de bomen boven hem fluisterden door: „Ze zal sterven. Ze zal sterven. Ze zal sterven!"
Toen hij de spoorbrug naderde, steeg nog een ander besef uit zijn diepste innerlijk. Hij wist dat ze zou sterven omdat ze te vermoeid was om zich in te spannen tot verder leven. Hij had het gevoeld, toen hij op de rand van haar bed zat te praten. Daarom had zij Ransome willen spreken. Ze was als die arme, halfverhongerde lieden van de lage kasten, die geen poging deden tot leven omdat het gemakkelijker was te sterven.

De volgende morgen reed de eerste trein door de bergkloof, behoedzaam voortsukkelend over de haastig herstelde spoorbaan. Die trein bracht levensmiddelen en medicijnen en nog meer verpleegsters en doktoren en de oude dewan was erin, nog steeds smetteloos, met zijn witte baard en zijn gewaad van fijn, zuiver Bengaals linnen. Hij werd nu slechts vergezeld door een zoon, een neef en een kleinzoon, en werd verwelkomd door zijn oude vijand uit de raad, Raschid Ali Khan, die was uitgeteerd door tweeënzeventig uren arbeid. Ze gingen dadelijk naar de tent van de maharani.
De oude dame begroette hem met een mengeling van genoegen en angstig voorgevoel. Ze was blij dat hij van de heuvels was afgedaald om terug te keren in de vreselijke hitte van de moesson, omdat zijn scherpzinnigheid en wijsheid van oneindige waarde waren, maar het speet haar ook, omdat ze wist dat hij dadelijk zou beginnen te praten over geld en de onkosten, en haar ongeduldig verlangen om de stad Ranchipur weer op te bouwen vóór haar dood, zou beteugelen. Want ze was meegesleept door de roekeloosheid en geestdrift van kolonel Moti, toen ze samen een ruw plan ontwierpen voor de nieuwe stad.
De dewan was een oude Indiër, de fijnste van het oude Indië, een die achterwaarts keek naar de bronnen van Indisch geloof en Indische cultuur. In zijn smetteloos, wit linnen gewaad, placht hij in elke raadsvergadering hardnekkig en listig iedere poging tot binnendringen van het Westen te be-

strijden. Hij wilde dat Indië alleen zichzelf zou toebehoren en zoals hij dat had gedaan, zou terugkeren tot de bronnen van zijn grote macht.

Kolonel Moti was de moderne Indiër, gretig bereid alles wat het Westen aan goeds kon bieden te aanvaarden en begerig het oude te vernietigen, absoluut en wildweg, het goede en slechte, door elkaar, zodat men volkomen opnieuw kon beginnen. Haar eigen gevoelens waren eenvoudiger dan die van hen, omdat ze vrouwelijk waren, intuïtief en ongeduldig. Ze wenste een nieuw Ranchipur voor de dag te toveren, een stad die een schitterend voorbeeld zou zijn voor heel Indië en bovenal voor de Europeanen die beweerden dat Indië niet zijn eigen problemen kon oplossen. In haar was een mateloze trots die voldoening eiste en een roekloosheid die haar in het bloed zat.

De gebaarde, oude man was geschokt door het schouwspel van de stad, die door de tweede, grote brand tot een hoop rokende as was geworden. De tempels waren zwartgeblakerd, het oude, houten paleis was vernield, de oude mijlpalen, die zoveel voor zijn geest betekenden, waren verdwenen. Alles wat overbleef waren lelijke, moderne gebouwen, volgens westerse plannen gebouwd, die triomfantelijk boven de smeulende ruïnes van het oude Indië uitstaken – de avondschool voor pariajongens, het huis van zijn vijand Raschid Ali Khan, de technische hogeschool, het lelijke, onversierde, praktische ziekenhuis. De rest was verdwenen.

Toen hij vroeg hoe het kwam dat de vernieling zo volkomen was geschied, legde de maharani hem de kwestie met de tweede brand uit, die volgens haar verklaring bij ongeluk was ontstaan en zich door de moessonwind had verspreid. Maar ze merkte dadelijk dat de oude man zich niet liet misleiden; zijn zwarte, doorborende ogen werden even dichtgeknepen bij het horen van kolonel Moti's naam en ze zag hem licht beven. Moti was, meer dan de Engelsen, zijn vijand en een vijand van Indië. Hij was altijd in staat geweest het met de Engelsen klaar te spelen door vleierij en sluwheid; hij had ze altijd dom, koppig en hardnekkig gevonden, maar gemakkelijk voor de gek te houden, als men het maar voorzichtig deed.

Sinds meer dan zestig jaren had hij het erop toegelegd, op zijn eigen wijze, de oud-Indische wijze, hen zachtjes aan, net zoals hij lord Heston in een val had laten lopen, die avond in het paleis, stap voor stap en zonder dat ze het merkten naar hun eigen ondergang te voeren – terwijl hij intussen alles redde wat hij liefhad van Indië zelf. En dat plan was geslaagd. Als hem nog een eeuw leven gegeven was, zou hij Indië vrij en onberoerd hebben kunnen zien, een Indië van tradities, waardigheid en eer. De Britten zouden zichzelf vernietigen; tenslotte zouden ze worden verzwolgen, zoals Indië altijd de indringers had verzwolgen. En nu waren Moti en mannen als hij, heethoofden en gekken, opgestaan om alles te vernietigen waarvoor hij en ware Indiërs zoals hij zo geduldig en langzaam hadden gewerkt. Moti en zijn radicalen waren zijn vijanden en de vijanden van Indië zelf, veel meer dan de Engelsen. De Engelsen hadden er zich mee tevreden gesteld Indië te beschouwen als een geldbelegging, de voordeligste geldbelegging die de wereld ooit had gekend; de geest en ziel van Indië hadden ze intact gelaten en er zich niet mee bemoeid. Maar Moti en de heethoofden wensten de ziel van Indië te vernietigen, zoals Moti de ruïnes van Ranchipurs hoofdstad had vernietigd.

De maharani wist, terwijl ze de oude man gadesloeg, waaraan hij dacht. Ze had al jaren geleden zijn listige plannen en zijn succes leren begrijpen. Soms had ze hem zelfs geholpen, maar nooit had een van hen beiden door het geringste teken verraden dat zij of hij wist wat er omging in de geest van de ander. Nu dacht ze: ,,Hij is heel oud, misschien negentig, wat voor een Indiër ouder is dan voor een brahmaan. Hij kan niet lang meer leven. Als hij in de hittetijd terugkomt om tegen Raschid en Moti en mij te vechten, zal het zijn dood worden. Het is jammer. Hij was een goed vechter, hij is alleen verblind."

Ze wist het nu. Ze wist het sinds ze met Moti had gesproken. Tenslotte bezat ze de absolute macht. Ze kon hem zelfs ontslaan als hij lastig werd. Eindelijk was ze wat ze haar hele leven verlangd had te zijn – een almachtige Mahrattaanse koningin. Ze dacht: ,,Maar hij zal sterven. Ik zal hem niet hoeven te ontslaan." De hitte en de schok van de vernietiging van het oude Ranchipur zouden hem voor haar ontslaan. Ze wist ook dat Moti en zijn heethoofden de bedoeling hadden tenslotte ook haar te vernietigen en al de andere prinsen, van de machtige Nizam en de rijke Baroda af, tot aan de kleinste vorstelijke landeigenaartjes toe. Maar voor het zover was, kon zij veel volbrengen waartoe de heethoofden moeilijk in staat zouden zijn, als ze aan de macht kwamen, omdat háár macht binnen de grenzen van Ranchipur absoluut was, een macht zoals zij nooit konden bezitten. Opeens herinnerde ze zich de bijnaam die de majoor en Ransome haar hadden gegeven – ,,De Laatste Koningin."

De oude dewan maakte geen aanmerkingen op Moti.

Behalve een seconde lang, waarin hij beefde en de zwarte ogen werden dichtgeknepen, verried hij door geen teken dat hij wat er was gebeurd of zelfs het fantastische plan van de nieuwe stad afkeurde. Hij bereikte zijn doel nooit door een open gevecht; hij zou zwijgend werken op zijn zijige manier, om elk plan te belemmeren, elke verandering, elk ontwerp, tot alles tenslotte was tenietgegaan, zoals zoveel dingen in Indië waren vergaan door vermoeidheid en traagheid.

Hij ging ten laatste weg om in de as van zijn huis rond te zoeken, en zei dat hij weer terugkwam als de avondkoelte intrad. De maharani gaf order dat men een tent voor hem zou oprichten dicht bij de hare, zodat ze door haar eigen spionnen voortdurend op de hoogte kon worden gehouden van zijn doen en laten, van wat hij zei, zelfs misschien van wat hij dacht. Ze wist ook dat hij, welke maatregelen ze ook nam, ervan op de hoogte zou zijn als ze

Moti en Raschid Ali Khan sprak en van wat ze zeiden. Ze had hem nodig voor één ding – om de juwelen te verkopen. Niemand ter wereld kon er zoveel geld voor maken als hij op de westerse markt. Cocottes zouden ze kopen en de rijke, ordinaire vrouwen van strebers en speculanten, die zich volvraten op de ondergang van de westerse beschaving. Ze zouden de weg terug afleggen naar de winkels van de Place Vendome, Bond Street en Fifth Avenue. Maar ze was nu een oude vrouw en haar hartstocht voor juwelen was dood; het was zelfs niet erg belangrijk wat ervan werd. Waarop het aankwam was, dat ze miljoenen rupees zouden opbrengen om Ranchipur weer op te bouwen, om van de stad, de dorpen en de districten een model laboratorium te maken dat het hele verdere Indië en Oosten kon dienen. Daarvoor had ze jonge mannen nodig, sterke mannen, intelligente mannen zoals Raschid, de majoor en kolonel Moti. Ze vergat niet wat Homer Smiley al had gedaan en wat hij nog zou kunnen doen en dat er in haar plannen ook plaats was voor Ransome. Toen de dewan was weggegaan, liet ze hen beiden roepen, zonder zich te storen aan de waarschuwing van de majoor om Ransome niet regelrecht uit de besmette muziekschool hierheen te laten komen. Toen ze kwamen, stelde ze voor dat Smiley de missie zou verlaten en de post van minister van publiek welzijn zou aanvaarden en dat Ransome met hem zou samenwerken. Het was een post die nog nooit tevoren had bestaan; kolonel Moti had de noodzakelijkheid en belangrijkheid van die post bepleit en hij kende Smiley en zijn verleden en stelde hem voor als de enige man in Ranchipur, misschien zelfs in heel Indië, die geschikt was voor het werk. Ze zou een nieuwe leider moeten opzoeken om de plaats van de arme Jobnekar in te nemen, maar dat was nu niet moeilijk, niet zo moeilijk als het lang geleden was geweest, toen de paria's uit hun eigen stadsdelen werden verbannen en op het niveau van dieren moesten leven. Het waren intelligente lieden, die snel voordeel trokken uit wat men hun leerde. Ook moest ze nog een vrouw vinden om de arme juffrouw Dirks te vervangen en de opvoeding van de vrouwen ter hand te nemen; maar dat was nu gemakkelijker dan het vijfentwintig jaar geleden was geweest, oneindig gemakkelijker. Er waren Indische vrouwen, onderlegd, bekwaam en energiek, vrouwen zoals mevrouw Naidu, de vriendin van de heethoofdige kolonel Moti.

Toen ze weer alleen was gebleven, liet de oude maharani Gopal Rao komen en deelde hem mee dat hij haar secretaris zou worden en met haar zou samenwerken. Hij beviel haar uitstekend; hij was knap, jong en intelligent en bezat dezelfde taaiheid en humor die in haar eigen Mahrattaanse bloed zaten. Hij moest diezelfde dag nog iemand vinden die zijn plaats kon innemen, zodat hij bij haar kon terugkeren om met haar te werken. Na hem te hebben laten gaan, keerde ze terug in haar eigen afdeling van de tent, terwijl ze zich weer jong voelde en sterk als een tijgerin. De oude dewan veroorzaakte haar geen onrust meer. Omringd door haar falanx van jonge mannen kon ze hem overwinnen. Ze zou hun kracht achter zich hebben en wat zijn sluwheid betrof, zo bedacht ze met een lachje, kon ze zelf wel tegen hem op. Als ze dan al „De Laatste Koningin" moest zijn, zou ze een grote worden, zodat men haar eeuwig zou gedenken in de geschiedenis van Ranchipur en Indië.

Toen Smiley de maharani had verlaten, haastte hij zich te voet, beladen met de medicijnen en nieuwe voorraden die kolonel Moti's assistent hem had geleverd, regelrecht naar de missie. Op de oprijweg haalde hij een groepje in, bestaande uit lady Heston, die op een baar werd gedragen door vier koelies, en juffrouw Hodge, die naast haar voortstapte en een parasol boven de zieke vrouw hield. Toen hij hen begroette, opende lady Heston haar ogen en zei: „Het was erg vriendelijk van u om me toe te staan, naar de missie te komen." Smiley verzekerde haar dat het helemaal geen last veroorzaakte en dat ze zich er veel prettiger zou voelen dan in het ziekenhuis. Toen sloot ze weer vermoeid de ogen en liet zich gaan in de cadans van het voortdragen. Zij had veel pijn te doorstaan en haar hoofd klopte van koorts; ze zonk telkens weg in een bewusteloosheid die meer op de dood leek dan op slaap.

Terwijl Smiley naast het groepje voortliep, zong het hart in zijn boezem. Nu zou hij bevrijd zijn van al de kleinzieligheid, gierigheid, achterbaksheid van het missiebestuur en mensen zoals mevrouw Simon. Nu zouden haar vervelende brieven en intriges er niets meer toe doen. Hij kon verder gaan met zijn werk, terwijl men hem hielp in plaats van hem te hinderen. Hij zou de rijkdom van Ranchipur achter zich hebben. Het was de enige gunst van de Hemel die hij ooit zou hebben gewenst. Hij was ook gelukkig om andere redenen, om de vreugde die dit zijn vrouw en tante Phoebe zou verschaffen en omdat hij Ransome zou krijgen als medewerker. Nu kon hij Ransome helpen, zoals hij sinds jaren de bevolking van de lage kasten had geholpen. Toen ze samen bij de maharani zaten en ze haar plan ontvouwde, meende hij dat Ransome zou weigeren, zoals hij altijd alles had geweigerd. Maar hij had snel aanvaard, met een vastberadenheid die Smiley verblufte.

Toen ze samen de tent verlieten en in de richting van de muziekschool gingen, had Ransome hem gezegd: „Ik hoop dat je niet ontevreden bent over het feit dat ik het heb aangenomen." En Smiley had geantwoord: „Waarom zou ik dat, beste kerel?"

„Ik heb nooit iets gedaan waarmee ik recht op vertrouwen heb verdiend. Waarschijnlijk is er wel een dozijn andere mensen die je liever als medewerker zou hebben."

„Nee, ik zou niemand hebben kunnen bedenken."

Toen hadden ze een tijdlang zwijgend voortgelopen, tot Ransome, toen ze bij het grote reservoir kwamen en hun wegen zich scheidden, opeens zei:

484

„Fern Simon blijft hier. Ze wil verpleegster worden. Ze heeft zich in het hoofd gehaald in deze omgeving te gaan werken."

„Dat verheugt me," zei Smiley, „ze is een lief meisje."

„Er zijn een paar dingen die ik je graag wil vertellen en dan hoeven we er niet meer over te praten."

Ze bleven staan, boven aan de brede, holle treden, die naar het water daalden. Even wendde Ransome de blik van hem af en keek neer op een vrouw die vuil linnen aan het slaan was op de stenen beneden. Smiley vermoedde dat hij zich zeer inspande. Tweemaal slikte hij, voor hij sprak en toen zei hij: ‚Ik geloof dat ik nu begrijp wat jij, de majoor, Raschid en de oude vrouw willen. Ik heb het vroeger niet begrepen. Ik wil graag helpen."

„Goed," zei Smiley, die iets van Ransomes verlegenheid overnam. „Dat is prettig."

„Dan is er nog iets."

„Ja?"

„Fern en ik willen trouwen."

„Wel," zei Smiley, „ik moet zeggen, dat is een verrassing. Dat is heerlijk; ik bedoel, ik ben blij dat te horen. Mijn gelukwensen. Wat zal dat een verrassing zijn voor mijn vrouw en tante Phoebe!"

Ransome vertelde hem niet dat het nieuws, naar zijn mening, geen grote verrassing voor tante Phoebe zou zijn. Hij zei: „Ik ben er niet zeker van dat ik er goed aan doe. Ik ben niet zo jong meer. Ik ben jaren ouder dan Fern."

‚Als je van elkaar houdt, is dat niet belangrijk."

„Ik weet wat ik wil," zei Ransome, „maar me dunkt dat al de voordelen aan mijn kant zijn."

„Fern is een goed meisje. Ze heeft alles in zich om een goede vrouw te worden."

„Er is nog iets anders dat ik te zeggen heb – het is een bekentenis."

„Ja?"

„Het is, dat Fern en ik al hebben samengeleefd."

Smiley wierp hem een snelle, verbaasde blik toe. Niet dat hij gechoqueerd was, maar hij voelde zich opeens gehinderd door zijn eigen onschuld en gebrek aan ervaring tegenover een man als Ransome, die zoveel van vrouwen af moest weten. De uitdrukking van verwondering ging over in een van verwarring. Het magere, gemoedelijke gezicht werd vuurrood en hij zei zwakjes: „Dat wist ik niet . . ." Toen kuchtte hij verontschuldigend en voegde eraan toe: „Hoe zou ik trouwens ook. Hoe zou ik?" Even had hij een zonderlinge gewaarwording alsof hij het was die had gezondigd en in het ongelijk was, omdat hij niets opwindenders kende dan de rustige, huiselijke liefde van Bertha Smiley. In de ogen achter de brilleglazen kwam een weemoedige uitdrukking.

„Ik maak geen excuses voor mijzelf," zei Ransome. „Ik geloof dat Fern het evenzeer verlangde als ik. Het gebeurde op een vreemde manier ... ik zou haast zeggen dat het onvermijdelijk was. Ik geloof niet dat een van ons beiden er iets tegen had kunnen doen."

„Ik zou er nooit aan denken een oordeel over iemand te vellen," zei Smiley. „Daarvoor heb ik te weinig ervaring in zulke dingen. Maar nu je trouwt, komt alles in orde en niemand ondervindt er schade door."

„Er zijn gevallen waarin een huwelijk een ernstiger fout is dan de oorspronkelijke zonde."

Een glimlach gleed over het gerimpelde gezicht van de missionaris. Ransome werd weer gecompliceerd en zag te veel kanten aan de zaak. Smiley zei: „Ik geloof niet dat het zo gecompliceerd is. Het kan geen kwaad om de dingen hun beloop te laten."

De emotie die Smiley nu voelde, leek wat op die van een bedaagde tante, die met genoegen het nieuws verneemt dat twee jonge mensen elkaar liefhebben. Hij hield van Ransome en mocht Fern en wenste haar te helpen om te ontsnappen aan al het verdriet dat ze al had gekend. Hij wilde hen graag beiden dicht bij zich houden en als ze samen trouwden, zouden ze gaan wonen in Ransomes grote, gele huis en zaterdags komen lunchen met Raschid, de majoor, juffrouw MacDaid en de andere vrienden. Hij voelde dat dit huwelijk het leven in Ranchipur veel aangenamer zou maken.

„Kun je ons in het huwelijk verbinden?" vroeg Ransome.

„Natuurlijk. Je zou in de missie kunnen trouwen."

„Misschien is het beter als we zo snel mogelijk trouwen." Hij wilde eraan toevoegen: „omdat we geen voorzorgsmaatregelen hebben genomen," maar bedwong zich omdat hij eraan dacht dat dit boven het begrip van Smiley zou gaan.

„Ja, misschien zou dat beter zijn."

„We zullen in de muziekschool binnen een paar dagen klaar zijn. Ze zullen geen amateurs meer nodig hebben. Dan zouden we kunnen trouwen."

„Wanneer je maar wilt," zei Smiley. Hij nam Ransomes smalle hand en zei: „Ik ben blij. Ik vind het heerlijk nieuws." Toen glimlachte hij en zei: „Ik wilde je alleen één raad geven."

„Ja?"

„Laat mevrouw Simon nooit een voet in je huis zetten."

Ransome lachte en zei: „Dat zeker niet."

„Mag ik het mijn vrouw en tante Phoebe vertellen?"

„Natuurlijk. Ze horen het te weten, want in zekere zin hebben ze met het hele geval te maken gehad." Na een seconde voegde hij eraan toe: „Maar ik wil niet graag dat je denkt dat het gebeurde in die nacht, toen ik haar naar de missie bracht. Ik heb je toen niet misleid. Het gebeurde later, tijdens de overstroming – die nacht, toen ik verdwaalde in het bootje. Het gebeurde in Bannerjees huis."

„Ik begrijp het," zei Smiley en weer was er iets weemoedigs in zijn stem.

„Nu moet ik gaan," zei Ransome. „We komen nog altijd hulp te kort. Morgen brengt de trein meer hulp – ervaren mensen."

Smiley klopte hem op de schouder, met bedwongen hartelijkheid, en ging op weg naar de missie. Toen Ransome zich naar de muziekschool begaf, dacht hij: „Wat is het vreemd dat ik, hoewel ik altijd over Smiley heb gedacht als over een vriend, hem nooit werkelijk heb gekend." Het leek of vroeger, in weerwil van de uiterlijke vriendschap, ondanks hun vertrouwelijke omgang en de vrolijke, zaterdagse lunchen, een muur hen had gescheiden. Ook met Raschid en de majoor was het anders en het meest van al met Fern. Een of andere demon was uit hem gedreven. Iets, misschien was het eenvoud, geboren uit dood, vuil en ellende, had de plaats van die demon ingenomen. De wereld en zelfs de bekende mangobomen, het grote reservoir, de hitte en de regen waren anders en nieuw voor hem. Zijn lichaam was vermoeid en snakte naar drank, maar zijn geest voelde nu geen behoefte meer om uit cognac een schijnwereld te scheppen die beter was dan de werkelijke. De wereld om hem heen, hoe tragisch ook, was een goede wereld. Hij had de wereld nooit meer zo gezien – schitterend en vol avontuur – sinds hij een kleine jongen was, die zijn grootmoeder in Ohio ging bezoeken. Toen hij langs de muur van het reservoir liep, zag hij juffrouw Murgatroyd aankomen en voelde neiging de richting van het ziekenhuis in te slaan om haar te ontwijken, maar ze had hem gezien en dus was het te laat, want juffrouw Murgatroyd was te onopgevoed om iemand bij zo'n bedriegerijtje te helpen. Ze kwam naar hem toe met de oude opgewonden gretigheid en stak haar hand uit. Ze zei: „Ik ben toch zó blij u te zien, meneer Ransome, na al onze avonturen. Ik heb gehoord dat u zo prachtig hebt gewerkt in het ziekenhuis."

„Ja," zei hij, zich geweld aandoend, „ik heb gewerkt." Op een of andere wijze slaagde ze erin de ontzetting van het ziekenhuis en de muziekschool fantastisch en onwaar te doen schijnen. „Waar bent u geweest?" vroeg hij.

„Bij de arme mevrouw Bannerjee," en ze voegde er gretig aan toe: „U weet toch wat er met meneer Bannerjee is gebeurd?"

„Ik heb net gehoord dat hij dood is."

„Het duurde maar enkele uren."

„En mevrouw Bannerjee?"

„Die maakt het goed. Ze gaat weg – terug naar Calcutta, om daar te gaan wonen."

„En de as van de oude man?"

Even aarzelde juffrouw Murgatroyd. Toen giechelde ze. „Mevrouw Bannerjee heeft die in de Ranchipurrivier gegooid, na donker. Ze zei dat die goed genoeg was voor de oude dwaas. Ze zegt nu dat ze geen zin heeft zich langer te vervelen in een eentonige stad als Ranchipur. Calcutta is veel vrolijker en opwindender."

Dus dat was het. Er was nooit iets schitterends en ijzigs geweest aan mevrouw Bannerjee. Ze was alleen verveeld geweest. Er had geen mysterieuze diepte bestaan, slechts een lege afgrond van verveling. Al de glans, al de aantrekkingskracht had hij geschapen uit zijn eigen verveeldheid, rusteloosheid en begeerte, in een vertwijfelde poging om de wereld om hem heen interessanter te maken. Hij vroeg: ,,Wat denkt u te gaan doen?"

Ze zuchtte: ,,Ik zal wel hier moeten blijven, in mijn betrekking. Maar het zal vreselijk vervelend zijn, zonder de feestjes van de Bannerjees. Er zal helemaal geen leven meer zijn."

Ze giechelde weer hysterisch, maar haar stem klonk onzeker en hij dacht: ,,Arme ziel, nu zal ze niemand meer hebben. Ze zal mevrouw Bannerjee niet meer hebben om haar te kwellen." Ze wist dat en giechelde alleen om niet te huilen. Ze probeerde Bannerjee belachelijk te doen schijnen omdat ze amusant wilde zijn en onderhoudend. Ze was weer het zielige hondje dat kwispelde met zijn staart.

Hij zei: ,,Ik moet nu weer aan mijn werk. Als alles in orde is, moeten we weer eens wat afwisseling hebben. Misschien kunnen we een badmintonclub oprichten."

Het gore, puisterige gezicht van juffrouw Murgatroyd werd rood van genoegen. ,,Dat zou heerlijk zijn," zei ze en hem schalks met haar vinger dreigend: ,,Ik zal zorgen dat u het niet vergeet."

,,Doe dat," zei Ransome en dacht grimmig: ,,Ik ben er wel zeker van dat je het zult doen."

Toen hij zich afwendde om te gaan, vroeg ze: ,,Hoe maakt lady Heston het?"

,,Ze is ziek."

,,Ja, dat heb ik gehoord. Doe haar mijn groeten, als u haar mocht spreken. Ze heeft zich zo sportief gedragen bij de overstroming." Als een soort tribuut aan de mythische voorvader, de magistraat van Madras, voegde ze eraan toe: ,,In een crisis kun je altijd rekenen op de Engelsen."

Toen was ze weg en hij ging door naar de school, met het oude gevoel van misselijkheid in zijn maag.

In de missie moest Smiley het nieuws voor zich houden tot tante Phoebe lady Heston in haar eigen kamer had geïnstalleerd op een bed dat dicht bij het raam was geplaatst, waar ze wat frisse lucht kreeg, en als ze wakker was in de hangende tuin van tante Phoebes petunia's en orchideeën kon kijken.

Toen tante Phoebe, geholpen door juffrouw Hodge, haar een bad van koel water uit de *chattee* had gegeven, keek ze uit het venster en zei: ,,Hier is het veel prettiger. Ik voel me niet zo benauwd meer." Toen viel ze bijna dadelijk in slaap.

Toen tante Phoebe naar de keuken terugging, terwijl juffrouw Hodge achterbleef om op te passen, zei Smiley, die nu bijna barstte: ,,Ik heb een nieuwtje voor u."

„Goed nieuws?" vroeg ze achterdochtig.

„Ik ben nu een excellentie. Ik ben minister. Zijne Excellentie, Homer Smiley!"

Ze keek hem aan alsof hij een flauwe grap had uitgehaald.

„Waar heb je het in 's hemelsnaam over?"

„Ik ben geen missionaris meer."

„Wat ben je dan wèl? Je praat als mevrouw Simon."

„Ik ben minister van het publieke welzijn. De maharani heeft het me zojuist meegedeeld." Toen legde hij haar uit wat het allemaal had te beduiden en tante Phoebe kwam onder de indruk. Ze ging zitten met zoveel aandacht en respect als ze nooit tevoren had geschonken aan een man die ze altijd had beschouwd als een van haar eigen kinderen.

„Dat is nog niet alles," zei hij. „Ransome is mijn medewerker geworden," en toen dat tot haar was doorgedrongen, zei hij: „en er is nog meer. Ransome en Fern gaan trouwen."

Dit nieuwtje scheen de meeste indruk op haar te maken. Ze zei: „Daar ben ik blij om. Nu is het in orde, ik maakte me al ongerust."

„Wat is in orde?"

„Niets," zei tante Phoebe met een triomfantelijk air. „Het is een geheim dat ik alleen weet."

Smiley zweeg heldhaftig. „Laat ze haar pret hebben," dacht hij. „Laat haar denken dat zij het alleen weet."

„En nu," zei tante Phoebe, „moet je gauw naar het weeshuis lopen en het Bertha vertellen." Ze grinnikte. „Nu kan het verwenste missiebestuur je niet meer hinderen."

„Ik zal nu al het geld krijgen dat ik nodig heb voor scholen, bibliotheken en laboratoria. Ransome en ik samen kunnen wonderen verrichten."

„Nu zal het goed gaan met Ransome. Wat hij nodig had, was een flinke vrouw en huiselijk leven. Hij was de eenzaamste man die ik ooit heb ontmoet. Het zal voor Fern ook goed zijn. Ik denk dat ze allebei wat gezond verstand hebben opgedaan. Ik wed dat hij zelfs niet meer zal drinken. Wanneer gaan ze trouwen?"

„Misschien morgen, of overmorgen."

Terwijl hij zijn vracht aan voorraden opnam, zweeg ze. Toen hij wegging, zei ze: „Ik moet er steeds aan denken hoeveel er is gebeurd in die paar dagen." Na die verklaring ging ze kalm aan de gang om het avondeten klaar te maken, en de bouillon die de majoor voor lady Heston had voorgeschreven. Terwijl ze werkte, dacht ze: „Het is vreselijk wat er in enkele dagen met die arme vrouw is gebeurd. Juffrouw MacDaid moet haar hebben doodgewerkt." Want het kwam haar voor dat lady Heston een andere persoon was dan degene die zich in een greppel had verborgen, toen de Bhils voorbijkwamen op hun plundertocht naar mevrouw Hogget-Claptons huis, verschillend ook van de vrouw die schaamteloos naakt bij de *chat-*

tee had gestaan en koud water over zich had gegooid. Ze was zo mager als een lat en er leek geen fut in haar te zijn overgebleven. Ze pookte het vuur in het Indische fornuis op en dacht: „Morgen komt er wit meel met de trein mee, dan kunnen we wat goed brood maken."

Twee dagen gingen voorbij en er was in de muziekschool niets meer te doen voor Fern en Ransome. Hun werk was ten einde, nu er meer doktoren en verpleegsters waren aangekomen, en ze gingen naar het ziekenhuis, Fern om juffrouw MacDaid te helpen met de voorraden en Ransome om te doen wat er zoal te doen viel. Toen juffrouw MacDaid het meisje zag, zei ze dadelijk: „Het eerste wat jij moet doen, is naar bed gaan en slapen ... slapen tot je vanzelf wakker wordt. Dan kun je je nog nuttig maken. Zoals je nu bent, deug je nergens voor." Op het ogenblik dat ze de muziekschool verliet, zonk de opgehoopte moeheid over haar neer als een wolk. Nu alles voorbij was, werden haar oogleden zwaar van moeheid, die drukte op haar pijnlijke rug. Ze was zo vermoeid, dat ze niets kon zeggen toen ze naast Ransome langs het reservoir naar het ziekenhuis liep; maar achter de sluier van uitputting was een vaag besef van geluk, omdat alles nu voorbij was, zonder dat ze zich had laten verslaan. Toen juffrouw MacDaid bruusk zei: „Je hebt goed werk gedaan, voor een meisje dat van niets af wist," barstte ze in tranen uit en snikte hulpeloos, tot juffrouw MacDaid haar tenslotte een injectie gaf om haar te bedaren en te doen inslapen. De oudgediende wist wat zo'n vermoeidheid kon betekenen; ze wist ook dat het erger was als men jong is. Op haar vijftigste jaar verdroeg ze dit gemakkelijker dan lang geleden, tijdens de andere epidemie, die de arme juffrouw Eldrige had weggesleept.

Ransome zakte in een stoel in het kantoor van de majoor, zijn lange benen voor zich uitgestrekt en het hoofd tegen de rugleuning van de stoel. Even sloot hij de ogen. Toen hoorde hij de majoor zeggen: „Je ziet er kapot uit." „Dat ben ik niet, maar ik kan wel wat slaap gebruiken."

„Ik was net van plan naar je toe te gaan. Het betreft lady Heston. Ze wil graag dat je naar de missie komt. Ik heb het je niet eerder gezegd. Ik dacht dat het te gevaarlijk voor je was om rechtstreeks uit de muziekschool naar haar toe te gaan. Als je het kunt klaarspelen, zou ik graag willen dat je met me naar de missie ging zodra je je wat hebt opgeknapt."

De stem van de majoor klonk vreemd en hij dacht even: „Het komt alleen doordat ik zo moe ben, dat die zo klinkt." Maar toen hij op de stoel overeind ging zitten en zijn vriend aankeek, die hij voor het eerst zag sinds hij het vertrek was binnengekomen, begreep hij dat het geen verbeelding was geweest, geboren uit zijn eigen vermoeidheid. De stem van de majoor was vermoeid en hij sprak met ongewone zachtheid. In zijn ogen was een uitdrukking van ellende en verslagenheid. Hij zag er niet alleen mager en uitgeput uit, maar het was of een licht – het licht dat altijd in hem leek

te branden en kracht gaf aan allen om hem heen – was verzwakt of uitgedoofd. Tot nu toe was hij altijd stralend, vol zelfvertrouwen en zeker geweest, alsof de goden hem boven menselijke zwakheid en leed hadden geplaatst.
Wat hemzelf betrof, hij werd vervolgd door een visioen van zijn eigen bed
– het grote, behaaglijke oude bed, dat Johannes de Doper zonder twijfel
voor hem in orde had, een bed waarin hij zou kunnen wegzinken in on-
bewustheid en vrede, voor het eerst sinds dagen, in zekere zin voor het eerst
van zijn leven. Hij had geen zin om Edwina te spreken. Hij was wat bevreesd voor haar spot, hardheid en realisme. Dus vroeg hij: „Is het absoluut
nodig dat ik nu ga?"
De majoor keek even naar de papieren die voor hem lagen en zei toen: „Ja,
ik geloof het wel. We kunnen per fiets naar de missie gaan langs de kortste
weg. De Renbaanweg is hersteld."
Ransome zei loom: „Goed," en vroeg toen: „Hoe gaat het met haar?"
„Niet erg goed."
„Wat betekent dat?"
De majoor antwoordde hem op zachte toon, alsof hij in zichzelf sprak:
„Dàt betekent het."
Ransome dacht dof: „Het kan niet waar zijn. Edwina kan niet stervende zijn.
Juist Edwina . . ." Toen, terwijl hij de majoor aanzag, begreep hij opeens
alles, de hele, ingewikkelde geschiedenis. Het was gebeurd, ondanks alles.
Nu begreep hij de ellende in de grijsblauwe ogen van zijn vriend, de ellende
van een man die zoveel levens had gered en zich machteloos voelde om het
éne te redden, dat voor hem het belangrijkste was van alles. Hij was tenslotte gevangen, zoals andere mannen. De goden hadden hem niet een
speciale vrijstelling geschonken. Ze waren slechts boosaardig geweest en hadden hem bewaard om te worden gevangen door Edwina – juist iemand
als Edwina. Opeens voelde hij een stroom van bewondering en tederheid en
om de majoor te doen weten dat hij hem had begrepen, stond hij op, liep de
kamer door, legde een hand op zijn schouder en zei: „Ze is een merkwaardige vrouw. Ze zal niet sterven. Ze is onvernietig-
baar. Ze zal niet sterven, omdat ze het niet wil."
Zonder hem aan te zien, zei de majoor: „Ik ben bang dat ze het wèl wil.
Dat is het juist. Ze verzet zich niet."
Wat was er met haar gebeurd? Wat kon haar zo volkomen hebben veranderd – Edwina, die hij al zo lang kende, met al haar taaiheid en perversiteit. Edwina zou alleen uit perversiteit vechten om de dood te misleiden.
De majoor stond op en zei: „We kunnen beter gaan. Neem een douche
en was je handen met alcohol. Ik zal de fiets van juffrouw MacDaid nemen
en jij kunt die van de portier gebruiken." De hele weg naar de missie reden
ze in stilzwijgen voort, langs het plompe standbeeld van koningin Victoria,

dat ongedeerd was gebleven door de hele ramp, langs de overstroomde dierentuin, langs het huis van de Bannerjees, dat nu leeg was, behalve de gestalte van de magere, zwarte man die Ransome van het balkon had gered, langs Ransomes eigen huis en het huis van Raschid Ali Khan, waar vier van de zeven kinderen onder de grote waringin speelden.

Tante Phoebe kwam hen tegemoet en zei: ,,Ze is wakker. Ik heb geprobeerd haar tot slapen te krijgen, maar ze zei dat ze niet wilde voor u was gekomen. Ze lijkt me opgewekter."

,,Haar temperatuur?" vroeg de majoor.

,,Dezelfde. Niet naar beneden gegaan."

,,Het kan zó niet doorgaan." Toen wendde hij zich tot Ransome en zei: ,,Ga jij eerst naar binnen en spreek met haar. Ze wacht op je."

Ze zat, gesteund door kussens, in tante Phoebes bed, met het metalen geldkistje dat Bates had gered, op haar knieën. Ze zag er zeer mager uit en de enige kleur in haar gezicht was het koortsrood, dat op elke wang vlekte. Ze droeg een van Bertha Smileys goedkope, katoenen nachthemden en langs de scheiding in haar haren was een streep donkerder dan de rest. Door de hitte hing het haar recht en slap dicht langs haar gezicht. Haar uiterlijk schokte hem en hij dacht: ,,Ik moet niet laten merken wat ik voel," dus zei hij, met idiotige namaak opgewektheid: ,,Daar heb je weer wat moois uitgehaald."

Bij het horen van zijn stem sprong juffrouw Hodge van de stoel op en kwam hem tegemoet om hem te groeten: ,,Ik ben zo blij dat u bent gekomen, meneer Ransome. We hebben beiden al dagenlang op u gewacht. Hier, neemt u mijn stoel bij het bed."

Edwina zei: ,,Denk eraan dat je tante Phoebe zou gaan helpen, als meneer Ransome hier was."

,,Dat is waar! Dat is waar!" zei juffrouw Hodge opgewekt. ,,Ik ben de laatste tijd zo vergeetachtig. Onze zieke is vandaag veel beter, meneer Ransome. Ze zal weer op zijn en rondlopen tegen dat juffrouw Dirks terugkeert."

Toen ging ze weg als een fladderende kip en sloot de deur achter zich. Ransome liep de kamer door en kwam bij het bed zitten. Hij greep Edwina's hand en zei: ,,Ik heb al dagen verlangd je te bezoeken."

,,Je ziet er vermoeid uit. Was het heel erg in de muziekschool?"

,,Heel erg."

,,Hoe gaat het met Fern?"

,,Uitstekend. We gaan trouwen."

,,Tante Phoebe heeft het me verteld . . . ze zei dat het een groot geheim was." Ze zuchtte. ,,Je bent een geluksvogel."

,,Ja. Dat geloof ik ook. Maar het heeft een hele tijd geduurd voor het geluk wilde komen."

,,Dat zo'n mooi meisje verliefd wordt op een man van jouw leeftijd."

492

Hij dacht: „Het zal haar amuseren als ik haar de hele geschiedenis vertel. Het zal haar misschien opwekken." Dus zei hij glimlachend: „Het was een zonderlinge hofmakerij. Dat kan ik je nu wel vertellen. Jij hebt er ook in meegespeeld. Zonder het ooit te hebben geweten, heb je Fern ervoor bewaard te worden verkracht."

Er kwam een uitdrukking van belangstelling in haar vermoeide ogen. „Hoezo?" vroeg ze.

Toen vertelde hij haar hoe hij op die eerste avond thuis was gekomen na hun haastige, vreugdeloze omhelzing in de paleiskamer met het pantervel op de grond, en Fern op hem vond wachten, verlangend en vol overgave. Hij vertelde haar hoe hij in de verleiding was geweest, maar door zijn weerzin zonder veel inspanning daar weerstand aan had kunnen bieden en Fern had overgehaald de nacht bij de Smileys door te brengen. Terwijl ze luisterde, fronste ze en opeens zei ze, alsof ze aan zichzelf dacht en hem niet hoorde: „We waren een paar vervloekte gekken!" Toen hij klaar was, zei ze: „Er gebeurde iets in die nacht dat je alleen met haar was in het huis van Bannerjee, nietwaar?" Hij vertelde haar ook dat deel van de geschiedenis, een beetje verlegen, maar gelovend dat ze het nu zou begrijpen en zien zoals hij het zag. Hij zei: „De vreemdste dingen kunnen hier gebeuren. Het was het laatste wat ik dacht dat een duivel als mij kon overkomen."

Het verhaal scheen haar niet op te vrolijken. Het kwam hem zelfs voor alsof ze er eigenlijk nauwelijks naar had geluisterd. Hij herinnerde zich dat hij eens, slechts twee nachten vóór de aardbeving, in dronkenschap had gedacht dat ze erom zou lachen, als ze wist dat ze door haar eigen loszinnige perversiteit de maagdelijkheid had gered van een vrouw die ze nooit had gezien. Nu zag hij in dat het verhaal zo niet was. Het was niet grappig. Deze Edwina, die daar in haar bed lag, vond het niet grappig. Het was iets anders geworden, als lood dat in goud werd veranderd, omdat er iets was gebeurd met ieder van hen beiden. Hij dacht dat het moest zijn doordat ze menselijk waren geworden en hij zag nu in dat er, zo lang hij zich kon herinneren, iets niet geheel menselijks aan hen beiden was geweest.

Opeens zei ze, terwijl ze haar blik van hem afwendde: „Ik heb je ook iets te vertellen. Het is een soort biecht. Neem me niet kwalijk als ik je niet aankijk terwijl ik vertel. Ik voel me zo'n dwaas."

Hij vermoedde wat er kwam, en zei: „Vertel het op je eigen manier, beste."

„Het is zo dwaas, Tom, op mijn leeftijd, nadat ik mijn leven lang een slet ben geweest en terwijl ik eruitzie zoals ik het nu doe, voor de eerste maal verliefd te worden. Ik voel me zo'n idioot . . ."

„Ik had een vermoeden van wat er was gebeurd."

„Het is zo idioot om zo te voelen als ik doe. Er is iets belachelijks en beschamends in . . . dat het zoveel voor me betekent als hij alleen maar hier komt en vijf minuten op die stoel zit. Het betekent meer voor me dan alles wat er vroeger met me is gebeurd."

Hij zei niets, maar drukte zachtjes haar hand en dacht: „Het is omdat je eruitziet zoals je nu doet ... zonder kleur in je gezicht, in een goedkope nachtjapon, terwijl de verf uit je haar begint te gaan. Het is om dat alles, dat hij je liefheeft. Je bent nu mooier dan je ooit was." Want dat onschuldige en kinderlijke in haar trad nu duidelijk aan het licht, niet meer verborgen achter een façade van schijn en ontgoocheling. Nu haar gezicht zo uitgeteerd was, zag men de fijnheid van de vorm. Er lag nu de verfijning over van decadentie en overbeschaving. De blauwe ogen leken enorm. Weer dacht hij, zoals op de avond tijdens Bannerjees vreselijke diner: „Glanzend en vrij ... en nu is ze niet meer vrij."

Ze sprak weer, langzaam, bijna moeizaam, alsof ze zeer vermoeid was. „Je krijgt er de vreemdste gedachten door ... bijna alsof je vroom wordt. Ik heb een gevoel dat alles voorbestemd was ... een vreemd gevoel, dat het al lang geleden is begonnen, toen ik nog een kind was en dat het tot het eind moest worden doorgevoerd. Ik móést naar Indië gaan. Ik móést in Ranchipur blijven. Zelfs de aardbeving was een deel ervan." Ze keek hem aan, voor de eerste maal sinds ze was begonnen te spreken. „Maar het is een heel prettig gevoel ... een soort volkomenheid, alsof ik mijn leven nu heb geleefd en alles wat daarna kan komen er niet erg meer toe doet. Zo moet een schilder zich voelen als hij een schilderij heeft voltooid dat hem bevalt." Ze drukte zijn hand en zei toen: „Ik moest het iemand vertellen ... en wij hebben elkaar altijd begrepen, maar geen van ons beiden kon de ander uit de modder helpen, het moest iemand anders zijn."

„Ja, ik geloof dat wij elkaar altijd tè verduiveld goed hebben begrepen." Hij stond op, terwijl hij nog steeds haar hand vasthield en zei: „Ik ga nu en kom later terug. Nu ik niet meer in de muziekschool ben, kan ik komen en gaan wanneer ik wil."

Snel, bijna alsof ze verschrikt werd door de gedachte dat hij wegging, zei ze: „Ga niet. Ik ben niet vermoeid. Wat ga je doen?"

„Ik ben van plan voorgoed in Ranchipur te blijven."

„Zou Fern daarvoor voelen? Ze is erg jong."

„Het is haar eigen idee. Ze wil verpleegster worden."

„Bevalt dat juffrouw MacDaid?"

„Dat geloof ik wel. Je kunt moeilijk zeggen wanneer iets juffrouw MacDaid bevalt of niet."

„De oude heks probeerde me eronder te krijgen." Ze glimlachte weer en voegde eraan toe: „Ik neem het haar niet kwalijk. Ze had volkomen gelijk."

Toen vertelde hij haar van zijn nieuwe betrekking en ze zei weer: „Jij hebt geluk. De oude maharani moet een prachtig type zijn. Jammer dat ze een hekel aan me heeft. Zij heeft mij nooit een kans gegeven."

„De indruk die je op die eerste avond maakte, kan nu niet bepaald beminnenswaardig worden genoemd. Ik betwijfel of ze bepaald een hekel aan jou heeft. Ze houdt helemaal niet van vrouwen, behalve van een paar die over de zeventig zijn. Ze vraagt altijd naar je."

„Ik wilde eigenlijk over zaken praten. Wil je dit kistje voor me openen?" Hij opende het en ze nam er enige papieren uit en toen een kleine doos, die ze opende. In de doos lag een ring, bestaande uit een enkele, enorme saffier, in platina gezet. „Ik denk dat je geen ring voor Fern zult hebben. Geef haar deze. Ik wou graag dat jullie die hadden."

„Dat is lief van je, beste. Het is wat je noemt een kostbaar geschenk."

„Houdt ze van saffieren?"

„Ik weet het niet. Ik vermoed dat ze de ene edelsteen niet van de andere kan onderscheiden."

„Ik zou graag willen dat ze eens naar me kwam kijken. Ik wil wat met haar praten."

„Ik zal het haar zeggen. Ik ben zeker dat ze graag zal komen."

„Ik heb nooit zo iets als een testament gehad, zelfs niet voor mijn eigen inkomen. Daarover wil ik met je spreken. Nu ik al dit geld heb gekregen, geloof ik dat ik er iets mee zal moeten doen."

„Dat hoeft nu niet. Je kunt wachten tot je beter bent."

Ze glimlachte: „Nee. Ik heb me voorgenomen mijn karakter te veranderen. Ik ben altijd slordig geweest in dingen die ik vervelend vind. Ik zou nu niet ziek zijn als ik de moeite had genomen me te laten inspuiten tegen tyfus. Ik heb altijd een hekel aan kleinigheden gehad en ze op iemand anders afgeschoven." Ze ging achteroverliggen in de kussens, alsof het lange praten haar had vermoeid en hij vroeg: „Wat wil je dan doen?"

Zonder een poging te doen zich op te richten, antwoordde ze: „Ik wil maatregelen treffen om over het geld te beschikken, ingeval mij iets overkomt. Ik kan het onmogelijk allemaal weggeven. Er is zoveel, dat ik niet zou kunnen bedenken waar ik het allemaal aan moest nalaten. Ik weet niets van de juridische zijde van de zaak, maar als ik twee of drie legaten opschrijf en teken, met getuigen erbij, geloof ik wel dat het in orde zou zijn ... vooral in deze omstandigheden."

„Ik ben geen advocaat. Raschid is rechtsgeleerde. Hij zal het wel weten." Hij nam haar hand. „Maar dat is allemaal nonsens. Er is geen haast bij."

Ze negeerde die opmerking en zei: „Zou jij het voor me kunnen opschrijven als ik je vertel hoe ik het wil hebben?"

„Ja."

„Ik weet niet wat er van Elsworth is geworden – dat was Alberts secretaris. Ik begrijp niet waarom ik niets van hem heb gehoord. Hij is in Bombay."

„Hij was degene die het vliegtuig zond. Hij zal het druk hebben gehad. Hij moet een aardige rompslomp hebben gekregen toen het nieuws van Hestons dood Engeland had bereikt. Het zal een boel mensen hebben geïnteresseerd – kranten, maatschappijen, aandeelhouders en dergelijke ..."

Ze keek een tijdje zwijgend uit het raam: „Het is gek," zei ze toen, „dat

Albert zo belangrijk werd gevonden. Hij was in werkelijkheid zo onbelangrijk."

„Het beste is, als je me nu vertelt wat je wilt doen, dan zal ik, terwijl de majoor bij je is, alles zo correct mogelijk volgens de wet neerschrijven. Ik geloof dat je meer dan genoeg hebt gepraat."

„Ten eerste juffrouw Hodge," zei ze. „Ik wil er zeker van zijn dat ze voor de rest van haar leven goed verzorgd is. De arme ziel heeft een vreselijk bestaan gehad. Ik wil haar twintig- of dertigduizend pond nalaten."

Hij haalde een potloodstompje uit zijn zak en een stuk papier, waarop de voorraden van de muziekschool stonden genoteerd. „Twintigduizend pond is een boel geld . . . meer dan genoeg om haar te verzorgen. Bovendien heeft juffrouw Dirks haar alles nagelaten. Dat heeft ze me verteld. Verder krijgt ze ook een pensioen van de maharani."

„Wees niet vervelend, Tom. Het is mijn geld en er is zoveel."

Bedenkend dat hij beter niet kon argumenteren, schreef hij op het papier: „Juffrouw Hodge. Twintigduizend."

„Ik denk dat de arme ziel, als het leven weer zijn gewone gang gaat, een of andere verzorgster of voogd zal moeten hebben. Het zou zo vreselijk zijn haar op te sluiten." Een tijdje dacht ze na en tenslotte zei ze: „Waarom zou jij niet haar voogd zijn? Ze zegt dat ze niet naar Engeland kan gaan voordat juffrouw Dirks terugkomt en ik geloof dat het in elk geval niet goed voor haar zou zijn om er nu heen te gaan. Ze zegt dat ze daar bijna niemand heeft behalve enkele nichten die haar niet tot last zouden willen hebben. Als ze wordt teruggestuurd, zal ze waarschijnlijk worden opgesloten. Hier zal niemand erg op haar letten. Eens zal ze wéten dat juffrouw Dirks dood is."

„Ja, dat kan allemaal worden geregeld."

„Dan wil ik honderdduizend pond nalaten aan het ziekenhuis, als een soort kapitaal voor legaten, om mee te doen wat men wil."

„Ja."

„Dan vijftigduizend pond aan de Smileys." Ze keek hem aan. „Denk je dat dat genoeg is?"

„Ik denk het wel. Geld heeft voor hen niet veel te betekenen. Ze zullen het niet aan zichzelf besteden."

„Dan heb ik een oude tante en een jonge neef in de marine, die ik in geen twee jaar heb gezien. Die wil ik elk vijftigduizend nalaten. Hun namen zijn lady Sylvia Wellbank en luitenant Arthur Wellbank. Ze woont in een huis dat Parmeley Vicarage heet, bij Salisbury. Aan dat adres zijn ze beiden te bereiken."

Ze sloot de ogen, wendde zich van hem af en zei: „Het is vreemd om hier te kunnen zitten als een God die het leven van de mensen beïnvloedt, alleen omdat ik lang geleden, toen ik arm was, toegaf en met Albert trouwde." Ze zuchtte. „Ik heb al een fortuin weggegeven en heb nog geen fractie besteed van wat er is. Het moet vervelend zijn zo rijk te wezen. Daar heb ik nooit eerder aan gedacht. Sinds lang heb ik altijd gekregen wat ik wilde hebben. Ik zou jou graag vijftigduizend of zo nalaten, als je het wilt... zoveel als je wilt." Ze lachte. „Noem je prijs, Tom. Niet veel mannen krijgen zo'n kans... en Albert zou het vreselijk vinden als hij wist dat al het geld waarvoor hij heeft bedrogen en gestolen om op te klimmen in de wereld, naar een gentleman ging. Hij wou zo graag een gentleman zijn, maar je kunt geen ijzer met handen breken."

„Ik heb zelf genoeg. Mijn grootmoeder heeft daarvoor gezorgd. Hoe dan ook, als ik het testament opmaak, zou het niet wettig zijn als ik erin stond."

Toen kreeg hij een idee en zei: „Maar nu je het toch rondstrooit, zou je het kunnen nalaten aan het ministerie van publiek welzijn van Ranchipur. Dan konden Smiley en ik erover beschikken."

„Goed. Zet er honderdduizend voor in. Als je meer wilt, zeg het dan."

„Nee, dat zal wel genoeg zijn."

Ze ging weer overeind zitten en zei: „Meer weet ik nu niet. Ik ben te moe om nog na te denken en mijn hoofd doet verduiveld pijn. Ze kunnen met de rest doen wat ze willen. Albert heeft een broer die hij me nooit wilde laten ontmoeten. Hij woont in een villa in een buitenwijk van Liverpool. Het zou grappig zijn als je kon zien wat een omwenteling een buitenkansje van een miljoen pond in zijn leven zal teweegbrengen. Ik denk dat er heel wat mensen om het geld zullen vechten."

Hij stond op en stak het papier in zijn zak. „Ik ga het nu uitwerken. Vergeet het en probeer te rusten." Hij nam het tinnen kistje van haar knieën, boog zich over haar heen en hield haar op met één arm, terwijl hij de kussens goed legde. Ze leek niets te wegen en toen ze weer ging liggen, zei ze: „Dat kistje is vol juwelen. Geef ze maar aan Fern."

„Praat geen nonsens."

„Dat doe ik niet. Heeft je broer een erfgenaam?"

„Nee."

„Nu, als Fern en jij kinderen hebben, zou je zoon hertog van Nolham kunnen worden. Hij kan trouwen en op een dag zou zijn vrouw misschien houden van de prachtige juwelen die een Engelse sloerie, lady Heston genaamd, die in Ranchipur stierf tijdens de grote ramp van 1936, haar naliet. Ze zou er altijd een heel verhaal over kunnen doen. Dat zou haar van dienst zijn als ze gesprekken moest voeren op vervelende diners. We zijn zulke snobs, in Engeland. We houden van zulke verhalen." Ze zuchtte en voegde eraan toe: „Spreek me niet tegen. Ik ben te moe. Zet het ook in het testament... dat de juwelen worden nagelaten aan Fern." Ze opende haar ogen, glimlachte en keek naar hem op. „Ik denk," zei ze, „dat je je zo voelt als je berouw krijgt en vroom wordt..." Haar stem werd zwakker. „Mijn werelds goed wegschenkend..." Toen, fluisterend: „Hoe dan ook, het is een prettig gevoel."

Daarna verliet hij de kamer, en toen hij de keuken binnenkwam, stond de majoor snel op en keek hem aan met een angstige uitdrukking, alsof hij, de geneesheer, gerustgesteld wilde worden door Ransome. Ransome zei: „Ik geloof dat het bezoek haar goed heeft gedaan. Ze wil dat ik een soort testament voor haar maak. Ik heb haar gezegd dat het nonsens was, maar ze scheen er erg op gesteld te zijn en het zou niet goed zijn haar tegen te werken, denk ik. Ze lijkt niet zo ziek als ik had gedacht."

Maar hij wist dat het niet om de werkelijke ziekte ging. Het was de apathie die hij in haar voelde, de vreemde overtuiging die ze scheen te koesteren dat alles was afgelopen, en haar bereidheid, bijna haar verlangen om dat feit te aanvaarden. De majoor had geloofd dat het bezoek haar zou helpen. Hij was door de majoor meegebracht als een soort wonderbaarlijke medicijn, die nog kon helpen waar al de rest faalde. Deze man, zijn vriend, had haar lief; je kon daaraan niet twijfelen, als je hem aankeek. Van het begin af was hij, Ransome, bang geweest voor wat zou kunnen gebeuren tussen die beiden en had, halfonwillig, getracht het te beletten. Nu was het gebeurd; maar wat er was gebeurd, was helemaal niet dat waarvoor hij had gevreesd; in zekere zin was het erger. Hij was bang geweest dat ze de majoor zou verleiden en boeien en dan, als ze er genoeg van had, zou weglopen, terug naar Engeland en de cynische zekerheid van haar eigen wereld. Maar zo was het helemaal niet gegaan. Hij zag opeens in dat er geen oplossing bestond, geen uitweg, en hij begreep dat zij dit beter wist dan een van hen.

In een behoorlijk klimaat, in een minder wilde wereld, zouden de kracht en vitaliteit van haar eigen, gezonde lichaam haar misschien tegen haar wil hier doorheen hebben gesleept, maar hier in Indië spande alles samen tegen de machine die men lichaam noemt.

De majoor wist dat allemaal. Het stond geschreven in de smartelijke, grijsblauwe ogen. Nu wist Ransome waarom hij had gezegd: „Dat is het juist. Ze verzet zich niet . . ." Voor de eerste maal werd Ransome door de dood getroffen als door een realiteit. Het abstracte begrip dood, gedurende de oorlog en de aardbeving, had niets te betekenen gehad. De dood van zijn schaduwachtige, ongelukkige moeder was van geen belang geweest, evenmin als die van zijn eigen vader, die hij niet mocht. Zelfs de dood van zijn grootmoeder was nooit iets werkelijks voor hem geweest, want hoewel hij van haar had gehouden, was ze al een oude vrouw en sterven was bij haar even natuurlijk geweest als inslapen. Nu zag hij het helder in. Edwina stierf en niemand kon haar helpen, niemand kon haar redden. „Wat een zonde is het," dacht hij, „wat een vreselijke zonde." Toch begreep hij waarom ze stierf. Een maand geleden had hij in haar plaats kunnen zijn.

Tante Phoebe ging naar de kast en keerde terug met inkt, penhouder en briefpapier, waarop was gedrukt: „Amerikaanse Missie, Afdeling voor Opvoeding, Ranchipur." Hij ging zitten en toog aan het werk, terwijl hij wanhopig probeerde zich de juridische terminologie te herinneren van de testamenten van zijn vader en grootvader... Tante Phoebe zei zachtjes, toen ze voorbij hem kwam, met overdreven achteloosheid: „Ik had het nooit voor mogelijk gehouden." Hij wist wat ze bedoelde. Het ontroerde hem, dat in dit magere, door hard werk versleten, oude lichaam nog zoveel macht tot verwondering en romantiek overbleef, en toen zag hij in dat dit een deel was van haar kracht, een van de redenen waarom ze nooit oud was geworden, waarom ze eeuwig jong bleef. Verbazing en verrukking waren iets dat noch hij, noch Edwina ooit had gekend. Die werken wellicht slechts enkele uitverkorenen geschonken. Misschien kon men het aanleren. Het kon zijn dat hij zelfs het begrip ervoor begon te benaderen.

Tante Phoebe, die nu bezig was brood te kneden aan het andere einde van de keukentafel, zei: „Ik ben tweeëntachtig jaar en nog altijd ontdek ik dingen."

Uit haar hoekje, waar ze bezig was wortelen te schrapen, zei juffrouw Hodge opeens: „Ze is zo lief – lady Heston. Ze is zo'n echte dame."

Toen de majoor de deur binnenkwam, opende Edwina haar ogen en glimlachte tegen hem. Kortaf, bijna stijf, stelde hij haar enige vragen. Hij gedroeg zich beroepsmatig, als op de namiddag in het paleis, toen ze haar best had gedaan hem in een minnaar te veranderen. Hij zei: „Je bent veel beter vandaag," hoewel het een leugen was, en: „je hebt een ongelofelijke vitaliteit."

„Ik ben altijd taai geweest."

„We verwachten morgen een ijsmachine. Dat zal veel verschil maken."

„Ik verlang ernaar weer eens ijs te voelen. Ik zou wel op ijs willen slapen. Ik heb een gevoel alsof ik nooit meer koud genoeg kan worden."

Zijn starheid nam toe. Het was alsof de man die met haar had zitten praten in de vroege morgen, terwijl ze wacht hield in de ziekenzaal, zich had teruggetrokken en een vreemdeling in zijn plaats had gelaten. Terwijl hij daar met haar zat te praten, groeide in hem een ontzetting, niet voor haar sterven ditmaal, maar voor iets ergers. Het was een soort doodsangst zoals hij nooit tevoren zelfs maar in de verte had ondervonden, maar hij herkende het gevoel alsof het een oude, terugkerende ziekte was en dat herkennen ontzette hem nog meer. Hij dacht voortdurend: „Ik moet mezelf in mijn macht houden. Als ik me laat gaan, is het afgelopen met me. Dan zal ik huilen en janken en me gedragen als die ezel van een Bannerjee. Zo ben ik niet. Ik ben de nieuwe Indiër. Ik ben niet zo. Ik laat me er niet door pakken." Hij drukte de nagels in de handpalmen. Zijn hele, sterke lichaam begon te beven. Het was alsof het schreeuwde om verlossing, om te mogen rollen over de vloer, te mogen kreunen en schreeuwen, te mogen slaan op de borst en rukken aan de haren, te mogen wentelen in het stof en het hoofd te bedekken met as en koemest.

Hij dacht geagiteerd: „Het is nog nooit gebeurd. Ik wist niet dat het daar ergens verborgen zat . . .” Dat verschrikkelijke, verraderlijke iets, dat al zoveel malen Indië had verwoest, dat zoveel wreedheid had veroorzaakt en zoveel masochisme, zoveel nederlagen en vertwijfeling. De nagels drukten dieper in de handpalmen en hij dacht: „Ik kan hen niet ontgoochelen . . . juist ik, onder alle Indiërs. Juist ik, die heb bewezen dat dit iets niet bestaat. Ik kan mijzelf niet zo verloochenen. Als ik een eenmaal doe, ben ik verloren. Dan doet het er niet meer toe wat er gebeurt. Dan word ik als Bannerjee en al de anderen die hysterisch janken.” Innerlijk vervloekte hij zijn ras en zijn brahmaanse kaste, zijn erfdeel en het gruwelijke, wrede klimaat, dat mannen neurotisch en onevenwichtig maakte. Hij vloekte de ziel zelf van Indië. Uit vrees voor zichzelf begon hij weer te spreken, niet met aandoening, maar met een vlakke, doodse, zakelijke stem, die niet uit die verraderlijke, vijandige machine, zijn eigen lichaam, leek te komen, maar van heel uit de verte. Door dat mechanisme van het zwakke, ontzette lichaam heen hoorde hij zichzelf – wat ook deze essence van hem mocht zijn – op vlakke toon zeggen, alsof hij een plannetje ontwierp voor een tocht naar Bombay of Delhi: „Je bent nu door het ergste heen. Ik heb een plan gemaakt. Als je weer beter bent, gaan we samen weg. Ik heb het allemaal overdacht. We gaan verder oostwaarts . . . naar de Maleise staten of naar een of ander deel uit Indië, waar niemand ons kent (maar er bestond geen deel van Indië, waar niemand hen kende) en we zullen een nieuw leven beginnen. Ik ga door met mijn werk. We zullen een nieuwe wereld opbouwen. Ja, het zal bevredigend zijn en niet zo moeilijk.” Toen voelde hij de aanraking van haar hand op de zijne. Hij hoorde haar zeggen: „Ja, dat zou heerlijk zijn. Dat zal verrukkelijk zijn,” en het verraderlijke lichaam begon weer te beven, trachtte weer zichzelf op de grond te gooien, eer en moed, weerstand en kracht af te werpen, in een enkel, woest gebaar van wanhoop en nederlaag.

Hij hoorde haar vragen: „Wat is er, lieveling? Ben je ziek? Waarom beef je zo?” Toen werd hij overweldigd door schaamte over zichzelf, over de mooie brahmaanse machine, die zijn lichaam was. Hij kon haar nooit vertellen wat hem zo deed beven. Hij waagde het niet haar dat te laten vermoeden . . . juist haar, die door een hel van lijden was gegaan en die nu stierf, zonder de geringste klacht. Op dit ogenblik haatte hij heel Indië en het meest van alles het lichaam, dat hem verried.

Weer hoorde hij de verre, vlakke stem, als van een afstand spreken: „Het is niets. Alleen lichamelijke moeheid. Het gaat wel over. Alles komt in orde.” Maar het ding verliet hem niet; het haakte zich in zijn geest vast, zoals een boosaardige panter zijn klauwen haakt in het naakte vlees van zijn slachtoffer. Het kwam uit zijn verleden, uit het verleden van zijn ou-

500

ders, grootouders en hun verre voorouders. Het was iets dat zij nooit zou kunnen begrijpen; zelfs zijn vriend Ransome zou het niet kunnen begrijpen, noch Raschid, die geen Indiër was, maar een stevige Arabische Turk, zelfs niet de oude maharani, met haar wilde, trotse, Mahrattaanse bloed. Het was ouder, corrupter dan iets in hun bloed. Naast hem waren zij allen nieuwelingen in Indië.

Hij hoorde die verre stem zeggen: „Je moet nu niet meer spreken. Je zult jezelf vermoeien," en toen ging de deur open en Ransome kwam binnen, met papier, pen en inkt, en achter hem tante Phoebe, die het meel van haar handen afsloeg, en weer riep zijn geest tegen zijn verraderlijke lichaam: „Niet nu! O God! O Rama! O Wisnjoe! Niet nu! Niet in hun bijzijn! Zij geloven in mij! Niet onder hun ogen!" Diep in zijn geest hoorde hij weer het vreselijke, doodsbange gehuil van de dode Bannerjee. Hij hoorde Ransome zeggen: „Nu, beste kind, ik heb gedaan wat ik kon. Ik heb tante Phoebe als getuige meegebracht. De majoor kan de andere getuige zijn. Ik ben bang dat juffrouw Hodge niet als wettelijke getuige zal worden erkend." Er was een klank van moeheid en opgeschroefdheid in Ransomes stem, maar het geluid alleen deed, als in een bliksemflits, de majoor begrijpen. Zijn vriend Ransome leed ook; hij was uitgeput. Hij was na toe aan ineenzakken, maar iets in hem dreef hem verder, liet hem geloven wat hij niet kòn geloven, vocht tot het laatste. De wanhoop die Ransome had aangegrepen, was minder vreselijk dan deze bodemloze ontzetting en vertwijfeling die dreigde hem te overweldigen. Het schouwspel van Ransomes achteloze houding, alsof er niets tragisch gebeurde, alsof hij Edwina alleen verzocht haar naam te zetten onder iets van geen enkel belang, gaf zijn geest plotseling kracht. Hij stond op en wendde zich van hen af, de schijn aannemend dat hij uit het venster keek, maar hij bedekte het gezicht met de handen en drukte de vingers tegen de slapen, tot de pijn hem verlichting gaf.

Hij beefde nog steeds toen Ransome ging zitten om het testament voor te lezen, waarna hij vroeg: „Is het zo goed?"

„Ja. Ik weet er overigens niets van."

Ransome hield het testament vast terwijl ze het tekende, en toen ze klaar was, gaf hij de penhouder aan tante Phoebe en vervolgens aan de majoor. De handtekening van tante Phoebe was slordig, maar flink. Die van de majoor was onzeker en beverig als van een oude man.

Toen vroeg Edwina aan de majoor: „Kom je nog terug?"

„Vanavond . . . na donker." Het verraderlijke lichaam was nog niet bedwongen en hij sprak op gesmoorde toon, moeizaam.

Edwina zei: „Ik wil Tom graag even alleen spreken."

De majoor wendde zich tot Ransome en zei: „Ik zal op je wachten. We zullen samen terugrijden." Want hij was weer bang, ditmaal voor de rode vlakte, voor de brullende rivier, voor de waringins en Javaanse vijgebomen die langs de weg stonden, voor de verwoeste tempels. Ze zouden hem terugsleuren in de afgrond van de tijd, terug in de nachtmerrie-achtige wereld waarin Bannerjee zijn hele, van angst vervulde bestaan had doorgebracht. Voorlopig moest hij, tot hij weer zichzelf was geworden, bij Ransome blijven. Hij moest die hysterie van zich afwerpen, voor hij weer de harde, Schotse ogen van juffrouw MacDaid ontmoette, die het Oosten en Indië beter kende dan een van hen. Ze zou hem aanzien en later op de avond zou ze minachtend zeggen: ,,Dus u bent ook al hindoes geworden ... zèlfs u!" Nu ze haar namiddagse lichaamsbeweging weer had hervat, zou ze terug willen fietsen.

Tante Phoebe volgde hem de kamer uit en toen Edwina en Ransome alleen waren, keek Edwina hem aan en zei: ,,Wat scheelt hem?"

,,Hij is vermoeid. Hij heeft het recht dat te zijn. Verder heb ik geen verschil aan hem gemerkt."

,,Het is meer dan dat."

Hij haalde de schouders op, de schijn aannemend dat hij het niet begreep en ze vroeg: ,,Je gelooft toch niet dat hij iets wanhopigs zou kunnen doen?"

,,Nee. Zo is hij niet." Maar zijn hart, zijn instinct, ontkenden die woorden. Hij wist het niet. Het kwam hem voor of de man die zojuist de kamer had verlaten, een man was die hij helemaal niet kende.

,,Zul je hem helpen zoveel je kunt?"

,,Zoveel als ik kan." Maar het zou niet gemakkelijk zijn. Hij had sinds enige tijd gemerkt dat de majoor van hem wegleed. Hij dacht: ,,Misschien dat in verdriet en aandoeningen het verschil duidelijk wordt. Misschien is er iets Indisch in hem, dat nooit de Europeaan in mij kan aanvaarden of begrijpen." Maar in die richting, dat wist hij, lag allerhande nonsens ... de nonsens van de mystici en van het rijmpje: ,,Oost is Oost", van die Kipling, die van Indië niets had gekend dan kantonnementen, clubs en provinciale bladen.

Edwina zei: ,,Ik heb over nog iets nagedacht. Ik zou graag geld nalaten voor iets dat Oost en West zou helpen om elkaar te begrijpen. Ik weet niet hoe ik dat moet doen. Zou jij erover kunnen denken? Ik ben te vermoeid om erover te denken."

Ransome antwoordde verbitterd: ,,Er is maar één middel en dat is een legaat nalaten voor rattenkruid ... om onwetendheid en vooroordelen, hebzucht en provinciaalse geest te vernietigen. Die sterven moeizaam ... Je zou lieden als ,de jongens' moeten doden en de oude dewan, de kooplieden en lord Hestons, de bankdirecteuren, de priesters en mensen zoals Pukka Lil, mevrouw Simon en de oude generaal."

Ze glimlachte. ,,Zelfs dat zou te doen zijn, als we het handig aanpakten. Ik heb er nooit veel vooroordelen op nagehouden. Ik veronderstel dat mensen uit de middenstand dat degeneratie noemen, maar ik heb een idee dat God het op de lijst der deugden plaatst."

Ze wendde zich af om uit het venster te kijken en na een ogenblik zei ze:

„Kijk!" en toen hij haar blik volgde, zag hij de wagen van de maharani, getrokken door de witte ossen met vergulde horens, de oprijweg naar de missie opkomen.

„Mooi zijn ze, nietwaar?" vroeg ze.

„Het is de maharani, die zeker naar je komt vragen."

„Bedank haar uit mijn naam."

„Ik zal het doen."

Hij stond op en zei: „Nu is alles in orde. Je zult weer opknappen . . . ondanks alles."

Ze keerde zich weer naar hem toe, keek hem even aan met haar blauwe ogen, die enorm groot leken in het magere gelaat. Toen zei ze: „En als ik beter word. . . wat dan?"

Toen wist hij zeker dat ze begreep, meer dan een van hen, dat er geen uitweg bestond. Maar hij zei: „Daarover zou ik me geen zorgen maken. Laat de dingen hun beloop."

„Dat heb ik altijd gedaan," zei ze, „en kijk eens wat een ellendig geval ik ervan heb gemaakt.'

Toen hij zich van haar afwendde, merkte hij de aanwezigheid van juffrouw Hodge op, die in de halfopen deur stond, en hij zei: „Kom binnen, juffrouw Hodge. Ik ga weg."

Hij liet hen samen achter, juffrouw Hodge op het bed gezeten, Edwina met haar rug naar de deur en haar ogen gesloten. Juffrouw Hodge vertelde haar over het gesprek dat ze had gehad met de bisschop en lady Zus-en-Zo.

De maharani steeg niet van haar wagen. Ze zei dat ze was gekomen voor twee dingen – om naar de toestand van lady Heston te informeren en om tante Phoebe te vragen of ze de volgende dag weer thee wilde komen drinken. Ze stonden allen bij de wagen, terwijl de ossen gromden en brulden van verontwaardiging. Toen zei de maharani: „Ik zou de majoor graag even willen spreken," en de anderen trokken zich op een kleine afstand terug, terwijl de majoor de wagen naderde.

Ze boog zich tot hem neer en zei: „Ik heb antwoord gekregen van de ouders van het meisje. Ze is in Poona. Ze zullen hier komen met haar, zodra het ophoudt te regenen."

„Zeer goed, Uwe Hoogheid."

„Ze is heel knap, intelligent, aardig en ontwikkeld."

„Daar ben ik zeker van, Uwe Hoogheid."

„Ik denk dat u een goede vrouw aan haar zult hebben. Wat u nodig hebt, majoor, is een tehuis en kinderen."

Toen boog ze bruusk voor de anderen en zei hen vaarwel, waarna ze de voerman beval weg te rijden. Hij spoorde de ossen aan. Ze begonnen weer hun grommende klachten en draafden snel de weg af. Een ogenblik stond de majoor hen na te kijken. Zijn lichaam trilde niet meer. De geest had overwonnen. Hij was nu rustig. Hij gedroeg zich als Ransome en Edwina. Kracht doorvloeide hem en zelfrespect. Hij wendde zich tot Ransome en vroeg met effen, rustige stem: „Zullen we gaan?" Hij had de oude ontzetting overwonnen, de oude angsten, de oude macht van zijn voorouders. Hij wist opeens dat ze nooit meer zouden terugkeren om te proberen hem op te eisen.

„Wacht even," zei Ransome. „Ik wil zien wat daar de weg opkomt." Hij wees naar twee Mahrattaanse politieagenten, die hen naderden met een zwaar, plat voorwerp tussen zich in. Toen ze dichterbij kwamen, ontdekte Ransome dat het voorwerp een groot schilderij was, in djatihouten lijst. Toen de agenten bij hen waren aangekomen, plaatste een van hen zijn deel van de last op de grond, terwijl de ander het voorwerp overeind tilde, het met één hand vasthield en het terzelfder tijd bekeek met het air van een kenner die een meesterwerk vertoont.

Het was de vergrote en gekleurde foto van mevrouw Hogget-Clapton, genomen in haar bloeitijd in de rol van „De gelaarsde kat" . . . een grote, blonde, zinnelijke foto, die wel bij machte was de hartstocht van donkerkleurige wilden zoals de Bhils op te wekken. Het glas ontbrak en de foto was hier en daar bevlekt door water, vet en rook.

Een van de agenten sprak rad in het Mahrattaans tegen de majoor, die zich omkeerde toen hij klaar was en het verhaal vertaalde. De foto was ontdekt door agenten die de buit in een van de geruïneerde moskeeën van de dode stad El-Kautara nazochten. Daar, waar nooit afbeeldingen waren toegelaten, waar nooit een vrouw was doorgedrongen, hadden de wilde Bhils de vergrote foto van Pukka Lil opgesteld als een godin en waren bezig haar goddelijke eer te bewijzen toen de agenten binnendrongen. De spanning van het afgelopen uur werd in Ransome eensklaps gebroken en hij voelde een wilde impuls tot lachen – waanzinnig, bevrijdend, honend, brullend lachen om Pukka Lil en de Bhils, de generaal, Indië, het Westen, de dictators, de grote bankiers en politici, het hele idiote menselijke ras, maar meest van al over zichzelf.

Beide agenten stonden met kalfsogen naar de vergrote fotografie te staren, terwijl hun terriërachtige strijdlust verdween door de bewondering voor de blonde en mollige schoonheid van des bankdirecteurs echtgenote. De schijn aannemend dat hij zich het zweet van het gelaat wiste, slaagde Ransome erin zich te verbergen achter het stuk medisch verbandgaas dat hem als zakdoek diende, tot tante Phoebe gelukkig zei: „Zeg hun dat ze het in de voorraadkamer brengen, bij de andere dingen van mevrouw Hogget-Clapton. Ik moet daar slapen, maar ik zal het wel uithouden."

Bij de poort van zijn eigen huis zei hij: „Hier blijf ik. Ik zal de fiets door mijn bediende laten terugbrengen. Ik ga wat slapen." De majoor stapte ook af, nam zijn hand en zei: „Dank je." Even zagen de grijsblauwe ogen onderzoekend in Ransomes gelaat en een moment leek het of hij wat wilde zeggen. Toen wendde hij snel de blik af en zei: „Ik zie je morgen wel. Slaap goed. Je verdient het." Opeens fietste hij verder, de natte, glimmende weg af. Ransome, getroffen door de plotselinge verandering in zijn vriend, stond hem na te kijken tot hij verdween om de bocht bij Bannerjees huis. De majoor had iets willen zeggen ... iets dat misschien op dat ogenblik veel had kunnen verklaren dat Ransome tevoren niet had begrepen, iets dat hun vriendschap hechter had kunnen maken en dieper. Wat het was, kon hij zich niet voorstellen, maar zijn instinct verried hem dat ze elkaar een seconde zeer na waren geweest, nader dan ooit tevoren, en dat, als hij zelf een Indiër was geweest, de majoor zich niet zou hebben bedacht. Hij had lust op de fiets van de portier te springen, de majoor na te rijden en te roepen: „Wat wilde je zeggen? Wees niet bang. De mens is een eenzaam creatuur. Spreek! Spreek uit wat je aan iemand moet zeggen!" Maar hij bleef staan onder de grote waringinboom, omdat hij zijn leven lang had geleerd dat zo iets sentimenteel en zelfs belachelijk was. Het behoorde tot de dingen die men niet doet, en daarom bleef hij daar als verlamd staan.

Toen het weer begon te regenen, wendde hij zich om en ging zijn eigen erf op. Hij had zijn huis al meer dan een week niet gezien, niet sinds het water was gezakt, en het kwam hem nu vreemd voor; misschien, dacht hij, omdat de man die door de poort liep, niet dezelfde was die dronken door het zwavelachtige namiddaglicht was weggegaan om te dineren bij Bannerjee. Maar het huis was ook om wezenlijke redenen veranderd. De schuur lag geheel vernield om de oude Buick heen, die Johannes de Doper had bedekt met een stuk zeildoek, ergens vandaan gered, en een deel van het dak was ingestort. Maar het waren de bomen, planten en ranken die het grootste verschil uitmaakten. De bladeren van de bomen hadden een diep, glinsterend groen en de bloembedden waren oerwouden geworden, waarin goudsbloemen en stokrozen, hibiscus en waterkers, fuchsia's en calendula wild dooreen bloeiden.

Op het huis en de muren van de schuur hadden jasmijn en bignonia's, bougainvillea, winden en rode klimop gretige ranken uitgestoken, die zich overal heen verspreidden, over vensters en deuren klommen, de dakgoten versperden, de kroonlijsten verborgen en over het lage, hellende dak kropen. Hij stond even stil, geroerd en vervuld van de verbazing die het wonder dat de regen verrichtte altijd in hem opwekte. Terwijl hij daar stond, verscheen de slanke, glanzende, donkere gestalte van Johannes de Doper in de gedeeltelijk vernielde veranda en kwam naar hem toe om de fiets van hem aan te nemen.

Ransome vroeg: „Hoe gaat het met je? Heb je genoeg te eten gehad?" En in zijn zachte Pondicherry-Frans antwoordde Johannes de Doper: „Ja, het is in orde, sahib. Ik ben verheugd dat de sahib is teruggekomen." „Ik ben thuisgekomen om te slapen. Is mijn bed in orde?"

„Ja, sahib, uw bed is steeds gereedgehouden."

Het kwam Ransome even voor of de bediende hem strak en nieuwsgierig aankeek, bijna alsof hij een vreemde was geweest. Toen wendde Johannes de Doper snel de blik af, zoals hij ook had gedaan op de avond toen Ransome zijn blik ontmoette in de spiegel.

„Wil sahib eten?" vroeg Johannes de Doper.

„Niet nu. Ik heb behoefte aan slaap."

„Heel goed, sahib."

„Je moet de tuinman morgen laten komen om de ranken af te laten snijden. Ze sluiten al het licht en de lucht af."

„De tuinman is dood, sahib."

Een ogenblik werd hij weer door een ziekmakende moeheid overweldigd. Hij zei: „Goed. Zoek een andere."

„Ja, sahib."

Toen ging hij naar zijn eigen kamer, trok zijn kleren uit, ging weer naar buiten en stond op het erf, terwijl de warme regen tegen zijn naakte lichaam sloeg. Toen hij zich eindelijk weer schoon voelde, keerde hij terug in de kamer en wierp zich op het bed, waarna hij bijna onmiddellijk in een diepe, rustige slaap viel, de eerste die hij kreeg in wat hem voorkwam zijn halve leven te zijn.

Tegen het einde van de week verminderde de abnormale hoeveelheid regen wat. Nu vielen nog elk half uur stortbuien, korte en onverwachte buien, gedurende welke het water in stromen viel, maar de regen hield niet meer dag en nacht onafgebroken aan, waardoor het de velden overstroomde en de rivier deed zwellen. Tussen de buien in waren ogenblikken waarin de zon verscheen, niet meer de stoffige, gloeiende, rode zon van het droge seizoen, maar een zon die stoom van de macadamweg en stenen binnenplaatsen deed opstijgen, zodat de hele streek één enorm stoombad leek. Gedurende die hitte werkten kolonel Moti met zijn fanatieke ogen en zijn twee assistenten als duivels, desinfecterend, vernietigend, opruimend en na tien dagen kon de kolonel arrogant, voldaan en triomfantelijk de maharani en haar raad melden dat hij en zijn assistenten het boze euvel van Indië zelf hadden bestreden en overwonnen. Er bestond geen gevaar meer voor een nieuwe uitbarsting, als degenen die de macht bezaten, de instructies opvolgden die hij zou achterlaten. Vóór hij vertrok, deelde hij de maharani en haar raad mee dat het hun plicht was, als de plannen voor de nieuwe stad definitief waren vastgesteld, hem te laten komen om aanwijzingen te geven. Toen ging hij weg, uitdagend, brandend in de hartstocht van zijn wil, even taai, even fel als altijd, onberoerd door ziekte, de vreselijke hitte en het onafgebroken werk.

Van de strijd tussen de maharani en de oude dewan kwam niets, want op de morgen na de bijeenkomst van de raad werd de oude man, verstikt door hitte, verteerd door haat en verachting voor kolonel Moti, niet meer wakker. Zijn zoon zei dat hij tweeënnegentig jaar was, maar niemand wist het zeker. Ze wisten alleen dat hij de laatste van zijn soort was. Twee dagen later stierf lady Heston in haar kamer in de Amerikaanse missie. Ze stierf in de toestand van bewusteloosheid waarin ze was vervallen, kort nadat Ransome en de majoor haar hadden verlaten. In de daaropvolgende dagen was Fern haar driemaal komen opzoeken, maar de bezoeken waren nutteloos geweest; eens ijlde ze en bij de twee andere gelegenheden was ze buiten bewustzijn. Kort voor ze stierf, verhelderde haar geest weer en de majoor kwam bij haar zitten en hield haar hand in de zijne geklemd. Ze glimlachte hem toe, maar ze was te zwak om te spreken en terwijl hij bij haar zat, sprak hij tegen haar, zoals hij had gedaan op de morgen dat hij haar alleen in de ziekenzaal had aangetroffen, haar troostend, haar helpend in haar vermoeidheid, haar omhullend met de grote warmte van zijn geest. Het was of hij haar weer opnam in zijn armen en wegdroeg. Hij drong niet langer aan dat ze zou leven, noch trachtte hij haar langer te misleiden en te verbergen dat ze ging sterven. Hij wist nu wat het was dat zij wenste en hij begreep waarom ze het wenste, en in zijn eigen eenzaamheid wist hij dat ze wijzer was dan hijzelf. Zijn lichaam liet hem nu met rust en de hysterische angst keerde niet terug. Gedurende dat ogenblik van helderheid tussen de duisternis die haar verzwolg, wist ze dat hij weer veilig was, zo veilig, alsof zij nooit in zijn leven was gekomen, ondergang en hopeloosheid met zich brengend. Kort voor ze weer wegggleed in de duisternis, slaagde ze erin hem de hand te drukken en te fluisteren: ,,Stuur juffrouw Hodge niet weg. Ik heb haar gezegd dat ik het je zou laten beloven." Hij beloofde het, boog zich toen even over haar heen en legde zijn gezicht tegen het hart, maar ze gleed weer van hem weg, terug in het duister.

Juffrouw Hodge en tante Phoebe waren bij haar toen ze stierf. Tante Phoebe, die bij zoveel sterfbedden had gezeten, voelde haar handen koud worden en stuurde de bediende op zijn fiets naar Ransome en de majoor, maar toen ze kwamen, was ze al dood en ze vonden tante Phoebe bezig juffrouw Hodge te kalmeren, die zich dwars over het bed had geworpen en huilde. De arme, oude ziel had nooit tevoren de dood gezien. Voor haar was juffrouw Dirks vertrokken op een lange tocht die in verband stond met de school; misschien zou ze nooit dood zijn. Maar ze had haar vriendin, lady Heston, zien sterven; ze had haar handen koud voelen worden ... lady Heston, haar grote vriendin, over wie ze zoveel sprak met de bisschoppen en de aristocratie.

Nu schreeuwde ze, ontzet en geschokt, lady Heston aanroepend niet weg te gaan en haar achter te laten, alleen, zonder een vriend in de wereld. Men kon haar niet tot bedaren brengen tot Ransome zei: ,,U bent niet alleen. Ik ben uw vriend en tante Phoebe en de majoor zijn uw vrienden. Geen van ons zal u verlaten tot juffrouw Dirks terugkeert."

Ze keek naar hen op, versuft, nog steeds snikkend, haar puisterige gezicht gezwollen, en Ransome zei: „Lady Heston heeft me gevraagd op u te letten en juffrouw Dirks ook. Ik heb het hen beiden beloofd. U kunt bij mij komen wonen, als u wilt."

Een ogenblik worstelde haar verwarde geest om het wonder te bevatten dat was gebeurd... dat zij werd uitgenodigd te komen in het huis van een man van de wereld als Ransome. Het snikken hield op en ze vroeg bedeesd: „Zou dat wel behoorlijk zijn?"

Ransome klopte haar op de schouder en zei: „Dat geeft niet. Natuurlijk wel."

Toen zei ze, volkomen normaal: „Dank u. Dat is heel aardig van u. Ik zal met u meegaan."

Toen hij de missie verliet, ging ze met hem terug naar zijn eigen huis, waar Johannes de Doper een kamer voor haar in orde bracht op de eerste verdieping. Ze begon weer te schreien en zei: „U bent zo goed voor me. Ik heb zoveel doorgemaakt. Ik wist niet dat de mensen zo goed konden zijn. Als Sarah terugkomt, zal ze u bedanken, zoals het hoort. Ik weet zulke dingen zo slecht."

Toen scheen ze gelukkig en die avond at ze samen met hem en vertelde gretig van de bisschoppen en de aristocratie. Ze scheen volkomen de verkrachting en daaropvolgende zwangerschap te vergeten.

Maar kort na tien uur verscheen Johannes de Doper in Ransomes slaapkamer om te vertellen dat de vreemde memsahib weer wegging. Hij hield haar tegen op de oprijweg. Ze vertelde hem dat ze naar lady Heston ging, die niet zou weten wat ze zonder haar moest beginnen. Vriendelijk en geduldig overtuigde hij er haar van dat lady Heston dood was en dat ze niets meer voor haar kon doen.

Aan het einde van de week gaven tante Phoebe en de Smileys hun eerste zaterdagse lunch sinds de ramp. Tante Phoebe had in vertrouwen tegen Ransome gezegd: „Ik denk niet dat het zo opgewekt zal zijn als bij de oude partijtjes, maar ik geloof in gebruiken en gewoonten. Niets is zo goed om je dingen te laten vergeten, als op de oude wijze voort te gaan."

Dus verzamelden zich om twaalf uur, om de lange tafel in Smileys keuken, de oude leden van de zaterdagse lunchclub. De arme Jobnekar was voor altijd heengegaan, maar in zijn plaats waren twee nieuwe leden gekomen – Fern en juffrouw Hodge. Want juffrouw Hodge was nu een der hunnen. Ze had een heel comité van voogden – Ransome en tante Phoebe, de Smileys en Fern, de majoor en Raschid Ali Khan en zelfs juffrouw Mac-Daid. Ze scheen de ongelukkige episode met de Sikh en de daaruit voortgekomen zorgen te hebben vergeten; ze sprak minder over juffrouw Dirks en scheen zich te hebben verzoend met de dood van lady Heston. Ze bewoog zich tussen Ransomes huis en de missie, dwaalde soms zelfs tot aan het ziekenhuis af en liep langs de weg te praten tegen denkbeeldige lieden.

508

In Europa zou zulk gedrag spot en misschien zelfs ergernis hebben gewekt, maar in Ranchipur wist iedereen wie ze was en niemand nam er enige notitie van. Ze vergat de tragedies van juffrouw Dirks en lady Heston, misschien omdat ze een kinderlijke geest bezat, maar misschien ook omdat ze tevreden was en voldaan en vrij. De arme juffrouw Hodge, die sinds vijfentwintig jaar ernaar had verlangd uit te gaan en interessante mensen te ontmoeten, vond in haar waanzin een soort prestige die het leven haar altijd had onthouden.

Ransome en Homer Smiley kwamen naar de lunch regelrecht van het weeshuis, waar het ministerie van publiek welzijn al een voorlopig bureau had ingericht, vanwaar uit rijst en gierst werden uitgedeeld en besmette bronnen werden bewaakt. Juffrouw MacDaid kwam, om lichaamsbeweging te hebben, op een fiets in plaats van in een *tonga*, vergezeld van Fern.

Terwijl ze de stad uitreden en naast elkaar voorttrapten, nam juffrouw Mac-Daid Fern een examen af, luidkeels roepend als de fietsen soms wat van elkaar af raakten. Ze begon met te roepen: „Ben je er absoluut zeker van dat je verpleegster wilt worden?"

„Ja, ik ben er zeker van."

„Waarom weet je dat zo zeker?"

Fern trapte een tijdje zwijgend en antwoordde tenslotte: „Ik bèn het! Ik zou u een boel redenen kunnen opnoemen, maar ze zouden allemaal op hetzelfde neerkomen. Ik wil hier blijven en trachten een goede verpleegster te worden."

„Ik heb altijd gehoord dat je Ranchipur haatte en er kwaad van sprak."

Fern bloosde. „Dat deed ik ook, maar toen was alles anders." Haar fiets reed in een gat van de weg en om haar evenwicht te herkrijgen, beschreef ze een wijde boog die haar een eind van juffrouw MacDaid af bracht.

„Het is nu erger dan vroeger!" schreeuwde juffrouw MacDaid.

„Nee!" riep Fern over haar schouder terug. „Het is nu anders. Ik wil wonen en werken in Ranchipur en ik weet niets. Ik heb nooit iets goed geleerd. Ik denk dat een opleiding tot verpleegster de beste manier is om jezelf nuttig te maken."

Tot ze de hoek van de distilleerderij bereikten fietste juffrouw MacDaid toen zwijgend, nadenkend over de eigenaardigheid van mensen en van Fern Simon in het bijzonder. Ze meende te weten waarom het meisje zo merkwaardig was veranderd, maar haar gezond verstand zei haar dat zo'n reden tot veranderen niet kon worden vertrouwd. Liefde was best, volgens juffrouw MacDaid, maar een meisje moest niet haar hele leven erdoor laten beïnvloeden. Daar kon je niet op bouwen. Na de eerste geestdrift hing alles ervan af hoeveel zwarigheden je kon verdragen zonder het op te geven. En in Ranchipur waren heel wat zwarigheden, met het slechte klimaat, de hindoese intriges, de rusteloosheid en de kletspraat, om een goede verpleegster te worden. Een verpleegster moest nooit knap zijn; het maakte andere vrou-

wen vijandig en wond de mannelijke patiënten op. „Een goede verpleegster," dacht juffrouw MacDaid, terwijl zij snel voorttrapte, „behoort eruit
te zien als een oude merrie, zoals ik."
„Ik wil dat je zeker bent!" riep ze Fern toe.
„Ik ben zeker."
Ze was bedeesd tegenover juffrouw MacDaid – die zo zacht kon zijn als
ze een wond verbond en zo ruw en kwetsend als ze met menselijke gevoeligheid te doen kreeg. Maar zelfs als Fern niet bedeesd was geweest, zou ze
toch niet hebben kunnen zeggen waarom ze er zo zeker van was; ze kon juffrouw MacDaid niet vertellen dat ze niet was veranderd omdat ze Tom liefhad, maar omdat ze sinds die avond toen hij haar naar de Smileys had gebracht, veel dingen had ontdekt, waaronder zo iets als gezond verstand. Ze
kon, uit vrees dat juffrouw MacDaid haar voor min of meer gek zou aanzien, dat oude krijgspaard niet vertellen dat sinds die avond alles in de wereld voor haar was veranderd omdat er iets binnen in haar was gebeurd. Ze
kon juffrouw MacDaid niet uitleggen dat al de dwaasheid, slapheid en nonsens uit haar waren verdwenen door de ellende die ze had gezien in het
ziekenhuis en de muziekschool, noch dat het Ranchipur waardoor zij en
juffrouw MacDaid nu fietsten, een heel ander Ranchipur was dan dat
waarin zij bijna haar hele leven had doorgebracht. Niet de aardbeving en
overstroming hadden haar veranderd, maar iets in haar zelf en iets dat ze
had gevonden in Tom en de Smileys en tante Phoebe en juffrouw Mac-
Daid zelf, en zelfs in de arme lady Heston – iets van fatsoen en vriendelijkheid. Juffrouw MacDaid zou haar zeker voor gek aanzien als ze haar zei
dat zelfs de stenen van de weg, de bladeren aan de bomen, de huizen, de
ossewagens nieuw voor haar waren, opwindend en interessant. Het was
opwindend nu langs de Renbaanweg te fietsen en binnen enkele minuten
Tom te zien glimlachen tegen haar, terwijl hij onder tafel haar hand drukte. Het was niet meer nodig een gestalte te verzinnen die de Blythe Summerfield heette, Parel van het Oosten. Zelf trok ze zich de dood van haar vader
en de arme Hazel minder aan. Dat leek iets dat jaren en jaren geleden was
gebeurd, in een ander bestaan.
Naast haar trapten juffrouw MacDaids stevige benen steeds sneller naarmate haar praktische geest sneller werkte. Ze had nu de staat bereikt waarin ze bereid was Fern op haar woord te vertrouwen, omdat ze zo graag,
tegen haar eigen verstand en ervaring in, het meisje wilde geloven. Ze verlangde wanhopig naar iemand die het ziekenhuis verder zou kunnen besturen als zij vermoeid en oud werd, iemand die jong en sterk was als een os,
zoals zijzelf altijd was geweest en Fern kon, als haar kracht en vastberadenheid standhielden, die iemand worden. Het meisje moest wel gezond
zijn om te kunnen doormaken wat ze had doorgemaakt en er dan nog fris
uitzien, met kleur op de wangen. Juffrouw MacDaid trachtte argumenten
te verzinnen tegen Ferns plan, maar altijd werd ze tegenover een onont-

koombaar feit geplaatst. . . dat het meisje in het ziekenhuis en het dodenhuis van de muziekschool zonder klacht een taak had vervuld die menige getrainde en langjarige verpleegster had kunnen doen bezwijken. Ze zei tegen zichzelf: „Dat kun je niet tegenspreken. Het meisje heeft fut."
Want het hart van juffrouw MacDaid was weer gelukkig, zelfs als ze naar het grauwe, lijdende gelaat van de majoor keek. Eens, dat wist ze, zou hij herstellen van dit leed. Het werk zou hem genezen, het werk zou zijn wonden uitbranden. Met haar rondborstige eerlijkheid nam ze niet de schijn aan alsof ze de dood van lady Heston betreurde, maar beschouwde die ongeveer als een inmenging van de goden. In zekere zin was het lady Hestons eigen schuld geweest, het resultaat van haar lege bestaan van ijdelheid, luxe, luiheid en dwaasheid. Als ze de moeite had genomen om zich te laten inspuiten met een serum tegen tyfus, zou ze nu niet dood zijn. Maar alles in aanmerking genomen, voor het welzijn van het ziekenhuis, hun werk, de majoor zelf en de duizenden die van hem afhingen en misschien ook van lady Heston zelf, was het beter dat ze dood was. Eén ding alleen kwelde haar geweten, en dat was de herinnering dat ze de naam van lady Heston had geschreven op de lijst der stervenden, voordat ze die verbrandde.
„Maar dat soort dingen," herhaalde ze steeds tegen zichzelf, „is pure nonsens. Dat kan er niets mee te maken hebben gehad." Toch vervulde die herinnering haar met schaamte . . . dat zij, juffrouw MacDaid, hoofd van het ziekenhuis van Ranchipur, kon afdalen tot het niveau van iemand die aan hekserij en hocus-pocus doet. Maar soms, 's nachts, peinsde ze erover. Misschien was er een of andere macht in dergelijke dingen, die de wetenschap nog niet had kunnen verklaren.
Het partijtje was, zoals tante Phoebe had voorzien, niet opgewekt; het was vriendschappelijk en men vond er iets terug van de geest van saamhorigheid, die zoveel jaren het groepje bijeen had gehouden. Geen van hen, uitgezonderd juffrouw Hodge, was bij machte de aanwezigheid te ontgaan van Edwina en de arme juffrouw Dirks, Jobnekar en zijn gezin, Elmer en Hazel Simon en al de anderen. Op een of andere wijze waren ze daar allen aanwezig in Smileys grote, koele keuken, zelfs toen het groepje, sprekend over de plannen voor de nieuwe stad, een ogenblik geestdriftig werd en het oude vuur even oplaaide in de ogen van de majoor. Ze zouden er altijd zijn, want ze waren een deel van de verandering, maar met elke week zou hun aanwezigheid minder reëel worden, met elke maand, elk jaar, omdat, zoals tante Phoebe zei, de doden weg waren en de levenden zo weinig tijd hadden, dat er genoeg te doen was buiten kniezen.
Om vier uur stonden de majoor en juffrouw MacDaid op om terug te keren naar het ziekenhuis, juffrouw MacDaid met iets van de oude, verwarde, gelukkige uitdrukking in haar ogen die erin was geweest voor Edwina naar Ranchipur kwam. De majoor behoorde haar weer toe, tenminste voor een

tijdje nog, en sinds dat onverwachte, mystieke visioen op de avond toen ze hem voor dood had gehouden, bezat ze hem op een nieuwe, bevredigende wijze.

Toen Ransome en Homer Smiley weggingen om terug te keren naar hun kantoor van het ministerie van publiek welzijn, ontmoetten ze op de drempel de gestalte van een plompe, kleine man met een dikke buik, de bleke huid van een Engelsman die te lang in Indië is geweest, en de gewichtigheid van een oosterse bankdirecteur. Het was meneer Hogget-Clapton, die, naar hij zei, was gekomen om de Smileys te bedanken voor de vriendelijkheid die ze zijn vrouw hadden bewezen en om de rommelige verzameling rariteiten af te halen die ze in tante Phoebes hoede had achtergelaten. Hij vertelde dat mevrouw Hogget-Clapton het goed maakte, maar nog vermoeid was en zeer overstuur door alles wat ze had geleden. Hij was van plan haar naar haar familie in Engeland te sturen, voor een vakantie. Toen hij dat nieuwtje meedeelde, ontsnapte hem een zucht, nauwelijks merkbaar, maar vol opluchting, want hij wist zogoed als de anderen dat zij nooit naar Indië zou terugkeren. Het was niet de eerste maal dat zo iets gebeurde. Ze zou terugkeren en meteen ondergaan in het moeras van middelmatigheid, in het gezelschap van mensen zoals zijzelf, die miezerig, bleek en galzuchtig waren geworden door het vreselijke Indië.

Ransome dacht: ,,Hoe dan ook, ze is beter af dan veel anderen. Ze drinkt, en als ze dronken is, kan ze zich verbeelden dat ze iets betekent.''

Toen meneer Hogget-Clapton het huis binnenging, zie Ransome tot Homer Smiley: ,,Ik zal Pukka Lil missen. Ze zal een leegte achterlaten. Iedere Indische staat moest minstens één Pukka Lil bezitten. Dat hoort bij de omgeving, zoals de slangen en de tempels.''

Homer Smiley grinnikte. ,,Maak je maar niet ongerust,'' zei hij. ,,Er komt gauw genoeg een andere. Waarschijnlijk zal er morgen een met de trein meekomen.''

Met zonsondergang zat Ransome op zijn veranda, aan de zijde van het huis die uitzag op de renbaan en de rode, modderige vlakte, die zich uitstrekte tot aan de berg Abana en de dode Mongoolse stad El-Kautara. Er was geen cognac of whisky meer in Ranchipur, maar een van de eerste treinen had jenever meegebracht van meneer Bottlewallah, een ondernemende Perzische koopman en dus dronk hij jenever met tonic, waar hij niet van hield, maar wat het enige was dat hij kon krijgen.

Bij de poort hurkten, onder de grote waringin, Johannes de Doper met twee vrienden, musicerend met een fluit en twee trommels. Daarachter, over de vlakke grond van de renbaan, trok een lange processie van koeien en waterbuffels in de richting van de ondergaande zon, met in de achterhoede een zwart jochie, dat hen aanspoorde en een lange bamboestok droeg. Het was het uur van de dag dat Ransome het liefst was, als de geur van jasmijn uitstroomde van de ranken die het halve huis bedekten en zich mengde met de reuk van hout en koemest, rook en specerijen. De regen had even opgehouden en de dalende zon had de voortjagende wolken boven hem prachtig rood en goud gekleurd. Over de rode vlakte lag en paarsig licht gespreid als mist, waarin de omtrekken van de huiswaarts kerende dieren vervaagden.

Hij was nu vermoeid door een lange dag van werk in de stoombadachtige hitte, door het rumoer en getwist van de zwermende horden in de voorraadschuur, maar het meest door de opgehoopte moeheid van dagen. Hij dacht, behaaglijk van zijn jenever en tonic tippend: „Fern zal zo dadelijk komen."

Maar de gedachte aan Edwina keerde telkens tot hem terug. De hele weg van het weeshuis af naar huis had hij aan haar gedacht, peinzend over haar geschiedenis en het vreemde noodlot dat haar leven deed eindigen in een stad als Ranchipur. Nu dacht hij plotseling: „Hoe jammer, dat ze niet naar het zaterdagse partijtje kon komen. Ze zou het zo aardig hebben gevonden." Met verwondering zag hij in hoe goed ze zou hebben gepast bij de anderen. Ze had altijd bij hen behoord, maar dat feit was te laat ontdekt. De rest van haar leven was geheel verspild geweest. Die gedachte wierp een nieuw licht op haar merkwaardig, pervers karakter.

Toen zag hij, terwijl hij een sigaar opstak, uit de richting van de stad de ossewagen van de maharani de weg afkomen. De wagen ging snel voorwaarts, in de draf waarvan de oude dame hield en waar de ossen een hekel aan hadden, maar toen de wagen zijn eigen huis naderde, liet de voerman de ossen stapvoets gaan en toen ze zijn poort voorbijkwamen, werden twee hoofden onder de vergulde leren huif uit gestoken en keken in de richting van zijn huis. Toen ze hem op de veranda zagen zitten, werden ze weer snel teruggetrokken, maar niet voor hij het ene had herkend als dat van de maharani en het andere als dat van tante Phoebe. Hij dacht grinnikend in zichzelf: „De laatste koningin en de laatste democrate gaan samen uit rijden," en een golf van diepe genegenheid sloeg over hem heen voor dit onzinnige en prachtige en vreselijke land; dit Indië, waar tragedie en klucht zo na bijeenlagen, dicht onder de oppervlakte van het leven.

Bij de poort hervatten Johannes de Doper en zijn vrienden, na te zijn bekomen van de salams waarin ze zich hadden geworpen bij het zien van de koninklijke ossen, hun muziek en het geluid dreef over de vlakte weg en verklonk in het steeds paarsiger licht. Lange tijd zat hij met gesloten ogen, loom luisterend, met zijn halve aandacht, aan niets bijzonders denkend, maar vol verwondering over de ingewikkeldheid, onwaarschijnlijke schoonheid en wreedheid van het menselijke bestaan. Achter de renbaan steeg plotseling, op het ogenblik dat de zon achter de horizon zonk, de langgerekte, eenzame kreet van een jakhals op en zijn hele lichaam kromp even ineen, omdat het geluid zozeer leek op dat van de jammerkreten die uit de stervende stad waren opgestegen toen de overstroming erover neerstortte. Toen huilde nog een jakhals en nog een en opeens, zeer snel, daalde het duister als een zwart gordijn dat neerviel, en tussen de wild voortjagende wolken begonnen de sterren te schijnen, schitterend in de reine atmosfeer als de diamanten van de maharani. Bij de poort verdwenen de gestalten van Johannes de Doper en zijn vrienden in het donker, maar de muziek van de fluit en trommels ging steeds door in de hete, vochtige stilte.